Über die Autorin:

Ellen Jacobi, 1960 am Niederrhein geboren, entdeckte als Tochter einer Bibliothekarin und Märchenbuchsammlerin früh ihre Liebe zu Büchern und zum Geschichtenerzählen. Nach einem Literatur- und Anglistikstudium arbeitete sie als Reiseleiterin und Lehrerin in England. In Deutschland war sie als Redakteurin für Tageszeitungen und Magazine tätig. Heute lebt sie mit ihrer Tochter in Köln.

Ellen Jacobi

FRAU SCHICK RÄUMT AUF

Roman

BASTEI LÜBBE TASCHENBUCH
Band 16 676

1. Auflage: August 2012

Dieser Titel ist auch als Hörbuch und E-Book erschienen

Bastei Lübbe Taschenbuch in der Bastei Lübbe GmbH & Co. KG

Originalausgabe

Dieses Werk wurde vermittelt durch die
Michael Meller Literary Agency GmbH, München

Copyright © 2012 by Bastei Lübbe GmbH & Co. KG, Köln
Lektorat: Dr. Stefanie Heinen
Titelillustration: © Gisela Kullowatz
Umschlaggestaltung: Gisela Kullowatz
Satz: Urban SatzKonzept, Düsseldorf
Gesetzt aus der Goudy
Druck und Verarbeitung: CPI – Ebner & Spiegel, Ulm
Printed in Germany
ISBN: 978-3-404-16676-3

Sie finden uns im Internet unter
www.luebbe.de
Bitte beachten Sie auch: www.lesejury.de

Der Preis dieses Bandes versteht sich einschließlich
der gesetzlichen Mehrwertsteuer.

Für
Peter Kruse
Dessauer,
Wegweiser
und unverzichtbarer Schelm
Danke

1.

Der Jaguar schnurrt. Der Asphalt flimmert. Herrlich, diese Pyrenäen.

Wolfhart Herberger nimmt die Kurven der Passstraße in Adagio und Dreivierteltakt. Mal bergauf, mal bergab. Aus dem CD-Player perlen Klavierklänge. Der *Sehnsuchtswalzer* von Schubert. Nicht zu heiter, nicht zu schwer. Wundervolle Musik, wundervolles Wetter, wundervolle Fahrbahn. Wie von einem Bewegungstherapeuten entworfen, und frisch geteert ist sie auch.

Ganz anders als beim letzten Mal, als er sich zu Fuß und mit Rucksack hier heraufgeschnauft hat. Es ist Jahre her, dass er den Jakobsweg von Anfang bis Ende gegangen ist. Siebenundzwanzig, um genau zu sein. Damals war der Camino noch nicht Mode. Kein spiritueller Sonntagsspaziergang. Nur ein maroder Fuß- und Bußweg für ein überschaubares Grüppchen letzter Katholiken und erster New-Age-Jünger, für versprengte Forschungsreisende und Freaks. Und diesen Pass hier zwischen St. Jean Pierre le Port in Frankreich und Roncesvalles im spanischen Navarra nahmen nur Fanatiker unter die Füße.

Sie wandern mit der Aussicht auf achthundert weitere Kilometer durch Nordspanien, auf unwegsames Gelände und Wetterkapriolen, auf Kletter- und Schlitterpartien, auf Irrwege im Nebel und die linealgerade Folterstrecke durch das sengende Nichts der Meseta. Kein Reiseziel für Zimperliche, die ihr gesamtes Leben gern als sorgenfreies All-inclusive-Paket buchen und bei Regengefahr stornieren.

Wolfhart gönnt sich einen Anflug von Veteranenstolz und milder Melancholie. Er war fünfundzwanzig. Ein Globetrotter voll Tatendrang und Wissensdurst, nebenher wild verliebt, und zwar mehrfach. Seine Beziehungen waren so offen, dass es zog. Na, dieses Kapitel hat er mit seinen reifen zweiundfünfzig Jahren abgeschlossen.

Mit Frömmigkeit hatte er damals nicht viel im Sinn. Mit Ferien und Freizeit schon gar nicht, beides wird von Urlaubern gerne miteinander verwechselt. Frei haben oder zutiefst und in allem frei sein, das sind zwei ganz verschiedene Paar Schuhe.

Der Jakobsweg ist immer noch eine Einladung, das zu begreifen. Wer sie missversteht, durchquert immerhin reizvolle Landstriche und darf seine körperlichen Grenzen austesten. So wie die wachsende Schar der rasenden Mountainbike-Pilger. *Chacun a son goût* – jeder nach seinem Geschmack, da ist Herberger großzügig.

Er nimmt eine weitere Kehre. Hätte ihm vor siebenundzwanzig Jahren jemand prophezeit, dass er diese Strecke einmal im Jaguar und als Privatchauffeur einer »gnädigen Frau« angehen würde, hätte er demjenigen Prügel angedroht. Dabei ist Chauffeur gar kein schlechter Job, sondern geradezu vergnüglich.

Versonnen lächelt er das Armaturenbrett aus poliertem Wurzelholz an. Chauffeur. Das ist mal was anderes. Genau wie sein neuer Name und der silbrige Vollbart, den er sich zugelegt hat. Er wirft einen prüfenden Blick in den Rückspiegel. Sehr distinguiert, hervorragende Tarnung. Er erkennt sich selbst kaum wieder.

Wolfhart Herberger, wiederholt er stumm. Sein Mund zuckt kurz. Könnte sein, dass die Mission am Ende sogar Spaß macht, auch wenn ihr Ausgang ungewiss ist.

Seinen Vor- und Nachnamen hat er so abgewandelt, dass er sich damit noch gemeint fühlen kann und beides doch anders klingt. Aus dem seltenen althochdeutschen Eckehart hat er den nicht minder seltenen Wolfhart gemacht und aus »Gast« einen »Herberger«. Der neue Nachname passt zum Camino, ist aber eher eine Verneigung vor der Fußballtrainerlegende Sepp Herberger, dem Helden seiner Kindheit.

Als Wolfhart gefällt er sich ganz gut. Das klingt genau wie Eckehart – zu neudeutsch der »Schwertstarke« – ritterlich und kantig zugleich. Er hat als Junge nicht nur gern Konservendosen gegen Garagentore gekickt, sondern auch Sigurdhefte verschlungen, später dann die Artussagen und alle großen Heldenepen. Von Abenteuern hat er immer geträumt und nicht schlecht davon gelebt, auch wenn es phasenweise verdammt anstrengend war und mitunter lebensgefährlich.

Vielleicht sollte er sich, wenn diese Spaniengeschichte erledigt ist, auf Dauer einen zweiten Namen zulegen. Wäre finanziell nicht uninteressant. Er könnte sich dann endlich mit schweren Verbrechen, vielleicht sogar Morden beschäftigen. Das liegt ihm sicherlich. Herberger grinst verwegen. Nichts Blutrünstiges. Nein. Hübsche kleine, elegante, gut durchdachte Morde. Schmerzlos, aber äußerst raffiniert. Würde ihm guttun, zur Abwechslung mal mit der gebotenen intellektuellen Akribie und viel Fingerspitzengefühl Menschen ins Jenseits zu befördern, statt immer nur . . .

Im Fond des Wagens raschelt etwas. Ah, sie hat ihr kleines Nickerchen beendet.

»Halten Sie irgendwo da vorne an, Wohlfahrt.«

Wolfhart, zum Kreuzdonnerwetter noch mal!, schreit es in ihm. Keinesfalls WOHLFAHRT! So geht das nun schon seit sechs Wochen, obwohl er sie immer wieder korrigiert. Wohlfahrt! Wie klingt denn das? Nach Essen auf Rädern und Briefmarken. Dass er seinen Namen geändert hat, gibt ihr noch lange kein Recht, ihn zu verballhornen. Außerdem weiß sie ja gar nicht, dass er unter falscher Flagge segelt.

Er runzelt die Brauen. Oder ahnt sie etwas?

Nein, unmöglich. Die alte Dame hat ihn als Dr. Wolfhart Herberger und Chauffeur eingestellt. Seine Biografie als ewiger Taxifahrer mit Doktortitel hat sie fraglos akzeptiert. Ist schließlich keine Seltenheit mehr. Sie kann nichts von seiner wahren Identität wissen und schon gar nichts von den Absichten, die er mit dieser albernen Reise verbindet.

2.

Denk an Pamplona!

Nelly strafft die Schultern, stürmt die Stufen zum Düsseldorfer Finanzamt hinauf und öffnet beherzt die Schwingtür zum Foyer. Der Pförtner in der Panzerglasloge hebt flüchtig einen Blick von seiner Zeitung. Er trägt eine Brille mit halben Gläsern und sieht aus wie eine verdrossene Eule. Nelly ist technische Übersetzerin für Gebrauchsanweisungen und Montageanleitungen und hält viel auf ihr Talent, selbst Blicke dolmetschen zu können. Der des Pförtners sagt: »Willkommen bei den lebenden Toten.«

»Ein herrlicher Tag da draußen«, hält sie dagegen. »Kaum zu glauben, dass wir bald September haben.«

Vergeblich. Dieser Mann ist ein begnadeter Griesgram. Nelly muss es wissen. Sie gibt ihre Steuererklärungen seit über zehn Jahren bei ihm ab. Bislang wortlos, aber heute dient der Kerl als ultimativer Crashtest für ihre gute Laune.

Wie heißen noch die Puppen, die man dafür benutzt? Egal, der Pförtner ist der Testwagen, der sie und ihre gute Laune mit zweihundertzwanzig Stundenkilometern gegen die Wand fahren soll. Versuchsweise. Und sie ist ... Wie zum Teufel heißen die dämlichen Puppen? Ach ja, Dummies. Stopp!

Nelly legt eine gedankliche Vollbremsung hin. Dummies ist zwar Englisch und wird daher *dammies* gesprochen, klingt aber nach Idiotin. Und nein, das ist sie nicht! Nicht mehr, nie mehr. Besser sie nennt das Ganze eine Generalprobe. Genau! Ihre gute Laune muss bombenfest sitzen, bevor sie nachher auf

Ricarda trifft. Ricarda ist seit Schultagen ihre beste Freundin und hat bislang nur eine vage Ahnung von der dramatischen Wende in Nellys Seelenleben, das jahrelang emotionales Sperrgebiet war. Ricarda wird natürlich alles wissen und analysieren wollen. Dummerweise ist sie nämlich Psychologin. Werbepsychologin, um genau zu sein. Menschen wie ihr kann man nichts vormachen, und Ricarda ist eine der Besten, wenn es darum geht, Menschen unerfüllbare Träume und Teesorten mit Namen wie »Oase des inneren Friedens« oder »Glücksmomente der Liebe« anzudrehen.

»Mach dir nichts vor, Nelly, die Illusion von Glück im Aufgussbeutel schmeckt den meisten Menschen besser als das anstrengende Bemühen, selbst dafür zu sorgen. Der Tee ist nicht zufällig ein Renner bei Frauen jenseits der vierzig. Sogar du trinkst ihn literweise, während du heimlich irgendwelchen Unsinn über Bestellungen beim Universum liest.«

Papperlapapp! Nellys Glück hängt längst nicht mehr am Faden eines Teebeutels. Das Universum hat geliefert. Jawohl! Und zwar etwas weit Besseres als Teebeutel. Einen Keller voll spanischem Wein – nicht zum Trinken, sondern um darüber zu schreiben – und zwei Wochen Pamplona! Fürs Erste.

Ach, Pamplona!

Da wollte Nelly immer schon einmal hin, unter anderem, um ein Stück des Jakobswegs zu gehen. In Studententagen, um ein Abenteuer zu erleben, und kurz nach ihrer Scheidung, um in den Trümmern ihres Gefühlslebens nach einem verborgenen Bauplan und Sinn zu forschen und der Vergangenheit auf immer den Rücken zu kehren. Auf genau die Weise, die der legendäre Camino seit Jahrhunderten vorgibt: auf dem Hinweg immer dem Westen und damit dem Sonnenuntergang entgegen, um auf dem Rückweg der Sonne, dem Morgen und einer seelischen Wiedergeburt entgegenzulaufen.

Geklappt hat es mit dem Jakobsweg nie. Aber jetzt darf sie völlig unverhofft zumindest nach Pamplona. Außerdem hat sie jetzt eine Zukunft und muss sich nicht mehr mit Sinnfragen quälen. Wie aus dem Nichts ist die Vergangenheit vorbei und alles Schwere federleicht.

Zurück zur Generalprobe in Sachen gute Laune. Das Stück, das Nelly seit ein paar Wochen einstudiert – nein: in echt und in Farbe erlebt – hat den Titel *Nellys wunderbare Reise ins Glück*. Es ist eine aufregend neue Rolle für sie. Noch dazu eine Hauptrolle! Nelly will sie überzeugend geben, auch wenn die meisten Menschen und vor allem Ricarda das Ganze als Illusionskunst oder absurdes Theater bezeichnen würden – angesichts ihrer Finanzlage und dem, was man Lebenserfahrungen und Reife nennt.

Nun, die Finanzlage wird sich ab morgen entscheidend bessern, und alles andere auch. Zum Teufel mit der Lebenserfahrung! Man kann täglich neue sammeln. Auch der Pförtner.

»Sie Ärmster«, wendet Nelly sich entschlossen dem Mann im Glaskasten zu, der sie längst ins Land des Vergessens verabschiedet hat. Er behandelt sie, als sei sie so unsichtbar, wie sie sich in den letzten Jahren oft gefühlt hat. Damit ist endgültig Schluss. »Es muss schrecklich sein, bei so einem Sommerwetter in diesem Kabuff zu hocken.«

Das Gesicht des Mannes bleibt umwölkt. Ohne von der Zeitung aufzusehen, schubst er die Dokumentenschublade unter der Trennscheibe hervor. »Einfach reinlegen.«

Mich oder die Steuererklärung?, denkt Nelly. Sie sagt es aber nicht. Von Nelly, der Kratzbürste, hat sie sich dank Yoga und Meditation ebenfalls verabschiedet. Kurzes Ommm, dann versucht sie es weiter mit guter Laune, dem Wetter und positivem Denken: »Wenigstens sind die Abende noch recht lang, da hat man nach Feierabend noch etwas davon.«

»Für sechs Uhr ist Regen angesagt.« Als Miesepeter hat der Pförtner Routine.

»Unmöglich. Der Himmel ist von unendlichem Blau«, widerspricht Nelly tapfer. Gut, das klingt ein wenig zu lyrisch für den Alltagsgebrauch und erst recht für den Pförtner.

»Tatsächlich«, brummt er. Immerhin hebt er seinen Blick und lässt ihn zu den nikotingelben Gardinen wandern, die ihn wahrscheinlich an die glücklichen Zeiten vor dem Rauchverbot erinnern. Sie filtern das Licht der Augustsonne zu einem schmutzigen Grau. Demonstrativ vertieft er sich wieder in die balkendicke Zeitungsschlagzeile.

Es scheint sich um finstere Neuigkeiten zu handeln. Auf diese hat Nelly jedoch überhaupt keine Lust. Sie will nicht vom allgemeinen Jammer angesteckt werden. Trotzdem kneift Nelly die Augen zusammen und buchstabiert die auf dem Kopf stehenden Buchstaben: »TV-Star beschimpft ZDF-Traumschiff als Mumienschlepper und schwimmenden Rentnerknast.« Unterzeile: »Sind wir mit sechzig plus zu alt für Romantik und Glück?«

Dafür ist man nie zu alt, auch nicht mit vierzig plus, findet Nelly.

»Und das sagst ausgerechnet du?«, mischt sich Ricarda in ihre Gedanken. »Bist du nicht die Frau, der ich mal ein Jahresabo für *Parship* geschenkt habe, das sie nach drei Wochen entnervt gekündigt hat?«

»Da war kein Mann für mich bei.«

»Bei mehr als einer Million männlicher Teilnehmer auf Liebessuche ist keiner für dich dabei? Mein Gott, wie anspruchsvoll kann man noch sein?«

»Ich hasse es, wenn man Sehnsucht und Gefühle für Geschäfte missbraucht. Noch dazu im Internet. Ich bin nicht anspruchsvoll. Ich bin romantisch.«

»Ihr Romantiker seid eine verdammt grausame Spezies. Alle real existierenden Menschen sind in euren Augen minderbemittelte Trottel, die eurer Einzigartigkeit nicht würdig sind. Aber wenn dir das Internet nicht passt – warum versuchst du es dann nicht endlich mit der Realität und deinem Nachbarn? Der arme Ferdinand Fellmann sitzt seit drei Jahren regelmäßig auf deinem Sofa, um dir seine Liebe in tausendundeiner Variante zu verschweigen.«

»Ach der...« Fellmann ist so romantisch wie Rheumawäsche oder ihr jährlicher Rentenbescheid.

»Das ist kein Grund, den armen Kerl wie eine Nachttischlampe zu behandeln! Schön, dass es sie gibt, und wenn es mal ein bisschen düster in deinem Leben wird, knipst du sie an.«

»Ferdinand hat in meinem Schlafzimmer nicht einmal als Nachttischlampe etwas zu suchen.«

»Dann sag ihm das deutlich, und erlöse ihn von allem Übel und für den Rest der Frauenwelt. Ein Mann wie Ferdinand ist zu kostbar und zu selten, um als Dekomobiliar eines unbelehrbaren Frauenzimmers zu verstauben.«

Nelly unterdrückt einen Seufzer und flüchtet sich zurück in Gegenwart und Finanzamt. Gegen Ricarda gewinnt sie nicht einmal in ihrem eigenen Kopf ein Duell. Sie nestelt ihre Einkommensteuererklärung aus ihrer Aktentasche, wiegt den grässlich amtsbraunen C-4-Umschlag kurz in der Hand und fühlt Panik aufsteigen. Ihre uralte Ich-ende-arm-und-vereinsamt-unter-der-Brücke-Phobie. Ommm! Denk an Pamplona, Nelly, macht sie sich selbst Mut. Pamplona! Genau.

Denn jedem Anfang wohnt ein Zauber inne, der uns beschützt und der uns hilft zu leben! Ach, Hesse. Und außerdem: *Wo Not ist, wächst das Rettende auch*... Hölderlin! Versonnen lächelnd schiebt sie den Umschlag in die Dokumentenschublade, als handele es sich um eine Gewinnbenachrichtigung und nicht um ihre vorläufige Bankrotterklärung.

Guter, alter Hölderlin, wunderbarer Hesse. So weise und heilsam. Überhaupt: Gedichte. *Soll ich denn einen Sommertag dich nennen, dich, der an Herrlichkeit ihn überglänzt?* Shakespeare – ein Gigant der Liebeslyrik. Warum nur hat sie nach dem Studium aufgehört, Gedichte zu lesen?

»Weil dein wahres Leben wenig mit Lyrik zu tun hatte, schon gar nicht in Sachen Liebe«, zerraspelt Ricardas Reibeisenstimme ihren Ausflug in die Dichtkunst. Ricarda besitzt keinen Sinn für die Poesie des Herzens und überdies den zersetzenden Charme von Salzsäure.

Eine neue Liebe ist wie ein neues Leben, shananananana, summt es trotzig in Nelly. Es klingt ein bisschen wie Ricarda nach einer Flasche Prosecco. Das ist zwar nicht gerade Shakespeare und schon gar nicht Nellys Musikgeschmack, aber trotzdem irgendwie wahr. Vielleicht sollte sie Ricarda, wenn sie nachher wegen der Blumen und des Briefkastenschlüssels vorbeikommt, tatsächlich dieses Lied vorsingen, anstatt sich in die sinnlose Rechtfertigung ihrer genauen Reiseziele in Pamplona zu verstricken. Oder soll sie einfach behaupten, sie gehe jetzt endlich den Jakobsweg? Nein, das wäre feige, und außerdem müsste sie sich dann etwas über Spiritualität aus dem Supermarkt anhören und darüber, dass das Leben keine Wundertüte ist. Besser, sie bleibt bei der Wahrheit, und die hat mit Wein und einem Winzer, aber nichts mit Wallfahrten zu tun.

Statt Prosecco wird sie gleich jedenfalls einen Cava aufmachen. *Einen Cava mit feinster, anhaltender Perlage im Mund und einer überaus lebendigen Nase voll Brot- und Hefearomen, mit knackiger Zitrusfrucht am Gaumen und einem auf der Zunge tanzenden Nachklang spanischer Zeder. Dieses Getränk hat keine*

Süße, hinter der es sich verstecken muss. Cava Tosantos *wird aus allerbesten Grundweinen im traditionellen Rüttelverfahren hergestellt. Ein* Brut nature *von einzigartiger Noblesse.* Klingt doch schon ganz gut für eine technische Übersetzerin, die Jahre ihres Lebens an extern gekühlten Abgasrückführungen, verrippten Kurbelgehäusen und Turbodieselmotoren für Traktoren herumgetüftelt hat. Landmaschinen sind komplizierter als Luxuslimousinen und weit weniger beflügelnd als Sekt. Vorbei! *Heute fängt ein neues Leben an. Deine Liebe ist schuld daran ... shananananana!*

»Wie bitte?«, dringt dumpf die Stimme des Pförtners durch die Sprechlöcher in der Scheibe.

Mist! Jürgen Marcus summt nicht mehr nur in ihr herum, sondern aus ihr heraus. »Oh, Sie habe ich natürlich nicht gemeint. Ich singe nur gern«, windet Nelly sich heraus.

»Wir sind hier nicht im Kölner Musical Dome.«

Wenigstens hat sie den richtigen Ton getroffen, um den Mann von seiner Zeitung abzulenken. Er zieht mit einem wütenden Ruck die Dokumentenschublade zu sich hin und greift nach Nellys Umschlag. »Gute Laune, hm? Haben wir hier selten, und wenn, dann ist sie meist vorgetäuscht. Neues Leben, pah!«

Verdammt, ihr ist mehr als nur das »Shananananana« rausgerutscht. In letzter Zeit schalten sich ihre stummen Selbstgespräche manchmal auf Laut. Sie redet oder flucht, ohne es zu merken.

»Solange du nicht mehrstimmig bellst, bewegt sich das im normalneurotischen Bereich«, behauptet Ricarda. Für solche Sätze muss man sie einfach lieben. »Berufstätige Singlemütter, die viel zu tun haben und oft allein sind, reden gern mit ihrer Waschmaschine, andere vertrauen sich dem Toaster an. Ältere Frauen bevorzugen Hunde. Kein Grund also zur Sorge, solange du dir selbst ein angenehmer Gesprächspartner bist. Das Leben der meisten Menschen findet ohnehin nur in ihrem Kopf statt und hat mit der Realität wenig zu tun.«

Als Psychologin muss Ricarda das wissen, aber dass Nelly versehentlich im Finanzamt singt – noch dazu ein Lied von Jürgen Marcus –, das fände sie vielleicht doch therapiebedürftig.

»Na, dann wollen wir uns das mal näher anschauen!« Der Pförtner studiert zur Strafe für ihre Gesangseinlage mit amtlicher Miene den Umschlag, anstatt ihn lediglich mit dem Eingangsstempel zu versehen und im Postkorb abzulegen. Will er die Adressanschrift auf Fehler prüfen? Gut, dann also einmal Folter à la Finanzamt, seufzt Nelly stumm. Jedem seine Berufskrankheit.

Dieser Griesgram sieht aus wie die verhungernde Birkenfeige hinter ihm. Geschieht ihm recht, wenn er demnächst durch ein Callcenter ersetzt wird, das einen in der musikalischen Warteschleife verhungern lässt. Der Pförtner und seine Birkenfeige gehen dann gemeinsam in Rente und kompostieren auf dem Sofa mit Blick auf eine Schrankwand in Buchenimitat vor sich hin, während im Fernsehen das Traumschiff untergeht. Am besten mit Nellys Exmann Jörg an Bord. Der ist Schauspieler und hat kürzlich in einer Folge einen Gastauftritt als graumelierter Conférencier und singender Frauenversteher gehabt. Das ist Lichtjahre entfernt von seinen früheren Ambitionen, Deutschlands Antwort auf Bruno Ganz oder der neue Brandauer zu werden. Fehlt nur noch, dass Jörg im Dschungelcamp gedämpfte Känguruhoden verspeist.

Stopp, halt und ommm!, warnt sich Nelly. Das war gehässig. Vielleicht ist sie ja bloß neidisch, weil sie in einem früheren Leben Theaterdramaturgin war, dann Sitcom-Drehbücher verfasst und von einer Filmkarriere geträumt hat, letztlich aber bei

Dieselmotoren und Traktorvergasern gelandet ist. Nach Beckys Geburt ist ihr das Händchen für Pointen und Lacher abhandengekommen. Jörg hielt Becky für einen Unfall, sie hielt Becky für den größten denkbaren Glücksfall. Jörg, der König aller Narzissten, ging davon aus, dass die Pflege, Ernährung und Finanzierung von Baby Becky, dem Familienglück und ihm selbst in Nellys Verantwortung fiel, während er sich seiner Schauspielkarriere widmen musste, die es damals allerdings nicht gab.

Jörg hatte eine sehr eigenwillige Definition von weiblicher Emanzipation, denn diese sollte vor allem ihm zugutekommen, und tatsächlich hat Nelly es eine Weile mit dem in den Neunzigerjahren grassierenden Superfrauensyndrom versucht: »Ich wuppe Mann, Kind, Küche und Karriere in Korsett und Stöckelschuhen!« Heute weiß sie: Das war ein ganz dummer Fehler, noch dazu ein freiwilliger.

Jörg hat seine total erschöpfte Superfrau bei der Scheidung ganz emanzipiert auf Unterhalt verklagt und zu diesem Zweck Becky und die Rolle des Hausmanns kurzfristig und per Anwalt für sich beansprucht. Damit Nelly mehr arbeiten könne. Und obwohl es ihr fast das Herz zerrissen hat, ist sie damals Ricardas Rat gefolgt, hat auf gerichtliches Gezerre verzichtet und Jörg die Babypflege auf Probe vollständig überlassen. Mit dem erwünschten Ergebnis: Sie bekam Becky zurück, nachdem Jörg drei Monate lang weiblichen Beifall für die demonstrativen Leiden eines verlassenen Vaters, für Windelwechseln in Damentoiletten und publikumswirksame Spielplatzbetreuung im Park genossen hatte. Dann dämmerte es Jörg, dass selbst ein Mann dafür kein Goldenes Bambi kassieren wird. Es sei denn, er spielt die Rolle nicht im wahren Leben, sondern in einer Kinokomödie, die sich nicht ums Windelwechseln, sondern um das unverhoffte neue Liebesglück mit einer hinreißenden Singlemama dreht.

Am Ende hat er es also vorgezogen, ohne Nellys freundliche finanzielle Unterstützung und ein Kleinkind Karriere zu machen. Ein Entschluss, der dadurch befördert wurde, dass Werbefachfrau Ricarda einen französischen Unterhosendesigner überreden konnte, Jörg zu seinem Wäschemodell zu machen. »Mr. Sexy Slip« war ein so durchschlagender Erfolg, dass Werbefilme folgten und ein halbnackter Kurzauftritt mit Gesangseinlage in einem internationalen Kinofilm. Der brachte Jörg – wenn auch nur in Deutschland – den Beinamen »kommender Hollywoodstar« ein. Das ist er nun seit dreizehn Jahren. Ohne merkliche Fortschritte in Richtung Hollywood, aber mit einer Dauerkarte für B-Promi-Partys, Vorabendserien, Musicalrollen, Gastauftritte auf dem Traumschiff und im *Tatort*, in Talkshowrunden und Jurorenjobs bei Castingshows.

Das alles ist für dich kein Grund, so ein Griesgram wie dieser Pförtner zu sein!, ruft Nelly sich zur Ordnung. Pech nur, dass die schlechte Laune des Pförtners ihre schlechte Laune anzieht wie Bildschirme den Staub.

Aber halt, sie hat doch gute! Und Pam-plo-na. Olé!

»Was?«, schreckt der Pförtner sie auf.

»Nichts, ich denke nur an Pamplona.«

»Das wäre ja wohl Spanien, oder? Wir sind hier aber in Düsseldorf, junge Frau.«

3.

Vom Rücksitz des Jaguars kommen erneut Anweisungen. »Ab jetzt werde ich laufen!«

Eckehart Gast alias Wolfhart Herberger linst fassungslos in den Rückspiegel. »Ab jetzt? Unmöglich, gnädige Frau, wir sind mitten in den Pyrenäen.«

»Das ist selbst für mich nicht zu übersehen. Trotz meinem zweimal gelaserten grünen Star, Herr Doktor Wohlfahrt.«

»Mein Nachname ist Ga..., ich meine Herberger, gnädige Frau. Her-ber-ger.«

»Den mag ich aber nicht, Herr Dr. Wohlfahrt. Mit Beckenbauer wäre das was anderes, der hatte hübsche Waden! O-beinig, aber kraftvoll. Ihre kenne ich ja nicht, aber *Herberger*? Nein, bleiben wir bei Wohlfahrt. Passt auch schön zu Ihrer Aufgabe.« Sie lächelt unschuldig und liebreizend und nickt wieder ein.

Wahrscheinlich ist sie einfach tüddelig. Wäre mit bald achtundsiebzig Jahren durchaus möglich, wie es ihr Sekretär beim Einstellungsgespräch umhäkelt von seifiger Schmeichelei angedeutet hat: »Frau Schick führt die Firmengeschäfte seit dem Tod ihres Mannes vor fünf Jahren mit eiserner Disziplin. Zehn Stunden täglich! Eine unverwüstliche Frau und so charmant, so vornehm und hellwach ... bis auf gelegentliche Aussetzer« – kleines Hüsteln und ein verschwörerischer Blick, den Herberger beflissentlich übersehen hat. »Nun ja, insgesamt ist sie sehr diszipliniert. Alter ostpreußischer Adel eben. Weshalb ich Sie, auch wenn es unmodern scheint, um eine entsprechende Anrede bitten muss.«

Wolfhart hat mit geradezu betroffener Miene nachgehakt: »Da Adelstitel in Deutschland seit 1919 abgeschafft sind, müssen Sie mir aushelfen: Genügt ein schlichtes ›von‹, oder sollte ich eine ›Edle‹, ›Freifrau‹ oder ›Gräfin‹ davorsetzen?«

Der Mann mit dem aufgeblasenen Titel Assistent für interne Firmenkommunikation hat den Scherz nicht einmal bemerkt. »Ein hin und wieder eingestreutes ›Gnädige Frau‹ reicht aus. Schon ihr Gemahl hat darauf bestanden, die ›Freifrau‹ und das ›von und zu Todden‹ wegzulassen.«

Kunststück, es war ja auch nicht sein Adelstitel oder Name, sondern ihrer, hat Wolfhart gedacht, aber nicht gesagt.

Sein dezentes Lächeln aber ist selbst dem Sekretär nicht entgangen. »*Konsul* Schick, ihr verstorbener Mann, war ein ebenso vornehmer Mensch und außerdem mein Vater!« Bei dieser Eröffnung ist Frau Schicks Sekretär um einige Zentimeter gewachsen. »Ich entstamme freilich einer anderen Verbindung. Ich gehöre sozusagen einer Nebenlinie des Hauses an, weshalb ich auch den Namen meiner Mutter trage.«

Das hat Herberger wenig beeindruckt. Wer's dranschreibt, muss es bekanntlich nötig haben. Vor allem, wenn jemand – wie der Sekretär – den schönen rheinischen Nachnamen Pottkämper trägt.

»Nun, wie auch immer, Herr Schick – also mein Vater – war seiner Gattin sehr ergeben, genau wie sie ihm. Unzertrennlich die beiden, und das über fünfzig Jahre.« Verzückt hat Sekretär Pottkämper an dieser Stelle einen Blick auf das Doppelporträt des Firmengründers samt Frau, pardon Freifrau, geworfen, als gelte es, eine kurze Andacht einzulegen. Eine auf dreißig Sekunden bemessene Andacht. »Es wäre fatal, wenn der gnädigen Frau auf dieser Reise etwas zustieße.

Sie hat in letzter Zeit ein wenig abgebaut, und bedauerlicherweise ist ihre Nachfolge noch ungeklärt.«

An dieser Stelle wurde es ein wenig interessanter.

»Mir ist daher wichtig, dass Sie mich regelmäßig über Frau Schicks Befinden unterrichten. Wofür Sie natürlich ein zusätzliches Honorar erhalten.«

»Auf Rechnung von Frau Schick?«

»Nun, nein, das erledigen wir über ein gesondertes Konto und ohne Steuer. Wir wollen die alte Dame doch nicht beunruhigen oder verärgern, nicht wahr?«

»Die alte Dame hat mir gegenüber unmissverständlich erklärt, dass sie gedenkt, täglich bei Ihnen anzurufen. Der Geschäfte wegen.« Die, das war Herberger spätestens jetzt glasklar, allein Frau Schick, geborene von Todden, führte und keinesfalls dieses klatschsüchtige Kuckucksei für interne Firmenkommunikation. »Diese Anrufe sollten Ihnen genügend Informationen über das Befinden Ihrer Vorgesetzten liefern, meinen Sie nicht?«, fragte er freundlich.

»Ja, ja sicher, aber verstehen Sie...« Der Mann beugte sich mit seifigem Lächeln und wie in einer schlechten Schmierenkomödie vertraulich vor und senkte die Stimme: »Ich bin an objektiven Beobachtungen von außen interessiert. Frau Schick weiß in letzter Zeit nicht immer so genau, was sie will und was sie tut. Diese ganze Idee mit dem Jakobsweg... Das ist doch ein schlechter Scherz!«

»So? Die Anzahl der Menschen, die den Camino gehen, wächst stetig. Gerade unter reiferen Zeitgenossen.«

»Frau Schick war nie religiös, eher im Gegenteil. Sie ist eine nüchterne und sehr vernunftbetonte Pragmatikerin.«

»Mit kleinen Aussetzern?« Herberger genoss es beinahe, Pottkämper aus der Reserve zu locken. Ob das schwafelnde Kuckucksei wohl pro Wort entlohnt wurde?

»Genau. Kürzlich stand eine äußerst dringende Vorstandssitzung an, in der es um die äußerst komplexe Nachfolgeregelung und eine innovative und zukunftsgerichtete Umwandlung der Firmenstruktur und des geschäftsführenden Vorstands ging.«

»Sie sprechen von Frau Schicks Testament?«

»Eh, nun ... so ungefähr. Es lagen dringliche Papiere zur Unterschrift vor. Der gesamte Vorstand war versammelt, unsere Rechtsanwälte, die wichtigsten Kreditgeber, die Notare. Ein hochoffizieller Termin, Sie verstehen ... Und was macht Frau Schick?«

Herberger hat mit den Schultern gezuckt.

»Sie verkündet, dass sie den Jakobsweg gehen will!«

Herberger hat bemüht ernst und, wie er hofft, ein bisschen fromm genickt. »Vielleicht will sie um göttlichen Beistand bitten, bevor sie etwas so Bedeutungsvolles wie ihr Testament unterschreibt?«

»Köln verfügt doch nun wahrhaftig über genügend Kirchen, um einem derartigen...«, Pottkämper konnte seine Empörung nur schwer verbergen, »...einem derartigen Bedürfnis nachzukommen. Aber das war noch nicht alles! Sie hat uns gebeten, eine Schweigeminute für eine verstorbene Freundin einzulegen, und dann einen recht wirren Vortrag über Schopenhauer gehalten. Das Ganze hat den Verdacht nahegelegt, dass sie – mit Verlaub – ein wenig verrückt ist.«

»Weil sie Schopenhauer liest?«

»Religion und Philosophie sind selbstredend – wie soll ich sagen – *interessant*, aber mit der Planung und dem Bau von Parkhäusern hat beides wenig zu tun. Der Vorstand, die Banken und die Rechtsanwälte haben – vorsichtig ausgedrückt – *irritiert* reagiert. Von Frau Schicks geistiger Leistungsfähigkeit hängen immerhin viele Hundert Existenzen ab, verstehen Sie?«

Ja, das hat Herberger durchaus verstanden. Genau wie die Tatsache, dass die Hauptsorge des Privatsekretärs seinem eigenen Auskommen als unterbeschäftigter und unterbelichteter Dauerlächler galt. Stirbt die alte Dame, wird es seinen Posten bei der Schick und von Todden GmbH höchstwahrscheinlich nicht mehr geben, wenn sie es in ihrem Testament nicht ausdrücklich verfügt. Oder hofft er sogar auf eine Beförderung? Wenn ja, dann sicherlich vergeblich.

»Diesen Grüßaugust behalte ich nur meinem verstorbenen Mann zuliebe«, hat die alte Frau Schick ihm auf der langen Fahrt durch Frankreich bereits anvertraut und mit glitzernden Augen hinzugefügt: »Und um den Vorstand zu ärgern, der ständig von unproduktiven Kostenfaktoren redet. Das bin ich in deren Augen auch, aber zu ihrem Pech gehört mir der ganze Summs nun mal.«

Es ist ein Hochgenuss, Freifrau von Todden, verheirateter Schick, zuzuhören, wenn sie ihren Sekretär und den Vorstand allmorgendlich mit wohlbedachten Hieben, straff nach hinten gezogenen Schultern und sehr geradem Rücken per Handy zur Schnecke macht. Eine Kämpferin, die dem Alter die Stirn bietet. Nur wenn sie sich unbeobachtet fühlt, meist kurz vor dem Einnicken, fällt die Maske der Disziplin für die Dauer eines Lidschlags. Dann sieht sie so verlassen und schutzbedürftig aus, dass Herberger sie trösten will. Wie das Kind, das sie einmal gewesen sein muss. Ein trotzig-tapferes kleines Mädchen, dessen Kindheit eine Wunde war und in eine nicht minder schwierige Jugend überging. Beides fand im Krieg statt und endete mit Flucht und Vertreibung. Nicht, dass sie darüber reden würde. Wolfhart hat es nachrecherchiert und herausgefunden, dass die von Toddens eine Ahnenreihe haben, die bis in die Morgendämmerung der deutschen Geschichte zurückreicht und sogar Verbindungen ins englische Königshaus aufweist. Hauchdünne, aber immerhin. Als Nachfahrin von mittelalterlichen Raufbolden und Haudraufs sind Frau Schick Wut und Kampfgeist ersichtlich näher als Tränen. Wut lässt sich aushalten und treibt voran. Damit kennt er sich aus.

4.

Nelly vertieft ihr Lächeln. Ihr geht es schließlich gut. So blendend, dass sie Mitgefühl für den Griesgram im Glaskabuff entwickelt, der mit wichtiger Miene seine Lesebrille abnimmt, um einen Anruf entgegenzunehmen. Ihren Umschlag behält er noch immer als Geisel in der Hand. Seinen vielsagenden Blick übersetzt Nelly als eindeutige Botschaft: »Wir sind noch lange nicht fertig miteinander.«

Nellys Lächeln hält dennoch. Es kommt ja auch wirklich von Herzen. Sie könnte die ganze Welt umarmen. So fühlt man sich eben, wenn man verliebt ist. Wirklich verliebt. Und das auch noch in Pamplona.

»Alles nur eine vorübergehende Form des Wahnsinns«, lästert schon wieder Ricarda. »Liebe ist etwas anderes und ziemlich selten. Die meisten Beziehungen sind faule Kompromisse oder scheitern. Die Menschen fangen nur deshalb ständig neue an, weil sie sich so sehr wünschen, dass Liebe für immer und ewig halten kann. Bis zum nächsten Versuch.«

»Klappe! Dich überzeuge ich später vom Gegenteil!«, wehrt sich Nelly.

Der Pförtner lässt seine Lesebrille artistisch zwischen Daumen und Zeigefinger rotieren und erläutert dem Anrufer betont herzlich Ziffer 46c der Anlage UST für Umsatzsteuer. Er kann also auch anders. Nelly rümpft dennoch die Nase: Sein Verschlag dünstet den deprimierenden Geruch von Bürokaffee und Stempeltinte aus und keinen Hauch von Pamplona und Cava mit Zitrusnote und Neubeginn.

Ommm!

Der Ärmste! Ist sie in den letzten Jahren nicht selbst oft wie die Nadel eines alten Plattenspielers in der gleichen Rille hängengeblieben, weil ihre Lebensmelodie einen Sprung hatte und sie zu feige, träge und verbittert war, um eine andere Platte aufzulegen? Eine, die ihr Herz wieder zum Singen bringen würde? Sie drohte mit Blick auf Billy-Regale und Romantikkomödien im DVD-Player so beiläufig ins letzte Lebensdrittel hinüberzugleiten, wie Kinder die Milchzähne verlieren. Ohne große Gefühle. Die erlebte sie nur auf dem Bildschirm und in Filmen wie *Liebe braucht keine Ferien*, *Tatsächlich Liebe* oder *Die wilden Hühner und die Liebe*. Letzteres, wenn Becky dicht angekuschelt neben ihr lag. Im Rückblick waren das die schönsten Abende, auch wenn sie sich dem Film- und Süßigkeitengeschmack ihrer Tochter beugen musste: Schokoküsse, Esspapier und Colaschnüre. Eine Hälfte für Becky, eine für Mama. Die Hälfte für Mama hatte zeitweise fatale Folgen für ihre Figur und auf immer für ihre Geschmacksnerven. Sie liebt Colaschnüre inzwischen leidenschaftlich, auch wenn sie ihrer Tochter gegenüber stets standhaft das Gegenteil behauptet und Möhrenstifte zu den Colaschnüren serviert hat. Vor allem, wenn Ricarda dabei war, die Frau, die es geschafft hat, eine gute Figur, ein selbstbestimmtes Leben und ihre Karriere zu behalten.

»Ach Nelly«, unterbricht Ricarda sie mit leisem Kopfschütteln. »Anderer Leute Brot schmeckt immer nach Kuchen. Mich haben sie jetzt in die Best-Ager-Werbung verbannt. Das ist wie Hiphop-Tanzen im Minenfeld. Ich muss alles vermeiden, was nach Altsein klingt, unvermeidliche Gebrechen als Wellnesserlebnis vermarkten und Rollator-Hersteller für Anzeigen in Rätselheften begeistern. Was heißt schon Karriere? Ich hatte fünf Minuten Werberuhm, habe ein paar Kampagnenpreise zum Abstauben im Regal, aber weder eine Beziehungsbiografie mit Tiefgang noch eine Becky.«

»Bereust du dein Leben?«

»Keine Sekunde, aber jede Entscheidung hat ihren Preis. Die wenigsten von uns sind gleichzeitig Bundesministerin und siebenfache Mutter geworden, schon gar nicht, wenn sie aus Interesse Germanistik oder Psychologie studiert haben wie wir. Du hast es immerhin zur Mutter mit Übersetzerdiplom gebracht und eine Scheidung der herben Sorte überlebt. Kein Grund, sich zu schämen oder sich gramgebeugt durch den Rest des Lebens zu schleppen.«

Der Gedanke an Becky im Flauschbademantel voller Esspapierkrümel und Schokoflecken versetzt Nelly einen Stich. Nicht dran denken, zwingt sie sich. Becky ist inzwischen fünfzehn. Sie trägt keine Tabaluga-Pantoffeln mehr und hält weder die *Wilden Hühner* für cool noch ihre Mama für die Beste – was Nelly selbst nie getan hat. Lange vorbei sind die Zeiten, in denen Becky ein »Mutterbrot« von ihr verlangte, bei Regen ihre »Bummipiefel« nicht anziehen wollte oder ihr »wangleilig« war. Mit kleinen Kindern ist es seltsam: Die Tage mit ihnen dehnen sich endlos bis an die Schmerzgrenze, vor allem im Winter und wenn sie krank sind, aber die Jahre mit ihnen fliegen nur so dahin.

Hat Nelly nicht unglaublich viel versäumt und der kleinen, unfassbar hinreißenden Becky oft mehr versprochen, als sie halten konnte? Etwa den Planwagentrip durch Irland, den Ausflug ins Westernhotel von Disneyland und unzählige Runden »Mäuserallye«, nach denen Becky jetzt nie, nie wieder verlangen wird. Das alles hat sie verpasst – wegen plötzlich eintrudelnder Übersetzungsaufträge und drängender Abgabetermine. Der Gedanke daran schmerzt. Aber Schluss damit. Es gab auch Tage, an denen Nelly um acht Uhr morgens mit der dreijährigen Becky auf dem Arm zu Ikea gerast ist, um sie eine Stunde im Bällebad abzusetzen und beim Ein-Euro-Kaffee eine Übersetzungsarbeit abzuschließen, von der die Miete abhing. Schlechtes Gewissen inklusive. Nein, eine perfekte Mutter war Nelly nicht, und es gab genug Zeiten mit Becky, an die sie sich deshalb gern erinnert, weil sie vorbei sind, wie Ricarda zu Recht betont. Etwa die »Mama-Stinkepo-Phase« – eine Frühform der Rebellion im beginnenden Trotz- und endenden Töpfchenalter, als die Kindergärtnerin nur »Kacki-Katrin« und Ricarda »arschige Pupsitante« hießen.

Die Phase, in der Nellys Tochter jetzt steckt, ist so etwas wie eine Wiederholung auf höchstem Niveau. Becky pubertiert und ist vorzugsweise griesgrämig und hochnäsig. Die meiste Zeit befasst sie sich mit der alterstypischen Suche nach Antworten auf die Fragen »Wie beleidige ich meine Mutter richtig?«, »Wie verwüste ich mein Zimmer in fünf Minuten?« oder »Nach wie viel Tagen unter meinem Bett wird eine angebissene Pizza so lebendig, dass man sich mit ihr unterhalten kann?« Dass Becky verkündet hat, nach den Sommerferien erst einmal bei ihrem Vater zu bleiben und auf unbestimmte Zeit eine Pause von ihrer Mutter zu brauchen, tut trotzdem höllisch weh.

Nelly seufzt. All das hat sie vielleicht nur dem Umstand zu verdanken, dass Mr. Sexy Slip eine gigantische Penthousewohnung samt Haushälterin besitzt, die fürs Bettenmachen bezahlt wird und Becky den hübschen Hintern nachträgt. Von den B-Promi-Partys und Filmsets, die Becky an seiner Seite kennenlernen wird, ganz zu schweigen. Wenn sie Pech hat, sind damit fünfzehn Jahre Erziehungsarbeit zu Dingen wie pünktlichem Aufstehen, regelmäßigem Zähneputzen, Fleiß und einem Hauch von Ordnung für die Katz. Zumal Jörg vorführt, dass es sich ohne derartige Tugenden vergnüglicher leben lässt, wenn man nur rechtzeitig den Slip zeigt. Und am Ende hat er damit sogar recht.

Ihr tugendhaftes Leben zwischen beharrlichem Selbstzweifel und finanzieller Verzweiflung hat Nelly flügellahm gemacht. Kein Wunder also, wenn Becky ihre ersten Flügelschläge ins Leben lieber an der Seite eines unbekümmerten Partylöwen probieren will, dessen Geld aus dem Geldautomat zu kommen scheint. In Beckys Augen dürfte Jörg der Schöne sein und sie das Biest – zumal sie dummerweise versucht hat, Becky den Umzug zu verbieten. Becky antwortete mit Krokodilstränen, lautstarkem Türenknallen und »Ich hasse, hasse, hasse dich«, und am Ende hat Nelly dann nachgegeben.

Das ungute Gefühl versucht sie seither zu verdrängen. Denn warum bitte taucht Papa Sorglos, der bislang nur in Form überteuerter Sommerferien und Geschenke an Beckys Leben teilgenommen hat, plötzlich aus der Versenkung auf, um sich als Vollzeit-Vater zu betätigen? Da muss etwas dahinterstecken, und zwar nichts Gutes.

Ommm, Nelly! Verdammt noch mal, ommm, lass die Schwarzmalerei! Jörg ist kein Schwerverbrecher. Nelly ruft sich zur Vernunft, doch es fällt ihr schwer, auf sich selbst zu hören, denn Beckys spontaner Umzug ist keine Abnabelung, sondern eine Amputation ohne Narkose. So wie ihre grauenhafte Scheidung vor zehn Jahren.

Nicht dran denken, befiehlt sich Nelly, das hast du lange genug getan, und wer zu lange in den Abgrund starrt, in den starrt der Abgrund zurück. Becky geht es gut bei Jörg, ihr selbst geht es momentan besser als gut, und wahre Liebe lässt frei.

Aber nicht Becky, bitte, bitte nicht Becky!, wehrt sich was in ihr.

Stopp!

Denk an Pamplona, und lass allen gedanklichen Unrat vorbeischwimmen. Das sagt ihr Yogalehrer immer. Der hat allerdings keine Kinder und ist seit acht Wochen wegen Rückenschmerzen krankgeschrieben, weil sich sein Freund von ihm getrennt hat.

»So!« Der Pförtner hat sein Telefonat beendet, setzt wieder die Lesebrille auf und wendet sich erneut Nellys Umschlag zu. »Brinkbäumer, Nelly, Lindenallee 12, Steuerbezirk drei«, schließt er endlich seine Urkundenprüfung laut ab. »Steuernummer auch angegeben. Hm, gut.« Das »gut« klingt wie: »Das können wir gerade noch so durchgehen lassen.«

Zufrieden mit dem Vollzug seiner Amtshandlung bequemt er sich zu einem Scherz: »Fehlt eigentlich nur noch Ihre Kleidergröße und Ihr Geburtsdatum.« Er wirft den Umschlag in einen Postkorb.

»März, 38«, kontert Nelly und verbreitert ihr Lächeln zu einer Kampfansage. Sie dreht sich wie eine Modekundin vor dem Spiegel in der Umkleidekabine nach allen Seiten.

»1938?«

»Also bitte! Meine Kleidergröße ist wieder eine glatte 38, und Geburtstag hatte ich im März.«

»Aber nicht den achtunddreißigsten«, sagt der Pförtner spitz.

»Nein, ich bin achtundvierzig geworden. Bald habe ich ein halbes Jahrhundert voll!«

Der Pförtner hebt zweifelnd die Braue. Offensichtlich überlegt er, ob sie ein Kompliment für ihr Aussehen will. Das liegt weit unter fünfzig, aber ha!, nicht mit ihm. »So, so... achtundvierzig. Na, ob das ein Grund zum Feiern ist? Ich hab nach meinem Fünfzigsten aufgehört.«

»Man kann jederzeit wieder damit anfangen! Das Leben ist ein Fest.« Nelly lächelt eisern.

Der Pförtner schnaubt wie das längst pensionierte NDR-Pausenwalross. »Sie rechnen wohl mit einer gigantischen Steuerrückzahlung, was?«

Nelly schüttelt lachend den Kopf. »Ich bin so gut wie pleite, mein wichtigster Auftraggeber, die Linzer Motorenwerke, hat Konkurs angemeldet und schuldet mir Honorare für ein halbes Jahr. Ich musste meine Lebensversicherung verkaufen. War ein verdammt hartes Jahr, aber ab morgen wird alles besser.«

»Tatsächlich? Wenn man mit fünfzig in den finanziellen Sinkflug gerät, ist Schluss mit lustig. Was meinen Sie, warum ich hier gelandet bin? Ich war auch mal selbstständig.«

»Ach, irgendwie geht es immer weiter«, versichert ihm Nelly. »Ich habe zum Beispiel meinen Ehering versetzt. Jetzt macht er sich endlich bezahlt.«

»Als ob das reicht!«

»Es war ein Brillantring.« Jörg hat ihn damals auf Kredit gekauft, den sie dann zurückzahlen musste. *Doppeltes Ommm und nie wieder, du Dummie! Dummie mit U.*

»Dann herzlichen Glückwunsch nachträglich, aber wenn Sie wüssten, was ich an monatlichen Festkosten habe! Miete, Strom, Telefon, Auto...«

Nelly stellt auf Durchzug und den Griesgram stumm. Diese Jammeroper kennt sie. Die hat sie jahrelang selbst gespielt, bis sie gemerkt hat, dass man sich damit vor allem das eigene Leben vermiest. Wie hieß noch dieser Kalenderspruch, der wochenlang an ihrem Kühlschrank klebte? »Groll ist wie Gift zu trinken und darauf zu hoffen, dass ein anderer daran stirbt.«

Eigentlich könnte sie jetzt gehen, aber sie möchte den Crashtest bis zum Ende durchhalten.

Der Pförtner gibt in Sachen Zetern und Klagen gerade so

mitreißend schön Gas: »...dazu die Fernsehgebühren, obwohl das Programm eine Zumutung ist, und diese neuen DVD-Player gehen auch alle naselang kaputt. Von wegen Geiz ist geil...«

Versonnen streicht Nelly über ihre frisch gesträhnte Pagenfrisur, genießt das Gefühl seidenweich gepflegter Haare und grinst ihre Füße an. Die werden bald in wunderhübschen Schuhen stecken. Ein eBay-Schnäppchen, das sie vorgestern Nacht im Internet ersteigert hat und das schon heute per Kurier geliefert wird. Sie hat mit dem Versanddienst einen Wunschliefertermin vereinbart. Wunschtermin, ein wunderschönes Wort. Wunderschön wie die Marc-Jacobs-Pumps in Tanzschuhoptik mit Riemchen an der Fessel. Die werden sensationell zu Ricardas St.-Emile-Kostüm passen, das sie ihr nachher mitbringen will, damit Nelly morgen bei den Auftragsverhandlungen in Pamplona eine gute Figur macht. Und nicht nur dabei.

Nellys Lächeln gefriert. Herrje, wird Ricarda ihr das Kostüm auch noch leihen wollen, nachdem sie die nackte Wahrheit über dieses Vorstellungsgespräch erfahren hat? Nelly spürt, dass sie rot wird, weil sie sich in Gedanken gerade entstatt bekleidet, um ... Ach je, ein bisschen peinlich wird es vielleicht schon, weil sie ganz grässlich aus der Übung ist, aber verlernen kann man so etwas doch nicht. Ach was, viel besser, *er* wird sie ausziehen! Sie kann einfach darauf warten und dann ... Mmh.

Stille. Eine Stille, die so laut ist, dass man sie hören kann. Ist der Pförtner fertig? Nein, er holt nur empört Luft, um einen neuen Gipfel der Empörung zu erklimmen. »Was fällt Ihnen ein? Wollen Sie mich mit derartig obszönen Geräuschen beeindrucken?«

»Oh, oh nein!«

Himmel, sie hat *Harry und Sally* wohl ein paar Mal zu oft gesehen! Der Pförtner anscheinend nicht, er nimmt Nellys Stöhnen persönlich. »Sie wissen hoffentlich, dass beim Verkauf von Lebensversicherungen eine Abgeltungssteuer fällig ist und dass Sie den Handel mit gebrauchtem Echtschmuck wie Brillantringen ebenfalls angeben müssen, wenn Sie das Ganze gewerbsmäßig betreiben«, schnarrt er.

Jetzt reicht es! Da malt sie sich in aller Unschuld ein Freudenfest der sinnlichen Liebe aus, und der Mann spricht von Gewerbe! Schluss mit Ommm und allgemeinem Weltfrieden, Nelly kann bei Bedarf auch anders. »Ich hatte nur *einen* Ehering und betreibe das Heiraten keineswegs gewerbsmäßig«, bricht es aus ihr heraus. »Meine erste und einzige Ehe war ein reines Verlustgeschäft. Aber das ist jetzt vorbei, endgültig. Uranus, der große Zerstörer, verlässt morgen mein Sternzeichen, wissen Sie. Nach zehn Jahren! Vor mir liegt eine wirklich fantastische Zukunft, und die beginnt in...« Sie schaut auf die Normuhr im Rücken des Pförtners, um die Stundenzahl zu errechnen. In Sachen Horoskop muss man bekanntlich exakt sein. Die Uhr zeigt Viertel vor zwölf. »Oh Mist! Ich muss nachhause. Sonst verpasse ich den Mann, der meine Schuhe bringt. Punkt zwölf.«

»Wenn ich mich recht erinnere, heißen Sie doch Brinkbäumer und nicht Aschenputtel«, raunzt der Pförtner und lässt seinen rechten Zeigefinger in Stirnhöhe rotieren. Nelly sieht und hört nichts davon, sie ist längst draußen und tänzelt die Treppen hinab. Ihre gute Laune hat die Generalprobe überstanden, und neben der Steuererklärung hat sie im Finanzamt jede Menge Seelenschutz abgeladen.

»Momentan ist richtig«, summt sie. »Momentan ist gut.« Genau. Grönemeyer. »Telefon, Gas, Elektrik unbezahlt – und das geht auch...« Okay, so weit muss es nicht unbedingt kommen. Wird es ja auch nicht. Kann es gar nicht. Dank Pamplona und Javier.

Nein, nein, nein! Seinen Namen darf sie nicht einmal denken. Dabei wird ihr jedes Mal schwindelig und schlecht. Nelly tastet nach dem Treppengeländer. Vor Aufregung, Sehnsucht und Vorfreude ist ihr richtig übel.

»Bist du da so sicher?«, zischelt Ricarda in ihrem Kopf.

»Ja, bin ich«, flüstert Nelly. »*Mi amor*, ich komme.«

5.

»Machen Sie die Musik aus!«, reißt Frau Schick ihren Chauffeur Herberger aus seinen Gedanken. »Ich kann dieses Gesäusel nicht mehr hören, und außerdem will ich endlich wandern.«

Wie bitte? Dass sie seine Musikauswahl nicht mehr mag und nun auch ihn zur Schnecke macht, ist neu. Aber wenn sie ihn für einen Grüßaugust wie Pottkämper hält, liegt sie falsch!

»Unmöglich. Sie können hier nicht aussteigen.« Pause. »Gnädige Frau.« Solange Herberger das Lenkrad in der Hand hält, ist er der Boss. Zumal es seinen eigenen Plänen mehr als abträglich wäre, wenn ihr hier etwas zustoßen würde. Sie soll es so lange wie möglich nett bei ihm haben, denn alles in allem schätzt er den alten Drachen. Er schätzt ihn sogar mehr als ihm lieb und seinen Plänen zuträglich ist.

Autsch! Manchmal hasst er ihn auch!

Der Drachen ist nach seinen diversen Nickerchen hellwach, hat sich im Fond des Jaguars aufgerichtet und bohrt die Metallspitze eines Nordic-Walking-Stocks in die Rückenlehne des Fahrersitzes und seine Lendenwirbel. »Jetzt halten Sie endlich an!«

»Nicht hier!«

»Dann in der nächsten Parkbucht. Sie haben vor wenigen Kilometern gesagt, wir seien im spanischen Baskenland angekommen, und irgendwann muss ich mit dem Wandern schließlich anfangen, oder? Der ganze Zirkus dauert doch nur acht Tage, und ich will wissen, was es mit den Wundern des Jakobswegs auf sich hat, bevor wir morgen in Pamplona auf die Pilgergruppe treffen. Das ist doch bestimmt so eine Bande aus pensionierten Oberstudienrätinnen und Bewegungsfanatikern in lächerlichen Hosen!«

»Das Publikum kann man sich bei organisierten Reisen nun einmal nicht aussuchen, gnädige Frau. Aber wenn Sie wünschen, fahre ich Sie im Auto bis Santiago de Compostela, und zwischendrin machen Sie ein paar hübsche Spaziergänge mit der Gruppe.« Streckenweise muss er schließlich allein sein, um nachzudenken und seine eigentliche Mission zu verfolgen.

»Spaziergänge, Wohlfahrt? Sie sind ja nicht bei Trost! Was meinen Sie, warum ich in dieser neumodischen Wanderkluft in einem Jaguar sitze? Wenn ich wegen meines Augeninnendrucks schon nicht mehr fliegen darf, dann will ich wenigstens gehen. GEHEN, und zwar jetzt sofort.«

»Nicht hier und nicht allein.«

»Nach dem bisschen, das ich gelesen habe, muss das aber so sein, wenn man ein Zwiegespräch mit Gott führen möchte.«

Wolfharts Augen streifen erneut den Rückspiegel. Bei der Erwähnung von Gott hat sich die Miene seiner Arbeitgeberin mächtig verfinstert. Was hat die alte Dame nur vor? Hat sie mit dem Allmächtigen ein Hühnchen zu rupfen?

»Wohlfahrt, hören Sie mich nicht? Ich möchte aussteigen!«

Wolfhart gibt Gas und nimmt die nächste Kehre so rasant, dass es seine Arbeitgeberin aus dem Sitz hebt. Er legt mit einem Extraschlenker und angedeutetem Schleudern nach. Befriedigt registriert er einen spitzen Aufschrei im Fond.

»Wie Sie bemerken, ist das Gelände hier gefährlich steil, gnädige Frau.«

»Lassen Sie die dämlichen Tricks!«

»Der Fußweg ist an dieser Stelle als Knochenbrecher gefürchtet, gnädige Frau. Hier kommen sogar Bergziegen ins Stolpern. Nicht umsonst kreisen über uns die Lämmergeier.« Er deutet mit dem Finger durch die Windschutzscheibe in den Himmel.

»Da kenne ich bessere Schauermärchen. Außerdem habe ich das Wandern zuhause geübt. Sie waren doch dabei.«

»Die Rheindeiche bei Köln sind mit den hiesigen Strecken nicht vergleichbar.«

»Ich war drei Mal auf dem Drachenfels und bin seit Jahren Mitglied im Alpenverein.«

»Sie sind meines Wissens lediglich passive Vorsitzende im Freundes- und Förderkreis des Alpenvereins, gnädige Frau.«

»Da hat aber jemand sehr genau recherchiert. Sind wohl ein passionierter Schnüffler, Herr *Doktor?*«

Wolfharts Brauen schnellen nach oben. Der »Doktor« klang reichlich überbetont. Ob sie etwas ahnt? Unmöglich, und zumindest sein Doktor ist so echt wie ihr Adelstitel. Trotzdem, wenn sie so weitermacht, landet sie noch einen Treffer. »Ihr Sekretär bat mich, mich gründlich auf die Reise vorzubereiten, gnädige Frau«, sagt er ruhiger, als er sich fühlt. »Außerdem lese ich regelmäßig den *Kölner Stadtanzeiger*, mit besonderem Vergnügen den Lokalteil, in dem Sie und Ihr Engagement als Schirmherrin der Schick-Stiftung und Spendensammlerin stets ausführlich gewürdigt werden. Von einer ausgeprägten Wanderleidenschaft oder Reiselust war dort nie die Rede.«

Im Gegenteil. In einem Interview hat ihr verstorbener Gatte Paul Schick angedeutet, dass die Fluchterfahrungen seine Frau von jeglichem Reisefieber ein für alle Mal kuriert haben, weshalb das Paar oft getrennt sei.

»Immerhin habe ich höchst aktiv Schecks für diese Feld-Wald-und-Wiesenfreunde ausgeschrieben«, kontert Frau Schick. »Wie für zig andere Vereine auch. Alles im Namen meines großherzigen Mannes.« Sie neigt den Kopf in Richtung Scheibe, ihr Blick tastet sich eine jäh aufklaffende Schlucht hinab, in der ein Gebirgsbach gurgelt. »Oh ja, er hatte ein sehr gutes Herz.«

Herberger beobachtet sie nachdenklich im Rückspiegel. Großzügigkeit und karitative Zwecke waren ja mehr oder weniger der Lebensauftrag seiner Chefin, den sie mit Noblesse und Stil erfüllt hat. Jetzt scheint sie sich darüber zu ärgern. Frau Schick schaut grimmig und wirkt sehr erregt. Das kann nicht gut für ihren Blutdruck sein. So viel sieht er, auch wenn er seinen Doktortitel nicht in Medizin erlangt hat. Er senkt die Stimme zu einem wohltemperierten Moll: »Gnädige Frau, wir müssen bis heute Abend in Pamplona sein, damit Sie sich in Ihrem schönen Hotel noch einmal ordentlich ausruhen können, bevor unsere Reisegruppe eintrifft.« Außerdem, und das verschweigt Wolfhart wohlweislich, möchte er ungestört telefonieren. Er braucht genauere Informationen und Instruktionen. Es kommt auf jedes Detail an. Nicht umsonst haben seine früheren Jobs ihn gelehrt, dass ein Patzer bei der Planung lebensgefährliche Folgen haben kann.

Frau Schicks Stimme signalisiert Tauwetter. »Herrje, ich ruhe mich seit Tagen auf dem Rücksitz aus, und dieser christliche Wanderzirkus trudelt doch erst morgen Nachmittag in Pamplona ein! Die dürfen schließlich schon ab hier wandern.«

Wolfhart lenkt ein und wirft einen Blick auf das Navigationsgerät. »Es sind noch knapp fünf Kilometer bis Roncesvalles. Dort können wir eine Rast machen und die Klosteranlagen besichtigen, gnädige Frau.«

Aus dem Fond bricht erneut eine Kaltfront über ihn herein. Samt Donnergroll und fauchenden Blitzen. »Verdammt noch mal! Lassen Sie endlich die ›Gnädige Frau‹ weg!«

Irritiert hebt Wolfhart die Brauen. »Ihr Sekretär hat auf dieser Anrede bestanden.«

»Kann ich mir denken. Dieser Knallkopf hat sich ja auch gern ›Persönlicher Referent von *Konsul* Schick‹ genannt und ihm einen Posten nach dem anderen abgeschmeichelt. Nur gut, dass meinem Verstorbenen der Ehrenprofessor von den Fidschiinseln und der Sonderbotschafter von Botswanaland zu teuer waren«, brummt die Dame auf dem Rücksitz.

»Wie meinen?«

»Nichts. Und jetzt halten Sie endlich!«

»Das werde ich. In Roncesvalles. Es ist das erste bedeutende Pilgerhospital auf dem spanischen Wegabschnitt, das schon in mittelalterlichen Pilgerführern erwähnt wird. Die Gebäudeanlage und vor allem die Kirche sind eine bemerkenswerte architektonische Variante der Gotik aus dem zwölften Jahrhundert«, schnurrt Wolfhart herunter, um Frau Schick abzulenken.

»Verschonen Sie mich mit Gotik. Köln ist rappelvoll davon. Vom Dom gehören mir schätzungsweise zweitausend Steine, Rosetten und Wasserspeier, so viel wie ich dem Bauverein gestiftet habe, und ich musste jedes einzelne Replikat persönlich bewundern.«

»Dann möchten Sie vielleicht die Grabkapelle sehen, die einer Legende nach Karl der Große nach der Rolandschlacht errichtet hat, als Beinhaus für –«

»Beinhaus? Da komm ich noch früh genug hin. Hören Sie, ich bezahle Sie nicht dafür, dass Sie Kulturführer lesen, sondern dafür, dass Sie Straßenkarten studieren.«

Er und Kulturführer lesen ... Ha, wenn sie wüsste!

»Geschichte ist sozusagen mein Hobby, gnädige Frau.« Ein Hobby, für das Wolfhart in der Gefängnisbibliothek mal viel Muße hatte. Das ist Jahre her!, ruft er sich in die Gegenwart zurück. »Angesichts meines großzügigen Honorars für diese Reise dachte ich, dass einige Informationen über die Kultur und die Legenden des Jakobsweges...«

»Sie sollen nicht denken, sondern fahren. Ach, was rede ich. Ich meine natürlich anhalten. Diese scheußlichen Knobelbecher an meinen Füßen müssen schließlich eingelaufen werden, Herr *Doktor Wohlfahrt*.«

Jetzt klingt sie schon wieder anzüglich. Wolfharts Miene versteinert wie Charlton Hestons Gesicht in der Rolle des El Cid. »Sie tragen maßgefertigte Meindl-Schuhe. Man bekommt darin keine Blasen, und falls doch, dann haben Sie in den kommenden Tagen ja immer noch mich, Ihr Handy und diesen Jaguar, Frau Schick.« Er klopft auf das Armaturenbrett aus poliertem Wurzelholz. Das Klopfen erinnert ein wenig an eine Ohrfeige.

Vom Rücksitz der Limousine ertönt Triumphgelächter. »Na, endlich lassen Sie die gnädige Frau weg! Dann kann ich mir ja auch die Scherze mit Ihrem merkwürdigen Namen sparen.«

»Wieso merkwürdig?«

»Ich habe diesen Zirkus mit falschen und echten Titeln so satt«, bricht es aus Frau Schick hervor.

Wolfharts alias Eckeharts Herz macht einen Satz, als wolle es die silberne Jaguarfigur auf der Kühlerhaube überholen. *Verdammt, sie weiß es, sie weiß es!*

Frau Schick holt tief Luft. »Ein für alle Mal: Mein Mann war Paule Schick, auch als das Schlitzohr aus der Schemmergass oder Paulchen Schikane bekannt. Er war weder gnädig noch ein Herr, sondern lediglich der Parkhauskönig von Köln, ein Lump, der seinen letzten Seufzer in der Tingeltangelbar am Busen einer einundzwanzigjährigen Hostess getan hat. Ich hoffe, der Busen war nackt, und gönne ihm jede Sekunde seines achtundsiebzigjährigen Lebens, aber in meins hat er sich nicht länger einzumischen und Sie erst recht nicht. Und jetzt treten Sie in die Bremse! Oder muss ich Sie hinterrücks erschlagen und das Lenkrad selbst übernehmen? Da ist eine Parkbucht angekündigt, Herr Herberger.«

Wolfharts Herz schnellt in die Ausgangsposition zurück, seine Brust wird wieder weit. »Gnä..., Frau Schock, äh... Schick, wir brauchen keine Parkbucht. Wir sind gleich in Roncesvalles.« Er deutet auf ein Ortsschild.

»Wollen Sie mich veräppeln? Da steht: ›Drei Kilometer bis Orreaga‹, nicht Ronces-was-auch-immer«, schimpft Frau Schick.

»Oh, das ist lediglich ein Ausdruck unverwüstlichen Baskenstolzes. Orreaga ist Roncesvalles. Die offizielle spanische Variante der Ortsnamen lässt man hier gern weg, oder man schreibt sie ganz klein darunter. Nicht umsonst prägten die Pilger des Mittelalters den Ausspruch ›Ich bin mit meinem Latein am Ende‹, nachdem sie erstmals das Königreich Navarra betraten und mit keiner der ihnen bekannten Sprachen nur ein nachvollziehbares Wort aus den Basken und Navarresen herausbekamen. Baskisch ist eine weltweit einzigartige Sprache. Kurt Tucholsky schrieb in seinem Pyrenäenbuch: ›Eine Sprache, in der die Worte ‚wer durch diese Tür tritt, mag sich zu Hause fühlen', *àthean psatzen dubena bere etchean da* heißen – die ist nicht zu enträtseln.‹«

Und damit sind es nur noch zwei Kilometer bis Orreaga. Ha! Wolfhart nimmt mit Schwung eine weitere Kehre. Er freut sich schon darauf, das melodiöse Rollen, Springen und Tanzen der baskischen Laute in Pamplona wieder einmal zu hören. Ob er wohl noch darauf antworten kann? Vor siebenundzwanzig Jahren hatte er eine hinreißende baskische Lehrmeisterin. Wie hieß denn die noch? Cida? Ammuna? Der Name hatte einen zauberhaften Klang. Passte zum uralten Hexenkult der Gegend.

»Aua!« Wieder dieser bohrende Schmerz im Lendenwirbelbereich. Herberger verliert für einen Moment die Kontrolle über das Fahrzeug. Der Jaguar bricht aus. Verfluchte Wanderstöcke, verflixte Hexe Schick!

»Anhalten!«, donnert es von hinten.

Ach! Der Teufel soll sie holen.

Das Auto gerät auf die falsche Fahrbahnseite, vor ihm taucht ein Viehtransporter auf. Wolfhart nimmt den Fuß vom Gas, lenkt geschickt gegen und bringt den Jaguar begleitet von einem atonalen Hupkonzert des Lasterfahrers auf die rechte Spur zurück. »Jetzt ist es aber genug«, brüllt er.

Nein, noch nicht.

»Mein Herz! Himmel! Mein Herz«, kreischt es von hinten.

Wolfhart reißt den Kopf herum. Frau Schick kauert zusammengesunken auf dem Rücksitz und presst die Hand gegen ihre Brust.

Scheiße, Scheiße, SCHEIßE!

6.

Das Seidenfutter knistert verheißungsvoll. Nelly steigt in den Bleistiftrock von Ricardas Kostüm. Sacht wie eine Liebkosung gleitet der Cashmere über ihre Schenkel, umschmiegt ihre Hüften. Sie schließt den Taillenbund, streicht den Rock glatt. Eine Figur mit wiedererkennbarer Taille zu haben, ist wundervoll. Wer hätte gedacht, dass es in ihrem Alter neben ewiger Askese noch ein befriedigenderes Diätrezept gibt?

Lyrik und Liebe. *Hungrig bin ich, will deinen Mund, deine Stimme, dein Haar, und durch die Straßen zieh ich ohne Nahrung, schweigend, nicht sättigt mich das Brot* . . . Pablo Neruda!

Er, also Javier, hat das Gedicht in seiner letzten Mail zitiert. Wie recht er hat. Und Neruda erst! So ist das, wenn man verliebt ist, obwohl Nelly gegen den Genuss einer Mahlzeit langsam nichts mehr einzuwenden hätte.

Jetzt noch die Jacke. Nelly schlüpft in ein Kurzjäckchen im Jackie-O.-Stil, der laut Ricarda wieder modern ist. Es fällt so locker, dass es die Tapas-Orgie samt Weinverkostung, die für morgen angesetzt ist, verkraften kann. Nelly dreht sich vor dem Spiegel. Das Ganze nennt sich »Vintage-Look«.

»Mit anderen Worten: Designer klauen hemmungslos die Ideen betagter oder verblichener Vorgänger wie Coco Chanel, Cassini und Dior und lassen sich als neue Genies feiern«, hat Ricarda vorhin gelästert. Nellys Plan, nach Pamplona zu reisen, hat sie vorwiegend heiter kommentiert. »Du wirst Repräsentantin eines spanischen Wein- und Sektkelterers? Genial. Was heißt ›Kellergeister‹ auf Spanisch?«

»Ricarda, bitte! Es handelt sich um ein sehr exklusives Weingut in Navarra«, hat Nelly geantwortet. »Die Bodegas Tosantos sind ein Familienbetrieb, der bislang nur den heimischen Markt beliefert, erstklassige Hotels und Sternerestaurants. Ein Geheimtipp. Ich soll mit Ja..., also mit dem Junior, einen internationalen Katalog und eine englisch-deutsche Homepage gestalten. Da muss jedes Wort exakt passen, und die spanischen Texte von Ja..., also dem Junior, sind Gedichte.« Genau wie seine Mails über die Liebe. »Fast schon Neruda.«

»Neruda?«

Nelly hat rechtzeitig Ricardas Röntgenblick aufblitzen sehen und geht sofort in die Defensive. »Ich meine, über Weine zu schreiben ist eine Kunst.«

Ricarda hat voll gespielter Ehrfurcht genickt. »Oh ja, man denke nur an edle Tropfen wie das Wachenheimer Gerümpel und den Poysdorfer Saurüssel. Vom Nacktarsch ganz zu schweigen! Aber Schwamm drüber! Ich trinke Wein lieber, statt Lobeshymnen über ihn zu dichten. Gibt es Warenproben?«

»In der Küche steht eine Kiste Cava Reserva extra brut, Jahrgang 2008, der hat Champagnerqualität. Leichte Zitrusnoten im Gaumen und...«

»So genau muss ich das nicht wissen, aber *muchas gracias*. Während Tante Ricarda für ein alkoholisches Erfrischungsgetränk sorgt, ziehst du dich am besten schon mal um.«

Das hat Nelly inzwischen getan. Verzückt lächelt sie in den Schlafzimmerspiegel. Abgekupfert oder nicht, der Schöpfer dieses Kostüms ist ein Mozart der Modediebe. Hoffentlich ist es in Pamplona nicht allzu heiß und das Restaurant klimatisiert, dann kann sie die Jacke anbehalten und doppelt sündigen. Erst richtig schlemmen – frittierte Garnelen, Kalbsnierchen in Sherry, Pulpo – und danach diesen unfassbar tollen Mann vernaschen, halt!, nein!, verkosten! Er ist keine Colaschnur.

Nelly summt *Strangers in the night*. Sinatra passt so schön zu dem Kostüm und Pamplona. *Love is just a glance away*. Oh ja, die Liebe ist nur noch einen Blick entfernt, gesehen hat sie ihn ja bisher nur auf einem Foto.

Der Sandton des Kostüms bügelt offensichtlich auch ein paar Falten aus ihrem Gesicht, oder ist es ihr unfassbares Glück, das sie so leuchten lässt?

»Ich tippe auf einsetzende Altersfehlsichtigkeit«, schlängelt sich Ricardas Stimme in Nellys Ohr.

Nelly schüttelt den Kopf. Unsinn! Ricarda ist in der Küche! Sie sieht noch passabel aus, sehr passabel! Die Nase ist gerade, der Mund noch gut sichtbar, kein verkniffener Strich. Wenn sie entspannt guckt, so wie jetzt, fallen die entstehenden Schlupflider kaum auf, und der Pony ihres neuen Pagenkopfes verdeckt gnädig die Linien, die ihr Alter allmählich auf die Stirn zeichnet. Und wer wird denn so kritisch sein. Nelly ist es leid, darüber nachzudenken, ob und wie anziehend und faltenfrei sie ist. Das hat sie in ihren völlig faltenfreien Dreißigern lange genug getan, und nie war sie zufrieden mit dem Ergebnis – wie viele andere attraktive Frauen auch. Ein Jammer, dass man über das viele Nachdenken seine reizvollsten Lebensjahre einfach verpasst, interessante Männer mit Selbstzweifeln und lästigen Nachfragen vergrault oder krampfhaft die Falschen festhält.

»Wie recht du hast«, mischt sich die imaginäre Ricarda ein. »Wahre Schönheit kommt wie wahre Liebe nur von innen. Ich etwa verdanke mein strahlendes Aussehen dem Innern meiner Cremetöpfchen, und nicht zu vergessen: Ich trinke literweise Wasser.«

»Du und Wasser!«, schnaubt Nelly, als wäre Ricarda zugegen. Ist sie aber nicht. Der Korken scheint sehr fest zu sitzen.

Nelly schaut sich noch einmal in ihrem Schlafzimmer um, linst sogar unter das Bett. Keiner da, nur ein Lebenshilfe-Bestseller von Eckehart Tolle und einige andere Ratgeber, die gemeinsam Staubmäuse fangen, statt an Nellys Erleuchtung zu arbeiten.

Zeit für eine weitere Generalprobe in Sachen Pamplona.

Nelly tastet mit geschlossenen Augen nach den Häkchen am Rockbund, öffnet und schließt sie mit wachsendem Tempo. Wunderbar! Das dürfte sogar bei gedämpftem Licht und bebenden Fingern gelingen. Ihren oder besser seinen Fingern. Er schafft es bestimmt, sie mit einem Arm festzuhalten und ... Auf dem Foto jedenfalls wirkt Javier kraftvoll und feurig wie Antonio Banderas in seinen besten Jahren.

Hinter geschlossenen Lidern sieht die einstige Drehbuchautorin Nelly alles vor sich. Auf Breitbildleinwand. Zunächst ein Kameraschwenk über die Kulisse. Ein Hotelzimmer ... Halt nein! Sie hat ja eine Suite gebucht, eine Suite mit dem wohlklingenden Namen Alhambra. Samt Himmelbett in orientalisch-floraler Schnitzerei und Bettwäsche aus ägyptischer Baumwolle. Was auch immer daran besonders ist. Abgesehen vom Preis. Egal, ins Glück muss man investieren, und es muss ja zu einem Juniorchef, Neruda-Kenner, Finca-Erben und rundum fantastischen Traumkerl passen. Weiter im Film.

Nelly wagt eine Nahaufnahme von sich und Banderas – Quatsch – von Javier natürlich. Sie stehen eng umschlungen nur einen Meter vom Bett entfernt. Umhüllt von weichem Mondlicht. Jawohl, Mondlicht! Das hat sie recherchiert. Eine berufliche Marotte. Schließlich durfte sie sich bei der Beschreibung von Traktorenmotoren nie den kleinsten Übersetzungsfehler leisten, damit die Ungetüme auch mithilfe der spanischen und englischen Gebrauchsanweisung ans Laufen kamen. Morgen ist Vollmond, und das Onlinewetter verspricht eine wolkenlose Nacht über Pamplona. Alles wird perfekt sein.

Wo war sie stehengeblieben? Ach ja ... Er hält sie im Arm, fährt womöglich mit einer Fingerkuppe über ihre Lippen. Schnitt!

Nelly friert die Szene ein und öffnet die Augen. Muss sie ihre Lippen vorher abschminken, oder sollte sie sich einen kussfesten 24-Stunden-Lippenstift kaufen? Die kennt sie von Becky. Moment! Braucht Becky so etwas schon? Hoffentlich nicht! Jedenfalls bitte nicht, um vierundzwanzig Stunden Kussbereitschaft zu signalisieren.

Nelly schließt erneut die Augen und erlaubt sich einen Kameraschwenk in Richtung Bad. Auf den Internetfotos der Alhambra-Suite ist es groß wie ein Ballsaal und beherbergt eine Marmorwanne und einen Whirlpool, der allerdings erst später zum Einsatz kommen sollte. Sex in der Badewanne ist beim allerersten Mal ein wenig exotisch, und Nelly will nicht Seifenschaum schmecken und riechen, sondern Javier.

Sie könnte sich im Bad nach dem Abschminken noch rasch die Zähne putzen – nach dem ganzen Wein, den sie vorher wird kosten müssen – und sich umziehen. Frei nach James Bond: »Ich schlüpf nur schnell in etwas Bequemes.«

Nein, nein, nein, völlig falscher Film! Zu aufdringlich und zu schade um das zauberhafte Kostüm. Überhaupt verträgt die Schlafzimmerszene keinen Text, höchstens ein bisschen Hintergrundmusik. Das könnte Sinatra übernehmen. *Lovers at first sight, in love forever. It turned out so right for strangers in the night. Dubidubidudadada.* Das »Dubbidubida« ist ein bisschen arg blöd. »Jetzt hab ich einen Ohrwurm, Mama«, hätte Klein-Becky früher geschimpft.

Muss ihr jetzt auch noch ihr Kind dazwischenfunken? Nelly

tappt zu ihrem CD-Player und schaltet ihn ein. Gustav Mahlers Fünfte flutet den Raum. Sie drückt auf Stopp. Brrr, viel zu unheilschwanger und morbide! Sie will doch nicht Thomas Manns *Tod in Venedig* nachspielen und wie der herzkranke Held Achenbach irgendwann den letzten Schnaufer tun. In Viscontis Filmfassung rinnt dem herzkranken Helden neben Tränen und Todesschweiß am Ende schwarze Haartönung über das kalkweiße Gesicht. Das war mal Jörgs Lieblingsfilm, als er noch ein Brandauer werden wollte. Von ergreifenden Sterbeszenen konnte er gar nicht genug bekommen.

Aber: Erstens ist sie kein Mann, zweitens ist sie nicht halbtot und verkappt homosexuell, und drittens ist Javier nur ein klitzekleines bisschen jünger als sie. Acht Jahre, was macht das schon? Überhaupt nichts. »*No es nada*«, sagt er selbst. Optisch schon gar nicht, schmeichelt der Schlafzimmerspiegel, immerhin sind ihre Haare nur hell gesträhnt, nicht schwarz getönt. Zur Hölle mit Visconti, Gustav Mahler und Thomas Mann! Egal, wie ergreifend das alles ist. Nelly übt nicht für eine Todesszene, sondern für einen Liebesfilm.

Genau, und jetzt Augen zu und zurück zum Himmelbett!

Javier presst sie an seine markige Brust, sie ertrinkt in seinem ersten Kuss, zerfließt im Meer wogender Leidenschaft und so weiter und so weiter. Nelly drückt auf mentalen Schnelldurchlauf. Da, jetzt hat sie das richtige Bild! Er streift ihr die Jacke von den Schultern, schiebt die Träger ihres Seidentops herab, küsst ihre nackte Haut.

Nelly notiert sich in Gedanken, dass sie heute Abend Bodylotion auftragen muss. Eine parfümfreie. Es soll ja so natürlich wie möglich vonstattengehen.

Schulterküsse die zweite. Nellys Nacken kribbelt. Ihr Atem geht rascher, und dann entschlüpft ihr tatsächlich ein Seufzer. Der Augenblick, an dem sie den Rock elegant loswerden sollte, ist erreicht. Das wiederum will geübt sein. Einander einfach die Kleider vom Leib zu reißen und übereinander herzufallen wäre zwar ein Ausdruck wilder Leidenschaft, aber definitiv unreif. Ein Mann wie er will sozusagen dekantiert sein, und sie erst recht. Wo bleibt eigentlich Ricarda mit dem Cava? Egal.

Nelly versucht einen dezenten Hüftschwung, schiebt ein wenig an dem wundervollen Rock, fühlt ihn an sich hinabgleiten und tritt einen Schritt auf das imaginäre Himmelbett zu. Bevor sie verstanden hat, was geschieht, verliert sie die Balance, gerät ins Trudeln und knallt gegen den Schrankspiegel.

»Bist du hingefallen?«, schreit Ricarda aus der Küche.

Mist!

»Nein!« Nelly reißt die Augen auf und erschrickt. Der Rock hängt über ihren Knien wie eine Trauerflagge auf Halbmast. Der Saum ist zu eng. Nicht umsonst heißt das Ding Bleistiftrock. Man muss schon mit dem Naturtalent einer Mata Hari gesegnet sein, um sich da mal eben herauszuschlängeln.

Nelly seufzt und zieht den Rock verschämt nach oben. Was macht sie hier bloß? Für einen Moment fühlt sie sich so, wie der Spiegel sie eben gezeigt hat: lächerlich.

Wenn man als Erwachsener hinfällt und sich die Knie aufschürft, merkt man, wie klein man in jeder Phase seines Lebens sein kann. Auch wenn man sich gerade so überaus jung fühlt, heißt das nicht, dass man es tatsächlich ist oder dass man versäumtes Glück nachholen kann. Jahrelang hat es nur Mama Nelly und Nelly, das Arbeitstier, gegeben – zwei Personen, die eines verband: Effizienz. Effizienz ist erwachsen, aber aufreibend und kein Rezept fürs Glück. Ebenso wenig wie extern gekühlte Dieselmotoren, Schulpflegschaftssitzungen, Läuseplagen auf dem Kopf der Tochter, Masern, Mathe-

Nachhilfe in Sinus und Cosinus oder Streit um die Bettgehzeit oder ...

Die Liste ihrer Lasten erscheint Nelly plötzlich wie eine endlose Aneinanderreihung von Banalitäten. Die graue Dame Melancholie nimmt neben ihr auf der Bettkante Platz. Sie kommt gelegentlich zu Besuch und umwebt Nelly schweigend mit Schwermut und Einsamkeit. Seit dem Beginn von Nellys Wechseljahren häufen sich die Gastauftritte dieser ungebetenen Besucherin.

Egal wie verliebt ich bin, eine Familie werde ich nie mehr haben, denkt Nelly. Es schmerzt, obwohl sie doch ein Kind hat. Nein, auch das ist vorbei, denn Becky möchte lieber bei ihrem Vater sein. Und statt einer Ehe zu zweit, einer echten Partnerschaft, hat sie eine Beziehung mit sich selbst geführt. Eine, in der sich alle unangenehmen Pflichten und Sorgen auf ihren Schultern türmten, ohne dass es ein Anrecht auf Austausch, Liebe und Leidenschaft oder wenigstens auf regelmäßigen Routinesex gegeben hätte. Aber wäre sie mit Ehemann glücklich gewesen?

Nelly spielt es in Gedanken durch. Mit einem halbwegs erträglichen Ehemann an ihrer Seite würde sie sich wohl wie ihre verheirateten Freundinnen Gedanken über ein etwas flotteres und unabhängigeres Leben machen. Sie und ihr Ehemann würden gemeinsam den Abschied von der kleinen Becky und den unvermeidlichen Beginn des Lebensherbstes betrauern oder sich dagegen aufbäumen und ein wenig an ihrer nach hinten verschobenen Selbstentfaltung arbeiten. Sie würde sich über seine Schlafgeräusche ärgern und die ihren unterschätzen. Vielleicht würde sie mit ihrem Mann – der freilich nicht Jörg wäre – jetzt über eine Weltreise nachdenken, über den Besuch eines Tanz- oder Kochkurses oder eine gemeinsame Glyx-Diät. Vielleicht würde sie auch heimlich eine Affäre haben.

Nein, keine Affäre. Eher würde sie bei Ikea den Waschtisch »Godmorgon« kaufen oder praktische Schubladeneinsätze, die ein vollumfänglich geordnetes Leben verheißen. Nebenher würde sie Gedichte und Bücher von Eckehart Tolle lesen und mit ihm auf die Erkenntnis hoffen, dass nach der Einstellung des irdischen Geschäftsbetriebs nicht einfach Schluss ist. Gut möglich aber auch, dass sie mit einem missgelaunten Mann missgelaunt Hartz-IV-Anträge ausfüllen würde.

Nelly schubst die Melancholie vom Bett. Sie muss endlich aufhören, so viel über ihr verpfuschtes Leben nachzudenken. Vielleicht ist es das letzte Mal, dass die romantische, unsortierte, alles hoffende Nelly einen Mann für sich begeistern kann. Einen wirklich vielversprechenden Mann. Vielversprechend ist allerdings kein schönes Wort, dafür hat sie Jörg auch einmal gehalten.

Und Javier? Selbst wenn er halten kann, was sie sich von ihm erhofft, wohnt er tausendvierhundert Kilometer weit weg, in Pamplona, was trotz Flugverbindung eine Wochenendbeziehung unwahrscheinlich macht.

Nelly, Nelly, Nelly! Was macht dich nur so zaghaft? »Finde das schmale Tor, das zum Leben führt. Es heißt Jetzt«, schreibt Eckehart Tolle, der unter ihrem Bett liegt, und damit hat der Mann zweifelsohne recht.

»Und was will ich jetzt?«, fragt Nelly mit gerecktem Kinn ihr Spiegelbild. Eigentlich ist es ganz einfach: Sie will Javier und Pamplona und ein neues Leben. Dafür muss sie morgen nur geschickt aus dem Rock aussteigen. Das kann sie üben! Und zwar am besten in High Heels. Wo bleiben nur die neuen Schuhe?

7.

Wolfhart Herberger steigt in die Bremsen, schaltet zurück, entdeckt vor sich die angekündigte Parkbucht, hält darauf zu und bringt den Jaguar kurz vor einer Begrenzungsmauer zum Stehen. Mit einem Satz ist er aus dem Wagen und reißt die hintere Tür auf.

Stille. Entsetzliche Stille.

Dann ein Keuchen und Schnaufen. Das kommt aber nicht von Frau Schick, sondern von einem Grüppchen erschöpfter Rucksackwanderer, die auf dem Mäuerchen kauern und Plastikwasserflaschen umklammern. Ein Schild mit Kamerasymbol wirbt für den Panoramablick auf die letzte Passhöhe vor Roncesvalles, auf der Ritter Roland im Kampf gegen die Mauren fiel. Ein Meer aus Hügeln und Felsen wellt sich von Norden und den graublauen Pyrenäen her talwärts.

»Bei solch einem Anblick bekommt man gleich zu Anfang des Camino eine Ahnung davon, was Ewigkeit bedeutet«, verkündet einer der Wanderer feierlich und meint die Bergwelt.

»Aber nur, wenn man die Pyrenäen zu Fuß überquert hat«, wirft seine Begleiterin mit einem schmalen Blick in Richtung Jaguar ein. »So, wie sich das gehört.«

»Wir brauchen einen Arzt!«, schreit Herberger und will sich in den Fond schlängeln, um eine Mund-zu-Mund-Beatmung durchzuführen. Oder gleich eine Herzmassage? Er schüttelt unschlüssig den Kopf. Dabei würde er der fragilen Frau Schick sämtliche Rippen brechen.

»Beiseite!«, befiehlt eine junge Stimme mit spanischem Akzent, und eine Hand schiebt Wolfhart von der Autotür weg.

Herberger sieht einen muskulösen Oberkörper unter einem eng sitzenden T-Shirt, der sich geschickt in den Fond des Jaguar schiebt.

»Jesus! JESUS?«, ertönt ein halb überraschter, halb empörter Schrei. »Finger weg! Es war ein Scherz! Ich bin nicht tot.«

Das ist eindeutig Frau Schick.

Dabei hat der forsche Jüngling noch nicht mal mit der Beatmung begonnen. Erfolg hat er trotzdem gehabt. Und was für einen. Die alte Dame beginnt zu lachen, laut und schallend.

Wolfharts Miene wechselt nahtlos von Erstaunen in Wut über. So lacht doch niemand, der vor wenigen Minuten eine nahezu finale Herzattacke hatte. Dieser ostpreußische Satansbraten! Täuscht glatt einen Infarkt vor.

Der junge spanische Helfer taucht aus dem Fond auf und dreht sich zu Herberger um. »*La señora* ist *una bromista*, he? Eine Scherzevogel?«

»Spaßvogel«, will Herberger korrigieren, als seine Augen die des Mittzwanzigers treffen. Das darf nicht wahr sein! Hat er eine Vision? Wolfhart erkennt das schmale von halblangen Locken gerahmte Männergesicht sofort. Dazu der Bart. Da gibt es kein Vertun, oder?

Herberger kneift die Augen zusammen, mustert verstohlen den durchtrainierten Körper seines Gegenübers. Das muss er sein. In ihm branden Gefühle hoch, von denen er nicht geahnt hat, dass er zu ihnen fähig ist. Herrgottzack!, ihn in Fleisch und Blut zu sehen ist ein Schick, quatsch, Schock.

8.

»Ricarda, hat der Postmann schon geschellt?«

»Welchen meinst du? Den, der einmal, oder den, der zweimal klingelt?«, ruft die Freundin zurück.

Sehr witzig, aber wieder der völlig falsche Film! Nelly will sich nicht auf einem Küchentisch von Jack Nicholson flachlegen lassen und ebenso wenig anschließend ihren nichts ahnenden Ehemann heimtückisch im Auto über eine Klippe schieben. Obwohl ihr Exmann das verdient hätte. Schon allein, weil Jörg ihre Drehbücher früher stets als »marktgerechte Scheiße vom Planet der Affen« bezeichnet hat und jetzt keine Gelegenheit auslässt, sich selbst zum medialen Depp zu machen.

Schluss mit gestern, mahnt Nelly sich. Leben kann man nur nach vorne, nicht nach hinten. »Ich meine den Kerl, der mir die passenden Schuhe bringt«, schreit sie Richtung Küche.

»Ich passe schon auf, Cinderella. Aber wo zum Teufel hast du einen vernünftigen Flaschenöffner?«

»Das ist ein erstklassiger Cava, den öffnet man doch nicht mit dem Korkenzieher.«

»Sag das dem erstklassigen Korken«, schimpft Ricarda und ruckelt wild an den Schubladen.

»Im Kühlschrank steht eine geöffnete Flasche! Der ist so langanhaltend feinperlig, dass er...«, setzt Nelly an.

»Spar dir die Poesie für Pamplona. Ich muss mir so einen Quatsch täglich in der Agentur anhören. Hauptsache, in dem Zeug ist Alkohol. He, was ist denn das?«

»Was ist *was*?«

»Nichts.« Pause. »Kreuzdonnerwetter, bin ich eine Idiotin.«

Himmel, hat Ricarda eine Laune! Das muss daran liegen, dass sie heute ihren Vormittag im Frauenzentrum hatte – psychologische Beratung in Sachen Ehe-, Trennungs- und Beziehungsfragen. Ricarda betrachtet dieses ehrenamtliche Engagement als kleine Wiedergutmachung dafür, dass sie ihr Geld mit Werbelügen über haltbares Glück und ewige Jugend verdient. Danach ist Ricarda auf die Welt, insbesondere auf Männer und die Liebe, allerdings meist schlecht zu sprechen. Auf Frauen auch, erst recht auf verliebte.

Nelly unterdrückt einen Seufzer. Besser, sie erwähnt Javier Ricarda gegenüber nicht. Fertigmachen kann sie sich ja auch selbst sehr gut.

In Ermangelung von Absätzen stellt sie sich auf die Zehenspitzen und windet sich tänzelnd aus dem Rock. Hm, sieht aus wie eine Primaballerina, die sich in einen Bauchtanzkurs verirrt hat oder auf Ballettschlappen einen Gletscher erklimmen will. Immerhin, es klappt. Doch genug geprobt. Es wird sicher himmlisch und nicht peinlich sein, wenn der Rock morgen, spätestens übermorgen fällt und Javier den Blick auf weiße Spitze erlaubt. Es war eine unverzeihliche Dummheit, ihre alten, aber kein bisschen gealterten Dessous so lange zwischen Lavendelsäckchen und Seidenpapier im Schrank zu vergraben, um sie zu schonen. Für was eigentlich? Für ihre Beerdigung?

Nelly streicht sanft über einen hauchfein gewebten Spitzenschmetterling. Er flattert eine Handbreit unter ihrem Bauchnabel herum und markiert jene Stelle, die in ihren Volkshochschul-Yogakursen Sakralchakra genannt wird. Schöne Stelle, schönes Wort. Poetischer als alle anderen Bezeichnungen, die dafür gebräuchlich sind. Es gibt erstaunlich wenig kultivierte Worte für die Erotik, findet Nelly. Die ist ihr fast ein bisschen heilig, auch wenn das nach *Sex and the City* ein wenig verklemmt wirken mag. Mit Javier jedenfalls will sie über ihr Sakralchakra nicht nur meditieren, sondern es neu entdecken.

Nelly kichert und wird rot. Ricarda nennt die Wechseljahre gern die zweite Pubertät. Diesmal stimmt's, und was Nelly vom Kopf bis zu den Zehen in Flammen setzt, ist keine lästige Hitzewelle. So leidenschaftlich entbrannt war sie zuletzt und in aller Unschuld für Jörg. Wie kommt sie nur immer wieder auf den? Ach ja ... Die Schmetterlingsdessous hat er ihr mal geschenkt – als Auftakt für einen Neuanfang, und weil er ihre praktischen Baumwollslips als persönliche Kränkung betrachtete. Es war ein Neuanfang von vielen, denn es hat lange gedauert, bis sie aufgehört hat, Superfrau zu spielen und ihn zu lieben. Ihr Herz machte einfach weiter damit, obwohl ihr Verstand längst Alarmstufe Rot meldete. Die endgültige Trennung von Jörg fühlte sich an wie ein Vorgeschmack auf Tod, aber Javier verheißt Wiederauferstehung. Basta!

Sie zieht den Slip aus und sucht auf allen vieren kriechend nach ihrem Baumwollpanty, der im Hosenbein ihrer abgelegten Jeans Verstecken spielt. Es wird Zeit, dass die Vergangenheit vergangen ist. Javier und sie haben sich sowieso noch nie über Nellys oder sein Leben vor ihrem Kennenlernen unterhalten. Nur über das Jetzt, Pamplona, Javiers Expansionspläne im spanisch-deutschen Weingroßhandel, seinen Traum von einer eigenen Finca, aber vor allem über die Liebe.

»Ich muss dich sehen, *mi amor*«, hat er schon im ersten Telefonat gedrängt.

Nellys verträumtes Lächeln kehrt zurück, ihr Blick wird weich. Sie wollen sich Zeit mit der Annäherung lassen, so als wäre ihr erstes Mal das erste Mal überhaupt.

Ein Knall aus der Küche und Sturmgeklingel an der Haustür lassen Nelly zusammenzucken. Zum Kuckuck, warum ist sie nur so nervös und schreckhaft? Sie ist verliebt, das ist kein

Verbrechen. Auch nicht mit achtundvierzig. Schon gar nicht mit achtundvierzig. Das Erste muss der Korken gewesen sein; geklingelt haben hoffentlich die Schuhe.

Rasch zieht Nelly den Rock wieder hoch, ordnet ihr Haar und versucht, den Glanz in ihren Augen zu dimmen. Ihre Pupillen sind verräterisch geweitet. So, als habe sie soeben den besten Sex ihres Lebens gehabt. Wer hätte gedacht, dass Dessous und Designergarderobe etwas so Herrliches sein können und ihren Preis absolut wert sind!

»Wow!« Ricarda, die mit einer Flasche und zwei Sektflöten ins Schlafzimmer geschlendert kommt, ist beeindruckt. »Wie lange hast du schon nichts mehr gegessen? Ich muss jedes Mal sechs Tage mit Selleriesaft entwässern, bevor ich in dieses Folterkostüm hineinpasse. Ich hoffe, es steht keine Weinbergbesichtigung oder ein Ausflug zu deinem heißgeliebten Jakobsweg an. Gehen kannst du in dem Rock ja kaum.« Sie mustert Nelly noch einmal. »Und jetzt erzähl der lieben Tante Ricarda, worauf wir anstoßen.«

Sie gießt Cava ein und nippt an ihrem Glas. »Bravo! Der ist wirklich trocken wie die Extremadura.«

Nelly dreht sich vom Schlafzimmerspiegel weg und wirft ihrer Freundin einen hoffentlich nicht allzu entrückten Blick zu. »Erstens liegt die Extremadura in Zentralspanien und nicht bei Pamplona, und zweitens mache ich keine Diät!« Zum Beweis greift sie nach ihrem Sektglas. Sie leert es in einem Zug und unter Missachtung der Zitrusnoten im Gaumen. »Dauerhungern ist ja wohl eher dein Ressort.«

»Nur weil man in der Werbebranche nicht altern darf, sonst wäre ich längst rund wie eine Rocherkugel.« Ricarda lässt sich in Nellys abgewetzten Lesesessel fallen. »Wenn du nicht hungerst, was ist dann dein Geheimnis? Abgesehen von Yoga hasst du doch alles, was den Puls beschleunigt.«

In der Tat, das tut sie, aber seit sie Javier kennt, ist eben weniger Platz in Nellys Magen. *Javier.* Nellys Herz fällt in Galopp, und prompt dreht ihr Magen Loopings. Die Sehnsucht zehrt. Aber das kann sie Ricarda nicht sagen. Ein Mann, von dem einem schlecht wird, sobald man an ihn denkt, und das obwohl man ihn nur über E-Mail und Telefon kennt, wäre nicht nach ihrem Geschmack.

Ricarda hat sich am Thema Diät festgebissen. »Ich hoffe nur, dass du nicht irgendwelchen Unsinn mit Schilddrüsenhormonen oder so machst. Im Frauenberatungszentrum hatte ich vorhin den Fall einer Krankenschwester mit Klimakteriumspanik, die das Zeug aus dem Medizinschrank klaut und wie Smarties futtert, um in Kleidergröße null einen Kerl zu halten, der einem fettleibigen Rhinozeros gleicht und sich auch seit Jahren so benimmt. Ich sag dir eins: Die Erfindung der romantischen Liebe ist die ausgeklügeltste Frauenfolter seit Ende der Hexenverbrennungen. Und weißt du, was das Schöne ist? Ich sage es dir: Jetzt erledigen wir Frauen das selbst und freiwillig.«

Nelly wendet den Blick ab und bückt sich, um ihre Jeans aufzuheben. Javier ist kein Rhinozeros, und seine Manieren sind tadellos, außerdem hungert sie nicht für ihn, sondern nach ihm. »Ich trinke viel Brennnesseltee«, lügt sie rasch und hängt die Jeans weg. »Außerdem tust du so, als wäre ich vor zwei Monaten noch wie ein Elefant durch die Gegend gestapft, dabei habe ich lediglich Kleidergröße 42 hinter mir gelassen.«

»Mit Tendenz zur 44«, berichtigt Ricarda sie. »Nicht, dass mir das nicht völlig schnuppe wäre. Aber dein Gewicht schwankt immer dann so, wenn du emotional überdrehst. Nach deiner Scheidung warst du dünn wie ein Bindfaden. Als vor ein paar Monaten der Teeniestress mit Becky losging, hast du dir nächtelang ihre alten Astrid-Lindgren-Filme reingezogen und natürlich diese fiesen Colaschnüre. Darauf folgte unvermittelt diese ›Ich-kann-nichts-essen‹-Phase, in der du offensichtlich noch immer feststeckst. In deinem Kühlschrank verwaist derzeit eine Salatgurke neben einem Quarkbecher, dessen Inhalt in die grüne Periode übergegangen ist. Und ich weiß auch, warum.« Ricarda zwinkert und trinkt einen Schluck Cava. »Du bist auf Drogen!«

»Du weißt genau, dass ich sehr selten trinke. Im Gegensatz zu dir.«

»Sí, sí«, nickt Ricarda. »Ich spreche auch nicht von Alkohol, sondern von *amor, amor, amor.*«

Erwischt.

»Wie kommst du denn darauf?«

Ricarda zieht flink wie ein Zauberkünstler einen Zeitungsausriss aus der Hosentasche. »Du hast dein Horoskop neben deinem Toaster vergessen.«

»Was willst du damit sagen?«, wirft Nelly ein, um wenigstens etwas sagen zu können, bevor Ricarda die Beweisführung fortsetzt.

»Ich will damit sagen: Der Text spricht für sich. Soll ich dir vorlesen, was du unterstrichen hast? Sehr romantisch: *Im September wird Dornröschen nach über zehnjährigem Schlaf wieder wachgeküsst. Uranus, der große Zerstörer, verlässt das Zeichen der Fische, und alle Wogen glätten sich nach stürmischen Turbulenzen. Im Haus der Liebe übernimmt Venus das Regiment und sorgt für eine unvergessliche Romanze mit Aussicht auf ein Finale voller Leidenschaft, von dem Fische gerne träumen, doch es oft versäumen.* Und so weiter und so weiter, der Rest ist noch unerträglicher. Soll ich schon mal Brautkleid und Buttercremetorte bestellen? Möchtest du lieber rosa Marzipanrosen oder ein essbares Hochzeitspaar? Ich hätte dann gern das Stück mit dem schwarz Befrackten.«

Ertappt senkt Nelly den Blick und taucht in den Schrank ab. Jetzt gibt es wohl keine Rettung mehr vor Ricardas bissigen Kommentaren.

»Tja«, fährt Ricarda fort. »Ich halte zwar nicht viel von deinem gelegentlichen Hang zur Esoterik und noch weniger von so einem Geschwafel, aber da es anscheinend geholfen hat, will ich gratulieren. Schön, dass du endlich dein wichtigstes Sexualorgan benutzt – das mit den zwei Ohren. Herzlichen Glückwunsch!«

Nelly wirbelt herum. »Ist das alles, was du zu sagen hast?«

»Nein, Nelly, du hast die richtige Wahl getroffen. Endlich wirst du vernünftig. Dieser Mann ist ein Geschenk des Himmels.«

Nelly starrt ihre Freundin fassungslos an. Ist ihre rosarote Laune wirklich so ansteckend, oder liegt es an dem Cava? Moment mal... »Du kennst ihn doch gar nicht, Ricarda.«

Ricarda schießt im Sessel vor wie eine Anakonda. »Ich habe also recht. Du bist verliebt?«

Verdammt!

Ricarda lacht. »Ich kriege dich immer.« Ein kurzer Schatten huscht über ihr Gesicht, sie kippt ihren Cava wie einen Wodka. »Er wartet im Wohnzimmer auf dich. Samt Schuhkarton. Ich hoffe, die Dinger sind dir nicht zu eng, das bräche ihm das Herz.«

»Er... Er sitzt in meinem Wohnzimmer?« Nelly schüttelt den Kopf. »Das ist vollkommen unmöglich. Er kennt noch nicht mal meine Adresse.«

9.

Pamplona kann warten, ihr Jakobsweg beginnt sofort. Frau Schick setzt die Füße mit Bedacht. Immer mit der Ruhe und ein Schritt nach dem anderen. Hinter Roncesvalles und nach einem Kultur- und Caféstopp mit der Reisegruppe vom Parkplatz geht es jetzt stetig bergab. Der Camino windet sich durch Mischwald talwärts, die Landschaft wird lieblich und erinnert an ein deutsches Mittelgebirge. Damit nimmt sie es locker auf.

Frau Schicks Tritt wird mit jedem Meter fester. So fest, dass ihre Gebirgsschuhe mühelos die Steinchen zerknirschen, die den Pfad übersäen. Macht Spaß. Sie muss nur dem gröbsten Geröll ausweichen und vertrocknete Furchen meiden, die von sintflutartigen Regengüssen zeugen. Diese Stöcke sind eine großartige Stütze, auch wenn Frau Schicks Gleichgewichtssinn erfreulich ungetrübt ist.

Was sagen Sie nun, Herberger, triumphiert Frau Schick im Stillen. Ich kann's noch ganz allein.

»Darf ich Ihnen helfen?«

Fast allein. Frau Schick wirft der Wanderin, die sich wie eine Katze von hinten herangepirscht hat, einen strafenden Blick zu. Es ist Bettina, ein strammes Pummelchen Mitte fünfzig, sanftmütig bis zur Penetranz und so farblos, dass es fast in der Waldlandschaft verschwindet. Das könnte allerdings auch an der tarnfarbenen Wanderkluft liegen.

»Zu zweit schaffen wir den Weg leichter«, säuselt Bettina. »Sie müssen sich nur unterhaken.«

»Nein, danke! Ich komme sehr gut zurecht. Wandern liegt mir im Blut.«

Bettina lächelt und passt ihren Schritt dem von Frau Schick an.

Herrje, grummelt Frau Schick, ihre Begleiterin hat nicht nur einen Helfertick, die sucht Anschluss an jemanden, der aussieht, als ob er sich nicht wehren könnte. Hat diese Frau noch nie davon gehört, dass jeder Jakobswanderer sein eigenes Tempo finden muss und darf? Das jedenfalls predigt Herberger ihr seit ihren ersten gemeinsamen Laufübungen am Kölner Rheinufer. Laufübungen? Das klingt, als wäre sie drei und tatsächlich auf eine Hand zum Festhalten angewiesen.

Bettina gehört zur Pilgergruppe, die Frau Schick und ihr Chauffeur dank des vorgetäuschten Herzanfalls auf dem Panoramaparkplatz getroffen haben. Es handelt sich just um die Reisegruppe, die Herberger und sie morgen in Pamplona treffen sollten. Als ein göttliches Wunder lässt Frau Schick das Aufeinandertreffen in der Mitte von Nirgendwo trotzdem nicht durchgehen. Eher als Strafe. Die Gruppe besteht, wie sie befürchtet hat, aus hochbegabten und eher betagten Nervensägen. Bettina ist in Frau Schicks Augen die schrillste.

»Ich helfe Ihnen wirklich gern, Frau Schick. Ich bin gelernte Krankenschwester.«

Auch das noch. Um der beseelten Bettina zu entkommen, muss sie wohl noch unhöflicher werden, als sie vorhin zu Wolfhart Herberger war. Mit einer gespielten Herzattacke ist da nichts zu machen.

Frau Schick verlegt sich auf sehr lautes Schweigen und Marschtempo. Eins, zwei, eins, zwei stößt sie die Stöcke aus Titanstahl in den staubigen Boden. Ihren Vornamen wird sie auf keinen Fall preisgeben, auch wenn es in der Gruppe normal zu sein scheint. Am Ende wird sich noch geduzt. Nichts da! Sie ist und bleibt »Frau Schick«!

Bettina lächelt weiterhin voll heiterer Demut, als sei sie darin geübt, den Missmut der gesamten westlichen Patientenwelt zu schultern. Nach ein-, zweihundert Metern ebener Strecke lässt sie endlich locker und fällt einige Schritte zurück. »Ich bleibe immer in Rufweite!«

Frau Schick ist nicht besonders erbaut davon, denn jetzt hat sie diese unangenehme Person direkt im Rücken. Richtig eingekesselt kommt sie sich vor. Kaum dreißig Meter vor ihr läuft der Rest der Gruppe. Zwei bis zur Ununterscheidbarkeit miteinander verheiratete Paare im Rentenalter, das eine frisch pensioniert und offensichtlich frustriert, das andere anscheinend längst glücklich im Ruhestand. Sie gehen im Quartett. Die frustriert Verheirateten stramm und schwatzhaft, das glückliche Paar versonnen und duldsam lauschend.

Es ist doch immer das Gleiche! Wer zuhören gelernt hat, wird zum Opfer von Leuten, die nichts zu sagen haben, das aber lauthals tun. Frau Schick kennt das von endlosen Empfängen, durch die sie sich – ganz Dame von Adel – tapfer durchgeschwiegen und auf denen sie selbst nur in homöopathischen Dosen geplaudert hat. Stets unverbindlich und vorzugsweise heiter. Bei Anlässen wie diesen hat sie sich immer an Schopenhauer gehalten, den ollen Knasterbart unter Deutschlands großen Philosophen: »Geistreiche Reden oder Einfälle gehören nur vor geistreiche Gesellschaft, in der gewöhnlichen sind sie geradezu verhasst.«

Das hat sie bei der letzten Vorstandssitzung in Sachen Testament einmal wieder deutlich gemerkt. Vor allem dem Grüßaugust hat es überhaupt nicht gefallen, dass sie die Regelung ihrer Nachfolge zugunsten dieser Reise verschoben hat. Es war ihr ein Vergnügen, ihn und diese Geschäftsführerbande stattdessen mit einem kleinen philosophischen Vortrag zu ärgern. Ein bisschen Bildung schadet denen nun wirklich nicht. Und die Schweigeminute, die sie verordnet hat, war ihr ein echtes Bedürfnis, auch wenn keiner wusste, wem genau die Ehre galt. Das geht keinen was an.

Vor Frau Schick wird aufgeregt diskutiert.

»Die Strecke hier ist gar nichts, ein Klacks«, verkündet Hildegard, die frustriert Verheiratete. Dürr wie eine Zaunlatte ist sie, mit einer scharfen Zunge bewaffnet und mit ebenso scharfen Mundwinkeln gestraft. Beides zeugt von zu viel Magensäure und erhöhtem Gallenfluss. »Der Pass gestern – der war wenigstens eine Herausforderung. Wobei der Sonnenschein natürlich reine Glückssache war. So leicht machen es einem die Pyrenäen selten. Wir sind da schon bei Dauerregen hoch.«

Selbst schuld, denkt Frau Schick.

»Aber der Abschnitt heute ist ja überhaupt nicht der Rede wert.«

So so.

Hildegard klingt rechtschaffen empört. Frauen wie sie machen sogar schöner Landschaft und gutem Wetter Vorwürfe.

»Da müssten Sie erst mal den echten Camino gehen!«, erklärt sie weiter.

Frau Schick stoppt verwirrt. Wie bitte? Sind sie hier denn auf dem falschen? Das wäre ja unerhört!

»Meine Frau meint den nördlichen Küstenweg«, doziert Hildegards Gatte. Der Lockenkranz, der seinen kahl werdenden Schädel umringt, sieht aus, als stünden ihm ständig die Haare zu Berge. Ernst-Theodor ist ein wenig zurückhaltender als die triumphale Hildegard, schweigt aber eher aus Not als aus Tugend.

»Auf dem Küstenweg gibt es keine Wanderzeichen mit Jakobsmuschel oder alle naselang eine Herberge«, trumpft Hildegard auf, als hätten Hermann und Martha, die glücklich Verheirateten, es gewagt, Widerspruch anzumelden. »Da ist man noch auf Kompass und Karte angewiesen und muss sich an Stahlseilen die Steilküsten entlanghangeln. Jaha! Das ist Camino pur. Kein völlig überlaufener Rentnertrimmpfad wie das hier.«

Danke, Herr und Frau Besserwisser! Frau Schick geht verärgert weiter. Am liebsten würde sie den beiden Schlaubergern den Marsch blasen. Rentnertrimmpfad, hah!

»Stimmt's, Ernst-Theodor? Jetzt sag doch auch mal was!«, schnattert Hildegard munter weiter.

»Du hast recht«, pflichtet er eilig bei.

Und er seine Ruhe, kommentiert Frau Schick im Stillen.

Aber dabei kann Hildegard es leider nicht bewenden lassen. »Ernst-Theodor hat nämlich Geografie unterrichtet. Oberstufe. Bis zum Abitur. Und Physik und Philosophie. Sein Spezialgebiet ist Transzendentalphilosophie.« Sie kichert, wahrscheinlich damit auch jeder mitbekommt, dass nun ein Scherz folgt. »Meinem Ernst-Theodor bleibt nichts zwischen Himmel und Erde verborgen.«

Nur dass die beiden einem gehörig auf den Wecker gehen, findet Frau Schick und verlangsamt ihr Tempo, um dem Quartett mehr Vorsprung zu geben. Die Pilgergruppe ist bedauerlich klein. Zu klein, um einfach in ihr abzutauchen, und doch bietet sich reichlich Anlass für Zwietracht. Einer von ihnen ist Bettina, die Frau Schick in Gedanken bereits »die Beseelte« nennt. Bettina streichelt verstohlen die Bäume am Wegrand und begrüßt alles mögliche Getier wie alte Bekannte. Sie hat Frau Schick sogar aufgefordert, es ihr gleichzutun. Aber das fehlte noch! Die Eichhörnchen gucken schon jetzt ganz verstört. Selbst die Lämmergeier, die Herberger Frau Schick bei der Fahrt durch die Pyrenäen gezeigt hat, sind in Deckung gegangen, obwohl sie sicher nicht zu den Tieren gehören, die über ein Übermaß an Anerkennung oder Streicheleinheiten klagen können.

Beim Kaffee in Roncesvalles hat Bettina der Gruppe erklärt, sie glaube an die allbelebte Natur und freue sich auf die ersten Olivenhaine, da Oliven die Energie der Liebe, der Versöhnung und des Friedens abstrahlten. Überhaupt seien Bäume seit jeher Sitz der Seele, bei den Indianern und sogar in Grimms Märchen, wo Aschenputtel bekanntlich mit einem Baum spräche, den sie aus einem Haselreis auf dem Grab der Mutter gezogen habe.

Die hagere Hildegard hat daraufhin die Oliven aus ihrem Schinken-Bocadillo gepult und sie demonstrativ in einem Aschenbecher entsorgt. Mit der Bemerkung: »Oliven sind Dickmacher und werden als Delikatesse völlig überschätzt.«

Ihr Mann, der transzendentale Oberstufenlehrer, hat auf ihr stummes Kommando hin unterstützend mit den Augen gerollt. Oder meinte er gar seine Hildegard? Frau Schick fragt sich, wann die beiden damit beginnen, einander zu belehren, wenn kein anderer mehr zuhören mag. Hildegard ist nämlich auch Lehrerin.

Das glückliche Paar, Martha und Hermann, hat zu allem höflich geschwiegen. Vielleicht halten die beiden sich wie Frau Schick gern an Schopenhauer: »Wenn du was zu sagen hast, schweige.«

Das sollte man der beseelten Bettina mal beibiegen. Frau Schick unterdrückt einen Seufzer. Es scheint so, als habe ihre Mitwanderin den Pantheisten-Quatsch schon des Öfteren zum Besten gegeben. Dabei kennt sich die Bande erst seit zwei Tagen. Fehlt nur noch, dass Bettina alle zum Gebet für den

Weltfrieden und die Rettung der Wale einlädt. Spätestens dann knallt es.

Der spanische Wanderführer mit dem Jesusgesicht passt perfekt in diesen Club der Bekloppten, resümiert Frau Schick unbarmherzig. Wie ein guter Hirte geht er als Letzter, damit kein Schäfchen abhandenkommt. Es ist schon eine Frechheit, mit so einem geklauten Gesicht herumzulaufen, damit hat er ihr vorhin auf dem Parkplatz einen Mordsschreck eingejagt. Als dieser jugendliche Lockenengel im Halbdunkel des Autofonds über ihr auftauchte, hat Frau Schick einen Moment lang tatsächlich geglaubt, sie wäre gestorben. Ist sie aber nicht, und sie hat es auch nicht vor. Das Leben schuldet ihr noch etwas, sogar eine ganze Menge. Beinahe siebzig Jahre musste sie mit einer Lüge leben – länger als mit Paulchen Schick, dem Hallodri. Aber darüber möchte sie mit niemandem reden, nur mit einer Toten und – falls es ihn gibt – mit Gott. Woran Frau Schick stark zweifelt, die Tote aber fest geglaubt hat.

Nun, sie wird ja sehen, was dran ist an dem Gerede, dass man Ihm auf dem Jakobsweg nahekommen und Sinnfragen stellen kann. Regalkilometer von Büchern und Erleuchtungsliteratur gibt es darüber. Der Doktor Herberger hat sie sicher allesamt gelesen und wäre auf Anfrage schnell mit Kalendersprüchen zur Hand. Der Doktor ist aber nicht da, sondern im Jaguar vorausgefahren zu einem kleinen Landhotel in einem Ort namens Burguete, in dem sie alle übernachten werden.

Hemingway, so hat der unverbesserliche Herberger zum Abschied eingestreut, hat das Landhotel vor achtzig Jahren entdeckt und in seinen Romanen verewigt. Eines Klaviers und einer Bohnensuppe wegen. Mit dieser Information hat er sogar den spanischen Jesus, ihren Wanderführer, überrascht und für sich gewonnen. Scheint der Beginn einer wunderbaren Männerfreundschaft zu sein.

Bohnensuppe! Als ob sie wegen einer Suppe hier wäre. Noch dazu wegen einer mit Bohnen! Die wären ihrem Wohlbefinden weit abträglicher als dieser Weg, denn ihr Darm ist leider nicht mehr so diszipliniert und verlässlich wie ihre Füße.

Frau Schick wirft einen zärtlichen Blick auf ihre Meindl-Schuhe. Tja, ihre Füße funktionieren prächtig und haben nichts vergessen. Sie haben früh gelernt, einen Gewaltmarsch ins Ungewisse zu bewältigen. Einen Marsch ohne Kompass und Landkarte. Drei Monate lang ist sie ab Januar 1945 gelaufen und gelaufen und gelaufen, mit elf Jahren von Ostpreußen bis zum Rhein. Ganz allein auf sich gestellt und hinein in Kölns Trümmerfelder und die letzten Bombenangriffe. Halb verhungert, völlig verlaust, bei eisigem Wind und unter Feindbeschuss, vorbei an steifgefrorenen Toten und Sterbenden, darunter Kinder, unzählige Kinder, die noch weit jünger waren als sie.

»Denn der Mensch ist wie das Vieh, und so wie das Vieh so stirbt auch er.« – Besser als die Bibel kann Frau Schick nicht ausdrücken, was sie damals gesehen und empfunden hat, auch wenn sie von der Heiligen Schrift seither nicht mehr viel hält und nie mehr in ihr gelesen hat. Grauenhaft war es, unbeschreiblich grauenhaft. Noch jetzt suchen die Bilder sie im immer kürzer werdenden Schlaf heim und schleudern sie in einen eiskalten Orbit aus Schmerz und Wut zurück, in dem kein Gott ist und nie einer war.

Ihre frühen Tage auf Gut Pöhlwitz – zarte Sommerpastelle des Glücks – kommen gegen das Grauen nicht an. Der Tod hat zu gründlich gewütet. Frau Schick seufzt und zuckt mit den Schultern. Was soll's, ihr Schicksal ist eins von Millionen. Sie stößt ihren rechten Wanderstock in die Böschung und hangelt sich behutsam an einer knöcheltiefen und knochenharten Wegfurche vorbei. Allen nächtlichen Schatten zum Trotz sollen ihre Tage bis zum letzten Atemzug dem Leben gehören und der Gegenwart. Das ist sie ihrer Familie schuldig, die samt und sonders vor oder auf dem Treck gen Westen oder auf irgendwelchen Schlachtfeldern im Osten verreckt ist, jawohl verreckt! Das lässt sich nicht anders sagen. Und damit Schluss.

Frau Schick findet es ungehörig, auf einem idyllischen Weg durch Mischwald und hellen Sonnenschein Bilder von Krieg und Flucht heraufzubeschwören. Vorbei ist vorbei. Zumal es den einen und einzigen Menschen, mit dem gemeinsam sie sich an das Erlebte erinnern und es aushalten konnte, nicht mehr gibt.

Thekla.

Frau Schick schwankt und stützt sich schwer auf ihre Stöcke.

Thekla. Ihr Lebensmensch. Der Mensch, der sie im Leben hielt. Achtundsechzig Jahre lang war sie der Grund, aus dem Frau Schick weitergemacht und nie aufgegeben hat.

Herrje! Bei allem, was passiert ist – das muss Thekla doch gewusst haben! Die Liebe mag kommen und gehen, erst recht in einer Ehe, aber so eine Freundschaft, buchstäblich auf der Flucht geboren und ein Leben lang gepflegt und bewahrt … Frau Schick schluckt hart. Zumindest sie hat die Freundschaft gehegt und gepflegt. Sie saugt gierig die Bergluft ein, bis die ihr wie ein Messer in die trockene Kehle schneidet, und schüttelt erbost den Kopf. Sie kann einfach nicht weinen, sie will nicht. Sie hat sich auch nichts vorzuwerfen. Gar nichts. Sie muss auf diesem Weg keine Generalbeichte ablegen oder mittelalterliche Vergebungsportale in berühmten

Kirchen durchschreiten. Sie nicht. Thekla – Thekla hätte das angestanden. Darum wollte sie wohl unbedingt mit ihr hierhin, aber jetzt ist sie tot, hat sich einfach davongestohlen. Elende Verräterin!

Neben Frau Schick rauschen die Blätter der Buchen, ein kalter Fallwind flirrt im Eichenlaub, zerzaust Haselnusssträucher, erfasst schließlich auch sie und treibt sie mit einem Stoß voran. Oha, das ist ein bisschen gespenstisch, findet Frau Schick. Sie geht nicht selbst, sondern wird getrieben und muss vor einem kratergroßen Loch stehenbleiben, das eine ausgetrocknete Pfütze im Weg hinterlassen hat. Vielleicht ist der Windstoß ein freundlicher Wink von oben, genauer auf den Weg zu achten.

Ein Wink von Thekla?

Ach was, ach was! Der Wind ist ein Vorbote des Herbstes, der in den Bergen früh beginnt. Man ahnt schon den Geruch von moderndem Laub und ersten Pilzen; letzte Ginsterblüten sitzen prall in ihren Knospen und warten auf ergiebigen Regen.

Frau Schick piekt die Wanderstöcke links und rechts des Kraters in den Weg und bereitet sich darauf vor, die Stolperfalle zu queren. »*Ultreia*«, murmelt sie. »Vorwärts. Immer voran.« Den Anfeuerungsruf der mittelalterlichen Jakobsbrüder hat Herberger ihr beigebracht. In Wahrheit ist er noch viel länger, und Gott kommt natürlich auch darin vor, hat der Herr Doktor referiert.

Herberger. Endlich ist sie wieder in der Gegenwart und unter den Lebenden. Da fühlt sich Frau Schick wie immer am besten aufgehoben. »*Ultreia*«, wiederholt sie laut und grimmig.

»*Ultreia et suseia*«, echot es dicht hinter ihr, und eine Hand fasst sie sacht am Ellbogen. Die unvermeidliche Bettina.

Frau Schick schüttelt die Hand ab. Sie hat keine Lust auf Eiapopeia. Sie strafft den Rücken und nimmt den Pfützenkrater mit einem energischen Schritt. Es knackst ein wenig im Rücken, aber es geht.

»Das war jetzt aber nicht gut für Ihre Hüftgelenke«, mahnt Bettina in ihrem Rücken.

»Die sind aus medizinischem Stahl und weit jünger als ich«, kontert Frau Schick.

»Bitte, lassen Sie sich doch helfen.«

Die soll ihr den Buckel runterrutschen!

»Ich tu das wirklich gern.«

»Verdammt noch mal, Sie machen mich krank mit Ihren Sorgen! Können Sie sich nicht einfach einer fußlahmen Eidechse zuwenden oder einer sterbenden Eiche?« Frau Schick wendet sich kurz um und marschiert dann entschieden weiter.

Bettina bleibt betroffen zurück.

Frau Schick bedauert ihren Ausbruch sofort. Was sie gesagt hat, war gehässig, ist aber doch wahr. Sie mag zwar ebenfalls alles, was kreucht und fleucht, aber diese fürsorgliche Belagerung nicht. Hat sie nie gemocht oder gebraucht. Da sind ihr Herbergers Schleudertricks mit dem Jaguar und seine Vorträge zum Jakobsweg bedeutend lieber. So, und nun wirklich *ultreia* und voran!

Woher der Herberger immer so viel weiß? Er muss sich auf die Fahrt gründlich vorbereitet haben. Im Gegensatz zu ihr. Der Weg ist für sie nämlich nicht das Ziel. Ein Weg ist dazu da, um ans Ziel zu kommen, so wie das Leben zum Leben und Altwerden da ist. Sie geht nach Santiago, weil Thekla mit ihr dorthin wollte, und Frau Schick möchte das möglichst rasch, ohne Umwege und unnütze Seelenschau hinter sich bringen. Egal, was Herberger oder seine schlauen Bücher empfehlen. Der hat seinen Doktortitel wahrscheinlich in Literatur gemacht – oder am Ende sogar in Theologie? Das jedenfalls würde zu diesem schöngeistigen Bedenkenträger passen. Auch wenn er mitunter einen heißen Reifen fährt, ist der Gute recht empfindsam und zu selten das verwegene Schlitzohr, das ihr auf Anhieb so sympathisch war. So wie vor Jahrzehnten einmal Paulchen Schick. Paul, die Schikane, der sich wie kein zweiter mit der Lucky-Strike- und Nylonstrumpf-Währung auf Kölns Schwarzmarkt auskannte, der den väterlichen Schrotthandel durch Ankauf von zerschossenen Kübelwagen ausbaute, mit dreiundzwanzig sein erstes Trümmergrundstück in Kölns Innenstadt per Handschlag erwarb, es in einen kostenpflichtigen Parkplatz verwandelte und so am Ende die größte Parkhausbaufirma der Republik aufgebaut hat.

Imponierend, auch wenn Pauls Geschäfte nie einwandfrei sauber waren. Alter Rosstäuscher! Aber für das Image und die Nächstenliebe hatte er ja sie, das Flüchtlingskind mit waschechtem Adelstitel, Ahnenreihe und tadellosem Benimm. Ihre Ehe war ein gutes Geschäft. Für die Schick & von Todden GmbH, für alle möglichen karitativen Zwecke und für beide Beteiligten. Wenn Paul nur nicht... Zum Kuckuck mit Paul! Der hat nur am Rande mit ihrem Schmerz zu tun, und einem Hund bringt man nun mal nicht das Schnurren bei.

Frau Schick ist selbst erstaunt, was das bisschen Gehen in ihr auslöst. Mit einer derart ausführlichen Rückreise in ihre Vergangenheit hat sie nicht gerechnet. Eigentlich geht es ihr nur um Thekla und deren Lügengeschichten.

Sie taucht ins Dämmerlicht eines Hohlweges zwischen zwei Felswänden ab, kneift die Augen zusammen und tastet sich mit den Händen an feuchtem, bemoostem Fels entlang. Das ist ein wenig schwierig, weil sie den Boden unter ihren Füßen nicht recht erkennen kann. Verfluchter grüner Star! Flüchtig steigt Angst in ihr hoch. Ein dämlicher Stein reicht, und pardauz ist der Weg für sie vorbei. Dabei muss sie noch einige lebenswichtige Entscheidungen treffen und – nicht zu vergessen – das Testament verfassen. Sie *muss*. Ein Teil von ihr würde am liebsten kehrtmachen, aber nein, sie wird weitergehen und nachdenken. Das hat sie Thekla nun mal im Krankenhaus versprochen.

»Schwör mir, dass du den Jakobsweg auch ohne mich gehst! Versprich es mir«, hat Thekla verlangt, während sie wie eine Marionette an lauter Schläuchen, Kabeln und Kanülen hing, die ihr letztes Restchen Leben lenkten und überwachten. Grauenhaft, wie ihr Herz gleichsam aus ihrem Körper auf einen Monitor hinausverlagert worden war! Bei jedem Herzschlag piepte das Ding, als müssten Theklas letzte Tage und Stunden sekundengenau abgerechnet werden. »Seit Pauls Tod wollte ich immer mit dir dorthin, Röschen. Wir sollten doch endlich über alles reden.«

Röschen! So wird sie nun niemand mehr nennen. Das Röschen ist mit Thekla gestorben; zurückgeblieben ist die dornige Frau Schick, die alle Stacheln nach außen kehren muss, um nicht an der Wunde zu verbluten, die Thekla ihr auf den letzten Lebensmetern gerissen hat.

»Ach, Röschen. Ich wollte dir noch so viel sagen.«

Wollte, wollte, wollte. Unerträglich dieses Wort!

»Damit warten wir einfach, bis ... bis das hier vorbei ist«, hat Frau Schick Thekla unterbrochen und sofort gedacht: Was für ein absurder Satz. *Das hier* war schließlich Krebs im Endstadium und Tod. Durch die Schläuche tropfte kein Interferon mehr, sondern Morphium in höchster Dosierung.

Thekla hat dennoch gelächelt und den kahlen Kopf sacht angehoben. »Du gibst nie auf, oder?«

»Nicht, bevor mein Dachstübchen morsch wird und zusammenkracht!«

»Versprich, dass du gehst, egal was kommt.«
»Versprochen.«

Was kommen musste, war eigentlich klar. Trotzdem hat Frau Schick noch versucht zu handeln. »Ich mach es nur, wenn du im Gegenzug schwörst, mit mir nach England zu ziehen, sobald ich zurück bin und du aus der Klinik raus bist. Es ist höchste Zeit, dass wir unseren Lebenstraum verwirklichen. Unser Cottage am Meer: Tee trinken und Rosen züchten und Ruhe, endlich Ruhe für den Rest unserer Tage, so wie wir es uns damals ausgemalt haben.«

So wie *sie* es sich für beide auf der Flucht ausgemalt hat. Thekla war ja viel zu klein, ein winziger Wurm. England, das war Röschens Vorstellung vom Paradies, weil ihre Mutter auf Gut Pöhlwitz so herrliche englische Rosen gezüchtet hat. Gelbe Malmaison überwucherten Hauswände und rote Ziegelmauern. Ihr Duft mischte sich bei sommerlichen Teestunden mit dem Aroma von goldenem Tee, gemähtem Gras und Ingwerkeksen, die die Schemutat mehr grummelnd als begeistert nach den Anweisungen der Mutter buk. Dieses magische Duftgemisch war England. Ja, England musste ein Paradies sein, und davon hat sie dem Baby Thekla, das sie in einem Lumpenschal vor ihrer Brust und direkt am Herzen trug, immer und immer wieder erzählt.

Frau Schick, damals noch Röschen, hat den Säugling aus dem Straßengraben aufgelesen, ihn dem Tod von der eisigen Schüppe geklaut. Sie hat ihm den Namen Thekla gegeben und das Baby auf ihren Armen bis nach Köln getragen und dort als ihre Schwester registrieren lassen. Ganz allein, nicht weil sie eine Heldin war, sondern weil sie ein Kind war, das sich selbst am Leben festhalten musste. Am Ende ihrer Tage war Thekla wieder zu genau solch einem Bündel aus Haut und Knochen zusammengeschrumpft. Diesmal konnte Frau

Schick sie nicht mehr retten. Mit Gevatter Tod kann man nicht zweimal handeln.

Thekla hat das gewusst. »*Buen camino*, Röschen.«

»Wir sehen uns wieder, ja?«

»Du musst nur ganz fest daran glauben. Und daran, dass ich dich immer lieben werde wie niemanden sonst auf der Welt.«

Frau Schick hat daran geglaubt und tut es noch immer, obwohl es nach allem, was sie inzwischen herausgefunden hat, reichlich viel verlangt ist. Trotzdem will sie halten, was sie Thekla versprochen hat. Darum ist sie hier, darum und um mit den Toten über all das zu reden, was Thekla ihr noch sagen wollte. Über die Wahrheit und die Liebe.

Mit Paulchen ist das weniger dringlich. Er hat nie behauptet, eine treue Seele zu sein. Nein, der nicht, immerhin dabei war er kreuzehrlich. Zuverlässig unzuverlässig gewissermaßen.

Frau Schick lächelt sanft. Windhunde wie ihren verstorbenen Gatten muss man laufen lassen. Die Felswand unter ihrer Hand fühlt sich trockener an, rau, sandig, sonnenwarm. Ein Sonnenstrahl leckt sacht über ihre Hände, blendet ihr in den Augen, die sofort anfangen zu tränen. Dieser Knallkopp von Augenchirurg muss beim Einsetzen der Sickerkissen geschlampt haben! Sie kneift die Augen zu und blinzelt den Tränenfluss weg. Na endlich wieder klare Sicht!

Der Hohlweg weitet sich, das Dunkel wird lichter. Erleichtert umfasst Frau Schick wieder beide Walkingstöcke und arbeitet sich in die gekieste Wegmitte vor. Wie ist sie nur schon wieder auf den ganzen Kladderadatsch gekommen?

Ach ja, Herbergers verwegenes Gesicht ist schuld und die Tatsache, dass sie den Doktor für ein so ausgebufftes Schlitzohr wie ihren Paul gehalten hat. Ist er aber nicht, sonst hätte er sich vorhin nicht so leicht von ihrem Herzinfarkt-Bluff beeindrucken lassen.

Ein wenig regt sich ihr Gewissen, als sie an das bleiche Gesicht des armen Doktors denkt. Als sie nach der kleinen Einlage aus dem Wagen gestiegen ist, hat der Ärmste wie vom Blitz getroffen dagestanden. So als sei sie gerade von den Toten auferstanden. Neben ihr Jesus – ein Bild für die Götter! Gezittert hat der Herberger. Nicht vor Wut, sondern eher aus heller Panik.

Diese Reaktion hält Frau Schick für ein wenig übertrieben. So lange kennen sie sich doch wahrhaftig nicht, und ob sie tot ist oder nicht, kann ihm doch egal sein. Nun, heute Nachmittag darf er sich im Hotel von Burguete ja von ihr ausruhen und auf Hemingways Klavier rumklimpern, so viel er mag. Dabei macht er mit seinem schönen Silberbart und den Pianistenhänden sicher eine blendende Figur. Ja, ihr Chauffeur ist ein Mannsbild, mit dem man angeben kann.

»Da wird sich Herr Herberger aber freuen«, keucht es hinter ihr.

Frau Schick dreht sich irritiert um. »Was?«

»Sie haben es geschafft!« Die beseelte Bettina ist unverhofft und wie aus dem Nichts neben ihr aufgetaucht. Stramme Leistung für ein Pummelchen. »Wir haben unser Etappenziel erreicht.« Bettina weist mit großer Geste in Richtung eines Parkplatzes am Ende des Hohlweges.

»Ach so, ja ... übrigens danke auch für ... äh ... Ihre Bemühungen.« Das muss als Entschuldigung reichen. Frau Schick hat mit diesem Engel der Landstraße einfach keine Geduld.

»Ach, da nicht für.«

Oho, die Dame ist ein Nordlicht! Dafür ist sie erst recht aufdringlich. »Herr Herberger hatte mich gebeten, ein wenig auf sie achtzugeben. So ein reizender Mann, Ihr Chauffeur.«

Und so unverschämt, denkt Frau Schick.

»Da vorne warten der Reisebus und eine kleine Marienkapelle, falls Sie noch ein Gebet sprechen möchten.«

»Beten? Ich? Wozu?«

»Herr Herberger hatte das Gefühl, Sie haben etwas auf dem Herzen. Und mir geht es genauso«, beeilt sich Bettina zu erklären.

Der Herr Chauffeur kann was erleben, wenn sie ihn gleich am Klavier erwischt! Frau Schick ist entrüstet. Befördert sich der feine Herberger vom Fahrer mal eben zum Pfarrer. »Und das hat er Ihnen anvertraut?«, fragt sie.

»Nun ja, ich bin gelernte Krankenschwester. Da habe ich mich ihm, also... Da habe ich mich natürlich sofort angeboten. Er wirkte so hilflos.«

Bettina macht es einem wirklich schwer, höflich, geschweige denn nett zu bleiben. Hat sich das Luder doch glatt unter dem Vorwand, ein Engel der Nächstenliebe zu sein, an ihren schmucken Chauffeur rangemacht, als der gerade nicht seine hellsten fünf Minuten hatte. Frau Schick geht auf Angriff: »Ihre Berufung zur Mutter Teresa fällt Ihnen aber reichlich spät ein, meine Liebe. Als ich meine Herzattacke hatte...«

Bettina hüstelt und schüttelt sacht den Kopf. Fehlt nur noch der pädagogisch wackelnde Zeigefinger.

»Als es mir *schien*, ich hätte eine Herzattacke«, verbiegt Frau Schick die Wahrheit flugs zu ihren Gunsten, »war von Ihnen nichts zu sehen.«

»Ich bin es gewohnt, den Arzt vorzulassen.«

»Welchen Arzt?«

»Na, unseren Wanderführer natürlich.«

»Jesus?«

Bettina lacht. Das kann sie zu Frau Schicks Überraschung richtig laut und von Herzen. »Sie haben recht. Er sieht tatsächlich ein wenig so aus, aber sein Name ist Paolo. Er hat Medizin studiert und kurz in einem Krankenhaus in Santiago de Compostela gearbeitet.«

»Und warum ist er dann hier?«

Bettina zuckt mit den Schultern. »Keine Ahnung. Ich nehme an, dass er wie jeder von uns seine Geheimnisse hat, denen er mit Gottes Beistand auf den Grund kommen will. Mir hat er gesagt, sein Leben sei untrennbar mit dem Camino verbunden. Abends auf dem Zimmer spielt er gern Flöte. Keltische Lieder, sehr anrührend.«

Es ist, wie Frau Schick vermutet hat: Auch Jesus ist ein Verrückter!

Bettina guckt wieder esoterisch und entrückt. Schade drum, Lachen steht ihr besser. Es würde außerdem ihre Chancen auf eher fleischliche Freuden erheblich vergrößern; die fehlen ihr nämlich, da ist sich Frau Schick sicher. Bettina soll nur Herberger in Ruhe lassen, den bezahlt Frau Schick schließlich nicht fürs Schäkern, obwohl er das wahrscheinlich prachtvoll kann, der Rabauke.

»Also, wie steht es mit einem Abstecher in die Kapelle?« Bettina zeigt auf das Kirchlein, das sich auf einer kleinen Lichtung zwischen Haselsträucher kuschelt.

Frau Schick runzelt widerwillig die Stirn. »Das ist nichts für mich.«

Bettina wittert anscheinend eine missionarische Herausforderung. »Viele Kirchen am Jakobsweg sind einzigartige Kraftorte.« Sie senkt die Stimme und linst in Hildegards Richtung. »Ich bin ja auch kein Freund der katholischen Orthodoxie. Hier, längs des Jakobsweges, musste die Kirche allerdings vieles absegnen, was sie andernorts unterdrücken konnte. Der Sternenweg, der den Lauf der Milchstraße nachzeichnet, war vielen Menschen heilig: den Römern, den Kelten, den Katharern und anderen widerspenstigen Christen. Die meisten Kirchen und Kapellen des Camino sind auf uralten Kultstätten errichtet und bringen uns mit den mystischen Energien der Unendlichkeit in Kontakt. Interessiert Sie das gar nicht?«

Das klingt in Frau Schicks Ohren verdächtig nach *Raumschiff Orion*. Mal sehen, wie die Gute da wieder herauskommt, denkt Frau Schick und wartet ab.

Bettina verharrt derweil im Außerirdischen: »Auf diesem Weg können wir mit dem Unerklärlichen in Resonanz gehen, ganz egal, ob wir es ›Gott‹, ›das Universum‹, ›das Schöpferprinzip‹ oder sonst wie nennen.«

»Ich bin eine tiefgläubige Atheistin und nenne es Mumpitz!«, fährt Frau Schick nun doch auf. Ihren Walkingstock sticht sie in die Luft, als wolle sie den Himmel durchbohren.

»Das glaube ich nicht«, sagt Bettina geradezu aufreizend gelassen. »Wer Gott so leidenschaftlich ablehnt wie Sie, ist noch immer aufs Tiefste mit ihm verbunden.«

»Kommen Sie mir jetzt bloß nicht mit dem Quatsch, dass der Herrgott die Zweifler am liebsten mag. Ich bin kein ungläubiger Thomas. Ich meine, ich bin es doch. Ach verdammt!«

»Ich bin erstaunt, wie lebendig Ihr Bibelwissen ist«, schnappt Bettina nach diesem Leckerbissen.

»Ich bin gelernte Preußin und verlernte Protestantin. Mehr nicht.«

Bettina legt den Kopf schräg, selbstzufrieden wie eine Katze, die einen unbewachten Topf Sahne entdeckt hat. »Frau Schick, Sie sind doch nicht ohne Grund hier, und der Camino ist mehr als eine nette Kulisse für Spiritualität. Öffnen Sie sich dem Weg, der Schöpfung und dem Schöpfer, dann wird er auch zu Ihnen sprechen. Glauben ist ein Geschenk, Sie müssen es nur annehmen.«

Herrje, das wird ja immer schlimmer! Wie deutlich muss sie noch werden? »Ich will nichts geschenkt haben. Was nichts kostet, ist auch nichts, und außerdem spreche ich nicht mit Lügnern, Betrügern und Massenmördern.«

Hildegard hüpft mit interessiertem Blick und auf einem Bein auf sie zu. Offensichtlich hat sie sich Blasen gelaufen und musste deswegen ihre Schuhe ausziehen. Bettina reißt die Augen auf. Sehr blaue Augen, zu blaue Augen, findet Frau Schick. Damit hat sie früher sicher einen hinreißend verwunderten Puppenblick hinbekommen. Thekla konnte das auch. Nur besser, weil dezenter. Schlange!

»Wen meinen Sie mit *Massenmörder?*«, fragt Bettina entsetzt.

Hildegard spitzt interessiert die Ohren und zückt gedanklich anscheinend ihr rotes Zensurenbüchlein. Das ist hier doch keine Stunde in Katechismus! Zornige Hitze überzieht Frau Schicks Brust wie Sonnenbrand. »Gott«, zürnt sie. »Wen sonst! Wenn er die Menschen nach seinem Ebenbild geschaffen hat, liegt der Verdacht doch verdammt nahe, oder?«

Bettina reißt die Augen noch ein Stückchen mehr auf. Die sind wirklich ganz unerträglich himmelblau. Blond wie Thekla war Bettina wohl auch mal, ein richtiger Rauschgoldengel. Das hat aber offenbar nicht gereicht, um einen Mann abzubekommen, weshalb Bettina allem Anschein nach inzwischen alle erotischen Ambitionen gegen esoterische eingetauscht hat. Gott – noch dazu einer, der in jedem Blatt sitzt – kann ihr schließlich weder weglaufen noch sie betrügen oder sonst wie enttäuschen und versteht alles. Thekla war in ihren späten Jahren auch so. Die ist sogar zum Katholizismus konvertiert. Hat es ihren Gott gnädig gestimmt? Nein.

»Ernst-Theodor, hast du das gehört?«, kreischt Hildegard auf einem Bein hüpfend und mit einem Schuh in der Hand.

Bettina hebt die Rechte, schlägt ein Kreuz und lächelt tapfer. »Frau Schick, das ist doch nicht Ihr Ernst! Sonst wären Sie nicht hier.«

Frau Schick rammt einen Wanderstock in die Erde und wendet sich demonstrativ ab. »Es ist mein blutiger Ernst, und jetzt will ich endlich Bohnensuppe.«

Das ist gelogen. Beides. Erstens will sie wegen der damit verbundenen Darmstreiche keine Bohnensuppe. Zweitens will sie in keine Kirche, die so lieblich und einladend ausschaut, als gäbe es kein Leid, kein Elend und keinen Grund für Hass auf der Welt. Als gäbe es weder ihre Erinnerungen noch ihren Schmerz. Das macht ihr altes Herz nicht mit. Außerdem kämen Gefühle hoch, von denen das bisschen Jakobsweg eben ihr einen Vorgeschmack gegeben hat. Gefühle, die schwerer verdaulich sind als Bohnen und dumme Fragen wie: »Thekla, warum hast du mich verlassen?«

Von Gott einmal ganz zu schweigen.

Der hat Frau Schick irgendwo zwischen Ostpreußen und Köln im Stich gelassen und Millionen andere auch und tut das verlässlich immer wieder. Gott hat erst ihre Mutter sterben lassen, dann ihre Brüder und ihren Vater. Und auf der Flucht auch noch ihre Amme, den ersten und allerletzten Halt in der Kindheit. Die unvergleichliche Schemutat ist stehend gestorben, eingezwängt zwischen Hunderten von Menschen, die in einem verschlossenen, abgedunkelten Viehwaggon acht Tage von Königsberg bis Elbing gerattert sind. Rattatatarattatatarattatata. Andere sind davon irre geworden oder haben ihren eigenen Urin getrunken. Babys sind zu Dutzenden erfroren. Babys! Die haben die letzten Braungetuchten den schreienden Müttern an einer Bahnstation im Nirgendwo aus den Armen gerissen und wie Plunder auf Panjewagen geworfen und weggekarrt.

Babys. Die hatten doch an nichts Schuld, an gar nichts, nichts, nichts! Frau Schicks Brust krampft sich zusammen, hektisch wie ein ausgesetztes Vogelküken flattert ihr Herz, der Magen revoltiert, die Beine drohen nachzugeben. *Ich bin ausgeschüttet wie Wasser, alle meine Gebeine haben sich getrennt, mein Herz ist in meinem Leibe wie zerschmolzen Wachs.* Zum Teufel, jetzt denkt sie auch noch in Lutherpsalmen!

Frau Schick strafft sich und geht aufrechten Hauptes zum Bus. Die bescheidene Menge – Hildegard, ihr Ernst-Theodor, Bettina, Hermann und Martha – teilt sich, um ihr den Weg freizumachen. Seufzend öffnet sich die hydraulische Tür. Doch die Stufen sind zu hoch für Frau Schicks künstliche Hüftgelenke und einen triumphalen Abgang.

»Señora!« Paolo streckt ihr mit dem Lächeln des Heilands aus dem Businneren die Hand entgegen. Wirklich eine Frechheit, mit diesem geklauten Gesicht herumzurennen. Aber irgendwie auch verdammt tröstlich, wenn einen sonst niemand mag und kennt, am wenigsten man selbst.

10.

Ping. Die Anschnallzeichen verlöschen, Sitzgurte klacken, der Steigflug ist beendet. Nach einer Zwischenlandung in Madrid ist Nelly auf dem Weg nach Pamplona. Zunächst wird sie zwar in Bilbao im Baskenland landen, aber von dort aus geht es mit dem Mietwagen direkt in die Hauptstadt Navarras. Einen regulären Linienflug hat sie nicht mehr bekommen, und der Air Iberia macht es offensichtlich Spaß, Pauschal- und Last-Minute-Touristen in viel zu engen Maschinen in einem Süd-Nord-Zickzack durch die Lüfte zu jagen. Fliegen ist nicht mehr das, was es mal war, hat Nelly festgestellt, die in den letzten Jahren nicht geflogen ist. Gearbeitet hat sie ja am Boden, und ihr Weg zur Arbeit waren die fünf Meter zwischen Bett und Schreibtisch. Ihren Urlaub mit Becky hat sie meist auf Campingplätzen oder in beschaulichen Kurstädtchen verbracht.

Für Flug- und Fernreisen und Ferien in Luxusclubs mit Schnullerdisco und Kinderbetreuung war Jörg zuständig. Dafür hat er sich bei den monatlichen Unterhaltszahlungen zurückgehalten. Doch Schwamm drüber, Nelly wollte deshalb nie vor Gericht gehen, sie war viel zu froh, Becky bei sich zu haben, und stolz darauf, ihre Tochter mehr oder weniger allein durchzubringen.

Becky hat, was schöne Ferien betrifft, jedenfalls nichts verpasst und Nelly auch nicht. Eine Fahrt mit dem Eifelexpress ist ohnehin deutlich vergnüglicher als das hier. Man muss keine Sicherheitskontrollen über sich ergehen lassen, bei denen einem die Evian-Flasche entrissen und als potenzieller Flüssigsprengstoff entsorgt wird oder Marc-Jacob-Pumps auf Schuhbomben überprüft werden. Als ob in den Dingern irgendetwas außer ihren Füßen Platz hätte.

Das einzig Angenehme an dem anstrengenden Vergnügen dieser Flugreise ist, dass ihre Gedanken nicht mehr ständig um Javier kreisen. Die zehrende Sehnsucht nimmt mit jedem zurückgelegten Flugkilometer ab.

You always love me more, miles away, summt ein Madonna-Hit in Nellys Kopfhörern.

Wie?

You always have the biggest heart, when we are six thousand miles apart.

Nein, nein, stimmt nicht! Sie liebt ihn doch nicht am meisten, wenn sie Meilen voneinander entfernt sind. Nelly zieht die Kopfhörer herunter. Das monotone Summen der Turbinen und deftiger Knoblauchgeruch holen sie ins Jetzt und Hier zurück.

Ein munteres Grüppchen Basken im Sonntagsstaat – anscheinend eine Großfamilie inklusive Uroma und Enkelschar – packt seine Brotzeit aus. Schon werden frittierte Fleischbällchen, glasierte Garnelen und gegrillte Paprika auf Holzzahnstochern herumgereicht. Der Mann auf dem Gangplatz neben Nelly nimmt eine Serviette mit Chorizo-Scheibchen und Oliven entgegen. Seine lackschwarzen Brauen tanzen einen freudigen Fandango oder einen anderen spanischen Tanz mit komplizierter Schrittfolge. Er deutet mit einer mit Oliven und Fleischbällchen gefüllten Serviette auf Nelly. Dazu murmelt er etwas, das selbst Nelly nicht versteht. Baskisch ist für sie ein Buch mit sieben Siegeln.

Sie will höflich ablehnen, aber die musikalischen Augenbrauen des Mannes schalten auf portugiesischen Fado um,

Tristesse pur. Sie piekt ein Bällchen auf, und seine Brauen schwenken auf lustige Volkstänze um.

»*Muy bien*«, beteuert sie. »Exzellente Tapas«, fügt sie nach kurzer Kostprobe hinzu.

»*No! Pinxtos.*«

Ah ja, das hat sie schon von Javier gelernt! In Navarra heißen Tapas nicht Tapas, sondern Pinxtos – nach den Pieksern, die drinstecken. Sie sind der Stolz der Basken, denn Gourmets aus aller Welt pilgern laut Javier nach Bilbao, um nach einem Besuch des Guggenheimmuseums in futuristisch möblierten Bars Pinxtos-Orgien zu feiern. So wie Nelly und er heute Abend in Pamplona. Ihr Herz macht einen Freudenhüpfer. Wahrscheinlich hat sie ihr kurzfristiges Gefühlstief von eben einer akuten Unterzuckerung zu verdanken. Zur Freude ihres Sitznachbarn spießt Nelly rasch ein weiteres Fleischbällchen auf.

Eine Stewardess schießt mit rumpelndem Servierwagen an ihnen vorbei in die erste Klasse und bedenkt sie mit einem strafenden Blick. Die Familie entkorkt derweil heimlich eine Flasche Rotwein. Wie haben sie das alles an der Sicherheitskontrolle vorbeigeschmuggelt?

Neben dem Knoblauchduft liegt auf einmal ein Hauch Rebellion in der Luft. Das spontane Picknick ist eine Art umgekehrter Hungerstreik – nicht weil Basken traditionell zu Aufruhr neigen und diese fröhliche Familie wahrscheinlich schon gar nicht, sondern weil die Air Iberia in der Touristenklasse nicht einmal mehr Wasser umsonst serviert. Gratis werden lediglich schmutzabweisende Plastikkarten ausgehändigt, die für unappetitliche Snacks zu Himmelfahrtspreisen werben.

Der Mann neben Nelly benutzt die Karten als Platzdeckchen, poliert ein mitgebrachtes Weinglas und widmet sich genüsslich seinen Pinxtos.

Nelly lehnt den angebotenen Wein dankend ab, knabbert aber lächelnd Oliven. Statt Wein könnte sie jetzt gut ein Wasser gebrauchen, denn in Madrid hat sie die zwei Kilometer vom Ankunftsgate zum nächsten Abfluggate mit den anderen Passagieren im Laufschritt zurückgelegt. Selbst die professionell gerüsteten Jakobspilger – Nelly hat sie sofort an den Rucksäcken, Wanderschuhen und Sonnenhüten erkannt – kamen dabei ins Schwitzen.

Nellys Füße brennen von dem Spurt durch die Abflughalle. Ihre neuen Pumps gehen, wenn überhaupt, dann nur optisch als Tanzschuhe durch. Jetzt weiß sie, warum die Verkäuferin mit dem Nicknamen *Fashionista Bad Berleburg* die Dinger unbedingt loswerden wollte! Dazu hat das enge Kostüm ihr einen idiotischen Trippelschritt abverlangt – ein Albtraum! Ihr Humpelsprint muss reichlich komisch ausgesehen haben.

»*Quiere un poquito?*« Ihr baskischer Sitznachbar bietet ihr einen Nachschlag in Form von Brot und Pulpo in Tomatensauce aus einem miniaturgroßen Einmachglas an. Nelly hebt abwehrend die Hände. Ein Fehler, wie sie sofort merkt, denn sie trifft das Glas und Tomatensauce tropft auf hellen Cashmere.

»*Disculpe!*«, ruft der Baske entsetzt und in einwandfreiem Spanisch. Dann informiert er auf Baskisch die Großfamilie von der Katastrophe. Das kann Nelly zwar nicht verstehen, aber sehen. Eine energische alte Dame erhebt sich und kramt aus einer monströsen Krokotasche Tempos, Eau de Cologne und Veilchenpastillen hervor, um alles Nelly anzubieten. Fehlt nur noch Riechsalz. Was sie braucht, ist aber eindeutig Sodawasser.

»*Gracias. Es nada*«, beschwichtigt Nelly die aufgeregten Gemüter. Sie greift nach ihrem Reiserucksack und schlängelt sich an ihrem Sitznachbarn vorbei in den Gang.

Ungnädig zieht die Stewardess auf Nellys Bitte die Trennvorhänge zur ersten Klasse zur Seite und rückt einen halben Plastikbecher mit Mineralwasser heraus, um sich hernach wieder ausführlich ihren anderthalb Gästen der Businessclass zu widmen. Der ganze schläft; der halbe – kaum sieben Jahre alt – lümmelt sich in einer Müllhalde aus Popcorn und Kaugummipapier und zerballert, zerhackt und köpft Nintendo-Monster, die an Embryos mit Plüschohren erinnern. Sie verenden unter erbarmungswürdigen Quietschlauten. In den Ohren des moppeligen Minikillers stecken I-Pod-Stöpsel, über die er zeitgleich wummernden Ghetto-Hip-Hop hört. Für Nellys Geschmack ist Moppelchen ein Fall für die Sicherheitskontrolle. Sie hofft nur, dass Becky nicht gerade in einem anderen Flieger ähnlich dumpfschädelig abhängt.

Die Tomatenflecken gehen trotz aller Bemühungen nicht raus und sitzen exakt unter Nellys linker Brust. So als habe der Nintendo-Killer sie mitten ins Herz getroffen. Das Mineralwasser hat nicht geholfen, die Flecken verschwinden zu lassen, sondern sorgt im Gegenteil für ihre gleichmäßige Ausdehnung und den Eindruck, sie verblute. Nelly mustert sich seufzend im Spiegel der Toilettenkabine. Was hatte sie gehofft, die Zeiten unrettbar befleckter Kleidung seien mit Beckys Kleinkindjahren abgeschlossen! Hoffentlich verfügt das Hotel in Pamplona über einen Reinigungsservice und Chemikalien, die in Deutschland längst unter die Giftverordnung fallen. Sonst ist das Kostüm ruiniert.

Wenigstens den Lippenstift kann sie ein wenig restaurieren. Sie kramt einen winzigen Schminkkoffer aus dem Rucksack. *Hello Kitty* winkt ihr zu. Nelly lächelt. Das Köfferchen gehörte früher Becky. Sie hat es mitgenommen, um Kosten zu sparen. Die Reise ist teuer genug und ihr Schminkarsenal zwar überschaubar, aber immerhin exklusiv. Ricarda überhäuft sie verlässlich mit Warenproben, wenn ihre Agentur Kosmetikkampagnen entwirft.

Ach! Der Lippenstift reißt ihr aus, und sie zieht einen Strich bis auf die linke Wange, weil sie an den Schlamassel von gestern denkt.

»Er sitzt samt Schuhkarton auf deinem Sofa.«

Auch nur einen Moment in Erwägung zu ziehen, dass Javier in Düsseldorf sein könnte, war Unsinn. In ihrem Wohnzimmer saß nicht er, sondern Ferdinand, der verlässliche Ferdinand Fellmann.

Nelly lässt sich auf die geschlossene Toilette plumpsen, weil ihr Magen einen Hüpfer macht. Diesmal nicht wegen Javier. Ihr treuer Nachbar hatte das Schuhpaket abgefangen, während sie noch im Finanzamt war. Ferdinand macht sich gern nützlich. Das ist seine hervorstechende Eigenschaft. Nelly runzelt die Stirn. Nein, das klingt zu sehr nach Nachttischlampe. Ferdinand ist mehr: ein guter Freund, ihr bester, aber eben ein typischer Hausfreund. Er wechselt Sicherungen und löst ihre Druckerprobleme, während sie Bratkartoffeln macht, und dann unterhält man sich bei Mozart und Kakao über das Leben. Nicht über weltbewegende Themen, schon gar nicht über Liebe oder Lyrik, sondern über Alltagskram: ihre klamme Auftragslage, Beckys Zahnklammer, Kochrezepte – die sind Fellmanns Hobby, was man ihm ansieht – oder über seine nervigen Kollegen aus der Rechnungsabteilung.

»Alltag ist das, womit sich achtundneunzig Prozent der Menschheit in neunundneunzig Prozent ihrer Zeit beschäftigen, Nelly«, mahnt Ricarda.

Auch das macht Ferdinand für Nelly nicht interessanter. Wie konnte Ricarda nur je darauf kommen, sie und Fellmann ergäben ein Traumpaar? Nicht in einer Million

Jahren, selbst wenn der Fortbestand der Menschheit davon abhinge!

»Weiß er das?«, hat Ricarda scharf gefragt.

»Natürlich weiß er das! Ich bin es leid, dass du immer mein Gewissen spielst. Ferdinand ist für mich wie ein Bruder, und mit einem Bruder hat man keinen Sex. Das wäre abstoßend, unerträglich, widerlich! Das sollte selbst dir als Reklamepsychologin ja wohl klar sein.«

Sollte er es vorher nicht geahnt haben – nach dieser lautstarken Schlafzimmerszene, die er vom Wohnzimmer aus mitgehört hatte, war es auch Fellmann glasklar. Das Letzte, das sie gestern von ihm gehört haben, war ein Türenklappen. Kein Schlagen. Dazu ist Fellmann zu höflich und zu zurückhaltend, zu geduldig und zu verständnisvoll, zu großzügig und zu empfindsam.

Nelly schließt die Augen und stöhnt auf. Heiliger Strohsack, muss ihm das wehgetan haben! Ricarda hatte mal wieder recht. »Du musst seine Gefühle doch bemerkt haben!«

Ja, ja, ja! Das hat sie, aber sie hat eben nicht genauso empfunden wie ihr Nachbar und es auch nie behauptet.

»Hast du wenigstens mal darüber nachgedacht, was für ein Geschenk seine Zuneigung ist? Fellmann ist einer der wenigen Singlemänner in unserem Alter, der Benehmen und eine nachvollziehbare Beziehungs- und Berufsbiografie aufzuweisen hat.«

Ja. Auch das weiß Nelly. Und dennoch: »Sich zu verlieben hat doch nichts mit Nachdenken und erst gar nichts mit Vernunft zu tun«, hat sie leise geantwortet.

Ricarda und sie haben sich danach noch einige Dinge an den Kopf geworfen, die es wert wären, in ihr gemeinsames Sammelalbum der schrecklichsten Momente einzugehen, und dann ist Ricarda abgerauscht. Mitten in der Nacht hat sie noch eine E-Mail geschickt, die hochpoppte, während Nelly letzte Liebesgrüße mit Javier austauschte. Bis jetzt hat Nelly Ricardas Botschaft noch nicht gelesen. Besser sie tut es jetzt, damit ihr das Laborat nicht bei ihrer ersten Begegnung mit Javier im Kopf herumspukt und für weitere Verwüstungen sorgt. Es reicht, dass sie ihre beste Freundin und den treuen Fellmann verstört hat.

Nelly rappelt sich von der Toilette auf und macht sich auf den Weg zu ihrem Sitz. Ihr baskischer Nachbar will ihr seine sämtlichen Telefon- und Versicherungsnummern aufnötigen, damit er für die Beseitigung des Tomatenflecks auf ihrer Jacke aufkommen kann. Nelly lehnt entschieden ab und zieht ihr nagelneues Smartphone aus der Tasche. Sie tippt auf Mailfunktion, deaktiviert der Flugsicherheit wegen den Funkkontakt und scrollt die gespeicherten Nachrichten durch. Javier, Javier, Javier ... Ah, da ist sie.

VON: *Ricarda50plus*@frogmail.de
AN: *Nelly48*@balou.de
BETREFF: Wunder gibt es immer wieder

Liebe Nelly,
es tut mir ehrlich leid, dass ich diesen Javier das »Phantom von Pamplona« und »schleimig wie eine spanische Nacktschnecke« genannt habe.

Nelly holt verärgert Luft. Die spanische Nacktschnecke ist neu. Typisch Ricarda: Sie kann es auch jetzt nicht lassen! Sie liest weiter:

Du hast ja recht, ich kenne ihn nicht und kann nichts über ihn wissen. Du allerdings AUCH NICHT. Und Menschen, die man nicht kennt, kann man nicht lieben, es sei denn, man ist Christus.

Nelly, Du hast Becky oft genug Vorträge über das Abenteuer virtuelle Welt gehalten, über Portale wie Facebook und Schüler-VZ, in denen sich jede Menge gemeingefährliche Idioten mit freierfundenen Identitäten rumtreiben, um im Land der Ahnungslosen ihr Unwesen zu treiben.

Frechheit! Sie – eine erwachsene Mutter – mit einer pubertierenden Fünfzehnjährigen zu vergleichen! Und außerdem hat sie Javier in einem seriösen Forum für freie Übersetzerinnen kennengelernt, nicht in einer x-beliebigen Datingfalle.

Du bist unvernünftig wie ein Teenager! Was bitteschön hat ein weltberühmter Winzer und Finca-Erbe in einem äußerst frauenaffinen Internet-Klön-Club für DolmetscherINNEN auf Vokabelsuche zu suchen? Wenn Du sehr großes Pech hast, erfreust Du seit drei Monaten einen spanischen Gymnasiasten (und seine grinsenden Klassenkameraden) mit Deinen geheimsten erotischen Vorlieben und blumigem Cybersex. Wenn Du unverschämtes Glück hast, ist es nur ein einsamer 83-jähriger Straßenkehrer aus Torremolinos. Willkommen im Internet, wo sich Narren treffen, um Millionen andere zum Narren zu halten.

Wie kommt Ricarda nur auf solch einen Unsinn? Blumiger Cybersex! Nelly hat ihrer Freundin nur zwei Mails gezeigt, eine von sich und Javiers Antwort darauf. Eine blitzsaubere und besonders lyrische. Denn der Rest ihres virtuellen Bettgeflüsters enthält Anspielungen, die nur für liebende Augen bestimmt sind, und Kosenamen, die keinen etwas angehen.

Nelly wird rot vor Scham und heiß vor Wut. Sie schält sich aus ihrer Jacke und fächelt sich Luft zu.

»*Viño?*« Der Baske bietet ihr mit besorgt zusammengezogenen Brauen erneut sein Weinglas an. Die Großmutter kramt in ihrer Krokotasche nach Eau de Cologne, findet aber nur die Veilchenpastillen.

Nelly lehnt beides ab und vertieft sich wieder in Ricardas Mail.

Gedichte und Liebesfilme sollte man an Dich nur gegen Vorlage eines Kassenrezeptes ausgeben. Drei hochdosierte lyrische Elaborate zu viel, und in Deinem Herzen kommt es zur emotionalen Kernschmelze, von Deinem Hirn will ich schweigen. Und komm mir jetzt nicht mit irgendeinem esoterischen Unsinn über Seelenzwillinge, weil dieser sogenannte Javier seine Mails aus Neruda-Gedichten abschreibt.

Das ist doch die Höhe! Er zitiert den großen chilenischen Dichter doch nur ausführlich.

Ich habe nichts gegen Neruda. Im Gegenteil. Zu meinen Lieblingszitaten gehört folgende Zeile: »Der Mann steht im Mittelpunkt und somit im Weg.«

Selbstredend hat Neruda damit irgendeinen südamerikanischen Diktator gemeint und nicht Deinen Javier, der mich allerdings verdächtig an Deine Liebe zu Jörg erinnert, der Dich damals im Handumdrehen von einer selbstbewussten jungen Frau mit vielversprechender Karriere in ein winselndes Demutsschaf und dann in ein emotionales Sperrgebiet verwandelt hat. Wir haben Jahre gebraucht, um in der Asche Deines Inneren auch die letzten Funken Gefühl für diesen Windbeutel zu ersticken. Erst Deine Liebe, dann Deinen Groll. Und jetzt bist Du auf dem besten Weg, wieder als Trabant in die Umlaufbahn eines von sich selbst begeisterten Sonnengotts einzutauchen und dort elendig zu verglühen.

Nelly lächelt schief. Ricarda muss gestern einen grauenhaften Tag im Frauenberatungszentrum erlebt haben. Das hat doch mit ihrem Liebesleben überhaupt nichts zu tun. Gar nichts! Javier und Jörg haben höchstens eins gemeinsam: den Anfangsbuchstaben ihrer Vornamen.

Musst Du diesen Unsinn wirklich wiederholen? Du hast eine herbe Scheidung hinter Dir, Nelly. Ich bewundere jede Frau und jeden Mann, der so etwas durchsteht und mit geradem Rücken daraus herauskommt, aber Du hast nicht die üblichen drei, sondern bald zehn Jahre gebraucht, um über Jörg hinwegzukommen, und manchmal glaube ich, Du hast es noch immer nicht geschafft und willst es auch gar nicht. Du bist keine Frau für kurzlebige Beziehungen, dafür schätze ich Dich, aber was Du mit Deinem spanischen Mundschenk betreibst, erinnert verdammt an eine unterirdisch schlechte Folge von *Bauer sucht Frau* – nach einem Buch von Rosamunde Pilcher und einer fixen Idee von Nelly Brinkbäumer. Du verkaufst Dich wie immer weit unter Wert.

Nelly schüttelt erbost den Kopf, dreht ihn zum Fenster und starrt in die ozeanblaue Stratosphäre. Diesen Unsinn will sie sich wirklich nicht länger antun! Wäre die Mail aus Papier, würde sie sie zusammenknüllen und durch das Flugzeug pfeffern.

Der Baske schiebt ihr wortlos die Veilchenpastillen aufs Klapptischchen und murmelt etwas, das wie »Schlechte Neuigkeiten?« klingt.

Nellys Finger schwebt über der »Löschen«-Taste, aber das ist nicht das Gleiche. Im Internet geht nichts verloren, und auch diese elektronisch erzeugte Beleidigung wird noch Jahrmillionen durch den Orbit kreisen und ganz sicher in ihrem Kopf. Mit diesem Pamphlet hat Ricarda sich selbst übertroffen. Und ihr wirft sie eine verdrehte Fantasie vor?

Nelly reckt das Kinn. Ricarda hat überhaupt völlig unrecht. Javier soll ein Hochstapler und Lügner sein? Pah. Und von wegen Bauer! Was bitte ist mit Javiers Einladung zu einem offiziellen Businesslunch mit Vater, Vorstand und weiß der Kuckuck wem? Was ist mit der Website der Tosantos, auf der Javiers Name und sein Posten als Juniorchef mehrfach erwähnt werden und in deren Impressum er selbstredend auch steht? Ha, nimm das, du Trulla!

> Natürlich bin ich gerade durchs Internet gesurft und habe mir die Homepage der Bodegas Tosantos genau angeschaut. Du aber anscheinend nicht!

Lächerlich, sie kennt die Homepage ganz genau! Und überhaupt: Ricarda versteht gerade genug Spanisch, um auf Gran Canaria Sangria zu bestellen. In Lokalen, die »Man spricht Deutsch«-Schilder im Fenster aushängen.

Du wirst einwenden, dass ich kein Wort von dem verstehe, was auf der Homepage steht! *Sí.* Aber vielleicht kannst du ja mir verraten, warum Dein fabelhafter Javier – der Mann mit dem fotogenen Banderas-Look – nicht auf einem einzigen Bild auftaucht, obwohl diese berühmte Winzersippe jeden Urgroßvater seit der Erfindung des Lichtbildes in die Internet-Galerie gesetzt hat? Mehr als der Name Javier findet sich nicht. Bist du schon mal auf die Idee gekommen, dass Dein Javier vielleicht gar nicht *der* Javier ist?

Und was bitte sollte ein Javier, der nicht *der* Javier ist, von ihr wollen? Nelly ärgert sich rasend und ist doch neugierig, was Ricarda sich als Erklärung zusammenfantasiert hat.

Ich weiß nicht, was dieser Neruda-Depp von Dir wollen kann, halte es aber für hochgradig unverschämt, dass ein vorgeblicher Finca-Besitzer, der mit einem goldenen Löffel oder Weinbecher im Mund geboren wurde, eine kleine Übersetzerin, die finanziell hart am Limit segelt, zu einer dreiwöchigen Pamplona-Reise verführt, die steuerlich auf diesem Niveau kaum absetzbar ist. Gib's doch zu: Du bezahlst mal wieder den ganzen Zirkus aus eigener Tasche, so wie Du Jörg über Jahre finanziert hast, oder?

Ja, da muss Nelly Ricarda beinahe recht geben. Aber nur beinahe. Mit den Kosten für Flug, Nobelhotel und Mietauto investiert sie schließlich in ihre berufliche Zukunft. Und Javier kann nicht wissen, wie knapp sie bei Kasse ist. Sie hat es ihm nicht erzählt. Javier kennt sie nur als Chefin einer international tätigen Übersetzungsagentur. Was ja auch stimmt, selbst wenn sie Chefin und einzige Angestellte in einer Person ist. Sie braucht diesen Auftrag, und eine allein arbeitende Expertin für Dieseltraktoren hätte er kaum mit feinsinnigen lyrischen Elogen über Wein betraut. Er hätte sie vielleicht nicht einmal zur Kenntnis genommen.

Nelly sucht mit den Augen nach den Spucktüten. Auf einmal ist ihr sehr, sehr schlecht. Und auch das hat Ricarda offenbar vorausgeahnt.

Wenn Dir das, was ich schreibe, den Magen umdreht, dann pass bitte auf Dich auf! Ich möchte nicht, dass Dir noch einmal jemand so gründlich das Gemüt verbeult, wie Jörg das getan hat. Wenn Verliebte im Zug sitzen, sehen sie den Bahnhof rückwärtsfahren, und es ist sinnlos, sie mit einem Vortrag über physikalische Gesetzmäßigkeiten vom Gegenteil zu überzeugen oder sie auf die Haare in der Nase und den miesen Charakter des Geliebten hinzuweisen.

Darum habe ich es mit dem versucht, das ich am besten kann: mit bösartigen Beleidigungen und Unterstellungen. Die wirken länger als einfühlsame Ratschläge. Ich wünsche Dir und mir von Herzen, dass ich in jedem einzelnen Punkt unrecht habe.

Nelly, Du bist ein Schaf und trotzdem der wichtigste, liebste, großherzigste und wertvollste Mensch in meinem Leben. Sollte das Phantom von Pamplona dich in irgendeinen Schlamassel verwickeln, dann hol ich dich da raus! BITTE RUF MICH AN, SOBALD DU IHN – UND AM BESTEN AUCH SEINEN AUSWEIS – GESEHEN HAST. In jedem Fall, bevor du mit ihm tust, was Verliebte nicht lassen können, und der Hormoncocktail Deine Hirnchemie irreparabel verändert.

Vergiss nie: Man muss Frösche nicht küssen, sondern an die Wand knallen, um Prinzen aus ihnen zu machen.

Noch lieber wäre es mir, wenn Du Dein großes weites Herz endlich einem Menschen zuwenden würdest, der es wert ist und seit Jahren darauf wartet, von Dir fürsorglich und liebevoll zur Kenntnis genommen zu werden. Dieser Mensch bist DU selbst.

Weil Dir Lyrisches so liegt, bitte ich Dich, daran zu denken, was Du mir mit vierzehn Jahren und nach deinem ersten Liebeswahn ins Poesie-Album geschrieben hast. Es ist immer noch wahr. Halte Dich dran, das Leben ist kurz, und unseres wird von Tag zu Tag kürzer. Wir sind bald fünfzig.

Und wenn Du erlaubst, werde ich mich jetzt der Reparatur von Ferdinands gebrochenem Herzen widmen. Vielleicht habe ich bei ihm eine bessere Chance, ihn vom Gespenst der Romantik zu befreien. Aber ich befürchte, Fellmann ist auf diesem Gebiet bedauerlich emanzipiert und leidet sich als abgelegter König Drosselbart einen Wolf, statt Dir Dein Teeservice zu zerdeppern. Ich hatte für Dich und ihn gehofft, dass eure Freundschaft endlich in Liebe entbrennt. Nun, Du hast es nicht gewollt.

Und mit Verlaub: Du hast echt nicht mehr alle Tassen im Schrank, so einen Mann abzuweisen.

In allen vier Ecken soll Liebe drin stecken!
Deine Fee Nummer dreizehn, Ricarda

Sie hat es mal wieder geschafft. Nelly ist sprachlos.

Der Baske bietet mit besorgtem Blick Tempos an. Hat sie etwa geweint? Nein, zum Glück nicht. Ihr Sitznachbar deutet auf ihre linke Wange, während seine Großmutter einen Taschenspiegel über den Gang reicht.

Der Lippenstiftstrich! Sieht aus, als sei sie in eine Prügelei verwickelt gewesen. Sie wischt die Farbe weg.

»*A cada puerta cerrada hay cien arbiertas*«, verspricht ihr der Baske auf Spanisch: Zu jeder geschlossenen Tür gibt es hundert geöffnete.

Die Großmutter nickt zustimmend, und auf einmal weiß Nelly wieder, was sie Ricarda als Fünftklässlerin ins Poesiealbum geschrieben hat.

Das Beste, was man haben kann,
ist nicht das Herz von einem Mann.
Das Schönste ist, ich will's Dir nennen,
eine Freundin wie Dich zu kennen.
In ewiger Dankbarkeit und Liebe Nelly
P.S.: Du hast recht: Paaren können sich auch Hunde!!!!!!!!!

»Kanaille!«

»*Perdòn?*« Der Baske rückt ein wenig von ihr ab.

»Oh, Sie nicht, natürlich nicht Sie«, stoppelt Nelly auf Spanisch eine Antwort zusammen. »Sie sind wundervoll und...« Sie ringt nach Worten. Ist es zu fassen? Jetzt beherrscht sie nicht einmal mehr ihren Job.

»*Multo delicioso*«, stottert sie und will auf die leckeren Pinxtos-Reste zeigen. Der Baske nimmt es lieber persönlich und greift nach ihrer Hand.

Ping! Die Anschnallzeichen blinken, und die Maschine macht einen gewaltigen Satz, erst nach oben, dann sackt sie ab und rast im freien Fall nach unten. Die Stewardess gerät mit ihrem Servierwagen ins Schlingern.

Nelly wirft einen erschrockenen Blick auf ihr Smartphone – hat dieses doofe Ding doch noch Funkkontakt und befiehlt gerade den Rücksturz zur Erde? Hastig stopft sie den Organizer mit ihrer linken Hand in die Sitztasche vor sich. Der Baske hält sie ganz fest bei der rechten.

Wieder macht die Maschine einen Satz, der sich beängstigend nach Sturzflug anfühlt. Vielleicht ist das ganz normal. Was weiß denn sie? Sie ist ewig nicht geflogen. Könnte hier bitte jemand mal das Kommando übernehmen?

Knarzend meldet sich der Flugkapitän über den Bordfunk zu Wort. Er murmelt etwas von stürmischem Gegenwind aus dem Golf von Biscaya. Die englische Zweitfassung lässt er weg. Offenbar hat er im Cockpit eine Menge zu tun. Die Maschine hüpft und torkelt wie eine betrunkene Hummel. Die Triebwerke flattern und brummen beunruhigend.

Nelly schließt die Augen und beginnt zu beten: *Ich bin klein, mein Herz ist rein.*

Was?

Egal. Ihr fällt nichts Besseres ein.

Soll niemand drin wohnen als Jesus allein.

Amen. Amen. AMEN.

11.

Beim ersten Hahnenschrei ist Frau Schick bereits wach. Seit Theklas Tod schreckt sie verlässlich vor Sonnenaufgang hoch, dann, wenn die Nacht am dunkelsten ist und in ihren Haaren noch düstere Traumgesellen nisten. Etwa um diese Zeit, um fünf Uhr morgens, ist Thekla vor acht Wochen gestorben und hat Frau Schicks Seelenruhe und einen halbwegs anständigen Schlaf mit ins Grab gerissen.

Seither brütet die Dunkelheit in den Zimmerritzen, als spiele sie mit dem Gedanken, eine feste Form anzunehmen und in Frau Schicks abgelegter Kleidung Gespenst zu spielen. Ganz ruhig liegt Frau Schick dann gewöhnlich da und wartet ab, bis dieses Schweben zwischen Traum und Wirklichkeit vergeht. Sie vermeidet es, in sich hineinzuhören und die Geister der Vergangenheit zu ermuntern, sich aus den Geheimarchiven ihrer Seele hochzustehlen. Die Gegenwart war immer ihre beste Freundin. Das Jetzt und Hier. Alles andere beunruhigt sie.

Sie träumt intensiv – das ist angeblich Teil der Nebenwirkungen eines Medikaments, das sie nimmt, weil ihr Herz seit Theklas Tod manchmal vergisst zu schlagen. So jedenfalls steht es auf dem Beipackzettel. Der Preis, den sie für ein langes Leben zahlt, wird eben mit jedem Jahr höher.

Doch an diesem Morgen ist das Dunkel weniger bedrohlich als sonst, nicht ganz so trostlos finster. Warum?

Vielleicht, weil die Vögel von Burguete lauter singen oder klingen als zuhause in Köln. Ja, das muss es sein. Mit einem wohligen Seufzer begrüßt Frau Schick den Beginn des Morgenkonzerts. Ein Rotschwanz eröffnet mit seinem melodiösen, leicht schwermütigen Reviergesang. Zwitschernd stimmen Rotkehlchen ein, es folgen das inbrünstige Flöten der Amseln und die Arien des Zaunkönigs. Dann endlich setzt das Schmettern und Schimpfen der Finken ein. Frau Schicks Mund entspannt sich zum Lächeln, der Nacht verbleiben nur noch wenige Minuten.

Und richtig, vor dem Fenster hebt sich das Dunkel wie ein Samtvorhang. Das flammende Rot der Geranien, deren Köpfe in den Blumenkästen vor den Fenstern wippen, schält sich aus der Dämmerung. Zufrieden konstatiert Frau Schick, dass Schopenhauer einmal wieder recht hat: »Jeder Tag ist ein eigenes Leben, jedes Aufstehen eine kleine Geburt.« Das gilt selbst in ihrem Alter. Schön ist das – genau wie der Geruch von Kuhmist und Schafsköteln, der ins Zimmer weht.

Die Möbel nehmen sichere Konturen an: Der Stuhl wird zum Stuhl, der Tisch zum Tisch. So soll es sein. Frau Schick schließt die Augen und atmet ländlichen Frieden. Auch das Krähen des Hahns bringt das Pyrenäendorf nicht aus der Ruhe.

Für eine winzige Sekunde ist Frau Schick wieder auf Gut Pöhlwitz, liegt unter einem weißen Federbett in einem blanken Messingbett. So wie hier. Ihr Kinderzimmer lag in einem Nebenflügel und ging auf die Stallungen hinaus. Das Schnauben der Trakehner Pferde, das ferne Muhen melkbereiter Kühe und leiser Jauchegeruch waren ihr vertrauter Morgengruß.

Frau Schick lächelt schmerzlich und hält die Erinnerung dennoch einen Augenblick fest. Wenn solche Bilder aufsteigen, lässt man ihnen am besten freien Lauf, dann ist die Sehnsucht schnell ausgestanden. Was sie quält, ist nicht die Sehnsucht nach der Vergangenheit, sondern die nach ihrer viel zu kurzen Kindheit und der Landschaft unter weitem Himmel in Preußischblau. Jede Erinnerung daran ist kostbar und wie mit Edelsteinen besetzt. Bisweilen kommen die Bilder sogar ans Laufen, und lang vergessene Gestalten beleben die Szenerie.

Die alte, die herzliebe Schemutat macht sich mit klappernden Blecheimern und auf Pantinen, einen Schemel unter die Achsel geklemmt, auf den Weg, um warme Milch zu melken, für die »Kingers«, wie das in Ostpreußen hieß. Sie hat es sich nicht nehmen lassen, Klein-Röschen zu bemuttern und zu betüddeln, obwohl der reguläre Melkbetrieb natürlich von einer Mägdeschar erledigt wurde. Das halbe Dorf hatte Arbeit auf Gut Pöhlwitz.

Das Scheppern der Blecheimer hat die Schemutat mit ebenso krummem wie lautem Summen untermalt. Was war nochmal ihr Lieblingslied?

Frau Schick überlegt einen Moment, dann stimmt sie heiser eine Melodie an. Der Text folgt ganz von selbst, wie das so ist mit Erinnerungen aus Kindertagen, in denen noch viel unbewohnter Raum im Kopf ist und sich ein Gedicht ohne mühseliges Memorieren einprägt.

Befiehl du deine Wege
Und was dein Herze kränkt,
Der allertreusten Pflege
Des, der den Himmel lenkt!
Der Wolken, Luft und Winden
Gibt Wege, Lauf und Bahn,
Der wird auch Wege finden,
Da dein Fuß gehen kann.

Das wird ja immer schöner! Frau Schick wundert sich über sich selbst. Kaum wandert sie ein paar Hundert Meter Jakobsweg, singt sie morgens im Bett Kirchenlieder.

Das kann jedoch auch an ihrem gestern Abend gefassten Plan liegen. Frau Schick öffnet die Augen und tastet auf dem Nachttisch nach ihrem Reisewecker. Viertel vor sechs! Zeit, ihren Plan in die Tat umzusetzen, bevor der Rest der Pilgerbande wach wird.

Sie unterdrückt wie jeden Morgen ein leises Stöhnen, während sie ihre müden Knochen so sortiert, dass sie halbwegs schmerzfrei aufstehen kann. Gut, so weit ist wieder alles am Platz und funktionstüchtig.

»Jetzt auf die Seite rollen«, kommandiert sie sich murmelnd. »Rücken langsam dehnen, Beine leicht anziehen, behutsam hochkommen, Beine über den Bettrand schieben. So!« Die Horizontale wäre einmal wieder erfolgreich überwunden. Sie räkelt sich im Sitzen, gähnt und fischt ihr Gebiss aus dem Glas.

Heute setzt Frau Schick nicht nur die künstlichen Zähne ein, sondern auch die Brille auf. Sicher ist sicher. Der dunkle Hohlweg gestern hat ihr gereicht. Frau Schick erhebt sich und tappt auf Bettsocken zum Badezimmer. Die Holzdielen knarzen vernehmlich. Verflixt, sie möchte auf keinen Fall jemanden wecken.

Zügig, aber ohne Hast erledigt sie die Morgenwäsche, geht zu dem Stuhl, auf dem ihre Wanderkluft für den heutigen Tag in strategischer Reihenfolge parat liegt: Miederhöschen, BH, Rheumagürtel und Hemd zuoberst, es folgen Venenstrümpfe, dann die Wandersocken. Zum Schluss noch die Hose.

Die größte Herausforderung sind die Wanderschuhe. Richtige Klötze, die sie im Sitzen überstreifen und schnüren muss. Das dauert mit steifem Rücken und arthritisch versteiften

Fingern. Wirklich lästig, dass einen der Körper mit den Jahren zunehmend im Stich lässt!

Ächzend bringt Frau Schick das Schuhanziehen hinter sich und freut sich schließlich, wie gut diese Schuhe sitzen. Nur einen Gang auf leisen Sohlen gestatten sie nicht. So tappt sie in Zeitlupe über die knarzenden Dielen zum Bett. Hebt die Füße absurd hoch und setzt sie mit Bedacht wieder auf. Frau Schick kichert. Sie fühlt sich wie ein Kind, das bei Nacht den Schrank mit den Weihnachtsgaben erkunden will.

Am Bett schüttelt sie Kissen und Federbett auf. Ordnung muss sein, das verlangt die Preußin in ihr. Soll keiner meinen, sie habe als Junkers- und Offizierstochter je rumgefaulenzt oder Prinzessin auf der Erbse gespielt. Das wäre gegen die Ehre gewesen. Sie streicht, nein streichelt die Tagesdecke glatt. Weiße gehäkelte Filetspitze. Eine ähnliche hatte sie auf Pöhlwitz. Die Schemutat wird sie gehäkelt haben, in der Gesindeküche, bei blakendem Petroleumlicht, und dabei Lutherpsalmen gesungen haben. Gelegentlich hat sie auch einen Schluck von ihrem Herzmittel genommen, das sie an jedem Geburtstag von Röschens Papa bekam. Es stand auf der Anrichte und hieß »Danziger Goldwasser«. In ihm schwamm echter Blattgoldflitter. Frau Schick, damals Röschen, hat die Flasche gern geschüttelt und den Inhalt für einen Zaubertrank gehalten. Das war er ja wohl auch.

Nach zwei, drei Schlucken hat die Schemutat immer Feen- und Gespenstergeschichten erzählt, bis den Kindern die Zähne und Knochen klapperten. Das war noch viel schöner als die Lutherpsalmen.

Frau Schick lässt den Blick durch ihr Zimmer schweifen: eine antike Kommode mit Waschkrug, der als Vase für Feldblumen dient, ein seit Generationen mit Bienenwachs polierter Stuhl, ein alterskrummer Schrank mit Klappertüren. Wie angenehm es doch ist, in einem Zimmer zu nächtigen, das in Würde altern durfte und mehr Jahre auf dem Buckel hat als man selbst. Es hat nichts von seinem Charme eingebüßt.

Anders als sie.

Hach, na ja ... Es tut ihr wirklich leid, dass sie Bettina gestern so angerumpelt hat. Die kann ja nichts dafür, dass sie so blauäugig ist, wie Thekla es war. Aber eine schwer zu ertragende Transuse ist sie doch und so neugierig. Gewissermaßen zum Ausgleich war Frau Schick zu Herberger gestern gleich doppelt freundlich. Als sie im Gasthof ankam, hat der Doktor im Speiseraum am Klavier gesessen und Mendelssohn-Bartholdy gespielt. *Lieder ohne Worte.* Schwebende Töne, die sich *molto andante* – also langsam schreitend – von milder Schwermut auf eine unbestimmte Hoffnung zutasten. Sehr tröstlich und versöhnlich. Früher einmal hat der Mendelssohn Frau Schick zu Tränen gerührt.

Hunger hatte der Doktor anscheinend nicht, jedenfalls nicht auf die Bohnensuppe, die Forelle mit Schinken und das warme Brot, das der Rest der Gruppe unter Paolos Vorsitz an einem langen Tisch verzehrt hat. Die Forelle war gut und der Wein mild. Paolo saß neben dem Busfahrer am Kopfende des Tisches und sah wirklich aus wie Jesus beim letzten Abendmahl. Der Busfahrer, ein gemütlicher Kraftkerl, hat mit seinem veritablen Bariton später noch Volkslieder gesungen und damit seine Trinkgeldkasse aufgefüllt. Ganz schön gewitzt! So was mag sie ja.

Herberger hat dazu auf dem Klavier gespielt, Paolo auf einer gellenden Flöte improvisiert. Erstaunlich, wie viel Lärm drei Musiker machen können. Der Herberger hat Jesus dabei kaum aus den Augen gelassen, und zwar nicht, um die Flötentöne aufzunehmen und in Tastenakkorde zu übersetzen. Nein, es sah eher aus, als läge er auf der Lauer. Seltsam.

Bettina hat sich ganz eng ans Piano gepresst und verzückt geguckt, und Hildegard hat um eine Übersetzung der Liedtexte gebeten. Weil es in den meisten um Esel, Ochsen und die Ehe als Joch und Knechtschaft ging, hat sie mit Vorträgen über die größere Finesse kubanischer Volksmusik gegen das fröhliche Lärmen angehalten und lautstark ihren Nachtisch verlangt, als keiner hinhörte. Auch Ernst-Theodor nicht, der nach reichlichem Rotweingenuss den Takt mitgeklatscht hat – oder das, was er dafür hielt.

Hermann und Martha haben das einzig Richtige getan: eine Runde schleifenden Ländler aufs Parkett gelegt, freundlich Danke gesagt, und dann sind sie schlafen gegangen. Punkt zehn und Hand in Hand. So kann lebenslanges Eheglück auch aussehen.

Der Busfahrer hat dann höflich um den Vortrag von deutschem Liedgut gebeten.

»Das kann man doch alles nicht singen«, hat Hildegard protestiert.

Ernst-Theodor hat trotzdem *Mein kleiner grüner Kaktus* zum Vortrag gebracht, und Bettina und Frau Schick haben beim »Hollari, hollari, hollaro« einfach mal miteingestimmt. Frau Schick ist bis kurz nach Mitternacht geblieben, wegen der Nachtgespenster.

Der Hahn kräht eine weitere Koloratur. Jetzt wird es aber wirklich Zeit. Frau Schick stakst zur Tür, wo sie mit genauem Kalkül die Wanderstöcke platziert hat, um sie nicht zu verbumfiedeln, wie es in Ostpreußen hieß. In Köln sagt man verklüngeln. Beides sind sehr hübsche Umschreibungen für ein unschönes Problem: ihre zunehmende Vergesslichkeit in Alltagsdingen. Nun, sie weiß sich zu helfen.

Jetzt aber los! Sie holt tief Luft und öffnet leise die schwere Holztür. Als sie den Kopf in den Gang steckt, schaltet sich mit einem Klack das Flurlicht ein und flutet den Korridor mit kaltem Kunstlicht.

Dämliche Bewegungsmelder! Frau Schick fühlt sich regelrecht ertappt. Sie linst den schmalen Flur auf und ab. Niemand da. Von links dringt lautes Schnarchen an ihr Ohr. Das ist der transzendentale Ernst-Theodor, unterstützt von Hildegards wimmernd flatternden Gaumensegeln. Musikalisch sind beide nicht.

Rechter Hand nächtigt Bettina, geräuschlos. Dafür hat sie gestern noch für reichlich Aufruhr gesorgt. Lange und umständlich hat sie mit den bodentiefen Läden ihres Fensters rumgepoltert. Schließlich hat sie Herberger zu Hilfe gerufen, der auf der Straße vor dem Hotel eine Zigarette rauchte. Ganz Kavalier hat der Doktor die Läden dann für Bettina geschlossen und ist zu Bett gegangen. Allein und genau gegenüber von ihrem Zimmer.

Sie tritt in den Gang. Klack!, geht das Licht wieder aus. Verfluchter Bewegungsmelder! Sie tritt vor und auf einen harten Gegenstand. Klack!, geht das Licht wieder an, und als Frau Schick den Fuß hebt, entdeckt sie eine in Zellophan gewickelte Kugel mit einem Ringelschwanz aus Geschenkband vor ihrer Zimmertür. Hoppla, was ist das? Ein Schokoladentrüffel?

Nein, die Kugel hat eher die Farbe von Waldmeister- oder Pistazieneis.

Frau Schick runzelt die Stirn. Gratis-Pralinen gehören doch eigentlich aufs Kopfkissen. Sie geht langsam in die Hocke und hebt die Kugel auf. Schokolade ist das nicht, sondern ein polierter Stein. Wenn sie da drauf gebissen hätte! Der Stein sieht aus wie ein großer Kinderknicker. Wer verehrt ihr denn so was?

Kopfschüttelnd lässt Frau Schick den Stein in eine ihrer

Hosentaschen gleiten. Und jetzt Abmarsch, vorbei am Zimmer ihres selig schlummernden Chauffeurs und dann... Halt, stopp! Der ist ja wach! Sie hört ihn flüstern. Doch nicht etwa mit Bettina?

Frau Schick legt ein Ohr an die Tür. Das Flüstern dringt hohl, aber deutlich durchs Holz.

»Wie soll das jetzt weitergehen? Ich habe mit einer derart unverhofften Begegnung nicht gerechnet. Das... Das wirft alles durcheinander.«

Pause.

»Egal, wie ich mich freue. So Hals über Kopf, das liegt mir einfach nicht. Ich hätte eine behutsamere Annäherung vorgezogen.« Herberger klingt erschöpft und aufgeregt.

Niemand antwortet, und Herberger beginnt erneut. »Ich finde, ein Glücksfall sieht anders aus.«

Oho, meint er damit Bettina? Frau Schick lächelt verstohlen. Das wäre aber gemein.

»Und was ist, wenn wir auffliegen?«

Noch immer keine Antwort. Dafür quietscht das Bett, und Herberger seufzt laut. »Ach, ich bin zu müde. Es war ein anstrengender Tag gestern, und wie ich Frau Schick kenne, wird es heute nicht besser. Wie? Ich bin nun mal keine zwanzig mehr; eine Stunde Schlaf werde ich mir schon noch gönnen dürfen, oder?«

Oh, von mir aus auch zwei!, denkt Frau Schick.

Der Rest ist Schweigen. Sie zuckt mit den Schultern. Sie wird Bettina und Herberger im Auge behalten.

Sie tastet sich an der Wand entlang zu der schmalen Treppenflucht. Die dunklen Stufen sind ausgetreten und ebenso liebevoll poliert wie das Mobiliar. Sehr tückisch. Mit angehaltenem Atem bewältigt sie die Stufen. Vierundfünfzig zählt sie, bis sie nach einer gefühlten Ewigkeit den tongefliesten Eingangsbereich erreicht hat. Draußen triumphiert bereits die Sonne.

Es ist ein herrlicher Morgen, und Frau Schick verweilt einen Moment vor dem weißgetünchten Bauernhotel, um ihn zu genießen. Die Luft prickelt feucht und frisch und macht sie fröhlich. Sie schaut die pikobello gefegte Dorfstraße hinauf und hinab. Nicht zu glauben! Es kommen bereits drei wackere Wanderer auf sie zu. Die müssen bei Nacht und Nebel losgegangen sein. Das Klackern ihrer Stöcke auf dem Asphalt wird vom Gurgeln zweier Bächlein begleitet, die die Straße in gemauerten Rinnen flankieren.

»*Buen camino*«, grüßen die Pilger.

Frau Schick grüßt zurück und folgt ihnen mit ein wenig Abstand. Vorbei geht es an rot gedeckten und weiß getünchten Fachwerk- und Natursteinhäusern. In verwitterten Balkonkästen wippen neben roten Geranien purpurfarbene Petunien und buttergelbe Ringelblumen im Morgenwind. Ein tapferes und wetterfestes Blumenvolk, ganz nach Frau Schicks Geschmack, denn die Pflanzen machen nicht viel Aufhebens um sich und erfüllen zuverlässig ihren Zweck. Die umliegende Bergwelt könnte einem deutschen Heimatfilm entstammen. Auch wenn sie nie da war, erinnern Burguete und die umgebende Berglandschaft Frau Schick an Voralpen und Allgäu.

Das Ganze würde sich prächtig als Märklindorf auf einer Eisenbahnplatte machen. Paulchen Schick hatte eine. In einem Extrazimmer unterm Villendach. Wie alle Kriegskinder hatte er einen ungeheuren Nachholbedarf in Sachen Spielzeug. Seine Eisenbahnanlage hat er eine Weile mit an Besessenheit grenzender Leidenschaft ausgebaut. »Für unseren Sohn«, hat er behauptet, der dann allerdings nie kam.

Dass sie beim Gehen immer so ins Nachdenken kommt!

Wo soll das hinführen? Na, weit hat sie es ja nicht, nur ein kurzes Stück die Straße hinab. Dann hat sie ihr Ziel erreicht.

Als sie losging, wusste sie noch gar nicht, dass dies ihr Ziel sein würde. Eine Kirche zu besuchen, hat sie sich gestern vorgenommen. Irgendeine. Und hier ist eine. Sie steht direkt an dem kleinen Dorfplatz, auf dem man nach Feierabend und an Sonntagen wahrscheinlich seit Hunderten von Jahren zusammenkommt. Die Alten kakeln und klatschen oder sitzen einfach versonnen da, die Jugend tauscht vielsagende Blicke und flirtet ungelenk. Falls es hier überhaupt noch Jugendliche gibt.

Der Platz schmeckt ganz unspektakulär nach Heimat im guten Sinne. Bis in den letzten Winkel ihrer Herzgrube spürt Frau Schick: Das hatte ich auch mal. Ganz kurz, zu kurz. Und dann hat der verdammte Hitler seine schmutzigen Finger, sein Drecksmaul und sein großkotzertes Fahnengepränge reingesteckt und alles verdorben. Vor allem die Menschen. Die haben es ihm aber auch grauenhaft leicht gemacht.

Frau Schick seufzt leise. Durch Hitler hat das schöne Wort Heimat in Deutschland einen unerträglich verlogenen Beigeschmack bekommen, und in Ermangelung ungetrübter Bauernidyllen sind ganze Generationen deutscher Kriegs- und Nachkriegskinder nach Griechenland, Italien und weiß der Kuckuck in welchen Weltwinkel gereist, um dort unverdorbenes Heimatglück zu besichtigen. Sie nicht. Sie hatte nie Heimweh nach der Ferne oder der Vergangenheit. Außerdem explodieren bekanntlich auch im Baskenland Bomben. Unverbesserlich, der Mensch, einfach unverbesserlich!

Jetzt aber Schluss! Energisch stapft Frau Schick auf die ummauerte Kirche zu, während die frühmorgendlichen Jakobspilger sich vor der geschlossenen Dorfbar postieren, um auf einen ersten Kaffee und ein Bocadillo zu warten.

Sie taucht in den grünen Kirchhof ein. In den gestutzten Platanen lässt die Morgenbrise die Blätter leise rauschen. Rechter Hand informiert eine Schautafel über heidnische Kulte, Magie und baskische Hexenbräuche. Ein sicheres Zeichen dafür, dass sie längst vergessen sind. Von wegen mystische Kraftorte, pah! Was selbstverständlich ist, muss nicht von Kulturvereinen konserviert werden, hat schon Kurt Tucholsky gemeint. Und es muss schon gar nicht von einer Bettina erläutert werden.

Frau Schick legt den Kopf in den Nacken und betrachtet das Kirchenportal: viel Renaissance und ein bisschen zwanzigstes Jahrhundert. Im Bogen und auf Mauervorsprüngen hockt ein munteres Dämonenvolk, auf Pfeilerköpfen wuchert Moos aus dem hellgrauen Stein. Die listigen Teufelchen gefallen Frau Schick. Die gucken mehr keck als bedrohlich und strecken der Welt die Zunge heraus.

»Dang, dang, dang, dang!«, läutet es blechern aus dem Glockenturm über ihr. »Dang, dang, dang!« Sieben Mal. Schon so spät?

Sie legt die Hand auf den Schmiedering der Kirchenpforte und zögert doch. »Soll ich, soll ich nicht, soll ich«, zählt sie an den Ziernägeln im Türblatt ab und endet beim letzten Glockenschlag bei »Soll ich«.

Sie atmet noch einmal tief durch und drückt auf. Kreischend schwingt der Torflügel nach innen, ein Hauch von Weihrauch und der Staub von Jahrhunderten schlagen Frau Schick entgegen. Kaum ist sie eingetreten, schließt die Tür sich mit dumpfem Klappen.

Mit zur Decke gerecktem Kopf tappt sie in Richtung Altar. Ihre Walkingstöcke lässt sie wie Blindenstöcke vor sich herschwingen. Ihre Schritte hallen auf dem Steinboden, die Stöcke schlagen gegen eine Kirchenbank. Sie knarrt vernehmlich, als Frau Schick sich hineinsinken lässt, und ist weit wackliger auf den Beinen als sie.

Frau Schick schaut sich um. Besonders beeindruckend ist das alles nicht. Altar und Innenraum sind ziemlich neu. Hier muss mal ein Brand oder ein Krieg gewütet und alle romanischen oder gotischen Elemente und nennenswerten Kunstobjekte vernichtet haben. Nun, umso besser, da lenkt sie kein Gold und Gepränge vom Wesentlichen ab.

Rechts und links von ihr starren die üblichen Heiligen mit glasigem Blick auf sie herab. Schauen die mürrisch drein! Hinter dem Altar leidet der Gekreuzigte in lebensnaher Farbgebung, Hochglanzlackierung und mit gesenktem Blick. Nein, mit denen hat sie nichts zu bereden! Was will sie eigentlich hier?

Ihre Augen finden eine Madonna mit himmelblau lackiertem Faltengewand. 19. Jahrhundert in Reinform, gruselig süßlich, sieht aus wie ein Glanzbildengel. Ach, naja, Glanzbildengel sind nicht das Schlechteste, damit hat sie in der Pöhlwitzer Dorfschule früher schöne Tauschgeschäfte gemacht. Für eine Dose Keksbruch von der Schemutat konnte sie eins mit Glitzer abstauben.

Den Heiland präsentiert die Gottesmutter von Burguete in Gestalt eines pausbäckigen Moppelchens, das bis fast unters Kinn in detailliert gestalteten Windeln steckt. Der Künstler war offensichtlich ein Meister im Faltenschnitzen. Bei den Windeln hat er sich richtig ausgetobt, vielleicht um von den leicht abstehenden Ohren des Jesuskinds abzulenken. Da hat er gepatzt – zum Vorteil des Fratzes, der dadurch wirklich pfiffig und bemerkenswert lebendig aussieht.

Der Ohren wegen bleibt Frau Schicks Blick am gelockten Moppelchen hängen. Solche Ohren hatte Theklas Sohn auch. Überhaupt sah er diesem Christkind von Burguete vor dreiundvierzig Jahren und als Baby ein bisschen ähnlich: moppelig, gelockt und pumperlgesund und schwer zu bändigen. Der Knabe hat ihr sogar bei der Taufe unter kräftigem Protestgebrüll auf die Hände gestrullert, just als der Pfarrer ihm das Wasser über Stirn und Segelohren goss.

Wann hat sie das nur alles vergessen? Es war insgesamt eine sehr feuchte Taufe. Ihr selbst ist dabei das Wasser in die Augen gestiegen. So ein rundum gelungenes Baby, so rosa weich und duftend in seinen Speckfalten. Diese unfassbar winzigen Füßchen.

»Eure Kinder sind nicht eure Kinder. Sie sind Söhne und Töchter der Sehnsucht des Lebens nach sich selbst«, hat auf dem Taufzettel gestanden.

Den Säugling damals auf den Armen zu halten war ein Wunder und ein Geschenk.

Johannes haben sie ihn getauft, nach Frau Schicks Papa. »Weil du Patentante bist und der wichtigste Mensch in meinem Leben«, hat Thekla damals gesagt, »musst du den ersten Vornamen auswählen.« Jäh keimt Ärger in ihr hoch, wenn sie daran denkt, wie dankbar sie der Thekla damals war und wie gerührt.

Nun, den Nachnamen von Todden hatte der Knabe ja ohnehin schon von ihr. Denn Thekla blieb ein Leben lang als ihre elf Jahre jüngere Schwester registriert, und sie hatte den Vater von Klein-Johannes als unbekannt angegeben. 1967 war das im Heiligen Köln noch ein Skandal. Aber kein vernichtender, weil der Sprössling aus dem noblen Haus von Todden kam.

Und dem reichen Hause Schick.

»Verdammt!«, entfährt es Frau Schick. Ihre Hände krampfen sich wie ihr Herz fest zusammen. Ihre Augen suchen das Gesicht der Madonna. Die hat zwar seelenvoll dunkle Augen, nicht so blaue wie die Thekla, aber was soll's. Einmal muss es ja raus.

»Ich habe Pauls und deine Liebesbriefe gefunden«, sagt sie. »Drei Stück, um genau zu sein.« Heiser hallt ihre Stimme von den Kirchenwänden zurück. Gute Akustik hier. »Damit musst du doch gerechnet haben«, fährt sie mit fester Stimme fort.

Ja, das muss sie. Immerhin hat Thekla bestimmt, dass sie den Nachlass in ihrer Kölner Wohnung sichten und sortieren, die Kleider zusammenlegen, die Möbel ausräumen und das Appartement verkaufen sollte. Das hat Frau Schick auch getan, aber zur Beerdigung in Bad Zwischenahn ist sie danach nicht mehr gefahren. Auch deshalb ist Thekla nicht richtig tot. Nicht für sie.

»Warum hast du die blöden Briefe nicht einfach verbrannt, nachdem du mich ein Leben lang belogen und betrogen hast?«

Die Madonna von Burguete schweigt im Chor mit allen Heiligen.

»Weshalb hast du überhaupt gelogen? Hattest du Angst, ich würde dir den Johannes wegnehmen? So wie du mir mein Paulchen Schick geklaut hast?« Sie bricht ab. Wenn man es laut ausspricht, hört man, dass alles Unsinn ist. Passt ja hinten und vorne nicht. Sie hätte Thekla den Johannes nie und nimmer wegnehmen können, auch wenn sie ihrer Ziehschwester vor der Geburt angeboten hat, das Baby aufzuziehen, weil sie noch so jung war. Aber das hat Thekla nicht gewollt, und so wurde Frau Schick nur Patentante. Herrje!, das Angebot war gut gemeint. Mehr nicht. »Mehr nicht, hörst du«, bekräftigt Frau Schick sehr laut und hört selbst den Zweifel in ihrer Stimme.

Und was heißt schon, Thekla hat ihr den Paul geklaut? Auch das ist Blödsinn. Ein Kerl wie Paul gehört ganz allein sich selbst, und er ist ja auch bei ihr geblieben. Und hin und wieder zu Thekla gegangen. Konnte sich damals wohl nicht entscheiden. Das hat er ja nie gern getan, wenn es um Frauen ging. Thekla hat ihm die Qual der Wahl schließlich einfach abgenommen und ist mit dem fünfjährigen Johannes für zwölf Jahre verschwunden. Über Nacht und zunächst, ohne eine Adresse zu hinterlassen.

Paul hat ihr verboten, nach Theklas und Johannes' Verbleib zu forschen. »Glaubst du nicht, es ist Zeit, dass sie ihr eigenes Leben führt? Sie kann schließlich nicht ewig dein dankbarer Schatten sein«, hat er gesagt.

Schatten, was für ein Blödsinn! Thekla war das Licht ihres Lebens, als es am dunkelsten war. Thekla hat *ihr* das Leben gerettet, nicht umgekehrt!

Vier Jahre später kam dann ein Brief von Thekla aus Bad Zwischenahn. Frau Schick war so verletzt und wütend auf Thekla, dass sie die beiden nie besucht hat. Die Zurückweisung war einfach zu schmerzlich, der Schock über Theklas wortloses Verschwinden hat sie wehr- und hilflos gemacht, obwohl sie die Sache mit Baby Johannes damals noch gar nicht durchschaute.

Nach einer Weile hat sie Theklas Briefe dann doch beantwortet. Aber hinfahren? Nein, das kam immer noch nicht infrage. Zumal sie ja nirgends gerne hingefahren ist, nachdem sie Köln im März fünfundvierzig endlich erreicht hatte. Dass auch nie eine Einladung von Thekla nach Bad Zwischenahn kam, muss Paul sehr recht gewesen sein. Halunke!

Ihrem Patenkind Johannes hat Frau Schick natürlich dennoch regelmäßig Geschenke geschickt und sich gefreut, wie ähnlich er Thekla auf allen Fotos sah – bis auf die abstehenden Ohren – und dass Paul die Ausbildung des Patensohns so großzügig finanzierte. Die war wirklich vom allerfeinsten: mit fünfzehn ein Eliteinternat in England und dann ein Studium in Cambridge, wo Johannes jetzt Professor für Wirtschaftsrecht ist.

Lange hat sie geglaubt, dass es ihr das Herz brechen würde, ihr kleines, nunmehr großes Patenkind Johannes wiederzusehen. Weil sie nun einmal keine eigenen Kinder bekommen konnte – im Gegensatz zu Paul. Dessen persönlicher Assistent und Grüßaugust ist ebenfalls ein Spross seiner Lenden – mit einer nichtssagenden Zuckermaus. Das hat sie gewusst und diskret geregelt, denn Verhütungsunfälle wie er kommen nun mal vor, wenn viel Geld damit zu verdienen ist. Die Zuckermaus lebt jetzt auf Lanzarote und verprasst ihre großzügige Abfindung; der Sohn besitzt einen angemessenen Aktienanteil an der Schick und Todden GmbH und hat ein gesichertes Auskommen als Grüßaugust. Wie seine Mutter trägt er den wunderbaren Namen Pottkämper, den Frau Schick seit Paulchens Tod gern zu Kammerpott verschandelt. Davon abgesehen hat sie in dieser Geschichte stets tadellos die Haltung bewahrt. Durch so etwas muss man durch, so hat sie das gelernt. Sie ist ja nicht umsonst von altem Adel. Da haben Bastarde Tradition.

Aber die Geschichte mit Paul und Thekla? Ihrer Thekla. Das ist was anderes. Darum hat ihr auch keiner von beiden etwas gesagt. Dabei hätte Thekla nach ihrer Rückkehr nach Köln doch wirklich Zeit und Gelegenheit gehabt. Der Krebs kam ja erst viele Jahre später.

»Warum hast du mich belogen?«, fragt Frau Schick in Richtung Madonna.

Die Muttergottes lächelt versonnen.

»Ich hätte doch...« Frau Schick bricht ab. Was? Alles verzeihen können?

Nie und nimmer!

»Ich könnte dich umbringen, weißt du das!«, schleudert Frau Schick der Madonna ins Gesicht. »Wenn du nicht schon tot wärst, würde ich es tun. Mir so ein Schlamassel zu hinterlassen. Ein ganzes Leben als Lüge. Lüge. Lüge. Du falsches Galgenholz!«

Ein Schluchzer unterbricht Frau Schick. Sie schaut sich verdutzt um. Hoppla, der kommt aus ihrer eigenen Kehle. Sie fasst sich an den Hals, schiebt auf der Suche nach einem Taschentuch die Hand in die Hosentasche und greift in knisterndes Zellophan. Sie zieht den Pistazienstein hervor. Albernes Ding! Kein Taschentuch dabei, aber einen Knicker in der Tasche. Da hilft nichts. Sie zieht ganz undamenhaft die Nase hoch. Und atmet einen Schwall Rosenduft.

»*Bon dia*«, grüßt eine Baskin, die mit einem ausladenden Blumenstrauß vor der wogenden Brust neben der Kirchenbank auftaucht. »*Por nuestra Señora*«, sagt sie mit Blick auf die Rosen und gestikuliert in Richtung Muttergottes. »*Bonita, eh?*«

Schön? Frau Schick guckt zweifelnd. Die Baskin zieht eine Rose aus dem Strauß, legt sie neben Frau Schicks Wanderstöcke auf die Bank und tätschelt deren Schulter. Mit einem »*Buen camino!*« schlurft sie dann auf Pantoffeln in die Sakristei, wo sie wenig später mit Vasen herumklappert.

Rosen für Röschen. Ausgerechnet!

»Soll das vielleicht eine Antwort sein, Thekla? Da erwarte ich aber mehr von dir.« Frau Schicks Blick wechselt zum Gekreuzigten. »Und von dir erst recht.« Kurzfristig spielt sie mit dem Gedanken, ihm den Knicker ins Gesicht zu werfen, und hebt den Arm.

»Wie interessant!«

Frau Schick schreckt hoch und dreht sich um. Herberger! Seit wann drückt der sich schon hier herum?

»Was finden Sie interessant?«, schnappt Frau Schick.

Herberger deutet auf den hellgrünen Knicker. »Ein Chrysopras. Woher haben Sie ihn?«

»Chryso-was?«

»Den Zitronenchrysopras in Ihrer Hand. Ein Quarzmineral, das man zum Beispiel in Australien, Brasilien und in Polen abbaut. Wird gern gefälscht und durch grün gefärbten Achat imitiert. Darf ich?«

Frau Schick hält ihm das Tütchen hin. »Woher wissen Sie denn das schon wieder?«

»Hatte beruflich mal am Rande damit zu tun.« Herberger schält die Kugel aus dem Knisterpapier und hält sie prüfend in einen Lichtstrahl, der durch ein Kirchenfenster dringt.

Will er die Murmel zum Funkeln bringen? Ist doch kein Diamant und außerdem undurchsichtig. Wie der Mann selbst.

»Da ist ja etwas eingraviert«, sagt Herberger erstaunt.

Frau Schick schnellt hoch. »Wie bitte?«

Herberger dreht die Kugel zwischen Daumen und Zeigefinger. »*Vade mecum et in pace – nunc et semper*«, liest er vor und übersetzt: »›Gehe mit mir und in Frieden, jetzt und auf immer.‹ Hübsche Arbeit, und der Stein ist echt. Da scheint Sie jemand sehr zu lieben.«

»Wohl kaum, Sie oller Pomuchelskopp! Was machen Sie hier überhaupt?«

»Sie suchen. Bettina fahndet auch nach Ihnen, sie macht sich Sorgen.«

»Oh ja! Das kann sie besonders gut. Ich hoffe nur, sie macht sie sich am anderen Ende des Dorfes oder im Hotel. In jedem Fall weit weg von mir.«

»Nein, sie ist eben hier aus der Kirche gekommen.«

»Ach du lieber Himmel! Und warum hat sie sich dann nicht bemerkbar gemacht?«

Herberger zuckt mit den Schultern. »Sie wirkte etwas, nun ja, abwesend. Übrigens, das Frühstück ist serviert.«

»Danke. Sie dürfen dann verschwinden.«

Ihr Chauffeur lächelt in seinen silbergesträhnten Bart, der Frau Schick mit einem Mal an den Gottvater ihrer Kindheit erinnert. Unerträglich. »Sie stören meine Andacht!«, sagt sie.

»Ich fahr schon mal den Wagen vor.« Herberger schaut aus, als habe er sein Leben lang darauf gewartet, diesen legendären Satz einmal sagen zu dürfen.

Frau Schick runzelt die Stirn. »*Derrick* kennen Sie also auch?«

Herberger grinst. »Ich liebe alles, was mit Verbrechen zu tun hat, Frau Schick. Verbrechen sind meine Passion.«

Steine auch? In Frau Schicks Ohren klingt er ein wenig wie ein Juwelendieb. Ist er offensichtlich aber nicht, denn er streckt ihr den Chryso-Dingsda, ach was!, den Knicker, hin. »Ist der was wert?«, fragt sie.

»Die Antwort liegt einzig und allein im Auge des Betrachters.«

»Ich meinte: rein finanziell.«

»Dann lautet die Antwort: ›Nein, nicht wirklich‹, aber vielleicht hat er ja magische Kräfte?«

»Sie glauben doch hoffentlich nicht an solch einen Blödsinn.«

»Und Sie?«

»Seien Sie nicht albern.«

»Wenn Ihnen der Stein nicht gefällt, können Sie ihn am *Cruz de ferro* ablegen« schlägt Herberger vor. »Das machen Pilger schon seit Jahrhunderten so. Sie werfen beim Eisenkreuz auf einer Passhöhe vor Santiago ein Steinchen ab, dem sie ihre Sorgen und Nöte und Fragen anvertraut haben. Die meisten bringen solch einen Stein von daheim mit.«

»Ich pack mir doch keine Steine in den Rucksack.«

»Man kann auch einen nehmen, der einem auf dem Weg vor die Füße fällt.«

»Woher wissen Sie, dass dieser Knicker mir vor die Füße gefallen ist?«

»Ich rate gern.«

Frau Schick zögert einen Moment, dann klaubt sie die Kugel aus Herbergers Hand und wendet sich wieder der Muttergottes zu.

»Sie sollten es mit Ihrer Andacht nicht übertreiben«, mahnt Herberger. Ein Lächeln umzuckt seine Mundwinkel.

»Ich weiß sehr wohl, was mir guttut.«

»Ich fürchte eher um den Seelenfrieden der Madonna.«

»Haben Sie etwa gelauscht?«

»Sie waren nicht zu überhören, und jetzt kommen Sie, der Kaffee wartet.«

12.

Nelly steht am Kofferlaufband und hofft, dass die *Iberia* ihr Gepäck zuletzt auslädt. Hauptsache, sie wird die Basken endlich los. Die sind wirklich freundlich, aber sie hat es langsam satt, immerfort Einladungen zum Essen, zu Übernachtungen mit Familienanschluss und Weinfesten im Namen sämtlicher Heiliger der Region Navarra ablehnen zu müssen. Ihr baskischer Sitznachbar ist nämlich Erster Vorsitzender des Winzerverbandes der Provinzen von Navarra. Das hat er ihr verraten, nachdem sie ihm dummerweise gesagt hat, warum sie geschäftlich nach Pamplona muss und auf keinen Fall in seinem Auto und in sein Leben mitfahren kann. Seine Visitenkarte hat sie achtlos eingesteckt. Himmel, der Name dieses Mannes interessiert sie ungefähr so brennend wie dessen Schuhgröße.

Sie hätte im Flieger seine Hand nicht festhalten dürfen, schon gar nicht die Finger in sein Hosenbein krallen, das ist ihr klar, aber wenn man sich gerade mitten in einem Flugzeugabsturz befindet, ist das noch lange kein Verlobungsversprechen. Es ist auch kein Grund, mit den Augenbrauen noch einen Hochzeitswalzer zu tanzen, wenn die Maschine sicher gelandet ist.

Neben ihr schwelgt der Baske noch immer in der Rolle des Kavaliers und Lebensretters und hält nach ihrem Koffer Ausschau. Endlich taucht ein Ungetüm auf, für das ein halbes Dutzend Krokodile ihr Leben lassen musste. Es gehört seiner Großmutter und scheint das letzte Mitglied ihrer Kofferfamilie zu sein, die bereits zwei Gepäckkarren in die Knie zwingt.

Die Señora kommandiert ihren ausgewachsenen Enkel zum Tragen ihres Krokodils ab und scheucht ihn damit von Nellys Seite. Der Baske ergibt sich ein wenig traurig seinem Schicksal und kündigt für draußen noch einen ausführlichen Abschied an. Wie viele spanische Worte für »Auf Wiedersehen« gibt es denn noch?

Dann endlich machen sich die Basken unter fröhlichem Winken auf den Weg zum Ausgang. Nelly winkt zurück und sieht, wie die Großfamilie in der Ankunftshalle von einem weiteren Schwung Verwandter in Empfang genommen wird.

Außer Nelly wartet nun nur noch ein Trupp Jakobspilger, die man an den baumelnden Muscheln um ihren Hals und den trittfesten Schuhen an ihren Füßen erkennt, auf das Gepäck. Seltsames Trio: drei bayerische Männer Mitte fünfzig, die mit Sepplhüten und grölend guter Laune nicht eben heilig nüchtern oder fromm beseelt ausschauen, sondern nach einer Mischung aus Kegelclub und Harley-Davidson-Fans. Sie zerren ihre High-Tech-Ausrüstung vom Band, muntern sich mit einem »Pack'n mer's« gegenseitig auf und lüpfen keck bis anzüglich die Hüte in Nellys Richtung. Beim Hinausgehen planen sie lautstark eine Kneipentour durch Pamplona, das sie im Taxi statt *per pedes* erreichen wollen. Nelly schüttelt den Kopf. Jeder Mensch ist ein eigenes Universum und jeder Pilger auch, aber solche Wallfahrer können einem glatt den Glauben an die Magie des Jakobsweges nehmen. Nur gut, dass sie da nicht hinwill.

Erleichtert seufzt Nelly auf. Endlich allein. Jetzt kann sie das Gefühl genießen, auf spanischem – pardon, baskischem – Boden zu stehen. Sie ist wieder da. Es gibt sie wieder, die Nelly im Glück. Und bald ist sie in Pamplona. Zuletzt war sie als Studentin in diesem wundervollen Land. Für zwei Auslandssemester. Ein Gefühl lang vergessener Freiheit weitet ihr die

Brust. Herrlich, jetzt kommt ihr Leben wirklich wieder in Bewegung, schmeckt süß nach Abenteuer, statt bitter nach Einsamkeit.

Schon den automatischen Lautsprecheransagen an die *Señoras y Señores passageres* zu lauschen, die den Befehl geben, mit Argusaugen auf das Gepäck aufzupassen, macht Spaß. Der allerdings nimmt bei der sechsten Wiederholung ab. Sie weiß jetzt, dass sie auf ihr Gepäck achtgeben sollte, nur die *Iberia* selbst offenbar nicht.

Die Gummiplatten des Kofferbands ziehen schlappend, aber ohne ihren Trolley ihre Endlosschleife. Nelly kramt im Rucksack nach den Mietwagenpapieren. Eigentlich könnte sie Ricarda jetzt rasch auf ihre unverschämte Mail antworten. Sie ist in der richtigen Stimmung. »Selbstbefreit und auf dem Weg zum Meer«, heißt das in einem Grönemeyer-Song.

Zugegeben, Pamplona liegt nicht am Meer, sondern im Landesinneren. Trotzdem. Nelly summt das Lied kurz an, während sie in ihrem Rucksack nach dem Handy gräbt. Ihr fallen auch ein Paar Textfetzen ein. Das Lied hat sie nach ihrer Scheidung gern in orkanartiger Lautstärke gehört und mitgesungen. Geniale Musik. *Dreh dich um, dreh dich um, dreh dein Kreuz in den Sturm . . .* Genau. *Vergiss dein Vakuum.* Ja. *Wer ersetzt dir dein Programm?* Na ja, hm. *Wer hilft dir, dass du dich nicht von dir entfernst?*

In keinem Fall RICARDA.

Klingt alles ein bisschen grimmig und bedrohlich wie die ganze Melodie. Es muss an den vorhin erlebten Turbulenzen und dem Tief über der Biskaya liegen, dass sie auf so was kommt. Und an dieser saublöden Mail. Himmel, jetzt ist sie richtig wütend! Na, umso besser, da kann sie Ricarda kräftig Kontra geben.

Verflixt, kann sie nicht.

Ihr Handy steckt nämlich noch zwischen Spucktüten, den Sicherheitshinweisen und dem Bordmagazin in einer Sitztasche fest. Was ist sie nur für ein Schussel! O weh!, das wird eine schöne Telefoniererei geben, bis sie das Teil zurückhat.

Eine tolle Bilanz bislang: ein unrettbar beflecktes Designerkostüm, ein nagelneues, schon verbummeltes Handy und ein ebenso neuer und anscheinend ebenfalls verschwundener Koffer der Marke Salsa Fun Multiwheel. Ihr neues Leben fängt mit einer Menge Verlusten an. Sie hält ja einiges von Feng Shui und davon, alten Ballast wegzuwerfen und sich von Gespenstern zu befreien, aber quasi besitzlos neu anzufangen ist ein bisschen viel Freiheit und Abenteuer auf einmal.

Nelly schaut beschwörend auf das Kofferband.

Flapp, flapp, flapp!, quält es sich über die Runden. Jetzt trägt es einen zusammengeklappten Buggy auf dem Buckel, den in Bilbao keiner haben will und der dafür vielleicht samt baumelndem Schnuller am Band einer Kleinfamilie auf Mallorca fehlt.

Da! Endlich schiebt sich ihr Trolley durch den Schlund der Gepäckausgabe und dreht einsam eine Ehrenrunde. Nelly stöckelt ihm entgegen. Wie sieht der denn aus? Kaum wiederzuerkennen. Hatte Salsa Fun einen Zusammenstoß mit einem Jumbojet?

Die Aluminiumschale ist zerbeult, der Griff, an dem sie ihn zu sich heranzerrt, riecht nach Kerosin, das ihr Rock gierig einsaugt. Wenn sie ein Streichholz dranhielte, gingen Salsa Fun, ihr Rock und sie wahrscheinlich in die Luft. Hat die Sicherheitskontrolle das Ding in eine Kofferbombe verwandelt?

Eine Rolle hat das Schmuckstück auch verloren. Jetzt humpelt nicht nur sie – dank Bleistiftrock –, sondern auch ihr dreibeiniger Koffer. Was für ein Paar!

Nelly schüttelt den Kopf und sammelt in Gedanken bereits das spanische Vokabular für »Beulen«, »Kerosinschaden« und »verschwundene Kofferrolle« zusammen.

Nur gut, dass sie in Pamplona Zeit hat, alles zu regeln und sich umzuziehen. Nach erfolgreicher Businessfrau sieht nicht mehr viel an ihr aus. Sie rollt und hievt den widerspenstigen Trolley zu den Automatiktüren. Während diese auseinandergleiten, setzt Nelly ein – wie sie hofft – kosmopolitisch blasiertes Vielfliegergesicht auf. Nur gut, dass sie hier keiner kennt. Geschäftig will sie die Tür passieren. Der Koffer nicht. Salsa Fun krallt sich mit zwei von drei verbliebenen Rollen in eine Bodenschiene, als habe er soeben den Tanzpartner fürs Leben entdeckt.

»Wirst du wohl«, schilt Nelly den Koffer, bückt sich zu den Rollen hinab und rumpelt sie los.

»*Con permiso?*« Eine sehnige Hand schnappt sich den Griff. Bitte nicht der Baske!

»*Mi corazón!*«

Nelly schnellt hoch. Er? Er! Sie blickt in ein Augenpaar, das aussieht, wie ihr Koffer riecht. Feuergefährlich. Was an der einzigartig schillernden Augenfarbe liegt. Nelly stockt der Atem. Ja, das ist er. Sein Mail-Foto war bereits beeindruckend, aber jetzt steht sie unwiderruflich in Flammen und ist froh, dass Javier das Feuer löscht, indem er beide Arme wie eine Decke um sie faltet und sie fest an sich zieht.

Wie unfassbar, unfassbar herrlich das ist! Sie ist bei ihm angekommen, atmet seinen Duft ein und weiß, dass diese Umarmung ihre kostbare erste Umarmung ist und sich auf immer in ihr Gedächtnis einbrennen wird – unter anderem, weil sich ein Hemdknopf in ihre Wange bohrt, ein etwas zu scharfes Aftershave ihre Augen tränen lässt und Javier leicht überhitzt ist. Egal. Hauptsache keine umständlichen Begrüßungen, kein Geschwätz, keine langen Erklärungen, keine Fragen.

Sie stutzt.

Doch. Eine.

Warum ist Javier in Bilbao und nicht in Pamplona?

Er löst sanft seine Arme, fasst sie bei den Schultern und antwortet, bevor sie fragen kann. »Ich hatte hier zu tun und ... äh ...«, stoppelt er auf Deutsch.

Nelly versichert ihm, sie könnten ruhig Spanisch sprechen. Er beginnt sichtlich erleichtert und flüssiger von Neuem: »Ich weiß, das ist etwas unerwartet, aber ... Ich dachte, du magst Überraschungen, genau wie ich und ...« Er bricht wieder ab, auf Spanisch weiß er anscheinend auch nicht weiter. Nein, wie rührend – seine Hände zittern! Er schaut nervös nach links und rechts und hinten und wieder nach vorn. Sie tut es ihm nach. Aus einer Kaffeebar winken der Baske und sein Clan. Die Großmutter hebt feierlich ihre Kaffeetasse und macht eine einladende Kopfbewegung.

Als Javier den Clan entdeckt, verfinstert sich seine Miene. »Kennst du diese Familie?«, fragt er erregt. Sein Blick wird so feurig, dass Nelly weiteres Unheil für ihr Kostüm befürchtet. Ein Brandloch.

»Sie saßen im Flugzeug neben mir«, sagt sie. »Stimmt etwas mit ihnen nicht? Sie waren eigentlich sehr freundlich.«

»*Sí, sí*, aber mich kennen in ganz Navarra mehr Menschen, als mir lieb ist«, stößt Javier hervor. »*Maldito!*«

Nellys Gesicht wird zum Fragezeichen. Javier entspannt sich. »Verzeih, *mi corazón*, aber manchmal ist es ein Fluch, ein Tosantos zu sein.«

Javier fasst sie am Ellbogen und zieht sie und den Trolley mit sich fort. Er macht sehr lange Schritte, die Nellys Rock und ihren Pumps das Äußerste abverlangen. Jetzt verfällt er regelrecht in Lauftempo. Nelly kommt kaum mit. Schön, dass ihr Leben in Bewegung gerät, aber muss es gleich im Tempo von *Lola rennt* sein?

Salsa Fun holpert und hoppelt einen klackernden Flamenco. Hat Javier ein Temperament. Ob's an dem sehnsüchtigen Blick des Basken lag? Wäre ja albern.

Es ist überhaupt ziemlich albern, so durch diesen Provinzflughafen zu hetzen, als sei er ein Popstar, den internationale Paparazzi jagen, oder als sei er Richard Kimble, der Mann auf der Flucht. So berühmt kann eine Winzerfamilie ja wohl nicht sein und ... Moment! Wie kommt sie auf Richard Kimble? Das ist doch ein Krimi und eigentlich nicht ihr Genre. Mit Schießfilmen kennt sie sich nicht aus.

»Ich aber«, flüstert Ricarda aus dem Off, und Nelly ergänzt automatisch: »*Sollte dich das Phantom von Pamplona in irgendeinen Schlamassel verwickeln, dann hol ich dich da raus.*«

Sie hat es gewusst, sie hat es gewusst. Jetzt spukt ihr diese dumme Giftmail bei der unwiederholbaren ersten Begegnung im Kopf rum und schiebt sich zwischen Javier und sie und die Liebe. Dabei gibt es bestimmt eine völlig vernünftige Erklärung dafür, dass sie mit einem Mann in tadellosem Businessoutfit, aber merkwürdigen Manieren durch die Ankunftshalle des Flughafens sprintet. Es gibt ja auch genug Erklärungen dafür, dass ihr Businessoutfit und ihr Koffer ziemlich lädiert aussehen, ohne dass sie in eine Prügelei verwickelt war.

Javier dreht im Laufen sein hinreißendes Gesicht zu ihr hin. »Ich möchte endlich ungestört sein. Mit dir«, keucht er und stoppt vor den Schaltern der Mietwagenfirmen. »Nur mit dir. Du bist genau das, was ich jetzt brauche. Eine Zuflucht, weit weg vom Lärm der Welt und all diesen Verrückten.«

Himmel, Javier ist ja noch viel, viel romantischer, als sie gedacht hat!

»Oder selbst verrückt«, warnt ihre innere Nervensäge Ricarda. »Vielleicht ist er als Kind in ein Fass Viño Tosantos gefallen und...«

»Hast du ein Auto gemietet?«, fragt Javier erfreulich nüchtern dazwischen.

»Ja, aber vielleicht kann ich es ja noch stornieren, dann können wir gemeinsam in deinem Auto nach Pamplona fahren«, schlägt Nelly schüchtern vor.

Javier hebt abwehrend und leicht gebieterisch die Hand. »*No, no.* Es geht nicht nach Pamplona.«

»Nicht?«

Javier lächelt. »*No, mi corazón,* erst einmal möchte ich dich entführen.«

Entführen? Nelly wird leicht unbehaglich.

Javier verbessert sich. »Ich meine, ich möchte dich an einen Ort bringen, an dem es nichts gibt außer uns, einem Stück Himmel und dem Paradies.«

»Gut, ja... ich... äh... meine«, stammelt Nelly. »Wo genau ist denn das?«

»Kennst du den Camino?«

»Den Jakobsweg?« Nellys Augen weiten sich vor Verblüffung. Sie schluckt, dann schaut sie an sich hinab.

Javiers Blicke folgen dem ihren bis hinab zu den Schuhen. »*No,* keine Bange, wir laufen nicht. Noch nicht. Wir brauchen nur dein Auto.«

»Und was ist mit deinem?«

»Ich habe keins mehr. Ich meine, ich musste es stehen lassen. Ein Freund hat mich hergebracht.«

»Aus Pamplona?«

»Nein, ich hatte gestern unerwartet in Bilbao zu tun. Langer Abend, zu viel Wein und ein bisschen Ärger im Geschäft. Mein Vater...« Er schüttelt den Kopf. »Ich brauche wirklich

Ruhe und eine Pause, bevor es weitergeht. Bei welcher Autofirma hast du gebucht?«

Nelly zeigt auf einen Schalter.

»*Muy bien*. Gibst du mir deine Kreditkarte?«

Kein schöner Satz. Den hat sie in ihrem früheren Liebesleben ein paar Mal zu oft gehört.

Javier reguliert seinen feurigen Blick auf Wohlfühltemperatur herunter. »*Mi corazón*, vertrau mir. Es wird wunderschön. Wir beide fangen ganz neu an. Mit uns, mit allem.« Javier beugt sich zu ihr hinab. »Das willst du doch auch! Neu anfangen. Mit uns, mit allem. Herzlich willkommen.« Und dann küsst er sie.

Und wie.

Wenn Küssen eine Kunstform wäre, dann wäre Javier ein Impressionist vom Format Paul Gauguins. Er skizziert mit seinem Mund den ihren an, tupft pastellzart die Konturen aus und vollendet kühn und kraftvoll mit der Farbpalette berauschender Sinnlichkeit. Samtweich arbeitet er noch ein wenig nach, bis in Nellys Kopf ein Südseeatoll samt Palmenstrand und türkisfarbenem Meer entstanden ist. Eine einsame Insel vollkommener Glückseligkeit. Einsam? Wieso einsam. Sie hat doch jetzt Javier.

»Genau«, schlängelt sich Ricarda ins Paradiesbild. »Und Robinson hatte seinen Freitag. Da macht ein Schiffbruch doppelt Spaß.«

13

Frau Schick muss jetzt allein sein. Ganz allein. Sogar die Schick und Todden GmbH kann ihr heute gestohlen bleiben. Sie will wandern. Es ist ja erst acht Uhr am Morgen, was soll sie sonst den ganzen Tag tun? Schafe und Kuhfladen zählen? Da kommt sie ja um vor Langeweile.

Das hat zum Glück auch Herberger eingesehen und ihr dreieinhalb Gehkilometer von Burguete bis zum nächsten Dörfchen gewährt. Bis dahin geht es weder ganz steil nach oben noch nach unten und erst einmal über Asphalt. Der Weg ist trotzdem hübsch. Er schlängelt sich als schmales graues Band durch Hügelwellen und Tallandschaften voll sattgrüner Weiden. Die Berge begrenzen den Horizont, sind aber keine schroffen Himmelsstürmer mehr.

Dann endlich verlässt der Camino die Straße, um sich durch Haselnusssträucher, Eschen und Pappeln einem Fluss zu nähern, der sich mit fernem Rauschen ankündigt. Über allem wölbt sich wie gestern ein blitzblauer Himmel mit blankgeputzten Wolken.

Der Rest der Bande läuft heute stramme zwanzig Kilometer. Es geht über Stock und Stein, und auch einen Pass müssen die Wanderer queren. Oben wartet dann der Bus für den abschließenden Schlenker gen Pamplona, wo sich am Abend die ganze Gruppe und Frau Schick treffen, um die Festungsmauern und einige Kirchen zu besichtigen und gemeinsam in einer Bar, die mal wieder Schluckspecht Hemingway entdeckt hat, zu Abend zu essen und die Nacht im allerbesten

Luxushotel der Stadt zu verbringen. Die Reise war schließlich sündhaft teuer, und irgendwo muss das Geld ja ausgegeben werden.

Zum Ausgleich ist für den weiteren Verlauf der Tour eine Nacht in einem privaten Pilgerhospital mit Gemeinschaftswaschraum und Schlafsaal eingeplant. Was für eine Idee! Armut auf Probe. Fehlt nur noch eine Nacht unterm Sternenzelt als einzigartiges Kulturerlebnis und weil der Weg ja dem Verlauf der Milchstraße folgt.

Frau Schick schnaubt missvergnügt durch die Nase. Nächte unterm freien Himmel hatte sie früher reichlich umsonst. Sie will gar nicht daran denken, nie mehr. Auch die Pilger des Mittelalters hätten dem Kampieren unter freiem Himmel eine anständige Bettruhe vorgezogen, hätte man sie je vor die Wahl gestellt. Aber Menschen sind nun einmal sentimentale Knallköppe und Touristen erst recht.

Na gut, Hauptsache, sie wandert. Obwohl das hier noch immer nicht der einzige Jakobsweg ist. Erst hinter Pamplona treffen sich auf irgendeiner Brücke zwei Wegvarianten, um endlich als der eine wahre *Camino francés*, also als französischer Hauptweg, schnurstracks auf Santiago zuzusteuern. Das klingt alles ziemlich verwirrend, aber Herberger hat es ihr auf der Hinreise durch Frankreich mal auseinanderklamüsert. Das kann er gut, ihr Chauffeur mit Doktortitel.

Wie war das noch? Statt Spanien als einer Nation gab es südlich der Pyrenäen im Mittelalter nur lauter klitzekleine Länder wie Navarra. Die diversen Könige Nordspaniens hatten kaum Untertanen und eine Heidenangst vor den Mauren, die zwei Drittel Spaniens besetzt hielten. Also haben die Zwergenkönige französische Siedler über die Pyrenäen und bis zur Westküste gelockt. Daher stammt auch der Name »französischer Weg«, obwohl man in Spanien ist. Pilger und

Kreuzritter von überallher folgten. Viele glaubten an uralte Märchen von Heiligen, andere lockten versprochenes Pachtland oder Zunftrechte, und alles zusammen war im Namen des Herrn unter Einsatz des Lebens gegen die Heiden zu verteidigen.

Tja, so viel anders war das in Preußen und Ostpreußen ja auch nicht gewesen, erst mit den Deutschordensrittern und später mit Lutheranern und verfolgten Hugenotten – lauter Schachspielereien im Namen Gottes.

Frau Schick interessiert sich nicht für solch einen menschengemachten Gott, der ständig die Konfession wechselt und Blutspuren durch die Geschichte zieht. Das war nie ihrer. Ebenso wenig ein heiliger Jakobus, der zunächst als Lebender in Spanien missioniert haben soll, um dann – oh Wunder! – als Toter in einem Steinsarg erneut an der Küste vor Santiago angeschwemmt zu werden, um die ganze Iberische Halbinsel für die frohe Botschaft christlicher Nächstenliebe zu gewinnen und sie am Ende von Mauren und Juden zu befreien. Mit dem Schwert und den Feuern der Inquisition. Ist doch gruselig.

Immerhin war dieser Jakobszirkus so überzeugend, dass man in Frankreich dann auch noch Gebeine des Jakobus entdeckt hat. Die gelten aber als gefälscht, weshalb sein spanischer Zwillingsbruder schon im Mittelalter der »einzig wahre Jakob« hieß.

Frau Schick schüttelt seufzend den Kopf. Es ist doch immer das Gleiche! Irgendwer behauptet zu wissen, was Gott will, und tausend Schafe glauben es nur allzu gern, weil die Welt voll Mühsal, Leid und Plagen ist. Der Hitler hat damals noch eins draufgesetzt und sich gleich selbst zum Gott verklärt. Schafe hat der auch genug gefunden und Schlächter mit glanzbeseelten Augen. Widerlich.

Darum hat Frau Schick dem dozierenden Herberger auch nicht weiter zugehört und ist eingenickt.

Jedenfalls scheint es so, als gäbe es überall in Europa ein Stück Jakobsweg, weil im Mittelalter alle Welt nach Santiago wollte, um sich mehrere Tausend Jahre Fegefeuer zu ersparen. Als ob die Welt nicht selbst Hölle genug und des Teufels Rummelplatz wäre!

Ans Fegefeuer glaubt Frau Schick nicht. Es hat ihr als Kind auch keiner damit gedroht, da kann man dem Luther schon dankbar sein. Na ja, egal, wie viel Jakobswege es warum genau gibt. Hauptsache, sie kann laufen, bis ... Wie hieß das nächste heilige Kuhdorf noch? Es hatte wieder einmal zwei Namen; einer klang wie Spinat und der andere wie eine ihr unbekannte Beerensorte, nur lustiger.

Hoppla, da wächst ja neben einer Buche ein Wegkreuz aus der Erde. Frau Schick stapft darauf zu. Nicht der eingeritzten Ortsnamen wegen, sondern weil vom polierten Holz etwas herabbaumelt: ein Buch in wetterfester Plastikfolie. Ein Stift liegt auch bei. Na so was! Wer hängt denn Bücher in die Landschaft? Sie lehnt die Wanderstöcke ans Kreuz und zieht das Buch aus seiner Hülle, klappt es auf.

Ach so, das ist so ein »Ich-war-auch-hier«-Kritzelheft.

Frau Schick ruckt ihre Brille gerade und beginnt zu lesen. Ein George aus *New Zealand* hat das Heft vor einem Jahr hier hinterlassen. »Ich komme wieder«, verspricht er in Englisch und bittet: »Erzählt mir von euch.« Klaas aus Rotterdam grüßt mit drei Ausrufezeichen und ebenfalls in englischer Sprache eine Fiona aus Irland, die er auf dem weiteren Weg dringend wiederzusehen hofft.

Frau Schick muss lächeln, weil ein Herzchen drunter gemalt ist, aus dem Rosen und drei Pfeile sprießen. Der gute Klaas ist bei der Gottessuche wohl auf amouröse Abwege geraten. Tja, auch Liebe treibt voran, und bei Bedarf kann er in Santiago ja ordentlich büßen.

Eine Roswitha aus Schweinfurt berichtet atemlos und ohne Punkt und Komma von dem überwältigenden Gefühl, den Pyrenäenpass gequert zu haben.

Mit verwackelter Hand hat eine Edeltraut, die sicher nicht mehr jung war, ein Zitat von Saint-Exupéry eingetragen: »Herr gib, dass ich warten kann. Ich möchte Dich immer aussprechen lassen. Das Wichtigste im Leben sagt man nicht selbst, es wird einem gesagt. Darum bin ich hier. Danke für jede Begegnung und *Buen Camino*.«

Edeltrauts lyrische Anklänge haben diverse Nachfolger inspiriert. »Wir sind Pilger, die auf verschiedenen Wegen auf einen gemeinsamen Treffpunkt zuwandern«, hat ein Horst aus Sindelfingen ebenfalls mit Saint-Exupéry geantwortet.

Sind hier lauter Gedichtfreunde unterwegs? Müssen die viel Zeit haben, so kommt man ja nie weiter, wenn man ständig Pausen einlegt, um gereimte Grüße auszutauschen!

»Der Weg wächst im Gehen unter deinen Füßen«, hat ein Pilger von dem Lyriker Reinhold Schneider gelernt.

Nun, da ist zweifellos was dran, und darum will Frau Schick das Buch auch zuklappen und zurück in seine Plastikhülle stopfen, als ihr Blick an einem Namen hängenbleibt.

Thekla.

Sie erstarrt und tastet mit der Rechten haltsuchend nach dem Kreuz. Der Wind spielt in den Buchseiten, will knisternd umblättern. Frau Schick lässt das Kreuz los und hält die Seite fest. Sie schwankt, schluckt und zwinkert. Die Schrift verschwimmt. Wirklich lästig diese zunehmende Lichtempfindlichkeit! Dann liest sie noch einmal und atmet seufzend aus. Was ist sie nur für ein Dummerchen, da steht natürlich »Thea«. *Thea!*

Und Moses.

Den hat die ihr gänzlich Unbekannte in steilen, aufstrebenden Buchstaben zitiert: »Der Herr aber, der selber vor euch hergeht, der wird mit dir sein und wird die Hand nicht abtun, noch dich verlassen. Fürchte dich nicht und erschrick nicht.«

Sie und erschrecken, pah! Energisch klappt Frau Schick die Kladde zu und steckt sie zurück. Dann entziffert sie den Ortshinweis auf dem Querbalken des Kreuzes: »Espinal-Aurizberri«. Wusste sie doch, dass sie in ein Dorf muss, das ein bisschen wie Spinat und Beeren klingt.

So was will und kann sie sich nicht mehr so genau merken. Warum auch? Wenn die Basken und die Spanier sich wegen der Ortsnamen nicht einigen können, darf es ihr ebenfalls wurst sein. Außerdem wartet Herberger mit dem Jaguar in ihrem Zielort, der wahrscheinlich mehr Namen als Einwohner hat.

Also Abmarsch! Vorbei geht es an einer Schlehenhecke, die bereits schwarzblaue Beeren ansetzt und die Luft mit herbem Herbstgeruch parfümiert. Nahebei murmelt und gluckt Wasser über Stein. Buchfinken üben schimpfend, ziepend und flötend ihr Abschiedskonzert vom Sommer ein, ihr letzter Gruß, bevor sie ins winterliche Schweigen verfallen. Das kennt Frau Schick noch von Pöhlwitz. Nicht ganz so kunstvoll krächzt eine Saatkrähe dazwischen. Nun ja. »Im Wald wäre es sehr still, wenn nur die Besten sängen«, hat die Schemutat immer geknurrt, wenn einer ihre schiefen Psalmengesänge bespöttelt hat.

Frau Schick schüttelt leise lächelnd den Kopf. Gute alte Schemutat, die wächst sich noch zu ihrem Schutzengel aus, war ja auch ein Licht ihrer Kindheit.

Die Bäume stehen jetzt dicht an dicht, und das Gestrüpp

wuchert so üppig, als fordere es den Weg für sich zurück. Ein aufdringlicher Dornenzweig krallt nach Frau Schicks Hosenbein; sie zieht ihm eins mit dem Wanderstock über, bis er loslässt und ergeben nickend zurückbleibt. Der Wald wird zu einem halben Urwald. Frau Schick ist dennoch alles andere als beunruhigt. Schiefgehen kann nichts. Sie hat ihr Handy dabei, durch das Herberger immer weiß, wo genau sie gerade ist. Sie sind sozusagen kosmisch verbunden, was Bettina sicherlich gefallen würde. Und die alle naselang aufgepinselten Pfeile und die gelben Muscheln auf blauem Grund, die den Weg markieren, erkennt selbst sie, erst recht mit Brille. Dieses Monster trägt sie ungern, weil sie doch immer stolz auf ihre scharfen Augen war und ihr Leben lang Arztbesuche weitgehend vermieden hat. Wenn man hingeht, bekommt man auch irgendeine Diagnose, und dann hat man den Salat. »De beste Krankheit taucht nix, Röschen«, hat die weise Schemutat gewusst, und auch das stimmt.

Frau Schick will gar nicht erst damit anfangen, zu zimpern und zu jammern. Anders als Hildegard, die beim Frühstück ein ausführliches Bulletin über ihren Gesundheitszustand zum Besten gegeben hat. Hauptthema: Füße. Die beseelte Bettina hat ihr eifrig Hirschtalg und Blasenpflaster angeboten.

»Nein danke, das haben wir selbst«, hat Hildegard schnippisch geantwortet. Das Wir hat sie besonders betont, weil Ernst-Theodor sich zuvor erfrecht hat, Bettina das letzte Stück des klebrigen Frühstückskuchens anzudienen, anstatt es seiner hageren Hildegard anzubieten.

Ernst-Theodor macht sich.

»Aber ich denke, du verträgst am Morgen nichts Süßes«, hat er noch versucht zu retten, was nicht mehr zu retten war. »Mit deinem empfindlichen Magen und wegen deiner freiliegenden Zahnhälse.«

Manche Männer lernen's nie, hat Frau Schick gedacht. Als ob es um Kuchen ginge, noch dazu um einen, der wie Mullbinde mit Aprikosenmarmelade schmeckt, wenn eine Frau einer anderen den Krieg erklärt. Und das hat sie – auch wenn Hildegards Warnschüsse völlig unnötig sind, weil Bettina ihre blauen Sehnsuchtsblicke ganz auf den schmucken Herberger verschwendet hat. Der allerdings hatte nur Augen für den falschen Jesus.

Ob das Bettgeflüster vom Doktor heute Morgen wirklich Bettina galt? Frau Schick ist sich nicht mehr sicher, aber einer Frau galt es bestimmt. Da war so ein unverkennbar zarter Schmelz in Herrn Wolfharts Stimme. Seltsam, seltsam, seltsam, da kenn' sich einer aus.

Immerhin ist diese menschliche Komödie eine willkommene Ablenkung von ihrem eigenen Schlamassel. In diesem Sinne stimmt, was in der Bibel steht. »Es ist nicht gut, dass der Mensch allein sei.« Immer nur mit sich selbst, ohne ihre Pflichten und das Geschäft, würde sie es auf Dauer schlecht aushalten. Aber für dreieinhalb Kilometer geht das gut, sogar ganz hervorragend. Sie läuft wie am Schnürchen, und die träge Fließgeschwindigkeit des Flüsschens, das den Weg nun begleitet, macht ihr keine Konkurrenz. Es ist ja kaum mehr als ein Murmelbach.

Fast bekommt Frau Schick Lust, an seinem krummen Ufer Rast zu machen, ihren gemopsten Frühstückskuchen zu zerkrümeln und Forellen zu füttern; die haben gewiss weniger Last mit einem ungehorsamen Darm. Ach ja ... Einfach mal auf sonnenwarmen Steinen sitzen und aus dem Gesetz der Zeit aussteigen!

Nix da! *Ultreia*. Außerdem dürfte das Hinsetzen und Hochkommen reichlich anstrengend sein. Besser, sie bleibt in Bewegung. Frau Schick zieht überhaupt die Vertikale vor, das geht nicht so ins Kreuz. Ausruhen kann sie sich später in Pamplona.

Herberger will in diesem Spinat-Beeren-Dorf »beim Gotteshaus warten«, wie er süffisant bemerkt hat. »Da können Sie dann Ihre morgendliche Andacht fortsetzen.«

Knallkopp! Ob Bettina und er sie in der Kirche von Burguete die ganze Zeit über belauscht haben? Egal. Dass sie auf Gott nicht gut zu sprechen ist, weiß inzwischen ohnehin jeder. Aber das mit dem Pistazienstein, das hat sie wirklich sprachlos gemacht. *Zitronenchrysopras.* Was weiß dieser Doktor Allwissend eigentlich nicht? Auch deswegen wird sie ihn nochmal ins Gebet nehmen müssen. Was bitteschön sollte heißen, er habe mal beruflich mit solchen Knickern zu tun gehabt? Quatsch, Knicker! Ein Halbedelstein ist das natürlich. Ähnliche wurden in ihrer Kindheit in Schlesien abgebaut. Sie hießen dort »Goldlauch«, und ihre Mutter hatte eine Brosche daraus, umkränzt von grünem Peridot und Bernstein.

Thekla hat solches Zeug später auch gesammelt, der Heilkraft wegen. Sie hat die Steine regelrecht studiert und ihre ganze Wohnung damit zugepflastert, mit Amethystdrusen, Rosenquarzen, Bergkristallen. In der Wäscheschublade hat Frau Schick beim Ausräumen ihrer Wohnung welche gefunden und sogar unter dem Kopfkissen. Theklas Metastasen haben die Steine allerdings wenig beeindruckt.

»Das beruhigt mich, weißt du, es beruhigt mich ungemein zu wissen, welche Schätze und Wunder sich in der Erde verbergen, wie viel Schönheit uns umgibt, ohne dass wir es wahrhaben«, hat Thekla immer gesagt. Sie hat geahnt, dass sie bald unter die Erde muss und sich ihre letzte Ruhestätte wohl lieber als bunte Kristallhöhle vorgestellt, statt an nasses Dunkel und Wurmfraß zu denken.

Na, wer stirbt hat ein Recht, sich an jedes Fünkchen Hoffnung zu klammern, sogar wenn es sich um Kindermärchen um alberne Knicker handelt.

Thekla fehlt.

An allen Ecken und Enden. Trotz allem. Und Märchen, Märchen hat sie früher doch auch gemocht. Und wie! Frau Schick beschleunigt ihre Schritte. Eins zwei, eins zwei. Das belebt ungemein. Wenn sie so weitermacht, holt sie am Ende noch die anderen irgendwo ein. Der Knicker drückt sich bei jedem Schritt in ihren Oberschenkel.

»*Va-de-me-cum, va-de-me-cum*«, murmelt Thekla im Takt der Schritte.

Geh mit mir? Könnte der so passen!

»Klotz! Klotz! Klotz am Bein, Klavier vorm Bauch. Wie lang ist die Chaussee?«, tönt Frau Schick gegen Theklas *Va-de-me-cum* an. »Rechts 'ne Pappel, links 'ne Pappel, in der Mitt' ein Pferdeappel, und am Wege, ach, fließt ein Bach.«

Passt prima, und jetzt die zweite Strophe: »Klotz! Klotz! ... Links sind Buchen, rechts sind Buchen, in der Mitte muss man suchen.« Das hätte sie vorhin mal in dieses Kritzelbuch am Kreuz eintragen sollen! Der liebe Gott – so es ihn gibt – hat sicher nichts gegen fröhliche Menschen! Im Gegenteil. Frau Schick dekliniert das Klotzlied mit allen Bäumen durch, auf die sich ein Reim machen lässt, von den Linden, die sich finden, bis zu den Eichen, die nicht weichen. Als ihr die Bäume ausgehen, beginnt sie ihre Schritte mitzuzählen. Eins, zwei, drei, vier, fünf ... Bei hundertneun kommt sie ins Stocken, weil sich Theklas *Va-de-me-cum* wieder vordrängelt. Das ist ja schlimmer als ein Schluckauf!

»Hundertneun!«, schimpft Frau Schick.

Bei zweihundertzwei überholt sie einen Mann mit Rucksack und Sonnenhut.

»Zweihundertdrei.«

»*Buen camino*«, grüßt der Pilger mit irritiertem Blick.

Dafür hat sie jetzt keinen Kopf. Dreihundertvier. Hach, jetzt hat sie sich aber bestimmt verzählt! Sie erhöht den Takt ihrer Schritte.

Bei zweitausendelf pausiert sie kurzatmig neben einer Schafweide und wagt einen Blick zurück. Den Pilger hat sie abgehängt. Dafür ist sie richtig aus der Puste.

Thekla nicht. »Geh mit mir und in Frieden.«

Frau Schick schaut in den Himmel. Ist sie noch bei Trost? Von Thekla kann der Stein wohl kaum stammen. Und von Gott ja wohl erst recht nicht. Die dämliche grüne Kugel hat ihr jemand anders vor die Füße gelegt. Dem allwissenden Herberger wäre es zuzutrauen. Oder handelt es sich um eine Werbemaßnahme der Reisegesellschaft? Wirft am Ende der falsche Jesus mit den Klunkern um sich? In der Bibel kommen jede Menge Edelsteine vor. Die Schemutat kannte sich mit sowas aus. Jaspis hat sie sehr gemocht und den Stein des treuen Glaubens genannt. Hach, piepegal, ein Wunder ist das jedenfalls nicht.

Einatmen, ausatmen, und weiter geht es. Frau Schick passiert einige Wiesen. Auf einer grasen prachtvolle braune Pferde mit hübschen Blessen und schlanken Fesseln. Gelbe Blumen nicken am Wegrand. Bienen sirren durch das Gras und machen die Stille hörbar. Herrjemine, ist das harmlos und lieblich und niedlich und so ganz und gar nicht das, was sie jetzt will und braucht! Ihr Leben war nie ein Spaziergang und soll es auch auf den letzten Metern nicht sein.

Der Weg macht erneut eine Biegung und führt in ein kleines Waldstück mit dichtem Gestrüpp und viel Unterholz. Die Bäume vereinen hoch über ihrem Kopf die Kronen und dämpfen das Himmelsblau zu einem erträglichen Schattenlicht ab.

Das bekommt ihren sonnenempfindlich gewordenen Augen viel besser, und überhaupt fühlt sich das Halbdunkel des Waldes richtig an. Sehr begrüßenswert, die Bäume.

Im Wald sind keine Räuber, sondern die besten Verstecke. Das hat sie auf der Flucht gelernt. Hinter Elbing, etwa sechzig Kilometer vor Danzig, als mit den Zügen Schluss war und nichts mehr weiterging, haben sie sich damals im Wald versteckt und Hütten aus Tannenzweigen gebaut, während die russische Offensive über die Straßen und das letzte Restchen Leben hinwegrollte und Panzer von allen Seiten in die Trecks feuerten. Gleichzeitig legten die letzten deutschen Jagdbomber von oben nach. Beide Seiten nahmen keine Rücksicht auf Verluste. Aber es war ohnehin egal, wer Freund oder Feind hieß. Tod und Grauen hatten sie beide im Gepäck.

Katong, Katong, Tattatatatata!, peitscht das Sperrfeuer in ihren Ohren. Hinwerfen, aufstehen, weiterlaufen, in den Graben springen, sobald gellend einer schreit: »Alles runter, runter, runter!«

Thekla feste gegen ihre Brust gepresst, ist Röschen gelaufen und gesprungen, hat Thekla abgelegt und sich, so sanft es eben ging, über sie geworfen. Da war frischer flaumiger Schnee willkommen wie ein Pöhlwitzer Federbett. Im Wald war es dann anders. Der Wald war Zuflucht, drei Wochen lang. Atempause. Überleben. Egal wie. Feuerholz gab es genug, erbärmlich gefroren haben sie trotzdem und ständig Hunger gehabt. Kartoffelmieten haben sie gesucht und gefunden und geplündert. Die zwei stillenden Mütter bekamen immer zuerst, damit der Milchfluss nicht versiegte. Ihre Thekla haben sie auch angelegt, aber in den Schlaf gewiegt hat Röschen sie. Dabei hat sie ganz leise gesungen wie früher die Schemutat auf Pöhlwitz. Nicht *Pommerland ist abgebrannt*, sondern *Weißt du, wie viel Sternlein stehen an dem großen Himmelszelt*. Die Sterne waren wichtig, sie haben ihnen später den Weg in den Westen gewiesen.

Einmal haben sie im Wald ein entlaufenes Schwein eingefangen. Die Frauen haben es geschlachtet, zerteilt, in Batzen gesäbelt und gebraten und gekocht. War das ein Fest! Fast wie in Grimms Märchen – den schrecklich schönen. An dem Abend hat zum ersten Mal eine der Mütter gefragt, wie Röschens Baby denn hieße. Vorher wollte sich wohl keiner den Namen merken, damit es später nicht noch jemanden zu beweinen gäbe.

»Thekla«, hat Röschen gesagt. Das war für sie keine Frage. Sie kannte sie ja schon Ewigkeiten vorher. Als Röschen vier, fünf Jahre alt war, war Thekla zum ersten Mal bei ihr aufgetaucht – nicht als Baby, sondern als fix und fertiges Kind, als beste Spielkameradin von allen. Sie hatte ja nicht besonders viele. Thekla hat immer mit am Tisch gesessen und ist überall mit hingekommen, auch in das dunkle Brombeergestrüpp beim Stall, wo ein Troll Quartier genommen hatte.

Mit Thekla konnte sie sich über alles unterhalten, etwa über die Farben der Buchstaben im Alphabet. Röschens A war sonnengelb, Theklas blassrosa wie Himbeersahne. Gestritten haben sie sich höchstens darüber, wo die Kinder herkommen – aus dem Bauchnabel oder vom Klapperstorch. Natürlich aus dem Bauchnabel! Thekla aber hat darauf bestanden, dass sie direkt aus dem Himmel gefallen ist. Das war in Röschens Augen noch abwegiger als die Zuckerstückchen, die sie abends aufs Fenster gelegt hatte, damit sie endlich eine Schwester bekommt. Thekla war weit besser als eine Schwester. Thekla war Thekla.

Klein-Röschen hat von der Schemutat beim Frühstück immer einen Teller für Thekla verlangt, obwohl alle außer der

Schemutat gesagt haben: »Kind, da ist doch niemand«, und gelacht oder sorgenvoll mit Haupt und Zeigefinger gewackelt haben und ihr schließlich eine Puppe unter den Christbaum legten. Röschen wusste es besser. Und die Schemutat auch. »Röschen is' goldrichtig«, hat sie immer gesagt. »Sie bringt gern die Welt in Ordnung.«

Natürlich verschwand Thekla später wieder, aber im Wald da war sie wieder da, diesmal als Baby.

Ein polnischer Offizier hatte ihnen die versteckte Waldlichtung gezeigt, nachdem in einer Rotkreuzbaracke kurz hinter Elbing ein russischer Infantrietrupp über sie hergefallen war. »Diese Männer nix Kultura«, befand der polnische Offizier. Er nahm die zwanzig Frauen und Kinder nach zwei Nächten Inferno einfach mit und rettete sie damit. So was gab es auch.

Danach war sie kein Kind mehr, aber immer noch elf Jahre. Die anderen Frauen haben ihr und allen anderen Mädchen die Haare abgeschnitten, und sie sind fortan als Jungen mitmarschiert. Das war sicherer.

Ja, der Wald war die Rettung, trotz Hunger und Frost. Da hat der Krieg die Luft angehalten. Der Wald war das Beste – und Thekla.

Frau Schick wird die Kehle ganz eng. Ihre Hände streicheln Glaspapier. Verdammt, was macht sie denn jetzt? Sie steht da und streichelt einen Baum! Eine Buche. Mit einem Mal weiß sie genau, wer ihr den Stein vor die Zimmertür gelegt hat. Was sagt man dazu?

Nichts. Man geht einfach weiter.

Es kommt ihr vor, als sei sie kaum in den Wald hineingegangen, da ist sie schon wieder draußen. In einer Senke taucht ein Straßendorf auf. Weiße Häuser, rote Dächer und ein Kirchturm. Soll das für heute schon alles gewesen sein?

Von Dorfidylle, sanftem Hügelland und geraden Wegen wird sie nicht satt. Diese falsche Idylle kann ihr gestohlen bleiben. Frau Schick erschrickt kurz, weil sie ein bisschen nach Hildegard und ihrem »falschen Camino« klingt. Die Gruppe färbt ganz bedenklich auf sie ab. Erst Bettina, und nun das. Aber wahr ist es trotzdem: Für ein bisschen Beschaulichkeit hätte sie auch in die Eifel fahren oder den Tag in Burguete verbummeln können.

Genau das teilt Frau Schick ihrem Chauffeur wenig später unmissverständlich mit, als der grinsend vor der Kirche herumlungert und »Auf nach Pamplona« flötet. »Möchten Sie vorher noch einen *cortado* oder einen Milchkaffee?«

»Der Camino ist keine Kaffeefahrt, und ich will auf keinen Fall nach Pamplona!«

»Das ist aber das heutige Etappenziel der Gruppe«, beharrt Herberger störrisch wie ein Maultier. »Und die wollen Sie doch nicht verpassen, oder?«

»Ach, die anderen sind doch noch Stunden unterwegs!«

»Genau, und Sie brauchen jetzt ein Päuschen in Pamplona.«

»Sie können es wohl nicht abwarten, bis Sie Ihren Bettschatz wieder angurren dürfen.«

Herbergers Gesicht wechselt kurz die Farbe.

Frau Schick sieht es ganz genau und triumphiert heimlich. Ha, Treffer!

Aber nicht versenkt. Herbergers Miene wird offiziell und sehr streng. »Sie können ab hier unmöglich weitergehen, die Steigungen sind für Sie zu schwierig.«

»Papperlapapp!«

Herberger öffnet energisch die Wagentür. »Ich fahre Sie nach Pamplona, basta!«

»Hier bestimme immer noch ich, Herr Doktor, und wenn Sie nicht parieren, gehe ich einfach weiter.«

»Frau Schick«, Herberger seufzt laut, »Hemingway hat nicht umsonst gesagt, dass Burguete und Espinal sich in der wildesten Gegend der Pyrenäen befinden.«

»Wild?« Frau Schick schaut demonstrativ die staubstille Dorfstraße hinauf und hinunter. »Der muss ja wirklich ständig betrunken gewesen sein. Ich werde wohl kaum über Kuhfladen und Schafsköttel stolpern.«

»Der Erro-Pass ist für Sie zu beschwerlich, und bergab gibt es ein paar Geröllhalden.« Herberger wirkt zunehmend ungeduldig.

»Dann fahren Sie mich irgendwohin, wo es sehr wild und flach ist. Und waldig, hören Sie. Ich will in den Wald. In einen richtigen, vernünftigen, urwüchsigen Wald.« So einen wie den in Masuren. »Aber so einen Wald gibt es wohl kein zweites Mal«, murmelt Frau Schick mehr für sich selbst. Sie schreckt hoch wie aus einem fernen Traum. »Ach verflucht, dann eben Pamplona! Alles andere ist ja doch nur Zeitverschwendung«, grantelt sie, aber ihr Zorn ist nur ein müdes Flämmchen, das in der eigenen Wachspfütze zu ertrinken droht.

Auch das noch! Dieser untröstliche, halbverhungerte Kinderausdruck auf Frau Schicks Gesicht ist kaum zu ertragen. Der brennt bis in die verstecktesten Winkel seiner Seele und ist von dort nicht zu vertreiben. Herberger dreht sich seufzend um und blinzelt zur Kirchturmuhr hoch. Viertel vor zehn.

Nun ja, das wäre zu schaffen. Mehr als eine halbe Stunde Fahrt ist es nicht bis zu einem kleinen Wunder abseits des Jakobsweges, das ihm vor mehr als dreißig Jahren besonders gutgetan hat. Und der wunderhübschen Baskin, deren Namen ihm entfallen ist, auch.

Ein melancholisches Lächeln stiehlt sich in seinen Bart. Vielleicht gelingt Basajun, Mari und dem schwarzen Ziegenbock ja das Kunststück, Frau Schick von ihrem Zorn zu befreien. Mit der Muttergottes hat sie es ja offensichtlich nicht so. Ob die Madonna von Burguete sich von dem Schock mit Frau Schick schon erholt hat?

»Steigen Sie ein, und schnallen Sie sich ganz fest an. Ich kenne da eine Gegend, die nach Ihrem Geschmack sein dürfte«, sagt er.

»Sie kennen vielleicht diese Gegend, aber wohl kaum meinen Geschmack!« Der Drache faucht schon wieder recht passabel.

»Geben Sie mir eine Chance. Wenn Sie Glück haben, treffen wir sogar einen Hirsch, ein Wildschwein oder einen Waldgeist. Der *Selva de Irati* ist der berühmteste baskische Hexenwald und der größte und am besten erhaltene Buchen- und Fichtenwald nach dem deutschen Schwarzwald.«

»Schwarzwald? Das ist doch alles Schnickschnack.«

»Sie wollten Wald, und Sie werden Wald bekommen«, bestimmt Herberger.

Frau Schick runzelt unschlüssig die Brauen, wie ein Kind, das sich zwischen Brauselutscher und Kaugummi entscheiden soll. »Wehe Ihnen, wenn Sie mich belügen oder dumme Tricks versuchen«, sagt sie schließlich.

»Tricks? Ich?« Er deutet auf ihre Stöcke. »Wie können Sie so etwas von mir denken? Aber die kommen zu mir nach vorne auf den Beifahrersitz.«

»Die brauche ich.«

»Ich transportiere keine bewaffneten Dra... Damen«, sagt Herberger und nimmt ihr rasch die Walkingstöcke weg, während er ihr beim Einsteigen hilft. »Und ich warne Sie, wenn Sie mich diesmal von der Fahrbahn abbringen oder aus der Kurve werfen, dann wird das für uns beide das letzte Mal gewesen sein.«

14.

»Ricccar~a....,;!?0+-#.«

Verflixt, wie löscht man diesen Zeichensalat? Nelly drückt mit unkontrollierbar zitternden Fingern die Handytaste mit der Ziffer 0, produziert noch mehr Hieroglyphen und ein warnendes »Fiiiiep«. Die Leuchtanzeige des Mobiltelefons flackert und droht zu verlöschen. Oh nein, bitte nein! Der Akku hat kaum noch Strom, und der spanische Telefonanbieter hat ihr bereits unmissverständlich mitgeteilt, dass dieses Teufelsteil nur noch über zwei Euro Guthaben verfügt. Hoffentlich reichen Strom, Geld und ihre Nerven wenigstens für eine SMS mit der dringenden Bitte um Rückruf.

Nelly wischt sich Tränen weg, während ihr rechter Daumen zitternd über die Tastatur tanzt. »Vor, zurück, schräg nach oben«, kommandiert sie sich laut.

»Bin nicht in Pampolo-«

Wieder falsch.

Fiiiiep.

Mist, Mist, Mist! In ihren Augen sammelt sich die nächste Tränenflut, dabei hat sie bereits Sturzbäche geheult.

Fiiiep.

Zum Teufel mit Grammatik und Zeichensetzung! Dann eben »Pampolona«. Ricarda wird es verstehen. Das stromschwache Handy aus der Steinzeit der Mobiltelefone lässt Nelly keine Zeit für halbwegs geordnete Sätze wie »Wurde wahrscheinlich ausgeraubt« oder »Javier ist verschwunden« und: »Ich weiß nicht, wo ich bin und ob Javier überhaupt Javier und Weinhändler ist und in mich verliebt und...«.

Erneutes Fiepen, diesmal klingt es nach Pfeifen auf dem letzten Loch. Da hilft nur noch eins. Nelly sucht hektisch das S auf den Minitasten dieses Billigteils, das so wenig taugt wie Javier, sein verschwundener Besitzer. Mit zitterndem Zeigefinger drückt sie Taste Nummer 7 bis zum »S« durch. Und wo hat sich das verflixte »O« versteckt? Auf Taste 6. Drei Mal muss man dafür drücken.

Fiiiiep.

Nochmal zurück auf Taste 7 bis zum »S«.

Fertig. »SOS«. Darunter noch: »Nelly«.

Sie zögert kurz. Reicht das? Hoffentlich versteckt sich dahinter keines dieser albernen Handykürzel, mit denen Teenager sich bei SMS-Flirts bombardieren, so etwas wie »aldi« für »Am liebsten Dich«. Hoffentlich heißt »SOS« weltweit und auch im Mobilnetz noch immer das, was Nelly meint, und nicht: »Stressfrei ohne Sorgen«.

Fiiiiep!, schreit der Handy-Akku um Hilfe.

Nelly drückt auf »OK«. Das Handy fragt auf Spanisch nach der Nummer des Empfängers. »*Transmittir a?*« – »Senden an?«.

Oje, wie lautet Ricardas Nummer noch mal?

0176, nein 0175...

Fiiiiep!

Nein. Plötzlich blinkt die Nummer in Nellys Kopf auf. Ja. Die muss es sein.

Fiiiiep.

Davor noch die internationale Vorwahl. Ihr Zeigefinger spielt Kästchenhüpfen auf den Tasten und drückt noch einmal die »OK«-Taste, als schelle sie an Ricardas Türklingel Sturm.

Eine Weltkugel kreist im Anzeigenfeld, das Handy blendet den Herstellerslogan ein: *We love to connect* und verabschiedet sich stumm.

Erst jetzt dämmert Nelly, dass ihre SOS-SMS ihr nicht viel nützen wird, wenn Ricarda die Nachricht nicht sofort liest und auf den letzten Stromminuten dieses verendenden Handys zurückruft.

Was zur Hölle hat sich dieser Kerl dabei gedacht, sie hier mitten im Nirgendwo sitzen zu lassen, mit nichts als einem Handy für Neandertaler? Und ihrem Hello-Kitty-Kosmetikkoffer. Den hat er gnädigerweise auch zurückgelassen. Aber mit ihren Kreditkarten, ihrem Rucksack und dem Mietwagen samt ramponiertem Salsa Fun im Kofferraum ist er sicher auch ohne Lippenstift und Wimperntusche bestens bedient.

»Oh, du drei Mal verdammte Närrin!«, schimpft sich Nelly zum hundertsten Mal aus. Sie wischt sich Tränen und Schnodder mit einem Designerärmel von St.-Emile aus dem Gesicht. Das Kostüm ist endgültig hinüber. Ob sie in diesem Aufzug jemand per Anhalter mitnehmen wird? Falls sie jemals allein zur Straße zurückfindet.

»Ich gehe nur kurz zurück, um eine Decke zu holen und eine kleine Überraschung. Ruh dich ein bisschen aus«, waren Javiers letzte Worte, nachdem er sie hierher entführt hat. Und sie hat, träge und trunken von einem Dutzend Küssen im sehr warmen weichen Gras und mit Blick auf einen eisblauen See, der aussieht, als habe ihn der liebe Gott mal eben so in die Wälder gegossen, auf ihren Rucksack gedeutet, in dem sich die Autoschlüssel befanden. Javier hat das Hello-Kitty-Köfferchen herausgeholt, kurz gesucht und sich dann wohl entschlossen, alles mitgehen zu lassen. Sie hat nicht hingeschaut, weil just in diesem Moment ein Eisvogel wie ein fliegender

Diamant in den See hinabstach und sie sich mitten im Paradies befand.

Mit einem ausgemachten Teufel.

Der ist seit einer gefühlten Ewigkeit verschwunden, und sie selbst hat sich innerhalb der letzten halben Stunde auf der Suche nach dem Parkplatz im Wald so gründlich verirrt, dass sie zermürbt von Panik, Wut und Scham über ihre grenzenlose Dummheit jetzt um ihr Leben bangt. Jedes noch so scheue Rascheln im Gebüsch lässt sie zusammenzucken, jeder Pfad, der im Nichts oder undurchdringlichen Dickicht endet, steigert ihre Angst. Äste peitschen gegen ihre Beine, unter ihren nackten Füßen spürt sie Dinge, die sie lieber keiner näheren Betrachtung unterziehen möchte. Sie drückt ihre Pumps und das Handy mit der linken Hand fest an ihre Brust, in ihrer rechten baumelt Hello Kitty.

Ein durchdringendes, hohles Brüllen, Röcheln und Stöhnen wie aus Geisterkehlen durchzittert die meterhohen Wipfel, vervielfältigt sich zum Echo, flitzt wie eine Flipperkugel von Baumstamm zu Baumstamm, prallt ab und rast mit bedrohlicher Kraft genau auf sie zu.

Nelly zerrt ihren Rock ohne Rücksicht auf Verluste hoch bis weit über die Knie, Stoff reißt. Sie rast und hüpft in die entgegengesetzte Richtung davon, schlägt Hasenhaken, zwängt sich durch Dornengebüsch, quert springend einen Wasserlauf, fällt auf die Knie, rappelt sich auf und taucht hinein ins nächste Buschwerk, das sie mit tausend Armen empfängt und nicht mehr loslassen will. Sie schlägt nach allen Seiten aus, wischt und fegt peitschendes Geäst beiseite, zwängt sich durch eine wildgewordene Hecke, die sich endlich und wie von Geisterhand lichtet.

Nelly prallt zurück. Was zum Teufel ist das?

Sie hat keine Zeit, eine Antwort zu finden. Im selben

Moment purzelt sie kopfüber eine Böschung hinab. Wasser rauscht auf, und alles wird dunkel.

15.

Kaum fünf Kilometer südöstlich von Espinal ahnt Frau Schick allmählich, was Herberger vorhin mit lebensgefährlichen Kurven gemeint hat. Die schmale Straße, die zurück in die baskischen Pyrenäenausläufer führt, ist ein einziges Schleudertrauma und ein Mordsvergnügen für einen Motorradkonvoi, der ihnen mit aufgeblendeten Scheinwerfern und freudentrunkenen Hupsignalen entgegendonnert, um sich dann kollektiv in die Kurve zu legen. Herberger grüßt lässig hupend zurück.

Dass so etwas Spaß machen kann? Nun, es kann. Offensichtlich.

Frau Schick klammert sich von hinten an Herbergers Sitz und legt sich wie ein Motorradsozius mit in die Kurven, damit der Chauffeur nichts falsch macht und der Jaguar in der Spur bleibt.

Neben dichtem Laubwald flankiert ein Schilderwald die Asphaltachterbahn. Lauter schwarze Zickzacklinien und Ausrufungszeichen sind abgebildet. Man wird seekrank bei dem Geschlängel, auf und ab und hoch und runter. Endlich entscheidet sich die Straße für Kurven, die zwar haarnadelscharf nach links und rechts, aber wenigstens nicht mehr hoch und runter gehen.

»Ist das wirklich der Jakobsweg?«, fragt sie erschüttert.

»Nicht ganz. Wir sind jetzt im Aezko-Tal«, informiert Herberger von vorn, drosselt sanft das Tempo und biegt in einen gelben Schotterweg ein. Der Jaguar schaukelt auf einen feuchten Waldpfad zu, der sich in dunklem Grün verirrt und wie ein Eingang zu Grimms Märchenwald aussieht.

Gar nicht schlecht, befindet Frau Schick mit Blick auf schwindelnd hohe Fichten, die wie Kathedraltürme gen Himmel wachsen und beleibte Buchen und zerzauste Eschen hochnäsig unter sich zurücklassen. Gespannt richtet sie sich im Sitz auf.

Herberger bringt den Wagen zum Stehen, steigt aus und öffnet die Tür zum Fond. »Ich gebe Ihnen eine Dreiviertelstunde«, sagt er mit einer Stimme, die keinen Widerspruch duldet. »Sie folgen einfach dem Pfad. Er führt Sie in einem großzügigen Bogen zu einem Parkplatz in einem kleinen Weiler. Sie gehen weder links noch rechts, noch irgendeinem Wildschwein hinterher! Der Wald ist tiefer und weitläufiger, als man meint.«

Frau Schick steigt aus. »Keine Sorge. Ich verfolge keine Schweine.«

»Wie beruhigend für die Schweine. Falls Sie sonst jemandem begegnen, seien Sie ausnahmsweise freundlich. Es könnte sich um Basajun handeln. Der mag es nicht, wenn man ihn ärgert oder anstarrt.«

»Basajun?«

»Der hiesige Waldgott. Er liebt Verkleidungen und Täuschungsmanöver und hasst alle, die ihm nicht huldvoll begegnen. Seine Gattin ist ein wenig gnädiger, sie führt nur Liebende in die Irre, um ihre Gefühle auf die Probe zu stellen. Ein sehr eifersüchtiges Weibsbild.«

»Ach, bleiben Sie mir weg mit diesem Unsinn! Ich glaube doch nicht an Gespenster.« Nicht mehr oder allenfalls ein winziges bisschen.

»Lassen Sie zur Sicherheit das Handy an«, empfiehlt Herberger. »Ich bin immer in Ihrer Nähe.«

»Und ich bin seit fast sechzig Jahren erwachsen.«
Herberger schweigt vernehmlich.

Frau Schick dreht sich um und beginnt ihren zweiten Spaziergang an diesem Tag.

Die Bäume sind zu Anfang licht gestaffelt. Den Boden deckt eine zarte Kräuterdecke, ihre Schritte federn. Nach wenigen Wegbiegungen aber umfangen sie kühles Halbdunkel und die ersehnte Stille. Diese ist weit dichter als vorhin, sie legt sich schützend wie ein Kutschermantel um ihr Herz und lässt es freudig aufschlagen.

Frau Schick schmiegt sich hinein und wandert im Takt mit sich selbst. Nichts denkt in ihr und drängt nach oben. Ihre Augen suchen den Weg, ihre Füße finden ihn von selbst. Das ist ihr Camino, sie spürt es genau.

Frau Schick geht und lauscht und schaut und geht und vergisst die Zeit, und die Zeit vergisst sie, bis sie tief im Wald angekommen ist. Wie wunderbar, da leuchtet lackrot ein Fliegenpilz auf grünem Moosbett. Dass es die hier noch gibt! Die Bäume tragen filigrane Gewänder aus Flechten und schmücken sich mit goldenen Schwämmen, die aus ihren narbigen Stämmen wachsen. Farnfächer winken. Gelegentlich knackt ein Zweig. Laub raschelt, und Frau Schick weiß, dass es die Tiere des Waldes sind, die vor ihr zurückweichen. Echte Natur drängt sich nicht auf, sie hat genug mit sich selbst zu tun.

Frau Schick wird so still, dass sie das Kratzen kleiner Krallen auf Rinde zu vernehmen meint. Eichkater, lächelt sie. Unsichtbar huscht ein Pelztier durchs Gebüsch, sein Fell dämpft das Knistern des Blattwerks, das es streift. Vielleicht ein Meister Reinecke auf Mäusepirsch.

Verschwiegene Lichtungen tun sich auf. Sonnenstrahlen tanzen im Grün und versinken in blauschwarzen Feentümpeln, aus denen morsches Gehölz ragt. Verrottende Baumdrachen und Wurzelungetüme recken krumme Gliedmaßen und Fratzen aus dem sumpfigen Wasser. Alles verlockt dazu, tiefer ins Dickicht einzutauchen, aber Frau Schick widersteht, getrieben von der Neugier, was hinter der nächsten Wegbiegung auf sie wartet.

Ach, die schönsten Orte sind doch die, die man nicht sucht, sondern die einen finden. Wiederfinden. Der Wald von Irati ist ein Stück Heimat, das sie seit jeher in sich trägt, aber Jahrzehnte ihres Lebens nicht mehr betreten hat. Oh ja, als Röschen hat sie solche Wälder geliebt und war nie einsam darin oder ängstlich. Sie war geborgen in der Welt.

Der Pfad schlängelt sich an einem Hügel vorbei, der mit braunem Laub und rostroten Fichtennadeln gepolstert ist. Der Wald lichtet sich wieder, und die Bäume werden jünger. Frau Schick ahnt, dass der Weg seinem Ende zustrebt, die relative Holzarmut dieses Abschnitts spricht eine deutliche Sprache. Hier wurde früher einmal kräftig gerodet, Feuerholz geschlagen und dann wieder aufgeforstet. Die Sonne schiebt in immer breiteren Streifen Lichtbahnen zwischen die Fichtenreihen.

Frau Schick umrundet den Hügel und entdeckt einen gurgelnden Bach, der über Felsstufen perlt und plätschert. Gelbe Sonnenröschen nisten im Stein. Als Rinnsal zerteilt der Bach den Weg zu ihren Füßen. Nicht weit von hier, aber deutlich abseits des Pfades, rauscht und lockt ein größerer Strom. Ob sie doch noch einen Umweg machen soll? Nein. Bis hierhin war es perfekt, noch besser kann es heute nicht werden, und wenn's am schönsten ist, soll man bekanntlich Abschied nehmen.

Frau Schick geht auf ihre Wanderstöcke gestützt behutsam bei dem Wasserrinnsal in die Hocke, um einen Schmetterling zu begrüßen. Er rastet mit gefalteten Flügeln auf einem feuchten Stein und badet im Licht. Endlich entfaltet er die Flügel, klappt sie auf und zu, scheint einen Abflug zu erwägen. Die Flügel schillern blau wie Lapislazuli. Ein Schillerfalter!

Es juckt sie in den Fingern, seine Flügel zu berühren. Blau war Theklas Lieblingsfarbe, und von der Schemutat hat sie gelernt, dass Schmetterlinge aus dem Reich des Jenseits kommen und ein letzter Gruß sind. Die Schemutat hat an Sommerabenden gern bei einem Brombeerbusch auf einen Falter gewartet und auf das Adjes von ihrem im ersten großen Krieg bei Dünkirchen gefallenen Verlobten.

Jetzt endlich kann also sie selbst Abschied nehmen. Von Thekla. Frau Schick streckt die Hand sacht aus.

Das gewaltige, anhaltende Brunftgeschrei eines Hirschs lässt sie zurückzucken, sie reißt den Kopf hoch. Hat der eine Stimme! Ein Revierkonkurrent hält röhrend dagegen. Eine Aufforderung zum Kampf. Tja, auch das ist Natur.

Frau Schick erhebt sich ächzend. Infernalische Geräusche wie diese könnten einen glatt dazu bewegen, an ungemütliche Waldgeister zu glauben. Aber, nanu, was ist das für ein Geräusch?

Ein schriller weiblicher Hilfeschrei mischt sich ins an- und abschwellende Hirschgebrüll. Das gehört eindeutig nicht zur Natur und bringt Frau Schick ins Wanken. Wer ist denn das? Soll sie selbst nachschauen oder Herberger per Handy um Beistand bitten? Ach was, ach was, sie ist doch keine Memme! Schon gar nicht im Wald.

Ein zweiter, leiserer Schrei dringt an ihr Ohr. Er kommt von links. Sie tastet einen Pfad mit Blicken ab. Heijei, da geht es aber nochmal gründlich bergab, über glitschige Felsstufen und hinein in tiefes Dickicht.

Sie schaut ihre Stöcke auffordernd an. »Na«, murmelt sie, »dann zeigt mal, was ihr könnt.«

16

Nicht zu fassen, einfach nicht zu fassen!

Herberger linst in den Rückspiegel, während er den Jaguar über die Schnellstraße gen Pamplona jagt. Frau Schick besteht auf Höchstgeschwindigkeit. Blaulicht und Martinshorn wären ihr wahrscheinlich auch willkommen, sind aber unnötig. Die Blessuren des neu hinzugekommenen Fahrgasts gehören nicht in die Notfallambulanz. Höchstens das Outfit der Dame. Dame?

Seine Augen streifen die Frau mit dem hell gesträhnten Pagenkopf, der im Stil von Kalle Wirsch oder sonst einem Waldschrat frisiert zu sein scheint. Unter Frau Schicks bestem Wollplaid trägt sie ein feuchtes Kostüm, das die Caritas bei einer Altkleidersammlung für die Putzlappenproduktion aussortieren müsste. Im Rock klafft ein handbreiter Schlitz, und auf ihrer schreckensbleichen Stirn eine Platzwunde. Die hat er mithilfe des Verbandkastens hinreichend desinfiziert. Kein Grund zur Panik, aber Frau Schicks Findelkind scheint das anders zu sehen. Kind? Das ist eine erwachsene Frau!

Ihre verschreckten, von zerlaufener Wimperntusche umrahmten Augen wirken allerdings so groß wie die von Bambi nach dem Verlust der Mutter. Und obwohl dem Bambialter längst entwachsen, muss dieser Zausel mindestens doppelt so naiv sein und das genaue Gegenteil von gewitzt. Sich in Pumps und mit Kosmetikköfferchen in einen Pyrenäenwald locken zu lassen, um unter die Räuber zu fallen! Dazu gehört schon eine gehörige Portion Dummheit. Und das Ganze soll eine Geschäftsreise gewesen sein? Also wirklich! Auf die Geschichte dahinter darf man gespannt sein.

Ach nein, lieber nicht.

Bislang war wenig Sinnvolles aus dieser Nelly Brinkbäumer herauszubekommen, außer ihrem Namen und dass ihr ein Mietwagen, ihr gesamtes Gepäck und ein komischer Vogel von Liebhaber abhandengekommen sind. Aus dem Rest wird man nicht klug. Das kann aber auch an dem Brandy liegen, den er der zunächst verstummten Nelly in einer Bar des Kuhdorfs Orbaizeta verordnet hat. Seither redet sie nur noch wirr. Er hätte den Brandy besser weggelassen. Ein Wunder, dass der nicht mehr passiert ist! Die hätte es glatt schaffen können, sich mit einer vergessenen Bombarde aus Napoleons Tagen in die Luft zu sprengen.

Frau Schick hat den arg gerupften Unglücksvogel nämlich in dem übertunnelten Kanal der alten königlichen Waffenfabrik nördlich von Orbaizeta entdeckt. Eine malerische Ruine, ein Juwel der palastartigen Industriearchitektur des 19. Jahrhunderts, dessen Überbleibsel seit über hundert Jahren von Dickicht überwuchert werden.

Frau Schick hat sich sehr über diese nachträglichen Informationen gefreut. »Eine stillgelegte Waffenfabrik«, hat sie mit verklärtem Blick geseufzt. »Das ist jetzt aber wirklich mal ein Zeichen und Wunder. Erst der Schmetterling und dann das. Das hätte ich Thekla nicht zugetraut! Und ich Dämel suche sie in einer Kirche.«

Wen oder was kann sie damit nur wieder gemeint haben?

Nun, die überwachsene Ruine ist in der Tat ein Augenschmaus für Kenner und eigentlich nicht zu übersehen. Genauso wenig wie die Warnschilder, die das Betreten der einsturzgefährdeten Anlage, insbesondere der Kanalmauern und Tunnel, verbieten. Aber dieser Trampel mit Bambi-Blick ist auf der Flucht vor röhrenden Hirschen einfach hineingepurzelt. Scheint ohnehin reichlich auf den Kopf gefallen zu sein, die Gute. Fragt die doch tatsächlich, ob das der Jakobsweg ist!

»Alles ist hin«, stöhnt die Karikatur einer Geschäftsfrau auf dem Rücksitz unterbrochen von Kieksern und einem Schluckauf, der sich einer Mischung aus reichlich Weinbrand und zu viel Geschluchze verdankt. »Alles hin. Alles hin.«

Ach du lieber Augustin! Herberger runzelt die Stirn. Nur gut, dass sie auf gar keinen Fall die Polizei verständigen will. Das wäre ja noch schöner! Eine Passkontrolle ist das Letzte, was er braucht. Auf jeden Fall muss er dieses Häufchen Elend so rasch und elegant wie möglich loswerden. Die Tour entwickelt sich sonst zu einer Lumpensammlerfahrt und sein eigentlicher Plan zu einem reinen Wohlfahrtsunternehmen. Als ob er nichts Wichtigeres zu tun hätte!

Ärgerlich, höchst ärgerlich das Ganze, gerade jetzt wo Paolo langsam sein wahres Gesicht zeigt.

Frau Schick thront hingegen hochzufrieden neben der Lumpennelly und bedenkt sie mit dem Blick einer stolzen Puppenmutti. Sie rupft ein Taschentuch nach dem nächsten aus einer Box, um Nellys Tränen zu trocknen und deren spitzes Gesicht bis zur Unkenntlichkeit mit zerlaufener Wimperntusche zu verschmieren.

Am liebsten würde Herberger mit einem nassen Lappen drübergehen. Diese Nelly sieht aus wie ein geprügeltes Waisenkind, das aus einem Dickens-Roman ausgerissen ist. Aus *Bleak House* oder – ha! – *Little Nell*. Kaum zu ertragen.

»Jetzt fahren wir erst einmal nach Pamplona, Kindchen, und da sehen wir weiter«, gurrt Frau Schick.

»Ich, ich, ich«, hickst Nelly, »ich will nicht nach Pamplona. Nie mehr.«

»Waren Sie denn mal da? Ich meine, kamen Sie heute von dort?«, forscht Frau Schick nach.

»Neihein«, zittert der Waldschrat, »aus Bilbo..., Bilba..., Bille...«

»Die Stadt heißt BIL-BA-O«, schreitet Herberger ein, bevor sie den schönen baskischen Namen noch zu Bullerbü verhunzt.

Herrje, jetzt stellt sie die Sirene wieder auf Heulton!

»Nicht in diesem Ton, Herberger«, rügt Frau Schick und rasselt mit den Wanderstöcken.

Herberger schüttelt dezent, aber nachdrücklich den Kopf. Wie kann man jenseits der vierzig nur so peinlich sein? Und erst recht jenseits der siebzig! Da haben sich die zwei Richtigen gefunden.

»Es wird alles wieder gut«, tröstet Puppenmutti Schick ihre neue allerbeste Freundin. »Es wird alles gut. Sie nehmen in Pamplona erst einmal ein Bad, schlafen sich schön aus, und dann sehen wir weiter. Das Hotel soll ein richtiger Traumpalast sein. Himmelbetten, alte Möbel, echte Gemälde.«

Darf's vielleicht auch noch ein Prinz als Betthupferl sein?, denkt Herberger entnervt. Die Vorstellung, dass Frau Schick dieses höchst verstörte, hysterische Frauenzimmer adoptieren will, behagt ihm gar nicht.

»Wie hieß unser Hotel noch gleich, Herberger?«

»*Palacio Basajun*«, knurrt er.

»Was?«, schrillt es vom Rücksitz. Nelly hüpft fast gegen das Wagendach. »Da kann ich unmöglich hin. Ich kann da nicht schlafen, auf keinen Fall. Da habe ich ja eine Suite gebucht.«

Logik ist eindeutig nicht die Stärke von Frau Nelly Brinkbäumer.

»Alhambra«, stöhnt sie jetzt. »Bei Vollmond«, setzt sie mit

einem erstickten Aufschrei nach. Und weil es so schön war, noch einmal: »VOLLMOND!«

Jetzt wird es bedenklich.

»Ach, Sie Arme. Das verstehe ich natürlich«, tröstet Frau Schick, die für Irre ein Händchen und ein Herz zu haben scheint. Sehr bemerkenswert für eine Frau, die von Bettina gestern noch behauptete: »Wie krank muss man sein, wenn man nur beschädigte Kreaturen ins Herz schließen kann? Die rettet ja sogar Hunde, die noch gar nicht entlaufen sind!«

Jetzt klingt sie selber nicht anders als Bettina, nur noch sentimentaler und hilfsbereit bis zur Unverschämtheit. »Wir buchen Ihnen einfach ein anderes Zimmer, Kindchen. Ohne Vollmond. Am besten direkt neben meinem, da kann ich mich dann auch besser um Sie kümmern.«

Woher dieser Anfall christlicher Barmherzigkeit?, fragt sich Herberger.

»Ach bitte«, fleht das Objekt der Schick'schen Nächstenliebe, »können Sie mich nicht einfach nach Bilbao zurückfahren? Zum Flughafen? Und mir Geld für ein Ticket leihen?«

Ausgezeichnete Idee, findet Herberger, selbst wenn es ein lästiger Umweg von weit über einer Stunde wäre.

»Bitte! Ich zahle auch alles zurück, sobald ich wieder in Düsseldorf bin. Ich habe Freunde, die alles für mich tun und die...«

Frau Schick schüttelt energisch den Kopf. »Kindchen, das kommt überhaupt nicht infrage! Nach diesem Schock können Sie unmöglich direkt in einen Flieger steigen. Wenn ich allein daran denke, wie ich Sie vorhin gefunden habe. All das Blut.«

»Das meiste ist Tomatensaft«, schnieft Nelly.

»Nicht auf Ihrer Stirn, Kindchen. Nein, nein, das muss sich

nochmal ein richtiger Arzt ansehen. Wir rufen ihn direkt ins Hotel.«

»Die Platzwunde ist völlig harmlos«, diagnostiziert Dr. Herberger, obwohl fachfremd, zum hundertsten Mal. »Stirnwunden bluten immer besonders heftig.« Damit kennt er sich dank zahlreicher Erfahrungen aus, eine war besonders bitter.

»Genau«, hickst Nelly zustimmend, und Herberger ist erstmals sehr einverstanden mit ihr.

Frau Schick übergeht die Einwürfe. »Nelly, ich darf Sie doch so nennen? Also, Nelly, Sie können Spanien nicht verlassen. Sie haben doch gar keinen Pass mehr, oder steckt der da drin?« Sie deutet mit listigem Fuchsblick auf das quietschrosa Köfferchen, das Nelly an sich presst, als enthalte es geheime Staatspapiere.

Nelly stöhnt. Es stimmt offenbar.

Noch bevor sie etwas sagen kann, klingelt das Köfferchen. Nelly starrt es an, als sei es Aladins Wunderlampe. »Das gibt es nicht. Das gibt es nicht. Das gibt es nicht!«

Herberger verdreht die Augen. Hat die noch nie ein Handy klingeln hören?

Vor lauter Hektik reißt Nelly Hello Kitty beinahe den Kopf ab und zieht wenig später ein Neandertaler-Telefon hervor. Wunder über Wunder, der angeblich leere Akku hat sich berappelt. Das Display blinkt, und der Klingelton setzt noch einmal ein, mit forcierter Lautstärke und einer besonders hektischen Variante von Mozarts *Rondo alla turca*.

Herbergers Mund zuckt gequält. Unmöglich, was sie dem armen Mozart so alles antun. Der türkische Marsch wird schon von begabten Pianisten oft genug verhunzt, aber so klingt er, als habe das Salzburger Genie noch dringend einen Bus erreichen müssen und nebenbei im Laufschritt komponiert. Das Handy wiederholt den weltberühmten ersten A-Moll-Dreiklang im

Ton einer Rettungsdienstsirene. »Das ist ja nicht zum Aushalten! Jetzt drücken Sie endlich auf Empfang«, herrscht er Nelly an. Auch wenn er normalerweise nicht zimperlich ist: Tote Musikgenies derart grausam zu verstümmeln, das geht zu weit.

»Herr Doktor *Wohlfahrt*«, herrscht Frau Schick zurück. »Mäßigen Sie endlich Ihren Ton, und denken Sie daran, wer Sie sind!«

Wenn er das täte, hätte er diese lästige Nelly längst aus dem Wagen geworfen. Am liebsten, ohne vorher anzuhalten.

»Es täte mir leid, Sie noch unterwegs entlassen zu müssen!«

Ihm auch. Mehr als das. Deshalb nimmt er sich zusammen. »Wie Sie wünschen, *gnädige Frau!*«

»Ich habe Ihnen gestern ein für alle Mal verboten, mich so zu nennen.«

»FERDINAND!«, schreit Nelly unvermittelt dazwischen und ins Telefon. »Was machst du an Ricardas Handy? Wie? Ja, ja der Anruf kam von mir, und ich meinte SOS. Ich bin... Also, ich habe einen echten Notfall. Javier ist gar nicht Javier, und er hat mich sitzenlassen und... Wie? Wer Javier ist? Der ist..., der war..., ach egal! Wo ist Ricarda? Schläft noch? Wo? Ach so, in deinem Bett. Ja, ich warte, aber beeil dich, meine Batterien sind alle.«

Herberger verzieht den Mund wie unter Zahnschmerzen. Diese Nelly verfügt weder über ein Ohr für Mozart noch über eine halbwegs ausgereifte Wortwahl. *Meine Batterien sind alle.* Die gehört übers Knie gelegt!

»Wer ist Ferdinand?«, will Frau Schick wissen.

»Mein Freund«, zischt Nelly.

Anscheinend nicht der einzige, denkt Herberger.

»Und Ricarda?«, hakt Frau Schick nach.

»Meine beste Freundin!«

Frau Schick holt hörbar und sehr tief Luft. »Und was machen die zusammen...«

»Ricarda, endlich! Du musst sofort wach werden. Hör zu, ich brauche Geld... Ja, du hattest recht... Du hast immer recht, und ich bin eine Idiotin...«

»... im Bett«, vollendet Frau Schick ihren Einwurf laut und vernehmlich.

Nelly stockt, nimmt das Handy vom Ohr und starrt es an, will es wieder ans Ohr nehmen, starrt es noch einmal an.

Sucht sie jetzt die Sprechmuschel, oder hält sie das Ziffernfeld für ein Sudoku-Rätsel? Herberger zieht die Brauen hoch und konzentriert sich wieder auf die Schnellstraße. Geht ihn ja nichts an.

»WAS MACHT FERDINAND AN DEINEM HANDY UND DU IN SEINEM BETT?«, schreit es aus dem Fond.

Autsch! Will die jetzt ohne Funkverbindung nach Deutschland telefonieren?

Aus dem Handy schreit es – gedämpfter – zurück. Im Rückspiegel sieht Herberger, dass Nelly gleichzeitig mit dem Kopf wackelt, den Mund öffnet und schließt und ihren Bambiblick zur Oscar-Reife bringt. Dann drückt sie die gedämpfte Stimme, der ein leicht flehentlicher Klang beiwohnt, weg. Nellys Bambi-Augen starren ins Nichts. Was kommt als Nächstes? Noch mehr Schluchzer und Klagegeschrei? Nein. Nellys Augen bleiben trocken. Stattdessen beginnt sie zu zittern.

Herberger tippt instinktiv die digital gesteuerte Wagentemperatur nach oben.

Erneut ertönt Mozarts Türkenmarsch. Nelly hört nicht hin. Sanft entwindet Frau Schick ihr das Mobiltelefon, lässt das Wagenfenster hinabgleiten und schleudert das Handy in den vorbeisausenden Grünstreifen. »Ich glaube, das brauchen wir nicht mehr.«

Herberger nickt erleichtert und drückt auf die Playtaste des CD-Spielers. Der erste Satz von Schuberts *Fantasie in f-moll* perlt in den Innenraum. Sie ist eine der sublimsten Kompositionen für Klavier, vier Hände und gedemütigte Herzen, wie er findet. Er hat sie seinen diversen Damen früher gern zum Abschied auf Schallplatte verehrt. In besonderen Fällen hat er sich sogar selbst ans Klavier gesetzt und mit Emphase, aber bedauerlich falschem Fingersatz etwas von Brahms in die Tasten gedonnert, als zerreiße ihn der Trennungsschmerz. Tja, er war ein ausgesprochen kreativer Don Juan und – mit Verlaub – ein selbstverliebtes Arschloch, das mit einer einzelnen Frau und deren Gefühlen wenig anfangen konnte. Seine Erfolge als Verführer waren dennoch Legion, nachdem er mit seinem ersten Coup in gewissen Kreisen einen Ruf als verflixter Teufelskerl erlangt hatte und ein Spezialauftrag den nächsten jagte. Bis einer schiefging, richtig schief, mörderisch schief. Ärgerlich, dass er jetzt darauf kommt, die Sache ist längst abgeschlossen und nicht mehr zu ändern. Muss an Schubert liegen.

»Bitte«, piepst es von hinten. »Haben Sie nicht auch *Der Tod und das Mädchen*? Das Streichquartett, nicht das Lied.«

Soll das ein Witz sein? Herberger zieht den Rückspiegel zurate. Nein, diese Nelly meint das ernst. Und sie kennt Schubert.

»Von wegen Tod«, geht Frau Schick dazwischen. »Es gibt doch Ihre Rettung zu feiern. Und das Leben. Wenn Sie mit dem Gesicht nach unten im Wasser liegengeblieben wären, noch dazu halb ohnmächtig...«

»So schlimm war das nicht.«

»Es war schlimm genug. Man kann auch in einer Pfütze ertrinken.«

Diese Nelly auf jeden Fall, stimmt Herberger stumm zu.

Frau Schick sinniert munter weiter über Musik. »Bleiben wir doch einfach bei Mozart! Der belebt immer.«

Nanu, denkt Herberger, den hat Frau Schick ihm bislang noch jedes Mal verboten. Jetzt aber ist seine Chefin voller Enthusiasmus, ihre Wangen glühen, die Augen leuchten hinter den Eulengläsern ihrer Brille.

»Die Jupitersinfonie würde passen.« Sie dirigiert mit krummem Zeigefinger die energisch strammen Eingangstakte, die Tote zum Leben wecken könnten und jedes Konzertnickerchen im Keim ersticken. »Tam, taram, taram!« Summend lässt sie die schmiegsame, biegsame, unendlich wohltuende Streicherfigur folgen. Dann wieder das forsche »Tam, taram, taram«.

»Jupiter habe ich nicht im Angebot«, bedauert Herberger und streift den CD-Sammler neben dem Schaltknüppel.

»Banause! Dann das *Credo* aus der *Krönungsmesse*.«

Hält sie ihn für einen Klassik-Discjockey?

»Halt, nein, jetzt habe ich es!«

Herberger lauscht gespannt. Vier Mozart-Sampler hat er zur Auswahl.

»Das *Jubilate*! Mit diesem unvergleichlich schönen *Halleluja*. Wir sind schließlich auf dem Jakobsweg«, triumphiert Frau Schick.

Hatte sie im Wald von Irati ein Erweckungserlebnis? Der Gedanke scheint Herberger nicht besonders weit hergeholt zu sein, denn Frau Schick stimmt tatsächlich das *Halleluja* an. Selbst aus ihrer greisen Kehle sind das Meisterstück und ein ehemals vertretbarer Mädchensopran herauszuhören.

Herbergers Finger lösen sich vom Schalthebel. Er zieht einen Mozart hervor, überfliegt nach einem kurzen Blick auf die freie Fahrbahn das Titelregister. Glück gehabt, das *Exsultate, jubilate* ist dabei.

Kurz drauf setzen munter die Streicher ein, frohgemute Hörner und Oboen folgen und dann leicht verhalten Cecilia Bertolis Kristallsopran, der im vierten Satz einen Koloratursprung zu meistern hat, den nur die Besten unbeschadet überstehen. Da muss man am Anfang mit dem Atem so exakt haushalten wie Reinhold Messner am Fuß des Nanga Parbat oder ein wagemutiger Geologe beim Abstieg in eine verschüttete Opalmine ...

»*Exsultate, jubilate* ... – ›Jauchzet, jubelt, oh ihr glücklichen Seelen, singt süße Lieder‹, übersetzt Frau Schick die erste Strophe. Sie versinkt in Lederpolster und Musik und schaut und lauscht so ergriffen, als habe Mozart die Motette speziell für sie komponiert. In solchen Momenten muss man Frau Schick beinahe lieben, findet Herberger.

Auch Frau Schick muss an Liebe denken, weil das *Jubilate* ein erklärtes Lieblingsstück ihrer Mutter war und Mozart ihr persönlicher Gott und Erlöser von allem Übel. Sie hat seine Musik und kistenweise Partituren aus Österreich nach Ostpreußen mitgebracht – und einen blattgoldverzierten Rokoko-Stuhl mit aufgeplatztem Polster. Darauf soll das Salzburger Wunderkind angeblich im Musiksaal eines ihrer Urahnen gesessen und mit den Beinen gebaumelt haben. In Wien. Da kam Frau Schicks Mutter schließlich her. Eine echte Komtess von Steinfelden, Butzi genannt.

Butzi, eigentlich Elisabeth Therese Marie, hatte eine einzigartige Begabung: das Talent, in fast allen Lebenslagen glücklich zu sein. Als sie zum Beispiel Papas atemberaubend schöne Duesenberg-Limousine an einer Pöhlwitzer Stallwand zuschanden gefahren hat, ist sie einfach ausgestiegen und hat sich gefreut, dass wenigstens den Stockrosen von der Schemutat nichts passiert war. Und jeder, allen voran der sonst recht aufbrausende Papa, freute sich mit. Jeder Tag und jede Nacht waren für Butzi das, woraus man Träume macht. Sie nur anzusehen, das hieß bereits, dem Glück ins Gesicht zu schauen. Das galt, auch wenn die eigene Mutter für Röschen ein eher seltener Anblick war. So oft wie die Schemutat hat Röschen sie bei Weitem nicht zu Gesicht bekommen. Es war beim Adel nun mal nicht üblich, dass die Mutter übermäßig gluckte.

Die Komtess von Steinfelden hatte nach vier Schwangerschaften und drei Geburten zudem einfach wieder richtig Lust aufs Leben bekommen und ist so oft wie möglich nach Berlin gefahren – wenn es ging mit dem Papa, dem Herrn von Gut Pöhlwitz, wenn nicht, dann ohne. Dann übernahmen die Braunen in Berlin das Kommando und schafften ab oder durchdrangen, was der Butzi Vergnügen bereitet hatte: Künstlercafés, wie sie sie aus Wien kannte, Jazzclubs, das Kabarett, das Kino und die aufregend neue Malerei. Auch vor der Klassik haben sie nicht haltgemacht und viel von dem verboten, was die Butzi mochte.

Da ist Röschens Mutter schließlich lieber auf Pöhlwitz geblieben und hat selbst Musik gemacht, bis immer öfter jemand wegen ihres Ariernachweises nachgehakt hat, der auch von einer Komtess vorzulegen sei. Da hat sie sich lieber ins Bett gelegt und eine Migräne bekommen, die gar keine Migräne war, sondern ein stummes Warten auf den letzten Besuch.

Butzi, das weiß Frau Schick aus den Erzählungen der alten Schemutat, hat als junges Mädchen auf Schloss Schönbrunn noch das Gehen nach spanischem Hofzeremoniell gelernt. Kerzengerade, im Korsett und mit einem Buch auf dem Kopf. Meistens waren es Klassiker. Molière und der gesammelte Nestroy waren ihr am liebsten. Und obwohl Butzi bisweilen lieber in den Büchern las, als sie auf dem Kopf zu balancieren, hat sie trotzdem gelernt, freihändig jede Treppe hinabzusteigen und demütigst zu knicksen, als sei das alles federleicht und ein Vergnügen. Das war noch zu Zeiten von Kaiser und König. Heiraten wollte sie aus dem alten Adel im damaligen Wien trotzdem keiner, weil ihr spielsüchtiger Großvater des Geldes wegen und um das morsche Stammschloss zu retten unter Stand geheiratet hatte. Bürgerlich, neureich, ungarisch, noch dazu jüdisch.

Röschens eigenen Vater, den Freiherrn von Todden, hat der falsch verheiratete Großvater nicht gestört. Der Junker und Diplomat hatte sich nach dem Ersten Weltkrieg, als der Adel nicht mehr glänzte, unsterblich in die blutjunge, glücksbegabte Komtess verliebt, die keine Bücher mehr auf dem Kopf tragen oder knicksen wollte, sondern leben. Und mit ihr hielten Mozart und Stühlchen auf Pöhlwitz Einzug.

Ach, der Stuhl. Der hat wie alles andere ein trauriges Ende gefunden. Erst hat sich Röschens Mutter eines Tages einfach zum Sterben hingelegt, weil sie um den Ariernachweis einfach nicht mehr herumkam und ihr das Talent zum Glücklichsein endgültig abhandengekommen war. Röschens Papa, der Freiherr von Todden, hat zwar von den Braunen nach Butzis Tod gar nichts mehr gehalten, aber als Offizier dann doch noch mitgemacht, erst beim Krieg und dann beim Attentat vom Stauffenberg. Nicht in vorderster Front, aber dafür, dass sie ihn hernach gejagt und erschossen haben, als er nachts durch ein Stallfenster fliehen wollte, hat es gereicht. Damit waren alle Freude und alle Zärtlichkeit aus Röschens Kindheit für immer verschwunden. Nur die Schemutat war ihr geblieben, aber die hat es dann auf der Flucht im Viehwaggon erwischt. Und kurz vorher Mamas goldenen Stuhl. Den hat die Schemutat nämlich mitnehmen wollen, weil das Herz der Butzi so an ihm gehangen und der Mozart auf ihm gesessen hat.

So, nun aber Schluss damit. Jetzt hat sie alle in Gedanken noch einmal beerdigt und Lebewohl gesagt. Jetzt will sie nicht weiter daran denken, auch wenn der leicht schwermütige zweite Satz von Mozarts *Jubilate* dazu einlädt.

Frau Schick neigt den Kopf zum Fenster, wo blendend weiße Leitplanken mit seligeren Erinnerungen und noch seligeren Plänen verfließen. Ihr Blick streift Nelly. Mozart und Musik helfen da wenig. Das arme Kind sitzt stumm und stocksteif da wie eine Schneiderpuppe, an der ein besonders bösartiger Designer einen neuen Lumpenlook getestet hat. Im Herzen dieses Kindes dürfte es ähnlich wüst aussehen.

Na, das lässt sich alles wieder richten, denkt Frau Schick, da haben wir schon ganz andere Sachen hinbekommen.

17.

Verfluchtes Pamplona! Nelly blinzelt Tränen weg und drückt ihre soeben bei einem Straßenhändler erworbene Sonnenbrille fest ans Nasenbein. So fest, dass es wehtut. Kopfschmerzen sind besser als Herzschmerzen.

Spaniens Himmel war den ganzen Tag über unerträglich blau und verglüht nun in bester Postkartenidylle. In sattem Orange flutet die Sonne Boulevards und Gassen, vergoldet Balkongitter, bringt blätternden Putz und totengraue Kirchen zum Leuchten. Eine Kulisse des Glücks. Welch ein Hohn!

San Saturnino, benannt nach dem Schutzheiligen Navarras, läutet in Nellys Rücken blechern und träge den Abend ein. Als der siebte Glockenschlag verhallt, strafft Nelly die Schultern. Sieben Uhr eignet sich als Tageszeit genauso gut wie jede andere, um die alte Nelly – besser gesagt: die junge, dumme und sträflich naive Nelly, die es nie, nie mehr geben soll und darf – zu Grabe zu tragen. Hier, in Pamplona und mitsamt dieser verfluchten Marc-Jacobs-Pumps, deren Absätze sich alle paar Meter in Pflasterkanten und Granitbuckeln verhaken.

Außer der Sonnenbrille hat Nelly sich von Frau Schicks Geld eine Jeans, Unterwäsche und ein weißes T-Shirt gekauft und die neuen Kleidungsstücke direkt anbehalten. Zum Glück ist Sommerschlussverkauf. Darum wären sogar noch neue Schuhe drin. Doch Nelly zögert. Sie hasst Schuhkauf, fast so sehr wie sich selbst. Marc Jacobs war ein selten dämlicher Ausrutscher. Nein, keine Schuhe mehr. Und nie mehr hohe Absätze!

Den Rest der hundertfünfzig Euro braucht sie für etwas Besseres: eine letzte Zigarette, die ihre allererste überhaupt sein wird, eine Henkersmahlzeit und ein paar Gläser vom besten spanischen Brandy. *Carlos Primero*. Das klassische Begleitprogramm für eine Hinrichtung eben. Dann tut es nicht ganz so weh, sich von der halbwegs verstandsbegabten Person zu verabschieden, für die sie sich bis vor wenigen Stunden gehalten hat.

Nur gut, dass die schrullige Frau Schick im Hotel geblieben ist und auf die große Einkaufsrunde verzichten musste. Sie hat ein Paket Geschäftspost zu erledigen, mit dem sie kein Geringerer als der Chef des *Palacio Basajun* in Empfang genommen hat. Ein Brief schien besonders dringlich zu sein, den hat Frau Schick direkt aufgerissen. Dabei war er nicht einmal an sie adressiert, sondern an eine Thekla von Todden, und der Hotelchef hat ihn ihr nur ausgehändigt, nachdem geklärt war, dass diese Thekla von Todden tatsächlich tot ist.

»In diesem Fall sollen Sie ihn lesen, Señora, so stand es im Begleitschreiben«, hat der Direktor gesagt. Nelly hat den merkwürdigen Dialog für Frau Schick übersetzt.

Der Inhalt des Briefes hat die gute Fee in Frau Schick kurz versteinert und dann in eine Furie verwandelt, ganz hektisch ist sie geworden und hat Herberger wegen der im Jaguar vergessenen Wanderstöcke angeherrscht.

Trotzdem war sie Nelly so beinahe lieber als in der Pose des verzückten Rettungsengels. Ein Engel ist nämlich eine schlechte Begleitung, wenn man einsam, allein und verlassen sein will oder tot oder wenigstens in einer menschenleeren Bar, um sich gründlich zu betrinken.

Stille und leere Bars sind in Pamplona allerdings schwer zu

finden. Gibt es hier denn keine Hinterhofkaschemmen für lichtscheue Menschenfeinde? Spelunken, die mit Versagern, Gossengelump und kampfeswilligen Fäusten vollgepackt sind? Nelly schaut sich suchend um und versucht es mit einem handtuchschmalen Stichsträßchen, das feucht nach Fischabfall und Katze riecht. *Bonjour tristesse.* Das passt.

An ihrem Handgelenk baumelt in einer Plastiktüte Ricardas Kostüm und müffelt ebenfalls so, dass die Verkäuferinnen im Jeansladen den Modekadaver nicht dabehalten wollten. Auch egal, dann trägt sie ihn eben als *memento mori* und peinliche Erinnerung an ihren Jugend- und Romantikwahn spazieren. Strafe muss sein.

Das tote Sträßchen entpuppt sich als Sammelplatz für Müllcontainer und als Sackgasse. Brandy-Bars sind nicht im Angebot. Dafür läuft man am Ende vor eine Wand. Nelly prallt gegen die hier abgestellten Blecheimer. Es scheppert. Sie flucht. Kriegen die nicht einmal ein winziges bisschen depressionsfördernden Hinterhof hin? Pamplona ist ja geradezu besessen von Beschaulichkeit, Sauberkeit und Glanz! Beim Einkaufen musste sie vorhin sogar einer Armee von Sprengwagen ausweichen, die Regenbogen aufs Pflaster sprenkelten.

Seufzend begräbt Nelly das ruinierte Kostüm im Abfall, macht kehrt, um wieder ins sonnengetränkte Leben einzutauchen, und bleibt erneut stecken. Verflixte Pumps! Ob sie diese Folterwerkzeuge abstreifen und barfuß weiterlaufen soll?

Nein, nein, nein! Das hätte die junge, naive Nelly gemacht, eine fünfundzwanzig Jahre alte, lebenstrunkene Nelly auf Auslandssemester. Vielleicht auch das alberne Huhn, das vor ein, zwei Monaten noch einmal das Regiment über eine bald doppelt so alte, herzkranke und hirntote Frau übernommen hat. So zumindest urteilt Nellys innere Schuldirektorin.

Natürlich ist die auf stumm geschaltet – wie all die anderen Stimmen, die sich in Nellys neurotischem Kramladen versammelt haben, um ein Scherbengericht über ihr Leben zu veranstalten. Seltsam, dass Strafrichterin Ricarda bislang schweigt. Hoffentlich, weil sie sich schämt. *Hüpft einfach mit meinem Fellmann ins Bett!*
»*Deinem* Fellmann?«
Ricarda. Na also.
»Du hättest mir längst etwas sagen können«, knurrt Nelly, woraufhin ein Spanier fragend die Brauen hebt.
»Es ist doch erst gestern passiert«, verteidigt sich Ricarda und fügt wie vorhin am Handy hinzu: »Nelly, ich war mir sicher, dass du kein Interesse an ihm hast, sonst hätte ich mich weiter zurückgehalten.«
Kann man das glauben? Nein. Schöne beste Freundin, die keinen Satz über ihre Gefühle herausbringt, aber die der anderen ständig seziert und als pure Einbildung abtut. Nelly presst die Lippen aufeinander und nimmt ihren Weg wieder auf. Sie trippelt und stolpert mitten durch das Menschengewimmel und ein Gassengeflecht, das wie ein Spinnennetz auf Pamplonas Hauptplatz zustrebt, die *Plaza de Castillo*. Bei einem Wettbewerb für dämliche Gangarten dürfte sie den ersten Platz belegen. Da ist sich Nelly sicher. Dabei hat Pamplona in dieser Hinsicht einiges zu bieten: Unter mit würdevoller Grandezza einherschlendernde Spanier mischen sich Kampftrinker im Torkelgang, Kulturtouristen trippeln als Entenküken ihren Stadtführern nach, und Wallfahrer humpeln auf Blasenpflastern umher. Das müssen Jakobspilger sein, die bereits drei oder vier Etappen des weltberühmten Wanderwegs hinter sich haben. Vielleicht sogar mehr, wenn sie in Frankreich angefangen haben oder an ihrem eigenen Bettpfosten. Die Pilger schlurfen, hinken oder schleichen im Schnecken-

tempo und sehen dennoch seltsam beglückt aus. Möglicherweise, weil sie ein Paradies der köstlichen Gerüche umfängt: warmes Mandelgebäck, würzige Chorizos, frisch frittierter Tintenfisch, ein Hauch von Weihrauch.

Selbst wenn Essen das einzige Ziel der Pilger sein sollte: Sie haben wenigstens eins, noch dazu ein erreichbares. Nelly hingegen hat sich in den letzten Wochen nach jemandem und etwas verzehrt, den oder das es gar nicht gibt. Oder nur für andere. Etwa für Ricarda und Ferdinand.

Egal, auch sie kennt ein Ziel. *The next whiskey bar.* Auf einmal ist das Lied in ihrem Kopf, und zwar in einer Version von Brechts *Alabama-Song*, gesungen, geraunt und gekläfft von Lotte Lenya. Oder vielleicht doch in der Cover-Version der *Doors*. Nein, nicht von den *Doors* und Jim Morrison. Der war zu hübsch, ein Mann und wahrscheinlich auch ein selbstverliebter Halunke. Wie Jörg und wie Javier. Jim fängt nicht umsonst mit J an!

If we don't find the next whiskey bar, I tell you we must die. Genau! Verflixt noch mal, warum gucken die Leute so blöd in ihre Richtung? Halten die sie für eine Straßenmusikantin? Oh, tatsächlich und nicht ohne Grund.

Eilig stakst Nelly weiter. Hinter ihrer Sonnenbrille zieht erneut ein Feuchtgebiet herauf. Tief Javier hält sich hartnäckig, ist aber kein Grund, bei vollem Tageslicht den Mond anzuheulen.

Außerdem hat sie doch Freunde. Na ja ... Ob sie Ricarda noch so nennen kann?

Ihre wundervolle Becky! Nein, auch nicht mehr. Die reist mit ihrem Vater durch die Weltgeschichte.

Ihre Arbeit! Welche?

Nicht dran denken! NICHT DRAN DENKEN! Jedenfalls nicht, solange sie noch in der Öffentlichkeit ist, keinen

Cognacschwenker zum Festhalten hat und sich im Schutz der Trunkenheit lächerlich machen darf. Bis dahin muss sie es in der Wirklichkeit aushalten. Die ist laut und fröhlich bekleidet.

18.

Frau Schick hält Mittagsschlaf. Die Nachtgespenster auch. Die Alhambra-Suite scheint kein Ort für sie zu sein und der Nachmittag nicht ihre Zeit. Frau Schick hat ihr Zimmer mit Nelly getauscht und schläft tief erschöpft und traumlos, bis das Telefon auf dem Nachttisch surrt. Benommen schlägt Frau Schick die Augen auf und starrt in einen Betthimmel aus schwarzblauem Seidenbrokat. Goldene Blumenranken vermählen sich mit unzähligen Monden, aber das umgebende Licht ist ganz falsch, viel zu hell.

Wieder surrt das Telefon.

Schlaftrunken greift Frau Schick nach dem Hörer, raunt ein heiseres »*Sí?*« hinein.

»Nelly?«, fragt die andere Seite zurück. Bevor Frau Schick antworten kann, überschlägt sich eine spanische Männerstimme, der man anhört, dass sie eine Menge erklären möchte.

Frau Schick ist innerhalb von Sekunden hellwach. »Du?«, fragt sie listig und sehr gedämpft zurück.

»*Sí*, Javier«, bestätigt der Anrufer mit schmelzendem Ton und setzt zu neuen gefühlvollen Erklärungen an, die Frau Schick nicht versteht, aber dringend verstehen will. Was nun?

Sie gähnt sehr laut in den Hörer und raunt. »Sprich deutsch, ich bin...«, Gähnen, »... müde.«

»Du klingst komisch.«

»Ich habe mich im Wald erkältet.«

Der Anrufer pausiert kurz, entscheidet sich, das zu glauben und auf Deutsch weiterzumachen. »*Mi corazón*, ich ... Es tut mir leid. Ich ... musste eine Anruf mache. Allein. In die Dorf. Ich 'atte Ärger mit unangenehme Menschen, sehr unangenehme Menschen. Wegen eine schwarze Kredit und eine gepatzte Geschäft. Es war dringend, sonst sie 'ätten ...« Er macht eine bedeutsame Pause.

Frau Schick runzelt die Stirn, der Mann meint wohl geplatzte Geschäfte. Aber wer vergibt schwarze Kredite? Und wofür? Wer sind die unangenehmen Leute? »Mafia«, denkt sie laut und fragt sich, ob es so was auch in Spanien gibt. Bestimmt. So was gibt es überall, aber wahrscheinlich heißt es hier anders.

Die Stimme am anderen Ende lacht. Und das äußerst charmant.

»*No*. Meine Familie. Die iste schlimmer als Mafia«, sagt dieser Javier.

Der könnte ihr glatt sympathisch sein. Nichts da! Den Fehler hat Nelly vor Kurzem auch gemacht. »Ich will mein Geld zurück«, krächzt sie und hustet, damit der Schnupfen glaubwürdiger klingt.

»*Sí, sí, sí*. Ich 'abe nicht angerührt! Ich brauche nur kurz die Auto, um in Dorf zu kommen, und danne warste du fort! Und haste nicht geantwortet meine *móvil*, meine Handy. Mi amor, wo können wir uns sehen?«

»Nirgends«, krächzt Frau Schick.

»Nelly, iche *muss* dich sehen! Iche ... Es tut mir alles leid. Ich kann morgen, übermorgen sein bei dir. Ich liebe dich doch.«

»Nein!«

Es folgen spanische Beteuerungen, die verdächtig nach Liebeslyrik und Minnesang klingen. Darin ist dieser Javier erschreckend gut. Und dann: »Warte auf mich in die Alhambra.«

»*No*, nein, *no!*«

»Bitte!«

»Unmöglich. Ich muss morgen weiter«, bellt Frau Schick und will den Hörer aufknallen.

»Solle ich komme nach Dusseldorf?«

Gegen ihren Willen muss Frau Schick lächeln. *Dusseldorf* – das klingt in dieser Version fast wie Deppendorf, was ihr als Kölnerin gefällt. Muss sie sich merken.

»Ich hole dich überall ab, *mi corazón*.«

»Ich habe eine Reisegruppe getroffen und geh jetzt den Jakobsweg: Und du ... Du gehst ins Gefängnis!«

Für Frau Schick ist die Sache damit erledigt, für Nellys spanischen Verehrer allerdings nicht. Ein heiseres, ärgerlich anziehendes und triumphales Lachen dringt durch die Leitung. »*Il camino? Fantastico!* Bisse bald, *mi amor!*« Javier drückt das Telefonat weg, und Frau Schicks Frage »Was soll das heißen?« verhallt ungehört. Bis bald? Wo? In Deppendorf?

»Das werde ich verhindern, Freundchen!«, schimpft Frau Schick, die sich darüber ärgert, dass sie mit diesem Blubbermaul überhaupt so viel geredet hat. So einer hat ihr gerade noch gefehlt! Den lässt sie auf hundert Kilometer nicht an Nelly heran, und von diesem Anruf wird sie ihr auch kein Sterbenswörtchen verraten. Sie kann schweigen. Und wie!

Und nun wird sie endlich die Post vom Grüßaugust erledigen und Theklas unsägliches Schreiben noch einmal lesen, das sie vorhin so erschöpft hat. Herrgottzack! Sie hat es über diesem dummen Anruf ganz vergessen.

Frau Schick richtet sich doppelt grimmig im Bett auf, steht auf und staunt, wie flink sie auf die Beine und zum Schreibtisch kommt.

19.

An den Hausecken drängen sich Touristen um Stadtführer aller Nationen, die in babylonischem Sprachgewirr von der alljährlichen Stierhatz durch Pamplona erzählen. Die meisten Zuhörer gieren danach, von den Toten und Verletzten zu hören, die beim traditionsreichen Wettlauf zwischen Bullen und Menschen auf dem Weg zur Kampfarena von donnernden Hufen zermalmt werden.

Endlich eine willkommene Ablenkung.

Nelly gesellt sich zu einer deutschen Gruppe und hört mit, obwohl sie derartige Bildungsschnorrerei gewöhnlich verabscheut. Stadtführer zu sein ist auch ohne nicht zahlende Zuhörer ein hartes Brot. Sie hat das mal eine Weile gemacht und weiß das aus Erfahrung. Am schlimmsten sind die Besserwisser unter den Lauschern, die alles auf Fehler überprüfen.

Unwillkürlich streift ihr Blick eine hagere Frau, die ihren Mann am Ärmel festhält und mit tastenden Blicken das Steinpflaster nach eingetrockneten Blutspuren abzusuchen scheint. »Diese Stierhatz muss doch endlich verboten werden. Das ist ja barbarisch!«, erklärt sie resolut. »Ernst-Theodor. Dein Hauptfach ist doch Ethik. Was sagst du dazu?«

Nichts.

Dafür ergreift eine hübsche dralle Frau mit blauen Augen das Wort: »Mir tun die Stiere entsetzlich leid. Tiere so zu missbrauchen...«

»Ich dachte an die Menschen«, erklärt ihre hagere Kontrahentin von oben herab.

Die Frau mit den blauen Augen seufzt. »Solange es Schlachthöfe gibt, wird es auch Schlachtfelder geben.«

»Das ist von Tolstoi«, sagt der verheiratete Ernst-Theodor in Richtung Stadtführer.

Seine Gattin zieht ihn wie einen Erstklässler am Ärmel. »Das ist doch hanebüchener Unsinn«, korrigiert sie mit vernichtendem Blick auf ihre Vorrednerin. »Hitler war bekanntlich auch Vegetarier.«

Die Frau mit den blauen Augen zieht sich beschämt zurück. Nelly ist, als schaue sie in einen Spiegel und sehe ihr eigenes künftiges Ich. Fast möchte sie die Dame trösten.

»Aber Hildegard! So naiv hat der Tolstoi das doch nicht gemeint!«, protestiert stattdessen Ernst-Theodor. Sein Tonfall klingt wie »Hinsetzen, sechs!« Er doziert sich in Rage: »Es geht um den grundsätzlichen Respekt vor jeglicher Kreatur als moralische Leitkategorie. Tolstoi war ein großartiger Religionsphilosoph.« Offensichtlich hat Ernst-Theodor gerade den Torero der Tierrechte und eine lang verhehlte Vorliebe für besser genährte Frauen als seine hagere Hildegard entdeckt. Oder will er der nur eins auswischen?

Der dezent genervte Stadtführer übergeht die deutsche Gewissensprüfung und erläutert, dass Pamplonas Stiere nicht von schlagenden Menschen in Raserei versetzt werden, sondern von einer vorauslaufenden Leitkuh. »Sonst würde sich kein Bulle auf den Weg machen. Viel zu träge.« Er schenkt Ernst-Theodor ein bedeutungsvolles Augenzwinkern.

Dessen Hildegard schürzt die Lippen. Ernst-Theodor dürfte ein heiterer Abend bevorstehen.

Der Stadtführer schließt mit einer schwärmerischen Schilderung der Fiesta im Namen des heiligen Fermin: »Hemingway hat die vibrierende Atmosphäre des Festes weltberühmt gemacht und geschätzt. Ein Genie irrt selten.«

Genies und Hemingway sind nicht nach Nellys Geschmack. Sie wendet sich ab. Sie hätte nichts dagegen, jetzt von einem rasenden Bullen überrannt zu werden, aber es ist schon September und die Toreros und Stiere haben seit Juli Ferien. Stattdessen rumpelt ihr ein johlendes Männertrio in den Rücken. Die kennt sie doch!

Ja, das sind die bayerischen Frohsinnspilger vom Flughafen Bilbao.

»Mer hoam Sie net g'sehn«, werfen die Mittfünfziger außer Rand und Band Nelly eine Entschuldigung vor die Füße und rempeln sich grölend weiter.

Nelly fühlt sich nicht getröstet. Im Gegenteil: Jetzt ist sie also genauso unsichtbar, wie es in den Wechseljahresbroschüren geleugnet wird: »Die Menopause beginnt für viele Frauen mit seelischen Veränderungen. Doch die Angst davor, mit dem Abschied der Östrogene als Frau unsichtbar zu werden, ist unbegründet.«

Ach ja?

Ihre bayerischen Reisegefährten hetzen weder Stieren noch spiritueller Erleuchtung nach, sondern zwei schwedisch blonden Mädchen, die ebenfalls Rucksäcke tragen. Der taumelnde Gang und der glasige Blick, mit dem sie Bars, Imbissbuden und Straßenschilder streifen, macht sie als Wallfahrerinnen kenntlich, die die harte Tour gewählt haben und zu Fuß gehen. Der lautstarke Elan ihrer Verfolger weist hingegen auf deren bislang weniger kraftraubende Pilgerfahrt per Taxi hin.

»Damit kriegen wir sie!«, johlt einer und meint offenbar das Pappschild an seinem Rucksack: »Kostenlose Fußmassagen für Pilgerinnen von geprüftem Physiotherapeut.« Auch das ist eine Art, sein Sündenregister aufzufüllen. Schließlich muss der Generalablass im achthundert Kilometer entfernten

Santiago de Compostela seinen Zweck erfüllen. Sie hat es geahnt. Ekelhaft. Alles ist ekelhaft. Sie auch und vor allem Pamplona. Nelly schüttelt sich.

Wenig später erreicht sie mit ebenso entschlossener wie verschlossener Miene die *Plaza Mayor*. Arkaden, Cafés und stolze Bürgerpaläste mit Schaubalkonen säumen die weitläufige Bühne, auf der Alt und Jung die Kunst des Flanierens vorführt. In der Mitte thront ein Musikpavillon, daneben kreist ein Karussell zum wuchtigen Klang einer Kirmesorgel. Wie die meisten Spanier lieben auch die Navarresen lautstarke Unterhaltung.

Nelly nicht. Dafür fällt ihr eine Bar ein, die zu dieser Stunde leer, düster und nicht laut sein könnte. Sie steuert einen Arkadengang an, um den wenig bekannten Rauchersalon des sehr bekannten Café Iruña zu finden. Laut einem Reiseführer, den dieser Herberger ihr aufgedrängt hat, »damit Sie nicht noch mal auf Abwege geraten«, soll es eine architektonische Legende in Jugendstil sein. Also ziemlich bis sehr alt und angestaubt. Das klingt angemessen. Wenn es stimmt, dass man so alt ist, wie man sich fühlt, nähert sich Nelly gerade ihrem hundertsten Geburtstag.

Eilig taucht sie zwischen imposanten Säulen ab und gerät ins Schleudern. Verfluchte Marmorfliesen! Für aalglatte Bodenbeläge sind die Pumps noch weniger geschaffen als für Buckelpflaster. Sie verlangsamt ihr Tempo und übt eine Kombination aus Schlurf-, Schleif- und Trippelgang. Was für ein Auftritt! Und das vor vollbesetztem Haus.

Die Terrasse des Iruña ist voll mit wild gestikulierenden Spaniern, gackernden Teenagern und sonnenbraunen Touristen. Tassen klappern, Babys brüllen. Die Hitze des Tages steht in der Luft.

Widerwillig schlängelt Nelly sich durchs Gewühl, reißt

eine geschnitzte Tür mit Milchverglasung auf und flüchtet in einen mahagoniverkleideten Korridor. Der hochbetagten filzig grünen Auslegeware sind ihre Schuhe gut gewachsen. So wagt sie eine forschere Gangart in Richtung Rauchsalon.

Im trüben Licht der Milchglaslaternen wartet am Eingang Hemingway in einsamer Majestät auf Gäste und grinst hölzern. Wie auch sonst. Der ewige Macho der Weltliteratur ist in Nussbaum geschnitzt und lehnt, so lässig wie sein Holzkörper es zulässt, an einer Theke.

Beim Näherkommen meint Nelly Überheblichkeit in seinem Lächeln zu entdecken. Oder Anzüglichkeit. Oder beides. Oder ist es die schiere Selbstbegeisterung eines weiteren Sonnengotts? Nelly schiebt die Brille in die Haare und wagt ein Blickduell mit der Schnitzfigur, während die Absätze ihrer Pumps unvermittelt auf Schachmusterfliesen und einen Strauß Wanderstöcke treffen.

Das war's. Nelly gerät ins Rutschen. Im Fallen greift sie nach der Messingreling der Bartheke. Vergeblich. Ihr rechter Schuh hängt in der Schlaufe eines Rucksackmonsters fest, der linke kämpft ein aussichtsloses Gefecht mit den Wanderstöcken, die polternd zu Boden gehen.

»Verfluchte Jakobspilger!«

In einer Art Hechtrolle wirft Nelly sich bäuchlings über einen Barhocker. Das hochbetagte Möbel scheint einen Sinn für Spaß zu haben, nimmt sie Huckepack und schlittert mit ihr über die Fliesen. Nellys bereits lädierte Stirn setzt der ungelenken Rutschpartie ein Ende und prallt gegen den Mahagonitresen. Ganz großes Kino! Haltungsnote: minus sieben, künstlerischer Ausdruck: nicht vorhanden, kommentiert Nelly leicht benommen. Wozu braucht sie Brandy? Sie muss nur irgendeinem selbstbegeisterten Holzkopf in die Augen gucken, schon ist sie im Vollrausch.

Nelly stöhnt unwillkürlich auf und möchte bäuchlings auf dem Plüschhocker liegen bleiben, um direkt hier zu sterben.

Oh, Schluss mit diesem Unsinn! Sie hebt den Kopf und jagt einen Pantherblick durch den schummrigen Raum, der ihr wie eine Mischung aus Jugendstil-Puff und Westernsaloon erscheint. Vom Barkeeper fehlt jede Spur. Ihre Augen durchrastern den Raum, um die Besitzer der Pilgerstäbe und eventuell schadenfrohe Zeugen ihres Sturzes mit einem Präventivschlag abzustrafen.

Ihr Blick bleibt am einzigen Gast hängen, der es sich in einem Separee mit *Vino tinto* und einem Buch gemütlich gemacht hat. Offensichtlich ein Tourist. Um sechs Uhr abends ist es mindestens drei Stunden zu früh für spanische Nachtschwärmer. Neben dem Glas des Mannes liegen ein Pfeifen-Futteral und ein penibel aufgereihtes Sammelsurium aus Stopfwerkzeug. Der Mann hebt den Kopf.

Oh nein, nicht der, bitte, nicht der!

20.

Frau Schick macht sich stadtfein. Ein Sommerkleid aus dunkelblauer Seide, eine leichte Jacke und ein Hut aus Stroh. Fertig. Sie wirft einen zornigen Blick zu dem Schreibtisch mit den Löwenpranken, an dem anno Piefedeckel wahrscheinlich einmal ein navarrischer Provinzbaron Diktator gespielt hat.

Jetzt liegen die Faxe und Geschäftsberichte von ihrem Kölner Grüßaugust darauf. Sie hat alle beantwortet. Nur den einen Brief nicht.

Wie sollte das auch gehen? Auf Post von Toten kann man nichts erwidern. Allein die Adressanschrift bereitet ja Schwierigkeiten. Und Theklas Zeilen erst recht. Wegwerfen sollte sie diesen Schmarrn, diesen Brandbrief, diesen ... Es war doch gerade alles geklärt zwischen ihnen. Zufriedenstellend geklärt. Sie geht zum Schreibtisch zurück und streckt die Hand nach dem eng beschriebenen Blatt aus, will es zerknüllen, kann es nicht und liest alles noch einmal.

Liebes Röschen,

mir hat ein Leben lang der Mut gefehlt, Dir zu sagen, was Du inzwischen wissen wirst, denn ich bin tot, wenn Du diese Zeilen liest.

Ja, ich habe Paul einmal geliebt, besser: Ich meinte ihn zu lieben und weiß seit Langem, dass das eine Täuschung war.

Ich hatte Mitleid mit ihm und war wütend auf Dich, weil Du ihm kalt und unerreichbar warst und seine Göttin.

Für diesen Irrtum habe ich einen hohen Preis gezahlt. Mein Versuch, danach aus Deinem und Pauls Leben und meiner Verantwortung zu verschwinden, ist missglückt. Nun zeigt mir der Tod den Weg.

Röschen, ich habe unsere Freundschaft, die so viel mehr war als das, bitter verraten und wollte trotzdem ohne sie nicht leben. Als mein Sohn, Pauls Sohn, erwachsen war und ich meine Lebensmitte überschritten hatte, sehnte ich mich zurück nach Heimat und Ursprung. Beides war für mich unsere Freundschaft, und beidem hätte ich mit einem Geständnis endgültig den Boden entzogen.

Du wirst fragen, warum ich nicht über das Grab hinaus über mich und Paul schweige.

Ich schreibe, weil Du die Wahrheit verdienst.

Und mein Sohn Johannes auch.

Ich habe ihm nie gesagt, wer sein Vater ist. Nun bittet er mich darum. Er ist vor einigen Monaten zum ersten Mal selbst Vater geworden und will seinem Kind eine Vergangenheit, eine Geschichte und tiefere Wurzeln geben, als er je kannte.

Ich weiß, wie es ist, beides nicht zu haben und zu kennen. Viele Menschen glauben, ihre Vergangenheit oder Familiengeschichte sei eine Last, und tragen sie wie einen Buckel. Sie ahnen nicht, wie viel schwerer es ist, nicht zu wissen, woher man kommt und wer einem vorausgegangen ist. Man bleibt Stückwerk, und im Leben klafft immer eine Lücke. Ich wünsche mir mehr, als ich sagen kann, dass Johannes' werdende Familie nicht mit meinen Lügen und so großen Lücken leben muss.

Röschen, ich bitte Dich, Johannes und seinem Kind, das Pauls Enkel sein wird, etwas zu schenken, das mir bitter gefehlt hat: eine Vergangenheit und eine Familiengeschichte, die mehr Gesichter hat als nur das meine.

Vor allem auch Deines.

Es ist und bleibt für mich das erste und einzige, das ich in meiner Kindheit kannte und lieben durfte. Und das ich – auch das ist wahr – vorübergehend gehasst habe. Beides, die Liebe und der Hass, waren ein Geschenk so groß wie das Leben selbst, denn wer ohne Leidenschaften lebt, hat nie gelebt.

Röschen, verzeih mir, wenn Du kannst. Ich selbst konnte es nicht.

Wenn Gott mir die Zeit lässt, will ich Dir weitere Briefe senden. Mit gleicher Post ist bereits einer nach Santiago unterwegs. Öffne ihn, sobald Du ankommst, oder wirf ihn weg, wenn es Dir unerträglich ist. Ich werde bis zuletzt an Dich denken als den Menschen, der mir gegeben hat, was mir bald genommen wird: alle Blumen und Schatten der Erde.

Leb wohl, Röschen, und weiterhin Buen camino.

P.S: Vielleicht magst Du über Folgendes nachdenken. Beides hat mir durch meine dunkelsten Jahre geholfen:
»Das Gegenteil von Liebe ist nicht Hass, sondern Gleichgültigkeit.«
Und: Matthäus 7, 1–5

Frau Schick lässt das Blatt sinken.

Dieser unsägliche Kalenderspruch und das Bibelzitat am Ende sind der Gipfel! Eine Unverschämtheit auch, dass Letzteres nur als Vers angegeben ist. Was hat Thekla sich dabei gedacht? Kryptische Briefe nach Spanien vorauszuschicken, einfach zu sterben und ausgerechnet ihr den Schlamassel um Johannes zu vererben! Im Namen der Liebe... Was wusste die schon davon? Nicht viel, das schreibt Thekla ja selbst.

Frau Schicks Blick streift die grüne Kugel, die neben dem Poststapel liegt. Knicker und kuriose Briefe. Sie ist sich sicher, dass zwischen beidem irgendein Zusammenhang besteht. Muss doch.

Sie nickt grimmig. Oh ja. Und darum ist es an der Zeit, ein Wörtchen mit Bettina zu wechseln. Für Frau Schick, die gerne Kriminalgeschichten liest, steht nämlich fest, dass die gelernte Krankenschwester mit diesem Spuk zu tun haben muss. Kugeln mit Sprüchen verteilen, ihr mit beseeltem Blick ständig Hilfe anbieten und Kirchenbesuche empfehlen! Wahrscheinlich ist das eine Auftragsarbeit. Vielleicht hat Thekla diese beseelte Schwester Bettina ja in der Krebs-Rehaklinik von Bad Zwischenahn aufgegabelt, wo Thekla und der Tod vor einem halben Jahr eine kurze Atempause eingelegt haben.

Bettina stößt im Sprechen gelegentlich an den spitzen Stein, ist also ein Nordlicht. Das würde ins Ammerland und nach Zwischenahn passen. Außerdem hat Bettina vorhin scheinheilig und selten blauäugig gefragt, ob Frau Schick Nachrichten aus Deutschland bekommen habe. Frau Schick ist Bettina im Fahrstuhl begegnet, als diese auf dem Weg zur Stadtführung und Frau Schick auf dem Weg zum allwissenden Doktor Herberger war, um ihn mit einem sofortigen Bibelkauf zu beauftragen und zu fragen, was »Ich will echten Filterkaffee« auf Spanisch heißt.

Den hier üblichen Dampfmaschinenkaffee mag sie nicht, der gerbt einem ja den Magen, egal wie sehr Herberger dafür schwärmt. Sie mag nur gefilterten Kaffee, am liebsten mit einer Prise Natron. Auf Englisch war in dieser Hinsicht beim Zimmerservice aber nichts zu machen. Jedenfalls nicht mit dem ihrem. Dabei ist das wirklich einwandfrei. Sie hatte schließlich immer vor, im Alter nach England zu gehen, um Rosen zu züchten und Tee zu trinken. Darum hat sie sich vor vielen Jahren einen guten Sprachlehrer genommen. Einen Geschäftspartner von Paul, der sich sehr bemüht hat.

Ja, er war ein ganz wundervoller Lehrer und hat sie einen Sommer lang nicht nur mit den Feinheiten des Oxfordakzents vertraut gemacht, sondern auch mit dem Alphabet der Leidenschaft und der körperlichen Seite der Liebe, die im Ehegeschäft mit Paul nie so recht passte.

Ach, dieser unglaublich zartfühlende Engländer! Nach außen war er ganz der reservierte Gentleman, distinguiert wie sein herrlich blasierter Oxfordakzent, aber seine Hände sprachen eine eigene Sprache. Oh ja. Er war ja auch ein wundervoller Pianist. Bei einem Klavierabend haben sie sich kennengelernt. Mendelssohn-Bartholdy. Frau Schick war allein mit ihm da. Paul hat ihr immer gern das Kulturprogramm mit den Geschäftspartnern überlassen.

Als sie nach dem Konzert noch durch Kölns Gassen geschlendert sind, um nach einem Weinlokal zu suchen, ist der Engländer plötzlich stehen geblieben und hat sie sehr eindringlich betrachtet. Sie wird nie vergessen, wie er sie angeschaut und gefragt hat: »*How did you do the trick with the moon, little goddess?*«

Der besondere Zauber des Monds war, dass er an diesem Abend rund und riesengroß und erdnah wie selten über dem Rhein aufstieg. Ganz allein für sie beide. Dann hat der Engländer sie geküsst, und Frau Schick ging es wie dem braven Kutscher Heinrich im *Froschkönig*: Plötzlich zersprangen die eisernen Ringe, die sich Jahre zuvor um ihr Herz gelegt hatten, damit es nicht zerbrach.

Zwei Unberührbare, die sich im Mondschein getraut haben, was sie jahrelang gemieden hatten: zu viel Gefühl und Zärtlichkeit. Das haben sie sofort erkannt. Sie haben sich mit den Augen behutsam von allen Panzern, die das Leben ihnen auf den Leib geschmiedet hat, Schicht um Schicht befreit. Danach haben sie sich immer im Dom-Hotel getroffen. Sehr diskret, damit keiner etwas mitbekam.

Jason war die erste große Liebe in Röschens Leben, und dennoch ist sie selbstverständlich bei Paul geblieben. Sie kannte ihre Pflichten und hat diese Liebe losgelassen, bevor sie verblühen konnte. Jason war ebenfalls verheiratet und hatte vier Kinder und auch ein Geschäft. Um zu bewahren, was sie aneinander gefunden hatten, mussten sie es loslassen. Das wussten sie beide.

Frau Schick ist unter ihrem hellen Strohhut ein wenig heiß geworden, ihre Wangen sind gerötet. Nicht vor Scham. Für die Liebe schämt man sich doch nicht! Es muss an der Hitze liegen, die ihr im Hotelkorridor entgegenschlägt. Haben die hier keine Klimaanlage? Sie erreicht den Fahrstuhl, muss warten und kehrt in Gedanken noch einmal zu ihrem Liebhaber und Gentleman zurück.

Herrje, wie hieß der Gute noch mit Nachnamen? An seinen Geruch – eine Mischung aus Tabak und Eau de Savage – erinnert sie sich noch genau, aber an den Namen ... Ferguson? Nein, nein. Na ja, das ist ja auch mehr als vierzig Jahre her. So lange, dass es nicht mehr wahr ist. Selbstredend hat sie über Jason und ein oder zwei andere Fistanöllchen, wie das in Köln ganz reizend heißt, gegenüber niemandem je ein Wort verloren.

Genauso wenig wie Paul über die seinen.

Oder Thekla über das ihre mit Paul.

Halt, nein, das ist etwas anderes! Das war mehr als eine folgenlose Liebelei. Das war ... Hm, ja was denn?

»Ich hatte Mitleid mit ihm«, schießt Theklas Satz ihr durch den Kopf.

So ein Unsinn, liebe Thekla, widerspricht sie innerlich, das war eiskalter Verrat! Sie hätte Thekla im Namen der Liebe niemals so betrogen und belogen. NIE. Paul konnte sie ja gar nicht betrügen. Den hat sie schließlich nicht geliebt, sondern nur geheiratet, damit Thekla und sie endlich aus diesem Loch neben dem Waschkeller herauskamen, in dem eine entfernte Verwandte sie und Röschen bis 1953 untergebracht hatte. Sieben Jahre Notunterkunft waren einfach genug gewesen. Da mussten sie doch raus! Paulchen Schick, das hat Röschen damals sofort gewusst, hatte Potential und wollte mit allen Mitteln nach oben. Und sie, die geborene Freifrau von Todden, wusste, wie man sich, ohne auszurutschen und auf die Nase zu fallen, ganz oben bewegt. Nicht zu aufdringlich, aber auch nicht zu schüchtern, nicht zu frech, aber durchaus forsch, nicht windig, aber wendig. Zusammen haben sie den Aufstieg problemlos geschafft. Paulchens oft überschwängliche Gefühle und Begeisterung hielt Röschen anfangs für eine rheinländische Besonderheit. Vor allem, weil diese Gefühle sehr sprunghaft waren – zu sprunghaft für sie, besonders nach all dem, was hinter ihr lag.

»Ich hatte Mitleid mit ihm und war wütend auf dich, weil du ihm kalt und unerreichbar warst und seine Göttin«, beharrt Thekla.

Wut? Warum? Weil Röschen alles getan hat, damit es für sie und Thekla endlich aufwärtsgeht?

Frau Schick schüttelt traurig den Kopf. Man kann doch niemanden aus Wut auf einen anderen lieben! Und warum war Thekla überhaupt wütend? Wie soll sie das jemals ohne sie herausfinden?

Mit Bettinas Hilfe! Ja, die muss sie finden. Nur wo? Leider hat sich die Gute ja der Stadtführung angeschlossen und ist deshalb nicht auf ihrem Zimmer. Von wegen *ihrem*. Ha! Das Zimmer von Bettina war ursprünglich für Thekla vorgesehen. Noch ein Indiz, dass die Dame etwas weiß!

Der Fahrstuhl verkündet mit einem kleinen »Ping« seine Ankunft, die Türen gleiten auseinander, und Frau Schick steigt ein. Augenblicke später schreitet sie energisch durch einen weiteren Korridor. Flötenklänge durchschweben den Gang. Hier also hält Jesus seine Siesta. Nun, jeder faulenzt auf seine Weise. Die Stadtführung durch Pamplona darf Paolo nicht selbst leiten, weil man in Spanien anscheinend für jede Stadt eine Extraprüfung und Genehmigung braucht. Ob sie Paolo fragen soll, wo der Rest der Truppe gerade etwas über Kirchen und Altäre lernt?

Ach nein, soll der sich mal ausruhen, vielleicht gibt es dann am Abend wieder ein kleines Spontankonzert von ihm und Herberger. Die beiden passen gut zueinander, zumindest musikalisch.

Frau Schick bleibt unvermittelt stehen. Ob da auch Liebe im Spiel ist? Heutzutage gibt es in dieser Hinsicht schließlich nichts, was es nicht gibt. »Und wenn ein Mann einen Mann liebt, soll er ihn lieben, so lang er ihn liebt, denn ich möchte, dass es alles gibt, was es gibt«, schießt ihr eine Liedzeile von André Heller durch den Kopf. »Und wenn ein Hirte ein Lamm liebt...«, kommt auch darin vor.

Heller ist mit all seinem Wiener Schmäh, seiner lyrischen Schwermut, seinem jüdischen Witz und seinem Talent, jedes Wort bis in den letzten Winkel seiner Bedeutung zu erkunden, ein wunderbarer Sänger. Nur wenige haben so viel Geduld mit der Sprache und so viel Respekt vor ihrer Magie. Der Heller hätte der Butzi gutgetan und ihr sicher gefallen. Und die Zeilen über die Liebe, die alles erlaubt, wenn es denn Liebe ist, auch.

Aber nein, mit Männerliebe hat das, was zwischen Paolo und Herberger schwebt, nichts zu tun. Herberger sieht Jesus eher an, als habe er großen Respekt vor ihm und ein wenig Angst.

Mit einem Mal lässt Frau Schicks Wut nach. Sie ändert ihre

Pläne. Spätestens beim gemeinsamen Abendessen im Café Iruña wird sie Bettina ohnehin wiedersehen. Und Nelly auch. Die ist überhaupt viel wichtiger. Zum Kuckuck mit Thekla und Bettina! Am besten sie kauft jetzt erst mal ein paar Kleinigkeiten ein.

Frau Schick passiert die Empfangshalle und tritt in eine verschwiegene Gasse. In den Arkadengängen locken adrette Lädchen, alles noch handverlesen. Die Apotheke, ein Wäschegeschäft und ein Feinkostladen scheinen direkt dem 19. Jahrhundert zu entstammen, die Ladeninhaber tragen unter gestärkten Kitteln Anzug und Krawatte. Überhaupt ist es wohltuend, dass sich die älteren Spanier noch an die Kleiderordnung halten. In schlampigen Shorts läuft keiner durch die Stadt, und nach Feierabend holt man seinen Freizeitanzug heraus und lockert allenfalls den Schlips, während die Damen hübsch geblümte Sommerkleider vorführen.

Ach, was ist das dort gegenüber denn für ein Geschäft? Nein, wie passend! Ein Schuhladen. Schnellen Schrittes durchquert Frau Schick die Gasse. Ein Paar handgenähte Schuhe, die mitten im Fenster auf einem Podest präsentiert werden, lacht sie förmlich an. Das ist genau das Richtige für Nelly, und dreihundert Euro sind dafür auch keineswegs zu viel verlangt.

Nimmt dieses verwirrte Mädchen doch nur lächerliche hundertfünfzig Euro! Damit kommt sie doch nicht weit, nach allem, was ihr geklaut wurde, und überhaupt. Nelly ist viel zu bescheiden und leider noch immer ganz wild darauf versessen, Spanien mit dem nächstbesten Flieger zu verlassen. Am besten, um in Düsseldorf diesem Javier in die Arme zu laufen. Dieser falsche Fuffziger klang so, als meine er es ernst mit seinem »Bis bald!« und »Ich komme nach Deutschland«.

Das aber wird Frau Schick verhindern. Nelly ist nicht aus reinem Zufall am Rand des Jakobsweges aufgetaucht, ihres

Jakobsweges, wohlgemerkt. Nelly braucht Hilfe. Und Frau Schick auch. Schließlich muss ihr irgendwer die Bibel übersetzen, die Herberger gerade besorgt und die er zweifelsohne nur auf Spanisch finden wird. Sie muss schließlich wissen, was in Matthäus Kapitel sieben, Vers eins bis fünf genau drinsteht.

Frau Schick wirft noch einen Blick in das spiegelnde Schaufensterglas und lächelt sich zu, dann stößt sie die Ladentür auf. Wunderbar, dieses altmodische Gebimmel, da können Pamplonas Kirchen, die träge bis zur Unentschlossenheit Viertel vor acht einläuten, kaum mithalten.

21.

Nellys Blick lässt Herberger mitten in der Bewegung erstarren. Dieser missgelaunte Samariter hat ihr gerade noch gefehlt. »Wage es ja nicht!«, funken ihre Augen, während sie sich aufrichtet und über ihre Jeans streicht.

»Dann eben nicht«, lautet die stumme, schulterzuckende Antwort des verhinderten Kavaliers. Dann sagt er doch etwas. »Sie meinten damit vorhin doch nicht mich?«

»Womit?«

»Na mit: ›Diese verdammten Pilger!‹«

Nellys Augen mustern seinen graumelierten Vollbart, eine lächerlich eckige Lesebrille Marke »Clark Kent« – der Optiker hat sicher etwas von jugendlicher Anmutung gemurmelt – und die Andeutung eines müde-verwegenen Sean-Connery-Grinsens.

»Ganz sicher nicht«, gibt Nelly schroff zurück.

Wie ein Pilger sieht dieser Herberger tatsächlich nicht aus. Mehr wie ein *Zeit*-Abonnent, arroganter Klassikfan und feinnerviger Kenner französischen Ziegenkäses. Ein Typ Mann, mit dem sie dank Ricardas *Parship*-Geschenkabo genug Erfahrungen gesammelt hat. Laut einer Umfrage, die sie kürzlich gelesen hat, verbindet Männer und Frauen im Gespräch und in Beziehungen auf Dauer ohnehin erschreckend wenig miteinander – abgesehen von den Themen Reisen und Essen. Von beidem hat sie erst einmal die Nase voll.

»Ich habe Sie beim Hereinkommen erst nicht erkannt«, fährt Herberger fort und mustert Nellys neue Ausstattung.

Sein Blick bleibt mit leisem Kopfschütteln an den Marc-Jacobs-Pumps hängen. »Bis Sie hingefallen sind.«

Soll das jetzt witzig sein? Der unverschämte Kerl deutet eine Verbeugung an und macht erneut Anstalten, sich aus seinem olivgrünen Sessel zu erheben: »Wie wäre es, wenn wir uns näher miteinander bekannt machten?«

Nelly erklimmt betont elegant den Hocker. »Nein danke, ich kenne bereits genug Männer.«

Herberger hebt beide Brauen und nimmt das Buch vor seine Nase.

Bestimmt liest er einen Kulturreiseführer für Angeber, so einen wie den, den er ihr zugesteckt hat, nur noch feinnerviger. Nelly kneift die Augen zu und entziffert den Titel. *La Segrada Escritura*. Wie bitte? Der liest die Heilige Schrift?

Merkwürdig. Wie ein Gott-, Sinn- und Selbstsucher sieht der eher nicht aus. Wenn sie ihn genauer betrachtet, sieht er allerdings auch nicht wie ein Käse- und Zeit-Abonnement aus, eher ein bisschen ... hm ... undurchsichtig.

»Falls Sie sich wundern: Ich lese die Bibel im Auftrag von Frau Schick«, sagt Herberger, ohne von der Lektüre aufzuschauen. »Das Matthäus-Evangelium Kapitel sieben: ›Richtet nicht, damit ihr nicht gerichtet werdet.‹ Tja, und dann folgt die Stelle über den Balken im eigenen Auge, den man sich herausziehen soll, bevor man sich um die Splitter kümmert, die den Blick des anderen trüben. Ziemlich interessantes Kapitel darüber, dass man andere vorschnell verurteilt, um von eigenen Fehlern abzulenken, finden Sie nicht?«

Nicht hinschauen, ermahnt sich Nelly. Nicht hinhören und nicht hinschauen. Und überhaupt: Jetzt denkst du schon wieder über die Geheimnisse der Männer nach. Was interessiert dich denn, warum ein unfreundlicher Torfkopf wie Herberger die Bibel liest?

Schluss damit! Es geht ab sofort nur noch darum, sich wie Jane Austen damit abzufinden, »dass ich nicht mehr jung bin, was durchaus seine Reize hat. Man setzt mich auf das Sofa am Kamin, und ich kann soviel Wein trinken, wie mir schmeckt.« Genau. Und Brandy.

Jedenfalls so lange das Geld reicht. Nelly konzentriert sich auf die Flaschengalerie, die vor einer Spiegelwand aufgereiht ist und zusammen mit Cognacschwenkern, Likör- und Whiskygläsern dort ein diskretes Dasein führt. Wie viel Promille erlauben ihr die restlichen dreißig Euro und vierundvierzig Cent von Frau Schick? Hoffentlich mehr als drei Gläser. Vielleicht vier, wenn sie auf ihre Henkersmahlzeit verzichtet. Der Geruch nach öltriefenden *Patates fritas*, der aus dem angrenzenden Restaurant herüberdringt, ist ohnehin nicht verlockend. Daran laben sich wahrscheinlich gerade die Pilger, die ihre Wanderstöcke als Stolperfalle hinterlassen haben, um sich schon einmal Sitzplätze für einen Absacker zu sichern. Getrieben von der allgegenwärtigen Pilgersorge: Hoffentlich bekomme ich noch einen Platz. In der Herberge. Im Café. In der Bar. Und *last but not least*: im Himmel ganz nah bei Gott.

»Aber Nelly!«, tadelt ein zartes Stimmchen. Es hört sich nach ihrem eigenen an. Nach der Nelly, die zuhause Wundertüten-Spirituelle wie Ekkehart Tolle unter dem Bett versteckt, weil im Bett alles so leer und lieblos und ihr Leben so sinnlos ist.

Tolle ist leider auch ein Trottel und Gott seit Nietzsche unwiderruflich tot.

NELLY!

Ach, ist ja auch egal. Pamplona, wo andere den Eingang zum Himmel oder sich selbst suchen, hat sich für sie in jedem Fall zu einem Trip in die eigene Hölle entwickelt, und nicht zu einem Urlaub von sich selbst und ihrem verpatzten Leben.

Ihre Augen durcheilen auf der Suche nach dem Barkeeper den Raum. Wenn man sich Männer schön trinken kann, warum nicht auch sich selbst. Nein, nein, nein! Um Schönsein geht es nicht mehr. Nie mehr.

Was für eine enorme Erleichterung diese Erkenntnis doch ist! Da tun sich ganz neue Möglichkeiten auf. Sie könnte sorglos dick werden. Dick, sternhagelvoll und dank der einsetzenden Wechseljahre zugleich so unsichtbar, dass sie unerkannt eine Bank ausrauben oder Handtaschen klauen könnte. Vielleicht wäre das auch eine Idee, um so schnell wie möglich an Geld und hier herauszukommen? Und aus dem Hotel, das sie zwar bereits bezahlt hat, aber zu schön findet, um es ertragen zu können. Keine Nacht hält sie das aus. Auch wenn ihr Zimmer jetzt »Toledo« und nicht mehr »Alhambra« heißt.

Nellys Blick streift die Wanderstöcke. Wie wäre es, sich einfach als Wallfahrerin auszugeben, eine der kostenfreien Pilgerherbergen auszuprobieren und morgen nochmal bei Ricarda anzurufen? Nein. Erstens ist eine Pilgerin in Pumps und ohne jegliches Gepäck kaum glaubwürdig, und zweitens ist Ricarda mit Fellmanns Rettung beschäftigt.

»*Que desea usted, Señora?*«

Endlich ein Ober!

»*Carlos Primero*«, bestellt Nelly knapp und unter Umgehung ihres Sprachtalents. Der drahtige Barkeeper, der mit einem Tablett voller Olivenschälchen und Nüssen aus einem Hinterzimmer aufgetaucht ist, stellt die Knabbereien ab und greift nach einem Brandyschwenker.

Das Glas ist groß genug, um die Füße darin zu baden. Sehr schön. Der Ober füllt es reichlich aus einer kopfüber hängenden Flasche auf. Die Erfindung des Eichstrichs scheint an Pamplona vorbeigegangen zu sein.

»Halten Sie das für eine gute Idee vor dem Abendessen?«, mischt sich Herberger ein und schaut auf seine Armbanduhr. »Frau Schick und die Gruppe müssten in einer halben Stunde im Restaurant nebenan eintreffen. Sie sind doch eingeladen.«

Nelly dreht sich auf dem Hocker so weit wie möglich dem Glas zu und von dem lästigen Herberger weg. »Ich esse nichts«, sagt sie knapp, greift nach dem Brandy und trinkt einen tiefen Schluck. Gott, ist der gut! Carlos brennt milde, aber verlässlich die Nasenschleimhäute und störende Gedanken weg.

»Wie Sie wollen, Frau Brinkbäumer, aber dann sollten Sie sich zu Ihrer eigenen Sicherheit in einen Sessel zurückziehen. Die haben mehr Standfestigkeit«, stört Herberger weiter.

»Sie scheinen sich ja auszukennen.«

»Mit dem Trinken? In der Tat, und das wahrscheinlich weit besser als Sie.«

»Ich weiß, was ich tue. Ich bin achtundvierzig Jahre alt«, zischt Nelly.

»Umso rascher dürfte das Zeug wirken«, kontert er. »In unserem Alter verträgt man nicht mehr viel.«

»Das hoffe ich, das hoffe ich sehr.« In Nellys Stimme schleicht sich unüberhörbar ein Zittern.

»Ein Brandykater hat scharfe Krallen«, warnt Herberger. »Und er kann lebensgefährlich sein.«

»Sie haben ein Talent, sich in Dinge einzumischen, die Sie nichts angehen«, hickst Nelly.

Herberger klemmt sich die Bibel unter den Arm, erhebt sich schweigend aus dem Sessel und schlendert zur Bar.

Oh nein! Warum hat sie diesem Häuptling Silberbart überhaupt geantwortet? Dieser gescheiterte Möchtegerngelehrte hat das anscheinend als Einladung verstanden. Um Herberger keine Gelegenheit zu weiterer Konversation zu geben, bittet sie den Barkeeper in betont elegantem Spanisch um ein wenig musikalische Untermalung.

Der Mann hinter der Theke streift Herberger mit einem kurzen Blick. Der nickt zustimmend und empfiehlt in nicht minder elegantem Spanisch, aber mit baskischen Einsprengseln ein wenig Klassik.

Angeber!

Der Barkeeper kraust zweifelnd die Stirn, kramt eine ramponierte Doppel-CD hervor – »Für Festgesellschaften«, wie er beiden stolz verkündet – und schiebt sie in einen CD-Player. Wenig später entströmt Pachelbels barocker *Kanon* dem Flaschenwald.

In diskreter Lautstärke beginnen drei Violinen mit verhaltenem Jubel einen Tanz, tupfen schmelzende Tonbilder der Liebe in die Luft, die nach kaltem Tabakqualm riecht. Nelly stöhnt leise. Ausgerechnet Pachelbel! Das ist schlimmer als Zahnschmerzen. Ihr Kopf spult automatisch vor und hört, wie die Instrumente nach erstem zaghaftem Werben von einer beständig wachsenden Leidenschaft und leisen Zweifeln tönen, die sich – als sei es das Gesetz des Geigenhimmels – irgendwann in seliger Harmonie und Wohlgefallen auflösen werden. Nicht umsonst ist Pachelbels *Kanon* direkt nach Mendelssohn-Bartholdys immer wieder gern georgeltem Marsch aus dem *Sommernachtstraum* und Wagners *Brautchor* aus dem *Lohengrin* die bekannteste Hochzeitsmusik auf Erden. Nun ja, sie wird gelegentlich auch bei Beerdigungen verwendet. Trotzdem ekelhaft, eine Folter, gerade jetzt! Sie will eine schmerzfreie Hinrichtung. Wenigstens das.

»Haben Sie nichts anderes?«, fragt sie auf Spanisch. Ihre Stimme faucht, muss am Brandy liegen.

Der Barkeeper drückt auf Skip, und der Klassik-Sampler

springt auf Vivaldis *Frühling*. Nelly bittet um den *Winter*. Der Bartender ist überfragt, und Herberger grinst genüsslich. Das sieht Nelly im Barspiegel ganz genau.

»Finden Sie, dass ein Mistkerl, der Sie im Wald vergisst und den Sie überdies nur einmal im Leben getroffen haben, zu viel Brandy und Vivaldi wert ist?«, fragt er.

»Das geht Sie nichts an.«

Von wegen: nur einmal getroffen! Sie hat Javier in ihrem Leben bestimmt ein halbes Dutzend Male getroffen – in leicht variierenden Modellen und unter anderen Namen. Jörg hatte sie jahrelang für den krönenden Abschluss ihrer Herzensdummheiten gehalten. Nun, weit gefehlt, ihr inneres Barbie-Land war keineswegs abgebrannt und erschreckend rosarot. Ein Paradies für kleinkriminelle Gigolos.

Nelly schiebt sich die Sonnenbrille auf die Nase und ordert per Handzeichen den nächsten Brandy. Sich mit Sonnenbrille in einer dunklen Kaschemme zu betrinken ist in ihrem Alter zwar etwas albern und lange nicht so niedlich wie in *Frühstück bei Tiffany*, aber sie will sich beim ersten gezielten Komatrinken ihres Lebens nicht zusehen. Hinrichtungskandidaten verdienen eine Augenbinde.

Herberger, das bleibt ihr nicht verborgen, tastet in seinem Jackett nach der Brieftasche. Will der ihr einen ausgeben? Immer zu! Aber wenn er meint, deshalb später mit ihr im Bett landen zu können, hat er sich gewaltig geschnitten. Ihr ist Sex schließlich so heilig, dass sie sich gar nicht mehr daran erinnern kann, wann sie das letzte Mal welchen hatte!

Mit Javier jedenfalls nicht. Verdammt, das ist kein Grund zum Schluchzen!

»Hören Sie, Frau Brinkbäumer, Sie sollten sich nicht so grämen. Das Ganze war einfach bedauerliches Pech. Da draußen rennen eine Menge kleine Scheißkerle und Trickbetrüger herum. Ich bin gerne bereit, Ihnen das Geld für den Rückflug nach Düsseldorf vorzustrecken.«

Nelly schreckt hoch, schiebt die Brille wieder ins Haar und runzelt die Stirn. Mit leicht verzögerter Bewegung wendet sie ihm das Gesicht zu. Merkwürdig, wie das seine schwankt und der Barspiegel auch. »Warum denn das?«

Herberger seufzt. »Ich habe meine Gründe.«

Sehr gute. Frau Schick hat ihn nämlich nicht nur mit dem Kauf einer Bibel beauftragt, sondern die noch viel verrücktere Absicht geäußert, Nelly Brinkbäumer als eine Art Gesellschafterin und Übersetzerin für die weitere Reise zu engagieren.

»Wissen Sie, Herberger«, hat Frau Schick gesagt, »das Mädchen ist zu stolz, um einfach so etwas Geld von mir anzunehmen, deshalb habe ich mir eine bezahlte Tätigkeit für sie überlegt. Ich werde ihr das heute Abend beim Essen mitteilen. Was meinen Sie?«

Dass dies der bislang absurdeste Einfall einer an absurden Ideen nicht gerade armen, einsamen und viel zu reichen Dame ist, das denkt Herberger. Dieser Sekretär und Grußaugust liegt mit seinen Befürchtungen bezüglich ihres Geisteszustandes anscheinend richtig. Frau Schick hat mehr als nur gelegentliche Aussetzer.

Herbergers Blick trifft Nellys. Verdammt! Nellys Blick ist trotz Anzeichen erster Benebelung unangenehm scharf und misstrauisch. Könnte es sein, dass sie weniger unbedarft ist, als es ihr Waldausflug mit einem Casanova für Arme nahelegt? Dann wäre es umso dringender, sie rasch loszuwerden. Eine verrückte alte Dame und eine liebeskranke Schnapsdrossel sind wirklich zu viel des Guten. Schließlich hat er noch etwas vor.

»Welche Gründe könnte es für Ihre Großzügigkeit schon geben?«, will Nelly wissen.

»Nun«, improvisiert Herberger, »nennen wir es eine Art späte Wiedergutmachung. Ich war selber nicht immer der verlässlichste Kandidat in Sachen Liebe.« Und zeitweise ein gemeingefährlicher Trinker, der zu Riesendummheiten und gnadenloser Selbstüberschätzung neigte, aber das gehört jetzt wirklich nicht hierher. Herberger verzieht angewidert das Gesicht.

»Sie lügen«, sagt Nelly knapp.

Seltsam, das zu hören, wenn man zur Abwechslung einmal halbwegs aufrichtig ist und einen kurzen Blick auf den wahren Eckehart Gast gewährt, findet Herberger.

»Oder haben Sie auch Frauen im Wald zurückgelassen?«, fragt Nelly mit einer Spur von Neugier nach.

»So in etwa, wenn auch nicht in solch stilloser Art und Weise wie dieser – wie hieß er gleich?«

Nelly schweigt. Der Name kommt ihr offenbar nie mehr über die Lippen.

»Nun kommen Sie schon«, drängt Herberger und zieht erst Geldscheine, dann einen Kugelschreiber aus der Innentasche seines Jacketts. Er blättert fünf Hundert-Euro-Scheine auf den Tresen, dann klickt er die Kugelschreibermine herunter und schreibt seine Adresse auf einen herumliegenden Bierdeckel.

Auf dem Deckel ist eines der legendären Fenster der Kathedrale von Leon abgebildet. Es zeigt einen Jakobsweg-Ritter in schwerer Rüstung. Herberger muss schmunzeln. Wie passend! Wenn er so weitermacht, entwickelt er sich tatsächlich noch zu einem guten Samariter.

Nelly nimmt einen weiteren Schluck Brandy und schielt nach den Scheinen, die Herberger ihr zusammen mit dem Pappdeckel zuschiebt.

»Sie können sich mit dem Zurückzahlen Zeit lassen. Ich vertraue Ihnen. Rufen Sie mich einfach irgendwann in den nächsten Wochen einmal an, dann können wir alles besprechen.«

Einen winzigen Moment erscheint Nelly diese Lösung hinreißend einfach und anderthalb Brandys mehr als genug. Diese Frau Schick ist ihr ein bisschen unheimlich. Die hat eindeutig mehr vor, als ihr nur Geld zu leihen, und sie hat einen leichten Sparren locker. Dieser Chauffeur aber will ihr ohne lästige Verpflichtungen zu einem Ticket verhelfen. Das würde ihr jeden peinlichen Anruf bei Frau Ferdinand Fellmann in spe sparen. Man will das junge Glück ja nicht stören.

Herberger lächelt.

Das ist zu viel für Nelly. Überhaupt hat sie auf einmal das Gefühl, sie sei für Frau Schicks Chauffeur lediglich ein ärgerliches Übel und ein minderbemitteltes Opfer. Was sie ja streng genommen ist. Aber der soll sie nicht daran erinnern, der nicht. »Ich nehme kein Geld von fremden Männern.«

Nein, die Männer nehmen es gewöhnlich von ihr. Das Glas in ihren Händen beginnt zu zittern. Das Zittern überträgt sich auf Herbergers Mundwinkel, die verdächtig zucken. Will der sie jetzt auch noch auslachen?

Was für ein widerlicher Typ! Genauso widerlich wie seine falsche Großzügigkeit!

»Warum wollen Sie mich denn so dringend loswerden?«, bricht es aus ihr hervor.

»Es ist zu Ihrem eigenen Besten, glauben Sie mir.«

»Ihnen würde ich nicht einmal die Uhrzeit glauben«, sagt Nelly. »Sie sind ja nicht ganz echt!«

Herberger steckt schweigend das Geld ein, wendet sich ab und verlässt den Rauchersalon durch die Tür zum Restaurant. Nelly setzt das Glas an, der Barkeeper schaltet die Musik aus. Endlich ein Mann mit Feingefühl.

Den dritten Brandy, noch dazu einen doppelten, serviert er Nelly eine halbe Stunde später schweigend und ohne Aufforderung. Den vierten will Nelly nach einer weiteren Stunde beim hölzernen Hemingway bestellen, was misslingt. Auch zum Tanzen will sie ihn auffordern, weil der Barkeeper doch irgendwann wieder Musik aufgelegt hat und nun eine überirdisch zarte Frauenstimme zu Akkordeon, Querflöte und Gitarre eines der schönsten Wehmutslieder der Welt singt, eins über die wirklich großen Gefühle. Gefühle, die so groß sind, dass sie die Welt verändern können. Gefühle, die nach einem einfachen und zwei doppelten Brandys ins Unermessliche wachsen.

»Du Zigeunerin, sag mir«, singt die Stimme, »sag mir, ob ich dieses Abenteuer überlebe oder darin umkommen werde, ob ich verloren bin oder mich retten kann.« Es geht nicht nur um Liebe, sondern um Leben oder Tod, um Alles oder Nichts und darum, was man noch tun oder hoffen kann, wenn die Seele Trauer flaggt, weil die Erde eine Hölle ohne Ausgang ist und der Mensch des Menschen ärgster Feind. Nelly ist bei ihrer Endstation Sehnsucht angelangt. Mit der Musik trotzt Nelly gegen ihre Verzweiflung an. *Tu Gitana* eignet sich dafür ihrer Meinung nach besonders, denn zu diesem Lied haben die Portugiesen 1971 ihre Nelkenrevolution begonnen, durch die sie sich letztlich von der Diktatur befreien konnten.

Für Nelly ist das ein Grund zum Tanzen. Weil der hölzerne

Hemingway sich weigert, walzert Nelly allein über die Fliesen, barfuß.

Diskret und mit einem Anflug von Melancholie im Gesicht tritt der Barkeeper auf sie zu. »Soll ich Ihnen ein Taxi bestellen? Wo müssen Sie denn hin?«

Nelly hat das spanische Wort für »Nirgendwo« vergessen, aber den vierten Brandy nicht. »*Callos Pimero*«, verlangt sie rebellisch.

Der Barkeeper schenkt ein Pfützchen nach und wendet sich dann ab.

Jetzt geht es ihr gut. So gut, dass ihr ein Gedicht einfällt. Eins zum Kichern von James Krüss: »Das Königreich von Nirgendwo liegt tief am Meeresgrund. Da wohnt der König Soundso mit Niemand, seinem Hund.«

Sekunden, Stunden oder eine halbe Ewigkeit später steht direkt aus Nirgendwo Frau Schick neben ihr und spricht ein paar Zeilen über die Köchin Olga Nimmermehr mit: »Am liebsten kocht sie Grabgeläut, mit Seufzern feingemischt, das wird im Schloss zu Keinerzeit meist Niemand aufgetischt.« Dann will sie Nellys Hand das Glas entwinden.

Nichts da! Nelly reißt es an sich und nimmt den letzten Schlick, nein, Schluck. Der Barspiegel wirft Wellen, und dann hat sie eine überwältigende Vision.

Jesus.

Im Barspiegel.

Sie sieht es trotz Wellengang ganz deutlich. Nelly stellt den Brandy ab und versucht, ihre Augen scharf zu stellen. Leicht verschwommen taucht direkt hinter Jesus nun auch noch Gottvater auf. Die Ähnlichkeit zwischen beiden ist frappierend und unverkennbar. Nelly schnappt nach Luft, kneift die Augen auf und zu. Jesus bleibt, aber das neben ihm, das ist...

Herberger!

Uninteressant, aber den Jesus muss sie sich genauer anschauen. Sie will näher an den Tresen rücken, der Barhocker nicht. Außerdem fasst Frau Schick sie energisch am linken Ellbogen und kurz darauf auch am rechten.

Ach nein, das ist ja eine andere Frau, die Nelly entfernt bekannt vorkommt. Sehr entfernt. Sie hat himmelblaue, leicht verhuschte Feenaugen und davon gleich vier.

Frau Schick hält aus der Ferne Vorträge übers Wandern und den Jakobsweg und – Moment mal! – Schuheinkäufe. Schuhe! Zu diesem Thema könnte Nelly jetzt eine Menge sagen, aber sie will nicht, sie will mit Jesus darüber sprechen, wie es weitergehen soll. Und wo er schon mal da ist, auch ein wenig über Gott und die Welt plaudern.

Jesus lächelt immer noch aus dem Barspiegel, direkt in ihre Augen hinein. Frau Schick stellt eine Frage, aber Nelly hört nicht hin, sie hat ja selbst Fragen. An Jesus. Immer mehr fallen ihr ein, sie traut sich nur nicht, sie zu stellen.

»*Vamos*«, hört sie eine sanfte spanische Männerstimme hinter sich. Im Spiegel sieht sie, dass die Stimme zu Jesus gehört. Der ist Spanier? Na so was!

»Ich komme mit«, sagt Nelly entschlossen. Ganz laut und ohne zu lallen.

»Wunderbar. Dann gilt ab sofort mein Kommando. Sie gehören ins Bett«, mischt sich Frau Schick ein und hievt sie gemeinsam mit der blonden Fee, die einen wundersam weichen Busen hat, von dem Barhocker.

Jesus verschwindet im Dunkeln, doch die Wunder nehmen kein Ende. Nelly kann stehen, kerzengerade, und sie kann gehen, ohne hinzufallen. Sie schlingert nicht einmal. Sie ist ganz überrascht. Mit einem Mal läuft es sich federleicht, und die Pumps drücken nicht und halten sie nicht auf. Sie hat enorm viel Platz, und ihre Füße durchströmt eine herrliche, glatte Kühle. Nelly hat vergessen, dass sie die Tanzschuhe längst abgestreift hat.

Das Damentrio schreitet und tappt an der Bar entlang auf Hemingway zu. Nelly grüßt freundlich. Der Lümmel nimmt zwar keine Bestellungen entgegen und tanzt und grüßt nicht, aber das macht jetzt nichts mehr. Hauptsache, sie geht. Erstaunlich, wie gut sie das mit einem Mal kann. So könnte sie Stunden weiterlaufen. Einfach gehen, gehen, gehen.

Kopfschüttelnd verfolgt Herberger den Abgang, dann bückt er sich und hebt Nellys Pumps auf, die unter dem Barhocker liegen, als wollten sie sich für immer ausruhen.

Kein Wunder nach allem, was die heute mit ihrer Besitzerin durchgemacht haben, denkt er. Er trägt die Pumps hinaus auf die Café-Terrasse, wo die Damen eine kleine Pause eingelegt haben. Nelly sitzt in einem der letzten Korbstühle, die der Kellner noch nicht weggeräumt hat. Sie guckt versunken und vollständig betrunken in die Sterne, die am Himmel Karussell fahren.

Frau Schick dreht sich zu ihm um. »Na endlich! Sie müssen uns helfen. Sie will hierbleiben und nie mehr aufstehen.«

Hervorragende Idee, findet Herberger.

»Stehen Sie nicht so dumm rum! Jetzt machen Sie endlich etwas!«, herrscht Frau Schick ihn an.

»Wird eine Weile dauern, bis ich den Wagen hier habe«, trotzt Herberger. »Besser wir rufen ein Taxi.«

»Unsinn. Wir brauchen kein Auto. Nelly muss frische Luft haben. Aber barfuß kann sie die Strecke bis zum Hotel kaum zurücklegen.« Ihr Blick fällt auf die Pumps, die an den Fesselriemchen von Herbergers Hand herabbaumeln. »In den

213

Dingern auch nicht, Herr Doktor. Wo haben Sie denn Ihre Gedanken? Sie haben meine Einkäufe in der Bar vergessen!«

»Was haben Ihre Einkaufstüten mit Frau Brinkbäumers Füßen zu schaffen?«

»Die Tüten enthalten Nellys Dienstkleidung.«

»Sie haben diese Schnapsdrossel doch nicht tatsächlich engagiert?«

»Doch, und sie hat gesagt: ›Ich komme mit.‹«

»Die Frau ist doch nicht bei klarem Verstand!« Herberger fällt es schwer, sich zu beherrschen. »Frau Schick, ich schlage vor, dass ich mich ab sofort um Nelly Brinkbäumer kümmere. Ich bringe sie morgen nach Bilbao und setze sie in den ersten Flieger Richtung Düsseldorf.«

»Düsseldorf? Kommt überhaupt nicht in Frage. Das ist viel zu gefährlich! Ausgerechnet Düsseldorf! Da läuft sie dem Verbrecher doch direkt in die Arme.«

»Frau Schick, Sie sollten sich endlich einmal gründlich ausschlafen«, sagt Herberger streng.

»Eine hervorragende Idee«, lobt Bettina. »Das hilft immer. Vielleicht sind Sie ja einfach überanstrengt. Nach all den Erlebnissen der letzten Tage. Ich kann Ihnen auch gern ein leichtes Beruhigungsmittel spritzen.«

»Schnickschnack! Ich lasse doch Thekla ... Nelly nicht allein«, empört sich Frau Schick. »Und jetzt holen Sie meine Einkäufe aus der Bar, Herberger!«

Herberger dreht sich fluchend um und geht zurück in den Rauchsalon.

»Einen Schritt schneller, wenn ich bitten darf. Sonst macht sich Hildegard noch über die Tüten her!«, ruft Frau Schick ihrem davoneilenden Chauffeur hinterher. Dass sie auch alles dreimal sagen muss!

»Frau Schick, niemand verfolgt Sie oder will Sie bestehlen«, sagt Bettina sanft. »Alle meinen es gut mit Ihnen.«

Was redet die denn da? Die ist nicht nur übertrieben beseelt, sondern völlig bekloppt, findet Frau Schick, sagt aber nichts. Sie hat auch noch kein Wort über Theklas Brief oder den Knicker fallen lassen, weil das Abendessen so nett war und sie erstaunlich hungrig. Das kommt sicherlich vom Wandern. Und als sie dann im Rauchsalon die betrunkene Nelly entdeckt hat, ging das erst mal vor.

Herberger kehrt mit drei Tüten und einem Karton zurück, der an eine Tortenverpackung erinnert.

»Öffnen«, befiehlt Frau Schick. Herberger gehorcht widerwillig.

»Ziehen Sie ihr Wandersocken und die neuen Schuhe an.«

»Ich?«

»Verlangen Sie etwa von einer müden, alten, gebrechlichen Greisin, sich so tief zu bücken?«, empört sich Frau Schick und findet diese eigene Rollenbeschreibung höchst amüsant. »Noch dazu ohne Stöcke!«

»Nein, das verlange ich keineswegs. Ich will nur, dass diese übermüdete gebrechliche alte Dame endlich Vernunft annimmt und sich sofort in ein Taxi zum Hotel setzt. Und zwar bevor sie sämtliche Spriteulen und Schluckspechte, die sich in Pamplona herumtreiben, in Dienst nimmt.« Er schaut demonstrativ in Richtung eines grölenden Bayerntrios, das in der Mitte der *Plaza Mayor* das Lied vom Bruder Jakob anstimmt und die Karussellpferde erklimmt.

»Sie halten mich wohl für verrückt«, schimpft Frau Schick. »Ich brauche Nelly! Sie muss die Bibel übersetzen.«

»Frau Schick, das hat Martin Luther bereits vor etwa fünfhundert Jahren getan.«

»Aber nicht aus dem Spanischen, Sie Dussel!«

»Frau Schick, wir sollten jetzt wirklich ins Hotel zurück und ins Bett«, mischt sich Bettina ein.

»Sie mit Ihren grünen Knickern halten sich da gefälligst raus!«

»Welche Knicker«, stammelt Bettina.

»Tun Sie nicht so ahnungslos! Mich ständig mit Gesprächen über Gott und Gebete zu belästigen und dann das Blaue vom Himmel runter zu lügen! Aber darüber unterhalten wir uns ein anderes Mal. Jetzt muss Nelly wieder auf die Füße kommen und ein paar Meter gehen. Herberger, die Schuhe! Das ist ein Befehl.«

Nellys Kopf fährt offensichtlich immer noch mit den Sternen Karussell, darum hat sie keine Kraft, sich zu wehren, als Herberger nach ihrem rechten Fuß und dann nach ihrem linken Fuß greift, um sie nacheinander in Wanderschuhe zu stecken.

»Echtes spanisches Leder«, lächelt Frau Schick. »*Buen camino*, liebe Nelly.«

Herberger schüttelt den Kopf. »Aber heute Abend nicht mehr. Frau Brinkbäumer befindet sich im Koma.«

»Still, sie will etwas sagen«, widerspricht Frau Schick und legt den Zeigefinger an die Lippen. Sie ist gespannt wie ein Flitzebogen, was ihr Findelkind mitzuteilen hat. Vielleicht handelt es sich ja um eine verschlüsselte Botschaft aus dem Jenseits? Würde sie nicht wundern, nein, das würde sie kein bisschen wundern nach allem, was der heutige Tag an Wundern für sie parat hatte!

Bettina beugt sich zu Nelly hinab. »Sie sagt, sie sucht den Mond.« Pause. »Über der Alhambra.«

Oh, das ist alles andere als gut. Nicht dass sie dort ... »Wir müssen sofort hier weg. Mondlicht ist in ihrem Zustand bedenklich, sehr bedenklich«, scheucht Frau Schick Bettina beiseite. Die runzelt betroffen die Stirn, während ihre Augen bei Herberger nach Rat und Zuflucht suchen.

»Verrücktes Frauenzimmer«, knurrt der Chauffeur. Wen er meint, bleibt offen.

22.

Nelly hätte nie gedacht, dass man sich nach einer Hinrichtung mit Brandy so sterbenselend und schlimmer als tot fühlen könnte. Sie drückt die linke Wange gegen die kühle Scheibe des kleinen Reisebusses. Dessen Räder rumpeln und hoppeln über Pamplonas Buckelpflaster.

Der falsche Jesus, der in Wirklichkeit Paolo heißt und die Wandertruppe anführt, erläutert die Festungsanlagen rund um die Altstadt und erzählt von dem baskischen Ritter Ignatius von Loyola, den eine französische Kanone genau hier zum Krüppel geschossen hat, was dem Basken ein Erweckungserlebnis und der Welt den Jesuitenorden und seine Soldaten Christi bescherte.

Den Kerl hat sie gestern für Jesus, einen Erlöser und ihr Erweckungserlebnis gehalten? Heute haben seine Worte einiges an Anziehungskraft verloren. Nelly hört ihm daher nicht weiter zu, sondern betet nach jedem Schlagloch, dass kein weiteres folgen möge. Endlich verstummt das lautstarke Rumpeln, der Bus beschleunigt und biegt auf eine Schnellstraße ab, die schnurgerade in ein Gewerbegebiet und dann über Berg und Tal ins offene Land führt. Grünbraune Felder fliegen im Wechsel mit gelb herabgebrannten Weiden und blauen Höhenzügen mit wirbelnden Windkrafträdern vorbei. Unter der Last ihrer schweren Rucksäcke schreiten Pilger munter in der Landschaft einher. Manche allein, andere in kleinen Gruppen.

Nelly schließt die Augen hinter der Sonnenbrille, so fest sie kann. Eine sich in Wellen auf- und abbewegende Landschaft bekommt ihrem revoltierenden Magen nicht. Der merkwürdig parfümierte Rappelbus ist Herausforderung genug. Ein Lufterfrischer in Engelsform, der flankiert von einem Rosenkranz vom Rückspiegel herabbaumelt und mit künstlichem Rosenduft gegen die Dieselausdünstungen vorausfahrender Laster ankämpft, macht es ihr nicht leicht, den Inhalt ihres Magens an Ort und Stelle zu behalten. Ihr Magen ist zwar so gut wie leer, jagt aber Säurefontänen in Richtung ihrer Kehle. Ihr Mund schmeckt scharf nach Zahnpasta und einem letzten Hauch Brandy.

Nelly tastet blind nach einer riesigen Plastikflasche, die Frau Schick zusammen mit Herbergers Bibel neben sie auf den freien Sitz gelegt hat, und nimmt einen tiefen Zug. Wasser! Sie wird ihr Leben lang nie mehr etwas anderes trinken. Nie mehr.

Was hat sie sich bei diesem Blödsinn nur gedacht? Nichts. Vier Brandys sind schuld daran, dass sie jetzt mit bleischwerem Kopf und bleischweren Wanderschuhen in einer schwankenden Rappelkiste sitzt, die sich parallel zum Jakobsweg bewegt. Dort wollte sie zwar irgendwann einmal brennend gern hin, aber doch nicht so! Ihr Blick streift die spanische Bibel. Auch das noch!

Paolo setzt zu einem Vortrag über die vor ihnen liegende Tagesstrecke durch Navarra an. Wenn er »Navarra« sagt, klingt das ein bisschen wie *Navacha*, wie eine Liebeserklärung. Das versöhnt Nelly beinahe damit, dass sie heute in dem mittelalterlichen Königreich herumspazieren soll. Lauter unbekannte Ortsnamen prasseln auf sie ein.

In der Spalte zwischen den zwei Sitzen, auf denen Nelly lagert, taucht Frau Schicks Gesicht auf. Nelly sieht es zwar nicht, aber sie erkennt die Stimme der alten Dame sofort, auch wenn die nur flüstert.

»Was heißt *puerto*?«

»Hafen.«

»Das kann nicht stimmen, ringsum sind lauter Berge«, zweifelt Frau Schick.

»Es heißt auch ›Höhe‹ oder ›Pass‹.«

»Und wie übersetzt man *de perdón?*«

»›Mit Vergebung.‹« Oje, selbst dieses bisschen Übersetzungsarbeit – für die Frau Schick sie angeblich engagiert hat – ist heute Morgen für Nelly viel verlangt. Trotz des Honorars von fünftausend Euro. Netto und an der Steuer vorbei, da bar auf die Hand. Solch eine Summe nimmt Nelly sonst in zwei Monaten ein, brutto und nur in wirklich guten Monaten, die es seit einem Jahr kaum noch gibt. Die alte Dame muss verrückt sein. Fast so verrückt wie sie selbst.

»›Pass der Vergebung‹, sehr schöner Name, und das gleich zu Anfang«, flüstert ihre neue Arbeitgeberin verzückt. »Das ist nämlich unsere erste Station, Kindchen. In nur drei Kilometern dürfen Sie an die frische Luft und wandern. Fühlen Sie sich dem gewachsen?«

Nelly versucht zu nicken. Aua! Sie presst sich in die Rückenlehne. »Hoffentlich«, krächzt sie und angelt erneut nach dem Wasser. Nicken, Denken und erst recht Reden sind viel zu viel. Gehen könnte klappen, einfach gehen und Stille und atmen, am besten die Stille und sonst nichts. Außer Luft natürlich.

»Gehen geht immer«, befindet Frau Schick resolut. »Der Jakobsweg bewirkt Wunder. Glauben Sie mir.«

Frau Schick zieht ihr Gesicht zurück und lauscht Paolo, der jetzt eine Anekdote über den *Puerto de Perdón* und einen durstigen Pilger zum Besten gibt, den der Teufel vor der Passhöhe mit einer Zauberquelle in Versuchung führen will. Luzifer bietet dem verdurstenden Wanderer an, ihm die Wasserstelle zu zeigen, wenn er auf die weitere Wallfahrt verzichtet. Der Pilger lehnt standhaft ab, woraufhin ihm der heilige Santiago im Pilgergewand erscheint, um ihm Wasser in einer Jakobsmuschel anzubieten.

Frau Schick findet, dass der Geschichte eine schöne Pointe und etwas mehr Dämonenzauber fehlen. Der Teufel hat gewöhnlich mehr zu bieten als einen Schluck Wasser. Aber das kann ja noch werden, bislang hat ihr Jakobsweg sie in Sachen Wunder ja nicht schlecht versorgt. Im Gegenteil. Sie setzt sich auf dem sonnenwarmen Kunstsamt zurecht und schaut züchtig wie ein Kommunionskind zu Paolo. Er ist unterhaltsamer, wenn er Flöte spielt, aber sein Lächeln – wenn er denn mal lächelt – ist auch ganz nett.

Paolo schließt mit der Frage, ob seine Wanderschar in Pamplona wie empfohlen genug Wasser eingepackt hat.

Eine berechtigte Frage, denkt Frau Schick. Immerhin liegen rund einundzwanzig Wanderkilometer vor ihnen, von denen auch sie so viele wie möglich mitgehen will. Herberger fährt mit dem Jaguar vor und wartet an verschiedenen Wegstationen, falls sie zu müde ist, um weiterzulaufen. Oder Nelly!

Hildegard hievt eine Zwei-Liter-Flasche hoch und schwenkt sie triumphierend in Richtung Reiseführer. »Reicht das?« Scheint so, als wolle sie statt der Klassenlehrerin jetzt die Klassenstreberin geben.

Hermann und Martha sitzen händchenhaltend und versonnen wie immer auf der Rückbank. Ernst-Theodor und Hildegard haben Einzelsitze hintereinander gewählt. Die gemeinsam durchschnarchten Nächte im Doppelbett scheinen ihrem Wunsch nach Nähe vollends zu genügen.

Na ja, so war das bei ihr und Paulchen ja auch, denkt Frau Schick gnädig. Anders hält man fünfzig gemeinsame Jahre nicht durch, ob mit oder ohne Liebe. Die meisten jungen

Leute haben da heute ja höchst unvernünftige Erwartungen und gehen sofort auseinander, wenn es mit der Romantik in der Ehe nicht mehr klappt. Romantik ist ja geradezu eine neue Religion. Immer nur verliebt und wie mit Pattex aneinander festgeklebt, das führt doch zur Verblödung! Da verpasst man ja glatt das eigene Leben und der andere auch.

Immerhin haben sie und Paulchen einander immer respektiert und auch das Bedürfnis nach Eigenleben. Sie haben ihre Persönlichkeiten nie dem Partnerlook geopfert, waren nie bis zur Unkenntlichkeit miteinander verheiratet, und eine Ehe nach dem feigen Motto »Hauptsache, nachts liegt einer neben mir und hustet« haben sie auch nicht geführt. Im Gegenteil.

Nein, langweilig war es nie. Immerhin haben sie zusammen etwas aufgebaut. Eine Menge sogar, und das aus dem Nichts, weil jeder an sich und beide aneinander geglaubt haben. Positiv betrachtet.

Und damit will Frau Schick es ab jetzt wieder ganz konsequent versuchen, so wie früher die Schemutat. »Für das Gewesene gibt der Deibel ja nuscht, min Röschen«, hat die immer gesagt. Genau: Zum Teufel mit der Vergangenheit! Mit knapp achtundsiebzig Jahren hat sie ein Recht darauf, sich so an ihr Leben zu erinnern, wie sie das möchte. Nämlich überwiegend positiv.

Ob heute wieder ein Brief von Thekla auf sie wartet? Was da wohl drinstehen könnte?

Na, eins nach dem anderen, sagt sich Frau Schick. »Et kütt, wie et kütt« und »Et hätt noch emmer jot jejange«, in diesen rheinischen Lebensweisheiten war sie sich mit Paulchen stets einig.

Frau Schick wendet sich Bettina zu. Ein bisschen Detektivarbeit kann jetzt nicht schaden. »Sie haben gestern so freundlich nach meinen Nachrichten aus Deutschland gefragt. Wollen Sie nicht mehr darüber wissen?«

Nicht dass sie ihr etwas verraten würde, aber vielleicht verrät sich Bettina ja endlich. Frau Schick hat nämlich beschlossen, es bei ihrer anhänglichen Reisebegleiterin ab jetzt mit Schopenhauer zu versuchen: »Wenn man argwöhnt, dass einer lügt, stelle man sich gläubig: Da wird er dreist, lügt stärker und ist entlarvt.«

Bettina schaut bereits ertappt, schüttelt aber nur den Kopf.

Zu ärgerlich! Sie hat doch Bettina extra auf den Sitz neben sich gelockt, um sie besser im Auge behalten zu können. Mit einem simplen, aber wirkungsvollen Trick: Sie hat Bettina beim Frühstück um ihre Hilfe und Begleitung beim Wandern gebeten, falls sie ermüdet, bevor Herberger sie mit dem Auto auflesen kann.

»Sie haben doch Ihre neue Stütze und Hilfskraft Nelly dabei«, hat Herberger, der ihnen gegenüber saß, gebrummt. Wahrscheinlich war der Gute noch beleidigt, weil er Nelly in der Nacht vom Fahrstuhl ins Bett tragen musste und dadurch seine Verabredung mit Jesus am Barpiano verpasst hat. Man kann Männerfreundschaften aber auch übertreiben!

»Nelly hat erst mal einen Tag Urlaub. Sie muss sich einarbeiten«, hat Frau Schick gekontert und den Kellner mit Orangensaft und Aspirin auf Nellys Zimmer geschickt.

»Was heißt denn ›Rollmops‹ auf Spanisch?«, hat sie Herberger vorher gefragt, um ihn zu ärgern. Dass es in Spanien keine Rollmöpse gibt, war ihr ja klar.

Der Herberger hat's trotzdem ernst genommen und ist endlich in Schwung gekommen. »Frau Schick, ich bin nicht Ihr Dolmetscher, als solchen haben Sie schließlich Ihre Nelly eingestellt, und außerdem gibt es in Spanien keine Rollmöpse!«

»Aber bestimmt etwas Ähnliches«, hat Frau Herberger insistiert. »Austern mit Zitrone oder von mir aus Jakobsmuscheln in Essig. Die kann man doch sicher auch essen, oder sind die zu heilig?«

»Nein, sie sind eine geschätzte Delikatesse, aber in guter Qualität gibt es sie erst in Galizien und Santiago. Das ist berühmt für seine Meeresfrüchte.«

Der Busfahrer hat eingelegte Peperoni empfohlen, Bettina Globuli mit dem unappetitlichen Namen »Brechnuss«, und schließlich ist – auf Herbergers Anraten – Paolo hinaufgegangen und hat Nelly ein Mineralpräparat verabreicht. Der falsche Jesus ist schließlich ein richtiger Arzt, auch wenn er das anscheinend gern vergisst.

»Ich glaube, ich sollte mich überhaupt einmal für Ihre Anteilnahme und Fürsorglichkeit bedanken«, versucht Frau Schick es weiter mit Bettina. »Sie sind mir ein echter Trost, wissen Sie.«

Bettinas Puppenaugen verschatten sich. Sie wendet den Blick ab.

Was ist denn mit der los? Gestern beim Abendessen war sie noch ganz anders, da wollte sie alles über Frau Schicks Ansichten zu Gott wissen und ihre Andachtserlebnisse in Burguete. Als ob sie die nicht in Teilen belauscht hätte! Warum ist Bettina jetzt mit einem Mal so schweigsam?

»Wissen Sie«, schmeichelt Frau Schick und legt Bettina die Hand auf den Arm. »Sie haben mir so überaus selbstlos und spontan Hilfe angeboten. Ich möchte von nun an wirklich höflicher sein.« Und verflucht nochmal herausfinden, was diese Bettina von ihr will! »In letzter Zeit bin ich ... nun ja ... manchmal ein wenig außer mir.«

»Sie verhalten sich den Umständen entsprechend weitgehend normal«, bringt Bettina gepresst hervor.

Jetzt wird sie aber frech! Hält Bettina sie etwa für eine verrückte Alte, nur weil sie bei ihren ersten Gehversuchen gestern ein bisschen gewackelt hat? Also wirklich, wer ist denn hier bekloppt! Frau Schick muss sich sehr zusammenreißen, aber das kann sie dank jahrelanger Übung ja.

Weil Hildegard recht offensichtlich die Ohren spitzt und wie durch Zufall gerade jetzt ihre Schuhe aufschnüren und neu binden muss, senkt Frau Schick die Stimme. »Ihre Hinweise auf die Kraft des Gebets waren sehr, sehr hilfreich«, raunt sie. »Und was die mystischen Kraftorte angeht, auch davon müssen Sie mir mehr erzählen. Da kann ich sicher noch einiges lernen.«

Bettina sagt immer noch nichts, schüttelt nur vage den Kopf.

»Sie dürfen mich ab jetzt auch alles fragen, was Sie wollen«, drängt Frau Schick leise. Was sie auf diese Fragen antworten wird, steht selbstverständlich auf einem anderen Blatt.

Bettinas Unterlippe zittert ein wenig. »Frau Schick, ich hätte das nicht tun sollen«, sagt sie leise. »Ich dachte wirklich, es sei zu Ihrem Besten.«

Frau Schick ist verblüfft. Dass ihre an Schopenhauer angelehnte Verhörmethode derart schnell fruchtet, hätte sie nicht erwartet. Die Delinquentin bricht ja förmlich zusammen! Nun, jetzt nur nicht locker lassen! »Aber natürlich haben Sie das gedacht! Eine so einfühlsame und hilfsbereite und sensible Frau wie Sie! Ich würde nicht im Traum darauf kommen, dass ausgerechnet Sie mir etwas Schlechtes wollen.«

»Das will ich auch nicht, aber... Es ist eben mein Beruf... und ich, ich brauche das Geld...«

Herrjemine!, die heult ja. Und zwar mehr als nur ein Tränchen. In ihrem Alter sieht das nicht sehr schön aus, sondern sehr verzweifelt, und die Nase wird auch gleich so schrecklich rot.

»Nun ... äh ... ja«, sagt Frau Schick vage, um Zeit zu gewinnen. »Krankenschwester ist doch ein sehr schöner Beruf, und er passt zu Ihnen. Sie haben da sicher viel Talent. Obwohl ich sagen muss, dass ich die Idee mit dem grünen Knicker etwas verstörend fand. War das Theklas Einfall? Ich hätte mich darüber sehr erschrecken oder darauf ausrutschen können. Dann wäre ich jetzt vielleicht ein echter Pflegefall.«

Bettina wendet ihr abrupt das Gesicht zu und vergisst zu weinen. »Knicker? Was meinen Sie nur immer damit?«

»Na, diesen Zitronenchrysopras mit dem wunderlichen Spruch, der in Burguete vor meiner Zimmertür lag.«

Bettina reißt die Augen auf. Da ist er ja wieder, dieser selten ahnungslose Puppenblick. Man darf gespannt sein, was jetzt kommt. Hoffentlich nichts Esoterisches oder Metaphysisches. Frau Schick erwartet Fakten. Damit kann sie besser umgehen.

»Sie haben einen Heilstein bekommen? Aber, ich dachte, das ... Also ich dachte ... Sie hätten ... Ich dachte ...«

Denken scheint für die gute Bettina reichlich ungewohnt zu sein, sonst würde sie sich mit dem Formulieren nicht so schwer tun.

»Was dachten Sie?«, hilft Frau Schick nach.

Bettina windet sich aus dem Sitz. Sie greift nach ihrem Rucksack, kramt darin herum, breitet ihre Trinkflasche, ein T-Shirt zum Wechseln und ihre Wandersocken auf dem Sitz neben Frau Schick aus und fischt endlich einen kleinen blauen Gegenstand hervor. Eine Kugel.

Will die ihr jetzt noch mehr Murmeln vor die Füße werfen? Das wäre ja ziemlich albern. Doch bevor Frau Schick etwas sagen kann, hat sich Bettina wieder in den Sitz gezwängt und hält ihr die Kugel vor die Nase. »Die habe ich heute Morgen vor meiner Tür gefunden. Lapislazuli, der Stein der Wahrheit und der Intuition.«

Hildegard schnaubt vernehmlich.

Ernst-Theodor hebt den Zeigefinger. »Schon bei den Ägyptern eine der beliebtesten Grabbeigaben.«

Bettina beachtet ihn nicht, sondern plappert aufgeregt weiter: »Dazu die goldene Ziselierung, eine wundervolle Arbeit. Ich war sicher, dass Sie ihn mir hingelegt haben.«

»Ich?« Frau Schick schüttelt energisch den Kopf. »Wie kommen Sie denn darauf?«

»Wegen des Bibelspruchs.«

»Also bitte!« Sie und heilige Sprüche! Sie hat Schopenhauer und die Schemutat, das reicht. Da braucht sie nicht mit der Bibel hausieren zu gehen.

»›Der Mund, so da lüget, tötet die Seele‹«, liest Bettina von der Kugel ab.

»Wer sagt denn das?«, wundert sich Frau Schick.

»König Salomo!«, ruft von hinten ein begeisterter Ernst-Theodor. »Buch der Weisheiten, ein höchst philosophisches Kapitel der Heiligen Schrift und...«

»Halt dich da raus«, tadelt Hildegard. »Mit so einem Hokuspokus wie Heilsteinen haben wir nichts zu tun. Heilsteine, also bitte! Das ist doch heidnischer Mummenschanz.«

»In der Offenbarung sind die zwölf Tore des himmlischen Jerusalem mit Halbedelsteinen geschmückt. Eine hochinteressante Symbolik in der Tradition der Antike. Schon Aristoteles hat darüber geschrieben und Hildegard von Bingen...«, setzt Ernst-Theodor zu einem Vortrag an.

»Willst du mich auf die Palme bringen? Nun hör endlich auf!«, unterbricht ihn seine Hildegard.

Alles geklärt, freut sich derweil Frau Schick! Der Stein kann und muss doch von Thekla stammen. Mit Lügen und deren Folgen kannte die sich schließlich aus. *Stein der Wahrheit*, pah! Aber der Spruch ist nicht ohne, den muss sie sich merken. Nelly muss ihn für sie in der Bibel finden. Später. Erst mal ist Bettina dran. »Eine alte Frau wie mich so anführen zu wollen!«, schimpft Frau Schick in deren Richtung. »Jetzt sagen Sie endlich die ganze Wahrheit und nichts als die Wahrheit über Ihre Knickersammlung, so wahr Ihnen Gott helfe!« Schade, dass Herberger gerade nicht mit der Bibel zur Hand ist, sonst würde sie Bettina richtig schwören lassen. »Also: Wann haben Sie und Thekla diesen Spuk ausgeheckt? Na los, ich bin Ihnen auch gar nicht mehr böse deswegen.«

»Thekla? Ich kenne keine Thekla.« Bettinas Schultern sinken herab. »Frau Schick, es tut mir leid. Wirklich. Man hat mich getäuscht. Ich soll Ihnen gar nicht helfen. Ganz im Gegenteil. Das ist mir jetzt klar.«

Frau Schick steht völlig im Dunkeln. Sie merkt nur, dass sie und Bettina von völlig verschiedenen Dingen sprechen.

»Wenn ich dazu etwas sagen dürfte«, meldet sich von der Rückbank zaghaft die stille Martha. Viel weiter kommt sie nicht. Der Bus nimmt eine Anhöhe und eine scharfe Kurve, die Bettina auf Hildegards Schoß schleudert. Hildegard quiekt. Die Räder knirschen auf Schotter, gelber Sand staubt auf, der Bus holpert steil bergan und schwankt bedrohlich nah an einer steilen Abbruchkante entlang. Nelly schnellt im Sitz hoch, stöhnt und beginnt laut keuchend zu würgen.

Frau Schick klammert sich an einen Haltegriff in der Rücklehne des Vordersitzes. »Tun Sie was!«, herrscht sie Bettina an. »Bei so einem Gewackel muss ihr ja todschlecht sein.«

Bettina schlüpft zu Nelly und wedelt ihr rasch frische Luft zu.

Auch Paolo nähert sich und hält Nelly eine Wasserflasche entgegen. »Señora, Sie haben es gleich geschafft. Frische Luft wirkt Wunder.« Er macht dem Fahrer ein Zeichen.

Augenblicke später hält der Bus mit einem ächzenden Geräusch, und die Türen öffnen sich mit einem hydraulischen Seufzen, noch bevor er ganz zum Stehen gekommen ist. Bergwind strömt herein. Der Busfahrer greift nach einer Dose Raumspray und einem Putzlappen und will sich schon auf den Weg in den Fond machen.

»*No*, nicht nötig«, hält Paolo ihn zurück und zerrt gemeinsam mit Bettina die geschwächte Nelly den Gang und dann die Stufen herab.

»*Respire*«, befiehlt Paolo. »*Respire hondo!*«

»Tief einatmen!«, übersetzt Bettina, ohne zu wissen, dass sie das tut, aber was Nelly jetzt braucht, ist auch ohne Spanischkenntnisse klar.

»Kommen Sie, wir gehen ein Stück«, sagt Bettina. »Ihr Kreislauf muss in Schwung kommen.«

23.

»Ich werde mich beim Reiseveranstalter beschweren«, schimpft Hildegard, die hinter Frau Schick aus dem Bus klettert. »Auf diese Art und Weise kommen wir ja nie in acht Tagen bis Santiago. Und das bei dem Preis!«

Frau Schick dreht sich zu ihr um. »Was wollen Sie denn? Hauptsache, wir wandern.«

»Auf dem *Puerto de perdón* war nur ein kurzer Fotostopp eingeplant. Wir müssen heute immerhin noch bis Estella. Und den Abstecher auf den Camino von Aragón will ich in keinem Fall verpassen, nur weil eine Schnapsdrossel und Verrückte an Bord sind.«

Camino von Aragón? Wo zum Kuckuck liegt denn der jetzt wieder? Langsam reichen Frau Schick die geografischen Verwirrspiele. »Sind wir denn noch immer nicht auf dem richtigen Jakobsweg?«, fragt sie verärgert.

»Doch, doch, wir sind hier überall auf dem richtigen Weg. Es gibt eben mehrere Varianten. Meine Frau meint mit dem Abstecher Eunate, das liegt am aragonesischen Weg, der ein wenig weiter südlich auf den navarrischen zuläuft, um sich auf der Brücke von Puenta la Reina mit diesem zu vereinen«, erklärt Ernst-Theodor bereitwillig.

»Und wann kommt diese verdammte Brücke?«, fragt Frau Schick. »Und warum fahren wir nicht einfach hin?«

»Bis Puenta la Reina sind es noch etwa zehn Kilometer. Der Abstecher nach Eunate ist ein Höhepunkt der Reise. Es handelt sich um eine beeindruckende romanische Kirche.«

Die von Ernst-Theodor so begeistert angekündigten Geheimnisse interessieren Frau Schick nicht im Geringsten, das höchst akute ungelöste Rätsel um Bettina, Thekla und den Lapislazuli ist weit spannender. »Abmarsch!«, übernimmt sie darum kurzerhand die Führung und bewältigt die vorausliegende Steigung innerhalb einer Viertelstunde.

Das ist sicher meine persönliche Bestzeit, lobt sie sich selbst und schaut sich auf dem Passplateau suchend nach Bettina um. Ha, da ist sie ja und guckt entrückt in den Horizont. Jetzt aber!

Nelly hat Halt an einer der eisernen Wallfahrerfiguren gefunden, die mit ebenso eisernen Eselsilhouetten im Schlepptau die stark umwehte Passhöhe schmücken. Erschöpft wagt sie einen Blick in Richtung Abgrund. Zu Fuß wäre sie hier zwar bedeutend langsamer, dafür aber sicherlich mit heilem Magen hochgekommen. Paolo streicht ihr kurz über den Rücken und eilt dem Rest der Gruppe entgegen.

Die Busreisenden mischen sich unter die echten Fußpilger, die hier Rast machen, um die krautig bewachsene Anhöhe und die umliegenden Hügelwellen zu erkunden oder einen letzten Blick auf Pamplona zu werfen. In den fernen Pyrenäen scheint Regen niederzugehen, doch ringsum herrscht eitel Sonnenschein.

Frau Schick findet sich ein wenig abseits mit Bettina zusammen und redet heftig auf sie ein. Der Wind zerfetzt, was sie zu sagen hat, und weht einzelne Worte in Nellys Richtung. Nelly linst kurz hinüber. Sieht aus, als hätten die beiden einen heftigen Streit.

Was vorhin im Bus vorgegangen ist, hat Nelly nicht groß mitbekommen, nur dass es um grüne und blaue Steine ging.

Egal. Sie musste sich schließlich auf ihren Magen und die wichtigsten Überlebensfunktionen konzentrieren. Sie muss es immer noch, auch wenn das Gehen wirklich gutgetan hat. Sehr gut sogar. Ihr Magen signalisiert ein unmissverständliches Anzeichen der Gesundung: Hunger.

»Wasser?«, bietet der rostige Pilger neben ihr plötzlich an. Nelly zuckt zusammen. Herberger tritt hinter der Figur hervor und streckt ihr eine blaue Flasche entgegen.

»Brot wäre mir lieber«, seufzt Nelly.

»Kein Problem.« Herberger zieht ein Bocadillo aus seinem Rucksack. »Hier. Ich schenke Ihnen mein zweites Frühstück.«

Salzig köstlicher Schinkenduft und der herbe Geruch von Olivenöl strömen Nelly in die Nase. Serrano, oh ja, für ein Brot mit Serranoschinken und etwas Olivenöl könnte sie jetzt glatt einen Mord begehen. Scheu streckt Nelly die Hand danach aus.

»Nehmen Sie schon, ein Schinkenbrötchen verpflichtet zu nichts.«

Nelly lässt sich zu Füßen des Standbildes nieder und isst schweigend. Pfeifend und singend streicht Wind durch die eisernen Mäntel der Pilger und rüttelt an ihren Wanderstäben.

»Ist wohl besser, ich helfe Ihnen gleich da hinunter«, sagt Herberger und macht eine Kopfbewegung in Richtung Tal. »Paolo macht sich Sorgen um Sie.«

»Mir geht es ausgezeichnet, ich brauche keine Hilfe«, lügt Nelly. Zur Not rollt sie sich den Geröllhang hinunter oder rutscht ihn auf dem Hosenboden hinab. »In einen Wagen steige ich heute erst mal nicht mehr ein.«

Herberger wirkt erleichtert. »Wir gehen selbstverständlich zu Fuß. Nur den kurzen Abhang. Auf gerader Strecke schaffen Sie das dann allein. Hoffe ich.«

»Bergab ebenfalls. Kümmern Sie sich lieber um Frau Schick.«
»Nicht nötig, die hat soeben eine neue beste Freundin und Stütze gefunden.«

Nelly wendet den Kopf zum Standort der Streithähne. Streithähne? Stimmt ja gar nicht. Frau Schick und Bettina nähern sich ihr und Herberger nicht bloß untergehakt, sondern Arm in Arm und mit einem sehr entschlossenen Gesichtsausdruck. Er besagt: Uns trennt von nun an nichts mehr, und wer's versucht, kann was erleben.

»Tja, es sieht so aus, als trage der Pass der Vergebung seinen Namen zu Recht«, brummt Frau Schicks Chauffeur und hilft Nelly auf die Füße.

»Herberger«, sagt Frau Schick forsch und lässt Bettina los. »Wir nehmen ab jetzt den Jaguar.«

Herberger nickt. »Gern, er steht da vorn.« Er schultert seinen Rucksack, zieht den Autoschlüssel aus der Hosentasche und schenkt Bettina ein charmantes Lächeln. »Könnten Sie vielleicht Frau Brinkbäumer den Pfad hinabhelfen?«

Nelly protestiert schwach, und Frau Schick schüttelt den Kopf. »Herberger, Sie haben mich missverstanden. Bettina und ich fahren den Jaguar. Wir müssen sofort ins Hotel. *Sie* bleiben hier.«

Nelly staunt über die Stimmungsschwankungen der alten Dame – und über Herberger. Der Chauffeur, den sie bislang als eher unterkühlten Mann kennengelernt hat, geht nämlich hoch wie ein Geysir. Sie hätte nicht gedacht, dass es unter dessen Oberfläche so heiß brodelt.

»Frau Schick, was soll dieser Unsinn?« Er brüllt fast. »Sie wollen doch wandern!«

»Heute nicht. Bettina und ich haben etwas ganz Dringendes vor.«

»Und was könnte das bitte sein?«

»Sie will mir aus ihrem Tagebuch vorlesen. Herrje, Sie Naseweis, seien Sie nicht so neugierig!«

»Den Jaguar bekommen Sie auf keinen Fall! Denken Sie an Ihren grünen Star ... Und überhaupt ... Ich lasse Sie doch nicht einfach hinter mein Lenkrad.«

»Der Jaguar gehört mir, Sie Schlaumeier, und fahren wird selbstverständlich Bettina.« Frau Schick wendet sich mit reizendem Lächeln an ihre neue Freundin und Verbündete. »Mit Ihren Augen ist doch alles hübsch in Ordnung, meine Liebe?«

Bettina nickt leicht betreten. Man sieht, dass ihr unbehaglich ist. Ob ihrer Augen, Herbergers oder der Strecke wegen, verschließt sich Nelly. Sie steht auf, wischt sich den Hosenboden sauber und macht sich auf den Weg zu Paolo, der den Rest der Gruppe zum Abmarsch versammelt.

Herberger zürnt in ihrem Rücken weiter. »Frau Schick, hier bin immer noch ich Ihr Fahrer! So steht es im Vertrag.«

»Wenn Sie nicht parieren, sind Sie gleich gar nichts mehr, jedenfalls nicht in meinem Auftrag.« Frau Schick entreißt ihm die Autoschlüssel. »Wo ist eigentlich das Hotel?«

»Die Bodegas Viabadel liegen zehn Kilometer südöstlich von Estella, bei Villamajor de Monjardin.« Er spricht den Ort in extra korrektem Spanisch aus.

»Das kann sich ja mal wieder kein Mensch merken!«, protestiert Frau Schick. »Klingt wie eine Rachenkrankheit. Buchstabieren Sie mal.«

»Wie wäre es, wenn ich Sie und Bettina einfach hinfahre?« Herberger hat offensichtlich immer noch nicht aufgegeben. »Das ist bedeutend effektiver als ein Fünf-Minuten-Kurs in spanischen velar, dental oder frikativ gesprochenen Konsonanten. Von der spanischen Rechtschreibung mal ganz abgesehen.«

»Nichts da! Sie bleiben und gehen wandern.«

»Ich soll *wandern*? Dafür werde ich nicht bezahlt.«

»Ich möchte, dass Sie Nelly begleiten und aufpassen, dass ihr nichts passiert. Betrachten Sie das Ganze doch einfach als Ihren freien Tag und einen gemeinsamen Betriebsausflug. Die Schick und Todden GmbH war immer für ihr äußerst mitarbeiterfreundliches Betriebsklima und gute Sozialleistungen bekannt, auch wenn einige meiner Mitarbeiter das schamlos ausnutzen und auf Kosten der Firma eigenen Plänen nachgehen.«

»Was meinen Sie denn damit?«

»Nichts, was Sie etwas angeht. Und jetzt schreiben Sie uns die Adresse von diesem Hotel auf. Und zwar *pronto* – so sagt man doch hier –, sonst verlieren Sie den Anschluss an die Gruppe.«

24.

Gehen tut gut. Einfach gehen. Schritt für Schritt den Kater abhängen, die schwarzen Gedanken an die Vergangenheit, ihr Leben im Stillstand und jedes Fitzelchen Javier. An diesen Mistkerl zu denken tut heute eher im Kopf als im Herzen weh.

Sonderbar, erst hat ihr Magen, dann ihr Herz gegen ihn rebelliert, und nun ist der Kopf dran. Das depperte Ding hätte ruhig früher auf Alarm schalten können! Erst jetzt und damit viel zu spät verursacht jeder Gedanke an den Halunken einen blitzartigen Schmerz, der alle Synapsen durchjagt, kurz auf der Netzhaut nachleuchtet und dann verlischt. Es ist der Schmerz der Erkenntnis.

Nelly hätte es wissen müssen und ihn und sich durchschauen können. Von Anfang an. Aber ihr Herz hat die dumme Begabung, viel zu viel zu fühlen und lieben zu wollen, egal um welchen Preis. Und ihr Verstand hat das Talent, sich dem Herzen unterzuordnen. In achtundvierzig Lebensjahren hat sie nie gelernt, was es heißt, mit Vernunft und Augenmaß zu lieben und die Gefühle, wenn nötig, zu zügeln – so wie Ricarda. Die Beneidenswerte hat die Liebe nicht gesucht, sondern sich von ihr und Fellmann finden lassen. Wie klug, dass sie vorher still verzichtet hat und warten konnte.

Nelly selbst hat sich hingegen immer heimlich für eine Art spätes Dornröschen gehalten, das nie altert und wach wird, wenn der einzige wahre Prinz es wachküsst. Damit muss sie erneut an Javier denken. In ihrem Schädel schlagen wieder

Blitze ein, ihr Kreislauf sackt ab. Sonderbar, dass Schmerz und Traurigkeit so mühelos nebeneinander existieren können.

Nelly atmet tapfer gegen beides an und konzentriert sich auf ihr neues Mantra: »Einfach gehen!« Das kann sie. Noch besser funktioniert die Variante: »Ich gehe.« Das zu sagen und zu tun, reicht momentan, schenkt ihr inneren Frieden und fühlt sich richtig und gut an.

»Ich gehe«, murmelt sie, »ich gehe.« Beim nächsten Schritt schmückt sie ihr »Ich gehe« mit einem erleichterten Ausrufungszeichen: »Ich gehe! ... Ich gehe, ich gehe, ich gehe!« Man kann das auch singen.

»Das ist kaum zu übersehen«, knurrt hinter ihr Herberger.

Griesgram! Hach, jetzt weiß sie, an wen der sie von Anfang an erinnert hat: an den Muffkopp in der Panzerglasloge des Finanzamts. Genauso verhaust und vom Leben gekränkt sieht Herberger auch gelegentlich aus, zumindest wenn er mit ihr zusammen ist. Angelächelt hat er sie bislang nur einmal. Und zwar gestern, als er sie mit einem Flugticket loswerden wollte.

Nelly beschleunigt ihre Schritte. Nichts wie weg von dem falschen Fuffziger!

»Sind Sie sicher, dass Sie ab jetzt ganz allein zurechtkommen?«, ruft er hinter ihr her.

Nelly beschleunigt statt einer Antwort ihr Tempo noch und ärgert sich. Herberger hat nämlich Recht behalten: Der Abstieg vom Pass der Vergebung war nur mit seiner Hilfe zu bewältigen. Aber seither, also gut einer Stunde, geht sie bereits allein, aufrecht und schnurgerade, ohne auch nur einmal gestolpert zu sein.

Die Tallandschaft ist weit und sanft gewellt. Kornfelder vergolden sie mit frischen Stoppeln, Rundballen aus gepresstem Stroh bewachen die abgeernteten Äcker und sonnenbleiche Wiesen. Vor einer halben Stunde haben sie ein Dorf passiert, von dem Nelly dachte, kaum zu glauben, dass es so eines noch geben kann. Eingeschmiegt in Bauernland, umrahmt von Wildhecken schien es die Zeit und allen Wandel einfach verträumt zu haben. Ein Geschenk für die Augen. Und die Schuhe von Frau Schick sind ein Geschenk für ihre Füße, wenn sie auch inzwischen sehr hübsch eingestaubt sind. Man könnte sie glatt für eine echte, eine ernstzunehmende Pilgerin halten. Leider fehlt der Rucksack, weshalb Nelly zögert zurückzugrüßen, wenn schwer bepackte, waschechte *pellegrinos* aus aller Herren Länder sie passieren und »*Buen camino*« oder ihre Zauberformel »*Ultreia*« rufen.

Sie schüttelt den Kopf und lächelt. Ach, was soll's! Pilgern darf jeder nach seiner Fasson, auch ohne Gepäck und Schlafsack. Ab sofort grüßt sie zurück.

Am Horizont wartet ein weiteres Dorf. Weiße Häuser leuchten im Schutz einer dunklen Anhöhe auf. Nelly pausiert, um den Postkartenblick in sich aufzunehmen. Paolo überholt sie an der Seite von Herberger. Sie unterhalten sich gedämpft und in einem Dialekt, den Nelly nicht zuordnen kann. Baskisch ist das nicht, dafür versteht sie zu viele Wörter, aber es ist auch keine einfache Variante des kastilischen Spanisch, nein. Es klingt geheimnisvoller, ursprünglicher und so melodiös, dass sie an uralte Volksmusik denkt.

Die Männerstimmen verwehen, als Herberger und Paolo sich entfernen. Dafür schrillt Hildegards Stimme in ihrem Rücken auf. »Das hätte ich nicht gedacht, dass Sie so stramm und geradeaus laufen können! Nach gestern...«

Zur Hölle mit gestern!, denkt Nelly.

»Aber in nagelneuen Schuhen gibt das ganz schnell Blasen«, keucht Hildegard, die Nelly offenbar erreichen will, bevor diese den Weg wieder aufnimmt.

Nelly wendet sich zu ihr um. Zur Abwechslung könnte sie

ja mal nett sein, schließlich waren seit gestern eine Menge Menschen nett zu ihr, und das Gehen stimmt sie freundlich. »Ach, in diesen Schuhen und auf so flacher Strecke läuft es sich wie auf Wolken«, sagt sie leichthin. »Wissen Sie, wie das Dorf dort vorne heißt?«

Hildegard reagiert überrascht auf die Frage. Natürlich weiß sie auch die Antwort. »Muruzábal. Von dort aus ist es nicht mehr weit bis Eunate.«

»Muruzábal. Das klingt geheimnisvoll«, befindet Nelly.

»Och, das ist nur ein Kuhdorf!«

Gemeinsam gehen sie weiter. Hildegards Mann Ernst-Theodor bleibt zurück, um das Kuhdorf fotografisch festzuhalten.

»Der knipst seit St.-Jean-Pied-de-Port jeden Stein und Strauch. Am Ende ist noch der Kamerachip voll, bevor wir in Eunate sind, wenn ich nicht aufpasse«, mäkelt Hildegard. »In den Pyrenäen muss er an die tausend Bergziegen festgehalten haben. Zuhause sitzt er dann stundenlang vor seinem Computer und lädt Fotos hoch und stellt sie in irgendwelche Foren ein, als habe die Welt nur auf seine Bilder gewartet. So habe ich mir unsere gemeinsame Zeit ohne Arbeit und ohne unsere Kinder nicht vorgestellt. Wir wollten doch endlich mal ausschließlich für uns da sein. Zum Reisen musste ich ihn ja schon immer zwingen, aber jetzt will er am liebsten nur zuhause versauern und vor sich hin philosophieren. Dem bekommt der Ruhestand nicht.«

Er bekommt anscheinend beiden nicht. Aus Hildegard sprudelt die Verzweiflung eines ganzen Ehelebens heraus.

Nelly schweigt und wiederholt in Gedanken ihr Mantra: »Ich gehe.«

Hildegard freut sich, endlich eine geduldige Zuhörerin gefunden zu haben. Hermann und Martha bleiben nämlich wie Ernst-Theodor ärgerlich oft stehen. Nicht um zu fotografieren, sondern um die Landschaft und die Dörfer, eine Kirche oder eine Blume ganz in sich aufzunehmen, wie sie sagen.

Die schweigsame Martha hat sich vorhin sogar zu einem Morgenstern-Zitat hinreißen lassen: »Wer die Welt nicht von Kinde an gewohnt wäre, müsste über ihr den Verstand verlieren. Das Wunder eines einzigen Baumes würde ihn vernichten.«

Das klang ein wenig überspannt und zugleich müde. Wahrscheinlich sind sie und Hermann einfach schlecht zu Fuß. Vor allem Hermann braucht enorm viel Pausen und guckt oft so, als sei er gar nicht da oder ganz woanders. Das ist auch Hildegard nicht entgangen. »Rüstig würde ich ihn nicht nennen. Wenn mein Ernst-Theodor nicht achtgibt, wird der in ein paar Jahren auch so, aber zum Glück hat er ja mich und nicht so eine überspannte Person wie diese Martha... Es ist wichtig, immer gut zu Fuß zu sein«, befindet Hildegard schließlich laut und energisch. »Sonst lässt der Kopf schnell nach.«

Da kann Nelly zustimmen und nickt.

»Frau Schick scheint sich in dieser Hinsicht allerdings ordentlich überschätzt zu haben. Die ist ja heute kaum drei Meter gewandert«, zerstört Hildegard die versöhnliche Stimmung, die sie gerade erst aufgebaut hat.

Kritik an ihrer Retterin kann Nelly nicht durchgehen lassen. »Frau Schick weiß sehr genau, was sie sich zumuten will und was nicht.«

»Das mag sein, aber sie nimmt dabei bedauerlich wenig Rücksicht darauf, was man anderen zumuten darf! Die ist ja völlig verrückt.«

Nelly schweigt und betet ohne Unterlass ihr neues Mantra, während Hildegard ihr Vorträge über rücksichtslose Menschen im Allgemeinen und den greisenhaften Starrsinn von Frau Schick im Besonderen hält, bis sie endlich die geteerte

Dorfstraße von Muruzábal erreichen. An einer Hausecke erwarten Paolo und Herberger sie bei einem verbeulten Blechschild.

Paolo wartet, bis sich alle Wanderer versammelt haben, dann führt er sie um mehrere Häuserecken, bis die Straße wieder zum Weg wird. Der führt in eine offene Ebene und Felder voll später Sonnenblumen.

Einfach hineinzugehen, als betrete man ein berauschend farbiges Gemälde, ist so schön, dass es beinahe schmerzt, denkt Nelly. Sie setzt sich von Hildegard ab, die ihrem Talent, in allem Schönen das Hässliche und in jeder Suppe eine Fliege zu entdecken, wieder alle Ehre macht, indem sie lautstark über landschaftszerstörerische Monokulturen referiert.

Darf man nicht wenigstens ein Sonnenblumenfeld einfach nur schön finden? Ja, entscheidet Nelly, das darf sie.

Knapp zehn Minuten geht es durch Sonnenblumen, dann folgen abgeerntete Felder und Wiesen, die laut Paolo im Frühsommer in rotem Klatschmohn wiegen, und mittendrin steht in gleißendem Mittagslicht eine kleine Kirche.

»Santa María de Eunate«, sagt Paolo und legt eine Art Schweigeminute ein. Dann dreht er sich mit dem Rücken zur Sonne, um einen kleinen Vortrag über die »Madonna im Kornfeld« zu halten, wie die Kirche im Volksmund zärtlich genannt wird.

Nelly erfährt, dass das steinerne Oktagon mit dem baskischen Namen, der für »hundert Tore« steht, ein geometrisches Rätsel und zugleich ein architektonischer Geniestreich mit dem Antlitz einer mystischen Kultstätte ist.

»Die Legende empfiehlt, den außen umlaufenden Kreuzgang dreimal barfuß und in Stille zu umschreiten«, erklärt Paolo weiter. »Einmal für die Geburt, einmal für das Leben und einmal für den Tod. Dann sollten Sie eintreten und in der

Raummitte, wo sich alle Deckenpfeiler treffen, den Kopf in den Nacken legen. Dort schauen Sie das Ziel jeder Lebensreise.«

Paolos Ton ist nüchtern, aber ein wenig sieht er wieder nach Jesus aus. Wie ein Jesus in verblichenen Shorts und staubigen Trekkingsandalen. Aber das stört Nelly nicht. *What if God was one of us*, summt Joanne Osborne in ihrem Kopf. *Just a stranger on the bus, just a slob like one of us.*

Ja, wie wäre das, wenn Gott und vor allem sein eingeborener Sohn auf Erden ein ratlos und rastlos im Leben herumirrender Reisender wäre? Menschlich, denkt Nelly und lauscht weiter der Musik in ihrem Kopf. *Trying to make his way home. Back up to heaven all alone.* Gott, wie das passt! Und nicht nur zu Paolo.

Herberger, der hinter ihm auftaucht, stört allerdings. Er schaut nämlich drein wie ein bärtiger Professor, der seinen Lieblingsschüler der Welt präsentieren und zugleich prüfen will, ob er seinen hohen Ansprüchen gerecht wird. Das ist ja schlimmer als die ewigen Besserwisser, die dazwischenquatschen, wenn der Reiseleiter spricht! Herrje, Paolo ist doch nicht Herbergers Protegé!

Nelly wendet ihre Augen wieder dem Kirchlein zu und versäumt dadurch den Ausdruck von Dankbarkeit und bescheidenem Stolz, der Herbergers Gesicht flutet, als Paolo ihn um Erläuterung der Geheimnisse der Templer von Eunate bittet.

Nein, das will Nelly sich nicht anhören. Immer wenn es mystisch wird, lauern hinter irgendeiner Ecke die Tempelritter und machen alles schrecklich kompliziert, und die Weltverschwörungstheoretiker der Erde feiern fröhlich Urstände. Aber das Thema Templer passt zu dem selbstverliebten Hobbyhistoriker, der im wahren Leben sein Geld als Chauffeur verdient.

Dass die Kirche von Eunate ein mysteriöser Ort ist, sieht sie auch ohne einen Mann, der Welterklärer spielt und dabei zerstört, was er vorgibt zu ergründen: Eunates magnetische Stille.

»Einfach gehen«, flüstert es in ihrem Kopf.

25.

Frau Schick freut sich. Bettina und sie haben die Bodegas tatsächlich gefunden. Jedenfalls fast und auch beinahe ohne Umwege, wobei die Umwege mal wieder das Beste waren, wie das bei Reisen ins Ungewisse so ist. Auf einem Umweg haben sie nämlich in einem Weinberg zwischen blau glänzenden Reben einen reizenden Basken getroffen, der sich hier als Winzer niedergelassen hat. Er hat nicht nur sehr lustige lackschwarze Augenbrauen, sondern ist zugleich der *Patrón* der Bodegas Viabadel, der Chef des Gutes.

Frau Schicks Versuch, den Namen seines Fincahotels auszusprechen, haben ihn und seine Augenbrauen köstlich amüsiert und spontan für sie eingenommen. Es klang nämlich, das muss selbst Frau Schick zugeben, ein wenig nach Via Ballaballa, was anscheinend auch in spanischer Mundart hinreichend Anlass für Erheiterung liefert.

Jetzt sitzt der Baske, der wie sein Hotel Viabadel heißt, auf dem Rücksitz und ersetzt das fehlende Navigationsgerät. Nach zwei Fehlversuchen begreifen Bettina und Frau Schick, dass *a la izquierda* »nach links« heißt und *a la derecha* »nach rechts«, und der nette Herr Viabadel versteht, dass er langsamer, aber nicht notgedrungen lauter sprechen muss.

Von da an versteht sich das gemischte Trio auch ohne gemeinsame Sprachkenntnisse prächtig. Señor Viabadel hat den beiden Señoras frisch gepflückte Trauben angeboten und mit Händen, Mund und Augenbrauen einen hervorragenden Wein zum Abendessen angekündigt. Ihm ist auch rasch klar geworden, dass Bettina und Frau Schick die Vorhut einer seit Langem angekündigten Reisegruppe sind. Seine Finca gehört anscheinend wie das Hotel in Pamplona zu den Standardzielen der Buspilger des Luxusreiseunternehmens, bei dem Frau Schick und Bettina gebucht haben.

Das von Frau Schick gewünschte Faxgerät und einen Computer kann Herr Viabadel selbstredend zur Verfügung stellen, und jede seiner zwanzig *habitaciones* – was Zimmer heißen muss, weil er die Hände faltet und den Kopf schräg dagegen lehnt – verfügt über ein *teléfono*. Herr Viabadel hebt einen imaginären Hörer von der Gabel.

Es kann nicht mehr weit sein. Denn endlich fahren sie auf einen Ort zu, in dessen Rücken sich ein Zipfelmützenberg erhebt. Auf dem Gipfel thront eine von Wind und Zeiten angenagte mittelalterliche Festung, die einst die Mauren abwehren sollte. Das nun sehr friedliche und nicht mehr besonders trutzige Bollwerk erinnert Frau Schick ein wenig an die Burg von König Alfons dem Viertelvorzwölften, Herrscher von Lummerland. Dessen Burg kennt sie so genau, weil sie zusammen mit Theklas kleinem Johannes gern Augsburger Puppenkiste geschaut hat. Bevor Thekla und er verschwunden sind, hat sie oft auf ihren Patensohn aufgepasst und ihm einige von Frau Schemutats schönsten Geschichten erzählt. Die gruseligen waren dem kleinen Johannes am liebsten. Ob der erwachsene Johannes sie noch kennt?

Na, man wird sehen, jetzt erfreut sie sich erst einmal am Anblick der sandfarbenen Burg, die hervorragend in die Landschaft passt. Die erinnert Frau Schick an einen übergroß geratenen Garten. Und genau dieses Wort steckt auch im Ortsnamen Monjardin. Das hat ihr der Universalgelehrte Doktor Herberger verraten, nachdem er sich endlich mit seinem unverhofften Wandertag abgefunden hatte.

Immer wieder erstaunlich, dieser Chauffeur Schlitzohr! Was der alles weiß oder zumindest behauptet zu wissen, geht auf keine Kuhhaut. Jahrelang muss der studiert haben. Dennoch ist er nicht verknöchert; das merkt sie an seinem erfrischenden Widerspruchsgeist. Sie mag ihn, auch wenn sie ihm nicht traut. Aber seinem Geheimnis kommt sie auch noch auf die Spur, da ist Frau Schick sich sicher.

Auf Señor Viabadels Anweisung biegt Bettina kurz vor Monjardin in den Schatten einer Platanenallee ein. Der Schotter knirscht, und Bettina verlangsamt auf Schritttempo. Frau Schick ist verzückt. Sie liebt Alleestraßen, weil diese sie an Ostpreußen erinnern.

»Wie in Ostpreußen. Bäume«, versucht sie Señor Viabadel zu verdeutlichen. Der kann mit Ostpreußen nicht viel anfangen oder hält es für eine deutsche Rachenkrankheit; Frau Schicks Freude an den Bäumen teilt er dennoch aus vollem Herzen.

Die Allee mündet in einen mit Natursteinen gepflasterten Platz vor einer Finca mit zweistöckigem Haupthaus und zwei Seitenflügeln für die Gäste. Ein Flechtwerk aus Weinreben überschattet den Eingang. Flink steigt der Baske aus dem Wagen, öffnet die Beifahrertür und hilft Frau Schick heraus, dann saust er um den Jaguar herum, um auch Bettina seine Hilfe anzubieten. Bettina wird angesichts der galanten Geste ein bisschen rot. Das sieht Frau Schick genau. Und ihre Haare schüttelt sie mit einem Mal, als seien die noch blond und nicht grau.

Der Baske läuft zum Eingang, stellt sich in Positur, öffnet die Arme und holt die offizielle Begrüßung in seiner Funktion als Hotelchef nach: »*Bienvenido, Señoras! Mi casa es su casa.*«

Das hat Frau Schick schon mal gehört und Bettina anscheinend auch: Mein Haus ist dein Haus. »Schön wär's«, murmelt sie und betrachtet fasziniert die ockergelbe Fassade.

»Genug gestaunt«, bestimmt Frau Schick. »Wir haben zu tun.« Darum lehnt sie auch den Kaffee und die Mandelplätzchen ab, die Señor Viabadel ihnen im blumenumwölkten Patio servieren möchte. Bettina muss auch aufhören, den riesigen Hund zu streicheln, der im Innenhof den Springbrunnen bewacht und nach den funkelnden Libellen schnappt.

Immerhin, das muss Frau Schick zugeben, zeigt Bettina sogar in Sachen Tierliebe Anzeichen von Besserung. Quijote – so heißt das schwarze Kalb – ist nämlich ein gut genährter und gesunder Hund und kein Pflegefall, auch wenn sein Namenspatron ein Ritter von so hagerer wie trauriger Gestalt ist.

Das Zimmer, das der Hotelchef für Frau Schick ausgesucht hat, liegt zum Innenhof und gleicht einem ländlich-luxuriösen Stillleben: ein prachtvoll geschnitztes Bett, eine ausladende Kommode, bunte Webteppiche und Sessel mit buntem Blumenornat vor gemauerten Natursteinwänden. Trotzdem denkt Frau Schick ganz kurz, dass Burguete echter war. Das Zimmer dort war kein makelloser Nachbau aus Designerhand, sondern schlicht in Würde gealtert. Langsam reizt es sie richtig, einmal eine waschechte Pilgerunterkunft kennenzulernen.

Nun, sie ist nicht wegen der Möbel hier, sondern um mit Bettina einen Schlachtplan zu entwerfen. »Schlachtplan« klingt wuchtiger, als es ist – mehr als ein Scharmützel wird es kaum werden. Schließlich ist ihr gemeinsamer Gegner lediglich Paulchens Kuckucksei, der selten dumme Grüßaugust. Dieser Blindgänger schießt ja nur mit Platzpatronen. Für wie doof hält der sie eigentlich? Für ziemlich doof wahrscheinlich. Sonst hätte er wohl kaum gewagt, ein Betreuungsverfahren wegen Geschäftsunfähigkeit gegen sie ins Rollen zu bringen, um sie vom Chefsessel zu schubsen und sich selbst als ihr Sachwalter einzuklagen. Genau das hat ihr Paulchen, der ihr mit der Firma auch das Nachfolgedilemma vererbte, ganz sicher nicht gewollt, sonst hätte er den Grüßaugust ja in seinem Testament berücksichtigt. Deshalb wird Frau Schick den Grüßaugust verhindern und ihm mal zeigen, wo er hingehört.

Bettina war früher wirklich Krankenschwester, hat sich inzwischen aber über Abendgymnasium, Fernstudium und sehr viel Ehrgeiz zur Psychologin hochgearbeitet und ist gelegentlich auch als Gutachterin in solchen Verfahren tätig. Sie wird Frau Schick dabei helfen. Bettina, das hat Frau Schick inzwischen herausgefunden, hat sich in den vergangenen Tagen extra dumm gestellt – sie nennt es »einfühlendes Verstehen« –, um Einblick in Frau Schicks angeblich fortschreitenden Realitätsverlust und ihren paranoiden Gotteswahn zu erhalten. Dabei ist sie in dieser Hinsicht – wie sie Frau Schick auf dem Pass der Vergebung gebeichtet hat – selbst nicht ganz dicht.

Das heißt: Nein, so kann man das nicht sagen. Bettina glaubt nach einigen Jahren Arbeit in einer psychiatrischen Klinik lediglich, dass manche Irre weit normaler sind als der Rest der Welt. Deshalb will sie sich schon länger aus der Psychiatrie verabschieden, um sich fürderhin auf spirituelle Themen, das Seelenheil ihrer Mitmenschen und auf Tiere zu konzentrieren.

Bettina kennt natürlich Schopenhauers Einlassung zu diesem Thema: »Seit ich die Menschen kenne, liebe ich die Tiere.« In Frau Schicks Augen ist das zwar nicht die größte Perle seiner Weisheit, aber Schwamm drüber. Auch große Philosophen neigen mitunter zu Aussetzern. Der Grüßaugust neigt ständig dazu. Einmal Pusten würde genügen, um ihn aus den Pantinen zu kippen.

Was für eine aberwitzige Idee ihn getrieben hat: Bettina sollte auf dem Jakobsweg vorfühlen, ob und ab wann eine gerichtliche Feststellung von Frau Schicks Geschäftsunfähigkeit Aussicht auf Erfolg haben könnte. Um sie auf den Auftrag vorzubereiten, hat der Grüßaugust Frau Schick Bettina gegenüber als sehr besorgniserregenden Fall von Alterswahn mit schizophrenen Zügen geschildert. »Ein Wahn, der Hunderte von Menschen die Existenzen kosten könnte.«

»Und das haben Sie geglaubt?«, hat sich Frau Schick auf der gemeinsamen Irrfahrt ins Hotel mehr gewundert als empört.

Bettina war das längst peinlich. »Nun ja, ich wollte doch nur helfen...«

Herrje!

»... und außerdem kenne ich Herrn Pottkämpers Mutter recht gut.«

»Die Zuckermaus?«

»Wen?«

»So hab ich sie immer genannt«, hat Frau Schick leicht verlegen erklärt. »Ich konnte mir die Namen von Pauls Fisternöllchen nie merken.«

»Ich spreche von Edeltraut.«

»Na, das will ich mir auch nicht merken!« Vor allem in Kombination mit dem Nachnamen Pottkämper klingt der Name für Frau Schicks Ohren vollkommen unerträglich. Wie Paul die Dame wohl angesprochen hat? Edelchen? Trautchen? Edeltrautchen. Da schüttelt es einen ja. Ha, nein! Jetzt weiß sie es. »Pöttchen« wird er sie genannt haben. Pottkämper heißt ja auch der Grüßaugust, aber wenigstens steht ein nichtssagender Hans davor. Frau Schick schüttelt unwillig den Kopf.

»Edeltraut kümmert sich auf Lanzarote um Hundeadoptionen ins Ausland«, hat Bettina geschwärmt. »Sie hat ihr Haus auf Lanzarote zum Tierasyl umgebaut und ist da wirklich sehr, sehr aktiv. Sie steckt ihren letzten Cent in das Projekt.«

Eigentlich sind es natürlich die Cents von Paul Schick. Aber das ist Frau Schick egal. Da sind die Abfindung und die Alimente wenigstens für einen guten Zweck angelegt. Dass Bettinas Tierliebe sie zur Handlangerin des Grüßaugust gemacht hat, ist allerdings ein starkes Stück.

»Er hat mich aufs Glatteis geführt«, hat Bettina erneut um Vergebung gebeten. »Er ... Wissen Sie, er wirkte so hilflos und vollkommen überfordert mit ... äh ... Ihnen.«

Um diesen Eindruck zu erwecken, musste er sich wahrscheinlich nicht einmal besonders anstrengen, freut sich Frau Schick. Sie vermutet, dass den Ausschlag für Bettinas Blackout sein triefäugiger Dackelblick gegeben hat. Der Grüßaugust hat ein Leben lang gern Opfer gespielt, es war ihm wahrscheinlich angeboren.

Nun, Gefahr erkannt, Gefahr gebannt! Frau Schick macht sich längst keine Sorgen mehr. Im Gegenteil. Der Rausschmiss des Grüßaugust dürfte sehr vergnüglich werden. Seine Attacke aus dem Hinterhalt soll ihn vorher noch richtig was kosten, und zwar deutlich mehr als seinen Posten bei der Schick und Todden GmbH und das Gehalt, das Paulchen und sie ihm sein Leben lang in den gierigen Rachen geschoben haben. Und wenn alles ausgestanden ist, wird sie ihm einen Posten als Pförtner offerieren. Da gehört der Dämel sowieso seit Langem hin! Für immer ins unterste Stockwerk verbannt wird er Tag für Tag die Fahrstühle nach ganz oben vor Augen haben, wo er derzeit noch in ihrem Vorzimmer mit Dom-Blick sitzt.

Frau Schick wendet sich Bettina zu, die auf dem Fincabett sitzt und in ihrem Rucksack kramt. »Zeigen Sie mir mal, was Sie meinem Referenten für firmeninterne Kommunikation bislang so alles über meinen Geisteszustand mitgeteilt haben.«

»Viel ist es nicht«, sagt Bettina betreten und zerrt einen schmalen Ordner aus dem Rucksack. Mit einem Plopp fällt ihre Kugel aus Lapislazuli auf die Dielen und hüpft und klackert unters Bett.

»Von wem die nur stammt?«, fragt sich Bettina kopfschüttelnd. »Der Spruch war sehr treffend. Und eine echte Erlösung für mich. *Der Mund, so da lüget, tötet die Seele.* Wer da nur dahintersteckt? Das ist doch verrückt.«

»Eins nach dem anderen«, bestimmt Frau Schick. »Das finden wir später heraus. Jetzt möchte ich erst einmal wissen, wie verrückt *ich* bin.«

26.

Nelly sitzt umgeben von leisen gregorianischen Tonbandgesängen still und barfuß im lichten Dunkel der Kirche, die auch dem kundigsten Betrachter ewige Rätsel aufgibt. Doch für sie ist es unerheblich, warum Eunate acht Ecken hat, keinem Baustil gehorcht und bislang keinem Archäologen eine Antwort auf die Frage preisgegeben hat, zu welchem Zweck und von wem sie einst erträumt und gemauert wurde.

Zwar hat Paolo der Gruppe erklärt, dass das steinerne Oktagon mit dem umlaufenden Kreuzgang schon als Pilgerhospital gedient hat, als Leichenhalle, Leuchtturm für erschöpfte Wallfahrer, christliches Gotteshaus und vielleicht sogar als mystisches Heiligtum der Templer. Nelly aber ist das egal. Eunate ist für sie vor allem eins: ein Raum, der tröstet und Menschen einlädt, sich zu besinnen, zu verwandeln und zu staunen. Wunder kann man eben nicht erzählen, man muss sie erleben.

Nellys Blick bleibt an der eigenwilligen Madonna im Alkoven hängen. Es handelt sich um eine sitzende Muttergottes, die man noch nicht von ihrem Himmelsthron geschubst hat und die sich und ihren Jesus stolz der Welt präsentiert. Beide tragen goldene Kronen – sie eine große, er eine kleine. Die Dorfbewohner oder der Hospitalero, der die Kapelle gerade für eine Hochzeit am nächsten Morgen durchgewischt hat, haben Maria Kornähren in die rechte Hand gesteckt. Davon abgesehen hat diese Madonna beide Hände frei und ist nicht vollauf mit Stillen, überfließender Mutterliebe oder rührseliger Anbetung eines Säuglings beschäftigt. Der kommende König der Könige thront dennoch sicher, geborgen und frei zugleich in ihrem Schoß. Beide eint ein gelassener Blick auf die Welt. Sie wirken nicht, als wollten sie bestaunt werden, und regen genau deshalb dazu an. Das Kind hat so weise wie verwunderte Augen, die etwas sehen, was dem Rest der Welt verborgen ist.

Ein wenig hat Becky auch so ausgeschaut, als sie direkt nach der Geburt auf Nellys Bauch gelegen hat: erstaunt und allwissend zugleich, als käme sie wie alle Neugeborenen von weither zu Besuch und trüge alle Weisheit in sich.

Eine Liedzeile von André Heller flirrt durch Nellys Gedanken: »Du bist ja die weise Seele, die noch halb im Drüben wohnt. Lehre du mich, welche Wünsche es zu wünschen wirklich lohnt.« Nelly hat nach der Geburt vor Erschöpfung und überströmenden Gefühlen geweint und genau das gedacht: Was soll ich diesem Wunderwesen denn noch beibringen, ohne es zu beschädigen? Es ahnt und fühlt doch schon alles, und ich kann nicht einmal Windeln wechseln.

Nellys Gedanken verweilen bei Becky und machen sie rührselig. Hat ihre Tochter sich je wirklich so ganz und gar geborgen und aufgehoben bei ihr gefühlt, wie sie sich und ihr das gewünscht hat? Wo hat sie es als Mutter mit den Liebesbezeugungen übertrieben, wo hat sie sie versäumt oder nur geheuchelt? Die sparsame Gestik und Gestaltung der Madonna sprechen in Nellys Augen von einer Liebe, die das rechte Maß kennt und bereit ist loszulassen. Jederzeit.

Hat Becky verstanden, warum sie Jörg verlassen musste? Oder war Becky ihr ganzes Kinderleben lang allein mit der Angst, dass Liebe vergehen kann, sich in Luft auflösen und vielleicht nur Lug und Trug ist? Becky hat nie eine Familie gehabt, und Nelly wird nie mehr eine gründen können. So viel Endgültigkeit schmerzt, auch wenn sie sich das so klar noch nie eingestanden hat.

Nelly schüttelt erbost über sich selbst den Kopf. Hat sie jetzt einen Dachschaden?

Die Madonna stört sich nicht an Nellys stummer Selbstanklage, sondern schaut weiter gelassen in unbestimmte Ferne.

Nun, tröstet sich Nelly, die Muttergottes von Eunate wird in den letzten neunhundert Jahren eine Menge und weit Schlimmeres zu hören bekommen haben. Geschichten von größerem Kummer als ihrem, vom Sterben, vom Tod. Diese Madonna sieht aus, als habe sie die Nöte der Menschen verstanden, noch bevor es überhaupt gedacht oder gesagt wurde.

Wie ertappt dreht Nelly sich um. Hoffentlich kann niemand ihre Gedanken belauschen. Das wäre mehr als peinlich. Tatsächlich hat Ernst-Theodor sich in der Bank hinter ihr niedergelassen. Er seufzt. »Schön, nicht wahr?«

Nelly nickt zaghaft. Noch schöner wäre es, wenn er jetzt schweigen würde.

Das jedoch fällt Ernst-Theodor offensichtlich schwer. »Nur schade, dass das Licht so bescheiden ist«, redet er weiter, »da bekommt man keine Aufnahme hin. Dabei sammele ich frühe Sitzmadonnen. Ein spannendes Forschungsthema.«

Nelly rutscht unruhig auf der Holzbank hin und her. Sie ahnt, dass jetzt ein Vortrag folgt. Und tatsächlich beugt sich Ernst-Theodor flüsternd vor. »Sie kennen sicher die hochinteressante Diskussion darüber, ob die romanischen Sitzmarien und die berühmten schwarzen Madonnen in Wahrheit christianisierte Umformungen heidnischer Erd- und Fruchtbarkeitsgöttinnen sind, etwa von Kybele, Astarte oder Gaia, der Mutter aller olympischen Götter.«

»Das hat der Kirche ja nie gepasst, dass Frauen auch was zu

sagen haben und sogar als Göttinnen verehrt wurden!«, ergänzt Hildegard energisch. Wie immer ist sie ihrem Ernst-Theodor nicht von der Seite gewichen.

»Noch 1514 mussten in Frankreich Marienstatuen aus Kirchen entfernt werden, die einige Frauen als Isis oder gar als Aphrodite anbeteten«, eifert sich der.

»Als Göttinnen der Liebe!« Hildegards Stimme dringt schrill durch den Kirchenraum.

Ernst-Theodor stört das nicht. »Einige frühe Madonnen wurden nachträglich vergoldet, um sie von aller erdhaften Sinnlichkeit zu befreien, ihr Busen wurde verkleinert, und die Hände des Kindes, die bei einigen Figurengruppen eindeutig nach der Mutterbrust griffen, wurden...«

»Ernst-Theodor«, zischt Hildegard, »jetzt übertreibst du aber! Wir sind in einer Kirche!«

»Ich informiere lediglich über eine wissenschaftliche Diskussion. Bettina...«

»Was haben deine Sitzmadonnen mit Bettina zu tun?«

»Sie hat mich gestern beim Abendessen auf einen interessanten kulturpsychologischen Aufsatz aufmerksam gemacht.«

»Über was? Busengrapscherei? Das ist ja ekelhaft!«

»Es ging um mystische Frömmigkeit und Geheimnisse der Templer«, stellt Ernst-Theodor richtig. »Die Templer sind dafür bekannt, dass sie diverse Glaubenstraditionen aus Orient und Okzident miteinander verschmolzen haben. Der gesamte Jakobsweg, den unter anderem sie militärisch gesichert haben, zeugt von...«

»Busengrapschern?«

Das hält sie keine Sekunde länger aus! Nelly schlüpft aus der Bank, knickst einem Impuls folgend kurz und dankbar vor der Madonna mit dem Kind und eilt nach draußen.

Im Schatten des Wandelgangs, den von den Säulen herab

steinerne Zauberer, Teufel und Bocksgesichter bewachen, sitzen Martha und Hermann auf einem Mäuerchen. Hermann betrachtet verträumt das Muster der Steine und winziger Halbedelsteine, die zu einem Fußbodenmosaik gelegt sind. An eine Säule gelehnt lauscht Paolo dem unvermeidlichen Herberger, der etwas von einer buddhistischen Dagoba auf Sri Lanka daherschwätzt, die wie der außen liegende Kreuzgang von Eunate Tore nach allen Himmelsrichtungen habe. Er murmelt etwas über die Begegnung mit buddhistischen Mönchen und – das darf ja nicht wahr sein! – landet ebenfalls bei den Tempelrittern!

Nelly verdreht die Augen. Der ist doch nicht ganz echt im Kopf. Wie kommt dieser Spinner darauf? Muss dieser promovierte Taxifahrer immer den allwissenden Guru spielen? Der ist noch schlimmer als Ernst-Theodor. Und leider erfolgreicher, denn Paolos Gesicht spiegelt eine Heldenverehrung, die Nelly ungesund findet. Auf einen Wink von Herberger löst der junge Mann sich sogar von der Säule, und die beiden Männer verschwinden.

Martha lächelt und klopft einladend auf die Mauer neben sich. »Ein wundervoller Ort, nicht wahr?«

Nelly nickt und schluckt. »Haben Sie vielleicht ein Handy? Ich würde gerne meine Tochter anrufen.«

Martha zieht ein Handy aus ihrem kleinen Rucksack. »Sollen wir weggehen, damit Sie ungestört sind?«

»Nein, nein, ich werde dort hinten telefonieren.« Nelly deutet auf eine Baumgruppe, nimmt das Handy und geht. Die Bäume umringen ein Wasserbecken, das aus einem unablässig plätschernden Hahn gespeist wird.

Nelly schnürt rasch die Schuhe auf und taucht ihre Füße ins kühle Wasser, dann wählt sie die Nummer von Beckys Handy. Sie will ihr dringend sagen, wie lieb sie sie hat. Immer und ewig und ganz egal, was kommt und wo immer sie oder Becky sich gerade aufhalten.

Es klingelt lange, bis sich ihre Tochter mit aufgekratzter Stimme meldet und sofort losprudelt. »Hallo, Papa, bist du's? Das ist der reine Wahnsinn hier. Die Make-up-Artistin ist gerade gekommen und die Stylistin, das ist so cool, die wollen mich total umstylen, und das Kleid von dir ist...«

»Becky, ich bin's.«

»Mama?« Die Frage klingt halb erstaunt, halb wie ein Vorwurf. Beides schmerzt Nelly gleichermaßen.

»Schätzchen ... Ich wollte nur sagen ... Ich dachte ... Also ich bin jetzt in Spanien.«

»Weiß ich doch. Und: Wetter gut?«

Nellys Stimme droht ihren Dienst zu versagen. »Ja. Du ... Becky ... Ich ... Ich wollte dir sagen ... Ich liebe dich.«

»Weiß ich doch.« Jetzt klingt Becky geradezu genervt. »Ich lieb dich auch, aber jetzt muss ich mich beeilen, heute Abend gehe ich mit Papa auf eine Riesenparty. Filmpremiere.« Sie zählt sämtliche Stars und Sternchen auf, denen sie zu begegnen hofft. »Und Papa hat extra für mich ein total tolles Kleid gekauft. Und weißt du das Allertollste überhaupt? Er hat mir einen Auftritt in seiner neuen Show versprochen! Und wenn's gut geht, darf ich danach immer mitmachen.«

»Was für eine Show?«, fragt Nelly und muss schlucken.

»Sagt er mir erst, wenn er den Vertrag dafür hat.«

»Becky, bitte, das müssen wir erst miteinander besprechen.«

»Da gibt es nichts zu besprechen.«

»Becky, ich möchte nicht, dass du...«

Nelly merkt sofort, dass Becky ihr nicht mehr zuhört. Ihre Tochter hat offenbar gerade das Handy vom Ohr genommen und spricht nun in den Raum hinter sich: »Ja, ja, ich mach sofort Schluss... Nee, is' nichts Wichtiges... nur meine Mutter.« Dann redet sie wieder mit Nelly. »Die Make-up-Frau hat nur total kurz Zeit. Sie muss noch Keira Knightley schminken. Das ist Wahnsinn hier! Kussi, Kussi!«

Und Ende.

Nelly fühlt sich wie vor den Kopf geschlagen. Das »Kussi-Kussi«, das war nicht ihre Becky. Und die spitzen, affektierten Kussgeräusche, die sie dazu fabriziert hat, auch nicht. Was für eine Show soll dass überhaupt sein, in der Jörg mit ihr auftreten will? Irgend so ein Superstar-Quatsch? Sie hat ja immer befürchtet, dass Jörg einmal das Register »Ich mach dich zum TV-Star« ziehen würde, um sich die Liebe seiner Tochter für alle Ewigkeiten zu sichern. Nun, gegen einen Talentshow-Papa kann sie nicht ankommen. Nie und nimmer. Jetzt heißt es also tatsächlich, von ihrer kleinen Becky Abschied zu nehmen.

Nelly wirft einen Blick zurück auf Eunate. Eben im Dunkel der Kirche fühlte sich alles so leicht und ihre Verbindung zu Becky so unerschütterlich an. Nun, das ist sie auch, aber der flüchtige Einblick in Beckys derzeitige Welt tut weh. Diese Welt ist meilenweit von ihrer entfernt, viel weiter als Spanien von Deutschland.

Nelly zieht die Füße auf den Beckenrand und lässt sie in der Sonne trocknen. »Verschwinde, du mieser Betrüger! Ich will dein dreckiges Geld nicht mehr. Du hast mir auch nicht zu sagen, was ich tun soll. Keiner von euch«, dringt aus der Ferne eine wütende spanische Stimme an ihr Ohr. »Verschwinde aus meinem Leben!«, zürnt es erneut, diesmal in gebrochenem Deutsch. Paolos Deutsch.

Kurz darauf teilt sich vor ihr ein mannshohes Gebüsch. Paolo schlüpft hindurch. Sein Jesusgesicht ist derart von Zorn verzerrt, dass sie unwillkürlich an den *dies irae*, den Tag des

Jüngsten Gerichts, denken muss. Wer hat diesen bislang so stillen, gleichmütigen und verträumten jungen Mann derart in Rage versetzt?

Herberger.

Der tritt mit verschlossener Miene ebenfalls aus dem Gebüsch. Er wirkt abwesend und – Nelly kann es kaum fassen – tödlich verletzt. So verletzt, wie sie sich eben wegen Becky gefühlt hat.

»Fehlt Ihnen etwas?«, fragt sie.

Herbergers Augen kehren wie aus weiter Ferne zurück. »Haben Sie etwa gelauscht?«, wütet er mit einer Stimme, die wie das Echo von Paolos »Verschwinde aus meinem Leben« klingt. Doch bevor Nelly antworten kann, besinnt sich Herberger. »Tut mir leid. Ach, ist ja auch egal. Vollkommen egal.«

Von der Kirche her ertönt Paolos gewohntes *Vamos*. Herberger zögert. Nelly streift Socken und Schuhe über. »Nun kommen Sie schon«, sagt sie entschlossen und deutet mit dem Kopf in Richtung Wandergruppe. »Wir haben noch eine ziemliche Strecke vor uns. Mehr als fünfzehn Kilometer, wenn ich das richtig verstanden habe.«

»Achtzehn«, berichtigt Herberger automatisch und schüttelt den Kopf. »Ich denke, für mich ist ab hier Schluss. Das Ganze war völlig verrückt. Reiner Irrsinn.« Er dreht sich um und verschwindet wieder im Gebüsch.

Einen Moment überlegt Nelly, ihm zu folgen. Der Mann braucht Hilfe. Dann ruft sie sich zur Ordnung. Wie bitte? Hilfe? Doch nicht dieser unverschämte Holzkopf!

27.

»Das ist eine reichlich einfallslose Lektüre«, stellt Frau Schick seufzend fest, legt Bettinas Aktenordner auf einem Tisch im Innenhof der Finca Viabadel ab und lehnt sich in ihrem Korbstuhl zurück.

Bettinas Aufzeichnungen über ihre geistige Verfassung legen einen schmalen Anfangsverdacht auf greisenhaften Starrsinn nahe und erwähnen gelegentliche Rückzüge in die magische Erlebniswelt von Kindern. Natürlich steht das nicht wörtlich in den Berichten, sondern in einem sperrigen Fachvokabular, das Bettina widerwillig erläutert hat.

Mit dem Vorwurf, sie sei starrsinnig, kann Frau Schick gut leben, denn das ist sie von jeher. Und auch auf die Märchen von der ollen Schemutat und den Wald von Irati lässt sie nichts kommen. Sie weiß, was sie erlebt hat, und echte Wunder behält man in dieser Welt am besten für sich, sonst macht sie irgendwer kaputt. »So.« Sie trinkt einen Schluck aus ihrem Wasserglas und wendet sich dann Bettina zu. »Nun zum Geschäftlichen: Ab morgen schreiben Sie jeden Tag einen Bericht an den Grüßaugust.«

»Aber warum denn das?«, wundert sich Bettina.

»Weil Sie Geld dafür bekommen, Sie Dummerchen. Ich empfehle allerdings ein drastischeres Vokabular. Was Sie bislang zu Papier gebracht haben, ist wenig zielführend und zu lasch. Mir fehlen Begriffe wie ›Verfolgungswahn‹, ›Bewusstseinsspaltung‹, ›Halluzinationen‹ und ›Vergeltungsfantasien‹.«

»Pardon, aber das klingt doch sehr nach Küchenpsychologie!«, protestiert Bettina.

»Also haargenau richtig für den Grüßaugust! Wenn ich schon plemplem sein soll, dann möchte ich wenigstens gefährlich klingen – für andere. Nur bitte fantasieren Sie sich nichts über traumatische Kindheitserlebnisse und Papa-Mama-Freud zusammen. Ich hatte meine Eltern sehr gern und wollte sie auch nie ermorden.«

Bettina zögert und nimmt einen Schluck vom Kaffee, den ihnen Señor Viabadel nach einem vorzüglichen Imbiss und getaner Arbeit im Patio serviert hat. »Ich weiß nicht recht, Frau Schick. Seriöse Neurologen arbeiten nicht mit derart unscharfen Begriffen, das fällt auf.«

»Dem Grüßaugust nicht.«

»Aber Sie sind – salopp gesagt – nun einmal nicht verrückt.«

Frau Schick schnellt im Korbstuhl empor. »Erlauben Sie mal! Ich rede laut mit Madonnenfiguren und bedrohe sie mit dem Tod! Das haben Sie in Burguete doch selbst mitangehört.«

Bettina nimmt einen Schinkenrest vom Teller und lässt Quijote danach schnappen. »Frau Schick, ich habe in der Kirche lediglich gehört, dass Sie den Verrat und den Tod eines geliebten Menschen verarbeiten müssen.«

»Was Sie überhaupt nichts angeht!«

Bettina seufzt. »Wie auch immer. Danach war mir jedenfalls begreiflich, warum Sie tags zuvor Gott als Mörder bezeichnet haben. Wut ist eine wichtige und normale Phase der Trauerarbeit. Es spricht sogar für Ihre stabile Psyche, dass Sie sich dieses Gefühl nicht verbieten oder es mit aller Macht verdrängen. Ein herzhaftes Donnerwetter ist gesünder als ein scheinheiliges Vaterunser, sagt man im Volksmund.«

Frau Schick schürzt trotzig die Lippen. »Ich und gesund? Wehe, Sie schreiben davon auch nur ein Wort an diesen Filou von Pottkämper.«

»Warum werfen Sie diesen Mistkerl nicht einfach raus?«

»Das wäre nur das halbe Vergnügen. Außerdem brauchen Sie das Geld, um endlich ein Tierheim zu gründen und aus Ihrer Irrenanstalt herauszukommen.«

»Frau Schick, bitte, es handelt sich um eine psychiatrische Fachklinik.«

»Die zumindest Ihnen nicht bekommt. Wie viel zahlt der Grüßaugust eigentlich pro Bericht?«

»Hundertfünfzig Euro.«

»Ich hoffe aus eigener Tasche!«

Bettina nickt und lockt Quijote näher zu sich. »Das ist anzunehmen. Er zahlt es mir nämlich schwarz, bar auf die Hand.«

»Trotzdem ganz schön knickerig, wenn man bedenkt, dass dieser Knallkopf auf die Übernahme der Schick und von Todden GmbH spekuliert. Na, da schreiben Sie ab heute am besten zwei Berichte täglich, damit es ihm finanziell schon jetzt ein bisschen wehtut.«

»Ich möchte wirklich keine Berichte mehr verfassen. Mir bekommt diese klinische Betrachtungsweise energetisch überhaupt nicht.«

Transuse! Frau Schick verdreht die Augen. »Also gut, dann machen wir es eben so: Die Verrücktheiten bringe ich selbst zu Papier, und Sie schreiben mich nach Herzenslust gesund. Abschicken werden wir unsere jeweiligen Berichte abwechselnd. Heute gaga, morgen ganz im grünen Bereich; das macht den Grüßaugust hübsch kariert im Kopf und fuchsteufelswild.«

»Ich denke nicht, dass Herr Pottkämper für positive Nachrichten etwas bezahlen wird.«

»*Ich* bezahle dafür, liebe Bettina. Sagen wir achthundertfünfzig Euro pro Bericht. Zusammen mit dem, was Sie von Pottkämper für die von mir verfassten Wahnsinnsnachrichten einstreichen, erhalten Sie dann pro Tag insgesamt tausend Euro. Wir sind noch acht Tage unterwegs, da kommt zusammen mit Ihren Lebensversicherungen hübsch etwas für unser Tierheim zusammen! Ich bin übrigens sehr dafür, dass wir es hier und nicht auf Lanzarote eröffnen. Der Jakobsweg soll ja voller Streuner sein, und außerdem können Sie Ihre Tierliebe dann mit Ihren spirituellen Interessen verbinden.«

Und wenn sie möchte auch mit gelegentlichen Besuchen auf der Finca Viabadel und bei dem reizenden Basken. Frau Schick lächelt und lehnt sich entspannt im Korbstuhl zurück. Diese vorausschauende Form umfassender Nächstenliebe ist viel vergnüglicher, als immer nur Schecks für gute Zwecke auszustellen. Bettinas Tierheim hat sie bereits eine großzügige Spende zugesichert und sich ein Mitspracherecht.

»*Nomen est omen*«, hat Paul immer gescherzt, wenn sie ihm besonders hohe Spenden abschwatzen musste: »Ich bin der schnöde Schick und du mein Schicksal, aber übertreib es nicht.« Papperlapapp! Es ist doch besser, wenn sie das Vermögen jetzt und mit Vergnügen unter die Leute bringt. Einen legitimen Erben gibt es schließlich nicht, nur Paulchens diverse Kuckuckseier.

»Aber was ist, wenn Pottkämper aufgrund dieser Berichte tatsächlich ein Verfahren zur Feststellung Ihrer Geschäftsuntüchtigkeit anstrebt?«, nörgelt Bettina.

»Sie waren wirklich zu lange unter Menschen mit unheilbaren Zwangsvorstellungen tätig.« Frau Schick seufzt angesichts von so vielen Bedenken. »Damit kommt der doch nie durch! Der Grüßaugust ist ein Mann, der sich für die Einführung eines Internationalen Tags der Frauenparkplätze einsetzen wollte –

samt Wahl einer Miss Parkhaus. Nach der Aktion hat der Vorstand ihn von der Pressearbeit entbunden, und Paulchen musste sich einen neuen Posten für ihn ausdenken. Dieser Pottkämper ist ein Strohkopf, der bei den dümmsten Ideen Feuer fängt. Übrigens... Glauben Sie, dass Herberger ihm ebenfalls Berichte über mich liefert?«

Bettina zuckt mit den Schultern. »Ich habe versucht, mich Herberger zu nähern...«

In der Tat, denkt Frau Schick, das hat sie. War ja nicht zu übersehen.

»... und ihn auf seine Vergangenheit und das Einstellungsgespräch bei Ihrem Sekretär anzusprechen, aber er hat gemauert, und ich konnte ja schlecht sagen, dass ich Pottkämper kenne und für ihn arbeite. Nein, ich hatte nicht den Eindruck, dass Herberger etwas mit ihm zu tun hat.«

Frau Schick lächelt zufrieden. »Das freut mich. Das freut mich sogar außerordentlich. Insgesamt halte ich Herberger nämlich für einen grundanständigen Charakter.«

Bettina runzelt verwirrt die Stirn. »Verzeihung, aber da bin ich mir nicht so sicher. Irgendetwas stimmt mit ihm nicht, er führt etwas im Schilde. Als ich in seinem Zimmer war...«

»Wann denn das?«

»In Burguete.«

»Ach? War das morgens gegen sechs?«

»Um Himmels willen, was denken Sie! Ich war abends nur kurz bei ihm, um mir Zahnpasta zu borgen. Jedenfalls habe ich da sein Reisenecessaire gesehen. Es trägt die Initialen E. G. und sein Rasierpinsel auch!«

»Rasierpinsel? Der Mann trägt doch Vollbart.«

»Vielleicht noch nicht lange?«

»Bettina, Sie erstaunen mich. So viel Beobachtungsgabe

hätte ich Ihnen gar nicht zugetraut. Aber nun Schluss mit dem Plauderstündchen. Wir haben zu tun.«

»Was denn noch?«, seufzt Bettina, und Quijote tut es ihr gleich, da die Schinkenplatte inzwischen leer ist. Beleidigt, aber mit unverkennbar wachsendem Vergnügen lässt sich der Hund durch Bettinas Krauleinheiten trösten.

»Es ist gleich vier Uhr. Wir müssen das Gepäck unserer Mitreisenden inspizieren, bevor die Bande hier eintrifft«, bestimmt Frau Schick.

»Ihr Gepäck?«

»Ja, der Busfahrer hat es soeben abgeliefert und ist jetzt unterwegs, um die Damen und Herren aufzulesen, die für heute genug gewandert sind und stattdessen irgendein Kloster mit kostenlosem Weinbrunnen besichtigen wollen.«

»Das Kloster Irache. Ach, das hätte ich zu gerne gesehen!«

»Sie haben nichts verpasst. Herberger hat mir erzählt, dass der Brunnen exakt siebzig Liter pro Tag hergibt, und die sind Schlag Mittag aus, weil genug Pilger erst sich und dann riesige Plastikflaschen mit dem Gratiswein füllen. Der brave Rest darf dann den Wasserhahn benutzen. Dabei wird er zu allem Überfluss auch noch von einer Kamera dabei beobachtet, die Bilder rund um die Welt schickt.«

»Es gibt dort eine Webcam?«

»Ja, so hieß das. Da kann dann alle Welt zuschauen, wie es um die brüderliche Nächstenliebe unter manchen Christen bestellt ist.«

»Ich hätte wirklich gern den Kreuzgang von Irache und das nahe gelegene Estella besucht«, wiederholt Bettina.

»Der Kreuzgang ist geschlossen, und Estella steht für morgen als Zwischenstopp auf dem Programm«, sagt Frau Schick. »So, und jetzt an die Koffer. Uns bleiben schätzungsweise vierzig bis fünfzig Minuten, um sie zu durchsuchen.«

»Wonach denn um Himmels willen?«, protestiert Bettina, und Quijote hebt jaulend den Kopf, weil sie das Kraulen vergisst.

»Nach Knickern! Irgendwer muss sie schließlich verteilt haben, und ich wette, es gibt noch mehr davon.«

»Aber wir können doch unmöglich in der Halle ein Dutzend fremder Koffer durchwühlen. Das Personal und der Empfangschef haben ihre Siesta beendet.«

Frau Schick erhebt sich schwungvoll aus ihrem Korbstuhl. »Was denken Sie von mir! Ich werde ja wohl kaum auf Knien über den Fußboden rutschen, mit meinen Hüftgelenken! Nein, unser zuvorkommender Baske hat auf meine Bitte die Koffer bereits auf die Zimmer verteilen lassen. Sie müssen nur noch die Zimmerschlüssel besorgen.«

»Ich?«

»Ja, wir brauchen alle außer Nellys. Die kann schließlich nichts damit zu tun haben, weil ich meinen Knicker vor ihrer Ankunft bekommen habe und ihr Gepäck allein aus meinen Einkäufen besteht. Ich hoffe, sie trägt heute Abend das schöne neue Kleid.«

»Wie soll ich Herrn Viabadel denn erklären, dass ich fremde Zimmerschlüssel brauche?«

Frau Schick schüttelt ungeduldig den Kopf. Praktisch veranlagt ist Bettina nun wirklich nicht. »Sie brauchen sie, weil ich an meine Wanderstöcke heranmuss, die dummerweise an Hildegards Koffer festgeschnallt wurden. Und meine Medikamententasche, die ich im Übrigen dringend brauche, hat doch tatsächlich fälschlicherweise auf Marthas Rollkoffer gelegen. Sie dürfen unserem Gastgeber gegenüber außerdem gern andeuten, dass ich mitunter Dinge verlege und ein wenig vergesslich bin.«

Bettina wirkt noch lange nicht überzeugt. »Dafür reicht mein Spanisch nicht.«

Frau Schick lässt den rechten Zeigefinger neben ihrem Kopf rotieren. »Ich denke, diese Geste ist international geläufig. Dazu seufzen Sie einfach meinen Namen. Das Wort ›Wanderstock‹ findet sich hoffentlich in Ihrem Taschenlexikon.«

Bettina schüttelt sprachlos den Kopf. »Wann und wie haben Sie das mit den Stöcken und Ihrer Medizintasche denn schon wieder bewerkstelligt?«

»Während Sie mit Señor Viabadel in meinem Auftrag in der Bar erstaunlich lange und ergebnislos über Filterkaffee diskutiert haben. Merkwürdig, dass das Wort nicht einmal im Lexikon vorkommt. Aber nun . . . Manchmal ist es auch nützlich, eine Sprache nicht zu beherrschen. Man gewinnt Zeit und kommt sich näher, nicht wahr? Ich denke, unser charmanter Winzer gibt Ihnen von Herzen gern jeden Schlüssel, nur den zum Weinkeller nicht, da scheint er eigen zu sein.«

»Ich kann ihn jetzt unmöglich stören. Er ist in der Küche beschäftigt«, wehrt sich Bettina. »Die ist ihm heilig.«

»Woher wissen Sie denn das?«

»Er wollte sie mir vorhin unbedingt zeigen und das Abendessen genauer beschreiben. Er kocht es nämlich selbst, und ich esse gern.«

»Umso besser! Loben Sie seine Suppe oder was auch immer er fabriziert, dann frisst er Ihnen aus der Hand.«

Bettina senkt errötend den Kopf zu Quijote hinab: »Du bist ein feiner, ein ganz feiner und guter Hund, der allerbeste der Welt.«

Für sein Herrchen sollte sie eine andere Tonlage und raffiniertere Koseworte benutzen, findet Frau Schick und räuspert sich. »Ich werde jetzt einen Pagen damit beauftragen, Herbergers Sachen aus dem Jaguar in mein Zimmer zu bringen. Ich bin gespannt, ob ich darin neben den geheimnisvollen Rasierpinseln auch die Murmeln finde.«

»Und ich soll mich derweil wohl von Hildegard beim Durchwühlen des Gepäcks erwischen lassen«, mault Bettina.

»Ach, keine Bange, die fange ich rechtzeitig ab! Und Ernst-Theodor hat sicher nichts gegen einen Besuch von Ihnen einzuwenden. Sie können ihn ja nach Zahnpasta fragen.«

»Ernst-Theodor? Den doch nicht!«

»Warum haben Sie dann gestern Abend im Café Iruña stundenlang mit ihm über Sitzmadonnen gefachsimpelt? Und noch dazu über Fruchtbarkeitsgöttinnen und heidnische Rituale!«

»Weil längs des Jakobsweges tatsächlich die erstaunlichsten Kirchen stehen und äußerst rätselhafte Kultstätten.«

»Papperlapapp! Ihr Interesse muss den Kerl doch auf dumme Gedanken bringen.«

»Er tat mir einfach leid«, protestiert Bettina.

Frau Schicks Ton wird streng. »Bettina, dass sollten Sie sich dringend abgewöhnen. Männer seines Alters verwechseln unser Mitleid gern mit Bewunderung, und Gespräche über Fruchtbarkeitsgöttinnen könnten fatale Auswirkungen haben.«

»Aber doch nicht auf einen so verknöcherten Theoretiker wie Ernst-Theodor.«

»Gerade auf einen Theoretiker wie Ernst-Theodor! Na ja, vielleicht tut es seiner Hildegard mal ganz gut, wenn sie ihren Langeweiler für ein Objekt fremder Begierde...« Das ohrenbetäubende Rumpeln von Kofferrollen auf Buckelfliesen unterbricht Frau Schick. »Ah, endlich Bedienung.«

Ein Page rollt einen ramponierten Trolley durch den Patio, über seiner linken Schulter baumelt ein Rucksack. Quijote knurrt verhalten.

»Moooment!«, ruft Frau Schick. Der Page rollert unbeirrt weiter. »Bettina, was heißt ›Moment‹ auf Spanisch? Oder

›sofort stehenbleiben‹. Nun schlagen Sie doch schon nach! Schnell!«, drängt Frau Schick.

»Eh, vielleicht *momento* oder *momentito*«, erwägt Bettina und blättert hektisch im Lexikon.

»*Momentito!*«, ruft Frau Schick dem Pagen zu, der sich verwundert zu ihr umdreht. Das mit dem o am Ende scheint ein genialer Trick zu sein. Langsam kommt sie sogar den Geheimnissen der spanischen Sprache auf die Spur.

»*El* Koffero *mio* aus dem Jaguar«, improvisiert Frau Schick, »*pronto.*« Sie deutet gebieterisch erst auf den Trolley, dann auf sich. Quijote begreift den Befehlston sofort und lässt sich hechelnd zu ihren Füßen nieder. »Dummer Hund, hält sich glatt für einen Koffer!«

»Quijote ist nicht dumm.«

Der Page betrachtet ratlos den Trolley, dann Frau Schick. Schulterzuckend bewegt er sich schließlich samt Gepäckstück auf sie zu. Er setzt ihn vor ihr ab, deutet auf den Adressanhänger und murmelt fragend: »Señora Brinken-ba-umer? Nelly?«

»*No*«, sagt Bettina.

»*Sí*«, sagt Frau Schick, die blitzschnell begriffen hat, um wessen Koffer es sich bei dem Trolley handelt. Sie schnappt nach dem Griff.

Der Page macht Anstalten, Nellys dreibeinigen Salsa Fun zu verteidigen. Doch als Quijote die Zähne fletscht, gibt er auf und lädt auch den Rucksack neben Frau Schick ab.

Die nickt gnädig. »*Multo gracias.* Rasch, Bettina, laufen Sie nach vorne zum Empfang. Ich will wissen, wer das Ding und den Rucksack gebracht hat! Wenn er noch da ist, soll Herr Viabadel ihn umgehend rauswerfen.«

»Frau Schick! Dazu reicht mein Spanisch wirklich nicht. Und außerdem, was soll das? Nelly wird sich freuen, ihr gestohlenes Gepäck zurückzuhaben. Ein Diebstahl ist ein traumatischer Eingriff in das persönliche Sicherheitsempfinden. Nelly wird erleichtert sein und möchte dem ehrlichen Finder bestimmt danken.«

»Nur über meine Leiche!«, schimpft Frau Schick und tastet nach dem Griff des neben ihr abgesetzten Trolleys. Eine andere Hand kommt ihr zuvor und zieht den Trolley energisch nach hinten weg. Frau Schick wirbelt herum. »Herberger, Sie?«

»Ich nehme Frau Brinkbäumers Gepäck wohl besser an mich, bevor es ein zweites Mal verschwindet. Sie freut sich sicherlich, alles zurückzubekommen. Falls sogar das Geld und ihre Papiere noch da sind, kann sie sofort abreisen.«

»Abreisen? Auf keinen Fall. Was machen Sie überhaupt schon hier? Ich habe Ihnen doch frei gegeben. Sie gehören auf den Jakobsweg.«

»Nicht mehr, Frau Schick. Ein freundlicher Fernfahrer hat mir bei der Verkürzung der Etappe geholfen.« Herberger schultert Nellys Rucksack und macht sich samt Koffer auf den Weg zu seinem Zimmer.

»Herberger, bringen Sie das sofort zurück, oder Sie sind entlassen!«, droht Frau Schick.

»Nicht nötig, ich kündige.«

»Und wer fährt dann den Jaguar? Ich bin so gut wie blind!«

28.

Genüsslich lässt Nelly Wasser auf sich herabregnen. Eine heiße Dusche nach einer Wanderung über fünfundzwanzig Kilometer ist keine gewöhnliche Dusche, sondern eine Offenbarung. Nellys Waden schmerzen, die Füße brennen. Sie spürt Körperteile, deren Existenz sie bislang ignoriert hat, und ihr Magen ist ein knurrendes Hungerloch. Dennoch ist es für Nelly geradezu ein Luxus, sich ganz und gar mit ihrem Körper und seinem Befinden zu befassen. Bereitwillig überlässt sie ihm alles Fühlen und Planen: duschen, essen, schlafen. Und morgen? Mal sehen. Vielleicht einfach weitergehen. Verlockend ist das auf jeden Fall, aber dazu schweigt ihr Körper weise. Sie stellt den Duschstrahl auf Schauerstärke.

Bilder der zurückgelegten Strecke lichtern ihr durch den Kopf. Der Weg von Eunate nach hier, vorbei an Getreidefeldern und kahl ansteigenden Bergzügen. Ein versilberter Totenschädel in der Pfarrkirche von Obanos, der einmal jährlich mit Wein übergossen wird, den die Dorfbewohner hernach zwecks Wunderheilung trinken. Es folgen innere Schnappschüsse vom stolzen Dörfchen Puenta la Reina mit handtuchschmalen Häuserschluchten, rankenumschlungenen Palacios und einer auf sechs Bögen ruhenden Steinbrücke, die alle von den Pyrenäen kommenden Jakobswegachsen und Pilger vereint. Wie ungezählte Wallfahrer zuvor haben auch sie mit Paolo auf dem Scheitelpunkt der Brücke innegehalten, um deren Abbild im Wasser zu bestaunen.

Ernst-Theodor hat versucht, Brücke und Gruppe samt ihrer

optischen Verdopplung fotografisch festzuhalten, schließlich aber aufgegeben und sich mit der üblichen Gruppenaufnahme am Fuß der Puenta la Reina zufriedengegeben.

Hinter der Brücke ging es recht steil bergauf. Bis Cirauqi, was Paolo aus dem Baskischen mit »Kreuzotternnest« übersetzt hat. Ein erdfarbenes Hügeldorf inmitten von Weinbergen, in dem der Camino unter dem Rathaus hindurchging und wo Steinbänke zur Rast einluden. Hermann und Martha, Hildegard und Ernst-Theodor haben sich nach dem harten Anstieg dort verabschiedet, um auf den Bus zu warten und später ein Kloster zu besichtigen. Ernst-Theodor hat sich sogar als Führer für die Klostertour angeboten und damit Paolo ermöglicht, mit Nelly weiterwandern zu können.

Selbst Hildegard schien mit dem Führungswechsel einverstanden zu sein und froh darüber, ihren Ernst-Theodor wieder als Bildungswunder anpreisen zu dürfen. Ein Wunder, das ihr allein gehört. »Mein Ernst-Theodor weiß alles über das Kloster Irache«, hat sie Hermann und Martha versprochen. »Das war unter anderem mal eine Universität, die sich über dreihundert Jahre lang nur mit dem Dogma der unbefleckten Empfängnis befasst hat. Das muss man sich mal vorstellen! Eine ganze Universität macht sich über dreihundert Jahre ausschließlich über die unbefleckte Empfängnis und Marias Jungfräulichkeit Gedanken. Natürlich lauter Männer. Aber immerhin haben sie den Glauben sehr ernst genommen.«

Ernst-Theodor selbst hat nur kurz damit aufgetrumpft, dass das Wunder der jungfräulichen Geburt nach Aussage einiger moderner Philologen auf ein Missverständnis und einen Übersetzungsfehler zurückgeht. »In den hebräischen Urtexten der Bibel ist lediglich von ›einer jungen Frau‹ und nicht von einer Jungfrau die Rede, die zur Mutter des Messias erkoren wurde.« Dann hat er mit Blick auf seine Hildegard lieber geschwiegen.

Paolo ist Nelly dann vorausgegangen. Schweigend. Ihm schien genau wie ihr mehr nach einem strammen Fußmarsch als nach kulturhistorischen Erläuterungen oder theologischer Konversation zumute zu sein.

Bergab gelangten sie durch eine einsame Schlucht zu einem Fluss, den sie auf einem Römerbrückchen querten. Schmal und krumm wie ein Zwergenbuckel ragte es aus der Böschung. Danach führte der Weg stellenweise über Reste einer alten Straße, die Legionen der Cäsaren kunstvoll gepflastert haben, vorbei an schwarzen Zypressen, durch silbrige Olivenhaine und Disteläcker. Eine beinahe toskanische Landschaft – und ein willkommener Trost für den Wegabschnitt, den sie danach parallel zur Schnellstraße laufen mussten.

Der Gesang der Zikaden in den umliegenden Feldern mischt sich in Nellys Kopf mit dem Prasseln des Duschwassers. Sie liebt Zikaden seit jeher, weil die sie unweigerlich an Sonne und Süden denken lassen. Nelly schließt die Augen und lauscht den Zikaden nach, während das Wasser weiter auf sie herabströmt. Das raue Quaken von Fröschen untermalt das spitze Flügelzirpen, genau wie an dem Tümpel, an dem sie mit Paolo Rast gemacht hat.

»Guck mal«, hat Paolo plötzlich ihr einvernehmliches Schweigen gebrochen. »Guck mal« pflegt er immer dann zu sagen, wenn er auf eine Sehenswürdigkeit hinweisen will. Gemeinsam haben sie dann schwarz und grün gefleckte Frösche entdeckt, deren Werbungszeit noch nicht vorbei war.

Neben der Erfahrung in Eunate war es für Nelly der erstaunlichste Moment an diesem Tag. Nie zuvor hat sie erlebt, wie nah und verbunden man sich einem Fremden fühlen kann, wenn man miteinander schweigen, schauen, lauschen und auch lauthals lachen kann. Gelacht haben sie über die Frösche, die dem Gesang der Zikaden nicht gewachsen waren und ihr Konzert immer wieder völlig erschöpft unterbrechen mussten, um auf der Oberfläche des Teiches alle viere von sich zu strecken und toter Mann zu spielen.

Nelly weiß, dass sie die meisten Ortsnamen, die sie unterwegs von Wegweisern abgelesen hat, schon morgen vergessen haben wird. Keines der Dörfer war spektakulär, keine der Landschaften außergewöhnlich, nicht einmal die Frösche eine einzigartige Spezies, aber alles zusammen war genau das, was sie heute gebraucht und was ihr schon so lange gefehlt hat: unterwegs zu sein, allein mit sich selbst und doch beschützt von einem Gefühl der Geborgenheit.

Sie stellt die Dusche ab und tastet sich durch den warmen Dampf zu den Handtüchern, rubbelt Haut und Haare trocken, hüllt sich in ein Laken und tappt voller Vorfreude auf das Abendessen zum Bett. Darauf ausgebreitet liegen neue Unterwäsche und ein helles Leinenkleid, das Frau Schick für sie ausgesucht und gekauft hat. Vor dem Bett stehen hübsche und herrlich flache Sandalen aus geflochtenem Leder.

Die alte Dame hat nicht nur Geld, sondern auch Geschmack, das muss man ihr lassen. Nelly zieht sich rasch an und lächelt. Selbst an Gesichtscreme, Wimperntusche und Lippenstift hat Frau Schick gedacht.

Sie wird sich gleich aus vollem Herzen und mit endlich wieder klarem Kopf bei ihr bedanken. Für alles. Für die Rettung im Wald, für die Wimperntusche, den Wandertag und den sogenannten Job. Warum hat sie Frau Schick nur je misstraut? Sie ist die großzügigste Frau, die ihr jemals begegnet ist, ein ganz und gar selbstloser Mensch, von dem man nur lernen kann.

Rasch kramt Nelly die Bibel aus dem neuen Rucksack, den

ihr Frau Schick ebenfalls mitgebracht hat. Was wollte sie noch einmal übersetzt haben?

»Matthäus 7, Verse 1 bis 5«, liest sie von einem Stichwortzettel in Frau Schicks Handschrift ab. Sie blättert und überfliegt die Verse kurz. Eine ganz berühmte Stelle: *Richtet nicht, auf dass ihr nicht gerichtet werdet.* Na, das wird sie wohl hinbekommen, ohne sich mit Luther messen zu müssen.

Nelly macht sich rasch Notizen, dann greift sie nach den Schlüsseln auf dem Nachttisch. Ihr Blick streift das Telefon, und spontan fasst sie einen Entschluss: Sie wird bei Ricarda anrufen, jetzt sofort. Sie wird die unangenehme Beichte über ihre Missgeschicke und den Mistkerl Javier hinter sich bringen und sich mit ihrer Freundin versöhnen. Aber was heißt überhaupt »Missgeschicke«? Ihr geht es gut, besser als sie es nach all ihren Dummheiten verdient hat.

Becky, das erkennt Nelly auf einmal, geht es auch gut. Sie wird erwachsen und wird dabei Fehler machen und Enttäuschungen erleben und Erfolge – alles auf ihre Weise. Und Nelly wird sie weiterhin lieben – und irgendwann lernen, sich nicht mehr an Erinnerungen an die kleine Becky festzuklammern, die es nicht mehr gibt. Egal, wie weh es tut.

Nelly wählt Ricardas Nummer.

Ricarda scheint darauf gewartet zu haben, denn schon nach dem ersten Klingeln ist sie am Apparat. »Nelly?«

»Ja.«

»Ich bin so froh, dass du endlich anrufst. Was genau ist passiert? Und was oder wer zum Teufel ist dieser Javier in echt?«

»Ein Betrüger. Er hat mich in Bilbao abgeholt und ist später mit meinem Gepäck und dem Mietwagen verschwunden.«

»Mehr ist nicht passiert, ich meine...«

Nelly weiß, was sie meint. »Nein, mehr ist nicht passiert. Er hat mich schlicht und einfach beklaut.«

»Oh Nelly. Das tut mir so leid. Wo bist du? Ich setze mich in den nächsten Flieger, ich habe die Zeiten schon rausgesucht und...«

»Kein Grund zur Besorgnis, mir geht es gut, wirklich. Mir geht es sogar blendend. Ich sitze frisch geduscht in einem wundervollen Hotelzimmer und werde gleich köstlich essen.«

»Hast du Geld?«

»Ja.«

»Woher?«

Das will Nelly nun wirklich für sich behalten. Die ganze Geschichte mit Frau Schick klingt auch in ihren Ohren ein wenig zu verrückt, und mit Verrücktheiten will sie ihrer Freundin nicht mehr kommen. »Ricarda, ich rufe an, um dir zu sagen, wie leid mir unser letztes Gespräch tut. Ich wollte dich nicht so anschreien.«

»Ach Nelly. Das verstehe ich gut. Das mit Ferdinand und mir...«

So genau will Nelly nicht wissen, was zwischen ihrer besten Freundin und ihrem Nachbarn läuft. Darum unterbricht sie Ricarda rasch. »Das ist eure Sache, Ricarda. Ganz allein eure.«

Sie ist schließlich nicht wie Ricarda, die sich immerfort in anderer Leute Herzensangelegenheit einmischt. Ha! Großzügigkeit ist ein ganz wunderbares Gefühl.

Sie schweigen kurz.

Dann gibt Nelly sich einen Ruck. »Ihr passt sehr gut zueinander«, sagt sie leise.

»Verliebte passen immer zueinander, Nelly. Ich hoffe, wir unterliegen nicht nur einer optischen Täuschung.«

So wie ich, denkt Nelly verärgert.

»Nun, ich will es herausfinden. Und Ferdinand auch. Er ist so ein wundervoller...« Ricarda bricht ab.

Wieder Schweigen.

Beide wissen, dass es von nun an Sperrgebiete in ihren Gesprächen gibt, denen sie sich behutsam nähern müssen. Und es gibt Bereiche in Ricardas Leben – so beschließt Nelly –, zu denen erst einmal nur Fellmann Zutritt haben soll.

Ricarda wagt den nächsten Anlauf. »Aber nun sag endlich, was genau passiert ist mit deinem, diesem...« Nelly hört, dass Ricarda mit sich kämpft, bevor sie schlicht und einfach »Javier« sagt. Ohne schmückende Beinamen wie »spanische Nacktschnecke« oder »Phantom von Pamplona«. Dabei berechtigt alles, was Nelly von Javier zu erzählen hat, zu weit schlimmeren Bezeichnungen.

»Javier ist mit mir...« Ein energisches Klopfen gibt Nelly Zeit zum Nachdenken. »Du, da ist jemand an der Tür«, sagt sie erleichtert über den Aufschub. Sie erhebt sich halb vom Bett und setzt sich wieder hin. Keine Ausflüchte mehr. »Um es kurz zu machen: Du hattest recht. Mit allem. Javier ist eine schleimige Nacktschnecke und der verlogenste Mistkerl, der mir in meinem Leben begegnet ist. Er hat mich in einen Wald gefahren, mich da sitzen lassen und ist mit dem Auto und meinem Gepäck verschwunden. Auf Nimmerwiedersehen. Ich bin also noch viel naiver und dümmer, als du je angenommen hast.«

Wieder klopft es.

»Nelly, du bist nicht naiv, sondern einfach bedauerlich begeisterungsfähig wie alle Träumer«, versichert Ricarda am Telefon.

»Also doch dumm.«

»Nein.«

»Doch.« Das zuzugeben ist immer noch besser, als zu erzählen, wie sie allein im Wald vor einem röhrenden Hirsch geflohen ist, denkt Nelly.

»So kommen wir nicht weiter.« Langsam wird Ricarda doch ein wenig ungeduldig. »Wo genau bist du jetzt? In Pamplona? Ich kann morgen da sein.«

»Nein, das will ich nicht. Außerdem bin ich in einem kleinen Dorf in Navarra. Also ... um genau zu sein ... Ich gehe den Jakobsweg.«

»Den Jakobsweg? Nelly, ich hoffe, du versuchst es jetzt nicht mit diesem Esoterikkram. Du brauchst jemanden, bei dem du dich vernünftig aussprechen und hemmungslos ausheulen kannst. Kein religiöses Erweckungserlebnis!«

»Verdammt noch mal, ich will mich nicht ausjammern! Ich habe in meinem Leben genug geheult. Mir ist nicht danach. Im Gegenteil: Ich habe seit Langem nicht mehr so herzhaft gelacht wie heute am Froschteich mit Jesus ...«

»JESUS?«

Verflixt. Nelly könnte sich selbst in den Hintern treten. Immer wenn sie ins Schwärmen gerät, klingt sie wie ein aufgeregtes Kindergartenkind, das selbstverständlich davon ausgeht, dass alle Erwachsenen dieselben Informationen haben wie es selbst. »Pardon, das kannst du nicht wissen, ich meine natürlich Paolo. Wir waren heute an einem Froschteich ...«

»Nelly! Wer ist Paolo? Und was faselst du dauernd über Frösche?«

Langsam und der Reihe nach, mahnt sich Nelly und holt tief Luft. »Paolo ist unser Wanderführer und sieht haargenau so aus, wie man sich Jesus Christus vorstellt. Er ist ein beeindruckender junger Mann und ...«

Erneutes Klopfen.

»Wie jung und beeindruckend genau?«, hakt Ricarda nach. »Verdammt – wer klopft da dauernd an?«

»Niemand.«

»Ich hoffe, Herr Niemand heißt mit Vornamen nicht Paolo.«

»*Silencio, por favor*«, schreit Nelly in Richtung Tür und hört Schritte, die sich zögernd entfernen. »Ricarda, bitte, Paolo könnte mein Sohn sein!«

»Aha. Ein Sohn, der aussieht wie ein junger Gott und dich verführt hat, ihm quer durch Spanien hinterherzulaufen, nachdem Antonio Banderas dich beklaut und sitzengelassen hat. Lernst du denn nie was?«

»Jetzt halt aber mal die Luft an!« Nellys gute Vorsätze von vorhin sind verschwunden. Ricarda macht es einem aber auch echt schwer, sich mit ihr zu versöhnen. »Es ist alles ganz anders«, setzt sie neu an, »ich gehe den Jakobsweg im Auftrag einer alten Dame, die mich als Übersetzerin engagiert hat.«

»Übersetzerin? Wovon? Den neuesten Nachrichten des Heilands?«

»Nein, vom Matthäusevangelium«, rutscht es Nelly heraus. Mist, Mist, Mist!

»Nelly! Du steigerst dich. Erst witterst du hinter einem E-Mail-Betrüger einen Neruda-Liebhaber und millionenschweren Winzer, und jetzt siehst du in einem dahergelaufenen Wanderführer Jesus und dich selbst in göttlicher Mission. Findest du nicht, du solltest deiner Fantasie mal eine Atempause gönnen? Vor allem in Bezug auf Männer?«

Das ist genug. »Ricarda, es reicht!«, zischt Nelly in den Hörer. »Ich brauch das nicht mehr, hörst du? Ich brauche weder Männer noch Freundinnen, die nicht zuhören können und sich ständig in mein Leben einmischen, während sie an ihres niemanden heranlassen. Um es mit Matthäus 7, Vers 3 zu sagen: ›Du Heuchler, zieh zuerst den Balken aus deinem Auge, bevor du den Splitter aus dem deines Bruders entfernst.‹ Und damit *hasta la vista!*«

Sie knallt den Hörer auf, schnappt sich ihren Zimmerschlüssel und marschiert zur Tür. Mit hocherhobenem Haupt reißt sie sie auf und ist von der glutroten Abendsonne geblendet. Sie kneift die Augen zusammen und knallt mit dem Knie gegen Metall. Was ist das denn?
Ihr Gepäck.
Ihr Gepäck?
Ihr Gepäck! Unverkennbar.
Hinkebein Salsa Fun lehnt verbeult und wackelig wie ein Betrunkener an ihrem Rucksack. Der Rucksack zwinkert ihr mit einem magisch funkelnden Auge zu. Wie? Ach nein, das ist ja... Sie bückt sich. Ein Stein.
Nelly hält unwillkürlich den Atem an, während sie die Hand nach der Kugel ausstreckt. Behutsam hebt sie ihn mit Zeigefinger und Daumen auf, hält ihn ins orangerote Licht der letzten Sonnenstrahlen. Der dunkelgründige Stein leuchtet in allen Farben des Regenbogens. Nie, noch nie in ihrem Leben hat sie einen so betörend schönen Stein gesehen.
Sie dreht ihn behutsam zwischen ihren Fingerkuppen und entdeckt eine winzig feine Gravur in Gold. Eigentlich ist der Stein viel zu schade dafür. Mit zusammengekniffenen Augen entziffert sie die Inschrift. »*Omnia vincit*...«, murmelt sie. *Alles besiegt*...
Schritte lassen sie zusammenzucken. Rechts schält sich eine Gestalt aus dem Schatten eines Säulengangs.
»*Amor*«, sagt Nelly mechanisch. Ihr Herz krampft sich zusammen. Ihr Gepäck ist zurück, jetzt fehlt nur noch...
»Javier«, stößt sie hervor, als der Mann ins Licht tritt.

29.

Nelly ist zutiefst enttäuscht. »Wo kommen Sie denn her?«

»Vom Jakobsweg wie Sie. Ich wollte sichergehen, dass Sie Ihr verlorenes Gepäck wirklich erhalten. Frau Schick hatte es an sich genommen und anscheinend nicht vor...« Herbergers Blick fällt auf die Kugel in Nellys Hand. »Was haben Sie da?« Er entreißt Nelly den Stein, begutachtet ihn einige Sekunden, dann schließt er die Finger so fest über ihm, als wolle er ihn zerdrücken.

»Wo haben Sie den her?«, fragt er mit so schneidender Stimme, dass Nelly zurückfährt.

»Wo haben Sie ihn her?«, setzt Herbergers Stimme unbarmherzig nach.

»Er lag auf meinem Rucksack. Ich weiß nicht, wie er... wie das alles hierhergekommen ist.«

Herberger schüttelt verärgert den Kopf. »Ich hab Ihnen doch gerade gesagt, dass ich Ihnen das Gepäck gebracht habe. Es geht um den Stein.«

»Woher haben Sie mein Gepäck?«, kontert Nelly scharf.

»Irgendein Trottel hat es heute Nachmittag an der Rezeption abgegeben.«

»Javier Tosantos?«

»Nein, ein Taxifahrer.« Herberger macht eine wegwerfende Handbewegung. »Aber das ist unwichtig. Ein schwarzer Opal war nicht im Lieferumfang enthalten.«

»Ein Opal? Ich dachte, es wäre ein Diamant. Der Stein sieht richtig kostbar aus.«

»Opale *sind* richtig kostbar. Und absolut einzigartig.« Herberger öffnet zögernd die Hand und riskiert einen Blick auf die Kugel. »Die besten sind so teuer, dass ein Diamantenhändler bei den Preisen erblasst. Seltene Edelopale sind ein Hobby für Millionäre und Verrückte.«

Nelly deutet eher entsetzt als erfreut auf den Stein. »Und dieser hier«, stammelt sie. »Wie kostbar ist der?«

»Nicht so wild. Um die zweitausend Euro«, schätzt Herberger nach einem kurzen Blick. »Nein, eher weniger. Er wäre um die zweitausend wert, wenn nicht irgendein Narr ihn mit dieser Inschrift verdorben hätte. *Omnia vincit amor.* So ein verfluchter Unsinn! Zum Teufel, das ist ein Harlekin.«

»Was?«

»Der Stein«, erwidert Herberger unwirsch und hält die Kugel zwischen zwei Fingern ins Licht der untergehenden Sonne. »Sehen Sie das rautenförmige Gewandmuster des Farbenspiels? Daher der Name. Es ist eine begehrte Musterung, einzigartig wie bei jedem Opal.«

»Er hat wundervolle Farben.«

Herberger schüttelt den Kopf. »So kann man das nicht sagen. Edelopale selbst sind eigentlich farblos, schwarz oder braun, aber sie bestehen aus mikroskopisch kleinen Kieselgelkügelchen, die das Licht auf seinem Weg durch den Stein in alle Farben des Regenbogens zerlegen, immer wieder neu und immer wieder anders. Der Glanz jedes anderen Edelsteins muss durch Schliff und Polieren aufgepäppelt werden. Das Funkeln des Opals hingegen ist im Stein natürlich vorhanden. Es ist der Stein der tausend Lichter. Die Aborigines haben eine mystischere Erklärung für dieses physikalische Wunder. Sie glauben, dass einst in der Traumzeit der Schöpfer auf einem Regenbogen zur Erde hinabstieg, um seine Botschaft des Friedens zu verkünden, und dass überall dort, wo sein Fuß die Erde berührte, die Steine zu Opalen wurden.«

Nelly seufzt. »Eine hübsche Legende.«

Herberger schnaubt kurz. »Und eine falsche. Australiens Opale haben genauso viel Unfrieden, Verbrechen, Mord und Totschlag ausgelöst wie Südafrikas Diamanten. Die Dinger können süchtig machen.«

Herberger rollt die Kugel gekonnt zwischen seinen Fingern. Immer neue Farben springen über den Stein, und auch Herbergers Augen bekommen einen fiebrigen Glanz. »Dieser ist nicht ganz rein, die Brillanz liegt bei drei, maximal vier, aber sein *flashfire* ist bemerkenswert.« Abrupt beendet er sein Fingerspiel und drückt Nelly den Stein in die Hand. Er atmet tief ein. »Verdammtes Zeug.« Er schüttelt den Kopf. »Verdammtes Zeug«, wiederholt er und räuspert sich. »Mich geht's nichts an, aber wer auch immer Ihnen so etwas einfach vor die Tür legt, muss einen gewaltigen Dachschaden haben.«

»Könnte Frau Schick...«

»Nein. So verrückt ist sie nicht. Außerdem hat sie selber bereits einen solchen Knicker, wie sie es nennt, erhalten.«

Nelly betrachtet verwirrt den Stein in ihrer Hand. »Ihr hat er auch einen Opal geschenkt?«

»Keinen Opal, nur einen Zitronenchrysopras. Nicht mehr als ein Kiesel, verglichen mit einem Opal. Aber wen meinen Sie mit Er?«

»Niemanden. Ich gehe jetzt lieber zurück in mein Zimmer. Ich möchte das Gepäck kontrollieren. Sie wissen wirklich nicht, wer es im Hotel abgegeben hat?«

Herberger stößt die Hände in die Hosentaschen und schüttelt den Kopf. Dann dreht er sich wortlos um und verschwindet über den Patio in den gegenüberliegenden Gästetrakt.

Nelly trägt erst den Stein, dann das Gepäck in ihr Zimmer.

Kaum hat sie Salsa Fun auf ihr Bett gehievt, möchte sie sich daneben legen und toter Mann spielen. Der Wandertag, die Koffer, der Stein – das ist einfach zu viel des Guten.

Nein, ist es nicht.

Sie greift zum Telefon, wählt eine Nummer, bestellt sich auf Spanisch ein Abendessen und – auf den Schreck – ein Glas Wein. Im nächsten Moment besinnt sie sich und ändert die Bestellung auf ein Glas Cava. Der belebt, und es gibt schließlich etwas zu feiern: die Rückkehr von Salsa Fun. Sie wird ihn sofort auspacken. Vielleicht findet sie ja irgendwo eine Erklärung, eine Nachricht. Nelly lässt die Schlösser aufschnappen, durchwühlt Wäsche, T-Shirts und Jeans und findet doch nichts außer ihrem gesamten verloren geglaubten Besitz einschließlich Kreditkarten und Geld in ihrem Rucksack. Javier ist kein Dieb. So viel steht fest.

Sie lässt sich auf das Bett sinken. Sogar eine Quittung über die ordnungsgemäße Rückgabe des Mietwagens liegt bei. Mit seiner Unterschrift.

Javier Tosantos. Abgegeben hat er den Wagen in ... Nelly stutzt. In *Tosantos*. Gehört dem Mann etwa eine ganze Stadt? Und wo zum Teufel liegt die? Sie braucht jetzt dringend einen Schluck Cava.

Wenig später bringt ein Angestellter den Cava und ein fantastisches Essen auf fantastischem Geschirr. Alles ist und schmeckt so gut, dass sich Nelly nach dem Genuss des letzten Schlucks Cava und einer perfekten Crema Catalana der ebenso fantastische Gedanke aufdrängt, dass der Opal eine Entschuldigung sein könnte. Javiers Entschuldigung.

Omnia vincit amor. Der Satz stammt von Vergil und war immerhin einer der beliebtesten Wahlsprüche mittelalterlicher Ritter und Minnesänger. Das würde zu Javier passen. Zumindest zum Javier ihrer Träume.

Nelly, mahnt sich eine todmüde Nelly, nicht schon wieder. Nie wieder! Und damit gute Nacht.

Sie schläft mit Salsa Fun im Arm und dem Rucksack unter ihrem Kopf ein. Sie schläft so fest, dass sie das Klingeln ihres Telefons kurz vor Mitternacht nicht hört.

30.

Frisch gebügelt, frisch gestriegelt, frisch gekämmt, aber auch elend müde – so fühlt sich Frau Schick auf ihrem Weg durch den morgenstillen Patio zum Frühstückssaal. Darum hat sie ihre Wanderstöcke mitgenommen. Der bedeckte Himmel passt zu ihrer bedeckten Laune. Sie hat heute keinen Blick für die Hängeampeln voll purpurfarbener Bougainvillea, die in einer kühlen Morgenbrise schwanken. Quijote tappt erwartungsfroh an Frau Schicks Seite über den Hof. Wenigstens einer, der ihr auf's Wort gehorcht. Trotzdem scheucht sie ihn in Richtung von Bettinas Tür davon. »Die braucht einen wie dich, ich doch nicht.«

Was Frau Schick bräuchte, wäre eine halbe Stunde mehr Schlaf. Sie kann nämlich seit der Nacht in Burguete wieder ganz hervorragend fest und tief schlafen, bis weit nach Sonnenaufgang. Aber was nützt das, wenn man mit ständig neuen Herausforderungen und ungehorsamen Angestellten zu kämpfen hat. Erst die Sache mit dem Grüßaugust, und nun das! Weder Nelly noch Herberger sind gestern zum Essen erschienen. So geht das nicht, schon gar nicht bei den Gehältern, die sie ihnen zahlt, von den Vergünstigungen wie Wandertagen und Übernachtungen in Luxushotels einmal ganz zu schweigen.

Auch davon abgesehen war es eine Schande, gerade dieses Abendessen zu schwänzen. Von überallher, sogar aus Pamplona, waren Gäste gekommen, und Señor Viabadel ist stolz wie ein König die Tischreihen abgeschritten, um die Ovationen für seine vorzüglichen Kreationen entgegenzunehmen. Hingesetzt hat er sich aber nur am Tisch ihrer Wandergruppe. Direkt neben Bettina. Wenigstens für die war es ein reizender Abend.

Frau Schick aber hat sich den ganzen Abend geärgert. Angestellte, die ihr grundlos kündigen und Sterne-Dinner schwänzen – nein, so etwas kann sie nicht durchgehen lassen. Darum hat sie gestern Abend bereits einen Frühstückstisch für sich, Nelly und Herberger reserviert, um den beiden gehörig die Leviten zu lesen und sie über ihre Pflichten aufzuklären.

Sie taucht in die Kühle der gefliesten Empfangshalle ein und muss sich kurz orientieren. Wo ging es nochmal zum Speisesaal? Ach, immer dem Kaffeeduft nach. Der kommt von rechts. Richtig, zwischen zwei Palmkübeln stehen Türflügel offen. Frau Schick passiert sie und tastet sich mit den Stöcken in den bedauernswert dunklen Raum vor. Es wäre sicher einfacher, hätte sie die Brille angezogen, aber sie mag das Monster nun mal nicht.

Langsam gewöhnen sich ihre Augen an das schummrige Licht. Einige Schlagläden sind noch geschlossen, aber an einem Buffet hantiert bereits ein junges Mädchen mit riesigen Schüsseln und Saftkrügen; eine Kaffeemaschine gurgelt. Da in der Ecke ist ihr Tisch, und da sitzt auch schon wer. Ein Mann, sicherlich Herberger.

Resolut marschiert Frau Schick auf ihn zu. Der Mann an ihrem Tisch dreht sich um, während sie näher kommt. Frau Schick runzelt die Stirn und bleibt vor ihm stehen, mustert ihn mit zusammengekniffenen Augen. »Wer sind Sie, und was machen Sie an meinem Tisch?«, empört sie sich.

Der Mann erhebt sich. »Ich bin Wolfhart Herberger. Wer sonst?«

»Sie sind doch nicht ... Moment! Wo haben Sie denn Ihren Bart gelassen? Das sieht ja scheußlich aus so nackt. Absolut scheußlich!«

Herberger fasst sich mit der Hand unwillkürlich ans Kinn, fühlt die knotigen Narben, die mit Hautgewebe verwachsenen Knochensplitter, die kleinen Krater.

»Die Narben meine ich nicht«, zürnt Frau Schick ungeduldig. »Aber dieser Bart stand Ihnen so schön. So kenne ich Sie ja gar nicht wieder, Herr Doktor.«

Herberger überlegt kurz, dann nickt er bedächtig. »Genau genommen kennen Sie mich überhaupt nicht. Ich denke, ich kann mich Ihnen jetzt endlich vorstellen. Mein Name ist Eckehart Gast.« Er deutet mit dem Kopf eine kurze Verbeugung an.

Mit einem Schlag ist Frau Schick hellwach. »Ach, darum der Rasierpinsel!«

Herbergers Kopf zuckt zurück. »Welcher Rasierpinsel?«

»Ihrer, Sie Knallkopf. Der mit den Initialen E.G. Von perfekter Tarnung haben Sie wohl noch nie etwas gehört.«

Herberger stößt mit den Kniekehlen seinen Stuhl zurück, ein scheußlich kratzendes Geräusch von Holz auf Granit entsteht. Aber das Geräusch ist nichts im Vergleich zu dem scheußlich scharfen Ton seiner Stimme. »Sie haben mein Gepäck durchsucht? Was fällt Ihnen eigentlich ein? Für wen halten Sie sich?«

»Erstens habe ich Ihr Gepäck nicht durchsucht.« Dazu hatte sie nämlich gestern keine Gelegenheit, weil Herberger es selbst aus dem Jaguar ausgeladen hat, nachdem er ihr Nellys Koffer geklaut hatte. »Und zweitens halte ich mich für haargenau die Person, die ich bin, Rosalinde Schick, geborene von Todden. Sie scheinen sich in Bezug auf Ihre Identität hingegen weit weniger sicher zu sein. Wer bitte sind Sie, und was suchen Sie auf dem Jakobsweg?«

»Ich sagte bereits: Ich bin Eckehart Gast.«

»Und kein Doktor?«

»Doch, Doktor der Geologie, genauer gesagt sogar Dr. habil.«

»Ein Murmelprofessor«, schaltet Frau Schick blitzschnell.

»Mein Spezialgebiet waren einmal Mineralienfunde und Edelsteine, ja, aber mit Ihren sogenannten Knickern habe ich nichts zu tun. Ich spiele hier nicht den spirituellen Nikolaus, sondern allein Ihren Chauffeur.«

Der letzte Satz gefällt Frau Schick, er klingt, als sei die gestrige Kündigung vergessen. Das will sie erst einmal so stehen lassen. Sie deutet wortlos mit dem Finger auf den Stuhl neben Herberger. Er zieht ihn unter dem Tisch vor, bedeutet Frau Schick ebenso wortlos, Platz zu nehmen, und hilft ihr – ganz Kavalier – näher an den Tisch heranzurücken.

Das junge Mädchen erscheint mit zwei Kannen vom Buffet, setzt sie auf dem Tisch ab und dreht Frau Schicks Tasse um. »*Café? Té?*«

»*Filtro*«, probiert Frau Schick ihren neuen Spanischtrick. Und – oh Wunder – das Mädchen nickt und schenkt schwarzen, haargenau richtig duftenden Kaffee in Frau Schicks Tasse. Sie nimmt genüsslich einen Schluck und fühlt sich bereit, ihr Verhör fortzusetzen. Herberger bestreicht schon wieder sehr entspannt eine Toastscheibe mit Butter. Trotz seines deformierten Narbenkinns sieht er nicht wirklich kriminell aus, der olle Lorbass, wie die Schemutat gesagt hätte.

»Also, Herr Wolfhart...«

»Eckehart!«

Frau Schick schüttelt den Kopf und greift ebenfalls nach Toast und Orangenmarmelade. »Nein, der Name gefällt mir nicht. Eckehart fühlt sich in meinem Mund wie ein steinhartes Karamellbonbon an. Da beiß ich mir nur die Zähne dran aus. Gast klingt auch verkehrt. Bleiben wir bei Herberger und Wolfhart.«

Eckehart nickt seufzend. »Von mir aus.« In knapp einer Stunde ist Frau Schick für ihn ohnehin Geschichte, dann fährt ein Linienbus Richtung Burgos. Bis dahin darf sie ihn nennen, wie sie will.

»Dann wäre das geklärt. Aber wer sind Sie nun tatsächlich? Und warum reisen Sie mit einem falschen Vollbart?«

»Der Bart war echt«, weicht Herberger aus.

»Warum ist der dann ab?«

»Er hat seine Schuldigkeit getan. Oder hätten Sie einen Mann mit so einem, pardon, Verbrechergesicht wie meinem eingestellt?«

»Mit Vergnügen!« Frau Schick beißt herzhaft in ihren Toast.

Herberger schüttelt lächelnd den Kopf. »Sie vielleicht. Aber nicht Ihr Sekretär.«

»Der hat eine viel dümmere Visage als Sie und sitzt sogar in meinem Vorzimmer«, kontert Frau Schick. Wenn auch nicht mehr lange, denkt sie. »Herr Pottkämper ist übrigens ein ganz elender Eierdieb. Stellen Sie sich vor, er will mich für verrückt und geschäftsuntüchtig erklären lassen, aber Bettina und ich machen ihm einen Strich durch die Rechnung.« Sie lauert auf seine Reaktion.

Herberger schenkt ihr ein aufmunterndes Lächeln. »Der Grüßaugust tut mir jetzt schon leid. Sehr leid.« Das klingt ganz und gar nicht danach, als habe Herberger etwas mit dem Grüßaugust zu tun.

Als Herberger gelassen eine Ecke von seinem Toast beißt und kaut, hat Frau Schick Gelegenheit, sein nacktes Gesicht zu studieren. Die Narben müssen zwar von einer schrecklichen Verletzung herrühren, verleihen dem beilartigen Kinn und dem ganzen Mann aber etwas anziehend Verwegenes. Es ist schon ein wenig ungerecht, dass Männer durch hässliche Narben, Falten oder Akne-Spuren attraktiver werden, dies für Frauen aber leider nicht in gleichem Maße gilt. »Der Bart wäre damit erklärt, aber warum haben Sie einen falschen Namen angegeben?«, hakt sie nach.

Herberger tupft sich mit der Serviette die Toastkrümel aus den Mundwinkeln. »Vor einigen Jahren habe ich mich aus privaten Gründen von der Geologie verabschiedet und ...«

»Privat?«

»Privat«, sagt Herberger mit Nachdruck. Bevor Frau Schick an dieser Stelle weiterbohren kann, fährt er fort: »Seither schreibe ich Reiseführer und recht erfolgreiche Drehbücher für große Reisereportagen. Sie können mich googeln, im Internet findet sich einiges über mich und von mir. Es gibt auch eine ausführliche Homepage, inklusive Bildmaterial und Autorenfotos.«

»Ich verlasse mich lieber auf meine Menschenkenntnis, Herberger«, sagt Frau Schick hoheitsvoll. »Und auf meinen Instinkt. Der sagt mir, dass mehr hinter Ihrem Vollbart und dem falschen Namen stecken muss. Also?«

»Natürlich steckt mehr dahinter. Ich wollte nicht erkannt werden.«

»Von wem?«

Herberger greift betont langsam zu einem Glas Orangensaft und nimmt schweigend einige Schlucke, bevor er antwortet. »Von Ihnen oder anderen Mitreisenden. Es wäre möglich, dass ein Mitglied unserer Gruppe meine Reiseführer über den Jakobsweg und damit ein Bild vom Autor – also mir – kennt.«

»Na und?«

Herberger seufzt. »Frau Schick, ich wollte unerkannt und als Ihr Chauffeur mitreisen, um eine ungeschminkte Testreportage über Luxusreisen auf dem Camino zu schreiben, über das Angebot, die Führungen, die Hotels und die ausgewählten Wanderetappen. Ich bin in der Reisebranche kein Unbekannter.«

»Das ist aber eine reichlich dünne, um nicht zu sagen dumme Ausrede, Herr Doktor.«

Herberger zuckt mit den Schultern und schenkt Frau Schick einen Kaffee nach. »Restaurantkritiker treten auch gern inkognito in Erscheinung. Meine Leser wollen objektive Berichte. Ich tarne mich häufig.«

»Ich glaube Ihnen kein Wort, Sie Hallodri!«

Herberger zuckt erneut mit den Schultern. »Das müssen Sie auch nicht. In einer Stunde ist unsere Bekanntschaft ohnehin beendet.«

»Was soll das wieder heißen?«

»Ganz einfach: Ich reise ab.«

»Wohin?«

»Das geht Sie – mit Verlaub – nichts mehr an.«

»Sie fahren ohne meine Erlaubnis nicht einfach in der Weltgeschichte herum!«

»Frau Schick, ich habe gestern gekündigt.«

»Dann zahle ich Ihnen keinen Pfennig!«

Herberger lächelt kurz. »Sie werden mir fehlen, Frau Schick. Ja, Sie werden mir tatsächlich fehlen. Ihr Geld nicht. Ich verdiene mit meiner üblichen Profession mehr als genug, und auf meinem Schreibtisch türmen sich die Aufträge und Vorarbeiten zu einem Film über Paul Gaugin und die Südsee.«

»Welche Idioten wollen denn in die Südsee? Die ist schon als Fototapete eine Zumutung!«

»Darf ich mich zu Ihnen setzen?«

Frau Schick schaut verärgert auf. Bettina. »Nein«, sagt sie scharf.

Herberger erhebt sich von seinem Stuhl. »Selbstverständlich dürfen Sie. Mein Platz wird gerade frei.«

»Herberger, das ist ein Arbeitsfrühstück!«

Herberger zieht ein Zigarettenpäckchen aus der Hemdtasche und wirft seine benutzte Serviette achtlos neben seine Kaffeetasse. »Auf Wiedersehen, die Damen, oder besser: *Adiós*. Ich wünsche Ihnen eine weiterhin auf- und anregende Reise.« Dann verlässt er ohne weitere Erklärungen Tisch und Speisesaal.

Bettina schlüpft auf den Stuhl gegenüber von Frau Schick. »Was ist denn mit seinem Bart passiert?«, fragt sie flüsternd.

Während der Speisesaal sich füllt, gibt Frau Schick ihr eine kurze Erklärung. Bevor sie mit Bettina erörtern kann, wie sie Herberger zum Bleiben bewegen könnte, erscheint Nelly.

Gut gelaunt tritt Nelly an den Tisch ihrer Arbeitgeberin. »Guten Morgen, Frau Schick. Stellen Sie sich vor, mein Gepäck ist zurück, samt Papieren und Kreditkarten.«

»Ach«, ärgert sich Frau Schick. »Es ist gar nichts verschwunden?«

»Nichts.« Den hinzugekommenen Opal verschweigt Nelly lieber. Der geht niemanden etwas an. »Gleich beim nächsten Bankautomaten kann ich Geld abheben, um diese Reise hier zu bezahlen und Ihnen alle Auslagen zu erstatten. Und den Job, den brauche ich eigentlich auch nicht mehr.« Nelly schluckt, denn eigentlich braucht sie ihn natürlich doch.

»Schnickschnack!«, wischt Frau Schick das Angebot vom Tisch. »Es ist höchste Zeit, dass Sie kommen. Ich habe jede Menge zu tun für Sie und verstehe nur Bahnhof! Was bedeutet zum Beispiel ›Gurgeln im Internet‹?«

Nelly reißt die Augen auf. »*Gurgeln* im Internet.« Dann muss sie lachen. »Ach so. Sie meinen googeln!«

»Was auch immer... Ich meine... Können Sie das?«

Nelly nickt. »Das kann jeder. Ich kann es Ihnen gern zeigen.«

»Nein danke. Das werden Sie heute Abend im nächsten Hotel für mich erledigen. Ich muss alles über einen gewissen Eckehart Gast erfahren. Die Bibelstunden haben Zeit, bis ich weitere Briefe von meiner toten Freundin erhalte.«

Nelly schwirrt der Kopf. Wenn Ricarda das hören könnte. Briefe von toten Freundinnen und Bibelstunden! Da sind ihre eigenen Froschteicherlebnisse mit Jesus ja gar nichts dagegen. Sie nimmt dankbar den Kaffee entgegen, den Bettina ihr fürsorglich eingeschenkt hat.

»Können Sie auch Jaguar fahren?«, fragt Bettina vorsichtig.

Nelly verschluckt sich beinahe am Kaffee. »Ich? Aber dafür hat Frau Schick doch ihren Chauffeur.«

»Bettina«, geht Frau Schick verärgert dazwischen. »Nelly muss nicht fahren, sondern wandern. Sie glauben doch nicht allen Ernstes, dass ich Herberger die Kündigung durchgehen lasse.«

»Aber er ist doch bereits fort.«

»Na, weit kann er nicht kommen.« Frau Schick zieht Herbergers Zimmerschlüssel unter dem Tischtuch und von ihrem Schoß hervor. »Die habe ich eben vorsorglich an mich genommen. Lässt der seine Schlüssel einfach neben dem Teller liegen und deckt sie dann auch noch mit der Serviette ab. Ist gerade mal knapp über fünfzig und schon tüddelig. Wenn der achtzig wird, läuft er wahrscheinlich ohne Schuhe aus dem Haus.« Sie kichert.

An einem Tisch beim Buffet klopft Paolo mit der Gabel an

ein Glas und sagt: »Guck mal.« Dann hält er eine Wanderkarte hoch und bittet um Ruhe, um die vor ihnen liegende Etappe und die geplanten Bus- und Besichtigungsstopps zu erläutern. Er kommt bis kurz vor die Grenze zwischen Navarra und dem Rioja, dann stoppt ihn der Busfahrer ab, der wild gestikulierend in den Saal eilt. Er zieht Paolo am Ärmel seines T-Shirts nach draußen.

»Was ist denn jetzt schon wieder?«, ereifert sich Hildegard. »Wenn wir heute wieder nicht pünktlich und programmgemäß reisen, beschwere ich mich beim Veranstalter!«

Paolo kehrt mit bedrücktem Gesichtsausdruck in den Speisesaal zurück. »*Perdone*, aber es gibte ein Problem mit unsere Busse.«

»Ich hab's gewusst, ich hab's gewusst«, triumphiert Hildegard.

»Schscht«, macht Bettina. »Lassen Sie den armen Mann doch erst einmal ausreden.«

»*Sie* haben mir gar nichts zu sagen.«

»Hildegard!«, wirft sich Ernst-Theodor in die Schusslinie und fängt sich prompt einen vernichtenden Blick seiner Frau ein.

Paolo erklärt mit hilflosen Gesten, dass der Reisebus einen Kupplungsschaden hat, der dringend repariert werden müsse. Des Weiteren bedaure Herr Viabadel, sie keine weitere Nacht beherbergen zu können. Da ein Ersatzbus frühestens in Viana zu haben ist, sind die Alternativen für diesen Wandertag bescheiden: Die Gruppe kann entweder in der Finca auf eine hoffentlich erfolgreiche Reparatur warten oder bis Viana durchmarschieren. »Aber«, sagt Paolo bedauernd, »das wären über vierunddreißig *kilómetros* und achte Stunden zu die Fuß.«

»Eher achteinhalb!«, wirft Herberger ein, der mit sehr

wütendem Gesicht im Türrahmen des Speisesaals aufgetaucht ist.

Paolos Schultern sinken herab. »Zu viel, viele zu viel.«

»Und außerdem ist diese Strecke im Programm überhaupt nicht vorgesehen«, mault Hildegard. »Ich bestehe auf einem neuen Bus und Einhaltung des Tagesprogramms! Erst Estella und dann Zwischenstopps bis Santo Domingo de la Calzada. Da wartet schließlich auch unser Hotel. Ein Parador genau gegenüber von der berühmten Hühnerkirche.«

»Señora«, wirft Paolo beinahe flehend ein, »es gibt keine Mogelichkeit, das heute zu schaffen. Viana iste das Äußerste.«

»Sollen wir etwa erst einen Gewaltmarsch absolvieren und dann unter freiem Himmel kampieren? Am besten auch noch bei Regen?« Sie deutet auf ein halb geöffnetes Fenster. Auf das Glas fallen bereits feine Tropfen. »Da, es fängt gerade an! Das gibt heute noch Platzregen.«

»Nun«, sagt Herberger und löst sich vom Türrahmen. »Immerhin hätten Sie damit zur Abwechslung einmal ein authentisches Pilgererlebnis: Wandern bei Wind und Wetter und Schlafen unterm Sternenzelt. Und zu Ihrer Information: In der Stadt Santiago gilt Regen als eine Kunstform. Besser, Sie gewöhnen sich an Niederschläge, bevor Sie die Region Galizien erreichen.«

Paolo wirft ihm einen vernichtenden Blick zu, dann wendet er sich mit flehendem Gesichtsausdruck wieder an Hildegard: »Bitte, Señora, in Viana gibt es eine Ausweichhotel. Dies iste meine erste Gruppereise, eine Beschwerde wäre für mich eine Katastrophe!«

»Genau wie diese sogenannte Luxusreise für mich«, schnappt Hildegard. »Ein Unternehmen, das reparaturbedürftige Busse anmietet, hat eine Klage verdient. Wir haben extra vor Reiseantritt ein entsprechendes Versicherungspaket abgeschlossen. Nicht wahr, Ernst-Theodor? Jetzt sag doch auch mal was.«

Ernst-Theodor schweigt.

»Aber das ist doch nicht nötig!«, wirft Nelly mit Blick auf Paolo ein, der inzwischen völlig verzweifelt aussieht. »Wir können uns doch aufteilen. Herr Herberger fährt in seinem Jaguar alle bis Viana voraus, die nicht wandern wollen. Ein Auto schafft vierunddreißig Kilometer doch in null Komma nichts, und der Rest kann laufen. Zur Not kann Herr Herberger zweimal fahren. Ich will in jedem Fall gehen! Paolo ist nämlich der beste Wanderführer, den man sich wünschen kann.« Sie schenkt ihm ein solidarisches Lächeln.

»Moment!«, protestiert Herberger. »Ich bin kein Chauffeur mehr.«

»Sehr richtig«, bestätigt Frau Schick, »und außerdem wäre das Pfusch. Ich werde mich Hildegards Klageabsichten selbstverständlich anschließen! Herr Paolo, das wird leider bitter für Sie. Sehr, sehr bitter. Meine Firmenanwälte kennen da kein Pardon.«

»Aber, Frau Schick!«, ruft Bettina entsetzt und dann: »Autsch, mein Schienbein!« Das hat offenbar gerade Bekanntschaft mit Frau Schicks spitzen Wanderstöcken gemacht.

»Also gut«, knurrt Herberger. »Ich fahre alle, die nicht wandern wollen, nach Viana.«

»Aber das ist dann doch keine Pilgerreise mehr!«, schimpft Hildegard. »Und für kulturhistorische Führungen haben wir schließlich auch bezahlt.«

Herberger verzieht abfällig den Mund. »Ich mache gerne ein paar Umwege. Wer mit mir fährt, wird einige interessante Orte kennenlernen. Gerne auch mehr, als im Reiseplan versprochen wurden.«

»Pah!«, schnaubt Hildegard. »Von einem Chauffeur und

Hobby-Templer werde ich mir doch nicht den Jakobsweg erklären lassen.«

Paolo wirft Herberger einen scheuen Blick zu. Herberger nickt kurz. Paolo holt tief Luft: »Señor Herberger iste kein Chauffeur, er iste der Reiseführerautor Eckehart Gast, einer der besten Kenner des Camino.«

»Aber ja!«, freut sich Ernst-Theodor und schlägt mit der flachen Hand auf den Tisch. »Jetzt weiß ich endlich, warum er mir ohne Bart so bekannt vorkommt. Hildegard, das ist Doktor Eckehart Gast. Meine Güte, was für ein Vergnügen, Sie kennenzulernen. Ich hätte da noch einige Fragen zu den Templern!«

31.

Nelly kann es kaum abwarten. Rasch läuft sie in ihr Zimmer und bepackt ihren alten Rucksack mit den wichtigsten Habseligkeiten. »Geld, Gebiss, Gesangbuch«, murmelt sie, so wie ihre Großmutter vor dem sonntäglichen Kirchenbesuch immer gescherzt hat.

Lächelnd tastet Nelly nach dem Opal in ihrer Hosentasche, dann schultert sie den Rucksack. Erstaunlich, wie leicht er ist und wie wenig man im Grunde braucht. Reisen mit leichtem Gepäck sind die allerbesten.

Sie rollt Salsa Fun in die leere Empfangshalle und stellt ihn dort ab. Herberger hat sich bereiterklärt, auch den Gepäckchauffeur zu spielen. Er hat anscheinend auf einmal den guten Samariter in sich entdeckt, oder er will bei Paolo nach dem denkwürdigen Streit in Eunate wieder an Boden gewinnen. Einen ersten Schritt scheinen die beiden schon aufeinander zu gemacht zu haben. Denn im Anschluss an die erhitzten Diskussionen beim Frühstück haben sie zusammen den Speisesaal verlassen, um die geänderte Route durchzusprechen.

Nelly soll es recht sein. Hauptsache, es geht Paolo gut damit. Sie verabschiedet sich mit einem munteren Augenzwinkern von ihrem weitgereisten Koffer. Sollte Salsa Fun noch einmal in falsche Hände oder auf Abwege geraten, wäre das nicht schlimm. Sie hat alles, was sie braucht.

In leichter Regenjacke und ihren wundervollen Wanderschuhen tritt sie vor die Finca und begutachtet den sanft grauen Himmel. Im Kies haben sich nach dem kurzen Regenguss Pfützen gesammelt. Wasser perlt von der Pergola auf ihren Kopf herab. Die Luft schmeckt feucht und – wie von Hildegard prophezeit – nach noch mehr Regen. Nelly zuckt gelassen mit den Schultern. Was soll's! Pilgern ist keine Schön-Wetter-Angelegenheit, da hat der Herberger schon recht. Sie freut sich unbändig darauf, einfach voranzukommen, umso mehr seit sie eben beim Packen in dem Camino-Führer, den Herberger ihr in Pamplona zugesteckt hat, entdeckt hat, wo Tosantos liegt, der Ort, in dem Javier ihr Mietauto an einer Tankstelle abgegeben hat: am Jakobsweg, kurz vor Burgos, das sie schon morgen erreichen werden. Viel stand über Tosantos – oder Todos Santos, also den Ort aller Heiligen – nicht drin. Aber auch das ist Nelly egal. Dann wird sie eben heute Abend im Internet mal danach *gurgeln*. Nelly kichert. Ganz unverbindlich, nur mal so. Wo es doch am Camino liegt.

»Sie wollen also tatsächlich in Frau Schicks Diensten bleiben und weitergehen?« Herbergers Stimme reißt Nelly aus den Gedanken.

»Ja«, sagt sie rasch.

»Warum?«

»Dasselbe könnte ich Sie fragen«, faucht Nelly und fixiert mit bedeutungsvollem Blick sein vernarbtes Kinn.

»Ich kann der alten Dame einfach nichts abschlagen«, grinst Herberger. »Sie wissen schon... *Omnia vincit amor*. Manchmal sind die Gefühle stärker als der Verstand.«

»Gestern fanden Sie den Spruch noch albern.«

»Ich habe es mir anders überlegt. Schließlich handelt es sich um einen der beliebtesten Wahlsprüche mittelalterlicher Ritter.«

»Das ist mir bekannt, Herr Neunmalklug.«

»Minnesänger schätzten ihn auch. Apropos. Was macht

eigentlich Ihr Opal? Ich hoffe, Sie bewahren ihn sicher auf. Sie sollten ihn nicht allzu häufig der Sonne aussetzen. Das mögen Opale nicht.«

Nelly verdreht die Augen. »Dem Opal geht es gut, und Sie geht er nichts an.«

»In der Tat. Ich fände es nur schade, wenn Sie ihn irgendwo verlieren. Etwa bei einem weiteren Waldausflug.«

Blödmann.

»Ich habe mir übrigens erlaubt, Ihre Telefonrechnung zu begleichen. Hier ist die Quittung.« Er reicht Nelly einen Computerausdruck.

Nelly wird rot. »Oh, danke.« Den gestrigen Anruf bei Ricarda hat sie total vergessen. Den wollte sie vergessen. »Wie viel schulde ich Ihnen?«

»Nichts. Es war ja nur ein kurzer Anruf.«

Hinter ihnen im Empfang erhebt sich dröhnendes Stimmengewirr. Der Hotelchef scheint eigens gekommen zu sein, um Paolos Wandergruppe gebührend zu verabschieden. Ein Hund bellt, und der Patron ruft erfreut den Namen »Bettina«.

Bettina antwortet ebenso erfreut mit einem schwungvollen italienischen »*Buon giorno*«.

Herberger lacht aufgeräumt und zündet sich eine Zigarette an.

Nelly wendet sich entnervt ab. Warum hat der plötzlich so bemerkenswert gute Laune? Dem Hotelchef in der Halle scheint der sprachliche Schnitzer auch nichts auszumachen. Kein Wunder, er spricht mit unverkennbar baskischem Akzent und ist sicherlich kein Verfechter des reinen Spanisch. Hildegard hingegen korrigiert Bettina und macht dann selbst einen ganz bösen Fehler: Sie fragt den Hotelchef, ob er eigentlich Baske oder Spanier sei.

»Ach, du meine Güte«, brummt Herberger amüsiert.

Auch Nelly ahnt, was aus dem Mund des Finca-Besitzers jetzt unweigerlich folgen wird. Ein Ausflug in die Anfänge der Geschichte des Baskenlandes – oder Euskadiens, wie es von seinen Bewohnern gern genannt wird. Und das unter Aufzählung aller baskischen Ahnen und Urahnen. Das kann dauern. Offenbar ist jeder Baske derart stolz auf seine sich in mystischer Ferne verlierende Herkunft, dass er – wie Tucholsky auf seiner Pyrenäenreise notiert hat – sogar einem Grafen, der mit seiner alten Abstammung prahlt, entgegenschleudern würde: »Wir Basken sind so alt, wir stammen überhaupt nicht ab.«

Der Hotelchef stellt lauthals seine Großmutter vor, die sage und schreibe zehn Kinder, fünfzehn Enkel und zwei Urenkel ihr Eigen nenne und noch immer jeden Abend in der Küche stehe, um ihre berühmte Kichererbsensuppe zu kochen, deren Geheimnis sie zu seinem Bedauern eisern für sich bewahre. Die Großmutter zählt die Vornamen ihrer Nachkommen auf und bedauert ausführlich, dass es nicht längst mehr Urenkel sind. »Die jungen Paare schauen abends zu viel fern«, mutmaßt die alte Dame über die Gründe der bescheidenen Geburtenrate. Paolo übersetzt ins Deutsche, spart allerdings – wie Nelly bemerkt – gnädig einen großmütterlichen Seitenhieb in Richtung ihres Enkels, des Hotelchefs, aus: »Bring endlich eine Frau ins Haus, dann bekommt sie mein Suppenrezept. Du machst ja doch nur dumme Experimente damit.«

»Hoffentlich weilt die Urgroßmutter nicht auch noch unter den Lebenden, dann kommen wir hier nie weg«, flachst Herberger und pustet Rauchringe über Nellys Schulter. »Na, Hildegard hat diese Strafe redlich verdient.«

Nelly denkt an ihre baskische Begegnung im Flugzeug. Nichts wie weg hier! Auf überbordendes Geplapper hat sie keine Lust. Und auf Herbergers Gesellschaft erst recht nicht.

Sie beschließt, schon einmal vorauszugehen, und stapft den knirschenden Kiesweg hinab in die Platanenallee. Nach zehn Minuten erreicht sie ein asphaltiertes Sträßchen, das linker Hand talabwärts führt und rechter Hand ins Dorf hinauf. Und wo ist der Camino? Ihre Augen finden einen grauen Markierungsstein mit gelber Muschel auf blauem Grund. Der Kamm der Muschel weist nach rechts zum Dorf hinauf, ihre Spitze strebt dem Tal entgegen. Was genau bedeutet das?

Nelly schaut unsicher zu den Bodegas Viabadel zurück. Paolo ist noch nicht in Sicht. Der Jaguar allerdings biegt gerade in die hinter ihr liegende Platanenallee ein, schaukelt bedächtig auf sie zu und hält dann kurz neben ihr an. Im Fond sitzen Ernst-Theodor und Hildegard. Frau Schick thront auf dem Beifahrersitz. Sie stößt energisch die Tür auf.

»Frau Schick«, mahnt Herberger, während die alte Dame ihre Wanderstöcke sortiert. »Sie können hier nicht aussteigen! Nun nehmen Sie doch endlich Vernunft an. Der Weg ist viel zu lang und anstrengend für Sie.«

»Unsinn, ich hab doch Nelly, und Sie können uns ja zwischendrin mal auf dem Handy anrufen.«

Herberger seufzt. »Frau Schick, der nächste größere Ort ist Los Arcos. Bis dahin sind es elf Kilometer, dafür bräuchten Sie mindestens zwei bis zweieinhalb Stunden.«

»Na«, sagt Frau Schick, stößt die Stöcke in den Kies und stemmt sich mit Nellys Hilfe aus dem Beifahrersitz in die Höhe. »Dann haben Sie ja Zeit, um Hildegard und Ernst-Theodor ein paar Kirchen zu erklären und hernach einmal in Los Arcos nach mir, Hermann und Martha zu schauen.«

»Haben Sie wenigstens Wasser dabei?«, fragt Herberger resigniert.

»Unser Engel Bettina trägt die Flaschen«, entgegnet Frau Schick, wirft die Autotür zu und winkt zum Abschied.

Zögernd fährt Herberger an.

»So, meine Liebe«, wendet sich Frau Schick an Nelly. »Dann wollen wir uns mal mit der Bibel beschäftigen, bis Paolo und die anderen auftauchen. Worum geht es nun in Matthäus sieben, Vers sowieso?«

Nelly gibt ihr die gefundenen Verse über das Richten und das Gerichtetwerden, so gut es geht, auf Deutsch wieder.

Frau Schick scheint über die Sache mit dem Balken im eigenen Auge nicht sehr glücklich zu sein. »Ich kann mir wirklich nicht vorstellen, was Thekla damit gemeint hat«, brummt sie und lässt ihre Augen über die Weinberghügel schweifen. »Ich habe es mit ihr immer nur gut gemeint und niemandem ein Kuckucksei ins Nest gelegt«, sagt sie dann mit rauer Stimme und abwesendem Blick in weite Ferne. »Ich kann nämlich keine Kinder bekommen, also ... Ich konnte keine Kinder bekommen.«

Nelly begreift nicht, worüber und von wem genau Frau Schick spricht, aber sie spürt, wie traurig es ist, weil die Traurigkeit in Frau Schicks Stimme so greifbar und groß ist, dass es schmerzt.

»Haben Sie Kinder?«, fragt Frau Schick.

»Eine Tochter.«

»Eine Tochter hätte ich auch gern gehabt. Paul wollte natürlich erst einmal einen Stammhalter.« Frau Schicks Blick versinkt wieder in der Ferne.

Behutsam legt Nelly eine Hand auf Frau Schicks Arm. Dünn ist der. So herzrührend dünn wie ihre Stimme, als die alte Dame sagt: »Nur mein Körper wollte einfach nicht. Vielleicht wegen der Sache mit den Russen. Danach war er stumm. Sozusagen. Konnte lange nicht die kleinste Berührung ertragen.«

Frau Schick schüttelt Nellys Hand nicht ab. Ob sie sie überhaupt bemerkt?

»Ich hatte nur Thekla«, murmelt Frau Schick und wird sehr klein, als schäme sie sich. »Thekla war doch alles, was mir geblieben ist, um mich auf der Flucht und nach dem Krieg ein bisschen festzuhalten und anzulehnen. Thekla war von Anfang an beides: mein Findelkind und meine beste Freundin. War das alles so verkehrt?«

Was sagt man dazu? Antwortet man mit irgendeiner Binsenweisheit? Nein. Man sagt am besten nichts, entscheidet Nelly. Schon gar nicht sie. Es ist besser, sie hört nur zu und schiebt ihre Hand behutsam in die Hand der alten Dame und drückt sie versuchsweise.

Frau Schick zögert und erwidert mit zaghaftem Druck. Dann strafft sie die Schultern. »Na, für die Vergangenheit gibt der Deibel nuscht! Ich hoffe, unser reizender Baske begreift das auch mal und lässt Bettina und die anderen endlich ziehen.« Sie dreht sich zur Platanenallee um. »Ah, da kommen sie endlich. Und das schwarze Kalb haben sie auch dabei.«

»Welches Kalb?«

»Quijote, wen sonst? Ich habe Herrn Viabadel eben darum gebeten.«

Nelly dreht sich verwirrt um und sieht einen riesigen schwarzen Hund, der mit fliegenden Ohren und heraushängender Zunge auf sie zu rennt.

»Huhu!«, winkt Bettina. »Wir dürfen ihn ein Stück mitnehmen«, ruft sie. Ein wenig atemlos, aber voller Begeisterung kommt sie kurz nach dem Hund bei Nelly und Frau Schick an. »Herr Viabadel sagt, Quijote liebt den Camino und findet immer allein zurück.«

»Tja«, sagt Frau Schick, »und wenn nicht, können Sie ihn ja persönlich zurückbringen, nicht wahr?«

»Das hat Herr Viabadel auch gesagt. Und dabei hätten Sie mal seine Brauen sehen sollen! Hinreißend.«

»Seine *Brauen?*«, fragt Nelly.

»Ich weiß, es klingt verrückt«, sagt Bettina errötend. »Aber ich habe noch nie einen Menschen kennengelernt, der so ausdrucksstarke Augenbrauen hat. Die tanzen geradezu. Und seine Großmutter ist ebenfalls ganz reizend. Sie hat mich zu einem Weinfest in zwei Wochen eingeladen und mir eine Dose Veilchenpastillen geschenkt.«

»Veilchenpastillen? Und die mögen Sie?«, wundert sich Frau Schick.

»Ich liebe Veilchenpastillen.«

32.

Die Mandelbäume triefen, die Weinberge triefen, die Rucksäcke triefen ebenfalls. Erstaunlich, was knapp zwanzig Minuten Regen bewirken können. Erneut geht ein heftiger Schauer in breiten Streifen auf Felder und Wiesen nieder und beugt Gräser, Blumen und Wanderer. In den Wegfurchen gurgelt milchiges Wasser, schwemmt Kalkstein und Schotter auf, schwappt in die Schuhe. Die Sohlen sind schwer von zähem Lehm.

»Und Herberger fragt noch, ob wir auch genug Wasser dabeihaben!«, schimpft Frau Schick, die mit den Tücken ihres nassen Regenponchos kämpft, der sich um ihre Knie wickeln will.

Nelly zieht ihr das Cape glatt und schüttelt den Saum los. »Keine Angst«, sagt sie laut in das Rauschen des Regens hinein. »Paolo meint, dass wir in knapp einer Viertelstunde in Los Arcos sind.« Sie schirmt mit der Rechten ihre Stirn ab und hält hoffnungsvoll nach der von Regenschleiern verwischten Silhouette des Taldorfes Ausschau.

»Ich habe keine Angst, nur nasse Füße«, protestiert Frau Schick. »Bedauerlich waldarm, dieser Streckenabschnitt. Im Wald macht mir Regen überhaupt nichts.«

»Dafür ist der Weg hier schön breit und eben«, tröstet Nelly. Sie zieht erst Frau Schicks, dann ihre Kapuze tiefer ins Gesicht und hakt die alte Dame unter.

»Gegen die nassen Füße hilft gleich ein schöner heißer Tee«, versichert Bettina, die Frau Schick von rechts eingehakt hat und einen Schirm über ihren Kopf hält. »Ich habe getrocknete Linden- und Holunderblüten mit und außerdem ein hervorragendes homöopathisches Komplexmittel gegen Erkältungen.«

»Geben Sie das Ihrem Hundekalb. Ich brauche einen Filtro«, wehrt Frau Schick ab und sucht mit den Augen den Weg vor sich nach Quijote ab. Der tollt kläffend durch die Pfützen und verbellt das aufspritzende Wasser. Auch wenn es seinem artgegebenen Aussehen kaum angemessen ist, muss man sagen, dass er sich pudelwohl fühlt. Sehr angenehmer Hund, denkt Frau Schick, er erfüllt seinen Zweck und pariert, auch wenn er gar nicht weiß, dass ich ihn als *Postillon d'amour* zwischen Bettina und dem Basken engagiert habe.

»Was ist denn ein Filtro?«, will Bettina wissen.

»Heißer Kaffee«, erläutert Frau Schick. »Jedenfalls hieß er heute Morgen beim Frühstück so, und er schmeckte erstaunlich gut.«

»Ach«, schwärmt Bettina, »bei Herrn Viabadel schmeckt alles erstaunlich gut! Diese kleinen Feigen mit Ziegenkäse und Thymianhonig gestern und dann...«

»Ich hätte jetzt lieber ein vernünftiges Butterbrot«, unterbricht Frau Schick energisch Bettinas Menüschilderung. »Was hieß nochmal ›Butterbrot‹, Nelly?«

»*Bocadillo*«, übersetzt die und schaut sich kurz nach Paolo um, der ein paar Schritte hinter ihnen Hermann und Martha beim Gang durch das Pfützenmeer hilft.

Hermann erfreut sich an einer triefenden Blumeninsel aus lilagelben Küchenschellen, und Martha nickt zustimmend. Die beiden wirft wirklich nichts aus der Bahn.

Den recht anspruchsvollen Hang, den die kleine Gruppe vor dem Tal von Los Arcos nehmen musste, haben beide bedächtig und zügig zugleich genommen. Den hernach mit

Macht einsetzenden Regen haben sie als willkommene Erfrischung begrüßt. »Das tut den Kalkastern gut, die blühen bei Regen doppelt schön«, hat sich Martha gefreut, und Hermann hat genickt. Jetzt muntern sie gerade Paolo auf. »Wir schaffen das schon, Herr Paolo. Hermann und ich sind den Camino schließlich schon zweimal gegangen: nach der Hochzeit und dann vor fünfzehn Jahren noch einmal zum silbernen Jubiläum. Erinnerst du dich noch, Hermann?«

»Ja, da wuchs aber Mohn, oder?«

»Da wuchs Mohn, mein Lieber, es war Frühling.«

»Frühling, ja, ich erinnere mich.« Er wiederholt das Wort, als ob er es sich dringend merken wolle. »Frühling.«

»1995«, ruft Martha ihm ins Gedächtnis.

»Ach ja. 1995. Ein herrliches Jahr! Ach Martha, wir hatten so viele schöne Frühjahre miteinander, so wundervolle Wanderreisen. Ich wünschte, wir könnten auch noch einmal nach Meran. Bei all den Trauben hier muss ich an Meran denken. Herrliche Palmen da und dieser Geruch der Libanonzedern. Wann waren wir da zuletzt?«

»Im Herbst 2005.«

»Also vor fünf Jahren.«

»Sechs, um genau zu sein, aber wir kommen sicher noch einmal dahin, Hermann. Ganz sicher.«

So viel Zuneigung und Verbundenheit nach einem jahrzehntelangen Eheleben bringen Nelly vor Rührung ein bisschen aus dem Takt. Selbst die ständige Wiederholung von Daten klingt bei beiden wie eine Liebeserklärung. Unglaublich, wie viel Glück und Gefallen manche Menschen aneinander finden. Die Chance auf eine so haltbare und lange Ehe hat sie für immer vertan. Weil sie ein halbes Leben lang nach Sonnengöttern statt nach einem Gefährten mit handfesten Interessen wie Wandern und Botanik Ausschau gehalten hat. Wandern und Botanik laufen mir ja nicht weg, tröstet sich Nelly.

Nur Männer wie Javier.

Nelly seufzt leise. Dann reißt sie sich zusammen und konzentriert sich wieder auf Frau Schick. Die alte Dame wächst unter dem Regen einmal wieder über sich hinaus.

»Jetzt legen wir mal einen Schritt zu«, verlangt Frau Schick munter. »Ich möchte eins von diesen Bokadingsdas, diesen fröhlichen Butterbroten.«

Bettina lacht. »Bocadillo klingt wirklich fröhlich.«

Bettina ist ebenfalls ansteckend fröhlich, schon die gesamten zehn Kilometer und damit seit mehr als zwei Stunden. Deshalb ist die heutige Wanderung für Nelly ganz anders als der gestrige Schweigemarsch an Paolos Seite.

Gemeinsam mit Frau Schick haben Bettina und sie sich über öde Schotterabschnitte der Etappe lauthals hinweggesungen. Mit den wenigen Liedern, die sie alle kennen und in der Schule gelernt haben. Etwa *Wer will fleißige Handwerker sehen*. Sie haben es auf fleißige Wanderer umgedichtet, die nach Santiago gehen. Jede von ihnen hat ein paar Strophen Text erfunden, und schon waren wieder zwei Kilometer geschafft. Frau Schick hat noch auf einem sehr fröhlichen Kirchenlied bestanden, das sie von einer gewissen Schemutat beim Brombeerpflücken gelernt hat. Das Lied hatte so viele Strophen, dass beim Singen genug Brombeeren für mehrere Eimer Marmelade zusammenkamen, hat Frau Schick erklärt. Außerdem lindere es Dornenkratzer gewaltig.

Das Lied hieß *Geh aus mein Herz und suche Freud*. Nelly kannte es nicht, weil sie es nie mit der Kirche gehabt hat. Aber das Schöne an einem schlichten Choral wie diesem ist, dass man ihn nur einmal hören und singen muss, und schon meint man das Lied seit Ewigkeiten zu kennen. Nach dem dritten Durchgang haben sie die erste Strophe im Kanon und mit mehr Schmiss geschafft.

Der richtige Schmiss war Frau Schick sehr wichtig. »Das ist schließlich kein Schlaflied«, hat sie erklärt und mit einem Solo von Strophe acht unter Beweis gestellt: *Ich selber mag und kann nicht ruh'n.*

Hermann und Martha haben eine Weile lang die zweite Stimme mitgesungen. Beide sind nämlich in einem Kirchenchor in Essen aktiv und haben ganz erstaunliche Stimmen, auch wenn Hermann nicht ganz textsicher ist. Aber als Brummbass ist er eine Bereicherung.

Frau Schick hat Paolo um Flötenbegleitung gebeten, weil sie fand, dass ihm ein schmissiges Lied ebenfalls guttun könnte, aber der verdrossen dreinschauende Paolo hat etwas von »Vielleicht später« gemurmelt. Das Später klang nach »nie«, und Nelly war ganz kurz versucht, einen deutschen Schlager anzusingen. »Später, wann ist das, hab ich ihn gefragt, er hat nur gelacht und hat später gesagt.« Zu albern.

Weil Los Arcos nicht wirklich näher zu kommen scheint, versucht Nelly es jetzt noch einmal mit der ersten Strophe von Frau Schicks Kirchenlied. »Geh aus mein Herz und suche Freud in dieser schönen Sommerzeit an deines Gottes Gaben...«

»Ich hätte gern ein Buhutteherbrot«, fällt Frau Schick sofort ein. »Mit Schinken und Tomahatehen rot und endlich trockene Füüüüße, das wäre mir sehr süße.«

»Das wäre mir sehr süße, das wäre mir sehr süße«, wiederholt Bettina in richtiger Melodiefolge.

Frau Schick beendet den Gesang, bleibt aber beim Thema Butterbrot. »Ich hoffe nur, das Brot ist nicht wieder zu hart. Wegen meiner Zähne.«

»Sie könnten auch eine kleine Tortilla probieren«, schlägt Nelly vor.

»Kuchen? Nein danke, ich bin nicht so für Süßes. Was Herzhaftes wäre mir lieber.«

»Tortillas sind eine Art Omelette aus Kartoffeln und gestockten Eiern«, erklärt Nelly lächelnd.

»Und so etwas nennen die in Spanien Torte!«, wundert sich Frau Schick. »Na, Hauptsache, sie tun keinen Zucker rein.«

»Ganz bestimmt nicht.«

Der klatschnasse Quijote stürmt auf sie zu und führt in einer Riesenpfütze unmittelbar vor Frau Schick einen so wilden Indianertanz auf, dass das Wasser nur so spritzt.

»Bettina, halten Sie diesen närrischen Hund von mir fern. Der ist Ihre Aufgabe«, herrscht Frau Schick ungeduldig.

»Er mag Sie nun einmal«, sagt Bettina entschuldigend und zieht Quijote an seinem Halsband aus der Pfütze und dem Weg. »Er mag Sie sogar sehr.«

»Der muss wirklich bekloppt sein«, brummt Frau Schick, während sie mit Nelly die Pfütze umrundet. »Ach übrigens, haben Sie gestern noch einen Bericht über meinen Geisteszustand verfasst?«

Nelly, die inzwischen weiß, was damit gemeint ist, gibt eine Art Knurren von sich. Bettina schüttelt betroffen den Kopf, Quijote das Fell.

»Äh ... nein«, gesteht Bettina.

»Muss ich denn wirklich alles selbst machen«, empört sich Frau Schick.

»Natürlich nicht. Ich habe mich gestern nur ein wenig mit Herrn Viabadel verplaudert.« Damit ist Bettina wieder bei ihrem Lieblingsthema angelangt.

Frisch Verliebte kennen keine andere Wetterlage außer

Sonnenschein – das weiß Nelly aus eigener schmerzlicher Erfahrung. Frau Schick denkt anscheinend etwas Ähnliches, denn auch sie lächelt vielsagend in Bettinas Richtung, die prompt rot wird.

Paolo unterbricht mit einem »Guck mal« und zeigt nach vorn.

»Ah, sehen Sie nur, Frau Schick«, greift Bettina das Stichwort flugs auf, »Asphalt! Hier beginnt das Gewerbegebiet von Los Arcos. Herrlich.«

»Ja, ganz wundervoll«, sagt Frau Schick. »Ich kann mich nicht erinnern, wann ich mich zuletzt so über den Anblick von Strommasten und Transformatorenhäuschen gefreut habe.«

Sie passieren auf regenglänzender Straße ein Umspannwerk und ein Gewirr aus Lagerhäusern und Schuppen. Hermann und Martha schließen zu ihnen auf, und Paolo übernimmt bis in den Ortskern die Führung. Durch ein schmales Gässchen gelangen sie zu einem länglichen Kirchplatz. Bewacht von einer mächtigen Kathedrale drängen sich Häuser um die Plaza Santa Maria. In der Mitte gluckert ein Pilgerbrunnen. Im Säulengang vor der Kirche drängen sich Hildegard und Ernst-Theodor auf einem Bänkchen aneinander und lauschen Herberger. Beide scheinen einvernehmlich verzückt zu sein.

Bettina entdeckt das Trio zuerst. »Da ist ja E. T.«, sagt sie und hält den knurrenden Quijote am Halsband fest.

»Wen meinen Sie denn mit Ih-Ti?«, fragt Frau Schick verwirrt. »Den kenn ich nur als kleinen Außerirdischen aus einem Film.«

»Ich nehme an, Bettina meint Ernst-Theodor«, übersetzt Nelly.

Frau Schick kichert. »E. T. ist ja noch besser als ›transzendentaler Ernst-Theodor‹. Sie machen sich, Bettina, so viel Humor habe ich Ihnen gar nicht zugetraut«, lobt sie.

Paolo zeigt seinem Trüppchen ein Café gegenüber vom Pilgerbrunnen und steuert Herbergers Wanderclub an.

»Na, dann mal ran ans Buffet«, sagt Frau Schick und geht strammen Schrittes voran.

Hallender Lärm, das Zischen der Kaffeemaschine und Tassenklappern empfangen die kleine Reisegruppe. Wenig später sitzen sie an zusammengerückten Tischen, und Frau Schick freut sich über eine Tortilla und Kakao. Mit ihrem neuen Lieblingswort »Filtro« war hier nichts zu machen, obwohl Nelly sich wirklich redlich Mühe gegeben hat, dem Barbesitzer das Geheimnis von gefiltertem Kaffee zu erläutern.

Der Rest der Gruppe isst fröhliche Bocadillo mit Schinken. Quijote auch, Herr Viabadel hat Bettina diese Fütterungsweise ausdrücklich erlaubt. »Er hat mir erklärt, dass Quijote außer Bocadillos nur sein selbstgekochtes Hundefutter mag, aber das konnten wir schlecht mitnehmen.«

»Ich empfehle Ihnen dringend, Herrn Viabadel heute Abend wegen der Fütterungsweise noch einmal anzurufen«, sagt Frau Schick streng. »So ein Hundedarm ist bestimmt sehr empfindlich.«

»Och«, sagt Bettina, »eigentlich nicht.«

»Bettina, Sie rufen heute Abend an! Sie haben schließlich die Verantwortung für das Tier.«

Hildegard, Ernst-Theodor und die nunmehr zwei Reiseführer kommen ebenfalls ins Café. Nelly beobachtet mit Interesse, dass Paolo sich einen von Herberger möglichst weit entfernten Platz am Tisch sucht. Seine Begeisterung für ihn scheint nach wie vor zu schwanken. Dafür hängen Hildegard und Ernst-Theodor buchstäblich an Herbergers Lippen und wiederholen brav und im Wechsel das am Vormittag Gelernte. Hildegard schwärmt von dem zwischen Bergen versteckten Städtchen Estella »la Bella«, von einem kleinen Königspalast und einer

Felsenkirche, die »eigentlich nicht offen war, aber Herberger hat es möglich gemacht, dass wir sie besichtigen konnten«.

»Herberger macht's möglich« scheint Hildegards neues Mantra zu sein. Das zaubert ein leichtes Runzeln auf Ernst-Theodors ohnehin zerfurchte Denkerstirn. So enthusiastisch und blühend begeistert hat er seine hagere Gattin wohl des Längeren nicht mehr erlebt.

Er selbst übernimmt die Rekapitulation weiterer kultureller Höhepunkte, berichtet vom Besuch einer tempelartigen Maurenquelle vor und einer romanischen Madonna ohne Kind in Monjardin. »Eine seltene Kostbarkeit«, sagt Ernst-Theodor, »sie trug die Weltkugel in der Hand. In der jüngeren Wissenschaft wird dies als Beweis dafür herangezogen, dass den Menschen im Mittelalter und weit vor Kolumbus bekannt war, dass die Erde eine Kugel ist.«

Hildegard will zum großen Ärger ihres Ernst-Theodor von Herberger wissen, ob das stimmt. Zu dessen Erleichterung stimmt Herberger zu. »Einem Bonner Romanisten ist es gelungen, diese These hieb- und stichfest zu untermauern. Kirchengelehrte kannten die Schriften und Karten der Antike. Selbst einfachste Fischer wussten, dass man mit dem Schiff nicht einfach über den Horizont kippt. Der Reichsapfel der Kaiser symbolisierte ebenfalls die runde Welt. Es waren die Forscher und Entdecker der Renaissance, die die Legende in die Welt gesetzt haben, ihre direkten Vorfahren hätten samt und sonders an eine Scheibenwelt geglaubt. Sie wollten sich von der ›Zeit des Unwissens‹ abgrenzen, die sie übrigens als Erste überhaupt als ›dunkel‹ und als ›das Mittelalter‹ bezeichneten. Das sogenannte Mittelalter kannte kein Mittelalter, und die Menschen selbst erlebten ihre Lebenswelt schätzungsweise so düster und so hell, so leidvoll und so beglückend wie die Menschen vor und nach ihnen.«

»Faszinierend.« Ernst-Theodor hebt begeistert den Zeigefinger.

»E. T. trifft Mr. Spock«, murmelt Nelly, woraufhin Bettina Lindenblütentee über den Tisch prustet.

Die Strafe folgt auf dem Fuße. Ernst-Theodor und Hildegard beschließen, von Los Arcos aus mit Nelly, Bettina und Paolo weiterzuwandern. Herberger besteht darauf, die durchnässte Frau Schick samt Martha und Hermann bis Viana vorauszufahren.

»Ich bin doch nicht aus Zucker«, mault Frau Schick. »Ich schaff noch locker ein paar Kilometer.«

»Aber ich nicht«, kontert Herberger mit einem verstohlenen Seitenblick auf Hildegard und Ernst-Theodor, »und ein Jaguar ist kein Pendelbus.«

33.

Pilgern, denkt Nelly nach drei Kilometern zwischen Hildegard und Ernst-Theodor, ist wahrhaftig keine Schönwetter-Angelegenheit. Dabei hat der Regen aufgehört und die Hügellandschaft ist bezaubernd wie in der Toskana. Leider füllen Hildegard und Ernst-Theodor die herrlich menschenleere Landschaft mit pausenlosem Geschwätz über ihre morgendlichen Camino-Erlebnisse mit Dr. habil Eckehart Gast. Was für ein verlogener Charmeur der ist! Der ist auch vor nichts und niemand fies, denkt Nelly.

Leider hat Bettina sich vor zehn Minuten zurückfallen lassen, weil ihr Handy geklingelt hat. Nelly wirft einen hilfesuchenden Blick über die Schulter und sieht, dass sie wild gestikulierend unter einem Baum steht. Quijote sitzt mit gespitzten Ohren daneben.

»Wer auf den Jakobsweg ein Handy mitnimmt, ist selbst schuld, wenn er angerufen wird«, befindet Hildegard. »Hier will man sich doch besinnen, zur Ruhe finden und...«

Nelly konzentriert sich auf die Landschaft. Schlehenhecken, Haselnusssträucher und rot glühende Hagebutten säumen den Weg durch vereinsamte Felder und – nach zwei weiteren Kilometern – Baustellen. Unzählige Baustellen.

Hildegard nimmt sie der gesamten Menschheit und insbesondere dem spanischen Teil persönlich übel und hat ein neues Thema für einen Vortrag. Dabei sind die meisten Baustellen so überschaubar wie ein Reihenhausgarten. Sie bestehen aus nicht mehr als einer frisch ausgeschachteten Grube oder kleinen Fundamenten, Schotter- oder Steinhaufen und gigantisch großen Schildern mit EU-Emblemen, die das Bauvorhaben – hier ein Pilgerbrunnen, dort ein kleiner Streifen Wegbefestigung – erläutern. Hildegard empört sich dennoch über den Lärm der Bagger und das gelegentliche Wummern eines Rüttlers. »Das ist doch Geldverschwendung und macht alles kaputt! Erst dieses scheußliche Gewerbegebiet von Los Arcos und jetzt das.«

Paolo entschuldigt sich für die Serie von Baustellen, muss aber Hildegards Vortrag über unverantwortliche Störungen des Landschaftsbildes dennoch über sich ergehen lassen. Er erträgt es stumm, nur sein Mund zuckt gequält.

Nelly lenkt sich mit der Begutachtung der Baufahrzeuge ab und kann Hildegard und Ernst-Theodor schließlich mit begeisterten Vorträgen über moderne Motorentechnik von sich weglangweilen. Sie ist den Baustellen zutiefst dankbar.

Endlich schließen Bettina und Quijote wieder zu Nelly auf. Gleichzeitig legt Hildegard vor ihr noch einen Schritt zu. »Jetzt haben wir die Baustellen endlich hinter uns und nun dieses Hundegekläff. Das fehlt mir gerade noch!«, sagt sie spitz.

»Quijote ist doch ganz ruhig«, wirft Bettina knurrend ein.

»Ernst-Theodor, kommst du? Wir sind schließlich nicht zum Spazierengehen hier, das können wir zuhause auch.«

Ernst-Theodor kommt.

»Dann lassen wir unsere beiden Leistungsträger mal voranmarschieren«, spottet Bettina.

Nelly kichert. »Leistungsträger« ist gut – vor allem, weil die beiden Nervensägen Rucksäcke schultern, die mit Utensilien für eine Polarexpedition bestückt zu sein scheinen.

Hildegard und Ernst-Theodor nehmen nun Paolo in die Zange, und Nelly kann sehen, dass die beiden schon wieder energisch auf ihn einreden.

»Unser sanfter Kelte kann einem wirklich leidtun«, seufzt Bettina.

»Welcher Kelte?«

»So nenne ich Paolo, er kommt doch aus Galizien, einem Hort alter keltischer Traditionen.«

»Ich finde, er sieht aus wie Jesus«, erwidert Nelly verwundert.

»Mag sein, aber das gibt Hildegard noch lange nicht das Recht, ihn mit Worten zu kreuzigen.«

Bettina liest einen Stock auf und schleudert ihn kraftvoll nach vorn. Quijote rast mit fliegenden Ohren und Jagdgebell davon. Als Hildegard sieht, wer da auf sie zurennt, verfällt sie in Eiltempo und schließlich in Laufschritt. Es hilft ihr nicht, denn Quijote findet offensichtlich, dass Nachlaufen ein noch viel lustigeres Spiel als Apportieren ist. Vor allem, wenn man abwechselnd eine zeternde zaundürre Frau und einen keuchenden Professor jagen kann. Paolo lässt sich reichlich Zeit, bevor er den Hund mit einem Wettrennen von Hildegard und Ernst-Theodor ablenkt.

»Ich bin mir sicher, dass die beiden in Deutschland das Märchen von den wilden Menschenfresserhunden am Jakobsweg wieder aufblühen lassen«, sagt Bettina.

Nelly staunt, wie boshaft und amüsant Bettina sein kann. So kennt sie sie noch gar nicht. »Schade, dass Frau Schick das gerade nicht gesehen hat, sie hätte ihre helle Freude daran«, lobt sie Bettina.

Bettina nickt. »Das denke ich auch. Und sie hat jede Aufmunterung verdient.«

Schweigend gehen sie weiter.

»Unsere rebellische Frau Schick«, beginnt Bettina schließlich erneut, »ist leider weit verwundbarer und hilfsbedürftiger, als sie glaubt.«

»Ich weiß«, sagt Nelly und denkt an ihr Erlebnis am Morgen und an Frau Schicks scheuen Händedruck.

Bettina zögert einen Moment, dann scheint sie einen Entschluss zu fassen. »Aber sie selbst weiß es nicht, Nelly. Sie ahnt nicht einmal, wie schlimm die Dinge für sie stehen.«

Erschrocken bleibt Nelly stehen. Für einen Moment ist es totenstill. »Sie meinen«, stammelt sie schließlich, »ich meine ... Herrje! Ist sie ernsthaft krank, wird sie bald ...« Das ist ein Satz, den sie nicht beenden kann und will.

»Sterben? Nein, das ist es nicht.« Zu Nellys unendlicher Erleichterung schüttelt Bettina heftig den Kopf. »Sie ist gesund, erstaunlich gesund und rüstig für ihr Alter, soweit ich das beurteilen kann. Aber die Geschichte mit ihrem Sekretär, dem Grüßaugust, wie sie sagt, ist weniger harmlos, als die alte Dame annimmt.«

»Dann ist Frau Schick also ... hm ... doch nicht ganz richtig im Kopf? Ich meine durcheinander oder so?«

»Ach was, sie ist nur eigen und hat einen herben Verlust zu betrauern, das ist alles«, sagt Bettina. »Was ich meine, ist, dass der lächerliche Sekretär nicht von selbst auf die Idee gekommen ist, ein Verfahren zur Feststellung von Frau Schicks Geschäftsuntüchtigkeit in Gang zu setzen. Wahrscheinlich wäre er selbst überhaupt nie auf die Idee gekommen. So eine Intrige ist einfach eine Nummer zu groß für ihn.«

»Wie kommen Sie denn da drauf?«

Bettina klopft auf ihre Hosentasche. »Durch den Anruf gerade. Herr Pottkämper will ausführlichere Berichte über seine Chefin. Nicht für sich selbst, sondern für zwei Herren vom Geschäftsvorstand! Ich wette, die stecken hinter der ganzen Sache und brauchen Pottkämper nur, weil er nun einmal ein illegitimer Sohn des Firmengründers ist.«

Nelly runzelt die Stirn. »Sind Sie sicher?«

Bettina nickt. »Ja. Eine Anwaltskanzlei arbeitet offenbar bereits an einem Schriftsatz zur Anfechtung des Testamentes von Paul Schick. Außerdem gibt es bereits einen Termin beim Betreuungsgericht.«

»Das müssen Sie Frau Schick sagen!«

»Noch nicht, Nelly. Ich muss zunächst herausfinden, ob es unter uns weitere Maulwürfe gibt, die hier Informationen über Frau Schick sammeln.«

Nelly muss nicht lange überlegen, wer der Übeltäter sein könnte. »Unser guter Herr Herberger alias Gast könnte mit drinstecken!«

»Er oder Paolo. Die beiden verhalten sich doch höchst seltsam, meinen Sie nicht?«

»Nicht Paolo«, sagt Nelly entschieden und sucht mit den Augen den Weg nach ihm ab. Sie macht seine Gestalt auf einer entfernten Hügelkuppe aus. Hildegard und Ernst-Theodor beginnen soeben den Aufstieg zu ihm. Paolo steht im Gegenlicht, Quijote umtänzelt ihn. Nein, ihr jugendlicher Wanderführer sieht ganz und gar nicht nach einem Schurken aus, sondern wie immer ein bisschen wie Jesus.

Bettina seufzt. »Ja, ich fände es auch schade, aber ich weiß, dass er erhebliche Geldsorgen hat, seit er seine Stelle als Arzt in Santiago aufgegeben hat.«

»Es kann nicht Paolo sein«, wiederholt Nelly. »Das wüsste ich.« Schließlich kennt sie sich mit falschen Sonnengöttern aus.

34.

Tosantos und alle seine Heiligen müssen warten. Nelly hat jetzt keine Zeit, Javier nachzurecherchieren. Stattdessen hat sie sich im Internet an Eckehart Gast festgelesen, und zwar auf dessen Homepage »Gast-Reportagen«. Die ist geradezu ärgerlich interessant, verrät aber nichts über mögliche Schurkereien.

Nelly macht eine kurze Pause und rollt zur Entspannung mit den Schultern. Sie hockt in einem düsteren Kabuff vor einem Flachbildschirm. Das winzige, mit einem verschossenen Brokat ausgekleidete Kämmerchen muss einmal eine Fernsprechzelle gewesen sein. Es gehört zu dem altehrwürdigen Landgasthaus, das Paolo in Viana als Ersatzunterkunft für die Reisegruppe gebucht hat. Irgendwie hat Herberger die Gruppe überzeugt, die Übernachtung im sechzig Kilometer entfernten Santo Domingo de la Calzada zugunsten des Landhotels, das sich zwischen Weinberge und rot schimmernde Anhöhen schmiegt, ausfallen zu lassen. Und das, obwohl vor der Tür des Plüschhotels ein niegelnagelneuer Luxusbus für vierzig Fahrgäste steht und den Fahrer sehr glücklich macht.

Damit wird die Gruppe erst morgen Abschied von Navarra nehmen und die Höhepunkte der angrenzenden Region La Rioja kennenlernen, die bereits für heute auf dem Programm standen. Paolo hat Herbergers Programmänderung zugestimmt. Nellys Grüppchen, dem nach vierunddreißig Wanderkilometern nur nach Ausruhen und Duschen zumute war, sowieso. Selbst Hildegard hat – beruhigt durch die Aussicht auf die Weiterfahrt in einem Bus mit Liegesitzen, Klimaanlage, Panoramascheiben und gelegentlichen Spezialführungen durch Herberger alias Gast – für Viana votiert. Und Frau Schick, die mit Hermann und Martha schon Stunden zuvor in Viana eingetroffen war, ist einverstanden, weil »ich und meine Damen jede Menge zu tun haben«.

In der Tat.

Bettina schwitzt über einem Gesundheitsbulletin, das der mutmaßlichen Intrige des Vorstandes den Wind aus den Segeln nehmen soll. Frau Schick sitzt in der Bar und denkt sich Dummheiten über sich selbst aus. Die Rolle der verrückten Alten behagt ihr. Und Nelly recherchiert im Kabuff Daten und Fakten zur Person Eckehart Gast. Sie wendet sich wieder seiner Homepage zu.

Es ist wirklich erstaunlich, wo dieser Mann schon überall war. Nelly schwirrt bereits der Kopf, so viele Bilder von Vietnam, dem Amazonas, aus der Karibik, von den Lofoten und diversen Südsee-Atollen hat sie bereits durchgeklickt. Ihr Notizblock ist längst vergessen, weil sie immer wieder hängengeblieben ist, wenn eine Landschaft besonders atemberaubend war oder eine Videoaufnahme auf Herbergers Homepage sehr anrührend. Besonders gefallen hat ihr die von einem Fingertier auf Madagaskar. Glupschäugig und höchst erstaunt linst der winzige Lemur zwischen seinen Riesenohren in die Kamera. Er krallt sich mit seinen Riesenfingern ins Geäst eines Regenwaldes und hopst nach reiflicher Überlegung von Ast zu Ast und in die Nacht davon. Das macht Lust auf mehr.

Am Amazonas bewundert Nelly Brüllaffen, kunterbunte Tukane und aufstiebende Papageienschwärme, dann taucht sie in Unterwasserbilder von Alligatoren und Piranhas ab. Sie kann auch einem Besuch im legendären Opernhaus von Manaus nicht widerstehen und liest sich wieder fest. Längst entthronte Kautschukbarone und heimwehkranke Musikenthusiasten der Belle Époque haben das Theater in die Amazonasstadt verpflanzt. Eine Zuckerbäckerfantasie in Neobarock, samt Murano-Lüstern, Treppen aus italienischem Marmor, buntglasierten Dachziegeln aus dem Elsass, Seidensamtportieren aus Lyon und einem Deckengemälde, dessen Farben ein Delirium tremens auslösen.

Herberger hat die Bilder mit dem schwebend ahnungsvollen Anfang von Verdis Ouvertüre aus *La Traviata* unterlegt, der in heitere Walzerklänge übergeht. Ein bisschen arg kitschig, aber passend, findet Nelly. Sie träumt sich immer weiter weg von ihrem Auftrag, den Lügen von Frau Schicks Chauffeur auf die Schliche zu kommen. Sieh her, scheint die Homepage zu sagen, so viel kann ein Mensch aus seinem Leben machen, wenn er seine Wünsche und Talente ernstnimmt.

Und wenn er Zeit und keine Kinder und keine Bindungen hat, ruft Nelly sich in die Realität zurück. Pah, so ein einsamer Wolf wie Herberger möchte sie gar nicht sein!

Sie zückt den Notizblock.

Eine animierte Weltkarte lädt dazu ein, weitere Länder und Orte anzuklicken, über die Herberger alias Gast Bücher und Artikel geschrieben oder Filme gedreht hat. In Asien ist er in den letzten Jahren häufig unterwegs gewesen, aber auch in Afrika, in Kanada und Nordamerika blinken Fähnchen. Nelly macht sich Notizen. Europa ist ein einziges Lichtermeer, und als sie zuletzt Nordspanien anklickt, findet sie unter der Überschrift »Weg im Wandel und in der Wandlung« Dokumente über den Jakobsweg.

Es handelt sich um eine Textsammlung aus diversen Epochen und fremden Federn. Euphorische Lobgesänge aus mehreren Jahrhunderten stehen neben Polemiken gegen den unheiligen Kommerz am Camino, begeisterte Blogeinträge von modernen

Pilgern kontrastieren mit abfälligen Bemerkungen über Enttäuschung, Nepp und Bauernfängerei. Einmal wird der Jakobsweg als längste Psycho-Couch der Welt verspottet, ein anderes Mal als Pilgerweg der Seele gefeiert.

Fotos fehlen weitgehend. »Es gibt nicht den einen Camino«, erläutert Herberger das spärliche Bildangebot und seine Textauswahl, »sondern Hunderttausende. Geografisch führt der Weg in Spanien durch abwechslungsreiche Landschaft, für viele Pilger nach innen. Es ist ein Weg der unerwarteten Begegnungen mit sich selbst und mit anderen. Jedem sei selbst überlassen, was er dabei entdeckt und sieht und was er daraus macht. Mit der Feder eines Reisebuchautors wird es kaum zu beschreiben sein.«

Das findet Nelly ziemlich Wischiwaschi und wenig aussagekräftig. Herberger will es sich wohl mit keinem potenziellen Leser verderben.

Eins muss Nelly allerdings zugeben: Der Mann kennt sich aus. Seine Homepage ist ein Fest für die Augen, und dass sie tatsächlich von Herberger, nein Gast, »geboren in Karlsruhe, wohnhaft in Köln, meist unterwegs«, stammt, beweist sein Autorenporträt im Impressum. Nelly studiert es kurz. Ja, das ist unverkennbar Herberger/Gast: Zu dem rastlos Reisenden passt das hässliche Narbenkinn nicht schlecht. Ob er mal Bekanntschaft mit einem bissigen Krokodil gemacht hat?

Sie überfliegt, was sie sich notiert hat. Viel ist es nicht. Neben Reisedaten liest sie »Fingertier«, »Opernhaus« und »Caruso«. Warum hat sie das denn aufgeschrieben? Sie seufzt, zu viele Bilder machen leider süchtig und wirr im Kopf. Außerdem wird im Kabuff langsam die Luft stickig.

Nelly öffnet die gepolsterte Tür einen Spalt weit, zieht eine Sandale aus und schiebt sie als Türstopper dazwischen. Aus dem Foyer strömt klimatisierte Luft ein. Sie reckt sich, gähnt und lässt den Bildschirm schwarz werden. Sie will gerade die Internetverbindung kappen, als Stimmen an ihr Ohr dringen. Spanische Stimmen. Nein, stimmt nicht, das können keine waschechten Spanier sein, denn die Männer flüstern, statt sich lauthals zu unterhalten. Wer könnte das sein?

Einen Augenblick später erkennt Nelly, dass es sich um Herberger und Paolo handelt.

»Gib mir eine letzte Chance«, bittet ihr Überwachungsobjekt Herberger eindringlich und dankenswerterweise in kastilischem Spanisch, das Nelly ohne Probleme versteht.

»Ich wüsste nicht, wozu«, zischt Paolo.

»Vielleicht, weil wir mehr gemeinsam haben, als du denkst?«

Paolo stößt einen abwehrenden Laut aus. »Ich bin kein Mörder.«

»Paolo, die Sache in Australien damals ist so schiefgegangen, wie etwas nur schiefgehen kann ... Coober Pedy ist ein Rattennest ... Wir waren betrunken, sturzbesoffen, um genau zu sein ... und zu leichtsinnig.«

Nelly hält den Atem an und schreibt eifrig mit.

»Tödlich leichtsinnig!«, zischt Paolo.

»Ja.« Herberger kämpft um seine Chance. »Ich habe für meinen Fehler mit mehr als nur ein paar Monaten Haft gebüßt, Paolo.«

»Gefängnis«, notiert Nelly und macht drei Ausrufezeichen.

»Gebüßt«, stößt Paolo derweil mit kaum verhaltenem Zorn hervor. »Ich denke, du hattest keine Schuld und sie haben dich freigesprochen? Du hattest ja nie an irgendetwas Schuld, oder ist das auch wieder eine von deinen ungezählten Lügen?«

»Schuld haben und sich schuldig fühlen sind zwei verschiedene Paar Stiefel«, entgegnet Herberger hitzig. »Und dich habe ich nur einmal belogen, ein einziges Mal. Um dich zu schützen.«

Gott, wird der jetzt melodramatisch!, denkt Nelly und lehnt sich auf ihrem Samtbänkchen ein bisschen mehr zur Tür.

Herberger ist noch nicht fertig. »Einem Gefängnis kann man entkommen, Paolo, seinen Gefühlen nicht.«

»Gefühle, du? Für wen denn das? Vor Gefühlen bist du doch immer nur ausgerissen.« Paolo lacht bitter.

»Paolo, ich weiß, dass ich ein verdammter Scheißkerl sein kann, aber diesmal täuschst du dich, glaub mir.«

»*No*«, sagt Paolo. Und noch einmal: »*No.*«

Es folgt eine längere Pause, die Paolo zögerlich beendet. »Was willst du überhaupt von mir?«

»Ein letztes Gespräch.«

»Worüber?«

»Nicht hier. Hör zu, ich kenne hier eine kleine Bar bei der Kirche.«

»Du meinst die gegenüber vom Grabstein Cesare Borgias?«

Oho, das hat gesessen! Paolo hat die Anspielung auf den grausamsten Papstsohn der Renaissance, der in Viana gefallen und beerdigt ist, sicher nicht zufällig gemacht. Cesare Borgia! Nelly schreibt den Namen auf. Herberger übergeht ihn.

»Die Bar ist sehr verschwiegen, dort können wir ungestört reden. Wenn wir galizisch sprechen, versteht keiner etwas.«

»Ich kann die Gruppe nicht im Stich lassen«, wehrt Paolo ab.

»Du bist Wanderführer, kein Kindermädchen! Die meisten deiner Schäfchen schlafen bestimmt bis zum Abendessen in zwei Stunden.«

»Bettina und Nelly nicht.«

Herberger lacht kurz auf. »Keine Bange! Frau Schick hat

ihrer verrückten Hühnerschar reichlich Hausaufgaben aufgebrummt.«

Hühnerschar? Hühnerschar! Das ist die Höhe! »Gack, gack!«, macht Nelly laut und vernehmlich, und ohne groß darüber nachzudenken. Der Effekt ist der erwünschte.

»*Maldito*«, flucht Herberger. Mit drei Schritten ist er beim Kabuff und reißt die Tür so plötzlich auf, dass Nelly vom Hocker fällt. »Haben Sie wieder gelauscht? Was zum Teufel wollen Sie von mir?«

»Nichts, ich arbeite.«

Herberger schaut auf den schwarz gewordenen Bildschirm, auf dem zu Nellys großer Erleichterung das Windows-Logo Saltos schlägt. Herberger betritt das Kabuff. Die Tür knallt ihm mit Schwung in den Rücken und schubst ihn zum Tisch. Über die am Boden kauernde Nelly gebeugt, streckt er die Hand nach der Computermaus aus.

Nelly rappelt sich hoch und klammert sich an sein rechtes Hosenbein. »Nein, lassen Sie das!«, schreit sie. »Was soll das? Finger weg!«

Paolo zieht Herberger im letzten Moment von Maus und Nelly weg. »Hast du nicht gehört?«, brüllt er. »Du sollst sie in Ruhe lassen.«

»Nichts lieber als das«, knurrt Herberger. »Diese Frau macht mich krank.«

»Das wäre ja mal ganz was Neues«, zischt Paolo.

»Du glaubst doch nicht, dass ich und dieses Hu...?«

»Wenn Sie nochmal ›Huhn‹ sagen, beiße ich«, zetert Nelly und erkennt, dass sie gerade leider tatsächlich nach Huhn klingt, nach beleidigtem Huhn. Sie richtet sich mit dem letzten Rest ihrer verbliebenen Würde auf. »Es tut mir leid, ich habe ein bisschen überreagiert.«

»Ich auch«, sagt Herberger und zwängt sich aus dem

Kabuff. »Kommst du?«, fragt er Paolo mit einem Blick über die Schulter.

Paolo wirft Nelly einen fragenden Blick zu.

»Er hat mich wirklich nicht angefasst, das war ein Missverständnis«, sagt sie schnell. Können die beiden nicht endlich verschwinden? Sie möchte im Internet eine ganz neue Suche starten, diesmal auf Englisch und mit Gasts Namen und Stichworten wie *Australia* und *prison*.

Paolo zögert noch einen Moment, dann schließt er sich Herberger an und verlässt mit ihm das Foyer.

Nelly macht sich an die Arbeit. Ihr ist noch ein entscheidendes Stichwort eingefallen: Opale. Herberger hat doch erst gestern Abend vor ihrer Zimmertür gesagt, dass Opale hauptsächlich in Australien abgebaut würden und ebenso viele Verbrechen, Mord und Totschlag ausgelöst hätten wie Südafrikas Diamanten.

Tosantos ist endgültig vergessen. Nelly jagt jetzt echte Verbrecher.

35.

Die Pilgermesse in der Kirche des heiligen Dominik aus Calzada ist beendet. Frau Schick und Bettina verlassen begleitet von Mittagsgeläut und protestierendem Hahnengeschrei das Seitenschiff.

»Diese heiligen Hühner in der Kirche gefallen mir«, freut sich Frau Schick, während hinter ihr die Holztür ins Schloss fällt. Sie treten auf den sonnengleißenden Platz vor der Kathedrale. Frau Schick drückt ihren Strohhut tiefer in die Stirn und setzt die Wanderstöcke aufs Steinpflaster. »Das war wirklich mal eine lebendige Messe – mit Gackern, Gockelei und Krähen zu Predigt und Orgelklang. Sehr erfrischende Kombination! Und sagen Sie jetzt bitte nicht, dass Ihnen die Tiere leidtun.«

»Ein wenig schon«, erwidert Bettina und tätschelt Quijote, der brav wie ein Engel, aber mit dem Aussehen des Höllenhundes Zerberus vor der Kirche gewartet hat und nun ein schönes Fotomotiv für vorbeischlendernde Pilger abgibt. »Hühner hoch unter der Decke in einem engen Käfig einzusperren, also nein!« Bettina schüttelt den Kopf.

»Paolo hat gesagt, dass das Hühnerpaar täglich gewechselt und von Hand mit ausgewähltem Korn und Schrot gefüttert wird«, tröstet Frau Schick ihre Reisegefährtin. »Mit Batteriehaltung hat das wirklich nichts zu tun. Der Hahn wirkte sehr fröhlich, und wenn ich mich nicht täusche, hat das Huhn sogar ein Ei gelegt. Welches Huhn darf schon in einem vergoldeten Käfig aus der Meisterwerkstatt eines gotischen

Künstlers brüten? Und solange die beiden Vögel sich besser verstehen als Hildegard und Ernst-Theodor, ist Platz in der kleinsten Hütte.«

»Schscht«, macht Bettina, weil die gerade Erwähnten soeben mit Hermann und Martha die Kirche verlassen.

Frau Schick dreht sich um und studiert betont verzückt die prächtige Kirchenfassade aus gelbgrauem Stein. Hübsch, wirklich hübsch.

Die Legende vom Hühnerwunder von Santo Domingo de la Calzada hat ihr auch recht gut gefallen. Vor allem, weil eine Pilgerfamilie aus dem Rheinland die Hauptrolle spielt. Vater, Mutter und ein hübscher Sohn, so hat Paolo erzählt, sollen im Mittelalter und auf dem Weg nach Santiago de Compostela hier in Santo Domingo übernachtet haben. Die Wirtshaustochter hat sich unsterblich in den rheinischen Jüngling verliebt, er sich aber nicht in sie. Darum hat die Verschmähte ihm einen Silberbecher ins Gepäck geschmuggelt, woraufhin der junge Mann am nächsten Tag prompt verhaftet und zum Tod durch den Strang verurteilt wurde. Gut möglich, dass man das im Mittelalter so gehandhabt und darum gern an das nachfolgende Wunder geglaubt hat. Die Eltern sind nämlich zum Grab des heiligen Jakob weitergepilgert – immerhin noch gute sechshundert Kilometer – und haben um Hilfe für den Sohn gebetet. Auf ihrem Rückweg durch die Weinberge von Rioja und das Örtchen Santo Domingo – also nochmal sechshundert Kilometer später – fanden sie den Sohn dann zwar am Galgen, aber lebendig, weil der heilige Jakob unter ihm kniete und seine Füße abstützte. Flugs sind die Eltern zum Bischof geeilt, um ihren Sohn abknüpfen zu lassen. Der wenig wundergläubige Bischof saß beim Sonntagsmahl und aß geschmortes Federvieh.

»Unsinn«, soll der Kirchenfürst über das angebliche Mirakel vom lebenden Erhängten gewettert haben. »Der Jüngling ist so tot wie diese beiden Hühner auf meinem Teller.« Pustekuchen, denn in diesem Moment begannen die Brathähnchen zu fliegen. Wenig später wurde der rheinische Galgenvogel abgeknüpft. Schönes Märchen und der Grund dafür, dass es seither Hühner in der Kirche des heiligen Dominikus von Santiago de la Calzada gibt. Wenn sie im Angesicht eines Pilgers ordentlich herumkrakeelen, so heißt es, endet dessen Jakobsweg segensreich. Obwohl sie eigentlich nicht an so etwas glaubt, ist Frau Schick klammheimlich ein bisschen froh, dass der Gockel sie mit kräftigem Kikeriki begrüßt hat.

Schade nur, dass junge Mädchen und Bettgeschichten in den Heiligenlegenden immer so schlecht wegkommen, sinniert sie stumm, aber, na ja, manche Frauen sind ja wirklich falsche Schlangen und Verführerinnen. Etwa Thekla. Ach was, nein!, ruft sie sich zur Ordnung. Der Vergleich hinkt. Erstens hat sicher Paulchen die Thekla verführt, und zweitens hat Thekla keine mörderische Rache mit geklauten Silberbechern inszeniert.

Hinterhältig war Thekla nie, das muss Frau Schick ihr zugestehen, aber eine Erklärung für die Bibelverse über die Balken im eigenen – also Frau Schicks – Auge und den Grund, aus dem sie ihr Röschen zeitweise gehasst hat, ist sie immer noch schuldig. Hoffentlich kommt bald nochmal Post von Thekla. Vielleicht heute Abend in Burgos.

Im hiesigen Parador-Hotel, wo sie gestern ja eigentlich hätten nächtigen sollen, hat Frau Schick schon vor der Messe gefragt. Aber da wartete auf sie nichts außer lästigen Firmenfaxen. Mit denen wird sie sich für den Rest der Reise nicht mehr rumschlagen. Sie hat hier schließlich genug zu tun.

»Wollen wir einen Kaffee trinken?«, schlägt Bettina vor, nachdem sie die Kirche mit Quijote einmal umrundet haben.

Sie weist in ein schattiges Steingässchen. »Bis Herberger und Nelly sich unserer Gruppe wieder anschließen, dauert es sicher noch ein Weilchen.«

Die beiden haben sich am Morgen auf Nellys ausdrücklichen Wunsch hin in einem staubstillen Dorf hinter Riojas verträumter Hauptstadt Logroño von den anderen verabschiedet, um eine Extratour zu wandern. Frau Schick hat sich darüber ein wenig gewundert, denn laut Paolo handelt es sich um ein Wegstück, das auf weiter Strecke parallel zur Autobahn verläuft. Alle außer Nelly haben abgewinkt.

Seither hegt Frau Schick den Verdacht, dass es Nelly mehr um ein Tête-à-Tête mit Herberger als ums Wandern und die Schönheit der Natur ging. Ihr soll es recht sein. Bei Bedarf ist sie gern bereit, sich diskret einzumischen. Es macht Spaß, die Liebesfee zu spielen, und bei Bettina hat es bereits hervorragend funktioniert. Frau Schick lächelt. Ja, handfeste Nächstenliebe liegt ihr. Sie liegt ihr sogar außerordentlich.

»Paolo rechnet frühestens in einer Stunde mit den beiden«, reißt Bettina sie aus den Gedanken. »Er hat vorgeschlagen, dass wir hier Wasser und Proviant kaufen.«

Frau Schick stimmt einem Einkaufsbummel mit Kaffeepause zu. Nach Santo Domingo soll die Gruppe sieben Kilometer bis zur Grenze zwischen Rioja und der Region Burgos laufen, und danach geht es mit dem Bus weiter in die prachtvolle Kathedralstadt. So tauchen beide in ein Gässchen ab, das Ladenbesitzer mit Strohbesen, Fruchtkörben, Putzeimern, Knoblauchzöpfen, Petroleumlampen und anderen Gegenständen des ländlichen Lebensbedarfes ausstaffiert haben. Aus einem kleinen Kühllaster, der gerade noch ins Gässchen passt, werden gefrorene Fischblöcke entladen. Der Geruch des Meeres mischt sich mit dem Duft von Pfirsichen und Rioja-Trauben.

Der Lasterfahrer jagt einem halben Thunfisch einen Eisenhaken in die Kiemen und hievt ihn auf seinen Rücken. Ernst-Theodor, der die Pilgermesse geschwänzt hat, hält die Szene fotografisch fest. Hildegard steht daneben und wiederholt für ihn, Hermann und Martha noch einmal die Predigt, die sie eben in der Kirche gehört haben.

»Hildegard wird heilig. Wir machen uns wohl lieber unsichtbar«, murmelt Frau Schick und zieht Bettina rasch in einen Souvenirladen, wo Bettina und sie mit Ausdauer und wachsendem Enthusiasmus Madonnen in Jakobsmuscheln, aus Rebenholz geschnitzte Pilgerstäbe, weiße T-Shirts mit dem roten Kreuz der Santiago-Ritter und Rosenkränze studieren.

»Der hier würde hübsch zu Nelly passen«, ruft Frau Schick und hält einen Rosenkranz aus minzgrünen Perlen hoch, an denen ein feines Silberkreuz baumelt. Die durchscheinenden Perlen fangen einen Lichtstrahl ein, ihr Grün enthüllt irisierende Einschlüsse in Purpur und Rosa.

Bettina nickt anerkennend. »Regenbogenfluorit. Ja, das könnte zu Nelly passen. Immerhin soll Fluorit gedankliche Klarheit und innere Einkehr fördern.«

»Sie und Ihr Esoterikknall! Die Perlen passen zu Nellys neuem Leinenkleid, das ist alles«, erwidert Frau Schick.

»Frau Schick, Rosenkränze sind doch keine Schmuckstücke.«

»Der hier schon«, rebelliert die alte Dame und marschiert zur Kasse. »Nelly sollte sich heute Abend mal ein bisschen hübsch machen. Herberger würde es zu schätzen wissen.«

»Herberger!«, ruft Bettina entsetzt. »Aber um Himmels willen! Sie glauben doch nicht etwa, dass er Interesse an Nelly hat!«

Frau Schick wirft ihr einen tadelnden Blick zu. »Ich hoffe,

Sie haben nichts dagegen. Sie sind jetzt schließlich bestens versorgt. Señor Viabadel will doch heute Abend nach Burgos kommen, nicht wahr?«

»Nur um Quijote abzuholen.«

»Dafür muss man sich aber doch nicht in einer Tapas-Bar treffen, oder?«

Bettina übergeht die Anspielung. »Herberger und Nelly können einander nicht ausstehen.«

Frau Schick nimmt Wechselgeld und ein hübsches Tütchen entgegen. »Natürlich mag Nelly Herrn Herberger. Warum sonst hat sie als Einzige darauf bestanden, mit ihm an einer Autobahn entlangzupilgern, um ein paar Gartenzwerge anzuschauen? Drei Kilometer hin und drei zurück und danach ein Plauderstündchen im Jaguar. Darum geht es, wetten?«

»Frau Schick, die beiden besuchen keine Gartenzwerge, sondern das sogenannte Tal der tausend Steinmännchen«, sagt Bettina geduldig. »Es ist eine schöne neuere Tradition, dass Pilger auf der eintönigen Strecke Steine zu Figuren türmen, denen sie ihre Wünsche, Sorgen und Gebete anvertrauen. Es ist eine Art meditatives Ritual, das sich wie so vieles auf dem Camino spontan und von selbst entwickelt hat.«

»Das ist mir alles zu esoterisch. Die beiden wollen doch keine Stein- und Betmännchen basteln. Nein, nein, nein«, zweifelt Frau Schick. »Das ist doch ein Klassiker: Mann trifft Frau, Frau trifft Mann, beide streiten, erotische Spannung baut sich auf, und – zisch! – entlädt sie sich. Ich bin nur gespannt, wann und wo. ›Tal der Steinmännchen‹ klingt ein bisschen albern und zudem reichlich unbequem.«

»Frau Schick! Sie irren sich, Sie irren sich wirklich. So ist Nelly nicht. Außerdem hat sie doch gerade erst eine herbe Enttäuschung mit einem ausgemachten Betrüger hinter sich.«

Frau Schick schüttelt drohend die Wanderstöcke. »Sie wollen doch wohl meinen Herberger nicht mit so einem kleinkriminellen verlogenen Tunichtgut vergleichen?«

»Ihr Herberger heißt Gast«, warnt Bettina. »Und sein Inkognito spricht nicht für ehrliche Absichten.«

»Von mir aus kann er Lumpi heißen. Ich vertraue ihm«, verteidigt Frau Schick ihn weiter. »Nach allem, was er gestern zur Rettung dieser Reise unternommen hat, halte ich ihn für einen der aufopferungsvollsten Menschen, die ich kenne. Drei Stunden allein mit Hildegard und Ernst-Theodor! Das nenne ich heldenhaft. Danach hat er noch Stunden den Gepäckchauffeur gespielt, und Paolo scheint sich auch wieder mit ihm versöhnt zu haben. Beim Frühstück haben die beiden sogar gelacht und hatten diebische Freude an ihren Späßen. Nur schade, dass sie sich lauter spanische Witze erzählt haben.«

»Es müssen galizische gewesen sein, vermutet Nelly. Sie hat nämlich kein Wort verstanden und sich mächtig darüber geärgert.«

»Galizisch? Dann waren es sicher schmutzige Witze. Die muss man nicht verstehen, die sind in allen Sprachen gleich dämlich.«

Bettina druckst herum und sagt dann doch nichts. »*Adiós!*«, ruft sie schließlich der Souvenirverkäuferin zu und hilft Frau Schick über die Schwelle zurück in die Gasse. Sie kaufen in einem adretten Lädchen Pfirsiche, Wasser und Brot. Alles wird in Papier eingeschlagen, die Preise werden auf einem Notizblock addiert, und der Ladenbesitzer trägt die Tüten zur Tür. Direkt nebenan finden sie ein winziges Café mit genau einem Tisch und zwei Stühlen vor der Tür.

»Sehr schön hier«, befindet Frau Schick, obwohl der Tisch wackelt und die Bedienung unter ihrem »Kaffee Filtro« leider

Feigen versteht und von ihnen zusammen mit einem Espresso drei Stück mitbringt. Na, immerhin ist das was für ihren Darm. Außerdem laufen sie und Bettina in diesem improvisierten Bürgersteig-Café mit nur zwei Stühlen knapp vor der Bordsteinkante nicht Gefahr, vom Rest der Wandergruppe behelligt zu werden.

Doch da irrt Frau Schick und unterschätzt Ernst-Theodor. Der passiert wenig später allein und sehr aufgeräumt das Café. Er begrüßt erst Bettina, dann Frau Schick, als seien sie jahrelang verschollene Bekannte. »Zusammen ist es doch am schönsten!«, sagt er und schleppt mit Elan einen weiteren Tisch und sechs Stühle aus dem Café. »Die anderen kommen sicher auch noch. So viele Gässchen hat dieses Nest ja nicht.« Er weist auf die kleine Möbelausstellung auf dem Bürgersteig. »Paolo holt gerade Nelly und Herberger bei der Kirche ab. Hermann und Martha sind direkt hinter mir. Hallo! Hierher!«

Ernst-Theodor bemerkt zu spät, dass er einen Stuhl vergessen hat – den für Hildegard, die eine halbe Stunde nach den anderen als Letzte zu dem Café im kleinen Gässchen findet. Ihre Miene erstarrt. Selbst Quijote wirkt beeindruckt, er drängt sich schutzsuchend an Frau Schick.

»Oho«, flüstert die mit Blick auf Hildegard vernehmlich, »E.T. wird sich zu Weihnachten ein geradezu transzendentales Geschenk ausdenken müssen, um diesen Patzer wettzumachen. Vielleicht Perlen oder gleich ein Diamantcollier?«

»Wie bitte?«, fragt Hildegard spitz, während Ernst-Theodor ins Café hastet.

»Ich sagte nur gerade zu Bettina, dass es dort hinten im Souvenirladen entzückenden Schmuck gibt. Sehr kleidsam und ideal als Weihnachtsgeschenk.«

»Es sind Rosenkränze«, berichtigt Bettina sie.

Herbergers Miene entspannt sich zu einem Schmunzeln. Selbst Nellys Gesicht, das bei der Ankunft recht verkniffen und zu Frau Schicks Bedauern enttäuscht wirkte, heitert sich ein wenig auf. Die alte Dame fischt ihr Tütchen hervor und zeigt die Fluoritperlen herum. »So eine Kette eignet sich doch wirklich hervorragend als Weihnachtsgeschenk, finden Sie nicht? Die ist übrigens für Sie, liebe Nelly.«

»Danke«, murmelt ihr Schützling. »Aber Sie müssen aufhören, mir ständig etwas zu schenken.«

»Ja, zu viele Geschenke sind albern.« Hildegard nimmt hoheitsvoll auf dem von Ernst-Theodor herbeigeschleppten Stuhl Platz. »Und oft Angeberei. Deshalb schenken Ernst-Theodor und ich uns für gewöhnlich auch nichts. Dafür habe ich mich heute Morgen besonders gefreut, dass Ernst-Theodor mich mit einem so schön verzierten Stein überrascht hat. Er lag direkt vor unserer Zimmertür.« Sie stupst Ernst-Theodor in die Seite. »Du kleiner Geheimniskrämer.«

Der Geheimniskrämer wird rot und schlägt die Augen nieder.

Nelly setzt klappernd ihre Tasse ab, Herberger beugt sich interessiert vor. »Ein Stein?«, fragen beide wie aus einem Mund.

»Oh ja«, sagt Hildegard eifrig und zieht eine schwarze Kugel mit feinen weißen Farbbändern aus ihrer Hosentasche. »Der sieht nicht nach viel aus. Aber der Spruch darauf ist unendlich tiefsinnig.« Sie zieht die Stirn kraus und liest vor. »›Wenn die Liebe unermesslich ist, wird sie sprachlos.‹« Triumphierend schaut sie in die Runde. »Ist das nicht romantisch und so ganz mein Ernst-Theodor?«

»Das ist Khalil Gibran, ein libanesischer Philosoph und Spiritualist«, sagt Bettina.

»Ach«, freut sich Hildegard und strahlt ihren Mann an, »libanesische Philosophen kennst du auch?«

Ernst-Theodor Gesichtsröte tendiert ins Violett, er hüstelt verlegen. »Liebes... Ich meine, Hildegard, ich habe dir schon mehrfach gesagt, dass ... also der Stein und alles nicht von mir stammt.«

»Aber die Idee! Sei doch nicht so bescheiden«, neckt Hildegard ihren Gatten und sonnt sich in ihrem Triumph. »Na ja, bei dem Spruch bietet es sich natürlich an, nicht lauthals damit herumzuprahlen. *Wenn die Liebe unermesslich ist, wird sie sprachlos.* Das sagt doch alles. Und das nach dreißig Jahren! Heute ist nämlich unser Hochzeitstag.«

»Ach wirk...«, beginnt Ernst-Theodor verblüfft und wirft seine Tasse um, weil sich eine Wanderstockspitze in seine rechte Trekkingsandale bohrt.

Ein unbehagliches Schweigen senkt sich über die Gruppe. Nur der stille Hermann lächelt. »Dreißig Jahre. Bei uns sind es dreiundfünfzig.«

»Fünfundfünfzig« korrigiert Martha, rutscht verlegen auf ihrem Stuhl hin und her und sieht aus, als wolle sie noch mehr sagen, um die peinliche Stille zu übertönen.

»Der Spruch sagt wirklich alles«, springt Frau Schick ihr bei. »Hildegard, man muss Ihnen zu Ihrem Mann gratulieren. Den Stein sollten Sie ab jetzt ganz nah am Herzen tragen. Das macht man doch mit Heilsteinen so, oder, Bettina? Sie kennen sich doch aus, was ist das für ein Stein?«

»Ein Onyx«, sagt Herberger rasch und greift nach der Kugel. »Eine Varietät des Chalcedons, der wiederum eine Varietät des Minerals Quarz ist. Die weiß-schwarze Bänderung...«

Nelly verdreht die Augen und hört weg, während Herberger sich in seinem Vortrag verliert. Mit derartigen Informationen hat er sie auf der völlig nutzlosen Extratour ins Tal der Steinmännchen genug genervt. Sie hat buchstäblich auf Granit gebissen. Jeder Frage nach seiner Vergangenheit und speziell nach Australien ist Herberger mit einem Exkurs in die Tiefen der Gesteinskunde ausgewichen. Er klang den ganzen Weg über in etwa so, wie sie gestern geklungen haben muss, als sie die aufdringliche Hildegard mit Informationen über Motorentechnik auf Distanz gehalten hat.

Und auf dem Weg hierher im Auto hat er ihr dann mit einem Zitat des christlichen Mystikers Meister Eckhart den Mund verboten. »Verehrte Frau Brinkbäumer, da wir auf dem Jakobsweg unterwegs sind, erlauben Sie mir einen kleinen Sinnspruch: ›Nichts im Universum gleicht dem Göttlichen so sehr wie das Schweigen.‹ Wie wäre es, wenn Sie es einmal damit versuchen, während ich mich aufs kontemplative Fahren konzentriere.«

Nelly hat sich besonders geärgert, weil ihr der Spruch gefiel und sie fatal an ihr bislang schönstes Wandererlebnis, nämlich den Schweigemarsch mit Paolo, erinnert hat. Zu dem passt er ja, aber zu Herberger? Der Angeber gibt gerade wieder den geologischen Dampfplauderer.

»Zur Familie der Quarzminerale zählt man auch ...«

»Sind Quarzminerale wertvoll?«, wagt Hildegard Herberger mit leicht belegter Stimme zu unterbrechen.

Nelly horcht auf und bedenkt Herberger mit einem lauernden Blick.

Der verzieht kurz den Mund. »Onyx ist als Schmuckstein sehr beliebt. Man stellt gern Manschettenknöpfe daraus her.«

Frau Schick hüstelt unvermittelt in ein Taschentuch. Sie hustet verdächtig anhaltend.

Herberger runzelt kurz die Stirn, fängt sich einen strafenden Blick seiner Chefin ein und beeilt sich fortzufahren.

»Natürlich nur Manschettenknöpfe für sehr festliche Gelegenheiten. Aus Onyx werden außerdem seit der Antike wertvolle Gemmen geschnitzt.«

Die Antike und Gemmen scheinen Hildegard mit den Manschettenknöpfen zu versöhnen. Herberger betrachtet den Stein eingehender. »Leider wird Onyx häufig gefälscht, aber dieser scheint echt und von sehr guter Qualität zu sein, er enthält die typischen weißen Farbschichten.«

»Und was sagt unsere Esoterik-Expertin zu dem Manschettenknopf?«, will Frau Schick von Bettina wissen. »Wofür ist der gut?«

Bettina zuckt begleitet von einem sehr blauen Augenaufschlag mit den Schultern. »Ich ... äh ... weiß nur, dass er den Gehörsinn stärken soll.«

»Blödsinn! Mit meinen Ohren ist alles in Ordnung«, protestiert Hildegard. »Oder etwa nicht, Ernst-Theodor?«

»*Vamos*«, sagt Paolo energisch und hebt die Versammlung auf.

»Das mit dem Gehörsinn war zwar amüsant, aber nicht nett«, flüstert Frau Schick Bettina und Nelly im Weggehen zu. »Hildegard hat an ihrem Hochzeitstag mit diesem transzendentalen Trottel nun wirklich etwas Mitgefühl verdient.«

»Es war das Netteste, das mir zu dem Stein spontan einfiel«, flüstert Bettina zurück. »Man nennt den Onyx auch ›Stein der Egoisten‹, und übersetzt bedeutet Onyx ›Kralle‹, ›Klaue‹ oder ›Pferdehuf‹. Er soll Teufel, Hexen und Vampire abwehren.«

Dieser Vorlage kann auch Frau Schick nicht widerstehen. »Dann könnte er natürlich doch von Ernst-Theodor stammen«, scherzt sie und berichtigt sich rasch. »Nein, Spaß beiseite. So was verschenkt doch niemand, der ganz bei Trost ist! Langsam möchte ich wirklich wissen, welcher Verrückte diese esoterischen Knicker-Botschaften vor unseren Zimmertüren verteilt.«

»Immerhin«, sagt Nelly und deutet nach vorn auf Hildegard und Ernst-Theodor, »scheint die Botschaft Wirkung zu zeigen. So einträchtig sind die beiden bislang nicht nebeneinander hergegangen.«

»Jetzt hakt sie ihn sogar unter!«, ruft Bettina erstaunt.

»Nein, er sie«, korrigiert Frau Schick noch erstaunter. »Na, vielleicht sind die Knicker tatsächlich ein versteckter Segen.«

Das Damentrio und Quijote passieren die Kathedrale und steuern ein kleines Stadttor an, hinter dem sich das Städtchen in die Landschaft hinein öffnet. »Ha«, sagt Frau Schick plötzlich und bleibt stehen. »Wie wäre es, wenn ich mir im nächsten Bericht an den Grüßaugust diese Geschichte mit den Knickern selbst andichte? Würde mir gefallen und ihn bestimmt glücklich machen. Der glaubt doch jeden Blödsinn.«

»Auf gar keinen Fall, Frau Schick«, sagt Nelly bestimmt.

»Das klänge nun wirklich bedenklich«, warnt auch Bettina. »Die Heilsteinkunde gilt den meisten Menschen als Tummelplatz für echte Spinner.«

»Und warum interessieren Sie sich dann dafür?«

Bettina seufzt. »Weil es im Bereich der Seelenheilkunde nichts gibt, was ich nicht versuchen würde, um den Patienten zu helfen. Erstaunlicherweise sind viele von ihnen für magische Bezüge, Symbole und Rituale durchaus empfänglich. Man muss allerdings sehr verantwortlich und fein dosiert damit umgehen und alles stets in eine positiv ausgerichtete Glaubenshaltung einbinden. Ich bemühe mich, zunächst alles selbst zu erkunden, bevor ich es anbiete.«

Das klingt selbst für Nelly schwer nach Hexerei und Budenzauber. Doch bevor sie etwas sagen kann, kommt Frau Schick ihr zuvor: »Sie meinen, man sollte bei Irren den Teufel mit dem Beelzebub austreiben?«

»Frau Schick, bitte! Es handelt sich eher um das von Paracelsus aufgestellte Postulat, Gleiches mit Gleichem zu heilen. Es ist in vielen Fällen aussichtsreich, sich auf die Bilderwelt eines tief verstörten Angstpatienten einzulassen und mit ihm gemeinsam nach den heilsamen Gegenbildern in seiner Seele Ausschau zu halten, anstatt ihm seine Hölle ausreden zu wollen. In dieser Hölle lebt er schließlich, sie ist phasenweise seine ganze Wirklichkeit – und glauben Sie mir, einen Teil dieser Hölle trägt jeder von uns in sich, ebenso wie sein Stück Himmel. Nichts in dieser Welt existiert ohne sein Gegenteil.«

»Hm«, brummt Frau Schick. »Das ist mir zu spirituell. Da sind mir heilige Hühner lieber, die gackern nicht nur, die legen auch Eier.«

Nelly aber stellt erneut fest, dass Bettina eine kluge Frau ist, eine bemerkenswert kluge Frau, die es perfekt beherrscht, sich gelegentlich naiv und ahnungslos zu stellen. Frau Schick ist darin allerdings auch nicht schlecht. Plötzlich kommt sich Nelly neben den beiden anderen regelrecht dumm vor, schließlich neigt sie zum Gegenteil. Zumindest, wenn es Männer betrifft. Bei den dümmsten Kerlen wird sie lyrisch und vergreift sich sogar bei Shakespeare und Neruda. Aber das passiert ihr nicht noch einmal.

36.

Unter stechender Sonne geht es durch die flachen Weinhügel der Rioja. Das üppige Grün des Baskenlandes und die gestrige Regenwanderung durch Navarra liegen in weiter Ferne. Hier hat es gestern und viele Tage zuvor eindeutig nicht geregnet: Roter Staub wirbelt unter den Wanderschuhen hervor, überpudert nackte Waden und Hosenbeine.

Paolo beantwortet geduldig Fragen über Rebsorten und Weinhandel und erklärt, dass viele Winzer dieses weltberühmten Anbaugebietes die Trauben nach wie vor traditionell ernten: vom Sonnenaufgang bis zum Sonnenuntergang, im Stehen und in gebückter Haltung, weil das Hinknien verpönt ist. Auch von ihren Saisonarbeitern verlangen die Winzer diese Form der Rebenernte. Paolo hat hier in den Semesterferien selbst oft Trauben gepflückt. Für ein paar Euro und Verpflegung am Tag, Seite an Seite mit illegalen Einwanderern aus Ghana, die noch weniger Lohn erhielten. Der unversöhnliche Zorn des jugendlichen Rebellen über diese Ungerechtigkeit ist in seiner Stimme deutlich zu hören.

Frau Schick findet, dass Zorn zu diesem falschen Jesus besser passt als die ständig gutgelaunte Miene. Auch der echte Jesus war ja nicht immer wundermild, kein weichgespülter Gutmensch. Nach allem, was sie in ihrem Leben erlebt hat, kann sie mit einem zornigen Gott viel mehr anfangen als mit einem lieben.

Gestern hat Frau Schick mit Bettina und Nelly nach dem Abendessen noch ein wenig in der Bibel gelesen. Nach Matthäus 7 hat sie in Matthäus 8 einen bemerkenswert rabiaten Satz des Heilands gefunden: »Lass die Toten ihre Toten begraben.« Das befiehlt Jesus barsch einem jungen Mann, der ihm nicht nachfolgen will, bevor er den toten Vater begraben hat.

Es ist eine merkwürdige Stelle, aber irgendwie gefällt sie Frau Schick und geht ihr nicht aus dem Kopf. Tod ist Tod, und Leben ist Leben, so versteht sie das, und dass man die Toten ruhen lassen darf und nicht vor der Zeit und zu lange bei ihnen verweilen muss. Das hat sie getröstet. Immerhin ist sie zunehmend weniger Theklas wegen auf dem Camino unterwegs und hat am Wandern und an anderen Menschen Gefallen gefunden. Darum hat sie sich schon ein winziges bisschen schuldig gefühlt.

Bettina hat die Stelle ganz anders verstanden, nämlich so, dass mit den Toten, die man bei den Toten lassen soll, alle unlebendig gewordenen, geistig erstarrten und seelisch verhärteten Menschen gemeint sind, die an nichts mehr glauben wollen und ganz im Außen verhaftet sind. Besessen vom Besitz oder davon, einen Menschen zu besitzen. Aber das ist Frau Schick entschieden zu spirituell. Nelly hingegen fand Bettinas Deutung hinwiederum ganz einleuchtend und hat ihr zugestimmt.

Jedem Tierchen sein Pläsierchen, denkt Frau Schick großmütig, sie hat schließlich auch ihre Vorlieben. Etwa für die Feen- und Gruselmärchen der ollen Schemutat, bei denen man das Fürchten lernte. Die haben ihr gegen die echten Schreckgespenster im Krieg geholfen. Ja, durchaus. Sie hat immer gewusst, dass die Welt auch Hölle ist.

Sie richtet ihren Blick wieder nach vorn zum Wanderführer.

Paolo wird wie die Landschaft immer offener. Er beantwortet sogar Bettinas Fragen über sein Leben in Galizien und die unfreiwillige Massenflucht der jungen Menschen aus einem Landstrich, den sie lieben, der sie aber nicht ernähren kann, obwohl er grün, fruchtbar und fischreich ist wie kaum eine andere Region Spaniens.

»Kann Galizien denn nicht einmal einen guten Arzt ernähren?«, will Bettina wissen.

»Einen guten schon«, stößt Paolo schroff hervor und beschleunigt unvermittelt den Schritt. Bettina bleibt klugerweise zurück.

»Herrjemine, unser Jesus läuft also auch vor was weg!«, murmelt Frau Schick, als sie zu Bettina aufschließt. »Wir sind ja wirklich ein Haufen von Bekloppten.«

Bettina lächelt. »Wie Sie sehen, sind die Grenzen zwischen Normalität und Wahnsinn fließend.«

»Ich bin die Letzte, die das Gegenteil behaupten würde«, empört sich Frau Schick und schweigt ein wenig vor sich hin.

Die Strecke steigt sanft an, wird zum Nadelöhr. Spitzer Schotter macht den Weg immer mühseliger, erst recht, als sich die Wandergruppe das Wegstück mit von hinten heransausenden Fahrradpilgern teilen muss. Quijote mag die Radfahrer und begleitet sie kläffend den Hügel hinauf. Frau Schick sind sie lästig. Doch es geht, ganz in Pilgermanier, höflich und rücksichtsvoll zu. Die Radfahrer steigen ab und schieben, um der alten Dame Platz zu lassen. Bis auf eine einsame Ausnahme.

Kurz vor der Hügelkuppe rast unter wildem Klingeln ein Mountainbiker mit dem Ruf »*Give way, please!*« – was Nelly erschrocken mit »Weg da!« übersetzt – auf Frau Schick zu. Der Fahrer muss dann doch scharf abbremsen, weil Frau Schick zwar gern Befehle gibt, aber selbst ungern welche befolgt. Quijote steht Frau Schick hilfreich zur Seite und stellt sich quer zum Weg.

So hat der eilige Fahrradfahrer keine Wahl: Bevor er wieder anfahren darf, muss er sich einem Verhör unterziehen. »Warum um Himmels willen steigen Sie nicht ab und schieben?«, fragt Frau Schick streng.

»Weil ich dann den richtigen Schwung und meinen Rhythmus verliere«, informiert er sie unwillig auf Englisch.

Aha.

Frau Schick will noch viel mehr wissen, unter anderem, warum sein Hinterreifen eiert.

»Bordsteinkante«, übersetzt Nelly die unwirsche Antwort des Delinquenten, der sichtlich ungeduldig ist und stur an ihr vorbei nach vorn schaut.

Frau Schick beendet ihr Verhör mit einer Strafpredigt, zu der sie ihre spitzen Wanderstöcke in die Reifen und zwischen die Radspeichen des Mountainbikes steckt, damit der junge Mann nicht einfach abhauen kann, bevor sie fertig ist.

Grimmig lässt der Verkehrssünder alles über sich ergehen, bis Frau Schick sein Rad und Quijote den Weg freigibt. Bergab gibt der Radler – anscheinend unbelehrt – doppelt Gas. Das allerdings könnte auch an Quijotes fröhlicher Verfolgungsjagd liegen.

Wenig später führt der Camino sie in ein kleines Dorf. Frau Schicks Jaguar parkt verlassen unter einem ausladenden Walnussbaum. Paolo lädt zur Besichtigung der Pfarrkirche ein.

»Die sieht aber nicht nach etwas Besonderem aus«, legt Hildegard, die beim Wandern sehr still war, leisen Protest ein.

»Warten Sie ab, Señora, Sie werden gleich erleben eine von meine liebste Wunder auf die Camino«, verspricht Paolo: »Pedro Fadrago.«

»Ist das ein Heiliger?«, fragt Hildegard.

»*No*«, antwortet Paolo, »aber eine göttliche Schlitzohr.«

»Und eine lebende Legende«, ergänzt Herberger, der wie aus dem Nichts hinter Paolo auftaucht. »Ich habe Fadrago vor etwa siebenundzwanzig Jahren kennengelernt. Wie alt ist er inzwischen?«

»*Noventa*, neunzig Jahre«, sagt Paolo knapp.

»Ah, da kommt er«, sagt Herberger und steigt die ausgetretenen Stufen der Kirche hoch.

Vor dem Portal und einer windschiefen Holztür warten bereits einige Pilger, darunter der Radsünder, sehnsüchtig auf den krummen Greis, der auf Pantoffeln und mit einem gigantischen Schlüsselbund in der Hand herbeischlurft und roten Staub aufwirbelt. Er begrüßt Paolo mit einem fast zahnlosen Lächeln und herzlichem Schulterklopfen, dann stellt er sich den anderen als Pedro Fadrago vor. Jeden Wartenden fragt er nach seinem Namen. Er muss die Hand hinters Ohr legen, um alles zu verstehen, und erst wenn er wirklich verstanden hat, nickt er zufrieden.

Der dreiste Fahrradpilger zeigt Anzeichen äußerster Ungeduld. Señor Fadrago widmet sich ihm mit weiteren Fragen zu Herkunft und Familienstand und betrachtet das am Pilgerbrunnen abgestellte Mountainbike. Der junge Mann ist Engländer und versteht kein einziges Wort. Nelly übersetzt.

Erst nachdem John erklärt hat, er stamme aus Manchester, sei Single, arbeite als Anlageberater in London, habe nur drei Wochen Zeit für den Camino und wolle unbedingt den Cebreiro-Pass schaffen, weil der radtechnisch die größte Herausforderung sei, scheint Señor Fadrago zufriedengestellt zu sein. John hingegen ist offensichtlich am Ende seiner Kraft.

Er muss noch eine Frage Herbergers beantworten. »Wie lange fahren Sie schon Mountainbike?«

Müde erklärt John, er habe das Hobby vor einem Jahr für sich entdeckt, nach einem vorübergehenden Burnout wegen der Bankenkrise. Jemand habe ihm der abwechslungsreichen Streckenprofile wegen den Jakobsweg empfohlen. »Meine persönliche Bestleistung liegt bei achtzig Kilometern an einem Stück. Da bin ich morgens um vier mit Grubenlampe an der Stirn los«, berichtet er atemlos, als habe er die Strecke gerade erst bewältigt. John will nämlich dringend wieder ganz fit werden und jetzt möglichst schnell weiter.

Es folgt jedoch eine weitere Geduldsprobe. Umständlich und mit der Gemächlichkeit eines Greises, der sein Leben in diesem Dorf verbracht hat, steckt Pedro Fadrago einen riesigen Schlüssel ins rostige Schloss und stößt einen kreischenden Türflügel nach innen. Er putzt seine Pantoffeln an einer Matte ab, betritt die Kirche und tunkt zwei Finger in die Weihwasserschale. Ächzend beugt er das Knie in Richtung einer mit Plastiknelken geschmückten Madonna und schlägt das Kreuz. Erst danach bittet er die anderen herein, rückt mit Grandezza einen Tisch zurecht und eröffnet seine Stempelstation.

Radpilger John drängelt nach vorn, zückt seinen Pilgerpass und knallt ihn geradezu auf den Tisch. Der *credencial del peregrino* ist das unverzichtbare Beweisdokument für die zurückgelegten Kilometer. Zu Fuß muss man zumindest die letzten hundert Kilometer bis Santiago zurücklegen, auf dem Fahrrad zweihundert, um die Compostela, die Pilgerurkunde, samt Sündenerlass zu erhalten. John will vor allem möglichst viele Stempel, um die tägliche Kilometerleistung exakt nachzuhalten und statistisch auszuwerten.

Señor Fadrago nimmt hinter dem Tisch Platz und hat weitere Fragen an John, der sich erzürnt nach Nelly umschaut.

»Lassen Sie sich Zeit mit der Übersetzung«, zischt Frau Schick ihr zu, »der junge Mann kann von Herrn Fadrago noch eine Menge lernen.«

Herberger nickt und lässt sich entspannt in eine Kirchenbank sinken. »Fadragos Lektionen sind immer ein Genuss. Zumindest für die Zuschauer.«

»Ich finde, er übertreibt«, flüstert Nelly und übersetzt einen Monolog Fadragos über Gebete und Radpannen. Zu Radpannen hat Herr Fadrago einiges zu sagen. Unter anderem empfiehlt er John einen täglichen Blick auf eine Plakette des heiligen Christophorus. Christophorus am Morgen befreie alle Reisenden von Sorgen. Er habe da eine schöne Auswahl von Christophorus-Plaketten, Lesezeichen und Bildchen zu günstigen Preisen. Und obwohl John und Pedro sich nicht handelseinig werden, erhält der Engländer schließlich seinen Stempel – ein Bild der Kirche, das vier Stempelfelder einnimmt – und eine zittrige Unterschrift von Señor Fadrago samt Datum und Uhrzeit.

Mit einem knappen »*Adiós!*« entreißt John dem alten Mann den Pass und eilt im nächsten Moment bereits durch die Tür.

»*Hasta pronto!*«, ruft der Greis ihm hinterher.

Frau Schick staunt. Bis bald? Wohl kaum. Sie schlendert durch die kleine, eher wunderliche als wunderbare Kirche, die einen schwindelerregenden Mix von Baustilen in sich vereint. Darüber hinaus beherbergt sie ein Sammelsurium aus religiösem Kitsch und Kuriositäten.

»Guck mal«, empfiehlt Paolo der Gruppe und zeigt auf ein Memento Mori in Form eines barocken Totenschädels aus marzipanfarbenem Wachs, an dem lebensecht geformte Maden knabbern.

»*Media vita in morte sumus*« ist in goldenen Lettern auf die Wachsstirn tätowiert.

»Mitten im Leben sind wir von Tod umgeben«, übersetzt Ernst-Theodor feierlich.

»Elende Schlamperei!«, entfährt es dem stillen Hermann.

»Wie bitte?«, fragt der verdutzte Ernst-Theodor.

»Die Gravur«, sagt Hermann.

Nelly hebt erstaunt die Brauen.

Frau Schick muss grinsen. Elende Schlamperei trifft die Sache mit dem Sterben doch auch ganz gut. Es wäre weiß Gott schöner, wenn das Universum so eingerichtet wäre, dass man mit dem ewigen Leben im Paradies anfangen könnte, statt zunächst das irdische Jammertal zu durchschreiten – immer der Grube entgegen. Na ja, immer nur Garten Eden wäre sicher auch elend langweilig. Was sie dann alles verpasst hätte!

Theklas Taufspruch für den kleinen Johannes schießt ihr unvermittelt durch den Kopf: *Kinder sind die Sehnsucht des Lebens nach sich selbst.* Nein, der ging ein bisschen anders. Doch egal, das mit der Sehnsucht des Lebens nach Leben leuchtet ihr immer mehr ein. Sonst hätte sie die Flucht damals doch niemals durchgestanden.

Señor Fadrago gesellt sich zu ihr und lenkt ihre Aufmerksamkeit auf die Goldmadonna mit den Plastiknelken.

Hm... Frau Schick will ja nicht meckern, aber schön ist die nicht, sehr alt oder wertvoll auch nicht. Señor Fadrago erklärt – und Nelly übersetzt –, dass diese Maria das Beste war, was sich das Dorf leisten konnte, nachdem ihre romanische Originalmadonna vor sieben Jahren von Kunstdieben entwendet worden sei.

»Es war eine Madonna von unschätzbarem Wert«, sagt Fadrago mit Begräbnismiene. »Und so wundermächtig. Über Jahrhunderte sind die Königinnen von Navarra hierhergepilgert, um für die Geburt eines Thronerben zu beten. Immer erfolgreich.« Er zuckt mit den Schultern. »Nun«, fährt er fort, »leider sind solche Kunstdiebstähle am Camino nicht unüblich. Deshalb sperre ich die Kirche seither nach jedem Pilgerbesuch ab, obwohl katholische Kirchen immer offen sein sollten – zu jeder Zeit und für jedermann.«

Er schließt mit dem an alle Besucher gerichteten Hinweis, dass eine Spende für eine bessere Madonna herzlich willkommen sei. Er habe auch noch sehr schöne Bildchen und Lesezeichen der verschwundenen Marienfigur im Angebot.

Bettina, Hildegard, Ernst-Theodor, Hermann und Martha lassen Münzen in eine Sammelbüchse klimpern, dann verlassen sie die Kirche in Begleitung von Herberger, der ihnen eine sehenswerte alte Gerichtssäule verspricht.

Frau Schick bleibt zurück und sagt Señor Fadrago zu Paolos sichtlicher Freude eine besonders großzügige Spende für eine neue Madonna zu. Nelly muss einen Scheck ausschreiben, Frau Schick unterzeichnet. Pedro Fadrago lässt sich zu einer Umarmung hinreißen und schenkt ihr einen Rosenkranz aus rosafarbenen Plastikperlen, an dem ein Bild der geklauten Madonna baumelt.

»Sagen Sie ihm, dass das nicht nötig ist«, bittet Frau Schick Nelly. »Diese Goldmaria ist eine Zumutung und das Kind erst recht.« Das in Schweinchenrosa gehaltene Jesuskind hat nämlich ein richtiges Ohrfeigengesicht, das sie an Pottkämper erinnert. So etwas gehört nun wirklich in keine Kirche! Dieses Jesuskind ist nicht niedlich-hässlich wie das von Burguete, sondern richtig misslungen. Bei dem wäre selbst mit abstehenden Ohren nichts zu retten.

Moment? Das stimmt ja gar nicht. Natürlich kommt es auf die Ohren an!

Frau Schick muss sich setzen, weil sie eine umwerfende Eingebung hat, die sie erst einmal verkraften muss. Die abstehenden Ohren haben sie nämlich auf eine Idee gebracht, wie sie mit einem Schlag all ihre Probleme lösen kann. Die Idee ist so einfach, dass sie sich am liebsten selbst dafür ohrfeigen möchte, dass sie nicht längst darauf gekommen ist. Na ja, in Burguete hatte sie einfach noch nicht den richtigen Blick dafür. Aber jetzt!

Nelly registriert verblüfft, dass Frau Schick ihre Wanderstöcke weglegt, die Hände um den Rosenkranz faltet und mit seligem Blick auf die Goldmadonna leise betet. Dann schließt sie mit einem kraftvollen »Amen« und murmelt noch etwas, das in Nellys Ohren verdächtig wie »Idiotin« klingt. Hoffentlich meint sie nicht wieder Maria! Bettina hat Nelly von der Episode in Burguete erzählt.

Was Frau Schick noch zu sagen hat, kann sie leider nicht verstehen, weil die Kirchentür empört quietscht und John aufgebracht ins Gotteshaus stürmt. Lauthals schreit er eine Pannenmeldung heraus. Sein Hinterreifen hat ein Loch, das er sich nicht erklären kann, und weil er vor einer Gerichtssäule plötzlich sehr scharf bremsen musste, hat sich die Radfelge verzogen. Die Bremsschuhe greifen nicht mehr, und er braucht Ersatz, erklärt er wort- und gestenreich.

Nelly muss das nicht einmal übersetzen. Señor Fadrago weiß nämlich längst Bescheid. Er hat sich das Rad schließlich nicht umsonst so lange angeschaut.

Frau Schick weiß noch viel besser Bescheid. »Ja ja, kleine Sünden bestraft der liebe Gott sofort«, sagt sie und tätschelt verzückt ihre Wanderstöcke. »Die sind wirklich sehr nützlich und so schön spitz.«

»Frau Schick, wie konnten Sie nur!«, tadelt Nelly flüsternd. »Wie soll der arme Kerl denn hier Ersatzteile auftreiben?«

»*No hay problema*«, beruhigt sie Paolo, der kurz Rücksprache mit Señor Fadrago und dem hastigen John gehalten hat. »Kein Problem. Pedro kann alles reparieren, was Räder hat.«

»*Sí*«, strahlt der Greis und klopft Paolo auf den Rücken. »Und du kannst alles reparieren, was zwei Beine hat. So wie mich vor drei Jahren«, sagt er auf Spanisch. »Und das ganz umsonst. Was macht übrigens das Flötenspiel?«

»Ich übe«, antwortet Paolo ausweichend.

»Tu das, Paolo«, rät Pedro Fadrago herzlich. »Musik ist ein Geschenk des Himmels und mit die schönste Begabung, die du von deinem Vater geerbt hast. Er freut sich sehr, dass du sie in Ehren hältst, aber vergiss nicht: Du bist Arzt.«

Paolo reagiert hitzig. »Hat mein Vater dir aufgetragen, mir das zu sagen?«

Fadrago weist mit dem Finger nach oben. »*No*, ER. Ich empfehle dir, dich in Zukunft an sein viertes Gebot zu halten.« Und damit scheucht der alte Mann die letzten Besucher aus seiner Kirche, um sich ganz John und dem Rad zu widmen.

»Welche Nachricht vom Allmächtigen hatte Fadrago denn für unseren Jesus parat?«, will Frau Schick im Hinausgehen wissen.

»Ich glaube, das war privat«, erwidert Nelly, die den spanischen Dialog zwar verstanden, aber nicht begriffen hat. Viertes Gebot, viertes Gebot ... Wie lautete das denn noch mal? Geht es darin ums Töten oder Stehlen? Halt, nein, es geht um etwas ganz Harmloses: Du sollst Vater und Mutter ehren. Was kann Fadrago nur damit gemeint haben. Sie schaut sich fragend nach Paolo um.

»Pedro ist mein Urgroßvater«, erklärt der unwirsch, »mütterlicherseits.« Er hastet die Stufen hinab, um den Rest der Gruppe zu suchen.

»Sein Urgroßvater, sehr schön«, sagt Frau Schick zufrieden. »Ein ganz außergewöhnlicher Mann, auch wenn Paolo ihn momentan nicht für sein liebstes Wunder vom Jakobsweg zu halten scheint. So, und nun helfen Sie mir mal.«

»Wobei?«

»Ich möchte mir gern den Rosenkranz umhängen. Könnten Sie ihn zumachen?«

»Frau Schick, der ist wirklich nicht als Schmuck gedacht, und diese quietschrosa Plastikperlen sind...«

»Wunderhübsch! Haben Sie gesehen? Jede zweite ist ein Röschen! So hat mich meine beste Freundin immer genannt.«

Seufzend legt Nelly Frau Schick das Plastikkettchen um den Hals, auch wenn das ihrer Meinung nach verdächtig nach einem Geschenk aus dem Kaugummiautomaten aussieht. Naja, nicht nur wer, sondern auch was heilt, hat recht.

»Ich werde ab hier übrigens mit Herberger weiterfahren«, entscheidet Frau Schick. »Ich habe in Burgos einen dringenden Anruf zu erledigen.«

Nelly schließt den Rosenkranz in ihrem Nacken.

»Danke. Es wäre schön, wenn Sie mitkämen« fährt Frau Schick zaghaft fort. »Es handelt sich um ein diffiziles Gespräch.«

»Auf Spanisch?«

»Nein, auf Englisch.«

Nelly zögert. Eigentlich würde sie gerne weiterwandern. Weil es guttut und weil Tosantos auf dem Weg vor Burgos liegt, wo Paolo ihnen ein Grottenwunder zeigen will. Dass sie Herberger zu einem kurzen Zwischenstopp dort bewegen kann, ist mehr als fraglich. Seit ihrer Extratour heute Morgen scheut er sie wie der Teufel das Weihwasser.

Frau Schicks Blick in wehe Ferne beschleunigt Nellys Entscheidungsfindung. Zum Teufel mit Tosantos! »Ich komme gern mit«, sagt sie.

Dienst ist schließlich Dienst, und ein Mann wie Javier Tosantos ist selbst in homöopathischer Dosierung oder in Form eines Ortsschildes gefährlicher als ein Cocktail aus

Schnaps, Kerosin und *Carlos Primero*. Sie muss sich diese Besessenheit für bestimmte Männer endlich abgewöhnen.

Bettina schließt sich dem Jaguar-Trio ebenfalls an, weil sie sich vor ihrem abendlichen Treffen mit Señor Viabadel noch »ein wenig frisch machen will«.

»Und Quijote bitte auch«, bestimmt Frau Schick. »Der gehört in die Badewanne, er starrt vor Dreck.«

»Den darf ich sicher nicht mit ins Hotel nehmen«, gibt Bettina zu bedenken.

»Aber ich.« Da scheint sich Frau Schick ganz sicher zu sein. »Wir schmuggeln ihn über die Tiefgarage und den Aufzug ein. Wozu habe ich schließlich eine Suite mit Lift, einen Whirlpool und Badelaken von der Größe Liechtensteins gebucht. Mit dem schwarzen Wollknäuel im Schlepptau lohnt sich der ganze Luxus endlich mal.«

»Quijote läuft und wird keinesfalls im Jaguar sitzen«, entscheidet Herberger energisch und scheucht den Hund zu Paolo.

Ein scharfer Pfiff von Frau Schick genügt. Zu Bettinas Freude muss sich Herberger für die nächsten sechzig Kilometer damit abfinden, beim Blick in den Rückspiegel nichts außer einem hechelnden Riesenhund betrachten zu können, dessen weit geöffnetes Maul verdächtig nach einem Grinsen aussieht.

37.

Das dringende Telefonat verläuft für Frau Schick enttäuschend.

»Der gewünschte Gesprächsteilnehmer ist nicht erreichbar, sondern auf Reisen«, informiert sein privater Anrufbeantworter. Allein die Nummer herauszufinden war eine Heidenarbeit, auch wenn Nelly die für sie erledigt hat.

Begleitet von einer Mischung aus Heidenangst und banger Freude hat Frau Schick die Zahlenkolonne mit der britischen Vorwahl in die Tasten gedrückt und sogleich den Atem angehalten.

Seine digital aufgenommene Stimme zu hören, sachlich, aber durchaus warmherzig und mit vertrauten Anklängen, hat ihr Herz höherschlagen lassen. Dieses kurze Räuspern am Anfang, das war fast Paulchen. Er hat also nicht nur die abstehenden Ohren von ihm geerbt. Doch weder denen noch einer Maschine wollte sie Nachrichten hinterlassen.

Die hartnäckige Nelly hat weitere Nummern für Frau Schick recherchiert und ergebnislos mit so charmanten wie diskreten Sekretärinnen und Tutoren der Universität Cambridge gesprochen. Von den Professoren ist jetzt niemand mehr zu erreichen. Das Herbstsemester hat noch nicht begonnen. Dabei trudeln trotz herrlichstem Sonnenschein sogar hier schon Blätter von den Platanen.

Missmutig blickt Frau Schick auf das von Bäumen gesäumte Flüsschen Arlanzón hinunter. Post von Thekla ist auch nicht gekommen. Zu ärgerlich, wenn man mitten im schönsten

Schwung so ausgebremst wird! Dabei lag das Happy End zum Greifen nah. »Muss sich denn heutzutage jedermann in der Weltgeschichte rumtreiben? Der Mann hat doch einen verantwortungsvollen Posten, eine Familie und ein kleines Baby!«, schimpft sie. »Da bleibt man doch zuhause.«

Nelly tritt neben sie ans Fenster. »Wir versuchen es morgen noch einmal in der Universität«, sagt sie. »Bei Lehrstuhlkollegen. Zur Not telefonieren wir uns bis zum Pförtner durch. Ich habe auch überall diese Nummer hinterlassen. Irgendjemand wird uns schon sagen können, wo Ihr Patensohn sich aufhält. Johannes von Todden scheint in Cambridge immerhin kein Unbekannter zu sein.«

»Für mich ist er das schon«, sagt Frau Schick traurig und mit einem Mal sehr müde. »Ach Nelly, ich war so dumm, so dumm. Das ist mir in Señor Fadragos Kirche klar geworden.«

»Die Madonna«, sagt Nelly leise.

»Ach, die doch nicht! Nein, ich habe dort Theklas Taufspruch für Johannes zum ersten Mal verstanden. Er beginnt nämlich so: ›Eure Kinder sind nicht eure Kinder, sondern die Sehnsucht des Lebens nach sich selbst.‹ In Burguete fand ich das noch eine Frechheit, und hab es glatt persönlich genommen. Als ob Thekla mich zu allem Überfluss noch verhöhnen wollte! Aber das war's ja nicht, überhaupt nicht. Für sie war das tröstlich, wo sie doch nie ihre Eltern gekannt hat und nicht wusste, ob sich je überhaupt wer nach ihr gesehnt hat.«

Nelly versteht nicht ganz, worum es geht, weiß aber, was zu tun ist. Sie tastet nach Frau Schicks Hand. »Wir kriegen ihn schon. Sie werden Johannes wiedersehen und zu seinen Gunsten ihr Testament ändern und...« Sie bricht ab.

»Dann ist der Spuk um den Grüßaugust und die Nachfolge

vorbei«, wollte sie sagen. Aber »Testament« ist so ein schrecklich endgültiges Wort, an das sie in Zusammenhang mit Frau Schick gar nicht denken mag. Auch wenn es natürlich eine geradezu göttliche Fügung ist, dass Johannes von Todden nicht nur ein leiblicher Erbe, sondern außerdem ein Wirtschaftsjurist ist. Der weiß bestimmt, wie man neben Pottkämper auch die intriganten Vorstände erledigt.

Durch die Doppelglasscheibe der Zimmerfenster beobachtet sie das heitere Völkchen aus Touristen, Jakobspilgern und einheimischen Flaneuren auf dem steinernen Kai. Die meisten streben über eine mittelalterliche Brücke der vom Licht der Nachmittagssonne übergoldeten Altstadt zu. Längs des Flüsschens geben Marktbuden mit Eis, kandierten Walnüssen, Wein und Häppchen einen Vorgeschmack auf die berühmten Tapas-Gassen in der Nähe der Kathedrale. Weil man durch die Schallisolierung nichts hört und nichts riecht, scheint alles fürchterlich weit weg und gar nicht wahr zu sein.

Im Badezimmer der Suite winselt Quijote um Gnade. Wasser rauscht auf.

Frau Schicks Erstarrung löst sich. »Wenn Bettina fertig ist, werde ich mich mal ein Stündchen hinlegen«, seufzt sie und setzt sich aufs Bett.

Wenig später betritt Bettina mit einem handtuchfeuchten Quijote, der nach Pfirsichshampoo riecht, das Zimmer. Verzweifelt darum bemüht, seine gekränkte Ehre wiederherzustellen, legt er sich mit Frau Schicks hochflorigem Bettvorleger an. Erfolgreich. Der Teppich ist nach fünf Minuten tot.

»Quijote!«, tadelt Bettina.

»Was erwarten Sie von einem Hund, der nach Pfirsichen riecht?«, knurrt Frau Schick.

Na endlich, denkt Nelly, die Wut hat sie zurück.

»Ich nehme ihn ja wieder mit«, entschuldigt sich Bettina mit extrablauem Entschuldigungsblick. Damit bringt sie Frau Schick verlässlich auf die Palme.

»Unterstehen Sie sich! Der bleibt hier. Sie zwei gehen.« Frau Schick deutet auf Bettina und Nelly.

»Aber was ist, wenn noch jemand aus Cambridge anruft?«, fragt Bettina.

»Damit werde ich schon fertig.«

»Ich kann die Gespräche auf mein Zimmer legen lassen«, schlägt Nelly vor. »Ich hab schließlich überall meinen Namen hinterlassen.«

»Sie beide haben den Rest des Nachmittags frei. Kaufen Sie sich mal einen anständigen Lippenstift, Bettina. Rosenholz dürfte passen. Wimperntusche schadet auch nicht. Und in diesen Trekkingsandalen können Sie unmöglich mit unserem netten Gastwirt Tapas essen.«

Nelly und Bettina beeilen sich, zur Tür zu gelangen, bevor weitere Einkaufsbefehle und Schönheitstipps herabhageln.

»Nelly, wir sehen uns heute Abend bei der Kirchenbesichtigung«, ruft Frau Schick ihnen noch nach. »Die Kathedrale will ich sehen. Die hat schließlich ein Kölner Dombaumeister mitgebaut.«

»Sogar mehrere«, sagt Bettina.

»Wahrscheinlich ist der Kölner Dom darum auch jahrhundertelang nicht fertig geworden«, brummt Frau Schick. Dann fällt die Tür leise ins Schloss.

Frau Schick schüttelt ein Kissen auf. »Scheint so, als hätten bereits im Mittelalter einige Leute entschieden zu viele Hummeln im Hintern und Grillen im Kopf gehabt«, erklärt sie

Quijote. »Wirklich ärgerlich, dass keiner da bleiben kann, wo er hingehört.«

Obwohl... Frau Schick schüttelt den Kopf. Nach Cambridge gehört Johannes ja auch nicht. Der gehört nach Köln, und zwar so schnell wie möglich. Hoffentlich kennt sich der Herr Professor auch mit Parkhausbau aus. Und hoffentlich ist er bereit, eine Firma zu erben, die welche baut, und ist nicht ganz nach Thekla geraten, die von Paul oder ihr nie Geld wollte.

Frau Schick schiebt den Arm über die Bettkante und tastet nach Quijotes Ohr. Einen Hund zu kraulen beruhigt ungemein. Sie und Quijote. Macht schön schläfrig. Gerade ist sie im Begriff einzunicken, als das Telefon klingelt. Frau Schick ist mit einem Schlag hellwach, reißt den Hörer ans Ohr. »Ja? *Yes? Hello?*«

»*Disculpe*«, raunt eine spanische Männerstimme. »Ich möchte sprechen Nelly. Sie solle sein in diese Zimmer.«

Der schon wieder. Auch das noch! Wollte der nicht nach Düsseldorf?

»Falsch verbunden«, schnauzt Frau Schick in den Hörer und knallt auf. Hach, das war dumm! Jetzt weiß sie ja gar nicht, wo der Mistkerl steckt. Am Ende treibt er sich in Burgos rum. Dieser – wie hieß der noch? Richtig, Javier.

Mit dem Elan einer Frau, die wieder eine Mission hat, richtet sich Frau Schick auf. Was getan werden muss, kann sie glücklicherweise delegieren. Das geht auch vom Bett aus. Es handelt sich nämlich um einen Job für Herberger. Der muss ab sofort Nelly beschützen und nach spanischen Lumpen Ausschau halten, die ihr zu nahe kommen. Herbergers narbiges Kinn spricht dafür, dass er mit Gelichter und Halunken nicht lange zu fackeln pflegt.

»Genau«, sagt Frau Schick und wählt Herbergers Zimmernummer.

»Wau!«, macht Quijote und schnappt nach dem Ringelschwanz des lästigen Klingeltiers.

38.

Bettina kauft tatsächlich Lippenstifte. Nelly schaut sich lieber die Altstadt an. Es ist eine Zeitreise in ein glanzvolles Mittelalter, in eine Zeit, in der Burgos noch ein reiches Handelszentrum für Merinowolle war und sich die Conetablen, die Erzbischöfe, die Könige und Kaufleute prachtvolle Paläste, Kirchen und Konvente leisten konnten. Heute gehört das meiste zum Weltkulturerbe.

Sie durchstromert enge Gassen, schlendert ziellos umher, gelangt auf einen beschaulichen Platz und setzt sich auf eine Bank. Sie lauscht dem Gezwitscher von Schwalben, bis eine spanische Stadtführerin den Platz in eine Freiluftbühne verwandelt und in temperamentvollem Kastilisch einer Schulklasse die Architektur und Geschichte der *casa del cordón* erläutert – des Hauses mit der Kordel, in dem Kolumbus einst Königin Isabella von Kastilien und ihrem Gatten Ferdinand von Aragón Schätze aus der Neuen Welt zu Füßen legte. Der Hausname »Kordel« verdankt sich steinernen Flechtbändern, die die gotische Fassade zieren und an den Kuttengurt des heiligen Franziskus gemahnen sollen.

»Heilig ging es in diesem Palast zu Zeiten der Renaissance, der Eroberung der Neuen Welt und der endgültigen Rückeroberung Spaniens von den Mauren jedoch selten zu«, erläutert die Fremdenführerin. »Zum Beispiel starb hier der junge Burgunderherzog Philipp der Schöne mit kaum achtundzwanzig Jahren nach einem schweißtreibenden Pelotespiel.«

Die Gruppe reagiert nur mäßig interessiert, doch die Fremdenführerin gibt nicht auf.«»Vielleicht starb er an einem Becher Gift, den ihm sein Schwiegervater Ferdinand, der König von Aragón, zur Erfrischung anbot«, sagt sie und fügt hinzu: »Hinter dem möglichen Giftanschlag lauert eine der bewegendsten Liebestragödien des royalen Spaniens.«

Das wirkt. Alle – bis auf die mit MP3-Stöpseln im Ohr – hören hin. Nelly auch. Obwohl sie die Geschichte bereits kennt und obwohl sie weiß, dass Philipp alles andere als schön war. Sie hat seine Porträts in Wien gesehen, findet ihn schafsnasig und sein Habsburgerkinn schuftig, was aber auch an seinem schäbigen Charakter liegen kann, den seine Frau Johanna nie durchschaut hat.

Minuten später begleiten allgemeine Seufzer das Ende der Königin, die aus Liebe zu ihrem untreuen Gemahl wahnsinnig wurde. Nelly seufzt mit und braucht dringend einen Kaffee.

Sie trinkt ihn im Schatten einer nahen Barockkirche. Heiterer, stuckverspielter Barock in Marzipantönen ist für Nellys Laune jetzt genau das Richtige. Sie will Becky eine Postkarte schreiben. Das wird nun wirklich Zeit. Sie rechnet die Tage seit ihrer Ankunft in Bilbao zusammen und ist verblüfft, wie wenig Tage seither vergangen sind. Knapp vier, den heutigen mitgezählt. Gefühlt ergeben diese Tage hingegen eine halbe Ewigkeit. Mit der Zeit hat Nelly auch ihre deutsche Alltagswelt völlig aus den Augen verloren, sogar das eigene Kind.

Egoistin!, blitzt es kurz in ihren Gedanken auf, und Nelly lässt den Kugelschreiber sinken. Das kommt dabei heraus, wenn man nur noch an sich denkt und Liebeskummer und Selbstmitleid pflegt. Aber nein, das stimmt ja gar nicht! Ihr Selbstmitleid hält sich erstaunlich in Grenzen, seit sie den Camino geht. Sie denkt ohnehin meist über andere nach. Das ist gewinnbringender und führt sie doch irgendwann zu sich selbst zurück.

Nelly nimmt noch einen Schluck Kaffee. Nur an Herberger, diesen komischen Vogel, will sie am liebsten gar nicht mehr denken. Aber vielleicht muss sie es auch nicht. Falls Herberger ein Spitzel des Vorstandes ist, wird dieser Johannes von Todden ihn mitsamt der intriganten Auftraggeber erledigen, da ist Nelly sich mit Bettina einig. Bettina ist ebenso erleichtert wie Nelly über Frau Schicks Testamentspläne, und beide sind sich sicher, dass Frau Schick ab sofort keine Krankenberichte mehr über sich verbreiten wird. Den Patensohn nimmt sie nämlich sehr ernst, und sie will offensichtlich auch von ihm ernstgenommen werden.

Gar nicht mehr sicher ist sich Nelly in Sachen Opale und dunkle Verbrechen. Sie hat inzwischen eine mehr als leise Ahnung, dass sie sich gestern in Viana zu Fantastereien über Herberger hat hinreißen lassen. Zum einen, weil sie zu Fantastereien neigt, zum anderen, weil Frau Schicks Freude an verrückten Detektivspielen und Geheimisaufklärung sie angesteckt haben – zumal sie Herberger nicht mag. Seine Vergangenheit – wie geheimnisvoll auch immer sie sein mag – hat sicherlich nichts mit ihrem Opal zu tun. Vielleicht hat der ihn nur an irgendetwas erinnert.

Verstohlen tastet sie nach der Kugel in ihrer Hosentasche. Seit der Kirchenführung von Señor Fadrago weiß sie, dass es in ihrer Gruppe einen Menschen gibt, zu dem das feinziselierte *Omnia vincit amor* bestens passt. Dieser Mensch ist weder der Ex-Häftling Herberger noch der Herzschurke Javier. Warum dieser Träumer anonym Kugeln verteilt, ist ihr noch unklar, aber das wird sie später klären. Mit Zartgefühl. Und dann wird sie die Kugel zurückgeben.

Sie bestellt einen zweiten Kaffee. Ihre Gedanken wandern

zurück zum Jakobsweg. Dieser Weg führt nicht einfach vorwärts nach Santiago und durch spannende Landschaften, er führt vor allem nach innen. Dort ist es wie unterwegs nicht immer schön oder sonnig oder bequem, aber im Wandern wagt man sich selbst in die unheimlichsten Seelenbezirke vor. Frau Schick tut es, Bettina, Paolo, ja selbst Hildegard. Liegt das daran, dass auf dem Camino schon Millionen von Menschen über Hunderte von Jahren genau das getan haben? Man ahnt und fühlt vieles mit, was man gar nicht fühlen will, aber ganz plötzlich auch in sich entdeckt: Wunden, Narben, Abwehr, Hilflosigkeit, Zorn, Schmerz und Rührung. Immer wieder Rührung.

Ach, jetzt hat sie noch immer keine Karte an Becky verfasst. Am Ende schreibt Nelly gleich vier, auf denen sie ihrer Tochter von ihrem spontanen Entschluss berichtet, den Jakobsweg zu gehen. Sie beschreibt ein wenig die Landschaft und nennt die Stationen der kommenden Wegstrecke. Knapp und fröhlich hält sie ihre Worte, und sie wünscht Becky eine ebenso schöne Ferienzeit beim Papa, von ganzem Herzen.

Sie wirft die Karten wenig später in einen gelben Säulenbriefkasten mit traditionellem Schnörkelposthorn und dem modernen Schriftzug *Correos* für »Post«. Der Schriftzug gibt optisch enorm Gas und verheißt Dynamik, aber Nelly weiß aus leidvoller Berufserfahrung, dass die spanische Post nach wie vor die schöne südländische Tradition pflegt, Briefe und besonders Postkarten sehr gemächlich und nach dem Zufallsprinzip zuzustellen. Gleichzeitig werden ihre Nachrichten an Becky in keinem Fall eintrudeln, es sei denn, es geschieht ein Wunder.

Nelly flaniert durch eines der berühmten Gässchen von Burgos, ersteht frittierte Pulpo auf die Hand und betrachtet die Auslagen eines Devotionaliengeschäftes. Sie würde Frau

Schick gern einen geschmackvolleren Rosenkranz kaufen, vielleicht diesen dort aus Rosenachat und Alabasterperlen. Sie schüttelt unwillkürlich den Kopf. Nein, der richtige Rosenkranz muss ihr woanders begegnen und »Nimm mich« flüstern, sonst ist es sicher nicht der richtige.

Sie schlendert weiter, wischt sich die Hände mit einem Taschentuch sauber und sucht einen Papierkorb, als mit einem Mal ihr Herz aussetzt.

Sie sieht Javier, der in das Dunkel einer Bar abtauchen will.

39.

Nein, nein, nein. Das kann nicht wahr sein, denkt Nelly mit klopfendem Herzen. Das darf nicht wahr sein.

Ihr Herz klopft, weil sie auf dem Absatz kehrtgemacht hat und die Gasse soeben in entgegengesetzte Richtung verlassen hat. Eine spontane Flucht. Vor sich selbst und einem optischen Streich.

Ich mal wieder, denkt Nelly. Der Mann war nicht Javier. Es gibt viele, ja unzählige Männer mit breitem Rücken und dunklen Locken. Aber nur einen mit Kerosinblick. Das Rückendouble von Javier hatte olivgrüne Augen. Und die haben Nelly sehr erstaunt gemustert, nachdem sie ihm »Javier!« zugerufen hatte. So laut, dass der Fußgängerverkehr in ihrer unmittelbaren Nähe kurz zum Erliegen kam.

Jetzt steht sie an eine Hauswand gelehnt auf dem belebten Kathedralplatz von Burgos, atmet stoßweise und sehnt sich nach ihrer Sonnenbrille, die sie dummerweise im Hotel vergessen hat. Nackt und entblößt fühlt sie sich, beinahe so wie damals in Pamplona. Damals vor VIER Tagen. Verdammt, und sie hat sich eben im Café schon für den Beweis einer wundersamen Spontanheilung durch ein paar Spaziergänge auf dem Camino gehalten! Sie und eine Pilgerin. Lachhaft!

Ruhig durchatmen, einfach durchatmen, befiehlt sich Nelly und löst sich von der Hauswand, um in der bunten Menschenmenge abzutauchen. Immerhin ist ihr nicht nach *Carlos Primero*. Was sie jetzt will, sind ein klarer Kopf und ein Ort, an dem sie sich ganz schnell verstecken kann. Am besten vor sich selbst.

»Kleine Führung gefällig?«

Nelly wirbelt herum. Herberger! Auch das noch. Er muss direkt aus der Gasse gekommen sein, die sie soeben so fluchtartig verlassen hat. Hoffentlich hat er den Schrei, ihren Sprint und ihre Hasenhaken mitten durchs Getümmel nicht mitbekommen.

»Sie sehen auf das Hauptportal. Die Doppelturmfassade ist ein erstes Meisterwerk der spanischen Gotik. Die Kathedrale von Burgos wird die ›weiße Dame unter Spaniens Kirchen‹ genannt«, beginnt Herberger nahtlos mit der Kirchenführung. »Sie lässt einen die zerfressenen Außenbezirke von Burgos, die grauenhaften Hochhaushälse und Industriemonster vergessen. Kommen Sie.«

»Sie müssen mich nicht begleiten«, wehrt Nelly ab, denn Herberger sieht ganz und gar nicht danach aus, als erfülle ihn die Aussicht auf eine erneute Extratour an ihrer Seite mit Freude.

»Ich tue es aber«, sagt Herberger knapp. Er fasst Nelly am Ellbogen und bahnt sich mit ihr einen Weg durch die Menge zum Portal. Unterwegs rasselt er etwas von gotischer Steinkunst, durchbrochenen Turmspitzen und Strebebögen herunter. »Die filigranen Steinmetzarbeiten erinnern an Spitzenmantillas. Sandstein von solch blendender Helligkeit bekommt man selten zu Gesicht. Hier ahnt man, wie der gotische Traum vom Abbild des Himmels aussah. Der Kampf gegen Zerfall und Verfärbung des porösen Baumaterials ist dennoch, wie überall, beinahe aussichtslos. Im Inneren der Kirche steigt Grundwasser auf und zersetzt Alabastersäulen und Figuren ...«

»Hören Sie auf!«, wehrt sich Nelly. »Sie haben mich heute Morgen im Tal der Steinmännchen bereits erschöpfend über Leitfossilien und die Bestimmung von Erdzeitaltern mittels Gesteinsproben informiert. Ich will die Kirche einfach anschauen. Allein. Die Details kann man schließlich in jedem Führer nachschlagen.«

Wenn man denn will. Nelly will es aber gar nicht. Sie will jetzt nur über die himmelstürmenden Doppeltürme staunen und sehen, wie sich das Licht in der gigantischen Fensterrosette bricht. Das muss ein herrlicher Farbregen sein, ein echtes »Guck mal«-Wunder.

»Was die mittelalterlichen Fenster betrifft, sollten Sie auf die Kirche von León warten«, mischt sich Herberger ein. »Sie ist die Königin des Lichts. Die Fenster von Burgos fielen 1813 einer Pulverexplosion zum Opfer.«

»Womit Sie sich sicher blendend auskennen«, giftet Nelly und erschrickt selbst über ihren Zorn. »Verzeihen Sie.«

Herbergers Gesicht verdunkelt sich kurz; seine Halsadern schwellen an, aber er schluckt eine Erwiderung herunter und fährt mit gut gespielter Gleichgültigkeit fort. »Das Farbspiel der Fensterrosette von Burgos sieht man nur am Mittag in Vollendung.«

Nelly stürmt in die Kirche. Herberger folgt ihr auf dem Fuße. Will der sie beschatten?

»Hören Sie«, stoppt Herberger sie im Eingang. »Wie wäre es, wenn wir uns auf eine emotionslose, rein sachliche Ebene der Unterhaltung einigen? Wir sind doch beide erwachsen und vernünftig. Sie ersparen mir kindische Anspielungen und Verhöre über meine Vergangenheit, und ich zeige Ihnen dafür den Fliegenschnäpper. Er schlägt in einer Minute zu.«

»Wer?«

»Der *Papamoscas*. Hermann bewundert ihn bereits ausführlich. Es handelt sich um ein Meisterwerk mittelalterlicher Feinmechanik aus Deutschland.«

Nelly entdeckt Martha und Hermann nur wenige Meter

entfernt. Wie gebannt starren beide nach oben. Nelly legt den Nacken in den Kopf.

»Das ist die beste Haltung in dieser innen leider arg verbauten Kirche«, lobt Herberger. »Die erstaunlichsten Dinge kommen hier von oben.«

Da muss Nelly wider Willen zustimmen. Sie bewundert die hellen Klänge, die eine buntbemalte Spielfigur mit Teufelsantlitz und zum Lachen geöffnetem Mund einer Glocke über dem Zifferblatt entlockt. Sechs Mal. Dann klappt der Mund der Spielfigur, die Fliegenfalle, zu.

»Der *Papamoscas* ist die einzige Uhr in einer spanischen Kirche. Man ist hierzulande kein großer Freund der Kirchturmuhr, schließlich ist Gott der Herr der Ewigkeit und Zeit nur Menschenwerk«, erläutert Herberger.

»Wunderschön«, flüstert Martha, die sich zu ihnen gesellt. »Hermann liebt mechanische Uhren und Glockenspiele. Er kann sich gar nicht losreißen. Er ist nämlich gelernter Uhrmacher und Goldschmied, müssen Sie wissen. Sein Traumberuf, den er leider früh aufgeben musste.« Sie seufzt.

Nelly streift Hermann mit einem kurzen Seitenblick. Er starrt gebannt auf das Zifferblatt, als müsse er die Uhr neu lernen.

Zu viert erkunden sie weitere Geheimnisse der Kathedrale, und Nelly staunt, wie anekdotenreich der Geologe Herberger steinerne Chorschranken, Bildsäulen und den Kapellenkranz im Chorumgang zum Leben erwecken kann. Das ist beinahe so gut wie seine Homepage. Er kommt vom Hölzchen aufs Stöckchen, aber alles zusammen ergibt ein Bild, das sich einprägt und Lust auf mehr macht. Wahrscheinlich legt er sich für Martha und Hermann so ins Zeug. Vor allem für Hermann, den vieles so anzurühren scheint, als höre und sehe er es zum ersten Mal.

Herberger lässt zu Nellys Erleichterung am Grab des El Cid die Lebens- und Kampfgeschichte von Spaniens berühmtestem Ritter beiseite. Der war nämlich, wie sie aus Studienzeiten noch weiß, erstens sterbenslangweilig, zweitens ständig in unübersichtliche Intrigen von Adelssippen mit ebenso unübersichtlichen Stammbäumen verstrickt und drittens gierig, grausam, ein Meister des politischen Seitenwechsels und nur der Legende nach ein fleischgewordener Held. Frau Schick würde der gruselige letzte Schlachtauftritt des Ritters sicherlich gefallen. In den soll der Kämpe kerzengerade, mit dem Schwert in der Rechten, aber bereits als Leiche auf das Pferd gebunden, geritten sein. Das soll angeblich genügt haben, um ein paar Hunderttausend Mauren in die Flucht zu schlagen.

Nelly hebt auf Herbergers Empfehlung wie Hermann und Martha den Blick nach oben. Über dem Grab des El Cid leuchtet im Vierungsturm in schwindelnder Höhe ein Sternenhimmel aus Stein und Licht. Nelly staunt über die maurischen Muster des Glasmosaiks, die Zeugen des arabischen Erbes sind.

Hermann diskutiert derweil mit Herberger Gesetze und Geheimnisse der Statik von Kreuzrippengewölben. Marthas Gesicht wird zu einer Studie verehrender Dankbarkeit. »Ein wahrer Segen, dieser Mann«, wispert sie Nelly zu und weist mit dem Kinn zu Herberger. Der lauscht mit hingebungsvoller Aufmerksamkeit Hermanns fachkundigen Anmerkungen zu Wimpergen und Filialen.

Herberger, ein Segen? Das scheint Nelly dann doch gewaltig übertrieben zu sein. Nur weil jemand mit Begriffen wie »Filiale« und »Gewölbeschub« um sich werfen kann, ist er doch kein Wunder in Menschengestalt! Irgendetwas scheint Herberger aber an sich zu haben, was ältere Damen von Frau Schick bis Hildegard ungemein fasziniert. Vielleicht das narbige Kinn? Egal, Nelly ist und bleibt diese Begeisterung ein

Rätsel. Es ist allerdings keins, das sie lösen will, auch wenn Herberger sich nun von der Statik löst und zu unterhaltsameren Themen zurückfindet.

Er weist auf die goldene Treppe, die von einem Portal auf der anderen Seite des Längsschiffs in die Kirche führt. »Im ausgehenden Mittelalter gestattete sie noch den Weg mitten durchs Querschiff und zum Markt auf der anderen Seite«, erzählt Herberger Nelly und den anderen beiden. »Weil die Schaf- und Schweinezüchter die praktische Abkürzung gern nutzten, um ihr liebes, aber stark riechendes Vieh während der Messe quer durch die Kathedrale zu treiben, ließ der Erzbischof sie eines Tages für immer schließen. Und weil der Erzbischof nicht nur streng, sondern auch schlitzohrig war, bestimmte er, dass die Treppe in den heiligen Jakobs-Jahren benutzt werden dürfte. Seither strömen die Touristen wie dereinst die Schafe in Scharen heran, um genau das zu tun. Der kleine Aufpreis kommt inzwischen der Kathedrale zugute.«

Das wäre mal wieder etwas für Frau Schick, denkt Nelly. Ihr haben ja schon die Hühner in Santo Domingo so gefallen. Schade, dass sie nicht hier ist.

Erstaunlicherweise ist sie doch da. »Herberger«, erklingt Frau Schicks Stimme auf einmal in Nellys Rücken, »ab jetzt übernehme ich!«

»Nicht nötig«, sagt der gelassen, »die Führung beende ich gern selbst.«

»Nein, Sie haben keine Zeit, Sie müssen Hundefutter kaufen«, erwidert sie.

»Hundefutter?«

»Wir können Quijote nicht bis Santiago mit Schinkenbrötchen abspeisen.«

»Quijote? Der ist doch bei Bettina, und sie übergibt ihn gleich an Herrn Viabadel.«

»Ich habe anders entschieden«, sagt Frau Schick, ohne weitere Details preiszugeben. »Quijote bleibt bis Santiago bei mir.«

»Frau Schick!«, donnert Herberger. Um seine Fassung ist es offensichtlich geschehen. »Die wenigsten Hotels nehmen Hunde auf, und das Tier ist wirklich zu anstrengend für Sie.«

Ein Kathedralwächter in farbiger Uniform bittet um *Silencio*.

Während Herbert und Martha sich diskret zu Paolos Gruppe zurückziehen, die nur noch aus Hildegard und Ernst-Theodor besteht, setzt Frau Schick den Disput an der goldenen Treppe zischend, aber mit unverminderter Kraft fort. »Zur Not schlafe ich auch mal unterm Sternenzelt. Hatte ich sowieso vor. Am besten gleich morgen. Und Quijote ist nicht anstrengend, sondern nützlich. Schließlich sehe ich schlecht, und er kennt den Camino.«

»Dieses Kalb ist doch kein Blindenhund, sondern eine gefährliche Stolperfalle«, protestiert Herberger kaum leiser als vorhin.

»Dann brauche ich ihn eben als Wachhund, Sie Schafskopf! Vor allem wenn ich mit Nelly draußen schlafe. Da treibt sich schließlich jede Menge Lumpenpack herum.«

»Draußen?«, wirft Nelly erstaunt ein, wird aber überhört.

40.

»Ist es gestern spät geworden mit Herrn Viabadel?«, fragt Frau Schick am nächsten Morgen.

Bettina und sie sind die ersten Frühstücksgäste in dem weißgekälkten Gewölbekeller, der leicht nach angebranntem Toast und stark nach Kaffee, gebratenem Ei und dem fanatischen Einsatz von Silberputzmittel riecht.

»Nicht sehr spät«, antwortet Bettina wortkarg. Sie steht vor dem Buffet und spießt ein Stück Manchego derart erbarmungslos mit der Gabel auf, dass Frau Schick Mitleid mit dem Käse bekommt. Einer Hand voll Weintrauben, die Bettina sich vom Stiel zupft, ergeht es nicht besser. Sie dreht dem Obst geradezu den Hals um.

»Wie war der Abend denn so?«, fragt Frau Schick irritiert, als Bettina mit ihrem vollgeladenen Teller wieder an den Tisch zurückgekehrt ist.

»Reizend«, knurrt Bettina und köpft mit der Präzision eines Scharfrichters ein Ei.

Das Ei hätte eine Augenbinde verdient, denkt Frau Schick. Vielleicht verdankt sich Bettinas Gesichtsausdruck ja dem recht martialischen Ambiente des Frühstückssalons. Der ist mit blitzenden Rüstungsteilen, Streitwaffen, Kettenhemden und einem Eisenhandschuh dekoriert, der aus der Zeit El Cids stammen soll – daher kommt wohl auch der Geruch von Metallpolitur. Frau Schick kennt das von Gut Pöhlwitz. Da gab es im Morgensalon auch einen Eisenmann. Allerdings rostete Ritter Eduard friedlich vor sich hin und eignete sich vor allem zum Versteckenspielen. Hier kommt sie sich dagegen wirklich ein wenig belagert vor – die ausgestopften Wildschweinköpfe zwischen gekreuzten Prunkschwertern und Bihändern machen das Ambiente nicht heiterer.

Frau Schicks Mutter hat auf Pöhlwitz damals alle Jagdwaffen und Geweihtrophäen von den Wänden genommen und sogar die Jagdhunde aus dem Zwinger gelassen, was zu einer fröhlichen Durchmischung der Pöhlwitzer Red Pointers und Jagdspaniel mit den Dorfstreunern und in der Folge zu bemerkenswert originellen und unverwüstlichen Welpen geführt hat. Tja, die Butzi hat eben, wo sie ging und stand, für Heiterkeit gesorgt und immer gedacht, mit ein bisschen Geschick ließe sich Glück überall herstellen. Bettina wäre im Moment ein Fall für Butzi. Oder ein Fall für ihre Tochter, das Röschen.

Frau Schick wendet sich mit Elan wieder Bettina zu. »Wann werden Sie Herrn Viabadel wiedersehen?«, erkundigt sie sich.

Bettina hebt die Schultern und verzieht lustlos den Mund. »Wenn Quijote unterwegs Anzeichen von Schwäche oder Unlust zeigt, werde ich ihn anrufen.«

»Quijote hält durch, und wir brauchen ihn«, sagt Frau Schick entschieden. »Außerdem gibt es doch sicher genügend andere Themen, die ein Telefonat zwischen Ihnen und Herrn Viabadel notwendig machen.«

»Ich wüsste nicht, welche. Herr Viabadel hat viel mit seinen Geschäften zu tun, die mich nichts angehen«, sagt Bettina kühl.

Was sagt man dazu? Ein einziges Rendezvous, und schon hängen im Himmel alle Geigen schief? Also wirklich! Da muss Frau Schick wohl noch deutlicher werden. »Kennen Sie Wilhelm Busch?«

Bettina runzelt irritiert die Stirn.

Frau Schick deklamiert: »Ihre Liebe war nicht geringe. Sie wurden ordentlich blass, sie sagten sich tausend Dinge und wussten immer noch was.«

Bettina schweigt und wählt mit übertriebener Sorgfalt eine Weintraube aus.

Frau Schick lässt nicht locker. »Meine Güte, wer verliebt ist, dem geht doch gewöhnlich der Mund über! Der kann es gar nicht abwarten, dem Liebsten lauter Nichtigkeiten ins Ohr zu flüstern. Zur Not auch Kochrezepte!«

Bettina schweigt eisern.

»Waren die Tapas schlecht?«

»Nein, sie waren ausgezeichnet, soweit ich das vom bloßen Ansehen her beurteilen kann. Burgos gilt ja als eine Hochburg der Tapaskultur und...«

»Herrje, Bettina, zum Teufel mit den Tapas! Sie sind doch verliebt!«

Bettina zuckt wieder mit den Schultern. »Ich finde Señor Viabadel recht sympathisch, mehr nicht.«

»Das ist doch gelogen«, empört sich Frau Schick.

»Frau Schick«, kontert Bettina heftig und fegt ihren Teller beiseite. Weintrauben purzeln zu Boden und hoppeln unter die Tische, als seien sie auf der Flucht. »Ich habe eine ausführliche und abwechslungsreiche Liebesbiografie hinter mir. Liebe ist nicht nur Genuss, sondern auch Verpflichtung und oft mit Enttäuschungen verbunden. Ich weiß nicht, ob ich das mit meinen bald sechzig Jahren noch einmal will. Diese ganze Aufregung des Anfangs, diese hochemotionalen Irrungen und Wirrungen, und am Ende ärgert man sich dann doch wieder nur über Haare im Waschbecken, herumliegende Socken und einen Kerl, der lieber Fußball sieht, als an einem anregenden Austausch interessiert zu sein.«

»Herr Viabadel hat gestern Fußball geguckt?«, staunt Frau Schick.

»Nein, aber er hat unser Treffen nach kaum einer Viertelstunde beendet, weil irgendein aufgeblasener Winzersohn in die Bar kam, der dringend mit ihm über Geschäfte sprechen wollte. Allein. Ein Schönling mit Namen Javier Tosantos, der kaum gegrüßt hat und...«

»Tosantos!«, schreit Frau Schick so laut, dass Bettina zusammenzuckt und El Cids Eisenhandschuh leise zittert.

»Kennen Sie den jungen Mann etwa?«

»Nein, da sei Gott vor«, entgegnet Frau Schick.

»Aber warum...«

Frau Schick hört nicht hin. »Wo ist Nelly?«, fragt sie scharf, und ihr Blick rast suchend durch den Frühstücksraum.

»Keine Ahnung, sie wollte noch einen Spaziergang durch Burgos machen und...«

»Einen Spaziergang? Allein? Wir müssen sie sofort finden! Sofort. Und schlagen Sie sich Ihren Basken ruhig aus dem Kopf. Wer mit einem Javier Tosantos Geschäfte zu besprechen hat, kann nur ein Lump oder ein Idiot sein.«

»Aber Frau Schick! Herr Viabadel ist ganz sicher kein Lump und schon gar kein Idiot, sondern ein sehr mitfühlender Mann.« Bettina setzt zu einer Verteidigungsrede an, die Frau Schick unter anderen Umständen sehr zusagen würde, weil der Baske und Bettina natürlich zusammengehören. Jetzt aber erträgt sie sie nicht.

»Herr Viabadel hat mir gesagt, er müsse diesem jungen Mann helfen«, erwärmt sich Bettina weiter für ihren eben noch verschmähten Verehrer, »weil der...«

»Papperlapapp!«, schneidet Frau Schick ihr das Wort ab. »Jetzt müssen wir uns erst mal um Nelly kümmern!« Sie stützt energisch die Hände auf den Tisch, erhebt sich und stößt ihren Stuhl mit den Kniekehlen nach hinten. Gerade will sie nach ihren Wanderstöcken greifen, als Herberger durch einen gemauerten Torbogen in das Kellergewölbe tritt. »Herberger! Sie schickt ausnahmsweise der Himmel. Sie müssen sofort Nelly suchen. Sie ist ohne Aufsicht in Burgos unterwegs. Das ist gegen unsere gestrige Abmachung.«

Ihr Chauffeur schüttelt verärgert den Kopf. »Frau Schick, gönnen Sie mir eine Pause. Ich bin als Hundesitter bereits mehr als ausgelastet. Quijote hat mich gerade einmal um ganz Burgos gejagt und drei Dosen Hundefutter verschlungen, die ich auf Ihre Anweisung hin mit Safran gewürzt habe – was im Übrigen schade um das edle Zeug ist. Wenn Sie erlauben, würde ich jetzt gern eine Tasse Kaffee zu mir nehmen.«

»Ich erlaube das keinesfalls. Sie müssen umgehend Nelly finden.«

»Worum geht es hier denn überhaupt?«, drängt sich Bettina dazwischen.

»Um Haare im Waschbecken und herumliegende Socken«, knurrt Frau Schick. »Lauter Dinge, die Nelly nicht braucht. Zumindest nicht, wenn sie zu Herrn Tosantos gehören.«

41.

Nelly hat nicht widerstehen können. Sie ist noch einmal zur Kathedrale von Burgos geschlendert und hineingegangen. Morgens um halb acht ist die Kirche ein eigenes, still in sich ruhendes Universum. Ein Ort, der aus der Zeit gefallen ist und darum alle Zeit in sich birgt. Umhüllt vom warmen Wohlgeruch brennender Kerzen knien einzelne Frauen in Bänken und flüstern Gebete, frisch gerüstete Pilger entzünden Wachslichter vor Heiligenbildern oder stehen wie gestern Nelly mit gereckten Köpfen am Grab von El Cid, um sich von dem Lichtmosaik in der Turmhaube zu verabschieden, bevor sie auf den Sternenweg zurückkehren.

Hinter Burgos erwartet die Pilger die Ödnis der Meseta, einer kahlen, dünn besiedelten Landschaft unter dörrender Sonne, in der es kaum einen Baum, kaum einen Strauch und kaum einen Menschen gibt. Wie tröstlich und köstlich müssen schon für die Pilger des Mittelalters die Erinnerungen an die Fülle, den Glanz und die Pracht dieser Kathedrale gewesen sein. Und an die gute Verpflegung und die sichere Nachtruhe in einer damals wie heute von Reichtum und Wohlstand gesegneten Stadt. Während ein Organist in verhaltener Lautstärke ein Introitus für die Messe übt, treibt Nelly wie schwerelos durch das Kirchenschiff und lässt ihre Blicke zwischen Himmel und Erde tänzeln. Sie durchstreift den Kapellenkranz im Chorumgang und schaudert erneut beim Anblick des nach Barockmanier Gekreuzigten.

Der Künstler hat den leidenden Christus als bewegliche

Gliederpuppe erschaffen, diese mit gebleichter Büffelhaut überzogen und Menschenhaar und echte Fingernägel eingesetzt, hat Herberger erzählt. Nelly gruselt es. Ihrer Meinung nach ist eine derart plastisch-drastische Verklärung von Schmerz und Passion kein »Guck mal« wert.

Leiser Gesang lenkt Nelly in die vom Hauptschiff abgetrennte Kapelle der heiligen Anna, der Mutter Mariens. Die Musik kommt wie in so vielen Kirchen am Camino nur von Band oder CD, aber sie ist dennoch magisch schön und stimmig. Kristallklare Frauenstimmen intonieren in Endlosschleife ein schlichtes Gebet. Die Töne und Worte kräuseln sich in der Luft, vermählen sich mit steinernem Blattrankenwerk und schweben durch den gewaltigen Raum. *Nada te turbe* – nichts soll dich ängstigen. *Nada te espante* – nichts soll dich quälen, übersetzt Nelly die ersten Liedzeilen. Sie gefallen ihr, auch wenn sie nicht einer besinnlichen Andacht wegen hier ist, sondern um sich den Altaraufsatz in der Kapelle der heiligen Anna einzuprägen, den sie gestern nur flüchtig studieren konnte.

Es ist ein dreiteiliger, farbenfroh bemalter und üppig vergoldeter Bilderbogen aus Holz. Mit Schnitzmessern und Liebe zum Detail hat ein flämischer Meister mit dem Namen Siloe aus der Wurzel Jesse nicht nur den meterhohen Stammbaum Christi, sondern die ganze ihm bekannte Welt- und Menschheitsgeschichte emporwachsen lassen, mitten hinein in einen Himmel, der Sonne, Mond und Sterne und damit Tag und Nacht in herrlichstem Blau vereint. Nelly reizen nicht die überlebensgroßen biblischen Figuren, nicht Maria oder der Gekreuzigte, sondern die wuselnden Menschlein, die bunt bemalten Nonnen, die Narren, die Mönche, die Kinder, die Könige, die Mägde, die Bettler und die ungezählten Tiere, die Siloe in die Bibelszenen eingebaut hat. Sie sehen aus, als seien sie gerade eben und mitten in ihrer lebendigsten Bewegung zu

Holz erstarrt, um irgendwann einmal mit einem Zauberspruch aus der Erstarrung erlöst zu werden. Ganz wie Dornröschen.

Nichts und niemand war dem Künstler offenbar zu gering, um festgehalten zu werden. Dieser Künstler war ein Menschenkenner und kein Menschenverächter. Er hat geliebt, was er gesehen und getan hat. Es ist ein Altar, der fröhlich macht. Nelly schlendert mit gebanntem Blick auf den Altaraufsatz zu und will sich schon in eine Kirchenbank drücken, als sie in der ersten Reihe die Gestalt eines alten Mannes in Anzug und Sommerhut erspäht. Zusammengesunken und verloren sitzt er da. Ganz trostlos sieht das aus. Seine Schultern heben und senken sich in einem kurzen Zittern. Friert er? Nein, er unterdrückt ein Schluchzen.

Nelly will sich zurückziehen, kann den Blick aber noch nicht abwenden. Nanu, das ist ja ... Sie kneift die Augen zusammen und erkennt den Hut. Da sitzt der stille Hermann. Seufzend und wie unter größter Anstrengung wendet er sich wieder dem Altaraufsatz zu. In der Hand hält er einen Skizzenblock und einen Bleistift. Vorsichtig setzt er ihn auf das Blatt, dann fährt er plötzlich mit harten, zornigen Strichen darüber. Papier reißt.

»*Nada te turbe* – nichts soll dich ängstigen«, singt es weiter vom Band, »*nada te espante* – nichts soll dich quälen.« Hermann scheint das Gott- und Weltvertrauen abhandengekommen zu sein.

Nelly will jetzt nicht feige sein. Sie nähert sich zögernd der Bank, in der Hermann sitzt, schlängelt sich hinein und nimmt neben ihm Platz. Der alte Mann bemerkt sie nicht. Nelly wagt einen scheuen Seitenblick. Sie erschrickt angesichts der gequälten Miene ihres sonst so gelassenen Banknachbarn, erkennt eine schmale Tränenspur auf seiner linken Wange. Das passt so gar nicht zu ihm.

Ihr Blick fällt auf den Block in seiner Hand, auf seine feingegliederten Finger, die Finger eines Uhrmachers, wie sie seit gestern weiß. Mit zornigen Strichen hat Hermann die hauchfeinen Konturen seiner Skizze zerstört, das Papier zerschlitzt. Nelly erkennt unter den hässlichen Zickzacklinien einen Ausschnitt des Altaraufsatzes: Handwerker, denen der Künstler winzige Hämmer, Zirkel oder Malerpinsel in die Hand geschnitzt hat. Hermann hat das alles nicht minder liebevoll und präzise kopiert. Sein Name steht in spinnwebfeinen Buchstaben unter der Skizze, darunter ein wie im Zorn hingeworfenes Datum ohne Jahreszahl und die Worte »Altar in ...«.

»Das ist wunderschön«, flüstert Nelly und deutet schüchtern auf die Zeichnung. »Warum haben Sie sie zerstört?«

Hermann wendet ihr das traurige Gesicht zu, mustert erst sie, dann seine Zeichnung. Er kämpft um einen anderen Gesichtsausdruck; schließlich versucht er es mit einem Lächeln, das nur seine Mundwinkel erreicht. »Guten Morgen, Fräulein ...«

»Nelly.«

»Richtig, Nelly. Natürlich.« Scheu wendet Hermann den Blick wieder dem Altar zu. »Ein Meisterwerk«, sagt er mit belegter Stimme.

Nelly nickt und wählt ihre nächsten Worte mit Bedacht. »Es stammt von einem gewissen Gil de Siloe, habe ich gelesen.«

Hermann wiederholt den Namen: »Gil de Siloe.« Und noch einmal: »Gil de Siloe.« Sein Gesicht hellt sich ein wenig auf. »Ich kenne ihn. Ich kenne ihn gut. Er hat mich immer fasziniert.«

»Tatsächlich? Ich habe vorher noch nie von ihm gehört«, sagt Nelly aufrichtig.

»Siloe war ein Meister des gotischen Schnitzhandwerks, ein vergessenes Genie wie so viele Künstler des Mittelalters. Das Werk zählte damals eben mehr als sein Schöpfer. Siloe soll aus Flandern stammen, vielleicht auch aus Frankreich. Man weiß es nicht genau, aber er wurde deutlich von der niederrheinischen Altarkunst beeinflusst.« Hermanns Miene entspannt sich. »Seine wichtigsten Werke hat er in Spanien erschaffen. Vor allem hier, in der Kathedrale von...« Er bricht ab, senkt seinen Blick auf die Zeichnung, seine Unterschrift, das Datum und die Worte »Altar in...«

»Burgos«, ergänzt Nelly leise.

»Burgos«, wiederholt Hermann, als höre er den Namen der Stadt zum ersten Mal.

So war es bei ihrer Großmutter auch, erinnert sich Nelly plötzlich. Am Ende entfielen ihr selbst die Namen ihrer Kinder und Enkelkinder. Sie hat sie vertauscht, vergessen, trotzig immer wieder neu erfragt und am Ende doch aufgeben müssen. Der Tod war dann gnädig; ihr Herz hat schneller versagt als ihr immer unzuverlässigeres Gehirn. Dadurch ist Nellys Großmutter der Verlust aller Würde erspart geblieben: die Windeln, das Wundliegen im Bett, das Gefüttertwerden, das Herumirren in Panik und in einer erschreckend unbekannten Welt und vollständiger Umnachtung.

Hermanns Schultern werden wieder ganz schmal und zittern. Ganz so, als habe er Nellys Gedanken gehört. »Burgos. Das war mir plötzlich entfallen, einfach entfallen.« Er presst den Bleistift zwischen Daumen, Zeige- und Mittelfinger und schreibt es hin: Burgos. In spinnbeinzarten, vollendet ziselierten Buchstaben. Jeder einzelne ist ein Kunstwerk, und Nelly sieht bestätigt, was sie seit gestern und seit dem Besuch in der Kirche von Señor Fadrago geahnt hat: Hermann, der die Gravur im dortigen Wachsschädel als »elende Schlamperei«

bezeichnet hat, kann nicht nur zeichnen, er kann auch Steine mit kunstvollen Buchstaben verzieren. Doch das ist jetzt nicht wichtig.

»Burgos«, wiederholt Hermann. Seine Schultern sinken erneut herab. »Wie konnte ich das nur wieder vergessen? Ich war doch schon mehrfach hier.« Er blättert in seinem Block. »Hier vorne steht sogar, wie oft. Drei Mal. Ich hatte es extra aufgeschrieben. Ich schreibe mir alles auf. Ich habe mir gestern sogar einen kleinen Stadtplan gemalt, mit dem Weg vom Hotel bis hierher. Ich wollte es alleine schaffen.«

»Das haben Sie ja auch«, sagt Nelly.

Sie schweigen.

»Ich leide an Alzheimer«, sagt Hermann schließlich.

Nelly verkneift sich ein »Ich weiß«. Nichts weiß sie, schon gar nicht, was man darauf antworten, dazu sagen kann. So nickt sie nur.

Hermann betrachtet sie prüfend. »Es ist erst das Anfangsstadium, und die Medikamente, die den Hirnabbau verzögern, schlagen gut an, aber langsam abzusterben, wissend zu vergehen, sich mit dem eigenen Hirn gleichsam selbst aufzulösen, erst schrittweise, dann schubweise – das ist grauenhaft. Grauenhaft, Fräulein...«

»Nelly.«

Hermann nickt resigniert. »Nelly, ja.« Er schaut auf seine Hände. »Martha und ich sind immer gerne gereist. Es hat uns gutgetan, aber bald wird es mich wohl nur noch überfordern und verängstigen. Bald...« Er bricht ab. »Erinnern Sie sich an den Abschiedsbrief von Amerikas Expräsident Ronald Reagan, nachdem man bei ihm Alzheimer diagnostiziert hat? Ich habe ihn nie gemocht, aber ich bin dankbar für seine Abschiedsworte an die Welt über seine ›Reise in den Sonnenuntergang seines Lebens‹. Der Tod als Reise...«

Hermann schmeckt dem Gedanken nach. »Martha und ich gehen den Camino, um Erinnerungen aufzufrischen. Ich möchte möglichst lichte Bilder von meinem und unserem Leben in meiner Seele verankern, bevor mich das Dunkel verschlingt.«

Nelly denkt über passende Worte, eine Erwiderung nach. Sie findet keine. Es gibt kein Heilmittel gegen diese Krankheit und keine passenden Worte.

»Meine größte Angst«, fährt Hermann fort, »ist nicht das vollkommene Vergessen, vielleicht ist das sogar einmal ein Segen. Was ich fürchte, ist, dass ich Martha zur Last werde, dass ich erst die Beherrschung über meine Körperfunktionen verlieren werde und dann über meine Gefühle, dass ich ausfällig werde oder gar handgreiflich. Im letzten Stadium sind viele Alzheimerpatienten unberechenbar, heißt es.«

»Meine Großmutter«, sagt Nelly und schluckt, »meine Großmutter war bis zum Ende die reine Güte. So wie sie es ihr Leben lang gewesen ist, und eins hat sie nie verloren: ihr einzigartiges Lächeln.«

»Sie hatte auch...«

Nelly nickt. Natürlich hat sie in dem Heim, in dem ihre Großmutter ihre letzten Wochen verlebte, auch andere Fälle gesehen, aber sie will nicht glauben, dass ein Mann wie Hermann dazugehören wird. Ein Mann, der mit einer Frau wie Martha an seiner Seite und voll Liebe von der Welt Abschied nimmt. Wissen kann sie das nicht, nur hoffen und glauben und jetzt mit Hermann hier einen Moment lang sitzen bleiben.

»Ich... Ich bin nicht immer so verwirrt«, sagt Hermann. »Noch überwiegen die guten, klaren Tage. Aber manche, so wie der heutige, beginnen mit erschreckenden Aussetzern.« Er wirft einen Blick auf den Block. »Zeichnen hilft mir. Meine Finger haben noch nicht verlernt, wie das geht. Wissen Sie, ich habe mir immer gewünscht, mich im Alter ganz der Kunst zu widmen, nachdem ich ein Leben lang an innovativen Zünd- und Vergasertechniken für Motoren gearbeitet habe.«

»Motoren?«

Hermann nickt. »Zuletzt war ich mit der Erforschung und Entwicklung von neuen Laser- und Funkzündungstechnologien befasst, aber damit will ich Sie nicht langweilen. Ich habe für die Linzer Motorenwerke gearbeitet.«

»Aber«, stammelt Nelly ungläubig, »dann sind wir ja Kollegen.« Beinahe zumindest, immerhin hat sie ebenfalls jahrelang für die Linzer Motorenwerke gearbeitet. Das war nicht immer ein toller Job, entpuppt sich jetzt aber als Segen, denn Hermann und sie haben ein Gesprächsthema gefunden, das ihm und ihr die Scheu vor unverhofften Aussetzern nimmt.

Sie vertiefen sich in ein Fachgespräch, aus dem sie eine Viertelstunde später erfrischt auftauchen. Es ist Hermann, der schließlich auf seine Armbanduhr schaut, eine schöne, alte Aufziehuhr. »Zwanzig nach acht! Ich glaube, wir sollten zurück ins Hotel. Martha macht sich bestimmt schon Sorgen. Ich hatte versprochen, um...«, er blättert im Block, »um halb neun wieder dort zu sein. Schaffen wir das?«

»Ja, mit Leichtigkeit«, sagt Nelly.

Sie erheben sich aus der Bank, ihre Bewegungen fallen ein wenig steif und feierlich aus. Sie treten vor den Altar, legen die Köpfe schief und betrachten stumm das Weltgewimmel von Siloe.

»Ich liebe diesen Drachen dort oben«, sagt Nelly und deutet auf ihn.

»Und ich den Hund, der vom Letzten Abendmahl nascht«, sagt Hermann.

Nelly muss die Augen zusammenkneifen, um ihn zu entdecken. »Meine Güte, haben Sie aber scharfe Augen!«

»Ja«, sagt Hermann, »auf die ist nach wie vor Verlass. Ich werde vielleicht ohne Brille sterben. Auch wenn mir das nicht viel nützt. Ebenso wenig wie meine Finger mich noch retten können. Mein Talent habe ich an Motoren verschwendet, weil die Uhrmacherei nun einmal ein aussterbendes Handwerk ist, und für eine Goldschmiede hat es nie gelangt.« Er zuckt mit den Schultern. »Nun, ich hatte auch so ein reiches und ausgefülltes Leben.«

Nelly zögert, tastet nach dem Opal in ihrer Tasche. Soll sie? Soll sie nicht? Sie zieht ihn hervor. »Hermann, ein Mann, der solch eine Kostbarkeit herstellen kann, ist ein Künstler.«

Betroffen schaut Hermann auf den Opal hinab. »Wo haben Sie den her?«

»Sie haben ihn in Viana vor meine Zimmertür gelegt.«

»Sind Sie sich sicher? Ich erinnere mich nicht daran.«

Das hat Nelly befürchtet. Sie wollte ihn nicht kränken oder bloßstellen, aber sie kann diesen Stein, der eine wundervolle Liebeserklärung an Martha und das Leben ist, in keinem Fall behalten. Daher nimmt sie Hermanns Hand, öffnet sie sacht, will den funkelnden Opal hineinlegen. »Sie müssen ihn Ihrer Frau geben. Ich nehme an, er war für sie bestimmt, nicht wahr?«

»Nein«, sagt eine Stimme hinter ihnen.

»Martha!«, freut sich Hermann und dreht sich um. Sein Gesicht wird wieder ganz das seine, alles darin findet den angestammten Platz, sein Lächeln, sein verträumter und vertrauender Blick.

»Es hat alles seine Richtigkeit«, sagt Martha zu Nelly. »Der Stein gehört Ihnen. Hermann hält es auf jeder Reise, die wir machen, so. Er verteilt all die schönen Dinge, die er in den letzten Jahren erschaffen hat, so wie es ihm gefällt.«

»Und leider oft wieder entfällt«, seufzt Hermann.

»Darum hat er mich auch gebeten, nichts zu sagen«, erklärt Martha.

»Man würde mich für einen furchtbaren Narren halten«, sagt Hermann.

»Mein Lieber, das bist du nicht«, widerspricht Martha sanft. »Ganz und gar nicht. Die Steine erfüllen ihren Zweck, sie bereiten den Menschen Freude.«

»Aber dieser Opal...«, stammelt Nelly, »ist doch viel zu wertvoll.«

»Die Hauptsache ist, dass er Ihnen gefällt«, sagt Hermann. »Gestatten Sie einem alten vergesslichen Mann den eitlen Wunsch, ein paar Spuren zu hinterlassen und von Ihnen nicht vergessen zu werden?«

Nelly kann nicht nicken, nur schniefen.

»Martha, hast du ein Taschentuch?«

Martha lächelt. »Du wirst es nicht glauben, Hermann, aber ich habe mir erlaubt, auch einmal etwas zu vergessen: meine Handtasche.«

42.

Die von Pilgern oft gefürchtete Meseta-Etappe durch die endlosen Getreidefelder der Hochebene zwischen Burgos und León beginnt für die Reisegruppe beschaulich: in einem belebten Lebensmittelladen. In dem von Tafelbergen eingerahmten Ort Tardajos kaufen die Pilger ihren Proviant.

Die ersten zehn Kilometer von Burgos bis hierher hat Paolos Gruppe im Bus zurückgelegt. Überhaupt werden sie die hundertachtzig Kilometer lange Strecke hauptsächlich auf Rädern, in bequemen Häppchen und innerhalb von zwei Tagen hinter sich bringen.

Frau Schick startet dennoch einen Großeinkauf im Dorfladen. Sie packt Apfelsinen und Trockenfrüchte ein, lässt sich zwei Ringe Salami von der Decke angeln und wählt drei Brote, haltbaren Käse und Dosensuppen aus. Vom Ladenbesitzer, den sie als Einkaufsberater rekrutiert hat, will sie wissen, ob er Taschenlampen und Kerzen hat. Nelly fragt sie, was »Streichhölzer« auf Spanisch heißt.

»*Las cerillas*«, übersetzt Nelly für sie.

Frau Schick verlangt *Cinderellas* und erhält dennoch das Gewünschte im Zehnerpack. Mit der Frage nach »Kaffee Filtro« scheitert sie zwar auch hier, dafür freut sie sich über Instantkaffee im Sonderangebot.

»Frau Schick, was treiben Sie da?«, fragt Herberger spöttisch, als er nach einem Abstecher ins örtliche Café den Laden betritt und ihre Einkäufe sieht. »Es steht Ihnen keine Wüstendurchquerung oder Hungersnot bevor.«

Seine Chefin wirft ihm einen tadelnden Blick zu. »Aber eine Nacht in einer Pilgerunterkunft, Sie Banause. Am liebsten wäre es mir hübsch einsam, ganz ohne Strom und Wasser, vielleicht sogar unter freiem Himmel. Ich möchte endlich den echten Camino kennenlernen.«

»Und wo genau?«

»Das entscheide ich spontan.«

»Aber nicht allein.«

»Selbstverständlich macht Nelly mit.«

Davon hat Nelly bislang nichts gewusst. Verblüfft öffnet sie den Mund.

»Ich honoriere das extra«, versichert Frau Schick eilig.

»Nein, nicht nötig«, wehrt Nelly ab. »Ich bleibe gern bei Ihnen.«

»Darf ich mich anschließen?«, fragt Bettina und wendet ihren Blick von der Keksauswahl ab.

Frau Schick nickt zufrieden. »Selbstverständlich. Herberger, packen Sie bitte genügend Wasser und eins von diesen blauen Dingern dort in unseren Wagen.« Das blaue Ding ist eine Gaskartusche mit Kochaufsatz.

»Wozu denn das?«

»Nur für den Notfall. In einigen Unterkünften soll die Versorgung bedauerlich schlecht sein. Ich bin gern unabhängig von anderer Leute Kochfantasien und kann mich im Notfall sehr gut selbst beköstigen.«

Herberger wirft einen zweifelnden Blick auf Frau Schicks Dosensuppensortiment. »*Das* wollen Sie kochen?«

»Ich kann kochen«, behauptet sie eisern. Kurz entschlossen ergänzt Frau Schick ihren Campingkocher noch um einen Blechtopf, Pappteller und Plastikbesteck, und mit der Begeisterung eines Kindes wählt sie schließlich drei ausgebleichte Schlafsäcke aus, die damit ihre Existenz als einsame Ladenhüter beenden. Der Ladenbesitzer lobt ausführlich ihre Wahl und die Haltbarkeit des Materials. Etwa zwanzig Jahre dürften sie bei ihm bereits überlebt haben.

»Möchten Sie den mit den orangenen oder den mit den lila Blumen?«, fragt Frau Schick Bettina.

»Lila.«

»Ja, das passt zu Ihnen, und der mit orangenen wäre hübsch für Nelly. Ich nehme lieber den einfarbigen, in meinem Alter hat man es nicht mehr so mit wilden Mustern. Das verwirrt nur.«

Herberger schaut Frau Schick noch einmal zweifelnd an, gibt dann aber auf und packt noch drei Isomatten aus angeknabbertem Schaumstoff dazu. Die hinter einer Registrierkasse thronende Großmutter addiert gemächlich die Preise auf einem schlanken Blöckchen. Sie muss häufig umblättern und sogar den Kugelschreiber wechseln.

»Fehlen nur noch ein paar fröhliche Butterbrote für unterwegs«, stellt Frau Schick fest. Sie verlangt drei. Eins für sich und zwei für Quijote, der vor der Ladentür im Staub der Straße liegt und wartet.

Bettina schüttelt es beim Anblick der nicht ganz borstenfreien Schinkenkeule, die der Ladenbesitzer auf einen Marmortresen hievt, um mit frisch gewetzten Messern Serranoscheiben herunterzusäbeln. Sie beschränkt ihre Einkäufe auf Kekse und Wasser, obwohl Paolo mahnt, dass dieses Geschäft zwischen Burgos und ihrem Etappenziel Castrojeriz das letzte mit nennenswerter Auswahl sei und ihr Mittagsmahl aus einem Picknick am Wegrand bestehe.

Nelly kauft zur Sicherheit neben Tortillas noch Oliven und aus einer Laune heraus Wein.

Herberger wirft ihr einen warnenden Blick zu. »Es wird heute und morgen sehr heiß«, sagt er. »Wein ist keine so gute Idee.«

Demonstrativ packt Nelly eine zweite Flasche ins Körbchen. Sie hat Herberger wieder einmal gründlich satt. Wie ein Wachhund klebt er seit Burgos an ihren Fersen. Nach ihrem morgendlichen Kathedralbesuch mit Hermann und Martha hat er sie auf dem Vorplatz abgefangen und regelrecht ins Hotel abgeführt. Auch in Tardajos stand er neben dem Bus mit dem Jaguar parat, um sie zu diesem Laden zu eskortieren. Will er sie ärgern?

Vor dem Laden erläutert Paolo noch einmal die heutige Etappe. Sie führt die Pilgergruppe nach einer weiteren Busfahrt von Tardajos zu einem alten Kalk- und Ziegelbrennerdörfchen namens Hornillos del Camino. Gewandert wird nur eine insgesamt fünfzehn Kilometer lange Wegstrecke über ebene und eher monotone Kilometer, wie Paolo erläutert. »Dafür leichte zu gehen.«

In Hildegards Augen ist das Programm einmal wieder ungenügend und nicht fordernd genug. »Das ist ein ganz bedauerlicher Pfusch!«, empört sie sich. »Immer mehr Pilger kneifen vor dieser Herausforderung, nur weil sie ein bisschen Langeweile und Muskelkater scheuen. Ich nicht!«

Gutmütig bietet Paolo an, eine Verlängerungsetappe für sie und alle Meseta-Freunde ins Tagesprogramm einzubauen. Hildegard wirkt schon ein wenig besänftigt, doch als Herberger sich bereiterklärt, derweil das Kulturprogramm für alle anderen zu übernehmen und zu vertiefen, wird sie spontan vom Wandervogel zur Klosterfreundin.

»Schließlich gibt es morgen und bis León noch einmal hundertsechzig Kilometer Meseta«, stellt sie zum Ärger ihres Ernst-Theodors fest. Ihm behagt ganz und gar nicht, wie Herberger seine Hildegard immer wieder verzaubert.

Auch der Busfahrer möchte zur Tagesunterhaltung beitragen. Er verspricht einen schönen und äußerst musikalischen

Abend im heutigen Hostal von Castrojeriz. Dort ist er nämlich geboren und Mitglied von Dorfkapelle und Kirchenchor. Letzterer probt heute Abend für einen Auftritt in Santiago.

»Dafür zahle ich aber nicht extra«, vermerkt Hildegard spitz, während sie im Bus Platz nimmt.

Hermann und Martha erlauben sich dagegen die bescheidene Frage, ob eine Probenteilnahme erlaubt sei.

»*Cierto*«, versichert der Fahrer und fragt nach Hermanns Stimmlage.

»Sie wollen, dass ich mitsinge?«

»*Cierto.*«

43.

Hornillos ist ein Dorf aus Stein. Sie erreichen es am späten Vormittag. Jetzt, um kurz nach elf und zwei Stunden vor der allgemeinen Siesta, geht es noch verhältnismäßig geschäftig zu. Alte Frauen erledigen ihre Einkäufe, und eine Dreschmaschine rumpelt über das sonnenwarme Pflaster. Nelly und Hermann begutachten fachmännisch die Bauweise des Museumsstücks und diskutieren die Anfänge des Dieselmotors.

Frau Schick wundert sich über die aufkeimende Freundschaft. Doch sie kann gönnen, und Nelly gönnt sie jedem, der sie verdient hat. Außer Javier. Dem werden sie heute ein Schnippchen schlagen und darum keinesfalls in Castrojeriz übernachten, wo der Depp wahrscheinlich schon wartet. So wie gestern in Burgos.

Dieser Herr Taugenichts scheint die geplante Strecke und die gebuchten Sterne-Hotels ebenso gut zu kennen, wie er Señor Viabadel kennt. Wie gut, dass sie Quijote mitgenommen hat! Erstens braucht sie ihn als Wachhund und zweitens als Verbindungsglied zwischen sich, Bettina und dem Basken, auf den man Bettina momentan besser nicht anspricht. Da schnappt sie nur über und ist beleidigt. Aber irgendwann wird es sein, wie es Wilhelm Busch in seinem Gedicht *Kritik des Herzens* beschreibt: »Sie mussten sich lange quälen, doch schließlich kam's dazu, sie konnten sich endlich vermählen, nun haben die Seelen Ruh.«

Ja, ja, das wird schon, da ist sich Frau Schick sehr sicher. Sie lächelt Quijote aufmunternd zu.

»Wuff«, bedankt sich der Hund. Offensichtlich begreift er Frau Schicks Lächeln als Erlaubnis, voranzupreschen, statt brav bei Fuß zu trotten. Die Gruppe folgt dem tobenden Tier die schnurgerade Dorfstraße hinab.

Die Pilgerstäbe und Wanderstöcke klackern auf Stein. Vorbei geht es an schwarzgewandeten Frauen, die in den Hauseingängen schwatzen, vorbei an einer aus weißem Ytong zusammengeschusterten würfelförmigen Bar. Davor versorgt eine spanische Krankenschwester die Blasen einiger Langzeitpilger, während die angeschlagenen Wallfahrer eisgekühlte Getränke hinunterstürzen.

Die Bar heißt »469 Kilometer« und beziffert damit die ungefähre Distanz von hier bis Santiago. Eine Falschangabe, wie Paolo leise korrigiert. Es sind nämlich noch gute vierhundertsechsundachtzig Kilometer.

»Und wir schaffen heute gerade mal fünfzehn«, mault Ernst-Theodor.

»Nein, insgesamt fast vierzig«, tröstet ihn die von Herberger besänftigte Hildegard. »Wir haben ja den Bus.«

»Da braut sich ein Unwetter zusammen«, sagt Frau Schick.

Bettina sucht den kristallklaren Himmel ab. »Wo?«

»Na zwischen den beiden«, erklärt Frau Schick und deutet nach vorn auf Hildegard und Ernst-Theodor. »Ich bin sehr gespannt, wie das endet. Ich hoffe nur, dass wir rechtzeitig in Deckung gehen können.«

Am Ende der schnurgeraden Dorfstraße verabschiedet sich Herberger, um wie gewohnt mit dem Jaguar vorauszufahren. Sogleich wirkt Ernst-Theodor entspannter. Wenig später begrüßt eine Nonne in weißem Habit Paolos Gruppe. Sie verteilt Marienbildchen an alle Pilger und wünscht »*Buen camino*«.

So billig die Blechbildchen auch sein mögen, sie erfreuen

sogar Hildegard. »Da bekommt man das Gefühl, diesen Weg nicht nur für sich selbst zu gehen«, sagt sie gerührt.

»Und nicht völlig umsonst«, murmelt Frau Schick.

Einige Minuten später haben sie endlich das offene Land erreicht und wandern auf einem ungeteerten Sträßchen hinein in endlose Weite, immer geradeaus über staubende Feldwege, die wie mit dem Lineal gezogen sind. Die Felder sind abgeerntet, das Auge muss sich mit gelben Stoppeln bis zum Horizont, ein paar Wellen im Feld und hie und da mit Storchennestern auf den Schornsteinen verfallener Lehmziegelkaten begnügen.

Frau Schick behagt die freie Fläche so wenig wie die vielen spitzen Steinchen, die sich in die Schuhsohlen bohren. Das soll eine leichte Strecke sein? Es ist nicht die sengende Sonne, die sie stört, obwohl diese im Mittelalter manchen Pilger verdursten ließ. Frau Schick stört, dass sie der Landschaft so ausgeliefert ist. Schutzlos fühlt sie sich, als sei sie obdachlos.

Die Bäume werden immer rarer, die vereinzelten Büsche sind karges Krüppelwerk; bald ist Frau Schick froh um jede Distel, die dieser Wüstenei ihre Existenz abtrotzt. Dem Weizen zuliebe scheinen die Bauern hier mehr als großzügig mit Unkrautvernichtern zu arbeiten.

Nelly aber scheint die Weite zu lieben, sie läuft in strammem Schritt voraus, hüpft gelegentlich und freut sich wie ein Kind, als Paolo »Guck mal« sagt, um ihr einen Wiedehopf zu zeigen. Mit Hermann summt sie *Die Vogelhochzeit* an, und sie erläutert dem falschen Jesus den Text vom Wiedehopf mit dem Blumentopf und dem Sperber als Brautwerber.

Die Gute verdrängt einmal wieder völlig, dass Idylle auch gefährlich trügen kann. Sie läuft zu oft mit offenem Herzen durch die Welt und gelegentlich direkt ins Messer, fürchtet Frau Schick. So wie sie selbst, als sie noch Pöhlwitzens kleines

Röschen war, nicht ahnte, was noch kommen sollte, und hartnäckig geglaubt hat, glücklich zu sein sei ihr Geburtsrecht.

Frau Schick linst misstrauisch gen Himmel, an dem sich die weißen Kondensstreifen von Urlaubsfliegern kreuzen.

Wortlos gesellt sich Bettina zu ihr. Frau Schick ist sie hochwillkommen. Diese Bettina ist gar nicht dumm oder entwickelt dank ihres Esoterikknalls eine Art zweites Gesicht. Sie scheint zu wissen, dass Frau Schick gerade zum Röschen zusammenschrumpft, das Feindbeschuss fürchtet, weil es durch allzu offene und nackte Landschaft wandern muss. Albern, albern, aber leider ganz tief in ihre Seele eingebrannt.

Bei Paul war es genau umgekehrt – ihm war in engen oder überfüllten Räumen nicht wohl. Er hat in jedem Restaurant nach dem Notausgang Ausschau gehalten, weil er im Krieg als Junge und Mitglied eines Kölner Räumkommandos so oft in getroffene Bunker oder Keller musste, um Leichen zu bergen und hier und da Schätzchen für Papas Schrotthandel abzuzweigen. Er hatte sich freiwillig gemeldet, wollte eigentlich viel lieber als Soldat ins Feld, war aber im Sommer 1944 erst knapp fünfzehn und damit zu jung.

Ach Paulchen, Paulchen, der war vielleicht eine Marke! Anfang März 1945 ist er kurz vor Morgengrauen von zuhause ausgerissen, um sich Hitlers letztem Aufgebot anzuschließen, das sich am Bahnhof Eifeltor vor Köln sammeln musste, um die Ardennenlinie zu verteidigen. Paulchen ist auf einem klapprigen Rad vom Schrottplatz seines Vaters und mit dem geklauten Gewehr aber nur bis zum Kölner Neumarkt gekommen. Denn der Vater ist dem Paulchen auf Pantoffeln hinterhergelaufen, dann haben die Sirenen geheult und das Lametta regnete herab, mit dem die Bomberpiloten die Abwurfstellen markierten. Paulchen hat wie verrückt in die Pedale getreten, aber sein Vater hat ihn trotzdem eingeholt, ihn vom Rad gerissen und mitten auf dem Neumarkt so vertrimmt, dass Paul danach gerade noch in den nächsten Bunker humpeln konnte. Dadurch hat er überlebt, auch wenn er erst später verstanden hat, dass die väterliche Tracht Prügel ganz und gar von Herzen kam.

Ja, manchmal kann Liebe verdammt wehtun. In Frau Schicks Augen tut sie das meistens, wenn nicht immer.

»Haben Sie schon einen Plan, wo wir heute übernachten?«, reißt Bettina sie mit einem erstaunlichen Gespür für den richtigen Zeitpunkt aus den düsteren Gedanken.

»Selbstverständlich! Ich habe mich gestern bei einem äußerst fröhlichen jungen Pilgergrüppchen informiert. Die schwärmten von einem Ort, der irgendwie nach ›lustig wie Bolle‹ klang. Paolo kennt ihn. Muss ein herrlich einsames Fleckchen sein.«

»Und wo ist das?«

»Nicht mehr weit, nehme ich an. Der Ort liegt sechs Kilometer hinter dem Hörnerkaff mit Kamin. Paolo will Bescheid sagen.«

»Hörnerkaff?«

»Na dieses Dorf, das wir eben verlassen haben.«

»Ach, Sie meinen Hornillos del camino.«

»Sag ich doch. Ich kann mir all diese Namen nur mit Eselsbrücken merken.«

»Eine hervorragende Idee«, lobt Bettina lachend. Sie kommt langsam wieder in Schwung, zumindest in Sachen allgemeine Menschenliebe. Und in Sachen Hundeliebe ebenso. Sie liebkost mit Hingabe Quijote, der sich ihnen nach einem ausgedehnten Feldausflug und erschöpfender Krähenjagd wieder anschließt. Die Jagd war erfolglos, der Hund braucht Trost und ist damit bei Bettina goldrichtig.

Knapp eine Stunde später erklingt endlich Paolos wohlvertrautes »Guck mal«. Er deutet auf ein kleines Wäldchen und einen Abzweig, der links ins Feld führt. Die Oase von San Bol. Er erzählt von einer Wunderquelle im Wäldchen, die gar kein Wunder ist und trotzdem bei Pilgern sehr beliebt, weil sich ein gewiefter Pilgerwirt vor wenigen Jahrzehnten eine Legende dazu ausgedacht hat, um den Betrieb in Schwung zu bringen. Ein Fußbad im Wasser von San Bol, so die moderne Mär, soll bis Santiago vor Blasen schützen.

»Wenn das ein Märchen ist, müssen wir da ja wohl nicht hin«, murrt Ernst-Theodor. »Ich bin dafür, weiterzugehen.«

»Aber da kommt doch Herberger«, wendet Hildegard ein. »Der hat über San Bol sicher viel Interessantes zu berichten.« Entschlossen und federnden Schrittes stapft sie ihrem Helden entgegen, der aus dem Wald auftaucht. Ernst-Theodor folgt knurrend, der Rest der Truppe dankbar und in Hoffnung auf eine Schattenpause.

»San Bol«, erläutert Herberger auf dem Weg zum Wäldchen, »ist, besser: war der Name eines Klosters und eines Dörfchens, das von seinen Bewohnern um 1500 aufgegeben wurde. Möglicherweise wegen einer Epidemie oder weil die Judenverfolgung die Einwohner bedrohte. Nur wenige bauliche Reste erinnern heute an die Existenz von San Bol, aber die Quelle und eine in den Neunzigerjahren errichtete Herberge locken heute noch vereinzelte Pilger an.«

Die Gruppe taucht in den Schatten eines lichten Wäldchens ein. Am Rand eines saumschmalen Pfades erreichen sie ein gemauertes Becken, das schwimmbadblau gestrichen ist. Zwei Pilger waschen im Überlauf erst ihr Blechgeschirr, dann ihre Füße und Socken.

»Igitt!«, entfährt es Hildegard.

»Wieso?«, fragt Frau Schick. »In umgekehrter Reihenfolge

wäre es doch weit unappetitlicher. Ich finde es sehr, sehr schön hier. Ganz ideal für eine Übernachtung.«

Ihr Blick sucht eine putzig wirkende Herberge aus Natursteinen und blassblau gekälkten Mauern, auf denen eine selbstgemalte Jakobsmuschel prangt. Auf dem Dach eines winzigen Nebengebäudes thront eine gemauerte Kuppel, die aussieht wie ein Sandkuchen, den ein Kind mit Förmchen draufgebacken hat. »Wirklich einladend«, urteilt Frau Schick. »Herberger, laden Sie unseren Proviant aus!«

Herberger unterbricht seinen Vortrag über die eisigen Temperaturen des Quellwassers, das im harten Winter der Meseta sogar gefrieren kann. Er wirft Frau Schick einen verärgerten Blick zu. »An der Herberge von San Bol scheiden sich die Geister, gnädige Frau.«

»Ach ja?«

»Ach ja! Für die einen ist diese Herberge ein letztes Paradies verlorener Hippieträume – es ging hier lange sehr locker zu, die durchgefeierten Nächte bei Lagerfeuer und Musik sind Legende. Für andere ist diese Unterkunft ein Nest für Freaks und hartgesottene Spinner. Die zuständige Gemeinde hat die Herberge mehrfach geschlossen, vor allem nachdem eine Gruppe Drogensüchtiger das Gebäude monatelang besetzt und Pilger belästigt hatte.«

»Das muss ich mir näher anschauen«, entscheidet Frau Schick, die von Herbergers Ausführungen alles andere als abgeschreckt ist. »Lagerfeuer klingt prachtvoll, und gegen ein bisschen Nachtmusik habe ich auch nichts einzuwenden.«

»Wenn sie bis drei Uhr morgens anhält, werden Sie Ihre Meinung ändern«, versichert ihr Herberger. »Außerdem verfügt dieses Refugio weder über einen Wasseranschluss noch über eine Toilette. Und die Betten stehen quasi in der Küche.«

»Keine Toilette!«, schrillt Hildegard aufgebracht. »Wie soll denn das gehen?«

»Mit Disziplin oder Diskretion und ausreichend Klopapier«, verteidigt Frau Schick ihr Traumdomizil. »Meine Freundinnen und ich sind doch keine Zimperliesen. Bestimmt hat der Herbergsvater eine Schaufel.«

»Man hat die Albergue gerade renoviert«, wirft Paolo ein. »Vielleicht es gibt jetzt eine WC.«

Herberger wiegt zweifelnd den Kopf. »Kaum, es gibt keine Wasserzufuhr.«

Frau Schick nimmt unbeirrt Kurs auf die Herberge. Nelly und Bettina folgen zögernd, während Ernst-Theodor Herbergers Angaben zur Quellentemperatur prüft und verwirft. »Das Wasser hat doch mehr als zehn Grad! Mindestens zwölf, würde ich sagen.«

»Woher willst du das denn wissen?«, tadelt Hildegard. »Du hast ja nur den Zeigefinger reingesteckt, der ist doch kein Thermometer.«

»Mein Temperaturempfinden ist hochentwickelt. Als Geograph bin ich schließlich Naturwissenschaftler, auch wenn die Herren Geologen sich gern für etwas Besseres halten. Wir Geografen sind Experten für exakte Maßeinheiten. Die ganze Welt haben wir vermessen!«

»Steck lieber deine Füße ins Wasser, vielleicht hilft das gegen dein aufkeimendes Hühnerauge und deine grauenhafte Laune«, kontert Hildegard hart.

Herberger überlässt den Streithähnen die Quelle kampflos. Er setzt sich mit Paolo, Hermann und Martha auf ein Mäuerchen und nimmt dankend einen Apfel entgegen.

»Freaks und Spinner. Pah!«, brummt Frau Schick und schaut sich zufrieden im winzigen Stockbettensaal der Herberge von San Bol um. Zwölf Liegeplätze in sechs Betten zählt sie und findet es keineswegs schlimm, dass sie dicht an dicht und direkt neben der Küchenzeile stehen. Die freiliegenden Natursteinmauern sind sehr hübsch, und nebenan gibt es sogar einen kleinen Speiseraum, den Nelly und Bettina unter Entzückungsrufen begutachten.

Na also! Hat sie mal wieder den richtigen Riecher gehabt. Sie betritt den Speiseraum und registriert erfreut einen nagelneuen runden Holztisch mit hochlehnigen Stühlen. Richtig bequem sehen die aus. Sie entscheidet sich für ein Probesitzen und ein Probeaufstehen, was in ihrem Alter ja viel entscheidender ist. Klappt tadellos.

Der Hospitalero poliert gerade die Tischplatte und fragt ganz reizend und auf Englisch, ob ein Kaffee erwünscht sei.

»*Filtro?*«, fragt Frau Schick und nimmt erwartungsvoll Platz.

»*You mean real filtered coffee?*«

Filtered coffee klingt wunderbar. So stimmt Frau Schick begeistert zu. »*That would be fantastic.*«

»*I'll serve it in a minute*«, verspricht der Herbergswirt und sucht die Küchenzeile auf.

»Herberger ist ein Schlappohr«, sagt Frau Schick äußerst zufrieden. »Und endlich mal falsch informiert. Na, auch ein Doktor darf mal irren. Ich finde diese Unterkunft sehr vielversprechend. Und so schön leer.«

»Das dürfte sich noch ändern«, befürchtet Bettina.

»Mehr als sechs Leute werden hier heute nicht schlafen, das wird zu eng«, bestimmt Frau Schick. »Und wir nehmen keine, die erst die Füße und dann das Geschirr in der Quelle waschen. Einverstanden?«

»Frau Schick, hier sind Sie nicht die Chefin«, mahnt Nelly. »Diese Herberge ist zwar privat geführt, aber sie hält sich sicherlich an das eherne Gesetz aller Camino-Herbergen: Aufgenommen wird jeder Pilger, solange Platz ist, und das lediglich gegen eine kleine Spende und in Notfällen auch umsonst.«

Frau Schick lehnt ihre Wanderstöcke an den Stuhl und macht es sich bequem. »Das ist mir durchaus bewusst, liebe Nelly, aber bei sechs Schlafgenossen muss Schluss sein. Drei Fremde akzeptiere ich. Den Rest vertreiben wir mit roten Bettwanzen. Eine grauenhafte Plage, die Biester. Wer Pech hat, holt sich dank der Bisse einen hässlich juckenden Ganzkörperausschlag.«

»Bettwanzen!«, kreischt Bettina. Ihre Tierliebe hat offenbar Grenzen.

»Nun stellen Sie sich doch nicht so an!«

»Nicht anstellen? In jedem Pilgerführer wird vor dieser Plage gewarnt und eine Matratzenkontrolle empfohlen. Diese Blutsauger nisten sich in jedes Gepäckstück ein und sind nur von professionellen Kammerjägern zu beseitigen.«

Frau Schick nickt. »In der Tat. Nur gut, dass es hier keine gibt. Aber wie Sie schon sagten, wird in jedem Pilgerführer vor ihnen gewarnt, und diese Warnung werden wir heute großzügig an alle Bettensucher in San Bol weitergeben, die die Zahl drei überschreiten.«

Nelly kann sich ein Grinsen kaum verkneifen. »Frau Schick, dass wäre aber böse gelogen und sicher nicht im Sinne der Nächstenliebe.«

»Das ist es sehr wohl«, sagt Frau Schick. »Ich schnarche nämlich ganz grauenhaft, und mir tun alle Menschen leid, die ich um den Schlaf bringe. Sehr leid sogar. Bettina, ich hoffe, Sie haben ausreichend Ohrstöpsel dabei. Ah, da kommt ja mein Filtro.«

Frau Schick kramt nach ein paar Scheinen. Der Hospitalero wehrt eine Weile ab, akzeptiert ihr Geld schließlich aber als ausdrückliche Spende für notleidende Wallfahrer. Im

Gegenzug verspricht er, am Abend seine Reispfanne mit Huhn zu kochen. Eine Reispfanne, die nur ausgesucht netten Pilgern zuteilwerde und in ungezählten Camino-Blogs des Internet weltweite Berühmtheit erlangt habe. Stolz verweist der Hospitalero noch auf eine kleine Fotogalerie, die das wechselvolle Schicksal der Albergue von den Anfängen – ihrer Zeit als Hippie-Geheimtipp und zweifelhafter Drogentreff – bis heute dokumentiert.

Nelly und Bettina vertiefen sich ins Fotostudium, während Frau Schick ihren Kaffee genießt. Ganz vorzüglich ist der und Grund genug, in San Bol zu bleiben. Dieses Fleckchen Erde ist wunderbar weit ab vom Schuss und so klein, dass Quijote es problemlos von außen bewachen kann, wenn der reizende Hospitalero am Abend abschließt und sich auf den Heimweg ins nächstgelegene Dorf macht. Adiós, Herr Tosantos!

»Mein Gott.«

Frau Schick fährt herum. »Was ist?«

Nelly steht ganz dicht vor einer gerahmten Gruppenaufnahme, ihre Nase klebt beinahe am Glas. »Das ist er!«

»Wer?«, fragt Frau Schick scharf.

»Er«, piept Nelly. »Er war hier! Er war tatsächlich hier.«

»Wer?«, will auch Bettina wissen.

»Wann?«, fragt Frau Schick.

»1992«, entziffert Bettina das neben das Bild gekritzelte Datum. »Wirklich sehr interessante Augen und sehr eindrucksvolle Rastalocken. Sieht aus wie ein Schauspieler. Ist er einer? Es sollen ja inzwischen jede Menge Berühmtheiten hier gewesen sein. Hat ein bisschen was von Johnny Depp als Pirat der Karibik oder, nein, halt!, er erinnert mehr an – wie heißt noch der Schauspieler, der mal den Zorro gespielt hat und mit dieser älteren Alkoholkranken verheiratet ist.«

»Antonio Banderas«, sagt Nelly und wird blass. Sie entschuldigt sich hastig und verlässt fluchtartig den Raum.

»Aber, das ist doch kein Grund zur Panik!«, ruft Bettina ihr nach.

Nein, aber es ist ein Grund, San Bol schleunigst von der Liste akzeptabler Unterkünfte zu streichen, urteilt Frau Schick. Schade um den Kaffee, schade um die Reispfanne und gut, dass sie Dosensuppen eingepackt hat. Es sieht ganz danach aus, als warte eine Nacht unterm Sternenzelt auf sie.

»Wir gehen dann besser mal.«

»Aber warum denn nur?«, wundert sich Bettina. »Wer ist dieser Mann denn eigentlich?« Sie zeigt auf das Foto.

Frau Schick betrachtet es flüchtig. Das Foto stammt eindeutig aus der Periode, in der San Bol als Drogentreff berüchtigt war. So glasige Augen bekommt man entweder nach sehr viel Hochprozentigem oder von etwas, das sie selbst nie probiert hat. Verteufelt hübsch ist dieser Herr Tosantos trotzdem und wird es wohl noch heute sein. Das kennt man von Alain Delon und Omar Sharif – egal wie viele Exzesse sie sich leisten, solche Männer sind selbst mit verwüstetem Gesicht und völlig verlebt bis an ihr Lebensende brandgefährlich. Arme Nelly. Schöne Männer sind die schlimmsten.

44.

Kastiliens Meseta nimmt zu Frau Schicks Ärger kein Ende. Vier Kilometer geht es nach San Bol weiter durch Sand, Steine, braune Erde und sonnenverbrannte Felder. Ein steter Wind bläst ihnen entgegen und treibt Sand und Weizenspreu vor sich her; beides nadelt in spitzen Stichen auf die Gesichter, die nackten Beine und Arme der Wanderer herab. Die Jacken flattern wie lose Segel, die Haare tanzen. Als Hildegard ihre Wasserflasche öffnet, fängt sich der Wind darin und pfeift sein höhnisches Lied. Martha hält Hermann sehr fest bei der Hand. Es geht bergab. Als Paolo das Örtchen Hontanas ankündigt, reißt ihm der Wind den Namen aus dem Mund und zerfetzt ihn in tausend Schnipsel. Ein »Guck mal« verkneift er sich. Von Hontanas ist weit und breit nichts zu sehen.

Das ist kein Wunder, denn Hontanas hat sich in einer Senke versteckt, aus der nicht einmal der Kirchturm herausragt. So nimmt die Pilgergruppe die zusammengekauerten Häuser erst wahr, als sie den Ortseingang erreicht hat. Wie langsam hier die Zeit vergeht, erkennt man an den bedächtigen Gesten und dem gemächlichen Gang der wenigen Bewohner. Für Hektik sorgt allein Quijote. Der schwarze Riese gönnt sich nach einem Schinkenbrot ein Scharmützel mit struppigen Dorfkatzen. Es wird ein kurzes Gefecht, und Quijote braucht anschließend zum Trost ein weiteres Schinkenbrot und einen Verband am Ohr.

»Zuviel Safranchappi«, schimpft Frau Schick und beginnt

an seiner Befähigung zum Wachhund zu zweifeln. Nachdem sie in einer Pilgerherberge Kaffee und Wasser bestellt haben, lässt sie Nelly nach Schlafplätzen für sich und ihre Damen fragen. Es sind keine mehr frei. Also heißt es weitermarschieren.

Frau Schicks Hoffnung auf ein ihr genehmes und für Nellys Sicherheit annehmbares Nachtquartier in freier Natur sinkt. Der Wind gibt einen Vorgeschmack darauf, was eine Nacht unter freiem Himmel in der Meseta bedeuten kann. Nichts Gutes. »So viel Landschaft und kein Platz zum Schlafen drin«, murrt Frau Schick.

»Schauen Sie nur, da hinten kommen wieder Bäume«, tröstet Bettina sie.

»Was man hier so Bäume nennt«, brummt Frau Schick.

Doch die Landschaft wird wirklich lieblicher, der Wind schläft ein, und Paolo führt sie auf ein geteertes Sträßchen, das den Füßen nach der langen Stolperstrecke guttut. Trotzdem macht Frau Schick sich Sorgen. Die unbekümmerte Nelly ist in den letzten Stunden einer grübelnd und einsam dahinwandernden Frau gewichen, die wie von schwerer Last gebeugt mühsam einen Schritt vor den anderen setzt. Still wie Hermann und Martha. Und steinalt. Dabei trägt die gebeugte Nelly kaum etwas im Rucksack.

Gegen die Zentnerlasten, die Nelly auf der Seele liegen, hilft selbst der schöne Satz »Ich gehe« nicht mehr. Und das nur, weil sie Javier auf einem Foto entdeckt hat – einen jugendlichen Javier, einen hinreißenden, einen verletzlichen Javier auf nicht ungefährlichen Abwegen, den sie gern vor sich selbst beschützen würde. Und obwohl sie das ganz genau gesehen hat, hat ihr dummes Taubenherz dennoch wild mit den

Flügeln geschlagen, und sie hat gespürt, dass sie sich auch vor vielen Jahren in diesen Mann verguckt hätte. Immer wieder, ein Leben lang. Hoffnungslos verguckt.

Ja, schon in jungen Jahren hätte sie Javier brennend begehrt, auch wenn sie gewusst hätte, dass ihr eine eher schreckliche Form der Liebe bevorstehen würde, eine, die sinnlos verklärt, die verzehrt und blind macht. So blind, dass die Welt am Ende jede Farbe verliert und alles darin unsichtbar wird, bis auf das Gesicht eines ganz bestimmten Menschen.

Mit Bodenhaftung hat ein solches Gefühlsleben nichts zu tun, und der Absturz folgt stets von allein. Ein Mal, zwei Mal, drei Mal und dann immer schneller, bis einem schlecht davon wird und man endlich erwachsen ist. Nur Nelly hat weitergemacht, obwohl ihr bei Javier von Anfang an schlecht war. Mit achtundvierzig Jahren und wider alle Vernunft.

Nelly mag sich selbst nicht, vor allem ihre hartnäckige Schwäche für vielversprechende Mistkerle nicht. Die hat sie immer schon gehabt, und vorhin in San Bol hat sie, wenn auch nur sekundenlang, wieder diese unausrottbare Sehnsucht gespürt, ganz närrisch in Javier verliebt sein zu dürfen. Aber das kann nicht gehen, das wird nicht gehen, denn am Ende wird sie wieder abstürzen. Allumfassend zu lieben und damit abzustürzen – das gehört bei ihr untrennbar zusammen.

Das ist nun mal so.

Nelly hält inne. Nanu, der Satz ist gar nicht schlecht. Sie wandelt ihn ein wenig ab. *Es ist, wie es ist. Es ist, wie es ist. Es ist, wie es ist.* Sie hat ein neues Mantra und nicht die leiseste Ahnung, warum dieser Satz sie so beruhigt, ihre Augen wieder für die Landschaft öffnet und ihre Ohren für das Rauschen und den Vogelgesang in den Bäumen und für die Spechte, die hundert Jahre alte Stämme beklopfen.

Es ist, wie es ist. Es ist schön hier, und es wird mit jedem Schritt schöner. Das geteerte Sträßchen mäandert gemächlich abwärts. Am Horizont leuchten blaue Tafelberge. Die Bäume werden dunkler, und der Weg nimmt eine Biegung.

»Guck mal«, sagt Paolo.

Nelly schaut hoch und kann nicht fassen, was sie sieht. Über der Straße erhebt sich ein steinernes Tor, schwindelnd hoch wie eine Kirche und doch nur eine Ruine. Wie betende Hände umschließen die weißen Steinbögen den blauen Himmel und die Landschaft. Der Camino geht mitten hindurch. Und auf ihm zwängt sich eine Herde von Schafen blökend und bähend durchs Tor und ergießt sich über den Weg.

Paolo kehrt dem mächtigen Tor den Rücken zu, breitet die Arme aus, sagt nur: »San Anton«, während die Schafe zu beiden Seiten an ihm vorbeiströmen. Die Sonne setzt eine Aureole aus Licht in seine Locken.

Die Wandergruppe versinkt staunend bis über die Knie in Schafswolle, Schafgeruch und Schafgeblök.

»Der gute Hirte«, murmelt Bettina. »Was für ein Bild! Aber die Tiere müssten dringend geschoren werden bei der Hitze.«

»Allerdings. Außerdem riechen sie streng«, findet Ernst-Theodor, zieht sich vom Weg zurück und sucht in seiner Tasche nach dem Fotoapparat.

»Lass doch endlich mal die Knipserei!«, zischt Hildegard. »Schau einfach hin, und genieße den Augenblick.«

»Ich mag keine Schafe«, mault er.

»Warum willst du sie dann ablichten?«

»Will ich ja gar nicht. Mich interessiert nur San Anton.«

Nachdem die Herde und ein alter Schäfer mit Krummstab die Gruppe passiert haben, legen alle die Köpfe in den Nacken und betrachten die erhabene Ruine einer gotischen Kirche und eines Klosters, die links vom Weg aufragen.

»Perfekt«, raunt Frau Schick.

»Ja, es handelt sich um eine selten herrliche Ruine«, bestätigt Ernst-Theodor. »Der Konvent von San Anton ist ein Wahrzeichen des Weges, ein Triumph der Ewigkeit über...«

»Das meine ich nicht«, unterbricht ihn Frau Schick unwirsch. »Man kann hier schlafen! Sogar auf Englisch.«

»Englisch schlafen?« Ernst-Theodor ist irritiert.

»Sie Knallkopf! Ich meine das Schild! Das neben dem steinernen T. Es wirbt mehrsprachig für eine Übernachtung in der Ruine.«

»Das T ist ein Tau, das Symbol des Antoniterordens«, erläutert Ernst-Theodor beleidigt. »Ich finde es außerordentlich bedauerlich, diese herrliche Fassade mit einem handgepinselten Schild zu verschandeln, das von einem Vierjährigen zu stammen scheint. Die aufgemalten Mönche mit Zipfelmützen sehen ja aus wie die sieben Zwerge.«

»Du hast heute aber auch an allem etwas auszusetzen«, mäkelt Hildegard und hält schon wieder nach Herberger Ausschau.

»Entschuldige mal, aber diese Zipfelmützen-Männchen sind albern!«, empört sich ihr Gatte. »Die Antoniter zählten zu den ehrwürdigsten Orden des Mittelalters, und die Fratres galten als ausgesprochen fromm und heilkundig.«

»Wofür waren die denn gut?«, mischt sich Bettina freundlich ein.

»Wer?«

»Die Fratres.«

Sichtlich froh, endlich einmal gefragt zu sein, antwortet Ernst-Theodor ausführlich. »Die Antoniter haben Menschen mit Mutterkornvergiftungen behandelt und sogar heilen können. In einem Getreideanbaugebiet ist das eine sicher hochwillkommene Fähigkeit. Das Antoniusfeuer war nämlich eine gefürchtete Krankheit, die aufgrund einer Pilzvergiftung Gliedersterben und schwere Halluzinationen auslöste. Natürlich haben die Antoniter hier am Camino auch Pilger beherbergt und beköstigt.«

»Hoffentlich nicht mit Mutterkorn«, brummelt Hildegard.

45.

Frau Schick schwelgt im Glück. Sie hat recht gehabt. Das allein macht sie gewöhnlich schon zufrieden, aber San Anton ist nicht nur ein perfektes Versteck, sondern eine hinreißende Kulisse für eine Campingnacht in bester Pilgertradition.

Über dem Konvent ist inzwischen der Mond aufgegangen. Kein voller, aber die kleine Delle stört nicht. Er taucht die Ruine in silbernes Licht. Frau Schick würde es knochenbleich nennen, weil die weißen Gewölberippen sie an ein Walfischskelett und Gruselgeschichten erinnern, aber der poetische Rest ihrer Übernachtungsgefährten sieht das anders, silbern eben. Frauenherzen sind gefährlich unbelehrbar.

Nelly, Bettina und eine junge Amerikanerin mit dem hübschen Namen Hope sitzen im dachlosen Kirchenschiff und bestaunen die Milchstraße. Hope scheint nur darauf gewartet zu haben, dass sich mehr Pilger für eine gemeinsame Nacht in San Anton entscheiden, und hat sich sofort begeistert Frau Schicks Grüppchen angeschlossen. Nach Art der Amerikaner wollte sie gleich möglichst viel von ihr wissen. Und fand alles *great*.

Hope ist auf den Spuren von Shirley MacLaine unterwegs auf dem Jakobsweg und hat einen noch größeren Esoterikfimmel als Bettina. Sie spricht nicht mit Tieren, sondern mit Engeln, und die leben bei ihr nicht im Himmel, sondern unter Wasser, nämlich in Atlantis. Da spielen sie wahrscheinlich Tarot, kommentiert Frau Schick stumm. Eben hat Hope für Nelly nämlich die Karte der Liebenden gezogen. Ausgerechnet. Immerhin hat ihre neue amerikanische Freundin danach erklärt, dass die Karte der Liebenden eng mit der des Teufels verbunden sei, weil auf beiden Liebespaare zu sehen sind: einmal frei und dem Himmel zugewandt, einmal an Satans Thron gekettet.

Nach Frau Schicks Geschmack kommt auf beiden Karten zu viel Sex vor. Als ob es darum bei der wahren Liebe ginge! Paulchen und sie sind schließlich jahrelang ohne ausgekommen und waren doch wie Pech und Schwefel. Im Mittelalter hätten die Antoniter Hope wahrscheinlich zur Behandlung von Mutterkornvergiftung und Halluzinationen dabehalten.

Vor den drei Sternenguckerinnen flackert in einem schmiedeeisernen Korb ein Feuer, neben ihnen haben zwei ehrenamtliche Hospitaleros einen Holztisch aufgebockt. Er ist mit Brot, Käse, Nellys Wein, ihren Oliven und Frau Schicks Kerzen in Einmachgläsern gedeckt. Das sieht sehr schön aus. Selbst schuld, wer hier nicht bleiben will!

Zu Frau Schicks Erstaunen sind die meisten Wanderer weitergezogen. Von den zwölf Schlafplätzen, die San Anton in einer Art Behelfsbaracke anzubieten hat, sind nur die vier von Bettina, Nelly, Hope und ihr belegt. Nun gut, die Baracke und die Etagenbetten sind windschief und sicher nicht sturmfest, aber das ist doch kein Grund, die Segel zu streichen. Frau Schick hat schon weitaus schlechter geschlafen.

Die Behausung ist luftig, weil sie nach vorne völlig offen ist, sodass man bei Regen eine Plastikplane vorziehen muss. Dafür öffnet sich die Hütte direkt ins unbedachte Kirchenschiff und von dort in den wundervollen Himmel. Da könnte kein noch so prachtvolles Kreuzgewölbe mithalten, findet Frau Schick, und der Stall von Bethlehem erst recht nicht. Hach, was soll das denn jetzt?, fragt sie sich verwundert. Wir haben doch nicht Weihnachten.

Sie steht in einer Bretterbude, die direkt an das Bettenlager angrenzt und Andenkenshop und Küche in einem ist. In einer Vitrine hängen Tau-Kreuze aus Olivenholz, Heiligenbildchen, Muschelketten und geschnitzte Jakobspilger. Neben einem wackelnden Postkartenständer brummt ein Kühlschrank, und auf einem Tisch mit Plastikdecke hat Frau Schicks Campingkocher Platz gefunden. Daneben stehen ihre Suppendosen, die Herberger am frühen Abend mit dem Jaguar herchauffiert hat. Höchste Zeit, Essen zu kochen!

Frau Schick dreht am Kartuschenrädchen und reißt ein Streichholz an. Mit einem zischenden Geräusch fängt das Gas Feuer. Sie stellt ihren Blechtopf auf die blaugelben Flämmchen, öffnet drei Dosensuppen und kippt sie hinein. Zur Abrundung zupft sie Schmelzkäsescheiben in den simmernden Eintopf. Macht richtig Spaß, auch wenn sie nie gelernt hat zu kochen.

Das reizende dänische Studenten-Pärchen, das sich von Mai bis September ehrenamtlich um die Pilger von San Anton kümmert, hat Frau Schick zu ihren Dosensuppen noch ein Glas Würstchen spendiert. Mal sehen, wann sie die am besten dazugibt.

Am besten nie, stellt Frau Schick wenig später verärgert fest, nachdem sie von ihrer Eintopfkomposition mit Käsefäden gekostet hat. Die schmeckt ganz scheußlich nach altem Fisch. Wie konnte das passieren?

Frau Schick kramt ihre Brille aus ihrem kleinen Damenrucksack, fischt die leeren Dosen aus dem Müll und studiert eingehend die Etiketten. Auf einem sind Tomaten abgebildet, auf dem anderen etwas, das nach dicken gelben Erbsen aussieht, und auf der dritten Mais, dazu eine Sardine und – ach herrje, das hat sie ja vollkommen übersehen! – eine Katze, die glücklich die Sardine anschmachtet.

Frau Schick wird rot und stopft die Dose sehr tief in den Müll zurück. Sie wirft einen prüfenden Blick in den Topf. Also, nein, das geht nicht. Das eignet sich bestenfalls für Quijote. Der ist allerdings nirgends zu sehen, treibt sich bestimmt bei dem Wohnwagen der dänischen Hospitaleros herum, der am Straßenrand vor der Ruine geparkt ist. Da hat es vorhin lecker gerochen. Leckerer als bei ihr. Ob sie den Dänen heimlich etwas abkaufen soll? Nein, das geht gegen die Ehre. Schummeln, nur um anzugeben, gilt nicht.

Ihr Blick streift den aufgebockten Tisch im Innenhof. Käse, Salami, Oliven, Brot und Nellys zwei Flaschen Wein. Hope hat eine Hand voll Trauben beigesteuert. Dazwischen stehen ihre Kerzen in Einmachgläsern. Das sieht hübsch und üppig wie ein Rembrandt-Stillleben aus. Sie werden sich mit kalter Küche begnügen. Das muss reichen.

Bettina, Nelly und Hope scheinen auch nicht sehr hungrig zu sein, sondern sehen sich am Sternenhimmel satt. Hope füttert die beiden anderen seit einer Stunde mit indianischen Horoskopweisheiten. Nelly, so hat sie festgestellt, ist ein Puma, Bettina ein Frosch und Frau Schick ein Waschbär. An dem Punkt hat Frau Schick sich in die Küche verabschiedet. Waschbär, also wirklich! Der ist doch viel zu putzig, da bleibt sie lieber, was sie ist. Löwin natürlich. Außerdem glaubt sie an den Sternenspuk wirklich nicht. Der liebe Gott, falls es ihn gibt, ist doch kein Zoodirektor!

Frau Schick dreht die Gasflamme herunter und deckt ihren erbärmlichen Eintopf ab. Nur gut, dass sie die Würstchen noch nicht reingeschnipselt hat. Die schmecken auch kalt. Sie stapft mit dem Würstchenglas zum Holztisch und will gerade »Essen kommen!« rufen, als Autoreifen über den Kies knirschen. Eine Wagentür klappt auf, und eine aufgeregt plappernde Frauenstimme ertönt.

»Dreißig Jahre! Dreißig Jahre. Und fast keine Nacht getrennt. Dabei schnarcht er zum Gotterbarmen. Und dann schenkt er mir nicht einmal was zum Hochzeitstag. Mein Onyx ist gar nicht von Ernst-Theodor. Jetzt ist das Maß voll. Ich brauche endlich einmal eine Nacht nur für mich.«
Hildegard!
»Sie werden sich die Unterkunft mit vier Frauen teilen müssen. Und eine davon ist Frau Schick.«
Was soll das bitte heißen, Herr Herberger! Frau Schick schnaubt empört.
»Die ist immer noch besser als Ernst-Theodor und seine sogenannten Vorträge über den heiligen Anton. Bringt der doch glatt alle Heiligen durcheinander!«, zetert Hildegard.
Frau Schick hat es geahnt. Das sich bereits am Morgen anbahnende Eheunwetter muss sich im vier Kilometer entfernten Hostal von Castrojeriz kräftig entladen haben. Wenn sie richtig vermutet, über die Frage, um welchen Heiligen es sich beim Schutzpatron des Konvents Sankt Anton handelt. Dabei ist das doch ganz einfach. Es handelt sich selbstverständlich um Schwienes-Tünn und nicht um Klüngels-Anton. In Köln kann man die beiden ganz leicht unterscheiden: Der Namenspatron der Antoniter ist der Anton mit dem Schwein, das die Antoniter alljährlich für die Armen mästeten. Der Klüngels-Anton ist hingegen ein italienischer Heiliger, den man in Sachen Vergesslichkeit um Hilfe bittet, etwa wenn man die Brille verlegt hat. In Bayern heißt er darum Schlamper-Toni.
Ernst-Theodor hat offenbar – ganz richtig – für den Heiligen mit dem Schwein plädiert, während Hildegard – auf Krawall gebürstet – für den Sachensucher Partei ergriffen hat. Und Herberger war am Nachmittag nicht da, um den Streit zu schlichten. Dafür betritt er jetzt mit Hildegard zusammen die Freiluftkirche. Dort stören Hildegard, die Plapperbüchse, und

der zutiefst genervte Herberger die stimmungsvolle Kulisse erheblich, vor allem weil Hope und Bettina angeregt haben, nach dem Essen über das Thema Glück zu meditieren. So etwas hat Frau Schick noch nie gemacht, aber weil Nelly so begeistert zugestimmt hat, will sie es ebenfalls unbedingt einmal ausprobieren.

»Wo ist der Hospitalero?«, herrscht Hildegard Bettina an. »Ich brauche Bettlaken.«

»Gibt es nicht.« Frau Schick geht energisch dazwischen und knallt das Würstchenglas auf den Tisch, bevor Bettina womöglich auf die Idee kommt, Hildegard ihren eigenen Schlafsack anzubieten.

»Aber die werden hier doch wenigstens Decken für die Matratzen haben«, insistiert Hildegard. »Wegen der Wanzen.«

»Es gibt nur Pferdedecken. Die kratzen allerdings fürchterlich und wurden seit Monaten nicht gewechselt. Und Sie haben ja schon von den bissigen Wanzen gehört. Ohne Schlafsack sind Sie hier leider verloren.« Das ist gelogen, aber Frau Schick ist bereit, alles zu tun, um den Abend zu verteidigen. Hier in San Anton hat Hildegard nichts zu suchen.

»Einen Schlafsack habe ich«, kontert Hildegard spitz und zieht eine Wurst in Polyesterhülle aus dem Rucksack. »Der ist sogar polarfest. Und ich habe Insektizidspray dabei.«

Hope stellt flüsternd eine Frage. Nelly beantwortet sie ebenfalls flüsternd. Es scheint sich um eine Kurzvorstellung von Hildegard, Frau Schick und den Konflikt zu handeln, denn Hope versucht sofort, ihn mit einem versöhnlichen Lächeln zu schlichten. Am Ende sagt sie: »*Welcome, God bless you.*«

Verräterin! Zur Hölle mit der amerikanischen Gastfreundschaft und diesem Engel von Atlantis! Mühsam unterdrückt Frau Schick ihren Ärger und weist zur Baracke. »An der

Wand ist noch was frei, aber ich hoffe, Sie haben schon gegessen. Wir haben nicht viel.« Sie macht eine kurze Pause. »Außer meinem Eintopf, den können Sie gerne haben.«

»Keine Sorge, Frau Schick«, wirft Herberger ein, bevor Hildegard etwas sagen kann. »Ich habe in unserem Hostal – das übrigens vorzüglich ist – etwas für Sie und Ihre Damen einpacken lassen.« Er hebt einen Korb an.

»Hoffentlich handelt es sich nicht um Suppe.«

»Es handelt sich um Käse.«

»Wie einfallslos!«

»Zum Nachttisch gibt es Mandelgebäck von der Mutter unseres Busfahrers. Sie bedauert es sehr, dass unsere Gruppe nicht vollzählig in Castrojeriz erschienen ist. Ebenso wie ich.«

»Sagen Sie ihr, dass ich diese Geste zu schätzen weiß. Sie können dann wieder fahren. Sie erwartet doch sicherlich ein fröhlicher Männerabend mit Flötenspiel und Busfahrerchor.«

»Davon ist auszugehen. Hermann wurde nach kurzem Vorsingen ein Solopart angeboten. Er übt mit Hingabe. Ich ziehe es allerdings vor, in Ihrer Nähe zu bleiben.«

»Sie schlafen auf keinen Fall mit uns in einem Raum«, protestiert Frau Schick. »Das gehört sich nicht, schon gar nicht auf geweihtem Kirchenboden. Sie sind mit keiner von uns verheiratet.«

»Das hatte ich auch nicht vor. Ich würde nämlich gern ein Auge zutun. In Notfällen finden Sie mich im Jaguar. Er parkt direkt neben dem Wohnwagen. Gute Nacht, die Damen.«

»*How exciting*«, haucht Hope.

»*What?*«, will Nelly wissen.

»*This man. What a chin.*«

Aufregend? Herberger? Tolles Kinn? Frau Schick würde eher sagen, dass ihr Chauffeur heute Abend wieder einmal außergewöhnlich verkniffen aussieht, und die Narben machen das nicht besser.

»Ich mach dann mal Ihre Suppe für uns warm«, bietet Bettina an.

»Nein, die überlassen wir Hildegard«, bestimmt Frau Schick. »Wer Kummer hat, muss tüchtig essen.«

Am Ende wird es dann doch ein schöner und – vor allem für Hildegard – lustiger Abend. Das liegt an Nellys zwei Flaschen Wein, von denen Hildegard eine allein leert, um den interessanten Fischgeschmack von Frau Schicks Suppe hinunterzuspülen. Seltsamerweise hat ihr der Eintopf geschmeckt, die anderen haben auf Frau Schicks Rat hin darauf verzichtet.

»Sie sollten weniger salzen«, empfiehlt Hildegard Frau Schick mit schwerer Zunge.

»Darf ich Ihnen ein bisschen Wasser nachschenken?«, erkundigt die sich beschämt. Dass sie so bösartig war, Hildegard den Katzenfraß vorzusetzen, tut ihr – nach deren Dankeschön – nun doch ein wenig leid.

»Nein, Wasser ist was für die Füße«, wehrt Hildegard ab, »denken Sie an San Bol.« Sie trinkt stattdessen den Tequila, den Hope aus ihrem Rucksack zieht.

Bettina räumt den Tisch ab. Nelly holt Frau Schick eine warme Jacke, und Hildegard steckt ein paar Münzen ins Sparschwein vor der Andenkenvitrine, ersteht eine Silberkette mit Jakobsmuschel und stößt mit sich selbst und Tequila im Weinglas auf ihren Hochzeitstag an. Dann singt sie den Mond an, bis Quijote wild zu bellen beginnt und Herberger auftaucht, um nach dem Rechten zu sehen.

»Alles in Ordnung«, beruhigt ihn Frau Schick. »Hier wird niemand ermordet, höchstens eine Flasche Tequila.«

»Trinken Sie doch'n Glas mit!«, versucht Hildegard Herberger auf ein Glas einzuladen. Der aber zieht sich rasch zurück, um einen kurzen Rundgang um die Ruine zu machen. Er leuchtet mit der Taschenlampe ins Strauchwerk, das sich von außen in die Mauern krallt, lässt den Lichtkegel über die angrenzende Weidefläche schweifen und sucht auch den Torweg noch einmal ab. Dann kehrt er zum Wagen zurück.

Im Ruinenhof breitet Hope Pferdedecken um das Feuer aus und verteilt selbstgeflochtene Freundschaftsbändchen an alle, um ihre Energiefelder miteinander und mit den Engeln zu verknüpfen. Für Frau Schicks Augen sehen die Bänder nach bunten Schnürsenkeln aus. Und Engel? Na ja, na ja, na ja. Sie sagt aber nichts, sondern bindet sich ihr Bändchen brav ums Handgelenk.

»*And now let's start our meditation on happiness*«, lädt Hope zur Glücksmeditation ein. »*Relax and take a deep breath.*«

»Für Yoga bin ich zu müde«, lallt Hildegard. »Ein Sonn'gruß, und ich fall um.«

»Schön wär's«, murmelt Frau Schick und zupft an ihrem Bändchen.

Bettina versichert Hildegard, dass sie weder die Sonne noch den Mond gymnastisch begrüßen müsse, sondern sich einfach hinlegen darf.

»Und dann?«

»Atmen Sie still ein und aus. Hope erzählt zunächst eine Geschichte, und ich übersetze. Ihr hört einfach zu«, erklärt Nelly.

Das klingt in Frau Schicks Ohren ganz gut, obwohl sie sich unter Meditieren etwas mehr als eine Gutenachtgeschichte vorgestellt hat. Aber was soll's. Sie setzt sich so bequem wie möglich in ihrem Klappstuhl zurecht. Hoffentlich redet diese Hope nicht über Unterwasserengel aus Atlantis, dann schläft sie nämlich sofort ein und hat hinterher Ärger mit steifen Knochen.

Es geht um Katzen, und die Geschichte ist recht kurz, verspricht Hope, als habe sie Frau Schicks Gedanken gelesen. Sie streicht sich die Haare zurück und beginnt. Nelly übersetzt. »Eine alte Katze sah, wie ein junges Kätzchen seinem Schwanz nachjagte und immer wildere Kreise zog, um ihn zu erhaschen, bis es vor Wut und Erschöpfung fauchte. ›Warum tust du das?‹, fragte die alte Katze die junge. ›Ein Philosoph hat mir beigebracht, dass das Glück in der Schwanzspitze zu finden sei, und darum jage ich ihr hinterher. Wenn ich sie erhasche, dann habe ich das Glück gefangen und kann es festhalten.‹ Die junge Katze begann erneut, im Kreis zu laufen und ihren Schwanz zu jagen. Die alte Katze nickte weise und sagte: ›Auch ich habe auf der großen Katzenschule gelernt, dass das Glück im Schwanz sitzt ...‹«

Hildegard grölt und kugelt sich über ihre Decke. »Sagen Sie das mal meinem Ernst-Theodor. Gib's noch Tequila?«

Hope guckt irritiert, weil es sich ihrer Ansicht nach wohl um eine sehr spirituelle Fabel handelt und sie das völlig unzweideutige und unschuldige englische Wort *tail* benutzt hat, für das Nelly leider nur die zweideutige deutsche Übersetzung zur Verfügung steht.

»Schscht.« Frau Schick legt den Zeigefinger an die Lippen. Sie ist wirklich gespannt auf die Pointe.

Bettina gießt Hildegards Glas randvoll mit Tequila, und Nelly beginnt erneut. »Die alte Katze sagte: ›Auch ich habe gelernt, dass das Glück im Schwanz sitzt.‹«

»Das muss aber ein ganz scharfer Kater gewesen sein«, kreischt Hildegard.

»›Jedoch ...‹«, fährt Nelly ungerührt fort, »›habe ich beobachtet, dass, wenn ich ihm nachjage und versuche, ihn zu fangen, das Glück vor mir davonläuft. Darum ließ ich ab von der Jagd nach dem Glück, ging einfach voran und meinem

Leben nach und siehe da, mein Glück folgte mir nach wie mein...'«

Hildegard prustet Tequila.

»*She is funny*«, sagt Hope und deutet auf Hildegard, der Bettina kräftig den Rücken klopfen muss.

»*No, dead drunk*«, sagt Frau Schick trocken. Flüsternd setzt sie hinzu: »Ich schlage vor, wir meditieren ab jetzt im Stillen, sonst bekommen wir nur lauter Blödsinn zu hören.«

Sie schweigen.

Das bietet sich beim Anblick eines knackenden Lagerfeuers und unter Sternenhimmel ohnehin an, denkt Frau Schick. Ihr fällt ein, dass Astronomen und Nasa-Forscher kürzlich die Bewegungen und Laufbahnen von Gestirnen und Planeten per Radioteleskop belauscht und per Computer in Schwingungsgeräusche und Klangbilder übersetzt haben. Das Weltall ist nicht lautlos, alle Himmelskörper singen. Wie schön das wäre, die Sinfonie der Sterne jetzt zu hören und die Partitur zu kennen, die am Himmel funkelt.

Hildegard hat leider anderes im Sinn. Sie versucht, die besinnliche Stimmung mit einem gelegentlichen »Miau« und anzüglichem Gekicher herumzureißen, muss aber aufgeben. Sie legt sich auf den Rücken und fährt mit den Sternen Karussell. »Tequila«, seufzt sie.

»Keiner mehr da«, knurrt Frau Schick.

»Wassanneres?«

»Wasser hätten wir«, versteht Frau Schick sie ganz absichtlich und katzenfreundlich falsch.

»Igitt! Ich brauch'n Glass Tequila und Katznwitze, lussige Katznwitze! Aber nicht Ernst-Theodor. Den nich'. Den nich'.« Dann heult Hildegard ein Ströphchen und schluchzt immer wieder seinen Namen.

Bettina möchte sie gern trösten, kennt aber keine Katzenwitze. Deshalb probiert sie es mit einer weiteren Weisheit zum Glück. »Mach Dünger aus jedem Mist, der dir im Leben entgegenschlägt.«

»Sie waren auch schon mal besser«, tadelt Frau Schick.

Hope hält die Augen geschlossen, spitzt die Ohren und lächelt.

Nelly sagt nichts. Sie macht ein sehr nachdenkliches Gesicht, aber zumindest kein so unglückliches mehr wie am Nachmittag, findet Frau Schick. Leider drückt sie dafür die verflixte Tarotkarte von Hope an ihre Brust. Die von den Liebenden. Der Teufel wäre Frau Schick lieber, nur so als Mahnung.

Ein Scheit zerbirst und sprüht rotglühende Funken. Bettina starrt seufzend in die versinkenden Flammen. Der Seufzer verrät, dass ihre Vorstellung vom Glück gerade auf den Namen Viabadel hört. Das sieht Frau Schick auch daran, wie Bettina Quijotes rechte Pfote massiert. So massiert man gewöhnlich keine Hundepfoten, sondern verspannte Männernacken.

Frau Schick spürt, wie die Kühle der Nacht in ihrem Rücken hochkriecht. Vielleicht sollte sie jetzt mal eine Geschichte erzählen. Eine von der Butzi. Die mit dem Auto und den Stockrosen etwa oder die von Mozarts Stuhl. Leider ist Letztere schlecht ausgegangen. Hm, wie wäre es mit Goethe? Goethe geht ja immer. *Auch das ist Gottes Gabe, aus ein paar sonnenhellen Tagen sich so viel Licht ins Herz zu tragen, dass, wenn der Sommer längst verweht, sein Leuchten immer noch besteht.*

Nein, das klingt zu lieb nach Poesiealbum und Kreuzstichdeckchen. Und nach Thekla und Tod. Für die war Goethe immer der Größte. Goethe, Thekla und der Tod haben hier jetzt nichts zu suchen. Überhaupt braucht Frau Schick keine Gedichte über das Glück, um zu wissen, was ihr dazu fehlt. Die

Schemutat hat das wie immer sehr schön auf den Punkt gebracht. Die hat gesagt...

Ein wimmerndes Gaumensegel reißt sie aus ihren Gedanken. Das Schweigen und das Heulen hat Hildegard so angestrengt, dass sie eingeschlafen ist. Das Wimmern wird zum »Ratzepüüüüüh«.

»Das Glück ist immer nur im Augenblick zuhause«, ergreift Bettina die Gelegenheit für einen neuen Sinnspruch.

»Blödsinn! Zum Glücklichsein gehören Mut und haltbare Zähne«, kontert Frau Schick energisch mit einem Lieblingssatz der ollen Schemutat.

Nelly übersetzt, und Hope nickt begeistert.

»Dann müssen Sie ein besonders glücklicher Mensch sein, Frau Schick«, sagt Bettina.

»*And a very beautiful one*«, sagt Hope, die plötzlich Deutsch zu verstehen scheint.

Sie und besonders glücklich? So hat Frau Schick das noch nie gesehen.

46.

Als Frau Schick erwacht, ist sie steif wie ein Brett. Sie hat es geahnt. Das wird heute was werden. Nur gut, dass sie gestern ihr Gebiss dringelassen hat und – sie fasst sich ins Gesicht – die Brille auf der Nase. Damit sie besser sehen konnte. Nur für den Fall, dass des Nachts ein Strauchdieb namens Tosantos einen Abstecher hierher gewagt hätte. Er hat es nicht gewagt. Bis auf ein Rascheln war die Nacht ruhig. Das muss jedoch Hope gewesen sein, die weit vor dem Morgengrauen aufstehen wollte, um in die Sonne hineinzuspazieren. Sie glaubt fest daran, dass man in der dunkelsten Stunde der Nacht seinem Engel begegnen und ihn befragen kann.

Eins ist jedenfalls klar: So hat sie zum letzten Mal übernachtet. Hope ist zwar reizend und sehr lustig, aber für Pyjamapartys in eisernen Stockbetten fühlt sich Frau Schick einfach zu alt. Ein Kissen, ein Federbett und absolute Ruhe sind in ihrem Alter wirklich nicht zu viel verlangt. Außerdem braucht sie mehr Bodenkontakt. Sie schläft nämlich im oberen Bett, weil es die beste Matratze hat. Dafür steht ihr jetzt ein schwieriger Ausstieg bevor.

So, und nun aber mal fix die steifen Knochen sortiert! Durch ein Astloch der Baracke stiehlt sich ein Sonnenstrahl und kitzelt ihre Nase. Herrje, sind ihre Beine steif. Sie versucht es mit ihrem alten Trick. Einatmen und ausatmen und erst einmal an nichts denken.

Hope hat gestern behauptet, das sei die beste Methode der Meditation, ganz hohe Schule, Tausende von Jahren alt und asiatisch. Hauptsache nicht amerikanisch, denkt Frau Schick und unterbricht sich sofort. Jetzt denkt sie ja doch wieder nach!

Um den Gedankenlärm zu stoppen, hat Hope ihr empfohlen, mit geschlossenen Augen in jedes Körperteil hineinzuatmen. Angefangen wird mit dem kleinen Zeh. Einfach nur »Zeh« denken und direkt hineinatmen. Linker Zeh, kommandiert Frau Schick sich und schließt die Augen. Einatmen. Rechter Zeh. Ausatmen. Beim Einschlafen hat das gestern tatsächlich geholfen, vielleicht funktioniert es ja auch beim Aufstehen. Linker Fuß. Einatmen.

Erstaunlich! Ihre Füße antworten mit einem leichtem Kribbeln. Erfreut macht Frau Schick mit den Beinen weiter. Klappt auch. Aber hoppla, was ist das jetzt?

Sie rüttelt sich, sie schüttelt sich. Ihr ganzer Körper kommt in Bewegung. Erschrocken hält Frau Schick die Luft an. Sie ist doch nicht der Bi-Ba-Butzemann.

Nein, sie nicht, aber Bettina, die das Bett zum Wackeln bringt, indem sie heftig daran rüttelt. »Sie müssen sofort aufstehen, Frau Schick.«

»Halten Sie das Bett an!«

Bettina gehorcht. »Nelly ist weg.«

»Was?« Frau Schick fährt hoch. So geht es natürlich auch. Ihr ist nur ein wenig schwindelig.

»Sie ist mit all ihren Sachen verschwunden«, erzählt Bettina aufgeregt. »Spurlos!«

»Unmöglich, wir haben doch aufgepasst wie die Schießhunde«, protestiert Frau Schick.

»Anscheinend nicht gut genug. Selbst Quijote hat nicht angeschlagen.« Bettina streckt Frau Schick die Hand entgegen und hilft ihr aus dem Bett, von dort auf einen Stuhl und dann auf den Boden.

Frau Schick sieht sich ratlos um. Im Bett nebenan zersägt Hildegard immer noch Bäume. Über ihr sitzt Hope im Schneidersitz auf der Matratze und gähnt. Frau Schick will wissen, ob sie etwas gehört oder bemerkt habe. Hope schüttelt bedauernd den Kopf.

»Holen Sie Herberger, rasch!«, weist Frau Schick Bettina an.

Bettina kehrt in weniger als zehn Minuten mit einem ausgesprochen munter wirkenden Chauffeur zurück, den Nellys Abwesenheit nicht groß zu bekümmern scheint. »Frau Schick, ich habe es Ihnen schon hundertmal gesagt: Nelly Brinkbäumer ist erwachsen!«

»In Teilen, das mag sein, aber in sehr wesentlichen Bereichen nicht. Wieso haben Sie nicht besser aufgepasst?«

»Das habe ich, liebe Frau Schick. Durch den Haupteingang ist niemand gekommen, das kann ich beschwören. Unser Pilgerwirt Sjören und ich haben uns die Nacht geteilt.«

»Und wie ist Nelly dann bitte hier herausgekommen?«

»Auf ihren Füßen, aus freiem Entschluss und schätzungsweise durch eines der haushohen Kirchenfenster auf der Rückseite«, sagt Herberger gelassen. »Eine Ruine wie diese bietet zahlreiche Fluchtmöglichkeiten, auch wenn sie mal ein Kloster war.«

»Ich bin mir sicher, sie wurde entführt«, beharrt Frau Schick, »und zwar von diesem spanischen Taugenichts.«

»Nelly Brinkbäumer eignet sich kaum als Entführungsopfer. Außerdem hat Quijote keinen Mucks von sich gegeben. Ich nehme an, sie wollte einfach allein weitergehen. Auf dem Jakobsweg fassen viele Menschen diesen Entschluss. Mitunter sehr plötzlich.«

Frau Schick schüttelt empört den Kopf. »Ohne mich? Auf gar keinem Fall. Sie müssen sie einholen!«

»Wie denn das, bitte schön?« Herberger wirkt zusehends genervt.

»Mit dem Jaguar natürlich.«

»Vielleicht ist Nelly ja auch nur bis Castrojeriz und zum Bus vorgelaufen, weil es ihr hier zu ungemütlich war«, sagt Bettina. »Um vier Uhr morgens habe ich auch ganz schön gefroren.«

»Prüfen Sie das, Herberger. Sofort! Na machen Sie schon. Ich dusche derweil.«

»Hier gibt es keine Duschen.«

»Noch ein Grund mehr, dass Sie endlich verschwinden! Ich kann mich schließlich nicht vor Ihren Augen umziehen und waschen.«

Nach Herbergers Abgang erledigt Frau Schick ihre Katzenwäsche in Windeseile und mithilfe einer Literflasche Wasser. Bettina macht die Betten, packt die Rucksäcke und kocht nebenan Instantkaffee. Für Hildegard, die weiterschlafen soll, bis Herberger zurückkehrt, löst sie drei Aspirin in Wasser auf.

Hope stürzt ihren Kaffee in einem Schluck herunter. »Ich seh mal nach der Post«, teilt sie den anderen beiden auf Englisch mit. »Vielleicht ist ja was von Nelly dabei.«

»Post von Nelly?« Frau Schick ist einen Augenblick verwirrt. Spricht Hope jetzt von Engelbotschaften oder Nachrichten aus dem Jenseits?

Hope lächelt vergnügt. »Kommen Sie mit, ich zeig es Ihnen.«

Sie führt Bettina und Frau Schick zu dem hoch aufragenden Torbogen am Camino und deutet auf eine Mauernische. »Hier haben die Mönche früher Essen für Pilger bereitgestellt, die nachts und nach Torschluss ankamen«, erklärt sie. »Heute hinterlassen Jakobspilger in der Nische Botschaften für Freunde, die eine langsamere Gangart bevorzugen, oder für Fremde, die sie auf dem Camino getroffen und wieder aus den Augen verloren haben.«

Frau Schick tritt an die Nische heran. Im Mauergelass türmt sich ein Sammelsurium von Notizen auf Zettelchen, Bierdeckeln, Postkarten und herausgerissenen Buchseiten. Dazwischen liegen Muscheln, Steine, kleine Blumensträuße, sogar ein neongrünes Monchichi, das die Nachricht »*Keep on walking, Kate*« am Fuß trägt.

Frau Schick gräbt in den Zetteln herum, beginnt zu lesen.

»Aber Frau Schick, das tut man nicht«, mahnt Bettina.

»Wieso, das ist doch kein echter Briefkasten!«, schnappt Frau Schick.

»*Oh, look!*«, ruft Hope. »*This is for you. It says it's to Frau Schick, named Rosken.*« Die Adressanschrift ist in Englisch formuliert, aber das Wort »Röschen« bereitet Hope Schwierigkeiten. Sie probiert es noch einmal mit »Roischen«.

Frau Schick erstarrt mitten in der Bewegung. *Rosken?* Das kann Nelly unmöglich wissen. Hope hält ein Kuvert in der Hand, und endlich versteht Frau Schick. Der Brief ist von Thekla. Unverkennbar. Es klebt nämlich etwas daran.

»Was für eine schöne Blume, nur schade, dass sie verwelkt ist!«, ruft Bettina. Sie deutet auf eine blassgelbe Rose, die mit Tesafilm an den cremefarbenen Umschlag geheftet ist.

»Eine Malmaison« haucht Frau Schick. Vollendet schön und üppig, so wie die englischen Malmaison-Rosen, die Butzi am Gutshaus von Pöhlwitz hochranken ließ.

Scheu streckt Frau Schick die Hand nach Brief und Rose aus. Dann schüttelt sie den Kopf. »Lesen Sie es mir vor, Bettina.«

Bettina löst die Rose vom Umschlag und reicht sie Frau Schick. Die hält sie kurz unter die Nase und atmet ihren sehr leisen, unverkennbar fruchtigen Duft ein. Ja, das war Pöhlwitz: der Duft von Aprikosen. Die Schemutat hat aus den Rosen Tee bereitet und Marmelade und sehr leckeren Likör, und die Butzi hat sich ein Bett aus ihren Rosenblüten gemacht, bevor sie das Schlafpulver geschluckt hat.

Bettina öffnet das Kuvert und liest. »Liebes Röschen...« Sie stoppt kurz, hebt fragend den Blick. »Soll ich wirklich?«

Frau Schick nickt.

»Liebes Röschen. Ich konnte nicht widerstehen, dir diese Rose zukommen zu lassen. Ich freue mich so sehr, dass du sie gefunden hast. Johannes hat mir versprochen, sie auf seinem Weg nach Santiago in San Anton abzulegen. Sie stammt aus seinem Garten. Ich habe dort vor zwei Jahren einen Malmaison-Strauch angepflanzt und immer gehofft, dass wir beide darunter einmal Tee trinken würden. Wenn du je hinfährst, dann werde ich bei dir sein. Aber denk bitte dran: kein Zucker für mich und nur ein Tröpfchen Sahne.

In Liebe Thekla.«

Frau Schick schwankt. »Johannes war hier?«

Hope nimmt ihre Hand. Bettina legt den Arm um sie. »Es scheint ganz so.«

»Aber wo ist er jetzt? Verflucht, ich bin zu alt für so eine Schnitzeljagd! Was hat Thekla sich dabei nur wieder gedacht.«

»Sie wollte Ihnen eine Freude machen«, sagt Bettina schlicht. In ihren Augen blinkt es.

Hope öffnet eine frische Wasserflasche und bietet sie Frau Schick an. »Trinken«, empfiehlt sie.

»Sie sprechen Deutsch«, wundert sich Bettina.

»Eine bisskin. Mein Mann ist German. Aber ich bin too faul zu lernen.«

Einen Schluck Wasser kann Frau Schick jetzt wirklich gebrauchen. Sie trinkt in vorsichtigen Schlucken. Für die Rose kommt das Wasser leider zu spät. Nachdenklich betrachtet Frau Schick die Blume, zupft behutsam ein braunes Blütenblatt fort. Die Blume ist in Würde verwelkt. »Seit wann die wohl hier liegt?«

Hope hat eine Idee, wie sich das herausfinden lässt. Sie winkt nach Sjören, dem dänischen Hospitalero, der gerade mit Putzeimer und Lappen aus seinem Wohnwagen klettert.

In der Tat kann Sjören sagen, wann die Rose und der Brief in die Mauernische gelangt sein müssen: frühestens vor zwei Wochen, denn die Nische räumt er zweimal monatlich leer, weil sie sonst vor Mitteilungen überquillt.

Frau Schick nickt. Darum also ist Johannes in Cambridge nicht erreichbar. Zaghafte Freude keimt in ihr hoch, fällt aber in sich zusammen, als Herberger im Jaguar auf der anderen Seite des Tores anhält. Nelly sitzt nicht drin. Wie viele Menschen soll sie auf diesem blöden Weg denn noch verlieren?

Nein, nicht verlieren. Wiederfinden! Frau Schick strafft die Schultern. Zum Glück gehört Mut. Den hat sie. Reichlich. Genug für zwei. Nelly, das Schaf, soll Herberger einfangen, während sie sich um Johannes kümmern wird. Sie muss auf dem Camino bleiben. Irgendwo zwischen hier und Santiago findet sich bestimmt eine weitere Spur von ihrem verlorenen Patensohn oder von Thekla. Dieses verrückte Tränentier hat doch tatsächlich noch kurz vor dem Tod an Teestündchen gedacht. Und an ihr Röschen.

47.

Man braucht Mut, um glücklich zu sein, sagt sich Nelly etwa zum hundertsten Mal und streift mit flüchtigem Blick Javiers Profil, ein schönes Profil. Aber es war der Satz von Frau Schick über das Glück, der den Ausschlag dafür gegeben hat, dass sie jetzt neben ihm sitzt.

Sie sind unterwegs nach Westen. In seinem Auto, einem teuren schwarzen Geländewagen mit Allradantrieb. In Deutschland und auf Düsseldorfs Kö werden solche Luxuspanzer meist von blondierten Arztgattinnen chauffiert. Javier braucht so einen Wagen nicht für das Prestige, sondern um in die Weinberge zu fahren.

Sie rasen mit hoher Geschwindigkeit über eine Autobahn, die manchmal parallel zum Camino verläuft. Ihr Fahrtziel, das hat Javier versprochen, liegt aber direkt am Jakobsweg und wird Nelly mit allem, was geschehen ist, und dem, was bislang nicht geschehen ist, versöhnen. Ihre »Guck mal«-Erlebnisse beschränken sich momentan bedauerlicherweise auf braune Hinweisschilder, die die Höhepunkte des Jakobsweges anpreisen. Orte mit Zaubernamen wie Frómista und Sahagún fliegen vorbei. Vor einer halben Stunde haben sie León passiert und statt der schönsten Kirchenfenster von Spanien, von denen Herberger in Burgos so geschwärmt hat, nur schweflig qualmende Industrieanlagen gesehen.

Nelly unterdrückt ein Seufzen. Immerhin fahren sie nun durch offene, schöne und abwechslungsreiche Landschaft. Auf Kirchtürmen thronen Storchennester. Mit langgezogenem Hals und ausgestreckten Beinen kreisen die lustigen Vögel im sommerlichen Blau. Nelly genießt ihren Anblick, denn Störche sind ein uraltes Symbol für segensreiche Erneuerung, daher auch die Mär, sie brächten die Kinder. Am Horizont leuchten schneebedeckte Berge. Sie sind die Vorboten der letzten großen Pässe, die die Jakobspilger vor Santiago noch überwinden müssen. Der letzte ist wegen der enormen Höhenunterschiede besonders gefürchtet. Er steigt bis auf tausenddreihundert Meter. Von seinem Gipfel sind es noch etwa hundertsiebzig Kilometer bis Santiago.

Ob Paolos Gruppe diesen und die anderen Pässe mit dem Bus nehmen wird? Hätte Nelly die Wahl, würde sie laufen. Wenigstens die Anhöhe zum *Cruz de Ferro*, den höchsten Punkt des Jakobswegs, würde sie erklimmen. Schließlich hat Herberger gesagt, man müsse sich das Eisenkreuz erwandern, keuchend, schwitzend, fluchend und nach Atem ringend, wenn man das simple Symbol inmitten eines Geröllhaufens aus abgeworfenen Sorgensteinen begreifen wolle.

Ob Javier ihr das Kreuz zeigen wird?

»Mañana«, hat er gesagt und versprochen, dass das, was er ihr zu zeigen habe, besser sei, als Sorgensteine oder Glücksbringer abzuwerfen.

Die Schilder verweisen auf Astorga und einen Bischofspalast des skurrilen Architekten Gaudí. Oh, Nelly liebt Gaudís irrwitzige Jugendstilfantasien, die bauchigen Balkone, die wellenschlagenden Fassaden und die Häuser, die von gigantischen Blumenkuppeln wie aus Alice' Wunderland gekrönt sind. Was Frau Schick wohl dazu sagen würde? Der Name Gaudí wäre für sie bestimmt eine unwiderstehliche Steilvorlage.

»Lass uns doch eine kurze Pause in Astorga machen«, bittet Nelly spontan, aber schüchterner, als ihr lieb ist. Ihr Mut zum Glücklichsein hat sich schon ein wenig verflüchtigt.

Javier wendet ihr sein Gesicht zu und lächelt. »*No*. Keine Umwege mehr. Es geht direkt ins Paradies. Ich schwöre.« Er schenkt ihr einen feurigen Blick, löst seine rechte Hand vom Lenkrad und will sie ihr aufs Knie legen.

Nelly schiebt die Hand fort und schüttelt den Kopf. Anfassen und Küssen hat sie ihm verboten. Man kann es mit dem Mut auch übertreiben. Erst will sie mit eigenen Augen das Paradies sehen, das Javier ihr unter dem Mond von San Anton mit glühenden Worten versprochen hat und zu dem angeblich sie ihn inspiriert und ermutigt hat. Dieses Paradies hat allerdings nicht den Ausschlag dafür gegeben, dass sie jetzt hier sitzt. Nein, dafür waren allein Frau Schicks Schummeleien verantwortlich. Nelly mag die alte Dame wirklich gern, sehr gern, aber dass Frau Schick ihr Javiers Versuche, telefonisch Kontakt mit ihr aufzunehmen, verschwiegen hat, und das seit Pamplona, ist ein bisschen viel Fürsorge und außerdem die falsche. Sie mag ja naiv sein, aber sie ist bestimmt kein Kind mehr.

Auch Javiers Jugendsünden in San Bol wären kein Grund für eine Kontaktsperre. Kiffen, saufen und den wilden Hausbesetzer spielen, weil der reiche Papa einen unbedingt in maßgeschneiderte Anzüge und in die Rolle des knallharten Geschäftsmannes pressen, das Kunststudium und die Malerei verbieten und sogar die Ehefrau vorschreiben will, so was kann vorkommen. Außerdem sind die Phase »wilder Mann« und Javiers blaue Periode fast zwanzig Jahre her.

Javier hat sich schon vor fünfzehn Jahren mit seinem Vater versöhnt und ist seither Juniorchef der Bodegas Tosantos. Das hat Papa Tosantos aber nicht daran gehindert, dem Sohn eine mit viel Liebe eingerichtete Künstlerbar in Bilbao sehr übel zu nehmen. Javier hatte sie heimlich eröffnet, um sich zumindest einen Bruchstück seiner Träume vom Leben als Maler zu erfüllen und sich irgendwann ganz von den Bodegas und seinem Erbe freimachen zu können. Was Papa Tosantos spitzgekriegt hat. Er muss ein Tyrann der schlimmsten Sorte sein. Schließlich hat er der Bar und Javier ein Jahr lang immer wieder das Ordnungsamt auf den Hals gehetzt, seinem Sohn die Lieferanten abspenstig gemacht und Kreditgeber vergrault, bis Javier dichtmachen musste. Das war just einen Tag, bevor Nelly in Bilbao gelandet ist. Daher der Stress am Flughafen und die Verwirrung während des Waldausflugs. Javier hat sie am See zurückgelassen, um sich telefonisch endgültig von dem Tyrannen loszusagen, und als er zurückkam, war sie verschwunden.

Nelly wird ganz wütend, wenn sie daran denkt. Und die Wut schenkt ihr wieder den Mut, den sie braucht, um Javier ein zweites Mal zu begleiten. Es ist ja nur ein Ausflug. Seine letzte Chance, mehr nicht. Und völlig unverbindlich, das hat sie Javier bereits gestern Nacht in San Anton deutlich gesagt. Im Mondlicht, ganz ohne zu wanken.

Ein Rascheln hatte sie geweckt. Es folgten ein unterdrücktes Freudewinseln von Quijote und ein spanisches *Silencio*. Nelly hat kurz gezögert, doch dann ist sie aufgestanden und vor die Baracke geschlichen. Da stand er. Javier. In Wanderkluft und mit flehendem Blick. Durch ein Kirchenfenster in der Rückwand der Ruine und reichlich Dornengestrüpp hatte er sich den Weg in den Hof und zu ihr gebahnt.

Nein, sie ist nicht wie von Sinnen auf ihn zugestürzt. Schon deshalb nicht, weil sie nur ein T-Shirt und eine Unterhose trug, die im Mondlicht peinlich weiß leuchtete. Wenigstens handelte es sich nicht um Schmetterlingsdessous, sondern um vernünftige Baumwollschlüpfer. Trotzdem ist sie erst einmal in die Baracke zurückgehuscht, um in ihre Jeans zu schlüpfen und zu überlegen, was sie tun soll. Dabei ist ihr ihr gestriges Mantra eingefallen.

Es ist, wie es ist.

Tja, und für sie ist die Liebe nun mal zum Glücklichsein unverzichtbar. Alles fügte sich zu einem Bild von betörender Klarheit: Man braucht Mut zum Glücklichsein. Und Risikofreude. Selbst die Geschichte von der Katze, die lernt voranzugehen, damit das Glück ihr nachfolgt, passte ins Bild. Nicht sie ist Javier gefolgt, sondern er ihr, und zwar genau in dem Moment, als sie sich entschlossen hatte, nie mehr an ihn oder die Liebe zu denken, sondern zu gehen. Einfach zu gehen.

Darum ist sie wieder zu ihm hinausgeschlichen, ohne die anderen zu wecken.

Javier hat die Arme geöffnet, aber sie hat sich nicht hineinfallen lassen.

»Was willst du hier?«, hat sie vollkommen vernünftig gefragt. Nicht zu schroff und nicht zu schüchtern, sondern sachlich und nüchtern. Auch wenn sie nur flüstern konnte, muss er das verstanden haben.

»Dich entführen«, hat er mit rauer Stimme gesagt.

»Das hatten wir schon.« Ohne mit der Wimper zu zucken, ist Nelly standhaft geblieben. *Dich entführen.* Das war ja wirklich zu blöd!

»Nelly, verzeih mir, bitte.« Javiers nächster Versuch klang in Nellys Ohren schon besser. Zu seinem Glück hat er den berüchtigten Satz »Ich kann alles erklären« weggelassen. Sonst hätte sie ihm nämlich eine geknallt und säße jetzt garantiert nicht neben ihm. Stattdessen ist er vor ihr in die Knie gegangen. Das war ein wenig theatralisch, aber einem Spanier muss man das nachsehen. Vor allem, weil Javiers Reue echt war.

»Bitte komm mit mir«, hat er gesagt. »Ich will dir zeigen, was ich vorhabe. Für uns. Für dich. Bitte. Ich schwöre dir, es wird dir gefallen. Es war doch deine Idee.«

Ihre Idee?

»Wurpswede, erinnerst du dich nicht?«

Nelly hat genickt und sofort gewusst, dass er natürlich Worpswede meinte. In ihren Mails hatte sie nämlich einmal von ihrem Traum von einer freien Künstlerkolonie und Lebensgemeinschaft nach Art dieses berühmten Malerdorfes geschwärmt, von einem Dorf für Freunde des Kreativen vom Kochen bis zum Gärtnern.

Um lauter reden zu können, sind sie dann durch das Kirchenfenster auf die Weide geklettert. Sie haben lange miteinander gesprochen, vor allem über Telefonate, die Frau Schick angenommen hat, und über Javiers Suche nach Nelly. Ein bisschen Neruda hat er auch zitiert, was Nelly ihm jedoch umgehend untersagt hat. Von Wurpswede hat sie ebenfalls Abstand genommen. Dennoch ist sie am Ende zurück in die Baracke gegangen, um ihren Rucksack zu holen. Der Mond schien so schön, und die Zikaden sangen, und Javier hat versprochen, dass er sehr gut zwischen Fantastereien und Vernunft unterscheiden könne und ganz auf ihr Urteil vertraue.

Jetzt setzt er den Blinker, biegt in eine Nationalstraße ein und fährt wenig später auf ein Landsträßchen mit Muschelemblem. Nelly richtet sich im Beifahrersitz auf. Endlich! Der Jakobsweg. Sie kurbelt das Fenster herunter und atmet tief ein.

Der scharfe Geruch von Kuhdung nimmt ihr den Atem. Aber das macht ihr nichts. Wie hat Bettina gestern noch gesagt? »Mach Dünger aus jedem Mist, der dir entgegenschlägt.« Genau.

48.

Frau Schick bleibt im Bus. Die anderen schauen sich derweil unter Paolos Führung eine sehr alte Kirche in einem Ort namens Frómista an. Es ist eine harmonische dreischiffige Basilika mit drei Apsiden, das sieht man auch vom Bus aus. Die Fassade ist mit Rollfriesen und einem steinernen Tier- und Menschenzoo verziert – lauter absonderliche Konsol- und Kragfiguren, die Frau Schick selbst aus der Ferne begeistern. Überhaupt scheint San Martin ein echtes Juwel der Romanik zu sein. Schön schlicht. Ein Ort, der Raum für Fantasie lässt, statt sie zu erschlagen. Trotzdem. Diese ständigen Stopps sind Frau Schick lästig. Für so etwas hat sie jetzt keinen Blick.

Frau Schick interessieren weder die Brückenfundamente, Wasserteiler und Kanäle aus der Römerzeit, die sie hinter Castrojeriz bewundern sollte, noch die Staublandschaft und Felderwirtschaft der Meseta. Selbst die grüne Flussaue mit Pappeln, die aussah, als seien sie am Niederrhein, und in der sie eine mittelalterliche Brücke zu Fuß überqueren sollten, kann ihre Begeisterung für den Camino heute nicht wecken.

Sie packt ihr Handy aus und ruft noch einmal Herberger an.

Er geht nach dreimal Klingeln ran.

Frau Schick hört das Rauschen des Fahrtwindes und ein »Wuff« von Quijote. »Gibt es was Neues?«, will sie wissen.

»Ich habe mir Herrn Viabadel noch einmal vorgeknöpft. Er hat mir endlich einen vagen Tipp gegeben, wo sie sein könnten«, sagt Herberger.

»Wo?«

»Unterwegs. Wenn ich die beiden gefunden habe, rufe ich wieder an.«

»Sie dürfen ihm eine runterhauen, Herberger.«

»Wem? Herrn Viabadel?«

»Natürlich nicht! Ich meine Javier. Aber nicht zu fest, sonst bekommt Nelly nur Mitleid, und alles ist hin. Sie wissen ja, wie das mit der Liebe ist.«

»Ich werde niemandem eine runterhauen, Frau Schick. *Buen camino.*« Damit drückt er das Gespräch weg.

Hach, so ein Geheimniskrämer! Aber wenigstens ein cleverer, das muss Frau Schick ihm zugestehen. Es war immerhin Herbergers Idee, den Basken anzurufen, weil der sich ja in Burgos mit Javier über Geschäfte unterhalten hat.

Señor Viabadel hat sich ein wenig geziert, Auskunft über Javier Tosantos zu geben. Erst als Bettina in bedenklich wackligem Spanisch und mit wild tanzenden Augenbrauen auf ihn eingeredet hat, ist er weich geworden. Danach wussten sie mehr.

Javier ist Viabadels Patensohn, und die Viabadels sind – wie es bei Basken üblich ist – seit Jahrhunderten mit der Sippe der Tosantos befreundet und verfeindet, derzeit wohl eher Letzteres. Herr Viabadel hat recht unfreundliche Dinge über Javiers Papa zu sagen gehabt. Der soll ein Despot sein, der seinen Sohn zu seinem exakten Ebenbild umdrillen will. Bei ihrem Treffen in Burgos hat Herr Viabadel sich daher erbarmt und Javier Geld vorgestreckt, damit der auf eigene Füße kommt. Javier betreibt nämlich ein Projekt, das Viabadel nicht näher erläutern wollte und wohl auch nicht konnte.

Es scheint eine windige, zumindest eine wolkige Sache zu sein, denkt Frau Schick. Ihrer Meinung nach hat Nelly in Projekten von einem Möchtegernmaler und verwöhnten Erben nichts zu suchen. Und schon gar nicht in einer Sippschaft, der ein Tyrann vorsteht. Den schönen Javier hält sie weiterhin für ein faules Früchtchen. Künstler und Rebell auf Papas oder anderer Leute Kosten spielen, solche Hallodris hat sie gern. Die sind noch schlimmer als ihr Grüßaugust Pottkämper. Nein, das ist nichts für Nelly. Das ist ganz und gar nichts für Nelly.

Nachdenklich betrachtet Frau Schick Hopes buntes Häkelband an ihrem Handgelenk. Wäre doch zu schön, wenn das sie jetzt mit Nellys Energiefeld verknüpfen würde. Sie hätte da einiges zu übermitteln.

Sie kneift die Augen ganz fest zu, denkt an Nelly und versucht es mit einer alten Beschwörungsformel der Schemutat: »Teufelsdreck, nimm das Böse von uns weg, lass das Gute zu uns kommen, denn dann haben wir gewonnen.« Dazu hat die Schemutat immer ein übelriechendes Pulver, das nach Stinkbombe und verbranntem Horn stank, aus dem Küchenfenster gepustet. Röschen war davon stets schwer beeindruckt, und geholfen hat es der Schemutat angeblich fast immer: gegen Gliederzerren, Hühneraugen, Blattläuse und aufdringliche Hausierer.

Der Fahrer öffnet zischend die Bustür. Frau Schick reißt ertappt die Augen auf. Soll mal ja keiner glauben, sie halte hier einen Erschöpfungsschlaf.

Schon hangelt sich Hildegard am Einstiegsgeländer ins Innere und torkelt die Sitzreihen entlang geradewegs auf sie zu. Verdechst! Wenn das bei dem bisschen Budenzauber herauskommt, lässt sie es zukünftig besser bleiben. Misstrauisch beäugt Frau Schick das Häkelbändchen. Firlefanz! Nicht alles, was sie von der Schemutat gelernt hat, war der Weisheit letzter Schluss. Die hat sich bei Gewitter schließlich auch einen Silberlöffel in den Mund gesteckt, den Kaffeewärmer auf den Kopf gesetzt und die Bibel in den Schoß genommen, weil ein Knecht gemeinerweise behauptet hat, dann könne der Blitz nicht bei ihr einschlagen.

»Mir reicht's«, seufzt Hildegard und lässt sich neben Frau Schick auf die Rückbank plumpsen. »Was zu viel ist, ist zu viel.«

Kein Wunder nach einer Flasche Tequila, denkt Frau Schick, sagt aber nichts.

»Wissen Sie, was Ernst-Theodor gerade macht?«, fragt Hildegard und kuschelt sich in eine liegende Position.

Frau Schick will es gar nicht wissen.

»Er fotografiert einen«, Hildegard senkt die Stimme, »einen ... Also wirklich, dass man so was an einer Kirche anbringt! Das ist noch ekelhafter als Sitzmadonnen und Fruchtbarkeitsgöttinnen.«

»Was?«

Hildegard schüttelt sich. »Einen männlichen ... Igitt! Und auch noch riesengroß. Paolo sagt, dass früher noch viel mehr pudelnackte Kragfiguren und Schweinereien unter dem Dach hervorragten, die Sachen gemacht haben ... also wirklich! Erst vor hundert Jahren hat ein vernünftiger Bischof sie endlich abschlagen lassen. Allerdings nicht gründlich genug. Er hat diesen riesigen – Igitt! – drangelassen! Und Ernst-Theodor fotografiert ihn aus jeder Perspektive.«

Frau Schick ahnt, was Hildegard meint und Ernst-Theodor fotografiert. Anscheinend hat ihre Reisegefährtin vergessen, wie lustig sie noch gestern vermeintliche Katzenwitze über den Sitz des Glücks gefunden und wie vergnüglich sie sie missverstanden hat. Das ist eigentlich schade. In Wahrheit scheinen Ernst-Theodor und sie das Interesse an handfesten Tatsachen des geschlechtlichen Lebens zu teilen. Das haben sie nur vergessen, kann wohl passieren, wenn man dreißig Jahre verheiratet ist. Wahrscheinlich will Hildegard immer gerade staubsaugen, wenn Ernst-Theodor handfest werden will. Oder ihm fallen umgekehrt die Steuern ein, wenn Hildegard mal nach Hingabe und Katzenglück ist.

»Also, ich denke«, wagt Frau Schick einen Einwand zu äußern, »Gott ist nichts Menschliches fremd, meine Liebe. Im Gegenteil.« Vorausgesetzt, dass es ihn gibt, denkt sie.

»Trotzdem. Das ist zu viel«, schnaubt Hildegard und schaut beleidigt aus dem Fenster.

Frau Schick verdreht die Augen. Die hagere Hildegard und ihr transzendentaler Ernst-Theodor sollten dringend mal gemeinsam Tequila trinken. Ein, zwei Gläschen, mehr nicht. Aber sie kann sich hier auch nicht um alles kümmern. Nein, das kann sie nicht. Sie beäugt ihr Handy. Ob sie noch mal...?

Besser sie lässt es. Herberger klang eben recht genervt. Ihm passt die Detektivrolle gar nicht, und Quijote als Spürhund bei sich zu haben ist ihm auch nicht recht.

Die Bustür zischt erneut, und der Rest der Gruppe strömt herein. Kurz darauf geht es weiter in Richtung León. Auf ausgedehnte Wanderungen wollen heute alle verzichten. Die Chorprobe mit Busfahrer ging wohl bis in den späten Abend. Hermann sieht heute sehr verträumt aus, Marthas Lächeln aber wirkt ein wenig angestrengt.

Paolo fragt speziell in Marthas Richtung, ob Musik gefällig sei. Sie nickt dankbar.

»Aber nur sehr leise«, bittet der Rest der Gruppe.

Paolo schiebt eine CD in den Player und regelt die Lautstärke nach unten. Wenig später ertönen geistliche Gesänge, die Frau Schick erstaunlich gut gefallen. Sie sind so beruhigend.

»Taizé«, flüstert Hildegard und schließt die Augen. »Das tut gut, da kann ich schön bei einschlafen.«

»Was ist Taizé?«

Hildegard antwortet nicht, ihre Gaumensegel wimmern bereits.

Frau Schick muss Paolo fragen, wer oder was Taizé nun wieder ist.

»Das iste eine Ort und eine moderne Kloster in Frankreich.« So viel Frau Schick versteht, treffen sich dort junge Menschen aller Nationen mit den Brüdern einer Ordensgemeinschaft, die ein Protestant nach dem Zweiten Weltkrieg gegründet hat. Gemeinsam halten sie Sommerlager mit Musik und Meditation ab. So geht das also auch. Interessant.

»Die Musik klingt aber eher katholisch«, findet Frau Schick. Die Texte sind lateinisch, und alles erinnert an psalmodierende Mönche, auch wenn Frauen mitsingen.

»Katholisch oder evangelisch, das spielt in Taizé keine Rolle«, sagt Paolo.

»Waren Sie schon mal da?«

»*No*. Aber meine Vater. Er hat mir die CD geschenkt.«

»Ist er ein sehr frommer Mann?«

»*No*, ein musikalischer«, sagt Paolo knapp und beschreibt Taizé als eine Art ständiges Zeltlager, in dem es abends Lichterfeste mit Gesang gibt.

Eigentlich hat Frau Schick von spirituellem Camping nach der Nacht in San Anton die Nase voll, aber der Gesang, der den Bus durchströmt, wärmt ihr das Herz. Thekla hätte das gefallen, ganz bestimmt sogar.

»*Ubi caritas et amor*«, singen weiche Männer- und Frauenstimmen gerade, begleitet von einer beachtlichen Gemeinde von sehr jungen und sehr alten, sehr frischen und sehr leisen, ja sogar mit schiefen Stimmen. Da hätte selbst die Schemutat mitsingen dürfen. »*Ubi caritas et amor*.«

»Wo Güte und Liebe ist«, übersetzt Frau Schick im Stillen mit.

»*Deus ibi est.*«

Da ist Gott.

Immer und immer wieder singt der Chor diese Zeilen.

Ja, entscheidet Frau Schick, da könnte was dran sein – falls es Gott gibt.

Hildegard sinkt mit einem Ratzepüüüüüh zur Seite. Ihr Kopf rutscht in Frau Schicks Schoß. Soll er mal da liegen bleiben. Wenn's denn hilft.

49.

»Wenigstens einen Kaffee möchte ich, bevor wir loswandern«, insistiert Nelly.

Javier stimmt seufzend zu und führt sie in eine kleine Cafébar auf der Dorfstraße von Rabanal del Camino. Das Auto haben sie vor dem Ort endlich abgestellt. »*Dos cortados*«, bestellt er die spanische Variante des Espresso.

Nelly möchte lieber einen Filtro.

Was das denn sei, will Javier wissen.

»Ach nichts«, sagt Nelly.

Javier stürzt den Kaffee hinab und will weiter. Nelly schüttelt den Kopf und nippt an ihrem *cortado*. »Erst brauchen wir noch Wasser und etwas zu essen.«

»Nelly, wir gehen allenfalls sieben Kilometer.«

Nelly schüttelt den Kopf. Sicher ist sicher, findet sie. Paolo hat immer darauf geachtet, dass sie genug Wasser mitnehmen. So erstehen sie im Dorfladen etwas Proviant und zwei Halbliterflaschen *agua mineral*. Größere gibt es nicht, weil im Laden kein Platz dafür ist. Auf winzigstem Raum hat der Besitzer alles in handlicher Form versammelt, was Pilger brauchen, vom miniaturgroßen Marmeladenglas bis zum einzelnen Taschentuch. Zum Abschied schenkt er Nelly eine Hand voll Mandeln aus einem großen Sack.

»Können wir jetzt?«, drängt Javier.

Nein, Nelly braucht dringend noch ein bisschen »Guck mal«.

Javier versucht es mit einem feurigen Blick, aber das Feuer

geht ihm langsam aus. Das ist Nelly sehr recht, sie will ja lieben und dennoch vernünftig sein. Außerdem ist Rabanal zu schön, um achtlos durch es durchzumarschieren. Es ist klein und verwittert und besteht aus nicht mehr als einer Ansammlung von geduckten Natursteinhäusern, die steile Gässchen säumen und irgendwann um eine uralte Mönchseinsiedelei emporgewachsen sind. Auf den Türmen eines angenagten Klosterkirchleins hausen über dem offenen Geläut fünf Storchenpaare. Zwei sind sogar zuhause. Was die wohl machen, wenn es gleich zwölf Uhr Mittag läutet?

Das muss Nelly einfach wissen. Obwohl Javier zunehmend ungeduldig schaut, bleibt sie stehen. Ein Mönch im Habit der Benediktiner gesellt sich kurz zu ihnen. Schweigend schaut er mit Nelly zu den Störchen hoch.

»Können wir jetzt gehen?«, fragt Javier erneut. »Bitte, ich will dich endlich überraschen, und das Läuten beginnt erst in zwanzig Minuten.«

»Nein«, sagt Nelly. »Noch nicht, ich mag Störche.«

Das freut den Benediktinermönch. Er mag sie nämlich auch und zitiert einen Psalm, der Gott ausdrücklich für ihre Erschaffung lobt. Außerdem preist er den Herrn für Steinböcke und Klippdachse, junge Löwen und Kaninchen, für Sonne, Mond und Sterne, den Schall des Donners und die Zedern des Libanon. Der Psalm ist sehr lang und wunderschön, findet Nelly, besonders auf Spanisch. Die Bibelstelle muss sie sich für Frau Schick merken.

»Nelly!«, mahnt Javier.

Vergebens. Nelly rührt sich nicht.

Der Mönch leitet zu einem kleinen Vortrag zur Ortsgeschichte über. Hier, in Rabanal, hat sein Orden dank der Renaissance der Jakobswallfahrt vor zehn Jahren wieder eine Klostergemeinschaft gegründet. Vier Brüder leben hier, und viele, viele Pilger kommen. Rabanal, das spürt Nelly, ist für den Mönch die ganze Welt und voll von Wundern. Er plaudert von Königen und Rittern, die Rabanal passiert haben, und von einem berühmten Sohn des Dorfes, Señor Canseco. Der hat der Pfarrkirche im Jahr 1882 eine besondere Uhr gestiftet. Und er hat sie nicht nur gestiftet, sondern selbst gebaut, weil er der Erfinder der gewichtslosen Uhr war.

Uhren ohne Gewicht. Wie schade, dass Hermann das nicht hören kann, denkt Nelly. Sie wird ihm davon erzählen. Ja, das wird sie.

Der Mönch verabschiedet sich. Beinahe, lacht er, hätte er die Mittagsmesse verpasst.

Nelly fragt ihn noch nach dem Weg zur Pfarrkirche. Sie will die Uhr sehen, damit sie sie Hermann irgendwann einmal beschreiben kann. Das Mittagsgeläut im Turm der Einsiedlerkapelle hebt an, der Mönch eilt mit fliegender Kutte davon. Die Störche aber bleiben sitzen. Nelly zieht Javier zur Pfarrkirche.

»Das ist nicht unsere Richtung!«, protestiert Javier.

Javiers Paradies kann warten, entscheidet Nelly. Sie haben heute neun oder zehn Wanderetappen einfach übersprungen. Das ist zu viel und zu rasant. Da kommt ihre Seele nicht mit. Die erreicht gerade Rabanal und beginnt sich dort wohl zu fühlen.

»Bei Foncebadón ist es weit schöner«, lockt Javier. »Du willst doch wandern. Nun komm schon, der Weg durch die kantabrischen Berge ist atemberaubend.«

In der Tat, das ist er. Und heiß ist er auch, höllisch heiß. Heißer als die Meseta, wie Nelly nach drei Wegkilometern durch beeindruckende Berglandschaft feststellt. Sie hat ihren Willen zwar durchgesetzt und die Pfarrkirche eingehend besichtigt, aber dafür legt Javier jetzt ein strammes Wandertempo vor. Ihre Wasserflasche ist längst leer. Javier scheint zu jener Wanderfraktion zu gehören, die die Gipfel mit wütender Energie bezwingt. Nun, ein behaglicher Spazierschritt ist hier tatsächlich nicht empfehlenswert, Abbruchkanten, Abgründe, Felsgestein und Passagen, die sie kletternd überwinden müssen, gestatten weder Schlendrian noch Schlendergang.

Immer steiler geht es aufwärts. Sie laufen über nur vage erkennbare Pfade, an der Baumgrenze vorbei und durch rot und gelb verbrannte Höhenzüge. Macchie, purpurfarbene Disteln und gelber Ginster krallen sich ins Gestein. Und zähe Pilger. Die haben sich höchst wundersam vermehrt und keuchen schwer, weil sie den Anstieg weit vor Rabanal begonnen haben. Die klugen erklimmen die Höhe mit Bedacht und pausieren häufig, um Wasser zu trinken. Daran, dass der Weg durchaus gefährlich ist, gemahnt ein Kreuz am Wegesrand. Es erinnert an einen Pilger, der hier tot zusammengebrochen ist.

Nelly wird im Angesicht des Kreuzes sehr still. Es ist nicht das erste seiner Art, das sie am Weg gesehen hat. Auch das ist der Camino.

»Das ist eine sehr beliebte Etappe«, ruft Javier von vorn. »Gut fürs Geschäft!«

Was haben Geschäfte mit seinem Paradies zu tun?

»Wart's ab«, lächelt Javier.

Nelly wartet ab und verliert sich in Gedanken. Javier hat ihr im Auto erzählt, dass vor allem Paul Coelho und sein legendäres Buch vom Jakobsweg zur Popularität dieses Wegabschnitts beigetragen haben. Es geht um seine Geschichte von den wilden Hunden, die Coelho hier zum Kampf gegen das Böse gefordert haben sollen: wahre Höllenhunde, von Satan entsandte Gegner aller Krieger des Lichts. Mit so etwas hat es Nelly ja nun nicht so sehr. Das klingt für sie mal wieder nach Templern und einer Weltverschwörung des Bösen.

Kurz vor dem legendären Bergdorf Foncebadón bietet ein fliegender Händler in einem nachgemachten Kettenhemd und Ritterhelm Pilgerstäbe feil, die ganz gefährlich nach Knüppel und Totschläger aussehen. Pfefferspray hat er auch im Angebot und Petrus-Medaillen, die gegen Tollwut schützen sollen. Wer mag, kann sogar selbstgeschnitzte Templerschwerter bei ihm erstehen und Kettenhemden.

Javier begrüßt den Mann mit einem kurzen Nicken. »Und, wie laufen die Geschäfte?«

Der Mann zuckt grinsend mit den Schultern. Offensichtlich laufen die Geschäfte dank der angeblichen Gefahr durch die Höllenhunde gut.

»Ich hoffe, das meintest du vorhin nicht mit guten Geschäften«, wispert Nelly und betrachtet skeptisch die in den Bäumen baumelnden Holzschwerter.

Javier schüttelt lachend den Kopf. »*No.*« Der Händler sei ein Spinner und Freak, aber eben ein alter Bekannter, erklärt er und kauft dem Spinner einen mannshohen Pilgerstab ab. Ob aus Mitleid oder weil er an Höllenhunde glaubt, verrät er nicht.

Noch einmal geht es steil nach oben eine Böschung hinauf. Die letzte, wie Javier verspricht. Er steigt voran. Oben angekommen reicht er Nelly die Hand, um ihr hinaufzuhelfen. Es ist eine nette Geste und ein kleiner Trick. Als sie neben ihm steht, zieht er sie an sich und küsst sie.

Nelly küsst nicht zurück und träumt sich auch nicht auf ein Südseeatoll wie damals in Bilbao. Ihr wird nur ein winziges bisschen schwindelig. Das kann aber auch an der senkrecht herabstechenden Sonne liegen. Sie hat keinen Hut auf. Und außerdem stinkt es hier oben nach Busabgasen.

»Foncebadón«, sagt Javier und weist zu einer kleinen Siedlung hinauf, vor der auf einem Sandplatz gleich drei munter ratternde Dieselbusse parken, um Touristen zu entladen.

Nelly hält unwillkürlich Ausschau nach ihrer Gruppe. Wie albern. Paolo und die anderen haben schließlich keine Wegetappen übersprungen.

Der Ort besteht aus bröckelnden Katen, Mauerstümpfen und zerfallenden Scheunen, die notdürftig mit Blech bedeckt sind. Trotz allem ist das Dorf, das ein Eremit gegründet hat und in dem im Mittelalter noch Kirchenkonzile tagten, an einem Sonnentag wie diesem alles andere als unbelebt. Der Knüppelverkäufer im Kettenhemd war nur ein Vorbote des bunten Rummels, der Nelly und Javier in Foncebadón erwartet. Weil es ein Geisterdorf sein soll, wollen Pilger und Touristen das Dorf mit seinen fünf Dauerbewohnern sehen. Darum gibt es längst wieder drei Hostals und Refugios. Eins verzaubert mit gediegener mittelalterlicher Atmosphäre, ein anderes bietet biodynamisches Essen, Erdinger Weißbier und sogar Hydro-Massage-Duschen an. Selbst ein Nobelrestaurant findet sich.

Das ist ziemlich viel Wellness für Wallfahrer, findet Nelly und schämt sich sofort. Herrje, sie hat es nötig! Als ob sie jetzt nicht ebenfalls liebend gern eine Massagedusche aus zwölf Brauseköpfen genießen würde. Als ob sie nicht selbst in den letzten Tagen den Komfort einer spirituellen Luxusreise und Hotels wie die Finca von Herrn Viabadel genossen hätte! Und was ist falsch daran, wenn eine strukturschwache Region, die viel Armut und Not kennt, nutzt, was sie zu bieten hat? In den meisten Fällen tut sie es durchaus charmant.

Herbergers Homepage blitzt kurz in ihren Gedanken auf. Seine Textsammlung über die Widersprüchlichkeiten des Weges und darüber, dass es an einem selbst liegt, was man darin sieht und daraus macht. In Viana hat sie das für Geschwätz gehalten, jetzt bemerkt sie, dass Herberger weise Zurückhaltung geübt hat, um niemanden zu verletzen und alle vorzuwarnen, die hier heile Welt, spontane Erlösung von allem Übel oder hehre Einsamkeit erhoffen. Was hier geschieht, behagt ihr dennoch nicht. Es ist zu viel des Guten am verkehrten Platz. Selbst die kirchliche Herberge bietet neben Messen in der restaurierten Kirche, die vom Schlafsaal aus betreten werden kann, einen Internetanschluss an. Immerhin wird dieser Service nach wie vor gegen *donativos*, Spenden, angeboten.

Javier stört der Rummel offensichtlich weniger. Er erzählt stolz, dass im Web bereits Restaurantkritiken und Hotelbewertungen über Foncebadón kursieren und es Pauschalangebote für Tagesausflüge gibt. »Jede Menge privater Investoren und Eventgastronomen haben Pläne für das Dorf«, sagt er. »Und das alles nur, weil ein paar mutige Aussteiger und Pioniere vor einigen Jahren das Dorf wiederentdeckt haben.«

»Ein Paradies«, wendet Nelly ein, »sieht anders aus.« Ihr missfällt Javiers begeisterter Unterton.

Zu ihrer unendlichen Erleichterung nickt Javier. »*Sí*. Foncebadón ist verloren. Hier hat man einiges falsch gemacht. Aber das ist auch nicht unser Ziel.« Vor allem, ergänzt er, weil sich in seinem Paradies konkurrierende Restaurantbetreiber oder verfeindete Bewohner nicht nachts gegenseitig die Häuser anzünden.

Als Nelly ihn entsetzt anstarrt, erzählt Javier schulterzuckend von einer Brandstiftung, die sich einige Jahre zuvor in Foncebadón zugetragen hat. Bedauerliche Folgen einer gewissen Goldgräberstimmung; außerdem sind die Winter hier oben lang.

Nelly will rasch weg aus einem Dorf, das bei nur fünf Bewohnern eine derart hohe Verbrechensrate aufweist.

Hinter dem Dorf wählt Javier einen Abzweig des Camino

und führt Nelly in nordwestlicher Richtung. Hinein geht es in eine versteckte Talsenke, die an ihrem tiefsten Punkt auch mittags im Schatten liegt. Javier zerteilt mit seinem vorhin erstandenen Pilgerstab Strauchwerk, bahnt sich und Nelly einen Weg. Auf einer Lichtung bleibt er stehen. In ihrer Mitte steht ein Steinhaus ohne Dach, vor ihm ein gemauerter Brunnen und vor dem Brunnen ein krummer Tisch.

»*Bienvenido, Nelly*«, hat jemand in kraftvollen Farben auf einen herabhängenden Schlagladen des Hauses gepinselt. Jeder Buchstabe sieht aus wie ein hübsches Fabeltier.

Nelly hat kaum Zeit, die Malerei und das Haus anzuschauen.

»Das werde ich demnächst abreißen«, sagt Javier. »Komm mit!« Er zieht sie hinter das Haus, wo noch mehr Urwald die Sicht versperrt. »Schau hier! Das machen wir alles weg. Und dann bauen wir. Hier ein Restaurant, da die Herberge. Zehn Betten. Mehr stört und lenkt vom Wesentlichen ab. Ich möchte malen und ein Atelier einrichten.«

Javier spricht und spricht, ohne innezuhalten oder Nelly die Möglichkeit zu geben, zu antworten. Die Preise wird er so gestalten, dass nicht kommen kann, wer will, schon gar nicht in Massen. Er hat genug Kontakte zu Menschen, die bereit sind, sehr viel zu zahlen, wenn ihnen echte Einsamkeit auf höchstem Niveau garantiert wird, sagt er. Darum hat er das gesamte Grundstück und den Wald gekauft.

»Für uns«, sagt er, »und allein für Menschen, die es wert sind und Schönheit wirklich zu schätzen wissen.«

So entflammt und begeistert hat Nelly ihn noch nie gesehen, so ganz und gar überzeugt. Von sich. Sie schüttelt den Kopf, will etwas sagen, kommt aber wieder nicht dazu.

Javier wechselt vom Visionären zum Vernünftigen. Herr Viabadel, sein Patenonkel, hat ihm für den Grundstückskauf einen Kredit gegeben. »Er hat mich schon immer sehr gemocht«, erklärt Javier leichthin. »An der Bar in Bilbao hatte ich ihn bereits beteiligt. Tja, und diesmal, diesmal geht die Sache gut. Der Camino ist krisenfest, die Pilgerzahlen steigen jährlich. Es ist noch nicht zu spät, in das Geschäft einzusteigen.« Einen Kredit für die Baumaßnahmen hat er als Erbe der Bodegas Tosantos ebenfalls in Aussicht.

»Mein Name ist von so unschätzbarem Wert wie die Legende vom heiligen Jakobus«, schwärmt er. »Wir werden ein Stück Camino retten und kreieren, das nicht von gewöhnlichen Idioten und gutgläubigen Schafen zertrampelt werden kann. Hier können wir all meine und deine Träume verwirklichen. Du brauchst nur deine Übersetzungsagentur in Deutschland zu verkaufen. Dein Anteil kostet nicht viel. Vielleicht hat dein Exmann Kontakte zu TV-Leuten, die unser Refugio bekannt machen können. Schauspieler, Filmleute ... Was meinst du?«

50.

Frau Schick schüttelt unwillig den Kopf. Herrje, in diesem neoschicken Hotel sind sogar die Bonbons durchdesignt. Es gibt sie in Würfel- oder Pyramidenform. Rund wäre ihr lieber, aber immerhin verkürzen die Bonbons die Wartezeit bei der Schlüsselvergabe. Frau Schick lutscht kantiges Lakritz – sie ist nicht so fürs Fruchtige –, und Bettina hat anscheinend Himbeergeschmack erwischt. Gegen Erschöpfung hilft beides nicht, und die Klimaanlage jagt ihnen Kälteschauer über die bloßen Arme.

»Teuer mag dieser Kasten ja sein, aber behaglich ist er nicht«, bemerkt Frau Schick fröstelnd.

Bettina zieht ihre Strickjacke aus und legt sie Frau Schick über die Schultern. »Erkälten Sie sich besser nicht«, rät sie.

Nach der Stille der Meseta, den verträumten Klöstern und Kirchen und erst recht nach ihrer Nacht in den Ruinen von San Anton waren die industriellen Außenbezirke Leóns ein Kulturschock. Die Gruppe ist müde und möchte möglichst schnell auf die Zimmer. Dennoch verkündet Paolo mit einem einleitenden »Guck mal« das Abendprogramm. Um neunzehn Uhr – also in knapp einer Stunde – ist eine Besichtigung der Kirche von León mit einem örtlichen Führer geplant. Anschließend besteht die Möglichkeit, eine Klosterbibliothek zu besuchen, die unter dem Schutz von San Isidoro, dem Patron der Bücher und neuerdings auch des Internets steht. Paolo verspricht beeindruckende Glasfenster und herrlich gemalte Folianten, eine Gruft mit Rittergräbern und ein

Abendessen unter freiem Himmel mit Blick auf die Kathedrale.

»Man kann das mit den Kirchenbesuchen auch eindeutig übertreiben«, murrt Frau Schick.

Hildegard verlangt eine Führung mit Herberger. »Der hat mir schon vor Tagen die Kirchenfenster mit den roten Reitern in der Rüstung des Santiago-Ordens ganz wundervoll beschrieben«, schwärmt sie.

Paolo zuckt bedauernd mit den Schultern. »Herberger ist noch unterwegs.«

Hildegard verlangt nach Aspirin, einem Einzelzimmer und dem Zimmerservice fürs Abendessen. Martha und Hermann verabreden sich mit dem geknickt wirkenden Ernst-Theodor für die Stadtbesichtigung. »Schließen Sie sich uns an?«, fragen sie.

Frau Schick winkt ab. Nein, für heute hat sie genug. Mehr als genug.

Bettina nimmt zwei Schlüssel entgegen und bringt Frau Schick nach oben. Fürsorglich zerrt sie die auf mediterrane Art stramm unter der Matratze festgesteckten Decken vom Bett, weil Frau Schick nicht eingeklemmt wie in einem Briefumschlag schlafen kann. Sie braucht Beinfreiheit. Bettina hilft ihr diskret beim Auskleiden und Waschen, stellt ein Glas für das Gebiss bereit, füllt Mineralwasser in eine Karaffe und zieht die Vorhänge zu. »Wenn Sie etwas brauchen, ich habe das Zimmer direkt nebenan«, sagt sie, schreibt rasch ihre Zimmernummer auf und platziert sie neben dem Telefon.

Frau Schick legt sich ins Bett und kommt sich sehr, sehr klein darin vor und gut versorgt. Manchmal sind gelernte Krankenschwestern ja doch ein schöner Trost. »Wenn Herberger kommt, dann sagen Sie bitte sofort Bescheid«, verlangt sie noch.

Bettina nickt. »Natürlich. Machen Sie sich keine Sorgen, er wird Nelly schon finden. Er kennt den Camino wie kein zweiter.«

»Das will ich hoffen, ich zahle ihm schließlich ein fürstliches Gehalt, und einen Finderlohn bekommt er selbstverständlich auch.«

»Er wird ihn nicht annehmen, das wissen Sie doch. Und nun denken Sie nicht mehr daran. Es wird schon alles gutgehen. Ich lasse Ihnen noch einen Gedichtband da, der wird Sie auf andere Gedanken bringen.«

»Schopenhauer wäre mir lieber.« Oder die Bibel, aber das sagt Frau Schick nicht, außerdem hat Nelly die im Gepäck. Hoffentlich nutzt es was.

Nachdem Bettina gegangen ist, tut Frau Schick einen tiefen Seufzer. Vor drei Stunden hat sie Herberger zum letzten Mal erreicht. Und war zunächst sehr glücklich. Herberger konnte nämlich einen Erfolg vermelden.

»Ich habe Javier gefunden.«

»Wunderbar. Haben Sie ihm eine geknallt?«

»Das hat Nelly vor mir erledigt. Mit bemerkenswert fester Handschrift«, hat Herberger gesagt. »Ich tippe auf einen linken Haken. Der Mann kann einem leidtun. Ich habe selten ein Veilchen in einem derart vielversprechenden Anfangsstadium verarztet.« Ein stöhnendes Geräusch im Hintergrund bestätigte seine Darstellung.

»Wunderbar, geben Sie sie mir. Ich möchte gratulieren.«

»Das ist leider unmöglich. Nelly ist weg.«

»Weg? Wohin? Wo sind Sie überhaupt?«

»In einem kleinen Tal abseits des Camino. Ich werde jetzt Javier zum nächsten Ort zurückbegleiten und dann...«

»Zur Hölle mit Javier!«, hat sich Frau Schick empört und sich ein dezentes Hüsteln von Bettina eingefangen, weil sie gerade einen sehr stillen Kreuzgang besichtigen mussten. Der äußerst schlecht gelaunte Mönch hat die Gruppe mehr oder weniger offen ignoriert, aber offenbar an Paolo einen Narren gefressen. Jesus als Novize wäre aber auch ein zu schöner Fang.

»Zur Hölle mit dem Kerl!«, hat Frau Schick ungerührt wiederholt. »Sie und Quijote müssen Nelly hinterher.«

»Ich glaube, ihr tut ein bisschen Einsamkeit im Moment sehr gut«, hat Herberger geantwortet. »Señor Tosantos hingegen brummt der Schädel, und er kann auf einem Auge kaum etwas sehen.«

»Jetzt spielen Sie bei diesem Knallkopf bloß nicht den Samariter. Sie können Nelly nicht allein auf dem Camino herumirren lassen.«

»Darin hat sie doch Erfahrung.«

»Herberger!«

»Außerdem irrt sie nicht auf dem Camino herum.«

»Wo zum Teufel denn dann?«

Bettina hat wieder gehüstelt.

»Das weiß ich nicht. Aber Quijote scheint es ausnahmsweise zu ahnen. Er ist in einem Urwald verschwunden.«

»Dann verschwinden Sie gefälligst ebenfalls.«

»Nein danke, der Weg ist mir zu dornig. Hier wuchern Weißdorn, Schlehen und sehr wehrhafte Berberitzen.«

»Jetzt werden Sie mir auf die letzten Meter ja nicht zimperlich.«

»Ich bin nicht zimperlich, nur vernünftig und weiß, wo der Weg endet. Man kann das Ziel auf vergnüglichere Weise erreichen und zwischendrin ein schönes Bier trinken.« Und damit hat er das Gespräch einmal wieder vor der Zeit weggedrückt und das Handy ausgeschaltet.

Frau Schick schüttelt seufzend ihr Kissen auf. Lässt dieser

Knurrhahn ihre Nelly doch glatt durch Wildnis und Dornenhecken irren! Spielt der jetzt den strafenden Gott? Herrje, Nelly hat es dornig genug gehabt in ihrem Leben, das sieht man doch auf den ersten Blick. Da muss man doch nicht noch nachhelfen. Hier macht ja bald niemand mehr, was sie will. Dabei will sie doch immer nur das Beste. Und das werden auch alle bekommen, so wahr sie Frau Schick heißt. Und Röschen.

Frau Schick lässt sich zurück ins Kissen sinken. Immerhin weiß Herberger, wo es langgeht. Tja, und dass er Nelly ein wenig ärgern will, ist letztlich auch nicht schlecht. Das zeigt doch, dass die ihm keinesfalls so gleichgültig ist, wie er immer tut. Ja, diese Variante gibt es auch, wie Frau Schick aus eigener Erfahrung weiß. Und wenn aus dem Happy End nichts werden sollte, ist das auch nicht schlimm. Sie hat nämlich neue Pläne für Nelly.

Sie angelt nach ihrem Rucksack, hebt ihn aufs Bett und sucht den Brief und die Rose hervor. Bettina hat sie in ihre Brotdose gelegt und mit sehr viel Papier umwickelt, damit die welken Blätter nicht zerbröseln. Behutsam packt Frau Schick sie aus und schnuppert daran.

Mit der Rose nah am Herzen liest sie Theklas Brief noch einmal. Diesmal muss sie nicht weinen, sondern lächeln. Thekla wird auch gelächelt haben, als sie das von der Teestunde unterm Rosenbusch ohne Zucker geschrieben hat.

»Die werden wir nachholen«, flüstert Frau Schick in die Stille des Zimmers. »Und für Paulchen legen wir auch ein Gedeck auf. Jawohl.« Und dann wird es fast so sein wie damals auf Pöhlwitz, wenn Röschen im Trollbusch mit ihrer allerersten Thekla und ihren Kaninchen Teestunde gehalten hat. Bei Rosinenkuchen von der Schemutat und Holunderlimonade.

Ob Johannes das verstehen wird? Oder wird er sie für eine

schrullige alte Tante halten? Soll er mal. Das ist sie ja auch. Hauptsache, er ist kein Grüßaugust. Aber das kann er ja nicht sein, bei den Eltern!

Sie packt die Rose und den Brief wieder ein. Dann tastet sie nach dem Gedichtband, den Bettina ihr auf den Nachttisch gelegt hat, ein sehr schmales Bändchen. *Lebensreisen – Lebenswaisen* heißt er. Aha, hm. Ein bisschen sehr poetisch.

Sie wird dennoch einmal schauen, was drin steht, und zwar nach Art der Schemutat. Die hat an jedem Morgen, den Gott für sie werden ließ, Bibelorakel gespielt. Augen zu, Buch aufklappen und dann lesen, was einem ins Auge springt. So macht Frau Schick das jetzt ebenfalls und liest den Satz, der sie zuerst anspringt.

»Am Ende unserer Suche werden wir wieder da stehen, wo wir anfingen, und wir werden den Ort zum ersten Mal sehen. T. S. Eliot.«

Ja, so ist das. Frau Schick nickt wissend. Haargenau so. Und damit gute Nacht. Sie knipst das Licht aus. Und zwei Minuten später wieder an.

Ihr ist etwas eingefallen. Besser aufgefallen. Wie konnte Johannes sich so sicher sein, dass sie das Pilgerpostfach in San Anton entdecken würde? Sie hätte ja auch genauso gut daran vorbeimarschieren können. Nein, das konnte sie nicht. Weil Hope da war und sie darauf hingewiesen hat.

Herrje, warum hat sie das nur übersehen?

Hope war keinesfalls rein zufällig in San Anton. Johannes muss sie beauftragt haben, auf die Wandergruppe zu warten. Das Reiseprogramm mit allen Zwischenstationen wird er von Thekla bekommen haben. Ja, so könnte es sein. Und Hope war sicherlich gern zu einem Akt mysteriöser Nächstenliebe im Namen der Engel von Atlantis bereit.

Verflixt und zugenäht, warum hat sie sich die nicht vorgeknöpft? Wo hatte sie bloß ihren Kopf? Bei Thekla im Himmel und Nelly auf Erden. Hach, wie ärgerlich!

Nun, was man nicht im Kopf hat, muss man in den Beinen haben, beschließt Frau Schick. Wenn Johannes sich so viel Mühe gibt, ihr Theklas Briefe zukommen zu lassen, dann wird sie ihn auf dem weiteren Weg schon treffen. Wie sagte Hope noch zum Abschied? »Auf dem Camino sieht man sich immer zwei Mal.«

51.

Zur Hölle mit Javier. Zur Hölle, zur Hölle, zur Hölle!

Nelly kämpft mit dem Dornengebüsch. Nur gut, dass sie Javiers Knüppel mitgenommen hat. Da kann sie nach diesem Idioten jetzt das Gebüsch vertrimmen. Sie haut auf Schlehenfangarme und Weißdorntentakel ein, hebt stachelige Berberitzentriebe an und schleudert sie in die Luft. Sie schnellen peitschend wieder herab und punktieren wie mit Zähnen ihren Rücken.

Aua, verdammt noch mal! Und an allem ist nur einer schuld: Javier, der Mistkerl. Dornen verhaken sich in Nellys Jeans, dringen vor bis in die Waden. Gegen diesen Buschkampf war ihr Irrweg durch den Wald von Irati ein fröhlicher Sonntagsspaziergang. Immerhin weiß sie diesmal, wo sie ist und wohin sie muss. Ungefähr. Nach Westen, zurück auf den Camino. Wo Westen ist, zeigt ihr die Sonne, die ihren Abendlauf beginnt. Hoffentlich lässt sie sich Zeit, denn im Dunkeln möchte Nelly hier nicht weitergehen.

Ach was, das werde ich nicht müssen. Der Camino kann nicht mehr weit sein, beruhigt sie sich. Wenigstens hat sie diesmal ihren Rucksack dabei. Nur leider kein Handy, nicht einmal eines aus der Steinzeit. Egal, sie wird sich im nächsten Ort einfach ein Taxi nehmen. Selbst in Foncebadón wurde dafür und für den Gepäcktransport von Etappe zu Etappe geworben.

Nelly ist es gleichgültig, wie viel es sie kostet, zurück nach León zu kommen. Sie will zu ihrer Gruppe. Zu den Menschen, die ihr schon am Morgen mächtig gefehlt haben. Zu den »gewöhnlichen Idioten«, wie Javier sie nennen würde. Sie ist gern ein gewöhnlicher Idiot, viel lieber als die Muse eines außergewöhnlichen Mistkerls, der sich für das größte Geschenk Gottes an die Menschheit hält und einen Camino für Erwählte in die Landschaft setzen will. Sie will dahin zurück, wo sie hingehört und wo Javier niemals etwas zu suchen hatte.

Was hat er sich nur dabei gedacht, ihr Leben ganz für das seine zu vereinnahmen? Samt Exmann und guten Kontakten, aber ohne Becky.

»Jetzt, wo sie bei ihrem Vater wohnt, hast du endlich alle Zeit der Welt.« Bei diesem Satz hat er sie an sich gezogen. Ganz fest. Viel zu fest. Sie hat ihre rechte Hand aus seinem Eisengriff befreit und ihm eine Ohrfeige verpasst. Eine zaghafte.

Er hat im Reflex zurückgeschlagen, und an diesem Punkt hat sie ohne nachzudenken zu Javiers Wanderstab gegriffen. Und richtig fest zugeschlagen.

Erschöpft lässt Nelly den schweren Holzprügel sinken. Sie hat sich den Weg in eine winzige Lichtung gebahnt, nicht mehr als ein Loch im Astwerk. Sie umklammert den Stab, stützt sich ab und beugt sich nach vorn, um tief Luft zu holen. Schweiß rinnt ihr über Stirn und Nacken, von den Achselhöhlen hinab zu ihrem Bauch. Wunderbar, einfach wunderbar. Von oben brennt noch immer die Sonne. Ausgerechnet jetzt entscheidet sich ihr Körper für eine Hitzewallung.

Wechseljahre sind wirklich etwas vollkommen Unnützes, denkt sie grimmig. Obwohl ... Eine Hitzewelle war es auch, die ihr die Kraft geschenkt hat, nach Javiers selbstbegeistertem Vortrag über sich, seine Pläne vom Dorf der Erwählten und seine Künstlerträume ganz auf Kosten von Patenonkeln, von Papa und von Nellys Wenigkeit einfach auszuholen und zuzuschlagen. Das alles kam ihr so verdächtig bekannt vor. Ja, diesen Albtraum hat sie schon einmal erlebt. Mit Jörg und mit der Folge, dass ihr Seelenfrieden über Jahre ruiniert war.

Javiers Unschuldsmiene und sein flackernder Verführerblick – das war zu viel. Das war glatt noch eine Steigerung zu Jörgs Ichbezogenheit. Nelly hat sich noch nie so zornig erlebt. So zornig muss sie schon verdammt lange gewesen sein. Irgendwo tief unten, wo das Herz zur Mördergrube wird und wo sie sich nie hingewagt hat. Nein, sie hat immer einen Bogen drum herumgemacht so wie um Schießfilme und Killerthriller. Hass ist so hässlich.

Nelly richtet sich auf, wischt sich den Schweiß von der Stirn, will wieder mit dem Stock ausholen und Büsche verdreschen, aber mit einem Mal fehlt ihr die Kraft. Der Zorn verraucht und schleppt sich wie ein abgekämpftes Monster in seine Höhle zurück. Jetzt ist wieder Platz für alte Dämonen. Da kommen der Schmerz, der diesmal Javiers Gestalt angenommen hat, und das Selbstmitleid. Das sieht immer gleich aus: nach verheulter Nelly.

Ach was, ach was! Schmerz und Selbstmitleid können ihr momentan gestohlen bleiben. Die kennt sie zur Genüge.

Und schon sind sie verschwunden.

Ohne Schmerz und Zähneklappern, ohne Zetern und Gejammer sieht sich Nelly plötzlich einem viel gruseligeren Schreckgespenst ausgesetzt: der Wahrheit, einer Nelly, die vorhin nicht nur einem selbstverliebten Sonnengott, sondern auch sich selbst ins Gesicht geblickt und beide kräftig geohrfeigt hat. Sie hat es immer als Psychologengeschwätz abgetan und nicht hören wollen, wenn Ricarda angedeutet hat, dass sich in der Liebe jeder sucht, was ihm dringend fehlt, und dass Partnerwahl kein Zufall ist. Jetzt erkennt sie: Was ihr ganz dringend fehlt und Javier in höchst ungesundem Maß besitzt, sind Stolz und der Mut, sich selbst zur wichtigsten Baustelle des eigenen Lebens zu machen. Nein, nicht zum Mittelpunkt des Universums wie ein Javier oder ein Jörg, für den die ganze Welt brav Papa und Mama spielen soll, aber zum Herrn des eigenen Schicksals. Am besten, sie fängt jetzt gleich damit an. Aber wie?

»Mach Dünger aus jedem Mist, der dir entgegenschlägt«, hat Bettina gestern gesagt. Aber vielleicht hilft ja auch Ricardas Lieblingswitz, den sie nie müde wurde, Nelly zu erzählen: »Ein schöner Pfau und ein graues Moorhuhn treten vor den Traualtar. Erstaunt fragt der Pfarrer, ob der schöne Herr Pfau sich tatsächlich mit einem unscheinbaren Moorhuhn vermählen wolle. ›Das hat schon seine Richtigkeit, Ehrwürden. Meine künftige Frau und ich lieben mich bis zum Wahnsinn.‹«

Damit muss Schluss sein.

»Ich bin kein Moorhuhn«, versichert Nelly dem sie umgebenden Buschwerk laut und deutlich. »Für niemanden. Nie mehr!«

Genau. Und der Jakobsweg ist nicht die längste Psychocouch der Welt, wie es in einem Text von Herbergers Homepage hieß. Damit kommt sie nämlich ebenfalls keinen Millimeter weiter. Jetzt zählt nur eins.

»Ich will hier raus!« Sie schaut sich suchend um. Hinter ihr gerät das Gebüsch heftig in Bewegung. Dabei herrscht doch Windstille.

Verdammt. Was, wenn Javier ihr gefolgt ist?

Auf Nellys Stirn sammelt sich Schweiß, kalter Schweiß. Ihr Magen klumpt sich zusammen, die Brust wird eng, ihr Herz rast. So fühlt sich richtige Angst an. Sie hebt den Stock und reißt die Augen ganz weit auf, wirbelt auf der Lichtung herum wie ein wildgewordener Ninja-Kämpfer.

An ihr Ohr dringt lautes Hecheln.

»Wuff!«

»Quijote!«

Der Hund springt mit einem Riesensatz aus dem Gebüsch und mit wildem Freudewinseln an ihr hoch und wirft sie um. Offenbar weiß zumindest Quijote Moorhühner aufrichtig zu lieben.

Halb erschrocken, halb erleichtert schiebt Nelly das schwarze Kalb zur Seite. Quijote gibt Pfote und scheint mächtig stolz zu sein. Dann stürmt er nach links zurück ins Gebüsch und bellt auffordernd.

Nelly zögert. Irgendwer muss dem Hund doch folgen. Aber nein, da ist niemand.

Sie folgt Quijote und steht nach zehn, zwölf Metern Gebüsch vor einem Hang und am Fuße eines kleinen, gemein steilen Pfades. Immerhin, es geht aufwärts, ganz ohne Gebüsch.

Braver Hund, denkt Nelly gerührt. Treu, verlässlich und der beste Freund, den man sich wünschen kann. Vielleicht sollte ich ja zusammen mit Bettina ein Tierheim aufmachen, scherzt sie, um sich Mut zu machen.

Quijote stürmt in riesigen Sätzen voran, bleibt stehen, wedelt mit dem Schwanz und schaut Nelly auffordernd an.

»Na gut«, sagt sie. Dann krallt sie sich ins Gestrüpp und keucht ihm hinterher.

Oben muss sie lachen. Über sich und Quijote, der sie auf der Hügelspitze nochmals umwirft. Vor ihr liegt ein mit Schafskötteln übersäter Weg. Wer hat den Hund nur hergebracht? Sie wird es herausfinden, indem sie einfach mit ihm weiterwandert.

52.

»Nicht schon wieder!«, stöhnt Frau Schick, als Paolo am nächsten Morgen in dem beschaulichen Landstädtchen Astorga als ersten Programmpunkt den Besuch eines Bischofspalastes ankündigt. Nein, nein und nochmals nein! Sie will jetzt Kaffee trinken, einfach nur so dasitzen und den lieben Gott einen guten Mann sein lassen.

Die wunderschöne, blankgefegte Plaza in der Ortsmitte und der Schatten der Arkaden laden dazu ein. Von einem Café aus hat man einen ganz ausgezeichneten Blick auf zwei berühmte Glockenspielfiguren, die zur vollen Stunde mit absurd großen Hämmern auf ein Geläut eindreschen. Die Glockenspieler sind ein paar Hundert Jahre alt, tragen mittelalterliche Trachten und stammen aus der Zeit, als Wollhandel und Schafzucht Astorga reich machten. Das zu wissen genügt Frau Schick als Kulturprogramm, während sie auf Nachrichten von Nelly wartet.

Hermann sieht das ähnlich. Er packt seinen Skizzenblock aus und schließt sich ihr an. Selbst Bettina scheint der Sinn für Höheres verlassen zu haben. Sie kommt ebenfalls mit ins Café. Allerdings veredelt sie den Entschluss zur hemmungslosen Faulenzerei mit einer esoterischen Erkenntnis. Die stammt von einem vietnamesischen Buddhisten mit dem merkwürdigen Namen Tik Nathan, wenn Frau Schick das richtig verstanden hat. Sie kennt nur den Dalai-Lama, hat sich aber nie groß für einen Menschen interessiert, der immer nur lächelt.

»Ihr Menschen im Westen bekommt von Kindesbeinen an zu hören: ›Sitz nicht bloß dumm herum, sondern tu endlich mal was Vernünftiges!‹«, zitiert Bettina genüsslich. »›Es ist an der Zeit, dass ihr lernt, nicht bloß dumm herumzutun, sondern endlich mal vernünftig zu sitzen.‹«

Das klingt gar nicht so verkehrt, und Frau Schick fragt sich kurz, ob an ihr vielleicht doch eine Buddhistin verloren gegangen ist. Seit sie den Camino geht, sieht sie das nämlich ähnlich. Von der Schemutat weiß sie außerdem, dass Martin Luther der gleichen Meinung war. »›Man dient Gott auch durch Nichtstun, ja durch nichts mehr als durch Nichtstun.‹ Das sagte schon Martin Luther«, sagt sie. »Schon interessant, dass alle möglichen Religionen auf ähnliche Ideen kommen!«

Hildegard hält das alles für Unsinn und zweifelt die Richtigkeit des Lutherzitats an.

Ernst-Theodor ist überzeugt, dass Frau Schick korrekt zitiert hat.

»Das kann ich nicht glauben«, sagt Hildegard im Weggehen. »Und Ihnen, Frau Schick, schon gar nicht.« Sie hat zu ihrer alten Form zurückgefunden und übt sich in Verächtlichkeit gegen Kunst- und Kirchenbanausen, die bereits am Morgen und vor der Tageswanderung schlappmachen. Ernst-Theodor gibt ihr eilig recht, fängt sich zur Belohnung aber nur einen bösen Blick ein.

Martha hat Mitleid mit Paolo, der die Streithähne begleiten muss, und schließt sich der Besichtigungstruppe an. »Das ist dir doch recht, Hermann?«, fragt sie.

»Meine Liebe, wie kannst du fragen! Ich fühle mich heute ausgesprochen wohl und wach«, antwortet er.

Frau Schick bestellt »Filtro« für das Trio der Kulturschwänzer und bekommt ihn sogar.

Bimm! Bimm! Bimm!, schlägt es hektisch neun Uhr. Hermann macht für jedes Bimm einen Strich, dann beginnt er, die Spielfiguren in Bauerntracht zu zeichnen. Das macht er ganz hervorragend, staunt Frau Schick und sagt es ihm, als er fertig ist.

Hermann schenkt ihr das Bild.

»Ich nehm es nur mit Ihrer Unterschrift«, entgegnet Frau Schick.

Hermann unterzeichnet mit feinen Buchstaben. Frau Schick kneift die Augen zusammen und erkennt die Schrift sofort. Ach, so ist das!

Mit ein paar Fragen hat sie dann auch das Rätsel um die Knicker gelöst. Hermann ist ein Narr wie sie, wenn auch wider Willen. Nein, beschließt sie dann, im Herzen weiß der vergessliche Hermann immer noch sehr wohl, was er tut, es sitzt nicht erst seit Kurzem am rechten Fleck. Vielleicht sitzt er darum trotz allem so beeindruckend gelassen da und lächelt.

Sie erkundigt sich nach seiner Steinsammlung. Hermann will sie ihr am Abend zeigen. »Aber erinnern Sie mich bitte daran! Sie wissen schon.«

Ja, Frau Schick weiß und drückt ihm sacht die Hand. Er drückt zurück und seufzt. Eine Weile schauen sie versonnen den Straßenkehrmaschinen zu, die Wasser auf das Pflaster sprengen und flimmernde Regenbogen in die Luft zaubern. Es tut Frau Schick ein bisschen weh zu sehen, wie schön die Welt in jedem einzigen Augenblick sein kann. Wenn man nur hinschaut und noch hinschauen kann. Zum Glücklichsein braucht man Mut. In jeder Sekunde seines Lebens. Ja, so ist das, bis zum letzten Atemzug.

Jetzt aber Schluss mit der stillen Betrachtung, sie hat noch zu tun.

Frau Schick sucht nach ihrem Handy. Noch immer kein Anruf, auch keine SMS. Bettina hat ihr erklärt, was das ist, aber alle Nachrichten, die sie abrufen kann, stammen von Telefonanbietern. Auch so eine Unart, dass einen neuerdings völlig Unbekannte mit Nachrichten bombardieren! In ihrem Handy, das Herberger in Köln für sie ausgesucht hat, lauert sogar eine Frauenstimme, die sie ständig irgendeinen Blödsinn fragt und Sachen wie »Dienstmerkmale« und »Netboxen« anpreist. So was braucht sie doch gar nicht. Frau Schick will nicht einmal wissen, was das ist. Herrje, jetzt wird sie wieder grantig.

Kein Wunder, denn langsam wird sie wegen Nelly wirklich nervös, auch wenn sie dank Herbergers Schweigen gestern eine geruhsame Nacht verbracht und tüchtig ausgeschlafen hat.

»Ich geh mir eine Zeitung kaufen«, sagt sie schließlich. Vielleicht steht ja was drin, denkt sie kurz. Nein, das kann ja nicht sein. Nelly ist doch gerade erst verschwunden. Aber egal, sie hat jetzt Hummeln im Hintern, und an der Ecke des Platzes steht ein Zeitungskiosk.

Frau Schick lehnt Bettinas Angebot ab, sie zu begleiten, nimmt die Wanderstöcke und wählt den Weg unter den Arkaden entlang. Sie linst hier und dort in ein Lädchen und freut sich über eine Welt aus Marzipan und über die hausgemachte Schokolade, für die Astorga berühmt ist. Nicht dass sie Appetit auf süße Jakobsmuscheln oder Marzipanpilger hätte, aber Paulchen hätte an den Häuschen, Kirchen und Männchen Spaß gehabt, die die Zuckerbäcker von Astorga hier im Märklin-Stil fabrizieren. Eine kleine heile Welt.

Sie quert den Platz und studiert die Zeitungen und bunten Blätter, die der Kioskbesitzer mit Wäscheklammern an ein Gestell geheftet hat. Wie immer scheint in der Welt ordentlich was los zu sein. Vorwiegend Schlechtes. Es ist zur Abwechslung einmal ganz schön, kein Wort davon zu verstehen, der Rummel holt sie in Deutschland schnell genug wieder ein.

Es gibt aber auch englische Magazine, sogar einige deutsche, und die sind ganz frisch. Erst zwei Tage alt. Allerdings gibt es nur die bunten Blätter und Zeitungen mit den ganz großen Buchstaben. Ein besonders buntes Blatt lässt ihr den Atem stocken. Ein selten schöner Mann ist darauf abgebildet; er hat etwas von Horst Buchholz in jungen Jahren, als er die Rolle des Hochstaplers Felix Krull gespielt hat. Hochstapler? Wie kommt sie darauf? Herrje. Darauf kommt sie, weil neben ihm eine ganz junge Nelly steht. Im Abendkleid und mit hochgestecktem Haar.

Nelly?

Das kann doch nicht sein!

Frau Schick lässt sich vom Kioskverkäufer helfen, den Rucksack abzunehmen. Sie kramt ihre Brille heraus, setzt sie auf und nimmt das bunte Blatt von der Klammer und in Augenschein.

Ha, jetzt hat sie es! Das junge Ding ist natürlich nicht Nelly. Das muss ihre Tochter sein. Wie hieß die gleich? Becky. Becky und ihr Herr Papa, der Schauspieler und Hollywoodstar, den nur in Deutschland jeder kennt. Nelly hat ihr seine und ihre Geschichte in groben Zügen erzählt. Um ihren Exmann scheint es derzeit ein wenig Aufregung zu geben. Das verrät die Schlagzeile zum Titelbild. »Filmgala: Wirbel um Traumschiffstar Jörg Barfelder – warum ohrfeigt ihn die Tochter?«

Na so was! Frau Schick lächelt. Also wirklich. Lieber Himmel, das gibt es doch gar nicht! Zwei Ohrfeigen in so kurzem Abstand – eine von der Frau Mama und eine von der Tochter, nur an verschiedene Männer. Nun ja, vielleicht nicht ganz so verschieden. Dieser Jörg scheint ebenfalls vom Stamm der

Schönlinge und Herzschurken zu sein. Für diese Spezies hat Nelly eine Schwäche. HATTE, freut sich Frau Schick in Großbuchstaben, die auf keiner Zeitungsseite Platz fänden.

Ach ja, die Wege des Herrn sind wirklich unergründlich. Sie wird ihm in der nächsten Kirche mal zwei Kerzchen anzünden. Zur Feier des Tages. Aber erst wird sie den Artikel lesen und herausfinden, warum Nellys Tochter zugeschlagen hat.

Sie zeigt die Zeitung dem Verkäufer, zahlt und geht. Neben ihr bremst quietschend ein Radfahrer ab. »Sorry«, sagt er und murmelt eine wortreiche Entschuldigung. Wenn das jetzt John aus Manchester ist, dann schlägt es aber dreizehn. Es ist natürlich nicht John aus Manchester. Nein, so viele Zufälle gibt es nun doch wieder nicht.

Wenig später lässt Frau Schick sich auf ihren Stuhl zurückplumpsen und die Illustrierte schnell im Rucksack verschwinden. Vorerst soll niemand wissen, was sie gerade erfahren hat. Arme Nelly. Arme, arme Nelly. Der bleibt aber auch nichts erspart. Und wie man aus diesem Mist Dünger machen soll, ist Frau Schick unklar. Noch. Erst einmal muss sie jetzt ganz dringend telefonieren, und zwar mit dem Grüßaugust. Den hatte sie gerade so schön und komplett vergessen, aber wenn es um Nelly geht, darf sie jetzt nicht zimperlich sein.

Sie setzt die Brille auf, nimmt ihr Handy und erhebt sich.

»Aber Frau Schick, jetzt bleiben Sie doch einfach mal sitzen«, bittet Bettina. »Denken Sie an Martin Luther.«

»Geht nicht, ich muss telefonieren.«

»Das können Sie doch auch hier.«

»Nein, kann ich nicht, die Sonne blendet, und mit diesem blöden Handy kann man offensichtlich nur im Dunkeln telefonieren. Das Fensterchen mit den Nummernbildchen spiegelt das Licht ja wie blöde.«

Dagegen kann Bettina nichts sagen, sie hat sich selbst schon darüber geärgert. Also zieht sich Frau Schick in den hintersten Winkel des Arkadenganges zurück und gibt sorgfältig eine lange Zahlenreihe ein. Der Grüßaugust ist sofort dran. Der hofft wahrscheinlich, dass ihm jemand endlich seine Beförderung mitteilt. Da kann er lange warten, denkt Frau Schick grimmig und gibt ihm stattdessen kurze und klare Anweisungen im Dalli-Dalli-Ton.

Es dauert trotzdem ein bisschen, bis der Dummbatz weiß, was Gurgeln im Internet ist. Nelly hat das in Viana sofort begriffen. Am Ende weiß es Pottkämper auch, und Frau Schick wartet, bis er die Wortkombination »Jörg Barfelder Tochter verschwunden« eingegeben hat. Pottkämper macht es spannender als die Ziehung der Lottozahlen, bevor er bekannt gibt, was er an neuen Nachrichten über das Thema gefunden hat.

Es gibt nicht viele. Offenbar hat der geschlagene Vater die Ohrfeige genutzt, um Klatschreportern Interviews über sein unfassbares Leiden, seine Sorgen und Ängste um seine geliebte Tochter zu geben. Über den Grund für die Ohrfeige schweigt Papa Barfelder sich aus. Er deutet lediglich an, dass die lange unfreiwillige Trennung von ihm, dem Vater, und das Leben bei der Mutter sein Kind seelisch aus dem Gleichgewicht gebracht hätten, weshalb Becky sozusagen in seine Arme zurückgeflüchtet sei. Dann kommt er noch auf seine neue Show zu sprechen, in der es um Schicksale von Scheidungskindern gehen soll. Die will er vor laufender Kamera mit ihren Eltern versöhnen. Geplanter Sendetitel: »Der Kinderanwalt«. Und damit es echt wirkt und von Anfang an zu Herzen geht, war Becky als erstes Beispiel eingeplant.

Feines Früchtchen, der Herr Papa! Dafür hat er direkt noch eine Backpfeife verdient, denkt Frau Schick. Dann hält sie Pottkämper an, weitere Berichte vorzulesen.

In einem etwas seriöseren Blatt wird vermerkt, dass es keinerlei Anzeichen für eine Entführung oder ein Verbrechen gibt, mit denen Papa Barfelder sich andernorts interessant gemacht hat. Vielmehr sei anzunehmen, dass es sich bei Becky um einen von vielen Ausreißern im Teenie-Alter handelt, die nach Familienstreitigkeiten vorübergehend abtauchen.

Das ist immer noch genug Grund zur Sorge, findet Frau Schick. Immerhin ist Becky nunmehr seit vier Tagen unauffindbar.

Pottkämper fragt, wie es ihr geht und warum sie das alles eigentlich wissen wolle.

»Weil ich Herrn Barfelder sehr verehre«, lügt Frau Schick. »Ein ganz großartiger Schauspieler.« Ja, der kann lügen wie gedruckt und ohne rot zu werden.

Bevor Pottkämper weiterfragen kann, meldet das Handy sich ab. Nanu, hat das einen Stromausfall? Sie geht zurück zur Café-Terrasse und hält das Handy anklagend Bettina entgegen.

»Sie müssen die Akkus neu laden«, stellt die mit einem Blick fest. »Haben Sie Herberger wenigstens erreicht?«

»Nein.«

Ärgerlicherweise kann der sie jetzt auch nicht mehr erreichen. Bettina bietet zwar ihr Handy an, um Herberger anzurufen, aber das nützt Frau Schick nichts, denn für Herbergers Nummer hat sie nun wirklich keinen Platz im Kopf. Vielleicht ist das ja auch ganz gut so, überlegt sie. So bleibt Nelly noch ein bisschen Zeit, bevor sie ihr die ziemlich beunruhigende Nachricht mitteilen muss. Eine Nachricht, für die der liebe Gott – falls es ihn gibt – kein Kerzchen verdient hat.

Oder doch? Vielleicht war Beckys Ohrfeige ja auch ein Befreiungsschlag? Und damit ein Segen.

Frau Schick weiß es nicht. Sie weiß nur eins: Sie will jetzt wieder auf den Weg. *Ultreia,* und möglichst nicht im Gänsemarsch.

Die besten Ideen, das steht fest, hat sie im Gehen.

53.

Nelly erwacht fröstelnd. Nur noch ein Viertelstündchen, denkt sie und will nach dem Wecker tasten. In ihren Träumen ist sie heute Nacht nämlich nach Düsseldorf zurückgekehrt. In den Schutz ihres Schlafzimmers. Da hat sie Unterwäsche aussortiert und lebende Schmetterlinge aus Dessous befreit, und Becky hat sie eingefangen. Becky war vier Jahre alt und sehr niedlich.

So ein Quatsch, sie ist ja gar nicht daheim. Sie ist auf dem Jakobsweg, und ihr Kopf liegt nicht auf einem Kissen, sondern auf einem Hund, der schnarcht. Der macht es richtig. Am besten bleibt sie noch liegen, bis sie wirklich wach ist und Träume von Wirklichkeit unterscheiden kann. Gleich wird sie wieder stramm losmarschieren müssen, und die Sonne ist auch noch nicht richtig draußen. Sie zieht sich die Decke über den Kopf.

Decke?

Moment mal! Wo kommt die denn her? Gestern hatte sie noch keine. Mit einem Schlag ist Nelly hellwach, setzt sich auf und schaut an sich hinab. Oh doch, sie hat eine Decke. Einen Daunenschlafsack, den irgendwer über sie gelegt haben muss. Neben ihr stehen außerdem eine Wasserflasche und eine Tüte mit frischen Bocadillos und Pfirsichen.

Wer macht denn so was? Nelly schüttelt den Kopf, um aus diesem Traum zu erwachen. Erfolglos. Sie träumt nämlich nicht. Ratlos schaut sie sich um. Noch immer keiner da, außer ihr und Quijote.

Sie hat sich gestern lange nach Einbruch der Dunkelheit und nach vergeblicher Suche nach Quijotes Begleiter hinter dieser Steinkirche niedergelassen. Das war immer noch besser als das behelfsmäßige Refugio, das sie auf ihrem bedauerlich langen Umweg zurück zum Camino irgendwo im Niemandsland entdeckt hatte. In diesem privaten Refugio, einer Neugründung eines deutsch-belgischen Pärchens aus der Kettenhemdfraktion, hat sie ohnehin keinen Platz bekommen. Mit vier Gästen, die bereits schliefen, war die Hütte voll. Außerdem waren Hunde aus vorgeblich hygienischen Gründen unerwünscht. Als ob ihr Quichote in der Bruchbude noch etwas hätte verschmutzen können!

Bei Tag ist die Hütte mit ihren Santiago-Wappenschildern, den nachgemachten Rüstungen, selbstgezogenen Kerzen und Lampions aus Pilgerkürbissen – alles handgemacht und ziemlich teuer – sicherlich ein pittoreskes Fotomotiv zum Thema alternative Wegelagerei. Die Aufnahmen sind nämlich nicht kostenfrei. Fünf Euro Zwangsspende verlangen diese Raubritter des Weges auf rotgepinselten Warnschildern für ein Foto. Für die Benutzung eines Chemieklos war der gleiche Betrag fällig. Was für ein Ort beispielloser Ungastlichkeit!

Nicht einmal ein Taxi konnten diese seltsamen Menschen Nelly rufen, weil ihre bunt bemalte Bretterbude in einem Funkloch liegt. Angeblich. Vielleicht wollten sie aber auch nur hundertfünfzig Euro verdienen. Für diese Summe nämlich boten sie Nelly an, sie auf den rechten Weg zurückzuführen.

Nachdem sie etwas Wasser von dem eigentlich kostenlos vorbeifließenden Bergquell gekauft hat, ist Nelly dann wieder aufgebrochen. Es musste sich doch etwas Besseres als diese Freaks finden lassen! Nach knapp zwei Kilometern Stolperei über einen Schotterpfad und durch die Finsternis war sie sich da nicht mehr so sicher. Sie wollte schon fast aufgeben, als sie durch Zweigwerk und im Licht des Mondes einen Parkplatz und eine asphaltierte Straße mit dem Zeichen des Jakobswegs entdeckt hat. Auf dem Parkplatz stand ein buntbemalter Camper mit belgischem Kennzeichen, der Werbung für »*El paradiso* – die etwas andere Herberge« machte. Der Camper war in erstaunlich gutem Zustand, von der Bemalung abgesehen. Wahrscheinlich vermieteten die Camper ihren Schlafplatz immer dann, wenn Freunde des Paradieses nach einem Schlafplatz fragten. Auch eine Art, sich ausgedehnte Sommerferien zu finanzieren.

Da im Wohnwagen kein Licht mehr brannte, ist Nelly die Straße mit dem Muschelzeichen dann weitergelaufen – bis sie den Ort entdeckte, an dem sie spontan bleiben wollte. Unbedingt. Im Mondlicht und auf einem Hügel aus Geröll erhob sich vor ihr nämlich in majestätischer Einsamkeit das *Cruz de ferro*, das berühmte Eisenkreuz. Schön war es eigentlich nicht, lediglich ein sehr hoher blankgeschälter Eichenstamm, auf dem ganz oben ein unscheinbares kleines Eisenkreuz angebracht ist. Dafür hatte Nelly es ganz allein für sich.

Am Stamm baumelten ausgemusterte Wandersocken, bunte Tücher und eine Menge Kram und Tinnef aus Pilgerrucksäcken, aber auch tief Anrührendes, wie Nelly bei näherem Hinsehen und im Schein ihrer Taschenlampe feststellen konnte: Bilder von und Briefe an Verstorbene, krumme Gedichte, kleine Gebete, Segenswünsche, Dank für und Bitten um Genesung.

Quijote ist so wild hinter Nelly den Geröllhügel hochgetollt, dass die Steine spritzten. Als er das Bein heben wollte, hat Nelly ihn scharf zurückgepfiffen und in ein Waldstück gejagt. Während der Hund dann seine Pinkelpause einlegte, hat sie still beim Kreuz gestanden. Sie hat kurz überlegt, ihren

Opal hier zu lassen. »*Omnia vincit amor* – Alles besiegt die Liebe.« Daran glaubt sie nicht mehr, wirklich nicht.

Aber Hermanns Opal war zu schön, um unter diesem Sockenmast zu bleiben, und Nelly ist auch nichts eingefallen, was sie sich wünschen oder welche Sorge sie hier abwerfen könnte. Natürlich gäbe es da Tausenderlei, aber alles schien ihr verglichen mit dem, was sie auf dem Camino hinter sich gebracht hatte und was andere zu schultern haben, zu gering zu sein.

Am Ende hat sie dem Geröllhaufen ein Steinchen für Beckys Wohlergehen zugesteckt, das sich auf den letzten Metern zum Kreuz in ihren Wanderschuh verirrt hatte. Und damit war sie auf einen Schlag zumindest die Sorge los, worüber sie sich sorgen könnte. Ein wenig beschämt hat sie sich gefühlt, weil sie ihre Tochter über all den dummen Kummer mit der Liebe und Javier eine Weile schlicht vergessen hatte. Aber dann ist ihr ein Satz von Ricarda eingefallen. Einer, der ihr wehgetan hat, den sie aber mit einem Mal erleichternd fand: »Gib deiner Tochter endlich das Gefühl, nicht die einzig wahre Liebe und Hauptaufgabe in deinem Leben zu sein. Die Hauptaufgabe deines Lebens bist du selbst, und es ist dein Job, nicht ihrer, dich glücklich zu machen.« Becky, ihre wundervolle Becky, in Liebe loszulassen – dazu braucht es Mut. Weit mehr Mut als dafür, einem Windhund wie Javier in ein erfundenes Paradies zu folgen.

In kurzer Entfernung zum Kreuz haben Nelly und Quijote dann eine moderne Gedächtniskapelle entdeckt. Leider war die Kirche geschlossen und massiv vergittert. So hat Nelly sich auf die Rückseite des Baus verzogen, auf eine überdachte Natursteinterrasse, die die Hitze des Tages gespeichert hatte, und es sich, so gut es ging, darauf bequem gemacht.

Sie und Quijote waren beide hundemüde – zu müde, um

groß über aufkommende Kälte und Magenknurren nachzudenken oder darüber, wo Quijotes Begleiter abgeblieben war. Mehr als eine Hand voll Mandeln und ein lädiertes Schinkenbrot aus Rabanal hatte Nelly nicht mehr im Gepäck. Das Brot hat sie dem Hund gegeben, die Mandeln langsam selbst gekaut. Danach hat sie sich in ihr dürftiges Plastikregencape gewickelt und ist irgendwann eingeschlafen. Ohne Decke.

Nelly starrt sie noch einmal kopfschüttelnd an.

Wer hat sie zugedeckt, das Wasser und die Brote hiergelassen?

Mit einem Mal weiß sie es. Aber natürlich! Warum ist sie Schaf nicht gleich gestern darauf gekommen! Solche Spielchen passen nur zu einem. Genau wie die Idee, sie allein durch die Nacht irren zu lassen. Vielleicht steckt letztlich sogar Frau Schick dahinter? Man kann solche Späße allerdings auch übertreiben. Warum zeigt sich der Samariter wider Willen nicht einfach?

Nelly wendet langsam den Kopf. Zigarettenqualm steigt ihr in die Nase und verrät, dass er sich nähert. Und tatsächlich biegt Herberger einen Augenblick später um die Ecke und lehnt sich lässig an einen Verandapfeiler. Ein Rucksack baumelt von seiner linken Schulter. »Ausgeschlafen?«

Nelly schluckt eine bissige Bemerkung hinunter und nickt. Sie ist unbändig froh, ein vertrautes Gesicht zu sehen. Ganz außerordentlich froh. Genau wie Quijote, den Herbergers Stimme nun ebenfalls geweckt hat. Mit einem Satz ist er auf den Beinen und springt freudig um Herberger herum. Drei, vier Mal, bis er die Tüte mit den Butterbroten entdeckt.

»Nichts da, Quijote«, warnt Herberger. »Dein Futter steht hier.« Er zieht den Hund zu einem Napf, den er neben der Terrasse bereitgestellt hat.

Quijote schnuppert kritisch.

»Es geht auch mal ohne Safran, Freundchen.«

Nelly nimmt sich ein Schinkenbrot. Es ist das köstlichste Schinkenbrot seit Langem, und die Pfirsiche sind fabelhaft. Außerdem muss sie nichts erklären, während sie kaut. Und das ist gut so, denn sie schämt sich gewaltig. So gewaltig, dass sie drei Pfirsiche hintereinander isst.

»Trinken Sie danach lieber nicht so viel«, warnt Herberger, der sich neben ihr niedergelassen hat. »Die nächste Toilette finden Sie erst in acht Kilometern.«

»Das ist mit dem Jaguar doch ein Klacks.«

»Aber nicht zu Fuß, auch wenn es ab jetzt bergab geht.«

»Zu Fuß?«

»Zu Fuß. Ich habe den Wagen gestern Abend bis El Acebo vorgefahren, dort geparkt und wie Sie eine hübsche Nachtwanderung hierher zurück gemacht. Hat mir sehr gutgetan nach der dauernden Autofahrerei. Ich denke, Sie könnten heute Morgen ebenfalls eine tüchtige Wanderung vertragen. Das macht den Kopf frei. Schaffen Sie das?«

Was für eine dumme Frage. »Ja!«

»Erlauben Sie?« Er streicht ihr das Haar von der linken Wange, nickt kurz. »Das habe ich mir gedacht.«

»Was?«

»Dass er ebenfalls zugeschlagen hat. Als Erster?«

»Nein«, sagt Nelly und schiebt Herbergers Hand weg.

»Wird einen hübschen blauen Fleck geben.«

»Das ... Das ist nichts. Die Dornenbüsche waren schlimmer.«

»Passiert Ihnen so etwas öfter?«

Himmel, ist der Mann hartnäckig. »Nein, das ist mir noch nie passiert«, zischt Nelly erzürnt. Was denkt der sich nur? Geschlagen hat sie bislang keiner. Sie allerdings auch noch niemanden. Schwere Verletzungen kann man sich in der Liebe auch anders zuziehen oder zufügen. Die unsichtbaren sind oft die schlimmsten.

»Nun, Sieger nach Punkten und in Bezug auf die Schlaghärte sind in jedem Fall Sie«, sagt Herberger versöhnlich.

»Sie haben ihn gesehen?«

»Und verarztet. Javier wird noch lange an Sie denken.«

»Das tut mir leid«, sagt Nelly und senkt den Blick.

»Sie schwindeln.«

Mist, schon wieder erwischt!

»Wenn Sie meine Meinung hören wollen: Der Mann hat diese Abreibung verdient, auch wenn er nicht viel daraus lernen wird. Er befindet sich bereits wieder in reizender Pflege.«

»In weiblicher?« Nelly staunt, wie nüchtern sie klingt und ist. So also hat Javier sich sein Wurpswede gedacht. Aber ein Wunder ist es nicht wirklich.

»Scheißkerle wie der haben immer einige Eisen im Feuer und halten sich gern alte Flammen warm, wenn sie sich an was Neuem die Finger verbrannt haben«, sagt Herberger. »In der Umgebung von Foncebadón scheint Javier kein Unbekannter zu sein. Sämtliche Freaks und selbsternannten Retter des wahren Weges kennen ihn, vor allem die weiblichen. Von der Magie und dem Sinn dieses Weges scheint er hingegen nur wenig mitbekommen zu haben. Aber so ist es nun mal: Man kann beides nicht einfangen und für teures Geld verkaufen, auch wenn das seit Jahrhunderten versucht wird. Der Camino wächst nur im Gehen unter den eigenen Füßen.«

Nelly nickt, aber erst als Herberger kurz wegschaut; schließlich ist sie Javier gehorsam wie ein Schaf gefolgt, um sein Paradies in Augenschein zu nehmen. Gestern Nacht hat sie vor dem *Cruz de ferro* etwas ganz Ähnliches gedacht. Nur gut, dass sie rechtzeitig aus ihren, besser: Javiers Träumen aufgewacht ist.

Herberger hat unterdessen ein Taschentuch hervorgeholt und es mit einer Desinfektionslösung getränkt. Er greift nach Nellys Wade, schiebt ihre Jeans hoch und begutachtet eingehend die Dornenschrammen.

Nelly versucht, ihr Bein wegzuziehen. Herberger hält es mit eisernem Griff fest. »Das muss ziemlich wehgetan haben«, sagt er und schaut ihr forschend ins Gesicht.

Nelly wendet den Blick ab. Die Frage und die Berührung sind ihr zu vertraulich. Herbergers Hände brennen auf ihrer Haut, weit heftiger als das Desinfektionsmittel, mit dem er vorsichtig – fast hingebungsvoll – beginnt, ihre Wunden zu betupfen. »Au«, schimpft Nelly und hofft, dass er sich beeilt, weil seine zupackenden Hände sie schmerzlich daran erinnern, wie lange sie niemand so hingebungsvoll betrachtet und so fürsorglich angefasst hat. Ach nein, demnächst wird sie sich wohl in einem Zahnarztstuhl dafür schämen oder – schlimmer noch – darüber freuen, dass ein x-beliebiger Mann sich ihrem Körper und Wohlbefinden widmet. Mit Zange und Bohrer.

»Halten Sie still«, befiehlt Herberger. Er tränkt ein weiteres Taschentuch und wischt dann ihre Wangen sauber. Er scheint in so etwas Übung zu haben. Seine Handgriffe sind sehr sachkundig. Genau, sachkundig. Von wegen Hingabe! Er ist einfach geübt darin, Schrammen zu verarzten.

»Das dürfte fürs Erste genügen«, beendet Herberger die Inspektion ihrer Waden. »Kommen Sie?«

Nelly schiebt erleichtert ihre Jeans zurecht, packt ihren Rucksack und steht auf. Herberger rollt gekonnt den Schlafsack ein. Auch das kann er sehr gut. In weniger als drei Minuten steckt der Schlafsack passgenau wieder in seinem Nylonbeutel. Kunststück, denkt Nelly, der Kerl ist schließlich Reisejournalist.

»Vor uns liegt ein besonders schöner und unzerstörter Wegabschnitt«, sagt Herberger schließlich. »Die anderen dürften jetzt noch in Astorga, also etwa dreißig Kilometer hinter uns, sein. Wir treffen sie heute Abend in Molinaseca. Ist Ihnen das recht?«

Ja, das ist Nelly sehr recht, nur die verdammte Höflichkeit dieses Mannes geht ihr langsam auf den Wecker. Die kann doch nicht echt sein.

Nein, Nelly, nein, mahnt sie sich selbst, bleib bei der Wahrheit! Herbergers Freundlichkeit ist echt und stört sie nur beim Männerhassen. Es ist auch nicht Herbergers Höflichkeit, ja Ritterlichkeit, die sie nervt, sondern seine Sachlichkeit. Und sein souveränes Schweigen.

Er bricht es die nächsten acht Kilometer kein einziges Mal, außer um sie auf Toilette zu schicken und kurz mit Frau Schick zu telefonieren. Danach trinken sie schweigend einen Kaffee. Nelly muss an ihren letzten, so viel glücklicheren Schweigemarsch mit Paolo denken. Wie leicht ihr damals das Leben erschien; sie wähnte sich von jeglichem Liebeswahn kuriert und auf einer Reise ins Glück, auf dem Weg zu neuen Ufern. Die Frösche und Zikaden hat sie für magische Omen gehalten, die ihr einen Neuanfang verkündeten. Was folgte, war der nächste Absturz. Nein, etwas viel Schlimmeres: die Erkenntnis, dass Liebe sich in ihrem Fall wohl lebenslang auf schöne Hirngespinste und hormonelle Aussetzer beschränken wird und sie eben darum Hochstapler magisch anzieht. Und das ist noch bei Weitem zu freundlich gedacht. Schließlich gab es in ihrem Leben auch ehrliche Häute wie Ferdinand Fellmann, den sie um sich hat kreisen lassen, ohne ihn je groß zu beachten.

Scheu betrachtet Nelly Herbergers verschlossene Miene. Kein Wunder, dass er mit ihr nicht einmal mehr über Leitfossilien sprechen möchte. Der ahnt sicher, wie viel Schlechtes sie von ihm gedacht hat.

Nach dem Kaffee geht es weiter durch eine einsame Landschaft, die im Winter höchst unwirtlich sein muss, weshalb sie kaum besiedelt ist. Nach fünf weiteren Kilometern schmerzen und brennen Nellys Waden. Bergab tun sie besonders weh. Sie schleppt sich mit zusammengebissenen Zähnen weiter, bis Herberger entscheidet, dass Mittagspause ist. »Ich gehöre nicht zu den Verfechtern der Idee, dass man sich den Jakobsweg erkämpfen und ihn bezwingen muss«, sagt er. »Man darf ihn auch genießen.«

Unter einem Olivenbaum breitet er den Daunenschlafsack aus. Wortlos bietet er ihr einen Platz an, den Quijote dankbar besetzt. Herberger scheucht ihn zurück aufs Gras, dann packt er Käse aus und Brot.

Nelly bekommt kaum einen Bissen runter, sie möchte sich lieber ausruhen. Sie schiebt sich ihren Rucksack unter den Kopf und legt sich auf die äußerste Kante der federweichen Unterlage. Herberger streckt sich aus und verschränkt die Arme im Nacken.

Zwischen den Hartgräsern und Krautbüscheln sirrt und summt es. Über ihnen flirren silbern die Blätter des Olivenbaums. Herrlich friedlich klingt das in Nellys Ohren, geradezu ideal, um einzudösen. Aber das kann Nelly an der Seite eines Fremden nicht. Dösen ist für sie etwas sehr Intimes, beinahe intimer als Sex. Getrieben von unbändiger Lust übereinander herfallen, das kann jeder. Aber einfach so miteinander eindösen, das ist schwierig. Da liefert man sich einander aus, und wer weiß, wie sie beim Schlafen aussieht. Manchmal schnarcht sie sogar, sagt Becky, nicht sehr laut, wahrscheinlich in etwa so wie... Herberger!

Der Mann hat wirklich die Ruhe weg.

Na, was der kann, kann ich auch, denkt Nelly und schließt die Augen. Sie kann es tatsächlich: einfach schlafen.

Na, endlich! Herberger linst kurz unter dem rechten Augenlid zu Nelly hinüber. Hat er sich doch gedacht, dass sie bei Tageslicht und unter freiem Himmel eine ganz Schüchterne ist und schlecht entspannen kann. Er hat genug Frauen neben sich einschlafen sehen, um das beurteilen zu können, auch hier am Jakobsweg und in den kantabrischen Bergen. Die meisten haben beim Einschlafen gelächelt.

Nelly lächelt nicht. Die runzelt die Stirn, ballt die Hände im Schlaf zur Faust und kneift die Augen fest zu. Das könnte an der Haarsträhne liegen, die ihr der Wind zwischen die Wimpern bläst. Herberger streicht sie vorsichtig weg.

Sieh an, jetzt lächelt sie und schmatzt ein bisschen. Sieht sehr unschuldig aus. Herberger muss grinsen. So eine schlägt einen Mann mit dem Kreuz eines Athleten mal eben k. o. Mit einem Pilgerstock. Imponierend.

Nelly rollt sich zur Seite und verschränkt die Arme fest vor ihrem Oberkörper. So, als müsse sie sich selbst umarmen oder etwas ganz Kostbares schützen. Die wahre Nelly, glaubt Herberger, an die sie keinen heranlassen will. Ja, man sollte Frauen wirklich erst einmal beim Schlafen beobachten, bevor man ... Bevor man was?

Nein! Solche Eskapaden hat er nun wirklich hinter sich. Erst recht am Camino. Und die Folgen dieser Eskapaden haben ihn in den letzten Tagen mehr Nerven gekostet als damals manche Liebelei an Manneskraft. Damit ist er endlich wieder beim eigentlichen Grund dieser Reise angekommen. Und in einer Sackgasse. Das Wandern hat ihn nicht wirklich vorangebracht und strengt – dank Frau Schicks und Nellys

Eskapaden – enorm an. Er ist wirklich keine fünfundzwanzig mehr. Am besten er schläft jetzt tatsächlich eine Runde.

Und das tut er, ziemlich fest sogar, bis ihn ein Schnarchen aufstört und sich eine warme Hand schwer auf seine Brust legt. Und das mit erstaunlicher Selbstverständlichkeit, geradezu besitzergreifend. Man sollte Frauen wirklich beim Schlafen beobachten, wundert sich Herberger benommen.

»Ich würde gerne weitergehen«, sagt eine Stimme über ihm. Herberger öffnet die Augen. »Wie?«

Quijote seufzt auf und zieht die Pfote weg. Nelly steht mit gepacktem Rucksack daneben und schaut auf ihn herab.

Neun Kilometer später erreichen sie das steinalte Bergnest El Acebo. Alte Frauen und Männer hocken auf Holzbalkonen oder vor niedrigen Türen, um Pilgerstäbe, Kürbisflaschen und Muscheln feilzubieten. Sehr viel mehr scheint nicht zu tun zu sein.

Die greise Balkongemeinde feuert das Pilgerduo mit heiseren *Ultreia!*-Rufen an. Auch das scheint zu ihrem Tagesgeschäft zu gehören.

»Gott sei mit euch. Ihr geht den Weg auch für uns«, lobt eine Greisin und bekreuzigt sich mit einem zahnlosen Lächeln. Herberger dankt und kauft ihr einen Pilgerstab ab, einen sehr schlanken aus Olivenholz. Er schenkt ihn Nelly und lässt Javiers ungeschlachten Knüppel bei der alten Frau zurück. Die freut sich über das hervorragende Feuerholz und gratuliert Nelly zu ihrem umsichtigen und großzügigen Lebensgefährten. »*Buen camino.*«

Eine schräge Strafpredigt von Frau Schick wäre Nelly jetzt wirklich willkommener. Noch schöner wäre freilich eine von Bettinas weichen, alles verzeihenden und alles verstehenden

Umarmungen. Verdammt, sie ist noch immer die Alte. Sie will für nichts und wieder nichts geliebt werden. Selbst für ihre größten Dummheiten. Und ganz heimlich möchte sie einfach weiterlieben wie bisher. Es hat sich ja jedes Mal ganz echt angefühlt, auch wenn es das nie war. Und so sind am Ende für sie nur Enttäuschung, Unglück und ein bemerkenswert hässlicher Hass übriggeblieben.

Mit letzterem malt sie sich gerade Javiers Veilchen aus, in Rot und Grün und Blau und tiefstem Violett. Nein, so viel Missgunst, Groll und Schadenfreude kann man wirklich nicht gern haben, denkt Nelly und seufzt leise. Als sie hinter El Acebo den Jaguar erreichen, will Nelly lieber weitergehen – obwohl ihre Waden bleischwer sind und heftig schmerzen. Sie möchte laufen, bis jeder Muskel taub ist, auch der, der in ihrer Brust so nutzlos schlägt.

»Allein oder mit Quijote?«, fragt Herberger.

»Mit Ihnen«, sagt Nelly, ohne nachzudenken.

Herberger zögert einen Augenblick lang. Dann legt er ihr beide Hände auf die Schultern und schüttelt den Kopf. »Das ist keine gute Idee, Nelly«, sagt er. »Für derartige Bäumchen-wechsle-dich-Spiele bin ich zu alt, und Sie sollten sich zu schade dafür sein. Ich bin ein noch größerer Mistkerl als Ihr letzter Sonnyboy.«

Es zuckt kurz in Nellys Hand, aber nein, das hatte sie gestern schon, und sie will es sich nicht zur Gewohnheit machen, Männer zu verhauen. Nein, das will sie nicht. Darum schüttelt sie heftig den Kopf.

»Nelly, ich meine es ehrlich. Sie sind eine reizvolle Frau, und ich bin ein Mistkerl. Wenn Sie mir nicht glauben, fragen Sie ...«

Herbergers Handy klingelt, er nimmt die Hände von Nellys Schultern, zieht es heraus und drückt auf Empfang. »Paolo?«

Er verschwindet, um in Ruhe telefonieren zu können.

Wo eben noch Herbergers Hände gelegen haben, brennen Nellys Schultern, aber sie brennen längst nicht so heiß wie ihr Gesicht. Sich zu schämen tut höllisch weh. Dabei gibt es gar nichts zum Schämen, höchstens zum Fremdschämen. Herberger hat sie völlig missverstanden. Dass sie und er, dass sie beide ... Nein, das will und kann sie sich wirklich nicht vorstellen!

54.

»›Mich wundert, dass ich so fröhlich bin‹«, entfährt es Frau Schick im Gehen. »Wer hat das nochmal geschrieben?«

»Angelus Silesius«, sagt Martha, die gerade neben ihr wandert. Bettina hat sie in der Rolle des Friedensvermittlers zwischen Paolo und den verheirateten Zankhähnen Hildegard und Ernst-Theodor abgelöst, die sich abwechselnd Kilometerzahlen an den Kopf werfen. Sie streiten über die exakte Länge des Jakobsweges.

»Silesius ist ein barocker Mystiker«, fährt Martha in ihrer Erklärung fort. »Seine religiösen Gedichte passen wundervoll zum Jakobsweg. In unserem Chor haben wir einige seiner Texte gesungen. Singen ist wie zwei Mal beten, heißt es.«

»Seltsam, dass ich so etwas kenne. Ich lese nie fromme Gedichte«, wundert sich Frau Schick. »Und singen tu ich sie auch nicht.« Oder nur, wenn sie sie von der Schemutat gelernt hat.

»Silesius wird immer wieder gern zitiert. Johannes Mario Simmel zum Beispiel hat aus der Zeile ›Mich wundert, dass ich so fröhlich bin‹ einen Romantitel gemacht.«

»Und was steht da drin?«

»Bei Simmel?«

»Nein, den kenn ich. Von dem stammt doch auch *Liebe ist nur ein Wort*, oder?«

»Ja, und *Niemand ist eine Insel*.«

»Ich nehme an, die Titel sind alle geklaut?«, fragt Frau Schick.

»So würde ich das nicht sagen. Ich mag Simmel sehr.«

»Ich auch, aber was steht denn nun in dem Gedicht von dem barocken Engel Dingenskirchen.«

»Angelus Silesius«, wiederholt Martha geduldig. Darin hat sie schließlich Übung.

Frau Schick nickt. »Den mein ich ja«, sagt sie und erklärt ihren Hang zu Eselsbrücken.

»Eine ausgezeichnete Übung«, lobt Hermann.

Martha muss kurz nachdenken, dann fallen ihr die Verse wieder ein:

Ich komm',
ich weiß nicht woher,
Ich bin,
ich weiß nicht wer,
Ich sterb',
ich weiß nicht wann.
Ich geh',
ich weiß nicht wohin,
Mich ...

»... wundert, dass ich so fröhlich bin«, vollendet Hermann gefühlvoll.

Frau Schick nickt zufrieden. »Ja, das passt wirklich. Auch zu meinen Plänen für heute Abend.«

Martha lächelt. »Was haben Sie denn Schönes vor?«

»Ich gebe ein Fest.«

»Ein Fest?«

»Ja, mit Musik und Tanz. Wir müssen Nellys Rückkehr gebührend feiern! Herberger hat mir kurz hinter Astorga über Paolos Handy Bescheid gegeben. Er hat sie gefunden und wandert wohl noch ein bisschen mit ihr durch die Gegend.«

Das findet Frau Schick wirklich ganz ausgezeichnet. Die beiden sollen sich mal einen schönen Wandertag machen, der erste gemeinsame Betriebsausflug in ihrem Auftrag ist ja danebengegangen, aber das muss nichts heißen. Diesmal ist immerhin der Herr Herberger selbst auf die Idee gekommen. Freiwillig und sicher nicht nur, um seine Chefin zu ärgern. Nein, nein, der will sich wirklich um Nelly kümmern. Er hat das sogar richtig durchgeplant und den Wagen in der Nacht extra weit vorausgefahren, damit sie eine tüchtige Strecke vor sich haben, bis sie ihn wieder erreichen.

Hoffentlich weiß er, wie das geht – um Nelly zu trösten, dazu braucht es Feingefühl –, und hoffentlich ist die Gegend, die er gewählt hat, so einladend sanft wie die Hügellandschaft hier hinter Astorga. Nein, sanft wird Herbergers Strecke wohl eher nicht sein.

Frau Schicks Augen suchen den Horizont ab und finden hohe Berge, deren Gipfel im Himmel verschwimmen. Paolos Gruppe wird sie mit dem Bus überwinden und auf dem Gipfel einen Zwischenstopp am Sorgenkreuz machen. Den hat Nelly bereits hinter sich. Sie hat sogar darunter geschlafen. Ganz schön tapfer.

Ach herrje, ab morgen muss sie noch viel tapferer sein. Gut, dass heute Nacht Quijote bei ihr war. Und Nelly bei Quijote. Das schwarze Kalb ist ja ungern allein, und was Katzenduelle und die Kaninchenjagd angeht, ist er zwar tollkühn, aber selten erfolgreich. Immerhin sieht er bedrohlich aus, und wenn er mal knurrt, dann richtig. Dafür muss es allerdings sehr dicke kommen. Da schlägt er wahrscheinlich seinem Besitzer, dem Basken, nach. Der lässt seine Brauen auch lieber tanzen, anstatt sie zu runzeln.

Tja, das kennt sie von Pöhlwitz: Die größten und stärksten Hunde sind meist die friedfertigsten, solange man sie einfach laufen lässt und ab und an tüchtig lobt. Mit Männern ist das eigentlich nicht anders, überlegt Frau Schick. Echte Leitwölfe kläffen nicht dumm rum und kämpfen nur, wenn es sich nicht vermeiden lässt.

Aber zurück zu Herberger. Hoffentlich kann er Nelly nach ihrer Nacht in den Bergen auch etwas so Schönes zeigen wie das Dorf der Fuhrknechte, das sie hinter Astorga mit Paolo besucht haben: Polvazarez. Den Namen hat sie sich gemerkt, weil dort die Zeit vollkommen stehengeblieben ist, mal wieder im späten Mittelalter. Dennoch hat das Dorf kein bisschen finster gewirkt, sondern sehr beschaulich und heiter, weil seine früheren Bewohner wohl immer genug zu beißen hatten und ein ganz eigener Schlag Mensch waren, der sich aus Kriegen rausgehalten und sich auf das seit eh und je profitable Transportwesen beschränkt hat. Weil sie große Wagen hatten, auf denen die Familie, viel Mobiliar und reichlich Kichererbsen Platz fanden, konnten sie sich bei Gefahr immer rasch aus dem Staub machen.

Außerdem, so hat Paolo erzählt, waren diese Fuhrunternehmer clever genug, sich hier und da mal ein paar Waffen von einem Transportauftrag abzuzweigen, um sich im Notfall gegen Räuber, Banditen und feindliche Söldner zu wehren. So was gab es also auch im Mittelalter: Schlitzohren, die sich weigerten, in fremder Leute Kriegen mitzumischen. Sehr beruhigend so etwas.

»Ah, da vorne wartet ja schon der Bus«, sagt Frau Schick erleichtert und geht einen Schritt schneller. »Und da ist auch Paolo.« Den nimmt sie wenig später beiseite, um mit ihm einige Fragen wegen ihres Festes zu klären. Der Wanderführer ist einverstanden. Ihr Hostal in Molinaseca, sagt er, eigne sich ganz hervorragend für ein Fest, weil es über einen großen Barraum verfüge, in dem ohnehin ein langer Tisch und gutes Essen auf sie warte. Ein Fest bietet sich außerdem an, weil sie die Hälfte des Weges hinter sich und den *camino duro* – den harten Weg über den Cebreiro-Pass nach Galizien – unmittelbar vor sich haben.

»Und wie steht es mit Musik und Tanz?«, fragt Frau Schick, die das mit dem harten Weg nicht hören will.

Paolo zögert.

»Na, kommen Sie schon, Paolo. Sie, unser reizender Fahrer und Herberger werden da doch etwas auf die Beine stellen können. Ich zahle sehr gut, fragen Sie Herberger.«

Paolos schönes Gesicht verdunkelt sich. »Ich bin nicht käuflich, Señora Schick. Für niemanden, und meine Musik erst recht nicht. *Basta!*«

Hui, kann der grimmig gucken! Da muss sie wohl ein wenig nacharbeiten. Sie zieht Paolo noch ein wenig weiter von der Gruppe weg und teilt ihm in wenigen Sätzen mit, warum Nelly dringend ein Fest mit Musik und Tanz braucht, bevor die Realität mit einer ziemlich schlechten Nachricht sie einholen wird. »Kann gut sein, dass Nelly schon morgen nur eins will: umgehend nach Deutschland zurückfliegen.«

Paolo guckt betroffen. »Ihre Tochter iste verschwunden, abgehauen?«

Frau Schick nickt.

»Aber, das musse sie sofort wissen!«

»Noch nicht, Paolo, noch nicht. Heute kann Nelly sicher keinen Flieger mehr bekommen, oder?«

»Kaum. Wir sind hier nichte auf Mallorca.«

»Na also. Sie würde sich nur unnötig aufregen, was weder ihr noch Becky hilft. Morgen kann Herberger sie direkt zum nächsten Flughafen fahren. Wo wäre der übrigens?«

»Santiago. Aber bis dahin sind es von Molinaseca noch über zweihundert *Kilómetros*, und dazwischen liegt der Cebreiro-Pass. Besser, Eckehart fährt noch heute.«

Frau Schick stutzt. Eckehart? Haben die beiden heimlich Brüderschaft getrunken? Interessant. Aber jetzt nicht wichtig. »Morgen ist früh genug, und Pässe sind Herbergers Spezialität«, versichert sie. »Die nimmt er souverän im Walzertakt.«

»Geben Sie mir mein *móvil*«, verlangt Paolo.

»Ihr was?«

»Das 'andy! Ich werde Eckehart anrufen.«

»Das werden Sie nicht tun!«

Paolos sanftes Gesicht wird so unfassbar grimmig, dass Frau Schick nachgibt. »Bettina hat es.«

»Señora Bettina!«, kommandiert Paolo Frau Schicks Freundin herbei. Die guckt sehr erstaunt, als sie sein Handy aus ihrer Tasche zieht.

Der junge Mann schnappt ihr das Telefon weg, tippt eine Nummer ein und hält sich nicht lange mit Begrüßungen auf. »Wo seid ihr?«

Paolo wiederholt einen Ortsnamen, der in Frau Schicks Ohren wie »Placebo« klingt. Danach verstehen sie und Bettina leider gar nichts mehr, denn Paolo redet in sehr schnellem Spanisch auf Herberger ein. Das Gespräch entwickelt sich stürmisch. Paolos Worte hageln und prasseln in den Hörer.

Mit einem »*Maldito*« beendet er das Gespräch. *Maldito* muss eine Art spanisches »Donnerwetter« sein, so viel ist Frau Schick klar.

»Und?«, will sie wissen.

»Er wird sich um die Sache kümmern, sagt er.«

»Soll das heißen, er will Nelly alles sagen und sie direkt nach Santiago bringen?«, forscht Bettina nach.

»*No*, eben nicht. Er iste verruckt wie Frau Schick! Er sagt, wir sollen auf Nelly warten unde feiern.«

Guter alter Herberger, denkt Frau Schick. »Was hat er denn vor?«, fragt sie.

Paolo zuckt mit den Schultern. »Ich hoffe, eine Flug buchen. Er kennt immer eine Weg, um wegzukommen.«

55.

Bergauf, bergab, mal linksherum, mal rechtsherum und immer der Nase nach läuft Nelly die etwa sieben Kilometer zwischen El Acebo und Molinaseca. Wenn sie einmal nicht weiterweiß, wartet sie geduldig auf einen anderen Pilger und fragt nach. Es tut gut, sich ganz und gar auf den Weg konzentrieren zu müssen. Sehr gut. Gehen geht immer.

Quijote kommt gelegentlich vom Camino ab. In üppig bewachsenen Talschneisen, die nach Lavendel duften, locken Kaninchenbauten. Doch Quijote weiß immer, wie er wieder auf den Weg zurückkommt. Als Fährtensucher und Nellyfinder ist er ausgezeichnet. Der Hund hat auch ausgezeichnete Laune, obwohl sich kein Kaninchen blicken lässt. Seine Fröhlichkeit verdankt Nelly der Extraportion Schinkenbrot, die er zum Abschied von Herberger bekommen hat. Nelly ebenfalls. Das war es dann aber. Herberger konnte gar nicht schnell genug von ihr wegkommen, nachdem er sich als Mistkerl geoutet hatte.

Macht nichts, hat sich Nelly während der ersten zwei Kilometer durch die toskanaähnliche Wildnis eingeredet. Macht gar nichts.

An einer Wegkreuzung, als sie einmal wieder nicht weiter wusste, weil keine Muschel und kein gelber Pfeil in Sicht waren, musste sie sich dann aber eingestehen, dass es ihr sehr wohl etwas ausmacht, dass Herberger nicht mitgekommen ist. Sie hätte nämlich sehr gern klargestellt, dass sie von ihm nun wirklich nichts will. Was muss er nur von ihr denken? Sein merkwürdig deplatziertes Geständnis, dass er selbst ein Mistkerl ist, war ein Satz wie ein Messerstich. Und dieses Bäumchen-wechsle-dich-Gerede. Einfach unglaublich. Und verletzend. Sieht sie etwa so bedürftig aus oder so männertoll? Und das ausgerechnet nach dem gestrigen Tag und ihrem handfesten Abschied von Javier? Wollte er sie hochnehmen oder unverbindlich testen, ob sie endgültig von Javier kuriert ist? Sie weiß es nicht. Herberger ist das verwirrendste Mannsbild, das ihr je untergekommen ist. Eins steht jedenfalls fest: Das gemeinsame Nickerchen unter dem Olivenbaum hätte sie sich und ihm ersparen sollen. Wenn der nur wüsste, wie männerabstinent sie leben kann. Jahrelang. Und will. Wenn nötig, für immer.

Nein, Nelly ist an Herberger als Mann nicht interessiert. Sie hatte nur gerade begonnen, ihn gern zu haben. Das hatte ihr ein wenig Hoffnung gemacht, dass sie irgendwann einmal Männer wie Fellmann, an den Herbergers unverhoffte Freundlichkeit sie erinnert hat, anziehend finden könnte. Mehr nicht.

Herrje, sie wollte Herberger wirklich nur als Weggefährten, nicht fürs Leben, sondern nur für ein paar Stunden, weil er sie in Ruhe gelassen und keine Fragen gestellt hat. Und dann macht er alles mit einer anzüglichen Andeutung kaputt. Er hat recht: Er ist wirklich ein Mistkerl. Ein ehrlicher Mistkerl, aber das macht die Sache nicht besser. Für wen oder was hält der sie nur?

Über diese Frage hat Nelly nachgegrübelt, bis ihr ein Pilgertrio in den Rücken gestolpert ist, ein bayerisches, das sie gern in ihre Mitte genommen hätte. Es waren die Taxipilger aus Bilbao, die anscheinend immer noch Caminohopping betreiben, denn nur zu Fuß können sie es von Pamplona bis hierher in so kurzer Zeit nun wirklich nicht geschafft haben. Die Werbung für kostenlose Fußmassagen klebte immer noch an einem ihrer Rucksäcke.

Nelly hat die Begleitung dankend abgelehnt und behauptet, sie warte auf einen Freund. Der erschien dann auch – in Gestalt des munter bellenden Quijote. Das Pilgertrio hat spontan Gas gegeben und ist nach links abgebogen, womit es einen Umweg in Kauf genommen hat, wie Nelly dank Quijote rasch herausfand. Der hat sein Bein nämlich an einer von Unkraut überwucherten Wegmarkierung gehoben und sie damit auf einen Richtungspfeil hingewiesen. Der zeigte nach rechts.

Einen Moment lang hat Nelly sich diebisch über das Pech der Bayern gefreut, geradezu saupreußisch gefreut. Einen winzigen Moment. Dann ist sie ihnen nachgelaufen, um ihnen zu sagen, dass sie auf dem Holzweg sind. Wenigstens mit der Nächstenliebe kann sie nicht viel falsch machen, hat sie sich gesagt.

»Sacklzement, schoa wieda«, hat einer der Bayern geflucht und erzählt, dass sie bereits gestern auf Abwege geraten sind und in einer Abzocker-Herberge von einem Pärchen in Ritterkostümen nächtigen mussten, wo selbst dass Quellwasser berechnet wurde.

Damit waren sie nun wirklich genug gestraft, fand Nelly, die sofort ahnte, wer die geldgierigen Herbergseltern waren. Deshalb hat sie die Bayern nicht nur auf den rechten Weg zurückgeführt, sondern hat sie auch eine Weile begleitet. Sie haben viel gelacht. Über ihre Erlebnisse mit der Kettenhemdfraktion und ihre Dummheit.

So unerträglich wie vermutet waren die Hallodripilger nicht, und in einer winzigen Bar in einem winzigen Dorf haben sie sich dann herzlich voneinander verabschiedet. Die Bayern brauchten eine Brotzeit mit Bier, und Nelly wollte weiter. Die Bayern haben ihr noch einmal ausführlich gedankt und sie für ihren Mut bewundert, den Weg allein zu gehen.

»Nur in Abschnitten«, hat Nelly gestanden.

Tapfer sei sie trotzdem, fanden die Bayern, das merke man schon daran, wie sie den Höllenhund zu bändigen wisse. Gemeint war damit natürlich Quijote, den sie mit einem sehr scharfen »Aus« von einem der Bayern-Rucksäcke loseisen musste. In dem Rucksack wohnten nämlich Bocadillos mit Serrano-Schinken und Käse.

Kurz nachdem sie sich wieder auf die Strecke begeben hat, entdeckt Nelly zu ihrer Freude den ersten Wegweiser mit dem Ortsnamen Molinaseca.

Es geht noch einmal steil bergab, hinunter auf eine Straße, an einer Mauer, einem Abgrund und einem gurgelnden Flüsschen entlang, in dem Quijote ein Bad nimmt. Von dort sind es bis zu dem Dörfchen Molinaseca, das Nelly mit pastellfarbenen Häusern begrüßt, nur noch ein paar Hundert Meter. Der Jakobsweg führt über ein Bogenbrückchen direkt ins Dorf und auf den weitläufigen Gebäudetrakt einer alten Wassermühle zu.

Nelly verlangsamt ihre Schritte, um ihre Ankunft in dem wunderhübschen Dorf Schritt für Schritt auszukosten. Sie läuft langsam bis zur Mitte der Brücke, bestaunt die Mühlengebäude, schaut auf den Fluss, entdeckt ein träge dahingleitendes Schwanenpaar und am Ufer Kinder, die Enten füttern. Wie idyllisch. Zum Verlieben schön! Ja, man darf und muss und kann den Jakobsweg auch einfach mal genießen.

»Sie haben lange genug herumgetrödelt, das ziehe ich Ihnen vom Lohn ab.«

Nelly wirbelt herum.

»Frau Schick! Ich bin so froh, Sie wiederzusehen.« Sie will die alte Dame in die Arme schließen.

Frau Schick nutzt einen Wanderstock als Schranke und hält Nelly auf Abstand. »Lassen Sie das«, sagt sie grob. »Ich bin keine Chefin zum Umarmen. Und wir haben heute noch zu tun.«

»Wo ist unser Hotel?« Nelly übergeht die Androhung von Arbeit. Nach Bibelübersetzungen ist ihr jetzt wirklich nicht zumute. Sie braucht eine Dusche.

»Sie gucken direkt drauf.« Frau Schick zeigt auf die Wassermühle. »Die Müller von Molinaseca müssen einmal sehr reiche Leute gewesen sein. Das Wohnhaus hat riesige Zimmer. Ich habe für Sie eins mit Blick zum Fluss reserviert. Die Bäder sind wundervoll, jedes einzelne so groß wie eine ganze Pilgerherberge.«

»Klingt wunderbar, ich freu mich auf eine heiße Dusche«, sagt Nelly.

»Später. Zuerst müssen wir Ihnen neue Schuhe kaufen.«

»Schuhe? Ich habe doch welche.«

»Ich spreche nicht von Wanderschuhen.«

Nelly wundert sich. Was soll das Ganze, und warum ist Frau Schick nur so schlecht gelaunt? »Neue Sandalen besitze ich dank Ihnen doch auch. Sehr hübsche Sandalen, und in meinem Gepäck habe ich Slipper und Turnschuhe.«

»In Sandalen oder Turnschuhen schlappen Sie mir nicht übers Tanzparkett. Da brauchen Sie was mit Absatz.«

Nelly fühlt Erschöpfung in sich aufsteigen, tiefe Erschöpfung. Ihre letzten Schuhe mit Absatz und in Tanzschuhoptik hat sie in Pamplona im Hotelpapierkorb entsorgt. Sturzbetrunken. Und das war richtig so. »Frau Schick, warum sollte ich hier um Gottes willen Tanzschuhe brauchen?«, fragt sie leise.

»Weil wir alle heute ein Fest feiern.«

»Ich nicht.«

»Oh doch, schließlich feiern wir Ihre Rückkehr.«

»Geht das nicht auch bei einem Glas Wein?«

»Nein! Leider gibt es in diesem Dorf natürlich keine richtigen Schuhläden, aber Bettina und ich haben uns durchgefragt und ein reizendes Lebensmittel- und Souvenirgeschäft gefunden, dessen Besitzer mit einer Andalusierin verheiratet ist, die früher mal bei einer Flamencotruppe mitgemacht hat. Sie hat genau Ihre Schuhgröße! Vielleicht...«

Nelly kann nicht widerstehen und unterbricht ihre Chefin. »Wie haben Sie das alles ohne Spanischkenntnisse herausgefunden?«

»Das war ein Kinderspiel! Bettina hat auf ihre Füße gezeigt und die Schuhe ausgezogen. Der Händler hat ihr erst Blasenpflaster und dann ein Paar scheußliche Flipflops angeboten. Wir haben den Kopf geschüttelt und ein bisschen getanzt. Bettina kann das erstaunlich gut. Ich musste nur noch *Fiesta Mexicana* singen, und ab da war fast alles klar. Der Händler hat ein paar Kastagnetten aus einer Schublade gekramt, und dann kam seine Frau, die natürlich sofort begriffen hat, worum es ging.«

Nelly schwirrt der Kopf, aber eins hat sie verstanden: An der Party führt kein Weg vorbei.

Frau Schick zieht sie über die Brücke ins Dorf und plaudert munter weiter. »Vielleicht können wir unserer Flamencotänzerin sogar ein Kleid abschwatzen!«

»Frau Schick, ich hasse Flamenco.«

»Ich auch. Und die Fummel, die man dabei trägt, erst recht. Aber sagen Sie ihr das ja nicht! Die Dame hat außerdem etwas viel Besseres. Sie scheint sich ihre Verbannung in die Pampa mit gelegentlichen Shoppingeskapaden in León zu versüßen, und zwar nicht mit Flamencokleidern.«

»Frau Schick, ich bin nicht Ihre Anziehpuppe«, protestiert

Nelly. Alles kann sie sich ja nun doch nicht gefallen lassen.

»Aber meine Angestellte! Die Schick und von Todden GmbH legt Wert auf Mitarbeiter, die dem Anlass entsprechend gekleidet sind. Wo zum Kuckuck steckt eigentlich Herberger?«

Nelly zuckt mit den Schultern. »Keine Ahnung, er ist in El Acebo ins Auto gestiegen.«

»Und wo ist er hin?«

»Hat er mir nicht gesagt.«

Erstaunlicherweise scheint Frau Schick über diese Nachricht gar nicht so unglücklich zu sein. Sehr merkwürdig, denkt Nelly. Was hat die alte Dame nur wieder vor?

An einem schmalen Schaufenster, in dem sich zwischen sauber aufgereihten Wasserflaschen und exakt gestapelten Thunfischdosen ein Gewimmel von Jakobsweg-Souvenirs breitmacht, bleibt Frau Schick stehen. Santiago-Fingerhüte und Santiago-Spitzenfächer tummeln sich zwischen Molinaseca-Miniaturen in rosa Jakobsmuscheln und Kathedralen in Schneekugeln. Nelly schwant Schreckliches.

»Keine Bange, die Frau des Ladenbesitzers hat im Unterschied zu einigen Touristen wirklich Geschmack«, versucht Frau Schick, sie zu beruhigen. »Ach, schau einer an! Hildegard ist bereits reingegangen.« Sie tippt mit dem Wanderstock leicht ans Fenster. »Da bei der Ladentheke steht sie. Sie möchte nämlich auch Tanzschuhe kaufen.«

»Hildegard?« Nelly kommt aus dem Staunen nicht heraus. So lange war sie von der Reisegruppe doch gar nicht getrennt.

»Ich habe ihr vorhin zwei Tequila spendiert«, sagt Frau Schick, als sei es das Selbstverständlichste der Welt. »Die Ärmste hatte sich so schrecklich aufgeregt, weil sie mit Ernst-Theodor in die Hochzeitssuite muss.«

»In die Hochzeitssuite?«

»Ja, ein anderes Zimmer war für die beiden nicht mehr frei. Das Himmelbett ist zwar wunderschön, aber sehr schmal, und die schwarze Bettwäsche ein bisschen...«

»Frau Schick! Da stecken doch nicht etwa Sie dahinter?«

»Für wie plump halten Sie mich? Schwarze Bettwäsche, Moschuskerzen in Herzform und Amor als Seifenschale, also wirklich! Nein, das mit der Suite war reiner Zufall. Die Zimmerschlüssel lagen bei der Ankunft der Reisegruppe in einem Körbchen bereit, und jeder hatte freie Auswahl. Hildegard hat sofort einen an sich gerissen und ist raufgestürmt. Eine Minute später war sie wieder unten. Zornesbleich war sie, das kann ich Ihnen sagen. Keiner wollte tauschen. Nicht einmal Martha und Hermann. Ernst-Theodor auch nicht.«

Nelly seufzt. »Und nach Ihren zwei Tequila will Hildegard jetzt mit ihm tanzen?«

»Nein, mit Herberger. Für Ernst-Theodor braucht sie noch einen Tequila mehr, und was Ernst-Theodor braucht, weiß ich noch nicht.«

»Das geht Sie auch überhaupt nichts an«, sagt Nelly scharf.

»Wenn ich jemandem ein alkoholisches Erfrischungsgetränk spendieren will, muss ich doch wissen, was er gerne trinkt«, verteidigt sich Frau Schick und lächelt verschmitzt. »Keine Bange, Kindchen, es gibt auch Fälle, in denen ich dem Schicksal freien Lauf lasse. Ich kann mich schließlich nicht um alles kümmern, und bei Hildegard braucht es schärfere Geschütze als Amors Pfeil. Ernst-Theodor sollte es vielleicht mal mit Nietzsche und der Sache mit der Peitsche versuchen.«

»Frau Schick! Es reicht. Mit so was macht man keine Scherze«, protestiert Nelly.

»Das sagen ausgerechnet Sie? Wer hat denn erst gestern einen Mann k.o. geschlagen? Noch dazu mit einem Pilgerstock! Ich muss schon sagen ... Herzlichen Glückwunsch!«

56.

Das ist kein Fest, sondern eine Trauerfeier, stellt Frau Schick Stunden später verärgert fest. Niemand aus der Gruppe tanzt, und am Tisch herrscht trotz fantastischer Musik und gutem Rotwein trübe Stimmung. Am Ende steckt diese kollektive Trübsal sie noch an.

Gründe genug gäbe es. Schließlich hat Frau Schick seit San Anton – und das liegt beinahe zweihundertfünfzig Kilometer hinter ihnen – keine Nachricht mehr von Johannes erhalten. Dafür muss sie Nelly gleich etwas mitteilen, was zu deren Abreise führen wird. Und zu allem Elend sitzt Nelly da, als habe sie die Nachricht bereits erhalten. Ziemlich geknickt.

Na ja, tröstet sich Frau Schick, vielleicht liegt das an ihrem doch recht beachtlichen Laufpensum von gestern und heute. Oder – was besser wäre – an der Tatsache, dass Herberger noch nicht wieder da ist. Könnte ja sein. Könnte durchaus sein, dass er ihr fehlt. Die beiden waren heute doch stundenlang miteinander unterwegs. Gegen dreiundzwanzig Uhr will Herberger in Molinaseca sein, hat er vorhin am Telefon gesagt, vorher habe er noch zu tun. Mehr hat er nicht verraten. Na, Hauptsache, er kommt. Frau Schicks Laune hebt sich wieder. Sie nickt huldvoll in Richtung der Musikband, die gerade ein sehr flottes Stück anstimmt, das sogar ihr in die Beine fährt. Sie dirigiert es mit ihren Wanderstöcken.

Der Busfahrer singt aus Leibeskräften, und Paolo spielt Flöte; er hat sogar eine Art Dudelsackpfeifer aufgetrieben, dazu einen Mann mit einer komischen Drehorgel, eine Akkordeonspielerin und zwei junge Frauen, die mit rauen Jakobsmuscheln und Pinienzapfen ganz erstaunlich schnelle Rhythmen und Gerassel produzieren. Klingt ein bisschen schottisch oder irisch.

»Das iste, weil wir uns Galizien nähern«, hat Paolo erklärt. Dort seien die ewig rastlosen Kelten nämlich auch einmal zuhause gewesen und hätten ihre Musik und Dudelsäcke hinterlassen.

Einige einheimische Gäste singen die Lieder mit. Also wirklich, lebhafter kann Musik gar nicht sein. Trotzdem hat sie bislang nur die Flamencofrau mit ihrem Mann und ein paar bayerische Pilger, die Frau Schick gar nicht eingeladen hat, auf die Beine gebracht.

Hildegard und Nelly sitzen in ihren Eckchen und haben zu allem Überfluss die völlig falschen Schuhe an. Hildegards sind nach dem Genuss von zwei weiteren Tequilas zu hoch und ohnehin zu rot, Nellys Schuhe sind zu flach und mattschwarz. Wenn sie wenigstens das Kleid nicht ausgeschlagen hätte! Aber weißer Chiffon war ihr zu durchsichtig, und Plisseeröcke mag sie angeblich nicht, tiefe Ausschnitte erst recht nicht. Was soll Herberger nur denken, wenn er später dazukommt?

Na endlich, beobachtet Frau Schick erfreut, einer der Bayern fordert Nelly zum Tanzen auf. Nelly hat ihn und seine Kumpane am Nachmittag beim Wandern getroffen und vorhin mit großem Hallo begrüßt. Die Band stimmt einen fröhlichen keltischen Tanz im Dreivierteltakt an. Nelly walzert mit dem Bayern eine Runde durch den Raum. Doch sie tut es eher pflichtschuldig und so ganz anders als damals in Pamplona, als sie barfuß getanzt und den hölzernen Hemingway aufgefordert hat. Vielleicht lag es an dem Lied, das damals lief? Wie hieß das nur noch mal. *Carlos Primero?* Nein, das war der Brandy, den Nelly getrunken hat.

Frau Schick fragt Bettina, die sich mit Hermann in seine Steinkugelsammlung vertieft hat, nach dem Liedtitel.

Bettina kennt ihn nicht, dafür hält sie Frau Schick einen himmelblauen Stein unter die Nase. »Schauen Sie mal!«

»Moment, ich muss erst Brandy bestellen«, winkt Frau Schick unwirsch ab.

»Oh ja«, freut sich Ernst-Theodor, »ein *Carlos Primero* wäre jetzt haargenau das Richtige!«

»Tequila is' mir lieber«, nuschelt Hildegard.

Frau Schick ordert eine Flasche von beidem.

»Das ist ein Asterin!«, schreit Bettina ihr derweil ins Ohr, um gegen die Musik anzukommen. »Dieser Stein fördert die Wahrheitsliebe. Schauen Sie nur, das Licht entlockt ihm ein Sternenmuster. Der würde hervorragend zu Herberger passen, meinen Sie nicht?« Sie lächelt verschwörerisch. »Ich würde zu gern wissen, was der Spruch darauf bedeutet. Mein Englisch reicht dafür nicht.«

»Es heißt...«, beginnt Hermann und beugt sich über den Tisch. »Zeigen Sie ihn mir bitte noch einmal?«

Bettina schüttelt den Kopf und schaut Nelly fragend an, die sich wieder an den Tisch gesetzt hat. Die Musik setzt aus, die Band braucht eine Pause.

Frau Schick runzelt die Stirn. »Bettina, es reicht langsam mit den klugen Sprüchen. Das bringt doch niemanden weiter.« Herberger wird sicherlich rückwärts zur Tür rausgehen, wenn er Nelly, Bettina und sie bei einem esoterischen Häkelkränzchen erwischt. Das ist nichts für den.

»Nein, nein, natürlich nicht«, entschuldigt sich Hermann bei Frau Schick und will Bettina schnell die Kugel abnehmen.

»Was?«, wundert sich Frau Schick über Hermanns Bitte um Verzeihung.

»Die Gravuren sind lediglich einige meiner Lieblingszitate, die ich mir einprägen will, solange es geht«, erklärt er. »Darum ritze ich sie in die Steine. Das muss ja niemandem gefallen.«

»Es fördert seine Konzentration«, ergänzt Martha schlicht.

»Ja, meine Finger können sich Buchstaben oft besser merken als mein Gehirn.«

Ach du jemine! Frau Schick schämt sich mit einem Mal ganz gewaltig. Da hat sie sich gerade aber ganz dumm verplappert und mal wieder schwer nach Hildegard geklungen.

Nelly greift rasch nach dem Sternsaphir und hält ihn ins Licht. Sie liest die silberne Gravur auf funkelnd blauem Grund laut vor. »*To thine on self be true, thou canst not then be false to any other man.*«

»Das ist aus *Hamlet*«, sagt Hermann erfreut. »Das weiß ich. Ich liebe *Hamlet*.«

»Ich auch«, sagt Frau Schick, »aber irgendwas fehlt. Nelly, kennen Sie den Rest?«

»Und ob«, sagt diese. »Ich habe schließlich mal in einem Theater gearbeitet! Der vollständige Vers lautet: ›Vor allem eins: Dir selbst sei treu, und daraus folgt so wie die Nacht dem Tage, dass du nicht falsch sein kannst gegen irgendwen.‹«

»Das ›treu‹ könnte man aber auch mit ›aufrichtig und ehrlich‹ übersetzen«, wirft Ernst-Theodor ein.

»Pah!«, macht Hildegard.

»Das passt wirklich hervorragend zu dem Sternsaphir«, lobt Bettina eilig und murmelt etwas von Wahrheitsliebe und Mut zu Treue und Verbindlichkeit. Sie klingt verdächtig wie eine Wahrsagerin vom Rummelplatz.

Hermann hört lächelnd zu und entgegnet etwas über die außergewöhnlich klare Farbe, die Qualität, den Härtegrad und die Lichtbrechungen des Steins. Fakten sind dem gelernten Uhrmacher ganz offensichtlich lieber als Bettinas verstiegener Firlefanz.

Frau Schick kann das gut nachvollziehen. Sie will dennoch wissen, was Bettina damit meint, dass ein Stein, der Wahrheitsliebe, Treue und Verbindlichkeit fördert, hervorragend zu Herberger passe. Schließlich kennt sie Bettina inzwischen zur Genüge und weiß, dass sie Hintergedanken hat, wenn sie so unschuldig und esoterisch guckt wie jetzt.

Und das in Nellys Richtung.

Nelly aber schweigt. Keinen Ton sagt sie.

Dann muss Frau Schick das eben tun. »Und warum soll ausgerechnet zu Herberger mehr Wahrheitsliebe und Verbindlichkeit so gut passen?«

»Weil sein Sternzeichen Waage ist.«

»Na und?«

»Waagen sind fanatische Freunde von Gerechtigkeit und Harmonie, aber sie tun sich schwer, verbindliche Entscheidungen zu treffen, weil sie zu lange das Für und Wider abwägen«, sagt Bettina. »Das gilt bei ihnen ganz besonders in Fragen der Liebe. Sie legen sich ungern fest, worunter sie selbst am meisten leiden.«

»Sie lesen zu viele Zuckerwürfel«, tadelt Frau Schick verärgert, die solche Sprüche vom Einwickelpapier in Kaffeehäusern kennt und immer noch nicht weiß, worauf Bettina mit diesem Unsinn hinauswill.

Die Musik setzt wieder ein. Ernst-Theodor trinkt einen doppelten Brandy, Hildegard wippt mit den Füßen und verliert einen Schuh. Doch Ernst-Theodor rührt keinen Finger, um ihn aufzuheben.

Frau Schick nutzt den Lärm, um näher an Bettina heranzurücken. »Was sollte dieser Vortrag gerade?«, flüstert sie ihrer Sitznachbarin ins Ohr.

»Ich hab etwas über Herberger herausgefunden«, wispert Bettina zurück.

»Ohne mich!«, empört sich Frau Schick.

»Wenn Sie sich Paolos Handy heute genauer angeschaut hätten, wären Sie auch darauf gekommen.«

»Ich benutze Handys zum Telefonieren, nicht zum Spionieren. Das müssen Sie mir erst noch beibringen.«

Bettina rückt noch näher an Frau Schick heran. Kein Blatt würde jetzt mehr zwischen beide passen. »Frau Schick«, wispert Bettina, »ich ahne jetzt, warum Herberger hier ist. Er...«

»Guten Abend, die Damen.«

Verdammt, jetzt ist Herberger tatsächlich da! Und zu früh. Die beiden Damen fahren auseinander.

»*Buenas tardes*, Bettina.« Die dunkle Stimme ist trotz Musik deutlich zu hören.

Bettina springt auf. »Herr Viabadel! Oh, wie schön! Sind Sie gekommen, um Quijote abzuholen?«

Der Hund interessiert sich nicht für sein Herrchen. Er inspiziert gerade die Speisereste auf dem Tisch. Schinken ist nicht dabei, heute gab es Fisch. Den mag er nicht.

»*No.*« Der Baske schüttelt den Kopf. »Nicht Quijote.« Das Nicht nimmt er ganz vorsichtig auf die Zunge. Er hat anscheinend angefangen, Deutsch zu lernen.

»Wir nehmen ihn gerne weiter mit«, versichert Bettina und klinkt zum besseren Verständnis eine imaginäre Leine an Quijotes Halsband. »Er ist *fantástico por un buen camino*«, wagt sie sich ans Spanische.

»Señor Viabadel bringt eine Nachricht für Frau Brinkbäumer«, mischt sich Herberger ein, der neben dem Basken steht und offensichtlich dessen und Bettinas sprachakrobatische Übungen abkürzen will. »Wo ist sie?«

Herrje, wo ist sie? Frau Schicks Augen suchen den Raum ab.

»Drauschen«, nuschelt Hildegard, die ihren verlorenen Schuh nicht findet.

Martha deutet zu einer Terrassentür.

»Ich hole sie«, sagt Herberger knapp.

Der Baske müht sich derweil, Bettina die Nachricht zu erläutern. Seine Brauen greifen die Musik auf und vollführen einen folkloristischen Sprungtanz mit sehr komplizierten Schritten. Bettinas Brauen tanzen mit.

57.

Der Jaguar schnurrt, die Leitplanken zwinkern aus gelben Katzenaugen, vereinzelte Warnschilder kündigen erste Haarnadelkurven an. Aber noch sind die Kehren zum Cebreiro-Pass weitläufig. Dafür geht es steil bergauf, und einige Straßenabschnitte sind ungesichert.

Herberger arbeitet sich konzentriert durch Dunkelheit und Nebelschwaden an klaffenden Abgründen vorbei auf den tausenddreihundert Meter hohen Gipfel vor. Der halbe Mond hat keine Chance gegen die Wolken- und Wetterlage. In Galizien, das sie nach dem Pass erreichen werden, wird es sicher wieder einmal regnen. Das kennt er.

Es ist kurz nach Mitternacht. Bis zum Flughafen von Santiago sind es noch etwa zwei Stunden Fahrtzeit, und geschlossen wird er auch sein. Sie hätten also ebenso gut am nächsten Morgen in Molinaseca losfahren können, aber Nelly hat auf einem sofortigen Aufbruch bestanden. Jeder Meter, der sie näher an Becky heranbringt, zählt, hat sie argumentiert.

Dabei hatte Viabadel gute, ja ganz ausgezeichnete Nachrichten für sie: Becky ist zurück und im Grunde nie abgehauen. Sie hat sich nach der Ohrfeige für den Papa einfach von der Berliner Filmgala zurück nach Düsseldorf durchgeschlagen. *Durchgeschlagen.* Herberger schüttelt den Kopf. Das ist leicht übertrieben. Ein ICE-Ticket kann man sich mit fünfzehn auch im Abendkleid und mit verlaufenem Make-up kaufen. Erst recht, wenn man aus dem gleichen Holz wie Nelly Brinkbäumer geschnitzt ist. Das scheint der Fall zu sein.

Das Kind, denn das ist sie trotz allem noch, muss merkwürdig ausgesehen haben, aber nicht merkwürdig genug, um jemandem aufzufallen. Nach der Bahnfahrt hat Becky sich einfach in der Wohnung ihrer Mutter verkrochen. Wie Teenager es gut können, hat sie die Welt für ein paar Tage weggeschaltet. Telefon, Türklingel und Handy ebenfalls. Sie war offenbar wütend, verletzt und traurig darüber, dass Nelly nicht da und erreichbar war, um sie zu trösten, nachdem der Herr Papa die freundliche Maske des Traumvaters kurz hat fallen lassen.

Falsch, denkt Herberger, eine Maske scheint das nicht zu sein. Dieser Jörg Barfelder ist ganz einfach so, selbstverliebt und auf seinen Vorteil bedacht, den er selbstverständlich auch für Beckys einmalige Chance gehalten hat. Wahrscheinlich hat er sich die selbstgewählte Rolle als benachteiligter Scheidungsvater selbst abgenommen.

Auf der Gala, das hat Herberger mittlerweile durch ein Telefonat mit Nellys Freundin Ricarda erfahren, hat ihn ein Reporter um ein Interview zum Thema Scheidungskinder gebeten, und Jörg Barfelder hat sein und Beckys frei erfundenes schweres Schicksal kurz angerissen. Weit ist er nicht gekommen, denn mittendrin hat Becky ihm eine geknallt. Dann ist sie verschwunden, bis Ricarda sie beim Blumengießen in Nellys Wohnung entdeckt hat.

Herberger nimmt eine weitere Kehre. Ziemlich schlagkräftige Familie, diese Brinkbäumers. Außerdem neigen Mutter und Tochter zu impulsiven Fluchten. Er muss grinsen.

Nelly ist ganz offensichtlich nicht nach Lachen zumute. Sie telefoniert seit einer halben Stunde mit ihrer Freundin Ricarda. Sie nutzt dafür das Handy, das Herberger ihr heute Nachmittag nach seinem alles entscheidenden Anruf bei Herrn Viabadel besorgt hat. Zum hundertsten Mal erkundigt sich Nelly bei ihrer Freundin über Beckys Zustand. Dabei hat sich an dem seit ihrem ersten Anruf in Düsseldorf nichts geändert. Becky schläft tief und fest. Bei Ricarda.

Fehlt nur noch die Frage, ob Becky auch warm zugedeckt ist, seufzt Herberger innerlich. Nein, die Frage verkneift sie sich. Stattdessen folgt ein kurzer Streit darüber, dass Nelly ihre Reise abbricht. Ricarda ist offensichtlich dagegen.

Herberger ebenfalls. Nelly sollte den Camino lieber zu Ende gehen, weil ihr das guttut und sie immerhin ein Honorar dafür bekommt. Wenn Nelly nur nicht so stur wäre!

Nach einer gefühlvollen Versöhnung zwischen Nelly und Ricarda, die Herberger geflissentlich überhört, um nicht aus der Kurve zu geraten, wendet sich Nelly jetzt den technischen Details der Überraschungsnachricht zu. »Wie zum Kuckuck hast du überhaupt die Nummer von Viabadels Finca herausgefunden, Ricarda?«

Falsche Frage, denkt Herberger. Nicht Ricarda hat Viabadels Nummer herausgefunden, sondern er die ihre. Zugegeben: Es hat eine Weile gedauert, bis er auf die Idee gekommen ist, die Telefonanlage von Viabadels Finca zu befragen. Die speichert nämlich die Nummern aller ein- und ausgehenden Anrufe. Er hatte das Flugticket nach Düsseldorf bereits besorgt, als ihm eingefallen ist, dass er an dem Morgen in Viabadels Finca noch Nellys vergessene Telefonrechnung beglichen hat. Sein Anruf beim Basken war ein Anruf ins Blaue, aber ein Treffer.

Herberger hat Ricardas Nummer bekommen, und danach ist alles recht schnell gegangen. Herberger hat Ricarda angerufen, die bereits verzweifelt nach einer Möglichkeit suchte, Nelly zu erreichen. Verzweifelt, aber ziemlich vernünftig, diese Frau, denkt Herberger und schränkt sein Lob sofort ein, zumindest soweit man das von verzweifelten Frauen behaupten kann. Ricarda wollte nämlich sofort am nächsten Morgen nach Santiago kommen.

Nun ja, manche Männer sind auch nicht viel vernünftiger, gibt er zu. Der Baske etwa hat darauf bestanden, die guten Neuigkeiten persönlich nach Molinaseca zu bringen. Und zwar zu Bettina. Die ist eigentlich die falsche Adresse, aber für den Basken anscheinend die richtige.

Getroffen haben sich Herberger und Viabadel in Astorga. Herberger will lieber nicht wissen, wie viele Geschwindigkeitsbegrenzungen Viabadel übertreten hat, um dort rechtzeitig anzukommen und mit ihm bis kurz vor elf in Molinaseca zu sein. Seine eigenen Rennfahrten zwischen El Acebo, Santiago und Astorga haben ihm gereicht. Mit Pilgern hat das wirklich gar nichts mehr zu tun.

Nelly beendet ihr Gespräch kurz vor dem Passgipfel.

»Warum haben Sie das für mich getan?«

»Frau Schick...«

»Nein«, sagt Nelly energisch. »Frau Schick hat damit nichts zu tun. Also?«

»Wie wär's mit einem Kaffee?«, fragt Herberger zurück.

»Hier?«, fragt Nelly ungläubig zurück. »Um diese Uhrzeit?«

»Ich kenne da jemanden«, sagt Herberger.

Nelly stimmt zu. Bestimmt rechnet sie damit, zum Kaffee eine Erklärung zu bekommen.

Herberger nimmt einen Abzweig zu einem Parkplatz und parkt neben einem Pilgerdenkmal, das im Dunkeln leicht bedrohlich wirkt. Genau wie das Dorf Cebreiro, das mit seinen reetgedeckten Rundhäusern zwar ein wenig an die Wohnstätte von Asterix und Obelix erinnert, aber um diese Stunde wie ausgestorben scheint. Nelly fröstelt, es ist empfindlich kalt und feucht hier oben.

Herberger legt ihr eine Fleecejacke um, dann geht er mit einer Taschenlampe voran durch die Dunkelheit. Sie passieren eine Kirche mit stillem Vorplatz, laufen eine Steingasse hinab, umrunden ein mächtiges Rundhaus und erreichen eine schwere Holztür, neben der ein erleuchtetes Fensterchen verrät, dass noch jemand wach ist.

Herberger klopft an.

Ein grauhaariger Mann mit verwittertem Gesicht öffnet mit finsterem Gesichtsausdruck. Bei Herbergers Anblick hellt sich seine Miene auf. »Eckehart! *Entrar!*« Er nickt Nelly grüßend zu und zieht Herberger mit sich ins Haus.

Der Geruch von Fischsuppe und Kichererbsen-Eintopf schlägt Nelly entgegen. Ihr Gastgeber hat sie und Herberger in die Küche seiner Bodega mitgenommen. Ein Putzeimer auf einer blinkenden Stahlfläche zeigt, dass sie den Besitzer gerade bei den letzten Aufräumarbeiten nach einem arbeitsreichen Abend aufgestört haben.

Der herzlichen Begrüßung zwischen ihm und Herberger entnimmt Nelly, dass der Bodega-Betreiber Enrique heißt und ein alter Bekannter von Herberger, nein Eckehart, ist. Und ein gastfreundlicher obendrein. Er nimmt vier hochgestellte Stühle von einem blankgescheuerten Tisch und setzt Teller und Gläser darauf.

»Wir wollten doch nur einen schnellen Kaffee«, wendet Nelly in Herbergers Richtung schüchtern ein. »Sagen Sie ihm das bitte.«

»Kommt gar nicht in Frage«, antwortet Enrique auf Spanisch.

»Gegen Enrique haben Sie keine Chance, Nelly. Er versteht Deutsch, und außerdem gilt sein Krakeneintopf als einer der besten in ganz Spanien. Sie müssen ihn probieren.«

»*Sí.*« Enrique nickt und beweist seine Deutschkenntnisse mit dem Zusatz: »Und dazu eine galizische Rotwein! Aus meine Privatkeller.« Er verschwindet in den Bar-Raum.

Nelly schüttelt unwillig den Kopf. »Ich wollte wirklich nur einen Kaffee und eine Erklärung.«

Herberger zieht einen Stuhl für sie unter dem Tisch vor und setzt sich dann selbst. »Ich habe Sie hergebracht, damit Sie sich wenigstens in angemessener Form vom Jakobsweg verabschieden können, wenn Sie ihn schon nicht bis zum Ende gehen. Was ich im Übrigen nach wie vor für einen Fehler halte.«

»Ich nicht!«

Herberger nickt. »Wie Sie meinen. Aber der Flughafen von Santiago ist um diese Zeit ohnehin geschlossen, und Sie haben Hunger.«

»Habe ich nicht«, widerspricht sie.

»Aber Ihr Magen knurrt seit Molinaseca in immer kürzeren Abständen.«

Nelly nimmt seufzend Platz. Warum hat Herberger nur immer recht?

»Enrique ist ein ehemaliger Professor der Geologie aus Salamanca. Wir haben uns vor siebenundzwanzig Jahren während meiner ersten Jakobswegwanderung bei einer von ihm geführten Exkursion in den kantabrischen Bergen kennengelernt und sind Freunde geworden. Er hat sich damals in diese Gegend hier verliebt und sich nach seiner Emeritierung in Cebreiro niedergelassen, um sich in die Tiefen der Kochkunst zu versenken. Geologen sind oft wunderliche Käuze, wissen Sie.«

Warum erzählt Herberger mir das?, wundert sich Nelly. Sie kann aber nicht nachfragen, weil Enrique zurückkehrt, Wein einschenkt und Suppe ausschöpft, die noch warm ist.

Die beiden Männer tauschen auf Spanisch lebhafte Erinnerungen aus. Leitfossilien kommen auch darin vor. Nelly isst und hört zu. Dass Leitfossilien so viel Begeisterung und Gelächter auslösen können, hat sie nicht gedacht. Es geht allerdings auch weniger um die Tücken der Gesteinsbohrungen als vielmehr um die Freuden nach getaner Arbeit.

Und, Nelly horcht auf, es geht um eine Penelope.

Enrique will von Herberger wissen, wie es ihr geht.

»Gut«, antwortet Herberger. »Ich habe vor zwei Tagen zum letzten Mal mit ihr telefoniert.«

»Und wie geht es ihrem Sohn?«

»Er ist ein wenig vom Weg abgekommen.«

»Schiefe Bahn?«, fragt Enrique betrübt.

»Nein, das nicht«, sagt Herberger. »Ganz und gar nicht, aber Penelope macht sich Sorgen. Kein Wunder, bei dem Vater!«

Enrique klopft ihm auf die Schulter. »Gut, dass du dich darum kümmerst. Penelope hat jahrelang darauf gewartet und Paolo auch. Da bin ich mir sicher.«

Herberger schüttelt zweifelnd den Kopf. »Ich wünschte, du hättest recht.«

Enrique seufzt. »Du hättest es verdient wie kein zweiter, Eckehart. Und Penelope auch.« Sein Blick streift Herbergers Kinn. »Ihr Lutz war der aufgeblasenste Nichtsnutz, den ich je kennengelernt habe.«

»So spricht man nicht von Toten«, mahnt Herberger. »Außerdem war ich nicht besser als er, eher schlimmer.«

»Unsinn«, sagt Enrique entschieden. »Dieser elende Nichtskönner und Säufer hat dein Leben und deine Karriere als Geologe und Edelsteinkenner ruiniert.«

»Nein, das habe ich ganz allein geschafft«, widerspricht Herberger. »Lutz muss ich für vieles noch dankbar sein.«

»Für den Irrsinn mit den Opalen von Coober Pedy? Nein.«

»Ich war der Experte, nicht Lutz.«

»Aber er hat dich auf die Idee gebracht und den Sprengstoff gekauft.«

»Ich hätte es verhindern müssen. Ich kannte den Schacht, und Lutz war betrunken.« Herbergers Stimme wird immer trauriger.

»Das wart ihr beide.«

»Aber ich habe überlebt.«

»Dir ist dein ganzes Leben mitten ins eigene Gesicht explodiert. Eckehart, wann begreifst du endlich, dass es ein Unfall war und kein Verbrechen? Du hast versucht, diesen Dummkopf zu retten!« Enrique greift nach Herbergers Hand und drückt sie. »In Coober Pedy explodieren alle naselang falsch berechnete oder falsch platzierte Sprengstoffladungen, weil da lauter hirnverbrannte Freaks die großen Schatzgräber mimen.«

»Hirnverbrannte Freaks wie ich.«

»Du bist und bleibst einer der besten Geologen und Gesteinskenner, die ich je zum Schüler hatte. Und heute bist du einer der verdammt besten Reisereporter. Ich habe deine Reisen auf deiner Homepage verfolgt. Beeindruckend, aber glücklich hat dich diese Umtriebigkeit nicht gemacht, oder? Es wird Zeit, dass Odysseus nach seinen Irrfahrten heimkehrt zu seiner Penelope. Meinst du nicht?« Enrique schaut Herberger eindringlich an.

Herberger schweigt.

Nellys Gesicht ist starr vor Staunen. Worüber reden die beiden? Und warum hat Herberger sie hierher mitgenommen? Warum will er, dass sie das alles hört? Sie wagt nicht zu fragen, das Schweigen der Männer ist zu intim.

»Verzeihen Sie, Señora Nelly«, sagt Enrique schließlich auf

Deutsch. »Unser Gespräch muss sie sehr gelangweilt haben. Es war unhöflich, nur in meiner Landessprache zu reden.«

»Mach dir keine Sorgen darüber, Enrique. Nelly spricht hervorragend Spanisch, sie ist studierte Übersetzerin und hat alles verstanden. Nicht wahr?« Herberger wendet Nelly das Gesicht zu, ein furchtbar müdes Gesicht.

Enrique starrt Nelly erschrocken an, seine Stirn legt sich in unruhige Denkerfalten. »Ach so ist das«, sagt er. Mehr nicht.

Nelly hat zwar jedes Wort verstanden, aber nicht deren Sinn. Sie weiß nur, dass sie jetzt gehen will und keinen Augenblick länger in Herbergers Gesicht sehen kann, weil er so bemüht gleichgültig guckt, wie nur Menschen gucken, die traurig sind. Untröstlich traurig. Wie gut sie das kennt!

Enrique bietet ihnen einen nächtlichen Besuch der Kirche an, die für ein Blutwunder und eine Madonna berühmt ist. »Ich habe einen Schlüssel«, sagt er. »Manchmal, glaube ich, hilft nur noch beten.«

Herberger streift Nelly mit einem kurzen Blick und lehnt ab. »Nelly muss weiter«, sagt er.

Sie verabschieden sich und gehen zurück zum Jaguar. Scharfer Wind umpfeift sie und treibt Regen vor sich her. Herbergers Fleecejacke versagt ihren Dienst. Nelly friert erbärmlich und zieht die Jacke fester um sich. Herberger legt den Arm um sie.

Das ist völlig verkehrt, denkt Nelly, während sie gleichzeitig zu laufen beginnen, weil der leichte Regen sich in einen heftigen Schauer verwandelt. Völlig verkehrt! Nicht sie, sondern er braucht jetzt jemanden, der den Arm um ihn legt. Dieser jemand, das ahnt sie, heißt Penelope. Und sie weiß, dass Herberger vor allem eins will: dass sie ihn jetzt in Ruhe lässt. So wie er sie auf dem Weg nach El Acebo in Ruhe gelassen hat. Er will keine weiteren Erklärungen abgeben. Das hat er ja gerade dem ahnungslosen Enrique überlassen.

Der Weg löst sich in Pfützen auf. Nelly schüttelt Herbergers Arm ab, um sie überspringen zu können. Als sie den Wagen erreichen, sind sie ziemlich durchnässt. Sie steigen ein und fahren schweigend los. Endlich räuspert sich Herberger. »Haben Sie etwas gegen ein bisschen Musik?«

Nelly schüttelt den Kopf. »Nur bitte nichts Klassisches.« Sie denkt an Mozarts *Jubilate*, das sie gemeinsam mit Frau Schick nach ihrer Rettung aus dem Wald von Irati in diesem Auto gehört hat. Sie ist jetzt nicht in Halleluja-Stimmung.

»Ich habe etwas Besseres«, sagt Herberger und schlüpft schon wieder in die Rolle des Reiseführers. »Wir sind jetzt in Galizien, einer der schönsten Regionen von ganz Nordspanien, einem mysteriösen Land aus Grün und Nebel. Wenigstens musikalisch sollten Sie es besser kennenlernen, wenn Sie den Weg schon nicht beenden wollen.«

»Ich muss zu meiner Tochter.«

Herberger nickt. »Das habe ich Frau Schick auch gesagt, aber Sie wissen, wie sie ist. Sie hätte Sie gerne bis Santiago, nun ja ... weiterbeschäftigt.«

Nelly schaut zum Fenster hinaus. Der Regen geht in Streifen nieder.

Herberger sucht eine CD heraus, legt sie ein und nimmt zugleich eine scharfe Kurve. Der Jaguar gerät ein wenig ins Schleudern, und Nelly klammert sich ans Armaturenbrett. Doch Nelly sagt nichts und lehnt sich wieder in den Sitz zurück.

Keltische Balladen begleiten sie auf dem Weg über die gefährlichen Gefällstrecken den Pass hinab. Herberger nimmt die Kurven nach dem kleinen Ausrutscher vorhin sehr konzentriert. In seinen Haaren glitzern Regentropfen. Sein Gesicht ist der Fahrbahn zugewandt.

Nelly wagt einen kurzen Seitenblick. Dieser Mann weint

keine Tränen, das überlässt er der Musik, denkt sie. Soll er nur! Obwohl das ziemlich dumm ist. In etwa so dumm wie ihr Hang, sich das Leben und Liebesglück in bunten Filmbildern auszumalen. Sie sitzt hier nicht im Kino, sondern in einem Auto neben einem Mann, der Angst vor Bindungen hat. Mal wieder. Die Wirklichkeit hat erstaunlich wenige Farben, und manchmal ist sie schlicht schwarzweiß. Wenigstens das hat sie begriffen.

»Wer ist das?«, fragt sie und deutet auf den CD-Player.

»*Luar na Lubre*, die bekannteste galizische Folkmusic-Gruppe. Die Sängerin ist allerdings Portugiesin.«

Das beweist der nächste Track in höchst melodiöser Form. »*Tu gitana*«, singt die Portugiesin und fragt, ob sie dieses Abenteuer überleben wird. Und es geht nicht nur um die Liebe, sondern um Leben oder Tod, um Alles oder Nichts und darum, was man noch tun oder erhoffen kann, wenn die Seele Trauer flaggt, weil die Erde eine Hölle ohne Ausgang ist.

»Kennen Sie das?«, fragt Herberger beiläufig und starrt angestrengt geradeaus. »Ich mag dieses Lied.«

Jetzt ist es Nelly, die eigentlich weinen müsste und es bleiben lässt. Sie ist nicht mehr in Pamplona und will auch nie wieder dorthin. Sie sehnt sich nach Becky und ihrem eigenen Schlafzimmer, ihrem Bett und einer Decke, die sie sich über den Kopf ziehen kann, ihrer eigenen Decke. Darunter lässt es sich gut im Dunklen weinen.

58.

Also, dieser Rummel ist ihr jetzt gar nicht recht. Ganz und gar nicht. Was wollen all diese Flitzpiepen und Radaubrüder plötzlich auf dem Jakobsweg? Kirmes feiern? Frau Schick ist empört. So hat sie sich den Camino nun wirklich nicht vorgestellt. Oder eigentlich doch. Das war allerdings, bevor sie ihn gegangen ist. Und das ist sie ja nun, zumindest in Ansätzen. Manchmal allein, so wie sich das gehört. Sie hat unterwegs sogar in der Bibel gelesen, Kirchen besucht, an Wunder geglaubt und eine leise Ahnung davon bekommen, worum es auf dem Weg geht. Mehr können weder Thekla noch der liebe Gott – falls es den gibt, woran sie heute einmal wieder stark zweifelt – von einer achtundsiebzig Jahre alten halbblinden Greisin verlangen. So fühlt sich Frau Schick nämlich inmitten dieses Zirkustrubels.

Auf den letzten hundert Kilometern vor Santiago hat der Fußgänger- und Radverkehr bereits rasant zugenommen – der Ablassregel wegen, das versteht sie ja –, aber hier auf den letzten dreißig Kilometern vor Santiago wird es ihr zu bunt. Das ist ja schlimmer als am Kölner Hauptbahnhof, wenn der FC spielt. Und um Frömmigkeit geht es den wenigsten. Der Weg wimmelt nur so von Frohsinnspilgern und Ich-will-Spaß-Pilgerinnen, die mit nichts als einer Handtasche oder Plastiktüte, in Badelatschen oder auf schicken Keilabsätzen unterwegs sind. Allen möglichen Quatsch haben die dabei, um die letzten Meter zum Sündenablass möglichst vergnüglich zu bewältigen. Frau Schick hat schon Santiago-Fähnchen,

Fanschals, Camcorder, Kühltaschen, Picknickkörbe, Sonnenschirme und Hunde mit bunten Jakobsmuscheln am Halsband gesehen. Ein Hund hatte sogar eine Sonnenbrille auf der Schnauze und fuhr in einem Radanhänger mit. Wenn das Quijote sehen würde, das gäbe ein Gebell! Aber Quijote ist zu Frau Schicks Betrübnis nicht mehr mit von der Partie, ebenso wenig wie Nelly und Herberger. Stattdessen marschiert sie hier mit lauter Schießbudenfiguren gen Santiago.

Wenn das Humor sein soll und dazu göttlicher, na danke!

Alle paar Hundert Meter wartet die nächste überfüllte Bodega oder Bar auf Pilger. Eine hieß »Zu den zwei Deutschen« und bot vor allem Pfannkuchen an. Paolo hat sie wärmsten empfohlen, aber Frau Schick hat das Gefühl, dass ihr Wanderführer in seiner Heimat Galizien so ziemlich alles empfiehlt – vom Stielkohl, der wie grüne Elefantenohren in den Bauerngärten sprießt, bis zu den Maisschobern, die wie Sarkophage auf Steinsäulen ruhen, damit die Mäuse nicht hochkommen, um Erntedankfest zu feiern. Das mag ja alles ganz pittoresk sein, aber deutsche Pfannkuchen! Was soll das? Die haben ihr gerade noch gefehlt, wo sie sich endlich mal auf eine Reise ins Ausland gewagt und mit Tortillas angefreundet hat.

»Was zu viel ist, ist zu viel«, teilt Frau Schick grimmig Bettina mit, als die zu ihr aufschließt. »Das hat doch rein gar nichts mehr mit Pilgern zu tun.«

»Frau Schick, wir haben Sonntag, die meisten Menschen hier sind keine Pilger, sondern Ausflügler, das sieht man doch an den Picknickkörben«, antwortet Bettina.

Ach so, denkt Frau Schick. Und trotzdem!

Bettina lächelt einem jungen Pärchen zu, das mit Kinderwagen auf einem Waldweg an ihnen vorbeijoggt und fröhlich »*Buen camino!*« ruft. Links und rechts des Weges wachsen Esskastanienbäume, die über und über mit puscheligen Früchten besetzt sind. Bettina klaubt sich eine Marone vom Baum, öffnet sie und bewundert die samtig ummantelte Frucht. »Ich find es sehr schön hier.«

»Kunststück, Sie sind ja auch verliebt.«

»Das hat damit nichts zu tun«, stellt Bettina richtig. »Es ist zur Abwechslung einfach angenehm, dass hier alle so munter und lebendig sind.«

Das war der traurige Rest von Paolos Gruppe in den letzten Tagen nämlich eher nicht. Alle haben einen heftigen Camino-Blues, weil der Abschied aus einer wie lose auch immer zusammengewachsenen Gemeinschaft naht. Nelly und Herberger fehlen bereits jetzt. Seit ihrem Verschwinden löst sich die Gruppe wie ein schlampig vernähter Wollpullover in ihre Bestandteile auf. Frau Schick bekommt die losen Fäden einfach nicht mehr zusammen. Und Bettina ist ihr keine große Hilfe. Seit zwei Tagen und dem Fest in Molinaseca ist kaum noch etwas mit ihr anzufangen. Wenn Frau Schick sich sorgt – wozu es genug Anlass gibt –, sieht Bettina nur rosarot. Verliebte finden eben alles schön, sogar sprechende Getränkeautomaten, die neben überquellenden Papierkörben direkt am Waldeingang stehen.

An so einem zieht sich Bettina gerade eine Cola und lacht verzückt, weil das »*Gracias*« der Automatenstimme in ihren Ohren ein bisschen wie Señor Viabadel klingt.

Ihren Lieblingsbasken entdeckt sie überhaupt in jedem Busch und Strauch, von denen es hier satt und genug gibt. Jeden und alles begrüßt sie mit einer Bemerkung wie »Ein Schlehenhag! Schlehen mag er ganz besonders gern!« oder »In dieser Bar gibt es Feigen mit Ziegenkäse, aber bestimmt nicht so köstlich zubereitet wie bei ihm«. Jede grüne Wiese, jede einzelne Kuh erinnert Bettina zudem an Viabadels Heimat. »Hier ist es fast so grün wie im Baskenland! Erinnern Sie sich? Burguete, Navarra...«

In Wahrheit ist es hier sehr viel grüner, so grün, wie es Frau Schick aus Bildbänden über England und Irland kennt. Daran erinnern sie auch die von Hand geschichteten Bruchsteinmauern, das wellige Weideland, die vielen glücklichen Kühe und der Regen, der sie gestern den ganzen Tag verlässlich begleitet hat. Dauerregen ist lästig, nass und nichts für ihre alten Knochen.

Aber solche Wahrheiten und ungünstige Wetterlagen erkennen Verliebte wie Bettina bekanntlich nicht. Sie erzählen lieber den ganzen Tag Unsinn darüber, wie unfassbar schön die Welt ist. Das ist ja in Ordnung, solange sie das unter sich tun, aber wenn Verliebte wegen einer vorübergehenden Trennung den Rest der Menschheit mit ihrem Glück beglücken, ist das lästig. Frau Schick seufzt. Bettina ist besonders glücklich und entsprechend lästig, weil der Baske mit Quijote auf seine Finca zurückgekehrt ist. Er will rasch die Weinernte hinter sich bringen, damit er und Bettina nach Santiago viel Zeit füreinander und nichts zu tun haben, außer verliebt zu sein. Wäre die Gute doch mitsamt ihrem Basken bloß in Molinaseca geblieben. Die Hochzeitssuite ist schließlich wieder frei. Anders als Hildegard und Ernst-Theodor hätten Bettina und Herr Viabadel sie bestimmt zu schätzen gewusst und sich nicht im Anschluss an eine Nacht im Himmelbett getrennt.

Hildegard hat ihrem Ernst-Theodor nämlich den Laufpass gegeben und marschiert jetzt als selbsternannte Ikone der Frauenbefreiung immer zwei Kilometer vor der Gruppe her. Damit will sie sich und Ernst-Theodor beweisen, wie unabhängig sie ist. Das zumindest hat sie gestern in einem Ort namens Portomarin ausführlichst erklärt. Ernst-Theodor hat seiner getrennten Gemahlin allen Ernstes zugehört und dem Blödsinn auch noch zugestimmt. Etwa dem, dass er Hildegard ein Leben lang von ihrer Selbstentfaltung und eigenen Hobbys abgehalten habe und nie den Müll runterträgt.

»Aber ich bügle doch meine Hemden und koche oft«, hat Ernst-Theodor lediglich schwach protestiert.

»Weil dir das Spaß macht«, hat Hildegard gekontert, »das zählt dann nicht.«

Danach sind sie sich darüber in die Haare geraten, wer lauter schnarcht und wer nachts zuerst damit anfängt. Anscheinend ist das für Hildegard ebenfalls ein zentrales Thema der Gleichberechtigung; ab sofort will sie atomuhrgenau und gleichzeitig mit Ernst-Theodor damit anfangen.

Nein, das wird nichts mehr, denkt Frau Schick. Wesentlich anders wird das in den letzten fünf, zehn Jahren zwischen Hildegard und Ernst-Theodor auch nie gewesen sein. Denen ist einfach die Liebe abhandengekommen, wie anderen Leuten ein Stock oder Hut. So zumindest hat Erich Kästner das in einem Gedicht mal ausgedrückt. Wie ging das noch? Sie muss Bettina fragen. Nein, besser nicht. Verliebte und Gedichte ist eine ganz gefährliche Kombination, das kennt sie von Nelly.

Ach, Nelly. Nelly. Nelly!

Verschwindet die doch tatsächlich trotz guter Nachrichten und meldet sich nicht einmal mehr. Mit keinem Pieps. Man weiß nicht mal, ob sie in Düsseldorf gut gelandet ist. Hermann und Martha fragen jeden Tag nach, ob Frau Schick etwas von Nelly gehört hat. Nein, hat sie nicht. Sie weiß nur, dass Herberger Nelly und ihren verbeulten Koffer vor zwei Nächten am Flughafen von Santiago abgeliefert hat. All die netten Kleinigkeiten, die Frau Schick ihr gekauft hat, hat sie Herberger in einer Tüte mitgegeben. »Mit vielem Dank zurück.« Nicht einmal ihr Honorar will Nelly haben. Das hat Herberger Frau Schick in einem Anruf aus Santiago am nächsten Morgen mitgeteilt.

»Und sie ist wirklich weg?«, hat Frau Schick gefragt.

»Ja.«

Frau Schick konnte es nicht fassen. »Haben Sie ihr unterwegs denn nicht dieses Zigeunerlied vorgespielt?«

»Das habe ich, Frau Schick, und Nelly hat sehr vernünftig darauf reagiert.«

»Wie denn?«

»Gar nicht, und so ist es am besten. Ich habe Wichtigeres zu erledigen, wie Sie wissen.«

»Worüber zum Teufel haben Sie denn die ganze Zeit mit Nelly gesprochen? Sie sollten ihr doch endlich die Wahrheit sagen. Wenn Sie sie mir schon nicht verraten.«

»Sie können sich denken, dass das nicht einfach ist. Paolo und ich haben noch einen langen Weg vor uns.«

»Unsinn. Außerdem hat das nichts mit Nelly zu tun.«

»Für mich schon.«

»Wenn Sie Nelly nicht endlich sagen, dass Sie sie lieben, mach ich es«, hat Frau Schick es noch einmal mit einer kleinen Erpressung versucht.

»Frau Schick, ich habe Nelly genug gesagt. Sie hat sich – im Gegensatz zu Ihnen – entschieden, keine weiteren Fragen zu stellen und nach Düsseldorf zu fliegen. Wenn es Ihnen recht ist, würde ich mich ab jetzt wieder allein um meine Angelegenheiten kümmern, und zwar hier in Santiago.«

»Doch nicht etwa mit dieser Penelope!«

Dazu hat Herberger geschwiegen. Das hat er wahrscheinlich auch auf seiner letzten Fahrt mit Nelly so gemacht, vermutet Frau Schick. Obwohl sie ihm klipp und klar zu verstehen gegeben hat, dass sie Nelly die Wahrheit über ihn und Paolo verraten würde, wenn er das nicht täte.

Dieser störrische Esel! Das kommt davon, wenn man seinen Angestellten zu sehr vertraut und sie an der langen Leine laufen lässt. Der Teufel soll ihn holen! Grimmig stößt sie die Stöcke in weichen Lehm.

Ach herrje, was ist denn das!

»Bettina«, ruft Frau Schick irritiert. »Feiern die Galizier im September Karneval?«

Sie deutet mit einem Wanderstock auf drei junge Spanier, die ihnen in Riesenschritten aus Richtung Santiago entgegeneilen. Sie tragen schwarze Ganzkörperanzüge. Auf dunklen Grund haben sie in grünlichweißer Farbe Skelette gemalt. Jeden Knochen einzeln, alle sitzen am richtigen Platz. »Wenn das Leuchtfarbe ist, werden die Dunkeln noch jemanden zu Tode erschrecken. Der Camino ist doch keine Geisterbahn!«

Bettina schüttelt den Kopf. »Natürlich nicht. Das sind nur junge Männer, die die Symbolik des Jakobsweges ein wenig zu wörtlich nehmen. Oder daran erinnern wollen, worum es hier geht.«

»Dass wir irgendwann alle mal abtreten, weiß ja wohl jeder«, schnauft Frau Schick empört. »Das ist noch lange kein Grund, damit Schabernack zu treiben oder für den Tod Reklame zu laufen.«

»Mir ist Goethes ›Stirb und werde‹ auch lieber als so ein Schaulauf«, gibt Bettina zu. »Schließlich geht es auf dem Camino zuallererst um Heilung. Um einen symbolischen Tod, um Abschiede, um Trennungen, um dunkle Krisen und Täler, die jeder Mensch in seinem Leben zu durchwandern hat, bevor er sich wandelt. Wenn man am Cap Finisterre, dem sogenannten Ende der Welt, hinter Santiago angekommen ist, stirbt bildhaft alles Alte in einem, überholter Schmerz, lähmende Ängste, falsche Glaubenssätze, um Platz für Neues zu machen. Das ist die Idee des Weges. Man überwindet Schmerzen unter Schmerzen. Und seien es nur wunde Füße.«

»Sie klingen ja schlimmer als Ernst-Theodor.«

»Es geht um Gesundung durch Abschied vom Falschen«, fährt Bettina unbeirrt fort. »Zu den schönsten, uralten Ritualen des Camino gehört es, seine Pilgerkleidung und die ausgetretenen Schuhe mit Blick auf das Meer zu verbrennen. Und dann folgen der Rückweg ins Licht und im besten Fall eine seelische Neugeburt.«

»Als wandelnde Leiche? Na danke. Die Knallköppe haben dann ja wohl gar nichts begriffen.«

Frau Schick schüttelt unwillig den Kopf. Bettinas Esoterik-Schwurbel war auch mal heiterer. *Heilung durch Abschied.* Pah, davon hat sie wahrlich genug gehabt in ihrem Leben! Dafür muss sie nicht quer durch Spanien laufen und lauter Menschen verlieren, die sie gerade liebgewonnen hat und von denen sie angenommen hatte, dass die sie ... Ach, auch egal! Auf den letzten Lebensmetern kann man nun mal keine neuen Freunde finden und eine Familie wohl auch nicht.

Bettina seufzt. »Ich verstehe ja, dass Sie schlechte Laune haben, weil Nelly weg ist, Frau Schick, aber spätestens in Santiago werden Sie dafür etwas von Johannes hören und von seiner Familie.«

Manchmal kann diese Frau wirklich Gedanken lesen. »Und wenn nicht?«, quengelt Frau Schick. »Dann habe ich den ganzen Weg umsonst gemacht.«

»Thekla hat in ihrem ersten Brief angekündigt, dass in Santiago Nachrichten auf Sie warten, und bis jetzt hat sie Sie nicht enttäuscht.«

»Ha«, sagt Frau Schick nur.

»Sie hat getan, was sie kann, um ihren Fehler wiedergutzumachen«, beharrt Bettina.

»Ich hätte mich trotzdem mal besser weiterhin an Ringelnatzens Hamburger Ameisen gehalten, die nach Australien reisen wollten. ›In Altona auf der Chaussee taten ihnen die Beine weh, und da verzichteten sie weise auf den weiteren Teil der Reise‹«, rezitiert Frau Schick.

»Das stimmt doch nicht«, protestiert Bettina.

Das hat der Paul auch immer gesagt, wenn Frau Schick darauf bestanden hat, lieber zuhause zu bleiben. Und eines Tages hat er mit Ringelnatzens Sauerampfer gekontert, der am Bahndamm wächst und anderen nur beim Reisen zuschauen darf: »Der arme Sauerampfer sah Eisenbahn um Eisenbahn, sah niemals Dampfer.« Aber das hat hier jetzt nichts zu suchen.

»So viele Abschiede wie in den vergangenen Tagen vertrag ich einfach nicht, Bettina.«

»Martha, Hermann und ich sind noch bei Ihnen, und Paolo ebenfalls. Und Herberger wartet in Santiago auf Sie.«

»Aber Nelly nicht«, beharrt Frau Schick stur.

»Die meldet sich bestimmt bald aus Deutschland. Sie hat jetzt erst einmal genug mit ihrer Tochter zu tun und Sie demnächst mit Ihrem Patensohn und einem Enkelsohn! Es wird alles gut, da bin ich mir ganz sicher.«

»Kunststück, Sie sind ja auch verliebt«, wiederholt Frau Schick.

»Daran liegt es nicht. Denken Sie an die Rose in San Anton, an den wundervollen Brief.«

»Der war von Thekla, nicht von Johannes. Der weiß doch noch gar nicht, was für eine Nachricht ihn durch mich erwartet. Thekla hat es mir überlassen, ihm zu sagen, wer sein Vater ist. Am Ende will Johannes gar nichts von einem Vater wissen, der sich nie um ihn gekümmert hat.«

»Er hat ihm eine sehr gute Ausbildung finanziert und hätte sicher gern mehr getan, wenn ...«

»Wenn ich nicht gewesen wäre!«, unterbricht Frau Schick. »Was ist, wenn Johannes ihn für einen Schuft hält, wenn er alles erfährt? Paolo hält seinen Vater schließlich auch für einen Schuft, obwohl der sein Medizinstudium und die Mutter gleich mitfinanziert hat und einer der anständigsten Männer ist, die ich je kennengelernt habe. Viel anständiger und ehrlicher als mein Paul.«

»Wenn Herberger so ein Engel wäre, würde Paolo ihn nicht auf Abstand halten, Frau Schick. Da stimmt etwas nicht. Sie haben selbst erlebt, wie stürmisch und wechselhaft es zwischen den beiden während der Reise immer wieder zugegangen ist.«

»Das ist zwischen Vätern und Söhnen durchaus üblich. Vor allem, wenn sie sich so ähnlich sind. Denken Sie nur an die Musik!«, sagt Frau Schick. Dass Herberger und Paolo genau das sind – Vater und Sohn –, hat sie dank Bettina in Molinaseca herausgefunden.

Während Nelly dort nach der Nachricht über Becky rasch ihren zerbeulten Koffer packte, hat Frau Schick Herberger – nein, Eckehart Gast natürlich, aber an diesen Namen wird sie sich nie gewöhnen – gefragt, warum Paolo mit Nachnamen auch so heißt. Gast und nicht etwa Otero wie seine galizische Mutter. Als »Otero« hat Paolo sich zwar der Reisegruppe vorgestellt, aber seine eigene Handynummer stand im Verzeichnis seines Mobiltelefons einmal unter »Otero« und ein zweites Mal unter »Paolo Gast«. Bettina hat das auf der Suche nach Herbergers Nummer entdeckt. Der war natürlich auch unter »Gast« eingetragen, und das erst seit Kurzem.

Herberger hat nach Frau Schicks Enthüllungen nicht lange geleugnet. Nur kurz grimmig geguckt, gesagt, das ginge sie nichts an, und er verbitte sich jegliche Einmischung in seine Geschichte um den verlorenen Sohn.

»Das geht mich sehr wohl etwas an, wenn Sie deswegen auch noch Nelly verlieren«, hat Frau Schick insistiert. Dieser Herberger – typisch Mann! – hat da noch gar nicht gewusst, dass er Nelly liebt. Das musste ihm erst einmal gesagt werden! Bettina hat das auch so gesehen.

Hach, esoterisch durchgeknallt oder nicht: Clever ist Bettina schon, und auch sie wird bald weg sein!

Frau Schick kann nicht mehr. Sie lässt sich auf einen großen grauen Stein am Wegrand plumpsen. Sie kann einfach nicht mehr. Verdammt!, alles ist schiefgelaufen, nichts ist so geworden, wie sie sich das gedacht und geplant hat. Sie ist eine nutzlose Alte, der jetzt zu allem Überfluss dicke Kullertränen aus den Augen quellen. Ganz dicke, die sonst nur Kinder weinen.

»Geben Sie mir Ihr Handy!«, verlangt Bettina in scharfem Ton. »Sofort.«

»Was wollen Sie denn damit?«, greint Frau Schick. Sie weiß, dass sie ganz furchtbar klingt, aber jetzt ist das auch egal.

»Ich rufe jetzt diese Ricarda in Düsseldorf an. Sie muss mir Nellys Nummer geben.«

»Das will ich nicht«, schluchzt Frau Schick. »Nelly soll sich freiwillig melden. Alle sollen sich freiwillig melden. Liebe kann man doch nicht erzwingen.«

Paolo löst sich von Ernst-Theodor, Hermann und Martha, die eben vorbeimarschieren, und kommt mit besorgter Miene auf sie zu. »Was iste?« Er greift nach Frau Schicks Handgelenk, fühlt nach ihrem Puls.

Martha und Hermann eilen mit einer Flasche Wasser herbei. Hermann findet ein Taschentuch. »Äh ... es ist frisch gebügelt«, bietet er es Frau Schick verlegen an.

Die putzt sich geräuschvoll die Nase.

Bettina hat Ricarda in der Zwischenzeit offensichtlich erreicht. Sie stellt sich kurz vor und fragt, wo Nelly ist.
»Nicht in Düsseldorf?«
Frau Schick hört auf zu schnauben und ist ganz Ohr.
»Sie ist noch hier?«, fragt Bettina ungläubig.
»Wo?«, will Frau Schick wissen. »Wo ist sie?«
Bettina hebt die Hand und bedeutet ihr zu schweigen. »Sind Sie sich ganz sicher?«, fragt sie in Düsseldorf nach. »Danke, Sie haben uns sehr geholfen, und grüßen Sie Becky von uns allen. Sie hat eine fantastische Mutter.«
Frau Schick stemmt sich energisch nach oben. »Jetzt sagen Sie schon. Wo ist diese fantastische Mutter?«
»Am Ende der Welt.«
»Wo soll das denn sein?«
»Finisterra«, sagt Paolo. »Nelly geht Weg also bis an seine Ende. Sie iste eine sehr kluge Frau.«
»Ist sie bei Herberger?«, fragt Frau Schick.
»Nein, allein«, sagt Bettina.
»So ein dummes Huhn«, erregt sich Frau Schick. »Was stehen Sie alle hier so dumm rum! Marsch, marsch und *Ultreia!* Da vorne steht der Bus, wir müssen sofort an dieses Ende der Welt. Worauf warten Sie noch?«
»Auf Hildegard«, sagt Ernst-Theodor schüchtern. »Sie muss an unserem Bus vorbeigelaufen sein. Ich sehe sie nirgends.«
»Wer den Bus verpasst, hat selbst Schuld, den bestraft das Leben«, entscheidet Frau Schick harsch. Soll die Ikone des neuen Feminismus mal schön allein bis Santiago durchmarschieren. Passieren kann der dabei nicht viel, aber Nelly. Nelly muss dringend auf den richtigen Weg zurück. Nach Santiago.
Das sieht der Rest der Gruppe ganz genauso. Im Bus entscheiden sie, dass Paolo sie wie geplant in Santiago an ihrem

Parador, einem alten Königspalast vis-à-vis der Kathedrale, absetzt und dann allein bis Finisterra durchfährt.

»Guck mal«, ergänzt Paolo in Richtung von Frau Schick, die störrisch dreinschaut. »Heute ist Pilgermesse. Eine Höhepunkt von Ihre Reise.«

Nach kurzem Widerstand stimmt auch Frau Schick der vorgeschlagenen Lösung zu. Schließlich muss sie im Parador ganz dringend nach Post fragen. Dem letzten Brief von Thekla.

»Sehen Sie«, sagt Bettina. »Es wird alles gut. Alles.«

»Ihr Wort in Gottes Ohr. Ach, übrigens, Paolo?«

Der Wanderführer eilt zu Frau Schicks Sitz. »Sí?«

»Was stand überhaupt auf diesem merkwürdigen Stein, auf dem ich vorhin gesessen habe?«

Paolo zögert.

»Nun sagen Sie es mir schon.«

»Señora, das war eine Art Gedächtnis, eine Erinnerung an eine spanische Mann, der es auf den letzten *kilómetros* nicht geschafft hat bis Santiago.«

Frau Schick schrickt zusammen. Na so was! Da hat sie sich doch glatt auf einen Grabstein gesetzt. Na, sie hat es überlebt und will immer noch wissen, was genau draufstand.

»Für meine geliebte Mann. Er starb von unserem gütige Gott umarmt auf die Camino«, übersetzt Paolo stockend.

Man muss tiefgläubig sein, um den Tod als gütige Umarmung zu verstehen, findet Frau Schick. Aber vielleicht ist ja was dran, falls es diesen Gott denn gibt.

Trotzdem ist sie froh, dass sie fürs Erste noch einmal davongekommen ist. Gerade heute, wo es noch so viel zu tun gibt.

59.

Nelly ist nicht am Ende der Welt. Das hat sie in zwei strammen Tagesmärschen von einem Dörfchen namens Negreira aus, das zwanzig Kilometer hinter Santiago liegt, bereits gesehen und hinter sich gelassen. Anders war der letzte Wegabschnitt für sie nicht zu schaffen. Heute muss und will sie schließlich wieder in Santiago sein, um Frau Schick Lebewohl zu sagen. Ganz wie sich das gehört und von ganzem Herzen.

Becky ist bei Ricarda gut aufgehoben, und Düsseldorf kann warten.

Eben hat Nelly ein Bus kurz vor den Steintoren von Santiago de Compostela abgesetzt. An das Gebrumm und den Dieselgestank wird sie sich wieder gewöhnen müssen. Daran und an das Gewimmel und den Lärm in Santiagos steinernen Gassen. Die sind zwar schön, aber an einem sonnigen Sonntag kurz vor der Pilgermesse hoffnungslos überlaufen. Nur gut, dass sie ihren Camino nicht hier beendet, sondern den stillen Weg gewählt hat.

Vorgestern und gestern ist sie gelaufen und gelaufen, über vierzig Kilometer. Bis ans Meer. Der Wind kam von vorn. Sie hat erst das grüne, dann das maritime Galizien kennengelernt, das sich in der Abenddämmerung mit bitterem Salzgeschmack in ihrem Mund ankündigte. Sie hat das Kap Finisterre im Dunkeln erreicht. Der Leuchtturm auf dem steilen Granitausläufer einer Halbinsel hat ihr den Weg gewiesen, dazu die Sterne und ein blasser Mond, der wie eine Wimper am Himmel klebte, und

Lagerfeuer, an denen Pilger Socken verbrannten. Schuhe qualmen ja doch reichlich.

Ordnungsgemäß ist sie an einem bronzenen Pilgerschuh vorbeigegangen, dem Kilometerstein 0,0, und ist bis auf die Spitze des Kaps gelaufen. Dort hat sie der Brandung gelauscht, die an den Fuß des Felsens schlug.

Sie hat getan, was zu tun war. Sie hat geweint, kurz und still, dem Anlass angemessen. Auf dem Weg hat sie gelernt, dass es Unsinn ist, sich ganz und gar seinen Gefühlen anzuvertrauen, sich von ihnen überwältigen und fortreißen zu lassen, sie in Gedanken festzuhalten, bis der ganze Körper schmerzt.

Gefühle, selbst die allerschlimmsten, gehen vorüber, hat sie sich gesagt. Und »*Pantharei* – alles fließt und alles geht vorüber«. Wie weise, wie wunderbar weise.

Oh ja, das war ein heroischer Moment, und Nelly war stolz auf sich. Bis sie merkte, dass auch das wieder einmal nur ganz großes Kino war – Gefühlskino für esoterisch angehauchte Seelen, die das Himmelreich auf Erden installieren wollen.

So hat Gott das aber anscheinend nicht gemeint, denn Nelly hat neben hehren Gefühlen und Hunger ganz plötzlich den dringenden Wunsch verspürt, sehr schnell, am besten umgehend nach Santiago zurückzufahren. Per Anhalter hat sie sich bis zur nächsten Busstation durchgeschlagen. Erst ist sie in einem Fischkühltransporter mitgereist und dann mit einem Trio jugendlicher Nachteulen. In Negreira hat sie sich bei Nacht an die Bushaltestelle gesetzt und gewartet. Sie wollte den ersten Bus auf keinen Fall verpassen und hat zum Glück so sehr gefroren, dass an Schlaf gar nicht zu denken war.

Jetzt ist es elf Uhr. Sie weiß, dass Paolos Gruppe heute die Pilgermesse besuchen wird, um danach die Apostelfigur des heiligen Jakobus von hinten zu umarmen und auf die Schulter zu küssen. Oder auch nicht. Frau Schick hat unterwegs mehrfach betont, dass sie keine Heiligen umarmt, weder von hinten noch von vorn. Schon gar nicht küsst sie Heilige, die Schwerter schwingen und Mohren und Juden die Köpfe abhauen. Da würden sich ja, hat sie geschimpft, eine gewisse Schemutat und eine Butzi im Grab herumdrehen.

Nelly muss lächeln, während sie sich durch eine Touristengasse kämpft. Frau Schick ist wirklich wunderbar – so grimmig wie grundgütig und einfach unverwüstlich. Hoffentlich ist sie das noch sehr lange. Der fehlt kein Mut zum Glück. Nelly hofft, dass die alte Dame es heute in Form eines Briefes von Thekla oder in Gestalt von Johannes findet. Das wäre überhaupt am besten. Und hoffentlich findet sie selbst Frau Schick ebenfalls. Das ist gar nicht so einfach bei dem Trubel.

Spätestens um halb zwölf wird sie sich vor einem der Tore der Kathedrale anstellen müssen, um ihre Gruppe in dem zu erwartenden Gewusel und Gedränge zu entdecken. Aber an welchem Tor? Am Hauptportal in der barocken Westfassade, entscheidet sie sich. Paolo wird der Gruppe ganz sicher das dahinterliegende Glorienportal zeigen wollen. Es ist einer der größten Kunstschätze dieser Kirche. Und dahinter wartet dann der Jessebaum, eine steinerne Säule, über der ein steinerner Jakobus thront. Jahrhundertelang haben Pilger eine Hand auf die immer gleiche Stelle der Säule gelegt, um von Jakob die Sünden erlassen zu bekommen. Das Ritual hat einen tiefen und von Millionen Händen geformten Abdruck hinterlassen.

»Zum Schutz des Steines«, hat Paolo vor einigen Tagen erzählt, »iste die Säule von Absperrgitter gesäumt.«

Hildegard fand das natürlich vernünftig und solche »Heidensitten« wie das Handauflegen albern. Frau Schick hingegen fand die Absperrung ganz skandalös, weil man Pilger nach Hunderten von Kilometern so nicht betuppen dürfe.

Nelly schüttelt den Kopf; Frau Schick hat wirklich ihre sehr eigene Version von Religion, aber das wird Gott ganz sicher nichts ausmachen.

»Falls es Gott gibt, ist der ja wohl weder katholisch noch evangelisch«, hat Frau Schick gern gezürnt, »sondern alles auf einmal. Ach was, der ist ganz schlicht unbeschreiblich. So steht's schließlich in der Bibel. ›Du sollst dir kein Bildnis von Gott machen.‹ Es wäre besser, die Menschen hätten sich mal dran gehalten.«

Ach ja, erinnert sich Nelly, die Zehn Gebote hat sie Frau Schick auch übersetzen müssen, nach der Kirchenführung des kauzigen Señor Fadrago, bei der Paolos Urgroßvater seinem Urenkel zum Schluss das vierte Gebot ans Herz gelegt hat. *Du sollst Vater und Mutter ehren.*

Ach, jetzt aber Schluss damit! Das Beste kommt ja noch: ihr Wiedersehen mit Frau Schick und den anderen. Nelly freut sich auf jeden Einzelnen, vor allem auch auf Hermann, der über eine weitere Attraktion der Kathedrale von Santiago einen ganz tapferen Scherz über sich und die berühmte Büste des gotischen Steinmetzkünstlers Mateo gemacht hat. Dem gibt der brave Pilger nämlich nach alter Sitte drei Kopfnüsse, um am Genie Mateos teilzuhaben. »Eine Art Nürnberger Trichter«, hat Hermann gesagt, »aber dafür ist es bei mir nun mal zu spät, ich muss mich ans Seelenheil für geistig Arme halten und an meine Martha.« Tapferer, wunderbarer Hermann! Der weiß, wie Liebe geht, und Martha weiß es auch.

Auf was sie so kommt, in ihrem müden Kopf. Und rührselig ist sie auch mal wieder. Nelly schaut sich um. Was sie jetzt braucht, ist ein Filtro. Aber nicht hier mitten im Gewimmel der verkehrsberuhigten Altstadt. Die ist nämlich alles andere als verkehrsberuhigt. Sie schaut auf die Uhr: Viertel nach elf.

Das reicht so gerade noch für einen Kaffee, einen *Cortado*, keinen Filtro.

Nelly arbeitet sich in Richtung eines von nüchternen Geschäftshäusern umringten Platzes vor. Da ist es an einem Sonntag bestimmt ruhiger, und es gibt weniger Gedränge, weil es nicht viel zu gucken gibt.

Oder doch?

Nein, ist das schön! An einer Ecke des neomodernen Platzes steht ein altes Caféhaus. Das ist ja pures 19. Jahrhundert, staunt Nelly. Durch Jugendstilfenster sieht sie geschwungene braune Stühle und Garderobenständer, an denen in Klemmbügeln Zeitungen hängen. Sie erkennt Schachmusterfliesen, genau die gleichen wie in der Bar Hemingway in Pamplona. Der Kaffeetresen und der Barspiegel sehen ebenfalls sehr ähnlich aus. Einfach wunder…

Nellys Herz setzt aus. Ihr Blick trifft den Blick eines Mannes, der in den Spiegel guckt. Sein Blick brennt wie Feuer. Er scheint ganz und gar entflammt zu sein. Für die Frau, die direkt neben ihm sitzt und sich das sehr schöne schwarze Haar aus dem Gesicht streicht, um sich von ihm Feuer geben zu lassen.

Das ist zu viel.

Zu viel und einfach unerträglich. Immer noch, nein immer wieder.

Nelly dreht sich auf dem Absatz um und rennt. Vorbei an einer Stadtmauer, vorbei an alten Klöstern und Konventen. Sie fühlt sich auf dieser nahezu menschenleeren Straße schutzlos; sie will zurück in das Gewimmel der Gassen, abtauchen, unsichtbar sein. Sofort! Wo zum Teufel gibt es hier einen Einlass?

Da, sie findet einen. Schmal und dunkel, es riecht nach Katzen und Müll. Nelly rennt weiter und findet den Ausgang, biegt rechts ab, links, schlägt Dutzende von Haken, und dann steht sie ganz plötzlich auf dem Kathedralplatz. Neben Pilgern beleben Souvenirverkäufer, Touristen, Stadtführer, Einheimische im Sonntagstaat, Mönche auf dem Weg zur Messe, fliegende Händler, Bettler, Musiker, Kinder und Hunde die *Plaza del Obradoiro*. Trotz der vielen Menschen fühlt Nelly sich noch immer nicht ganz sicher. Zu Recht.

»Nelly!«, ruft es hinter ihr.

Diesmal ist er ihr tatsächlich hinterhergelaufen. Diesmal ist es keine Einbildung wie damals im wilden Gebüsch hinter Javiers Paradies.

Nelly schaut nicht zurück. Stattdessen spurtet sie auf die Doppeltreppe zu, die zum Westportal führt. Hemmungslos drängelt sie sich an brav anstehenden Pilgern vorbei.

Die Glocken schlagen einmal an. Halb zwölf.

Sie schubst und drängelt, arbeitet sich verbissen auf das wohltuende Dunkel des Kirchenschiffs zu, dem die Menge zuströmt. Gleich hat sie es geschafft.

»Nelly!« Jemand packt sie am Ellbogen.

Sie will sich losreißen, hat aber keine Chance. Frau Schick kann, wenn sie will, nämlich noch sehr fest zupacken. »Ganz schön spät, meine Liebe!«, tadelt die alte Dame. »Fast hätten Sie die Sache mit dem Butterfass verpasst.«

»Butterfass?«

»Ja, das wird heute extra für mich geschwenkt.« Schon hat Frau Schick Nelly in die Kirche hineingezogen und schiebt Nelly durch den Mittelgang. »Das mit dem Butterfass wird Bettina Ihnen erklären, die kennt sich mit diesem katholischen Firlefanz aus. Aber die Idee, die hatte Thekla! Ich bin mal gespannt, wer noch alles kommt.«

Sie erreichen einen Stuhlkreis direkt vor dem Altarraum. Er ist mit Seilen abgetrennt. Davon lässt Frau Schick sich allerdings nicht beirren. Nelly starrt und staunt. Auf den Stühlen sitzen lauter Menschen, die sie kennt und liebgewonnen hat.

Hermann sitzt da und betrachtet versunken die Chorschranken. Martha winkt ihr lächelnd zu. Ernst-Theodor nickt und grinst, zwei Stühle weiter sitzt Hildegard und bemüht sich, ihm das zur Abwechslung einmal nicht übelzunehmen. Und da ist auch Bettina. Die ist aufgesprungen und führt Frau Schick zum Stuhl in der Mitte.

Nelly folgt den beiden, schüttelt Hände und wird mit Schulterklopfen begrüßt. Die Willkommensworte werden geflüstert, schließlich ist man hier in einer Kirche. Das scheinen die spanischen Gläubigen und Kulturführer jedoch noch nicht bemerkt zu haben, die lärmen nämlich gewaltig.

Frau Schick weigert sich, den mittleren Stuhl zu nehmen. »Kommt gar nicht infrage, da kommt doch noch wer, hat Thekla geschrieben.«

Nelly ahnt, wer das ist, und wenigstens das macht sie für einen Moment sehr glücklich.

Frau Schick nimmt einen Stuhl rechts von dem in der Mitte, den sie mit ihren Wanderstöcken freihält, und weist Bettina und Nelly Plätze neben sich an.

Bettina erläutert die Sache mit dem Butterfass, und rasch versteht Nelly, dass Frau Schick natürlich den berühmten *Botafumeiro* meint: ein 1,60 Meter hohes gewaltiges Weihrauchfass, das an einem dreißig Meter langen Seil von der Decke herabhängt und auf Vorbestellung und gegen eine nicht geringe Spende nach dem Hochamt von sechs Männern in Bewegung gesetzt und bis hinauf unters Kirchendach geschwungen wird.

Frau Schick schaut sich um. Sie ist ein wenig bange, dass ihr von dem Geruch schlecht wird. Mit Weihrauch hat sie es ja nicht so. Aber noch schlechter ist ihr vor Aufregung, weil jetzt schon ein Nonnenchor einzieht und sich vor dem Altar postiert.

»Pünktlichkeit scheint keine von Johannes' Tugenden zu sein.« Sie dreht und wendet den Kopf. »Aber das ist ja...!«

Nelly reißt ebenfalls den Kopf herum.

»Hope!«, ruft Bettina erstaunt.

»Und sie hat ein schlafendes Kind auf dem Arm«, sagt Nelly.

Bettina eilt zum Absperrseil und zieht es zur Seite, um Hope in den Stuhlkreis zu lassen.

Hope lächelt und nickt. Sie geht direkt auf Frau Schick zu. »Könnten Sie meine Baby eine Moment halten? *I have to find her Daddy.*« Hope legt Frau Schick behutsam ein in ein weiches rosafarbenes Wolltuch gehülltes Baby in den Arm und schaut sich suchend in der Kirche um.

»Wie niedlich und so hübsch, ganz Hope«, gurrt Bettina. »Fünf Monate alt würde ich schätzen, oder, Nelly?«

»Das ist Ihr Kind?«, fragt Frau Schick vollkommen irritiert und starrt auf das warme Bündel. Sehr süß, auch wenn es ein bisschen nach feuchter Windel riecht.

Hope winkt heftig mit den Armen. »Nicht meine Kind«, sagt sie, »*unser* Kind, *you know*. Von mir und von Johannes. Meine Mann.«

Himmel, der Engel von Atlantis ist Johannes' Frau? Da wird sie sich erst dran gewöhnen müssen, aber, nun ja, Geschmäcker sind verschieden und ... »Herrjemine, das ist Pauls Enkelsohn?«

»Sohn?«, Hope runzelt die Stirn. »Es ist eine Mädchen.«

»Sie heißt Mary Rose«, sagt eine männliche Stimme. »Entschuldigen Sie, dass ich zu spät komme, Frau Schick. Sie sind doch Frau Schick, ich meine ... Sie sind doch ... Du bist doch meine Patentante, oder?« Johannes ist ein langer Schlacks in einem ausgesprochen gut sitzenden Anzug. Weder der Anzug noch sein Professorentitel hindern ihn jedoch offensichtlich daran, im Moment wie ein sehr großer Schuljunge vor einer entscheidenden Prüfung auszusehen. Einer Prüfung, auf die er sich ein wenig unvollständig vorbereitet hat.

»Mary *Rose*«, wiederholt Frau Schick atemlos und lässt ihre Blicke zwischen Johannes, dem Baby und Hope hin- und hergleiten. Sie kann sich gar nicht entscheiden, wo sie zuerst hingucken soll. Am Ende siegt das Baby. »Rose.«

»Thekla hat den zweiten Namen ausgesucht. Wir wollten erst den von ihr nehmen, aber das hat sie nicht gewollt. Sie hat gesagt, der zweite Name müsse Rose sein, ganz unbedingt, weil unsere Tochter ohne dich nicht auf dieser Welt wäre.«

Frau Schick will etwas sagen, kann es aber nicht. Zuerst muss sie die Ohren überprüfen. Bei Jungs macht so etwas ja nichts, schon gar nicht bei Schlitzohren wie Paul eins war, aber bei Mädchen. Sie schiebt vorsichtig das Häkelmützchen zur Seite und atmet erleichtert auf. Die Ohren liegen fest an.

»*She is perfectly beautiful*«, sagt sie. Mehr nicht. Auch weil uniformierte Kirchendiener um »*Silence*«, »*Silencio*«, »*Stille*« bitten und die Chorherren einziehen.

Glockengeläut hebt an, die Orgel spielt ein *Introito*.

Frau Schick bekommt von alledem nichts, aber auch überhaupt nichts mit. Dieser Moment gehört ganz ihr. Ihr und Rose, die sich an dem Lärm der Glocken kein bisschen zu stören scheint, sondern friedlich weiterschläft.

Bettina weint. Nelly auch. Und am Ende sogar Frau Schick. »Rose«, murmelt Frau Schick und weiß genau, was sich Thekla dabei gedacht hat. Und der liebe Gott, falls es den gibt. Na, ein Kerzchen hat er dafür in jedem Fall verdient.

Das *Gloria* erklingt aus Frauen- und aus Männerkehlen. Jetzt fehlt nur noch Mozart, aber nein!, der fehlt heute gar nicht.

Und dann ertönt er doch, mit dem *Rondo alla turca*. Das hat Herberger für Nellys neues Handy als Klingelton gewählt. Und jetzt klingelt Nellys Handy.

»Gehen Sie endlich ran!«, schimpft Frau Schick. »Sie wecken mir noch das Kind auf.«

Nelly zieht das Handy heraus, will das Gespräch einfach wegdrücken. Aber dann bleibt ihr Blick an dem Foto hängen, das ihr der Anrufer übermittelt hat.

Bettina schielt auch drauf. »Ein Olivenbaum. Wie schön.«

Nelly drückt auf Empfang, hebt zitternd das Handy ans Ohr.

»*Omnia vincit amor*«, sagt Herberger. »Ich stehe an der zweiten Säule links hinter dir, und wehe, du versuchst noch ein einziges Mal, vor mir davonzurennen.«

In diesem Leben nicht mehr, denkt Nelly.

»Hoffentlich ist der Zirkus bald vorbei«, schimpft Frau Schick. »Rose läuft die Windel über.«

Epilog

»Und jetzt erzählen Sie mir, was genau in Coober Pedy zwischen Herberger und diesem Lutz passiert ist«, fordert Frau Schick.

Nelly wundert sich, dass die alte Dame den Namen des australischen Opalminenstädtchens nicht zu einem Buchstabensalat vermengt.

»Sie kennen Coober Pedy?«

»Jeder Idiot kennt Coober Pedy oder ›Weißer Mann im Loch‹, wie die Aborigines den Ort getauft haben«, sagt Frau Schick ungeduldig. »Erzählen Sie endlich.«

Sie sitzen in einem der verträumten Innenhöfe des Paradors von Santiago. Kaum fünfhundert Meter trennen den ehemaligen Königspalast vom Rummel auf dem Kathedralplatz. Hinter den trutzigen Mauern herrscht klösterliche Stille, die nur von Spatzengezänk durchbrochen wird. Ein Brunnen plätschert zwischen gestutzten Buchsbaumhecken. Ein Idyll. Das Gegenteil von Coober Pedy.

Nelly setzt zögernd die Tasse ab. »Ich kannte Coober Pedy nicht.« Und lieber wäre ihr immer noch, nie von diesem Ort gehört zu haben.

Frau Schick tätschelt Nellys Hand. »Ich habe mich unklar ausgedrückt. Ich meinte, jeder Idiot, der sich in ungesunder Weise für Edelsteine interessiert, kennt Coober Pedy. Mein Paulchen hat mal Juwelen gehortet und fand weiße Opale wunderschön. Die stammen meist aus Coober Pedy. Es gibt Sammler, die zahlen Höchstpreise für sehr exklusive Steine und beauftragen zweifelhafte Schatzsucher wie Herberger, um die Objekte ihrer Begierde zu beschaffen. Je obskurer die Herkunft ist, desto aufregender ist es, den Stein zu besitzen. Über Coober Pedy mit seinen unterirdischen Wohnungen, Höhlenkirchen, Bars und den sprengwütigen Desperados aus aller Herren Länder gibt es die schönsten Gruselgeschichten. Nach dem Krieg sind scharenweise Europäer dorthin gezogen. Sie haben doch bestimmt danach gegurgelt, oder?«

Nelly nickt, das hat sie. Zum ersten Mal in Viana, als sie Herberger noch für einen Schwerverbrecher hielt. Kein Wunder, bei all den Räuberpistolen, die sie über das Schürfstädtchen im australischen Outback gefunden hat. Geschichten über Krokodil-Harry, einen deutschen Grafen, der das lebende und recht verruchte Vorbild für *Crocodile Dundee* war, Nachrichten über häufige Streitigkeiten zwischen Opaljägern, die unter Ausschluss der Polizei und Schusswaffengebrauch beendet werden, über Schatzgräber, die sich selbst oder gegenseitig in die Luft jagen, und Reportagen über einsame Wölfe, die fabrikhallengroße Wohnungen in Felshöhlen fräsen, wo sie hausen wie ein depressiver Fred Feuerstein samt Kuckucksuhr. Sie legen sogar Schwimmbäder an, die dreißig Meter unter der Erde liegen, weil oben die Sonne höllenheiß brennt. Bilder des Städtchens hat sie auch gefunden.

Coober Pedy sieht an der Oberfläche so reizvoll aus wie eine explodierte Mülltonne und ist untertunnelt wie ein Hamsterheim. Kein Wunder, dass auf dem Friedhof gern Bierfässer als Grabstein gewählt werden und Alkohol das wichtigste Grundnahrungsmittel ist. Ebenfalls kein Wunder, dass Hollywood in Coober Pedy bevorzugt Endzeitfilme dreht.

Eckehart hat dort seine eigene kleine Apokalypse erlebt. Er spricht nicht gern über Coober Pedy. Und Nelly denkt nicht gern daran.

Frau Schick schon. »Pauls wertvollster Opal wurde dort angeblich aus dem Magen eines Wüstendingos geborgen, umklammert von einer halbverdauten Menschenhand mit mehreren Einschusslöchern, wissen Sie.«

»Frau Schick! Das haben Sie erfunden.«

»Nicht ich, sondern Paulchens Juwelendealer, wobei der sich immerhin von echten Zeitungsmeldungen hat inspirieren lassen«, gibt Frau Schick zu. »Nun, Sammler sind Süchtige, und Paulchen hat immer mit Begeisterung Wildwestromane gelesen. Außerdem hat er sich gern Zoll, Steuern, astronomische Händleraufschläge und Fragen nach seinen genauen Vermögensverhältnissen erspart.«

Nelly entzieht Frau Schick die Hand und runzelt die Stirn. »Eckehart ist kein dubioser Juwelenschmuggler.«

»Aber er war es.«

Nelly schüttelt erbost den Kopf. »Niemals! Eckehart war jahrelang ein gefragter Kenner und Geologe, weil er eine Art siebten Sinn für übersehene und vergessene Fundorte hatte. In Afrika hat er im Auftrag eines Großhändlers während einer wissenschaftlichen Exkursion verlassene Diamantenminen aufgespürt...«

»In denen er offiziell überhaupt nichts zu suchen hatte«, vollendet Frau Schick frohlockend. »Tja, das passt zu unserem Herrn Doktor. Gut, dass man ihn bei den heimlichen Extratouren nie erwischt hat. Die Südafrikaner fackeln mit illegalen Diamantenjägern nicht lange. In Australien herrschen dagegen noch Pioniergeist und entspanntere Gesetze.«

»Diese Gesetze haben Eckeharts Freund und beinahe auch ihn selber das Leben gekostet«, zürnt Nelly. »Dieser Lutz konnte an einer Tankstelle Sprengstoff kaufen, um einen aufgegebenen Felsschacht aufzusprengen, den Eckehart vielversprechend fand. Sprengstoff von der Tankstelle!« Nelly schüttelt sich. »In Coober Pedy hortet jeder Supermarkt und Drugstore Dynamit unterm Tresen.«

Frau Schick seufzt. »Sehr bedauerlich. Sprengstoff. Also wirklich, der passt so gar nicht zu Herbergers musikalischem Gehör.«

»Er hat ihn ja auch nicht gekauft«, trotzt Nelly. »Im Gegenteil. Er wirft sich noch immer vor, dass er Lutz von der unkontrollierten Sprengung nicht abhalten konnte.« Das glaubt sie zumindest. Das will sie glauben.

»Und warum sieht sein Kinn wie eine Kraterlandschaft aus?«

Nelly schluckt. »Er wollte Lutz' Alleingang verhindern, aber er kam zu spät, weil er sturzbetrunken war.«

»Das sind da unten glaube ich alle. Die Silvesterfeiern, sagt man, dauern in Coober Pedy immer bis zum 7. Januar, weil vorher keiner merkt, dass es vorbei ist.«

»Dieser Lutz hat Eckehart an dem tragischen Abend bis zum Rand abgefüllt und im Streit niedergeschlagen, um die Opal-Ader allein zu plündern. Eckehart ist ihm hinterher, aber Lutz hatte die Ladung bereits angebracht und gezündet und dann...« Nelly bricht ab, weil auch Eckehart an dieser Stelle immer wieder abbricht.

»Und dann...«, wiederholt Frau Schick.

Nelly berichtet hastig. Was dann kam, waren ein dreimonatiger Klinikaufenthalt für Herberger, ein Jahr Untersuchungshaft in Melbourne wegen Verdachts auf fahrlässige Tötung und am Ende der Freispruch für einen gescheiterten Retter, der mehr als ein paar hässliche Gesichtsnarben davontrug.

Frau Schick nickt. »Auch das ist Coober Pedy. Zerstört die Leber und die schönsten Männerfreundschaften.«

Nelly schüttelt hitzig den Kopf. »Das war keine Freundschaft, das war ein mörderisches Duell.« So viel weiß sie seit dem Abend auf dem Cebreiro-Pass. Eckeharts Professor Enrique hat mehr als deutlich gemacht, was von einem Freund wie Lutz zu halten ist, und Herberger hat an diesem Abend gehofft, dass sie ihn verstehen würde. »Es ging zwischen den beiden in Wahrheit um Penelope. Oder nicht einmal das. Lutz hat um sie gerangelt wie um eine Trophäe, weil Eckehart ihm in allem etwas voraushatte.«

»Das soll unter jungen Männern vorkommen«, sagt Frau Schick ungerührt. »Herrgott, Penelope ist aber auch ein zu alberner Name! Das muss ja zu einem Drama führen. Was manche Eltern sich nur denken.«

»Sie ist eine sehr schöne Frau, und der Name passt zu ihr«, sagt Nelly leise.

»Tut er nicht. Die wahre Penelope hat über zwanzig Jahre lang auf die Rückkehr ihres Helden Odysseus gewartet«, widerspricht Frau Schick. »Dieses spanische Flittchen nicht. Ist schwanger von Herberger und heiratet dann seinen nichtsnutzigen Freund. Tusnelda oder Transuse fände ich als Namen in diesem Fall recht passend.«

»Real existierende Frauen legen selten Wert auf Männer, die wie Odysseus in der Weltgeschichte herumjagen und dabei keiner anderen Dame widerstehen können.«

»Solche Frauen wissen gar nicht, was sie verpassen.« Versonnen lächelt Frau Schick in die Fontäne. Offenbar war sie alles in allem mit ihrem Paul doch recht zufrieden. Immerhin verdankt sie ihm letztlich Klein-Röschen. »Ich denke, Herberger hat seine Odysseus-Phase hinter sich, Herzchen«, sagt sie.

Das hofft Nelly. Das hofft sie wirklich. Obwohl... Sie mag ihn ja als Abenteurer. Überhaupt mag sie Abenteuerlust, die hat sie schließlich gerade in sich selbst entdeckt. Vielleicht mag sie Herberger ja darum so gern. Gern? Herrgott, viel mehr als das!

Nelly seufzt. Was Ricarda wohl dazu sagen würde? »Frau Schick, Penelope wusste nicht, von wem genau sie schwanger war. So viel zu der Männerfreundschaft von Eckehart und Lutz. Paolos Vater hätten beide sein können. Vaterschaftstests gab es damals nicht.«

»Wer einen Herberger haben kann, gibt sich nicht mit einem Lutz zufrieden«, sagt Frau Schick bestimmt. »Das ist Ihnen doch wohl klar. Überhaupt ist Lutz auch ein ganz alberner Name. Hört man doch gleich, dass mit so einem nichts los ist.«

»Lutz hat getan, wozu Eckehart nicht bereit war. Er hat Penelope geheiratet. In Galizien herrschten damals noch sehr rigide Moralvorstellungen. Eine unverheiratete Schwangere galt als unerträgliche Schande für ihre Familie.«

»Was für ein Triumph für Lutz«, ätzt Frau Schick.

Nelly überhört es geflissentlich. »Als Paolo drei oder vier wurde, war die Ähnlichkeit mit Herberger nicht mehr zu übersehen. Der Trip nach Coober Pedy war Eckeharts Versuch, die Sache wiedergutzumachen. Lutz wollte das ganz große Geld als Entschädigung, die Opal-Schürferei war seine Idee.«

»Ich dachte, er wollte Penelope.«

»Die beiden standen kurz vor der Trennung. Die Sache mit dem Kind hat Lutz nicht verkraftet, er war auch beruflich nicht eben erfolgreich und...«

Frau Schick seufzt. »Ja, ja, wenn die Sorgen zur Tür hereinkommen, geht die Liebe zum Schornstein hinaus.«

Nelly schüttelt den Kopf. »Es fehlte nicht an Geld. Sobald klar war, dass Herberger Paolos Vater sein musste, hat er die Vaterschaft anerkannt und Unterhalt gezahlt. An Paolo und an Penelope.«

Frau Schick schürzt die Lippen. »Ich beginne zu verstehen. Herberger war geradezu unerträglich ehrenhaft, der ewige Sieger, ein...«

»... gleichgültiges Arschloch, das sich nie wirklich um seinen Sohn gekümmert hat. Ich hoffe, das genügt als Geständnis.«

Frau Schick und Nelly schrecken hoch. Der Held hat unbemerkt den Hof betreten und zieht einen Stuhl zu sich heran.

Frau Schick fasst sich als Erste. »Sie haben Paolo immerhin eine gute Ausbildung ermöglicht.«

Herberger schnaubt. »Paolo hat mir die Bezahlung seines Medizinstudiums übel genug genommen.«

»Bestimmt nicht so übel wie Coober Pedy«, wirft Frau Schick ein.

Herberger schweigt kurz. »Er hat davon jahrelang nichts gewusst. Nachdem er seinen Arztjob geschmissen hat, um mir als Weltenbummler nachzueifern, fand Penelope, es sei an der Zeit, ihm die Wahrheit über mich und sein Idol nahezubringen. Darum war ich hier. Es bleibt abzuwarten, was Paolo daraus macht. Mit Geld werde ich mich erst einmal nicht mehr in sein Leben einmischen. Es sei denn, er bittet mich darum.«

»Sie haben einen wundervollen Sohn«, schmeichelt Frau Schick. »Ganz nach Ihnen geraten.«

»Paolo gibt heute Abend ein Konzert auf dem Kathedralplatz. Haben Sie Lust, mit mir dorthin zu gehen?«, fragt Herberger betont beiläufig und mit unbewegter Miene.

»Spielst du auch mit?«, will Nelly wissen.

Herberger nickt und lächelt. »Er hat mich darum gebeten.«

Nelly lächelt auch.

»Und was spielen Sie so?«, will Frau Schick wissen.

»Dies und das.«

»Auch das Zigeunerlied?«

»Sie meinen *Tu gitana?*«

Frau Schick nickt.

»Nur, wenn Nelly es singt.«

»Ich kann nicht singen«, protestiert sie.

»Wer dieses Lied so tanzen kann wie du, kann es auch singen«, findet Herberger.

»Das kann ich nicht«, protestiert Nelly. »Wirklich! Schon gar nicht vor Publikum. So etwas habe ich noch nie gemacht...«

»Doch hast du. In der Bar Hemingway in Pamplona.«

»Ich habe *gesungen?*«

Eckehart nickt. »Wie eine Sirene.«

»Herberger! Nelly hat kein bisschen gejault«, mischt sich Frau Schick empört ein.

»In der Tat, Frau Schick. Ich meinte die griechischen Fabelwesen und keine Martinshörner.«

Frau Schick verdreht die Augen und wechselt das Thema. »Nelly, was mich mehr interessiert als Ihre Gesangskünste, ist die Frage: Können Sie verkehrt herum fahren?«

Nelly guckt verwirrt. »Verkehrt herum fahren?«

Herberger hebt die Brauen und schüttelt warnend den Kopf.

»Ja, ich meine linksrum, so wie in England«, fährt Frau Schick fort. »Ich brauche nämlich dringend eine neue Fahrkraft. Für eine kleine Reise zu Rose, Johannes und Hope. Im Herbst soll es losgehen. Ich zahle gut, fragen Sie Herberger.«

»Frau Schick, ab jetzt kümmere ich mich um Nelly«, wirft Herberger ein.

»Ich dachte, Sie müssen in die Südsee?«

»Da kommt Nelly natürlich mit.«

»Ich will aber nicht in die Südsee«, protestiert Nelly.
»Du willst nicht in die Südsee?«
Nelly zögert.
»Nein«, entscheidet Frau Schick. »Nelly will nach England, da bin ich mir ganz sicher, und außerdem zahle ich gut. Ich sagte es bereits. Von meinen Sozialleistungen mal ganz abgesehen.« Ha, nimm das, Odysseus, und mach was draus, denkt sie. Wird sicher eine schöne Reise. So zu dritt.

Dank

Ein herzliches »*Buen camino*« gilt an dieser Stelle den Weggefährten Reiner Krauß aus Dresden und Verena Holzgartner aus München.

Für Unterstützung möchte ich auch dem Team von »pura e.k aktiv reisen« danken.

Daheim haben mich meine Familie und Freunde »am Laufen gehalten«, es in schreibintensiven Phasen mit mir ausgehalten und mir wertvolle Gespräche und kostbare Zeit geschenkt. Dank an Andreas Neumann, Michael Schweitzer, Armin Beuscher und Maicke Mackerodt.

Danke auch an den Camino! In Etappen bin ich ihn erstmals im Jahr 2005 gegangen, dann wieder 2007 und 2010. Ich freue mich auf ein weiteres Mal und neue Begegnungen.

Alle im Buch auftauchenden Figuren verdanken sich allein und ausschließlich meiner Fantasie – und dem Weg.

Wer mehr über den Camino und seine Geschichte wissen möchte, findet eine Fülle von Reiseliteratur und Romanen dazu. Rucksacktaugliche Begleiter waren für mich:

Erich Purk und Elisabeth Alferink: *Auf den Spuren des Jakobus – spirituelle und praktische Tipps vor dem Aufbruch.*

Raimund Joos und Michael Kaspar: *Jakobsweg – Camino Francés.* Ein Outdoor-Führer von alten Hasen mit handfesten Tipps und Streckenbeschreibungen.

Folgende Sachbücher, Berichte und Romane haben mir sehr gefallen:

Klaus Herbes: *Geschichte und Kultur einer Pilgerfahrt*. Historisch Interessierte und Enthusiasten erfahren viel über die Ursprünge und Traditionen des Pilgerwesens.

Norbert Ohler: *Pilgerstab und Jakobsmuschel: Wallfahren in Mittelalter und Neuzeit*. Eine informative Pilgerreise in die Vergangenheit.

Hape Kerkeling: *Ich bin dann mal weg*. Ein Buch zum immer wieder Lesen.

Tim Moore: *Zwei Esel auf dem Jakobsweg*. Very british.

Brigitte Riebe: *Straße der Sterne* und *Die sieben Monde des Jakobus*. Zwei historische Romane über Caminopilger.

Henrik Stangerup: *Bruder Jacob oder die Reise zum Paradies*. Ein philosophisch-historischer Roman, der im hohen Norden und während der Reformationszeit in Dänemark beginnt und bis ins glutheiße Spanien der Inquisition führt.

Zur musikalischen Einstimmung auf das grüne Galizien will ich die traumschöne und abwechslungsreiche Musik der Gruppe *Luar na lubre* empfehlen und – falls Sie den Weg bereisen sollten – einen Besuch in den unzähligen Live-Musik-Kneipen von Santiago de Compostela. (Vorher unbedingt Tapas essen!)

Bei einer ersten Orientierung helfen reiselustigen Internetfreunden außerdem diverse, oft anregend bebilderte Websites wie:

http://www.liborius.de – hier kann man mit ein paar Mausklicks virtuell den spanischen Weg in Teilen ablaufen;

http://www.magic-camino.de bietet ebenfalls eine Übersicht über verschiedene Etappen.

http://www.jakobus-info.de – hier erhält man viele praktische Tipps und Adressen und wird auf Wunsch zu Webcams weitergeleitet, die längs des Weges Live-Bilder des Weinbrunnens von Irache oder des Kathedralplatzes von Santiago in Echtzeit zeigen. (Sehr schön für die Nachbereitung.) In einem Pilgerforum kann man auf der Seite Wandererfahrungen austauschen.

http://www.fernwege.de führt nicht nur über die diversen Jakobswege, sondern auch auf andere reizvolle und lohnende Fernwanderwege Europas, die weniger berühmt und begangen sind.

Auf Youtube.de hat Mark Shea aus Australien unter *overlander tv* eine mehrteilige englischsprachige Video-Dokumentation seiner 30-tägigen Jakobswanderung hochgeladen. Die Clips geben einen unbekümmerten und erfrischend unspektakulären Vorgeschmack auf die Herausforderungen, Tücken und Belohnungen des Weges. *I love the accent!*

Doch egal, wie viele Bücher man über den Jakobsweg liest oder wie viele Filme und Dokumentationen man anschaut, die Wahrheit bleibt: Jeder geht und findet seinen eigenen Camino, der überall beginnen kann.

Das ist gut und genau richtig so.

Werden Sie Teil der Bastei Lübbe Familie

- Lernen Sie Autoren, Verlagsmitarbeiter und andere Leser/innen kennen
- Lesen, hören und rezensieren Sie Bücher und Hörbücher noch vor Erscheinen
- Nehmen Sie an exklusiven Verlosungen teil und gewinnen Sie Buchpakete, signierte Exemplare oder ein Meet & Greet mit unseren Autoren

Willkommen in unserer Welt:

 www.luebbe.de

 www.facebook.com/BasteiLuebbe

 www.twitter.com/bastei_luebbe

www.youtube.com/BasteiLuebbe